MONTANA

www.meulenhoff.nl

SMITH HENDERSON

MON TANA

Vertaald uit het Engels door Dirk-Jan Arensman

MEULENHOFF

ISBN 978-90-290-9170-1
ISBN 978-94-023-0785-6 (e-book)
NUR 302

Oorspronkelijke titel: *Fourth of July Creek*
Oorspronkelijke uitgever: Ecco, an imprint of HarperCollins Publishers
Omslagontwerp: Allison Saltzman en DPS Design & Prepress Studio, Amsterdam
Omslagbeeld: *Red Ash*, Bryan Nash Gill, 2007 © erven Bryan Nash Gill (gepubliceerd in *Woodcut*, Princeton Archetural Press, 2012) en © ARS, NY and DACS, Londen 2014
Auteursfoto: © Nina Subin
Opmaak binnenwerk: Text & Image, Elp

VOOR MIJN FAMILIE

Als ik met zekerheid zou weten dat een man naar mijn huis kwam met de bewuste bedoeling me goed te doen, dan zou ik rennen voor mijn leven.

– HENRY DAVID THOREAU

1

De agent schoot zijn sigaret met zijn wijsvinger het zand-met-grindweggetje voor het huis op, en duwde zijn hoed over zijn haargrens toen de maatschappelijk werker in een stoffige Toyota Corolla aan kwam rijden. Hoewel de voorruit vuil was, zag hij wat blond haar hangen, en hij hield zijn buik in, in de hoop dat de vrouw daarbinnen de moeite van het bekijken waard zou zijn. Wat maar wil zeggen dat hij niet verwachtte wat hij kreeg: een vent van achter in de twintig, dertig misschien, die een spijkerjasje aantrok tegen de koude ochtendlucht die van de berg waaide, weer even de auto in dook, en tevoorschijn kwam met paperassen. Zijn bruine corduroy broek was vaal op zijn magere kont, op de knieën ook. Hij trok dat lange haar met zijn vrije hand achter zijn oren, en kwam aan geslenterd.

'Pete is de naam,' zei de maatschappelijk werker, en hij stak het klembord en de manilla dossiermap onder zijn arm en schudde de agent de hand. 'We zijn meestal vrouwen,' voegde hij daaraan toe, en hij had een glimlach die zo open was, dat de agent er ongemakkelijk van werd.

De agent antwoordde met zijn eigen naam – 'Eugene' –, nam zijn hand terug en kuchte in zijn vuist. De maatschappelijk werker wees met zijn kin naar de penning van de agent, een zevenpuntige ster met MONTANA erin gegraveerd, met bergen aan de linkerkant, vlaktes aan de rechterkant, een zon, een rivier.

'Moet je de mijne zien,' zei Pete, en hij haalde een lullig gelamineerd kaartje uit zijn portefeuille. 'Ik heb al zo vaak gezegd dat ik een badge moet hebben die er niet uitziet alsof-ie verdomme uit een pak cornflakes komt.'

De agent had daarover niet meteen een mening paraat. Hij veegde met een mollige rode duim een vlek van zijn eigen schildje en draaide zich om naar het huis. Het stond vlak naast een steile heuvel en was slecht onderhouden, als het al onderhouden was. Afbladderende verf, een schommel op de veranda die aan één roestige ketting bungelde, een ontbrekende ruit waar gescheurd karton voor was geplakt. Kussens van een bankstel, een halve föhn, een paar stukken telefoonkabel, een plastic vergiet en kapot serviesgoed lagen kriskras in de voortuin. Kledingstukken over cederstruiken gesmeten, als primitieve vogelverschrikkers, en het gras dat in wanordelijke hoge plukken uit de grond schoot, sprieten die tussen de kromgetrokken planken van de veranda door staken, op sommige plekken raamhoog. De hordeur hing open achter de plek waar de moeder en haar zoon zaten.

'Shit,' zei Pete. 'Je hebt ze handboeien om moeten doen.'

'Het was dat of ze hadden elkaar vermoord.'

De moeder riep hem toe – 'Pete! Pete!' –, maar hij schudde van nee en ze wendde haar blik af, pissig en mompelend. De zoon keek niet eens op, maar zijn houding moest in haar ogen iets hebben gesuggereerd, want ze draaide zich van hem af en spuugde een paar woorden uit. Van waar ze stonden, konden Pete en de agent niet verstaan wat voor hatelijks ze zei, en ze bleven even staan kijken om te zien of het gekibbel weer zou opvlammen. Dat deed het niet.

Pete deed de opengeslagen map tussen het klembord, klikte met zijn pen en begon aan zijn verslag van het incident. De agent liet zijn biervaatjesbuik een beetje uitpuilen. Ze ontspanden altijd als de maatschappelijk werker zich er eenmaal mee bemoeide, gesust door het gekrabbel van zijn pen, opgelucht dat Pete de zaak nu zou overnemen.

'En, wat is er precies gebeurd?' vroeg Pete, met zijn pen in de lucht.

De agent snoof minachtend, stak nog een sigaret op en vertelde het hem. Ze waren weer bezig geweest, en de buurman had er uiteindelijk genoeg van dat die twee de hele rij huizen er brullend van op de hoogte brachten hoe ze elkaar precies zouden vermoorden, welke uitsteeksels er afgehakt zouden worden en in welke lichaamsopeningen ze die afgehakte ledematen zouden steken. Er waren kinderen in de buurt, had de buurman gezegd, dus was hij erop afgegaan. Hij bonst op de deur. Geen reactie. Hij houdt zijn handen boven zijn ogen om door het raam te kijken. Het klinkt alsof de ruzie door de achterdeur van het huis is gesijpeld. De buurman jogt om het huis heen naar het hek aan de zijkant, waar de jongen met zijn luchtbuks staat. De twee blijven stokstijf staan zodra ze elkaar zien. Dan begint dat joch hem scheel aan te kijken. Om hem bang te maken of omdat hij eindelijk helemáál knetter is geworden, wie zal het zeggen.

'Heeft hij de buurman daadwerkelijk met zijn geweer bedreigd?'

De agent blies rook uit zijn neus.

'Die vent herkent een luchtbuks wel als-ie er eentje ziet.'

'Juist.'

'Maar hij heeft het geweer niet op die vent gericht of echt iets dreigends gezegd of zo. Die buurman zei dat-ie zich meer zorgen maakte dat het joch op zijn moeder zou gaan schieten.'

Pete knikte en schreef nog wat op.

'En toen?'

'Toen zegt-ie "krijg wat" en hij belt de politie.'

'En hoe was de situatie toen je hier aankwam?'

De situatie was een fucking teringzooi. De situatie was dat dat joch op de schuine, gedeukte aluminium carport klimt en als een aap op dat verroeste ding staat te stampen. Totdat het hele gammele afdak bonst en kreunt onder zijn gewicht. De moeder die zegt dat ze zweert dat ze zijn ingewanden uit zijn lijf snijdt als dat ding op haar Charger valt, terwijl dat joch maar heen en weer banjert over de carport, zodat die kraakt en begint door te buigen onder zijn gewicht. Nu was de agent zo'n beetje zover dat hij dat koppige stuk vreten finaal van dat godverdomde ding af wilde schieten.

Toen werd de situatie interessant.

'De moeder heeft die luchtbuks in haar handen, en...'

'Dat meen je niet,' zegt Pete.

'Ja, dat meen ik verdomme wel,' zegt de agent.

'Ze schiet op hem?'

'Voor ik bij haar kan komen, schiet ze, ja. Kijk maar naar die grote striem op zijn onderarm.'

Pete begint te schrijven.

'En toen?'

Toen springt het joch van de carport, net op het moment dat de agent de luchtbuks heeft afgepakt en die vrouw naar binnen dirigeert, maar het joch en zijn moeder vliegen elkaar al als twee natte katten in een zak in de haren. Vlak voor de neus van een godverdomde agent, moet je rekenen. Alsof-ie er niet staat. Alle buren staan om hun keurige, normale gazons in hun bij de hals dichtgehouden badjassen te kijken hoe de agent die twee uit elkaar probeert te halen, staan te kijken alsof het een fucking rodeo is. En die trut – 'sorry dat ik het zo zeg,' verontschuldigt de agent zich eindelijk voor al zijn grove taal – wil maar niet ophouden, en die knul wil ook niet ophouden, dus grijpt de agent de eerste die hij te pakken kan krijgen beet – de vrouw, zo blijkt –, werkt haar op haar buik naar de grond en slaat haar in de handboeien, maar pas nadat het joch op haar afrent om haar in haar gezicht te schoppen, wat de agent maar net met zijn eigen lijf weet te voorkomen. En als hij zich realiseert dat hij zojuist een bijzonder pissige politieagent tegen diens borst heeft getrapt, draait die stomme klootzak zich om en zet het op een rennen.

'En jij dus achter hem aan,' zei Pete.

Rook sijpelde uit de bleekgele glimlach van de agent.

'Zie je die pick-up?' vroeg hij.

'Ja.'

'Nou, hij kijkt dus achterom om te zien of ik eraan kom, en knalt zo tegen de open laadbak aan.'

'Dat moet bevredigend zijn geweest, schat ik.'

'Dat zijn jouw woorden, broer.' De agent nam een haal, en blies de rook naar de grond. 'Maar goed, tegen de tijd ik hem op de veranda heb, zit zij te janken dat ze een maatschappelijk werker heeft die de hele geschiedenis kent en het wel zou regelen. Of ik alsje-, alsjeblieft de maatschappelijk werker wil bellen, vraagt ze.'

Pete knikte en schreef. Zijn arm was moe, dus bukte hij om het laatste met het klembord op zijn dij op te schrijven. De agent zei iets.

'Pardon?' zei Pete.

'En, wat is er nou gaande, tussen die twee?' vroeg de agent nogmaals.

Pete lachte spottend, niet om die vraag, maar om de enorme omvang van het antwoord. Hoe dat te schetsen. Kort samen te vatten. Er was een heleboel gaande tussen die twee. Dat ging maar door en zou door blijven gaan.

De moeder trok een uitkering, maar ze had een volledige baan aan haar zelfmedelijden. Ze slipperde in een joggingbroek door het huis, rookte een hoop wiet, slikte speed en trok haar haar op een bevallige en tijdelijke manier voor haar gezicht, stak haar oude boezem naar voren, glimlachte lieflijk naar haarzelf, en ontdekte niets in de spiegel dat haar aan wie dan ook of voor wat dan ook aanbeviel. Of dat zou je je in elk geval kunnen voorstellen, zoals ze met haar ogen naar je zat te lonken tot je zei dat ze daarmee moest uitscheiden, dat je het over de kinderen wilde hebben. Ze ging alleen naar buiten om de cheque van de sociale dienst te innen en langs te gaan bij haar dealer, ergens aan de rand van de Yaak Wilderness. Soms om cornflakes te halen. Je zag haar in de stad, wit gepoederd en opgemaakt, met rode striemen rond haar mond en blauwe om haar ogen, als een abstracte weergave van de Amerikaanse vlag, een soort commentaar op haar land, wat ze op een bepaalde manier ook was. Meestal verhulde ze haar enorme paranoia achter een vliegeniersbril, een lavendelkleurige verenboa, en als ze knetterhigh was, dacht ze dat ze een of andere fee was, en als ze somber was, dacht ze dat ze een vervolgde heks was.

Pete sloeg de manilla dossiermap dicht.

'De moeder is een ramp. Het grootste deel van haar arbeidsongeschiktheidsuitkering gaat op aan speed.'

'Ik herken dat joch,' zei de agent. 'Heb een aardig strafblad opgebouwd.'

Het joch liet zijn hoofd tussen zijn knieën bungelen. Een recreatieve gassnuiver die naar benzine rook, maar met een ondertoon van mineralen, als een rottende pompoen in heet zand. Andere keren naar Cheetos en sperma. Met die met acne bezaaide huid had je aanvankelijk medelijden met hem. Hij was er, en verdween weer, maar nooit naar school of voor lang of voorgoed. Hij moest nog een schadevergoeding betalen wegens brandstichting (materiaalschuurtje, atletiekbaan) en moest binnenkort voor de rechter verschijnen omdat hij had ingebroken in pick-ups.

'Hij is een fractie verwijderd van een paar jaar zitten in Pine Hills,' zei Pete.

'Zoals een agent mishandelen, bijvoorbeeld.'

Het punt was dat Pete vermoedde dat het joch het begin van iets diagnosticeerbaars had, een afwijking of mengeling van stoornissen die een goede psychiater zou opmerken. Maar Pete kon de vijftienjarige nooit zover krijgen dat hij naar een afspraak ging, vanwege de jongen zelf of zijn krankzinnige moeder. Hij vertelde hun dat er in de medische literatuur werd geschreven over een nieuw middel dat Ritalin heette. Had er zodra het uit zijn mond glipte spijt van dat hij dat woord had uitgesproken, waarbij ze hem aankeken alsof hij ineens Frans was gaan spreken. Literatuur. Wat voor middelen en literatuur had je nou in de huizen in en rondom Tenmile, Montana. Louis L'Amour, Jim Michener en stripboeken, verkreukelde en bevlekte nummers van *Penthouse*, wat marihuana. *Popular Mechanics* en wat speed van vrachtwagenchauffeurs. De Bijbel, als je geluk had. Mijn god, wat die getikte trut en die stommeling van een zoon van haar niet van Openbaringen zouden maken. Dat zou eruitzien als iets wat je op de zijkant van een bestelbusje schildert. De gekken en dronkenlappen hier vielen voor Jezus (in de gevangenis, als het de rechtbank behaagt) en tobden vouwen in de rug van het Woord des Heren, raadpleegden het alsof het de I Tjing of een ouijaplankje was. Dan hielden ze zich een goeie vijf, zes maanden aan de Tien Geboden en deelden religieuze pamfletten uit alsof het geluksmuntjes of konijnenpootjes waren. Maar ze begonnen algauw te schipperen, stiekem een borrel te drinken, een joint te roken of een paar uppers te slikken, terwijl ze door de dunne bladzijden bladerden op zoek naar de antwoorden op hun onbenullige vraagjes, alsof je een flink deel van Gods wetten kon volgen door uit Leviticus op te maken wat je voor het avondeten op tafel moest zetten of wat voor kleur sokken je moest dragen.

'Misschien zou het in een stabiele omgeving wel goed met hem kunnen komen,' zei Pete. 'Maar misschien ook niet.'

Op de veranda voelden de moeder en zoon dat de zaken hun ontknoping naderden. Hun maatschappelijk werker had zijn klembord onder de oksel en stond met de agent te praten. De moeder keek toe, las de lichaamstaal van de mannen, een taal waar ze redelijk bedreven in was geraakt door eerdere arrestaties, andere momenten waarop ze moest wachten. In de rechtszaal. Bij de sociale dienst, om zich in te schrijven voor een arbeidsongeschiktheidsuitkering. Ze stak haar kin hun kant op in een poging te verstaan wat ze zeiden, maar het joch maakte zich geen zorgen, stom en gedachteloos als een glas lauw water.

'Maar goed, heb jij zin om een moeder en haar zoon vandaag in de bajes te smijten?' vroeg Pete.

'Beslist niet. Maar die twee zijn wel ontzettende idioten.' De agent liet zijn peuk vallen en trapte hem netjes uit met de punt van zijn laars. 'Ik dacht dat mams loog dat ze barstte.'

'Over?'

'Jou. Bij de centrale wisten ze niet eens dat we een Afdeling Gezinszaken hádden.'

'Mijn kantoor zit in de kelder van het gerechtsgebouw,' zei Pete gemoedelijk. 'Naast het archief.'

'Afijn, wat doe je meestal met ze?'

'Er is geen meestal. Wat kan ik zeggen? Het joch heeft een strafblad. Ik zou hem graag uit Pine Hills houden. Wordt hem iets ten laste gelegd?'

'Ik weet niet. Verzet tegen zijn arrestatie, lijkt me. Geweldpleging, als je die kant op wil.'

'Wil je dat?'

'Wat ik niet wil, is hier weer terug moeten komen.' De agent drukte met zijn vinger een neusgat dicht, bukte en snoot driftig.

'Ze er met een waarschuwing vanaf laten komen?'

De agent knikte, veegde zijn neus af met de achterkant van zijn middelvinger.

'Oké. Maar laat me eerst even met het meisje praten,' zei Pete, en hij bukte om in de patrouillewagen te kijken.

'Het meisje?'

Er zat geen meisje in de patrouillewagen. Pete had aangenomen van wel, maar dat was niet zo.

'Welk meisje?' vroeg de agent.

Pete negeerde hem en beende de voortuin door en het stoepje op. De moeder boog naar voren en zanikte tegen hem, maar hij liep om haar heen. Ze viel – 'Hé!' zei ze –, maar hij was haar al voorbij en het huis in. Het licht dat door de luiken ladderde was ochtendlicht, schoner en feller. Niet dat waar het op scheen het aanzien waard was. Piepschuimen bekertjes, papieren zakken en vuile kleren in de windwallen van hun komen en gaan. Asbakken op de aangevreten leuningen van de bank lagen zo vol peuken dat ze overliepen. Een donkere pot vloeistof stond op de koffietafel, boven op een stapel ongeopende post.

'Katie?' riep hij. De hapering in zijn stem verraste hem. Allemachtig, het kon hem echt wat schelen. Zoals hij hier naar binnen was gestormd. Dat hij hier überhaupt was.

'Kate, ik ben het, Pete.'

Hij legde zijn klembord neer, stapte een kleine wolk fruitvliegjes bij de keuken in en sloeg ze weg bij zijn gezicht, zijn ogen. De nauwe gang in. Beddenlakens met roestkleurige vlekken en de rechthoeken van spaanplaat langs de muur. Een speen. Een doosje van een Happy Meal gevuld met garen. Zakken zand en open verfblikken. Een hamer en een stapel 8-sporencassettes.

'Katie?'

Er waren gezinnen die je hielp omdat dat je werk was, en je hielp ze aan een plekje in stageprojecten of met het opstellen van een actieplan, en je ging af en toe bij ze kijken of gaf ze een lift naar de verdomde wachtkamer van de huisarts om naar die ontsteking te laten kijken. Dat deed je gewoon. Omdat niemand anders het zou doen. En dan had je mensen die de reden waren dat je dit werk deed. Katie. Waarom.

Fuck waarom. Dat was ze gewoon.

Hij liep langs de kamer van de jongen en riep haar opnieuw. Ze was niet op haar kamer. Alleen een matras op de vloer, een dunne slaapzak en een kopje water. Roze blote poppen. Hij stapte over een platgedrukte kartonnen doos en trok aan het koordje van de kale gloeilamp. Haar kleertjes lagen op de vloer. De schaduw van de agent schoof voor het raam langs. Kut, misschien was ze wel weggerend, de bossen achter het huis in.

De schuifdeur ratelde op zijn rails. Daar.

'Katie, ik ben het, Pete.'

De deur schoof open. Zijn hart bonsde echt. Ze stapte de kamer in, tenger, verlegen en timide. Bijna wit haar, en zo bang dat ze wit zag.

Hij knielde.

'Hé,' zei hij.

Ze wendde haar hoofd af.

'Hé,' zei hij. 'Het is goed. Ik ben er.'

Ze deed haar hoofd omlaag, rende op hem af en sloeg haar armen om zijn hals. Hij hapte naar adem en bij elke ademtocht zoog hij haar haar in zijn mond, en haar hart roffelde in haar kleine vogelkooitjesborst, het kleine vogeltje dat daarbinnen rondjoeg. Het zijne joeg ook. Hij kon de opluchting achter zijn oogbollen voelen, zijn gezicht, in zijn lijf voelen huiveren als uitputting.

'Dus ze zat hier binnen,' zei de agent vanuit de deuropening.

Katie drukte haar hoofd stevig tegen hem aan en hij probeerde zich los te wrikken, maar ze sloot haar ogen tegen hem aan, greep een van zijn oren vast, pakte zijn nek beet en kneep zo hard als ze kon. Pete ging staan, het meisje aan hem vastgekleefd. De agent krabde zich.

'Het is oké,' zei Pete tegen het meisje, en toen nog een keer, harder, tegen de agent die schaapachtig knikkend vertrok.

'Katie,' zei hij. 'De politieman is weg.'

Ze keek om te zien of het waar was, niet naar de deur maar naar hem. Een mager blond ding, zo klein in zijn armen. Ze stopte haar handen in zijn jas.

'Dat was eng, hè?'

Ze verroerde zich niet.

'Die politieman kwam, hè? Omdat mama en Cecil ruziemaakten, toch?'

Ze mompelde ja.

'Dat was eng, hè? Ik zou bang zijn geweest. Als je niet weet wat je mama je broer gaat aandoen of wat je broer je mama gaat aandoen? Zag je de politieman?'

'Uh-huh.'

'En heb je je daarom in je kamer verstopt?'

Ze knikte weer tegen zijn borst.

'Alles is goed, nu. Het is goed dat dat gebeurd is, want die politieman heeft mij gebeld. En nu ben ik hier en gaan we zorgen dat het allemaal in orde komt, oké?'

Ze was er nog niet klaar voor om wat dan ook in orde te maken. Hij moest haar vasthouden. Hij wreef over haar rug, de kantige botjes van haar ruggengraat. Ze beefde er een enorme zucht uit. Hij vroeg zich af wat ze dacht. Hij vroeg zich af of ze wenste dat hij haar hier weg zou halen. Of ze zich afvroeg wat voor huis hij had. Wat voor eten hij had. Wat hij met haar zou spelen. Wat voor vader hij zou kunnen zijn.

Hij wist wat voor vader hij was.

Maar hij wist ook dat het fijn was om een klein bang meisje hier vast te houden en sterk en nodig te zijn. Soms was het, als hij kinderen uit een slecht gezin haalde, bijna zwaarder voor hem dan voor het kind zelf. Soms drukten ze zich zo tegen hem aan, en dan dacht hij dat het werk in wezen neerkwam op pure reddingsacties.

Hij droeg haar het huis door en de veranda op. De zon was helemaal op, en de vogeltjes maakten hun zingzangrondes. De agent stond tegen de moeder en Cecil te praten, erkende Petes aanwezigheid met een knikje, keek onder zijn vingernagels en bleef tegen ze praten.

'Kijk, ik zou jullie allebei in de gevangenis kunnen stoppen. Dat zou ik moeten doen.' Hij knipoogde naar Pete. 'Maar, eh...'

'Pete.'

'... Pete hier zegt dat jullie beste mensen zijn die alleen wat probleempjes hebben, en dat ik mijn hand over mijn hart moet strijken.'

Hij maakte hun handboeien los, de moeder eerst. De jongen wreef over zijn polsen. De kin van de beschaamde vrouw trilde, maar ze zei niets.

'Ik wil hier niet terug hoeven komen, begrepen? Als ik dat wel moet, draait er iemand de cel in. En dan bedoel ik als ik morgen terugkom, volgende week of volgende maand. Ik wil hier nóóit meer terugkomen, is dat duidelijk?'

De vrouw knikte. Cecil bleef als verlamd naar de inkepingen in zijn polsen kijken.

'Gaat het goed daar?' vroeg de agent aan Pete.

'Jawel. Bedankt, Eugene.'

De agent tikte zijn hoed aan en liep naar zijn auto, terwijl hij nog een sigaret opstak. Toen hij wegreed, waaide er een grote stofwolk op die over de veranda dreef en hen omsloot. Pete dekte het gezicht van het meisje af en ging naar binnen.

Pete was een klein jaar daarvoor, in de herfst van 1979, overgekomen uit Missoula om in Tenmile te gaan werken. De meeste mensen die hij daadwerkelijk kende in het stadje en de regio waren zijn cliënten. In Tenmile kende iedereen iedereen of op z'n minst één van hun verwanten, of wist waar ze zich op vrijdagavond graag eens goed gingen bezatten. Tot dusver had Pete zich gedeisd gehouden. Het enige wat iemand die hem buiten het werk om ontmoette van hem wist, was dat hij een kantoor in het gerechtsgebouw had, misschien iets met erfdienstbaarheid of waterrechten. Een soort van thesauriergedoe in de kelder.

Maar zijn anonimiteit zou niet van lange duur zijn, dat wist hij. De voorgaande zaterdagavond had hij zowel de jongen als de moeder in de stad de beest uit zien hangen, Cecil in de laadbak van een pick-up met een kapotte honkbalknuppel, en Debbie op een kruk in café de Dirty Shame in een topje met blote rug dat haar scheermesachtige schouderbladen en een overvloedige constellatie aan moedervlekken onthulde. Hij had het weten te vermijden met een van hen te praten, maar Tenmile werd met elke zaak kleiner.

Debbie volgde hem het huis in, liet zich op de bank vallen en begon zachtjes te snikken. Pete ging op een houten stoel bij de deur zitten. In de kamer hing de verschaalde lucht van frisdrank waar de prik af was, en lichaamsgeur. De moeder wierp op gezette tijden een vluchtige blik op hem. Heb medelijden met me. Arme ik. Hengelde naar zijn medeleven.

Laat haar maar even bungelen. Laat haar maar zien hoe goed dat werkt.

Hij stond op en droeg Katie de keuken in, nog steeds tegen zijn borst genesteld. Hij probeerde in het raam hun weerspiegeling op te vangen, maar kon haar niet onderscheiden. Vijf jaar oud en zo licht als een peuter. Hij had evengoed een lange pop in zijn armen kunnen hebben, zo weinig als ze bewoog of woog.

'Heb je honger?'

Ze knikte weer tegen zijn borst. Borden met korsten van opgedroogde mosterd, mayo en ketchup lagen als afgedankte pallets bezaaid over het aanrecht. Fruitvliegjes krioelden boven een schaal met oud fruit, fruit dat hij twee weken geleden misschien wel zelf gekocht had. Jezus, het was het fruit dat hij had gekocht. Godsamme. Je probeert te helpen, en vervolgens geeft zij ze het fruit niet eens. Ze doet niet eens alsof. Je legt fruit voor haar op die schaal en je zegt dat ze de kinderen daarvan moet laten eten en ze knikt driftig zoals ze op school heeft geleerd als ze weer eens moest nablijven, en bij de weinige baantjes die ze heeft gehad, het enige wat ze ooit heeft geleerd is knikken en ja zeggen. Godsamme. Je kon je voorstellen dat ze zo ook zwanger was geworden. Ja hoor, tuurlijk, het is mijn tijd van de maand niet, maak je geen zorgen, ik word heus niet zwanger. Daar slik ik te veel speed voor. Mijn eierstokken zijn naar de knoppen.

Er lag koude pasta in de gootsteen die er nog min of meer vers uitzag. Hij raakte die aan en hij was nog vochtig. Het rook oké. Hij zette het meisje op een plastic tuinstoel aan de tafel. Ze keek toe hoe hij een kom van de stapel vuile vaat pakte en die afwaste met heet water en een stuk zeep van de vensterbank. Hij waste op dezelfde manier een vork af, grijnsde naar haar. Hij snuffelde nog eens aan de noedels, en prikte de stijve spaghetti toen aan een vork, maar die kwam als een halve basketbal uit de vergiet, dus spoelde hij hem en trok de slierten met zijn handen uit elkaar in een sauspan. Hij doorzocht de keukenkastjes en de koelkast, en schudde uiteindelijk maar gewoon een fles ketchup leeg over de spaghetti en zette het rode zooitje op het elektrische fornuis. Het meisje stopte haar knieën onder haar oksels, staarde naar hem terwijl hij de noedels op het vuur omroerde. Toen de pasta siste, droeg hij haar en de stomende kom de woonkamer in. Ze blies er op zijn schoot op, at en hield zich verder stil.

De moeder was opgehouden met huilen en staarde hem grimmig aan.

'Jullie blijven me maar op de huid zitten met z'n allen,' zei ze.

'Ik zit je niet op de huid, Debbie. Je hebt zelf tegen die agent gezegd dat hij me moest bellen.' Hij dekte de oren van het meisje af. 'Ik kom niet eens in de buurt van die verdomde huid van je.'

Hij kon het meisje onder zijn handpalmen voelen kauwen.

'De boel zo uit de hand laten lopen dat de politie komt? Jezus, Debbie.'

Haar kin verkreukelde weer als een blikje. Hij haalde zijn handen van Katies oren en fluisterde dat hij even onder vier ogen met haar moeder moest praten, en ze knikte en blies op haar eten. Schattig meisje. Hij zou haar meenemen. Echt. Hij dekte haar oren weer af.

'Ik weet het, ik weet het. Het zit me gewoon nooit mee.' Ze rommelde tussen de rotzooi op en rondom de koffietafel naar iets – een sigaret, waarschijnlijk – en stootte een metalen pijpje op de grond.

'Daar hebben we het over gehad.'

Ze schoof het pijpje met haar voet onder de bank.

'Over zelfmedelijden,' zei hij. 'Niet over dat pijpje dat je probeert te verstoppen.'

'Je zei dat je me zou helpen,' zei ze, terwijl ze de overvolle tafel met tastende handen afzocht.

'Wat denk je dat ik zonet met die agent heb gedaan? Dat is helpen. Dat is nou helpen,' zei hij.

Ze vond een leeg pakje, drukte het plat, waarbij ze een enorme zucht slaakte.

'Niet genoeg, anders.'

Ze keek naar de afdrukken van de handboeien op haar polsen en begon weer te huilen. Katie draaide spaghetti om haar vork.

'Debbie. Je bent niet de enige die het ooit heeft verkloot. Iedereen heeft zijn eigen sores.' Pete kuste Katies haar. 'Zelfs ik. Ik heb ook problemen, net als jij. Ik bedoel, jezus, ik ben alleen maar naar Tenmile gekomen om het gezeik dat ik had waar ik zat te ontvluchten.'

Hierop keek Katie hem aan.

'Haal hem hier gewoon weg.' Ze probeerde er nog een paar tranen uit te persen. 'Hij is niet te hanteren.'

'Je kunt hem opvoeden, Debbie.'

'Ik heb een brief van zijn school gehad dat-ie d'r al weken niet is geweest.'

'Daar kunnen we iets aan doen. Waarom vertel je me niet wat er hier thuis aan de hand is.'

Ze wreef over haar gezicht. Wat ze ook had geslikt, begon uitgewerkt te raken en haar spichtige handen klauwden over haar hoofd alsof ze haar schedel in probeerden te graven. Haar benen gingen stilletjes op en neer.

'Je weet best wat er hier aan de hand is. Hij is gek.'

'Ik heb talloze afspraken voor hem gemaakt bij de psychiater in Kalispell...'

'Hij gaat gewoon niet! Wat moet ik daaraan doen. Hij is groter als mij!'

'Je staat best je mannetje, Debbie...'

'Hij haat me.'

'Hij haat je helemaal niet.'

Hij haat haar, dacht Pete. Ik haat haar.

Ze balde haar vuisten en drukte ze tegen haar ogen. Verscheidene momenten lang.

'Oké, Deb. Doe even een beetje rustig aan met je hoofd, wil je?'

'Wat?'

'Je hoofd. Waar je in aan het graven bent.'

Haar kaak werd vierkant en ze schudde haar hoofd.

'Neem hem mee. Neem hem gewoon mee.'

'Waarheen dan? Waar moet ik hem dan heen brengen, Debbie?'

Zijn handen gleden van Katies oren.

'Waar je kids ook mee naartoe neemt als je ze weghaalt. Dat is toch je werk? Ik vraag je hem mee te nemen. Doe je fucking werk. Ik ben een belastingbetaler.'

Katie draaide zich om om hem aan te kijken, gealarmeerd. Met een tikje verlangen in haar ogen, ook. Zou hij haar hier weghalen. Haar met hem meenemen.

'Niemand gaat ergens heen.' Hij legde zijn handen weer over haar oren. 'Ik weet niet wat jij denkt dat ik doe, maar ik kan je wel vertellen: de wereld loopt niet over van de mensen die staan te trappelen om jouw kinderen op te voeden.'

'Zijn oom dan.'

Net op dat moment kwam Cecil binnen. Luchtbuks in zijn hand. Pete hevelde Katie over naar de ligstoel en ging staan. De jongen zette de luchtbuks tegen de bank. Hij droeg een rugzak, had een uitdrukkingsloos gezicht en zware oogleden, en de gedachte schoot door Pete heen dat Debbie waarschijnlijk als een bezetene had gezopen toen ze zwanger van hem was. Moest hem per se Cecil noemen, nota bene. En nu dit verknipte figuur.

'Ik ga weg,' zei hij. 'Je kunt me vergeten, verder.'

'Wacht nou eens even...' begon Pete.

'Ga dan!' krijste Debbie, overdreven hard gezien de situatie. 'Laat me dan achter! Laat me maar achter zonder een man in huis!'

'Debbie...' zei Pete.

'Ondankbaar stuk stront dat je bent!'

'Fuck you!' brieste Cecil, en hij glipte langs Pete en greep zijn moeder bij haar haar beet. Ze schreeuwden allebei, Debbie schopte hem in zijn kruis, en hij slaakte een lage kreun, liet haar los en liet zich op zijn knieën vallen.

'Oké, oké, zo is het genoeg!' brulde Pete, maar de jongen stond gauw op en sloeg haar met zijn vuist in het gezicht. Ze struikelde met zwaaiende armen naar achteren en viel tegen de televisie aan, die op de punt van de betegelde schouw viel en als een ei openbarstte. Er rees een snotterige tentakel van rook op uit de beeldbuis. De jongen dook op haar af, maar Pete duwde hem tegen de grond en zette zijn knie midden op zijn rug.

'Naar buiten!' riep hij tegen Debbie. 'Schiet op!'

Ze hield haar hand voor haar oog, alsof de pijn eindelijk was doorgedrongen en haar nog woedender maakte. Ze deed een stap naar achteren om een aanloop te nemen en haar zoon tegen zijn hoofd te schoppen. Pete greep naar haar been, maar ze hinkelde buiten zijn bereik. Pete wees naar de achterkant van het huis.

'Eruit, godverdomme, of ik bel de politie.'

'Stuk stront dat je bent!'

'Debbie! Wegwezen, of de politie weer! Je mag zelf kiezen.'

Ze luisterde niet. Cecil worstelde en schreeuwde, en Pete drukte zijn knie harder neer – maar toen pakte Katie de lange vingers van haar moeder bij elkaar en trok haar mee, en Debbie volgde haar de kamer uit, terwijl ze Cecil een hoerenjong, hoerenjong noemde, en een hand tegen haar huilende oog drukte.

Het was nog geen twaalf uur en er waren weinig mensen op de been op het plein in Tenmile, het Rimrock County Courthouse of in de winkels. De enige die ze zagen toen ze over het spoor en daarna de rivier reden, was een man die stond te tanken bij het benzinestation als je het stadje uit reed. Ze waren algauw op een smal, dichtbegroeid dennenlaantje dat uitkwam op gemaaide weides. Pete draaide een onverharde weg in die kort daarop een zooi vermalen aarde werd en ze suf schudde in hun stoel, tot ze voor een witte boerderij stopten. Hun vlees en oren zoemden in de plotselinge stilte. Uit het zicht, boven in een vlaggenmast, wapperde een Amerikaanse vlag in de wind.

De lelijke bult op Cecils kop gloeide als een kooltje. Zijn neus piepte. Hij greep zijn luchtbuks vast. Pete had ermee ingestemd dat hij die mee mocht nemen, alleen maar om hem het huis uit te krijgen.

'Die kun je hier niet meenemen,' zei Pete.

Cecil staarde recht voor zich uit.

'Luister nou,' zei Pete. 'Dit is niet voorgoed. Je gaat terug naar huis.'

'Vergeet het maar.'

'Je moeder is je moeder.'

'Ik snijd haar kut eruit. Hoe klinkt dat?' vroeg Cecil.

Pete wreef over zijn gezicht.

'Dat klinkt verdomme afschuwelijk, Cecil. Zo kun je niet praten. Niet hier.'

'Hoe niet?'

'Als een psychopaat.'

'Ik ben geen psychopaat.'

'Oké, moet je horen. Kijk me aan.' Cecil draaide zich om. 'Ik moet weten dat je je fatsoenlijk zult gedragen bij die mensen. Ze zitten niet op ellende te wachten, en ik wil niet dat jij ze die bezorgt. Ze willen helpen.'

'Zet me maar gewoon af bij de snelweg.'

'Je weet best dat ik dat niet kan doen. Laten we jou en je moeder nou eerst maar eens een tijdje bij elkaar vandaan houden en dan, als iedereen een beetje is afgekoeld, kijken of we een oplossing kunnen verzinnen.'

Cecil hield zijn handpalm omhoog. Het zal wel. Fuck you, Pete.

Pete stapte uit. Het huis stond een eindje achter het hek en de vlaggenmast, erachter stonden bijgebouwen, en daar weer achter lag een leeg weiland. Cecil bleef zitten waar hij zat. Pete liep het hek door en over het pad langs een trellis naar het huis. Een vorstelijke oude jachthond baste zich bewust van zijn verantwoordelijkheden toen hij naderde, maar hij kwam niet overeind uit het hondenhok. Pete was bijna bij de voordeur toen een oudere man de garage uit kwam, zijn handen afvegend aan een rode lap die hij in zijn achterzak propte voor hij Petes uitgestoken hand schudde. De grote witte snor van de man stak als een paar hoorns in punten uit. Pete en hij wisselden begroetingen uit, en keken in de richting van de jongen.

'Bedankt hiervoor,' zei Pete.

'Geen probleem.'

Het beschorte vrouwtje stak haar hoofd om de voordeur, zo blozend en vrolijk als een kabouter, zei *howdy* en dat ze niet naar buiten kon komen, dat ze net op het punt stonden jam in potten te gieten, maar of Pete er één wilde hebben. Pete zei natuurlijk, en draaide zich weer om naar Cloninger.

'Daar zit-ie, in de auto,' zei Pete.

'Hebben we te maken met een verlegen jongen of een stoere bink?'

'Tegenover volwassen mannen is hij behoorlijk gedwee. Maar hij en zijn moeder liggen flink met elkaar overhoop.'

Cloninger vouwde zijn vingers in elkaar, liet ze onder zijn riem hangen en hield zijn asgrijze hoofd scheef naar Pete.

'Hij heeft een strafblad, maar daar staan alleen stiekeme vergrijpen op. Brandstichting. Inbraak. Hij was een van die knullen die afgelopen voorjaar voor het basketbalstadion in pick-ups inbraken,' zei Pete. 'Hij is ouder en groter dan dat joch van Rossignol dat je de vorige keer in huis hebt genomen, maar volgens mij blaft-ie harder dan-ie bijt. Maar, dat gezegd hebbende, je weet het nooit. Je zou je handen best eens aan hem vol kunnen hebben,' zei Pete.

'Aha.'

'Ik weet eigenlijk gewoon niet hoe hij zich in een andere omgeving zal gedragen. De eerste paar dagen rustig, waarschijnlijk, en daarna zullen we moeten handelen naar bevind van zaken?'

'Zijn het christenen?'

'Verre van.'

Cloninger knikte.

'Ik vind het vreselijk om het te moeten vragen, maar hoelang kun je hem op z'n hoogst houden?' vroeg Pete.

Cloninger haalde zijn vingers uit elkaar, en haalde een kleine zwarte agenda en een potloodje uit de zak van zijn overhemd. Hij bladerde door het boekje tot hij was waar hij moest zijn. Hij kneep met zijn ogen, zonder bril.

'We gaan over twee weken naar Plain, naar Marta's zus. Als hij zich gedraagt, mag hij best mee.'

'Nèh. Voor die tijd regel ik wel wat. Er is een oom. Ik had gewoon de tijd niet.'

'Okidoki,' zei Cloninger, terwijl hij zijn agenda en potlood terugstopte. 'Laten we hem dan maar eens gaan installeren.'

'Eén ding,' zei Pete, en hij raakte Cloningers elleboog aan. 'Hij zal natuurlijk niet dankbaar zijn voor jullie gastvrijheid. Maar accepteer alsjeblieft mijn dankbaarheid.'

Cloninger klopte Pete op zijn schouder.

'We zullen hem voedsel en onderdak geven, lichaam en geest.'

Vanuit de auto zag Cecil hoe de man Petes schouder vastpakte en zijn hoofd naar hem toe boog, alsof ze samen stonden te bidden. En toen stonden Pete en de man ineens bij de deur en maakten ze het portier open; Cecil werkte mee, gaf Pete zijn luchtbuks, schudde de man de hand, en toen waren ze al in zijn huis dat een wolk van zoet vocht was en de hond snuffelde aan zijn kruis, en de moeder kneep in zijn hand, en hun kinderen die op een rijtje gingen staan om hem te begroeten, en dit gebeurde echt. Pete was de deur al uit met een pot jam, en ze lieten Cecil een kale kamer zien en waar hij zijn spullen moest laten. Toen gingen ze aan tafel om te eten. Hij was precies op tijd voor de lunch, zeiden ze, alsof het voorbestemd was, en de hond bleef onder de tafel maar aan zijn broekspijp snuffelen, hoewel hij zijn voeten wegtrok en probeerde hem weg te jagen met zijn hand.

* * *

Hoe heette ze?

Rachel Snow. Maar ze wilde haar naam veranderen.

Waarin?

Rose. 'Rose Snow' zei iets intens waars over haar. Over haar ziel. Ze was een bevroren bloem. Het was zo droevig dat haar bijna-veertien-jaar-oude hart bonsde van de emotie. Overliep.

En er zat een kreng op Rattlesnake Middle School dat Rachel heette.

Een andere Rachel.

Waarom drukte ze met haar voet hard het gaspedaal in toen zij en haar moeder voor een stoplicht stonden?

Omdat haar moeder te veel treuzelde.

Omdat ze een bloedhekel had aan hoe ze reed.

Omdat ze niet wist waarom, oké?

Omdat ze nu gewoon altijd het gevoel had dat ze moest gaan gaan gaan, dat alles te lang duurde en zij alles misliep. Ze was al dertien en ze was alles aan het mislopen.

Alles.

Kregen ze bijna een ongeluk?

Nee.

Gaf haar moeder haar een klap?

Dat probeerde ze wel, het kreng. Raakte alleen haar haar.

Zei haar moeder dat dit de laatste druppel was? Dat ze maar bij haar vader moest gaan wonen, als ze zich zo bleef gedragen?

Dat zei die trut altijd.

Wat dacht Rachel ervan om bij hem te gaan wonen?

Ik heet Rose.

Wat dacht Rose ervan om bij haar vader te gaan wonen?

Ze dacht: het zal wel. Dat het allemaal loos gepraat was.

Een páúze noemden ze het. Hilarisch. Hij kocht een huis in de bossen.

Nee, ze zag het niet eens als een mogelijkheid.

Waarom niet?

Dat zag ze gewoon niet.

Hoezo?

Het is niet de reden, maar zal ik je eens wat vertellen? Wat ze zich van hem herinnert? Een vroegste herinnering, zeg maar.

Ja, natuurlijk.

Een feestje in Greenough Park. Haar vader en moeder en oom Shane en een paar van hun andere vrienden. Oom Spoils dwingt zijn honden een bad te nemen in de kreek, lokt ze het koude water in. Haalt zijn handen door haarklitten. Hij glijdt uit, gaat helemaal kopje-onder, en als hij weer boven water komt, is hij meters stroomopwaarts, en hij weet nog maar net overeind te komen en eruit te klauteren. Hoest een heleboel water op, zijn ogen wild van angst. Loopt zeiknat naar zijn honden die naar hem blaffen en happen van opwinding, en zegt blijven jullie maar bij het water uit de buurt, kinders. Het is te diep om te lopen dollen. Niet te dichtbij komen. Vooruit. Ga maar tussen die bomen spelen of zo.

Hij komt uit Butte. Hij is hartstikke hilarisch. Grote oren, een grote neus en grote ogen. Snor, haar als rood stro.

Afijn, later. Het is bijna donker en tijd om naar huis te gaan en haar papa roept en ze komt. Ze is een jaar of vijf, zes misschien. En hij heeft haast, haast om mama naar huis te brengen, ze hebben ruzie gehad omdat mama mal deed. Papa was dat soms over haar gaan zeggen, dat ze mal doet op feestjes, dat grote mensen soms mal gingen doen zei hij, nee, niet mal zoals Spoils, maar mama heeft haar eigen soort malligheid, het is... we moeten opschieten. En hij zegt kom op, de brug is te ver weg, de auto staat hier vlakbij, het parkeerterrein ligt aan de overkant van de kreek, kom op. En hij tilt haar op en ze gaan het donkere water in. En ze zegt tegen hem dat Spoils zei dat ze uit het water moesten blijven en dat hij dat niet voor de grap zei...

Ze staan er al tot zijn middel in.

Hij is aan het hijgen, worstelt tegen het water. Voelt nu met zijn voeten naar de stenen, langzame stapjes. Het water is koud, door haar schoenen heen. Ze zegt dat ze bang is papa en dat het koud is papa en ze trekt haar voeten op uit het water en daardoor raakt hij uit zijn evenwicht en hij wankelt en zij klampt zich vast en gilt.

Hij blijft midden in de stroom staan. Zegt dat ze stil moet zijn.

Stil blijven zitten.

Hij ademt zwaar.

Het water is niet zo diep, het komt niet eens tot boven mijn hoofd, maar het stroomt snel, oké, zegt hij. Je moet je gewoon goed vasthouden. Ik heb je vast. Zijn adem brandt in haar neusgaten en zijn zweet ruikt bitter.

Ze realiseert zich pas veel later – wanneer ze met Kim en Lori die fles crème de menthe uit het drankenkastje van Lori's vader haalt – dat hij dronken was. Maar zelfs op dat moment denkt ze: ik vertrouw hem niet, ik geloof hem niet.

Hij heeft me niet vast.

En bij de volgende stap glijdt hij uit, ze vallen het kolkende water in en ze schrikt zo van de kou en het schokkende feit dat dit überhaupt gebeurt, dat ze niet eens van streek is, ze is gewoon een ding waarmee gesold wordt, zo volkomen hulpeloos, als een pop, en pas als hij haar bij een stootoever heeft weten te krijgen en omhoogduwt door het rijshout, handenvol natte aarde wegschuivend, haar de prikkende takken in duwt, pas dan, vlak nadat de opluchting haar heeft overspoeld, wordt ze zo zó kwaad. Als hij achter haar aan uit het water komt, geeft ze hem een klap in zijn gezicht.

Dat je papa je per ongeluk zou kunnen laten verdrinken. Ze rilt van de kou en het laatste restje angst en dan haar verwarmende woede, door haar vader waren ze bijna allebei dood.

Kom op, Appelmoes, zegt hij. Er is niets gebeurd, zegt hij.

En als hij haar aanraakt, staat ze dat niet toe, ze zegt jij bent ook mal, je bent ook malle papa.

2

Tenmile lag in een driehoekige vallei waar de Kootenai River en de Deerwater Creek samenvloeien. Een spookstadje deelde de naam van de kreek, een nederzetting die in 1910 werd verlaten toen de laatste van de twintigduizend gram kopererts uit de grond was gehaald. Daarvoor: zilver en goud. Mijnwerkers, eerst honderden en toen duizenden, bliezen het er met dynamiet en hogedrukspuiten uit, lieten de bergen smelten tot modderige en van geulen vergeven heuvels die er vanuit de lucht zullen hebben uitgezien als een rood-met-bruine holling waarin denimblauwe mieren verwoed rondrenden. Deerwater was nooit makkelijk te bereiken geweest, en toen schoot het stadje Tenmile uit de grond, eerst als een handelspost van canvas tenten waarvan de naam vergeten is, maar dat uiteindelijk bekend kwam te staan als Tenmile, naar de afstand die je over gevaarlijke weggetjes vol haarspeldbochten moest afleggen om het vanuit het mijnkamp te bereiken.

Tegen de tijd dat de laatste mijnwerkers de modderige geulen verlieten, had Tenmile een hoofdplein met een plek voor een gerechtsgebouw. Het stadje zwol aan tot 3500 zielen. De burgers sloegen de handen ineen en stuurden geld naar de legislatuur om tot gerechtszetel van de county benoemd te worden, en ze begonnen nog datzelfde jaar aan de bouw van een gerechtsgebouw en gevangenis. Dankzij de houtbouw en de vermiculietmijn in het nabijgelegen plaatje Libby bleef Tenmile gedurende de twee wereldoorlogen en tot diep in de jaren zestig bevolkt, waarna de volwassen kinderen begonnen weg te trekken, de ouderen begonnen te overlijden en het dorp in 1975 een precair evenwicht van rond de 2500 mensen bereikte.

Er woonden vele houthakkers en op de houtzagerij werkten rond de honderd man. Een paar gasten verdienden meer dan vijftien dollar per uur als loodgieter, machinebankwerker of als verkoper in sportartikelen. De tweedehandsautohandelaar was een aardige concurrent van zijn rivalen in Troy en Libby. Er waren een paar tankstations en twee kerken (beide protestants), vier dampige cafés en tien kroegen. Ongeveer driehonderd inwoners sjouwden naar Libby om de derde dienst in de vermiculietmijn te draaien en zagen er bij terugkomst uit alsof ze door de bloem waren gehaald, met bloeddoorlopen ogen. Akelige hoestbuien hielden hun vrouwen en kinderen 's nachts uit hun slaap.

Er was één advocaat die in alle zaken de verdediging voerde, een breedsprakige rechter die Dyson heette en een ernstig alcoholistische openbaar aanklager op wie zelfs de oude zuiplappen neerkeken. De pastors, hun twee vrouwen en een snaterend gezelschap altijd aanwezige oude dames organiseerden braderieën ten bate van verschillende goede doelen en roddelden over iedereen die ze in het oog kregen. Opgeblazen nepotisten bemanden de brandweer en de politiebureaus, het soort mannen dat in de geschiedenissen van andere kleine stadjes soms in een handomdraai heroïsch werd; en dat was hier niet anders, aangezien ze in 1943 een bankoverval hadden verijdeld, wat nog aanwijsbaar was op plekken waar afgeketste kogels rondom het plein in muren terecht waren gekomen. Er was zelfs een pianoleraar, die in een kleine, goed onderhouden cottage woonde die eruitzag alsof hij wel eens onderdak kon bieden aan een pianoleraar, en waaruit een incompetent geplingelplangel opklonk dat dat bewees. En er waren meer dan twintig leerkrachten in het stadje en dat waren allemaal vrouwen, afgezien van de gymleraar en de rector die de lagere school en de aanpalende middelbare school bestierde.

De kinderen waren zoals kinderen overal, misschien een beetje minder. Wat wil zeggen dat ze heel weinig televisiekeken en in trailers en blokhutten woonden. Over het algemeen gedroegen ze zich, maar dat betekende niet dat ze allemaal geschikt waren voor veel meer dan de vijfde of zesde klas van de lagere school. De intelligentie van een kind stimuleren werd nog als een beetje overdreven beschouwd – hoe eerder ze gingen werken, hoe beter. Het was algemeen bekend dat rector Pemberton geen lastpakken duldde – die stuurde hij simpelweg van school af, de karige economie in. Daarom was het best wel intrigerend toen Pemberton belde en vroeg of Pete onmiddellijk naar de school kon komen.

Sommige van de oudere kinderen zeiden dat ze de jongen op het speelplein hadden gezien, maar niemand praatte met hem terwijl hij langs het hek sloop en keek naar de kinderen op en rondom het klimrek. Hij ging op een van de halve vrachtwagenbanden tussen de houtsnippers zitten, liet zijn enorme laarzen op het rubber stuiteren. De kinderen die de jongen opmerkten spraken hem niet aan.

Ongeveer een halfuur later trof rector Pemberton hem op de eerste verdieping aan, voor het tekenlokaal van juffrouw Kelley. De schoolverpleegster was nu bij het kind. Pete en Pemberton keken van achter het glas van de deur naar hen.

'Hij draaide zich om om weg te rennen, ik greep hem bij zijn arm en toen beet hij me.'

Pete keek Pemberton aan. Hij liet Pete zijn hand zien.

'Niet door de huid heen.'

Pete keek door het raam naar het joch. Hij had een bruine camouflagebroek aan die bij de zomen was opgerold om hem te laten passen en een donkerbruine sweater die zo vol gaten zat dat hij als een visnet om zijn lijf hing. Er zaten bladeren en dennennaalden aan zijn gebreide muts. Zijn ogen keken de kamer door, bleven alleen lang genoeg op Pete rusten om zijn blik af te wenden en de verpleegster of de kamer te bekijken.

'Ik heb hem vast weten te binden, maar maar net,' zei Pemberton. 'Dat joch is sterk voor zijn lengte.'

Hij tikte op het glas en de verpleegster kwam naar buiten.

'Zijn tandvlees bloedt,' zei ze tegen Pemberton. 'Volgens mij heeft hij scheurbuik?'

'Niemand heeft hem ooit eerder gezien,' zei Pemberton tegen Pete.

'Hij stinkt,' zei de verpleegster.

De jongen ging staan, met zijn handen in de zij. Hij haalde een mouw onder zijn neus langs. Zijn bewegingen waren snel en manachtig, alsof hij van een andere soort was en volgroeid bovendien, een pygmee of een ander gekrompen volk.

'Heb je een naam uit hem kunnen krijgen?'

'Nee. Wilde hij niet zeggen.'

'Hoe heeft-ie zich gedragen?' vroeg Pete aan de verpleegster.

'Zo mak als een lammetje.'

'En niemand heeft enig idee waar hij vandaan komt? Geen van de andere kinderen kent hem...?'

Pemberton schudde zijn hoofd.

De jongen ging weer op de onderzoekstafel zitten en maakte de veters van zijn enorme laarzen los, en nadat hij die van zijn voeten had getrokken, plukte hij de lappen eruit die in elk daarvan waren gepropt om de ruimte te vullen waar zijn tenen ophielden. Hij rook aan de tweede van die lappen alsof die bepaalde informatie bevatte, schudde hem net zo uit als hij met de eerste had gedaan en legde hem naast zich neer. Hij rukte zijn kaasdoeken sokken uit. Zijn blote voeten waren misselijkmakend. Een dunne lap huid van zijn zool hing aan zijn voet en die trok hij eraf als een stukje papier van een natte zak. Daar rook hij ook aan, hield het op naar het licht en gooide het op de vloer, waar het als een grijs stukje beleg bleef plakken. De rest van zijn voet was net een geëtioleerde stengel, een verrotte knol of wortel.

'Mijn hemel,' zei de verpleegster.

De jongen keek op naar hun bleek weggetrokken gezichten en hervatte de ruwe verzorging van zijn voeten.

Pete sloeg een schrijfblok open, schreef de naam van een kinderarts op, scheurde het papier eruit en gaf het aan Pemberton.

'Deze vent is met pensioen en een beetje doof. Als je de telefoon maar vaak genoeg over laat gaan, neemt hij uiteindelijk wel op. Vraag of hij hierheen kan komen.'

Pete deed de deur open en ging naar binnen. De verpleegster stond op het punt hem te volgen, maar hij vroeg haar hem even alleen bij de jongen te laten. De jongen keek vluchtig op, maar bleef aan zijn voeten plukken. Pete ging in een stoel tegenover hem zitten.

'Hoi. Ik ben Pete.'

Pete bukte en zag de grijze wallen onder de ogen van het kind, in een verder schoon en bleek gezicht. Er zat een taupekleurige laag modder en as op al zijn kleren. Hij rook als een afgebrande lucifer, en naar gezouten varkensvlees. Zijn afgehakte haar schoot in bruine lokken uit zijn hoofd.

'Hoe heet je?'

'Benjamin.'

'Vind je het erg als ik vraag hoe oud je bent?'

'Ga je gang.'

Pete grijnsde.

'Hoe oud ben je?'

'Elf.'

'Echt waar? Je ziet er niet ouder uit dan een jaar of acht, negen.'

De jongen likte aan zijn vingers en leek losse stukken huid op hun plek te drukken.

'Waar kom je vandaan?'

De jongen zwaaide met zijn hoofd.

'Ergens in de stad?'

De jongen schudde van nee.

'Waar zijn je papa en mama?'

De jongen begon zijn lange sokken uit te rollen. Je kon het licht erdoorheen zien.

'Doen je voeten pijn?'

'Valt wel mee.'

'Je moet een heel eind gelopen hebben, dat ze er zo uitzien.'

De jongen trok de sokken aan en begon de lappen weer in zijn laarzen te proppen. Een azijngeur walmde Pete tegemoet.

'Luister eens, ik ben van de AGZ. Ik kan je naar huis brengen.'

De jongen trok een van de grote zwarte laarzen aan zijn voet en begon de veters aan te trekken.

'Sorry. Afdeling Gezinszaken. Daar staan die letters voor. Ik zou graag kijken of jij of je gezin iets nodig hebben. Hulp met de boodschappen of misschien wat medicijnen of zo.'

Het joch trok zijn andere laars aan en strikte die.

'Wat denk je ervan?' vroeg Pete.

De jongen ging op zijn pas gestrikte laarzen staan en wiegde heen en weer.

'Ik moet schijten,' zei hij.

Het joch liep met o-benen en zijn borst vooruit, alsof hij door een rivier waadde, terwijl hij met slecht verhulde interesse het arsenaal aan dieren en planten bekeek die uit knutselpapier waren geknipt en met plakband aan de muren waren gehangen. Hij keek door een op een kier staande deur een lokaal in waar een klas werd overhoord, naar de kluisjes en in het trapgat naar boven, met de zwijgende fascinatie van een ambassadeur. In de wc's ging de jongen het deurloze hokje in en bekeek het gevormde porselein even voor hij de omhoogstaande bril zag en die omlaagduwde. Hij scheet terwijl Pete toekeek, schaamteloos als een hond. Toen hij zijn handen waste, zeepte hij die stevig in en spoelde ze met behoedzaam genoegen af, keerde zijn handen om in het warme water en keek in de spiegel naar Pete alsof hij hém in de gaten hield, en niet andersom.

Het kind had thuis geen warm stromend water. En hij had nog nooit een openbare school vanbinnen gezien.

De jongen liet zich niet door de arts onderzoeken, maar de arts zei dat scheurbuik beslist mogelijk was. Zei dat hij zijn buik en benen moesten controleren op levervlekken, als de jongen dat ooit zou toestaan. Hij zei tegen Pete dat hij wat vitamine C voor hem moest halen, vroeg naar de ontlasting van de jongen, en toen Pete de kwaliteit daarvan beschreef, schreef hij een middel uit tegen de giardia die hij waarschijnlijk had opgelopen door het drinken van bergwater.

Er was geen spoor te bekennen van de eerdere gewelddadigheid van de jongen ten opzichte van de rector. Het kind straalde eerder een bestudeerde kalmte uit. Hij sprak op de staccato toon van een krijgsgevangene, verklaarde op een bepaald moment dat hij zijn staatsburgerschap had afgezworen. Hij meldde op zakelijke toon dat hij iedereen die een naald in hem stak zou vermoorden.

Pete nam de jongen mee naar de apotheek om het medicijn en vitamine C te halen. Het joch kreeg een paar starende blikken te verduren vanwege zijn kleding, de flarden sweater die als haarmos aan zijn lijf hingen. Zijn oren werden rood. Pete liep met hem de hoek om naar Jessop's Sporting Goods en schatte op het oog de juiste maten voor een winterjas, een spijkerbroek en een pullover, omdat de jongen weigerde iets te passen. Hij kocht sokken voor hem, een zakje onderhemden en een paar laarzen. En omdat hij toch bezig was, pakte hij nog een verbanddoos met gaas, verband, zalfjes en aspirine erin, en liet de verkoper een flesje jodiumpillen pakken.

Hij verwachtte half en half dat het kind zou wegrennen, maar hij volgde Pete trouw.

Toen ze bij het Sunrise Café kwamen, leidde Pete de jongen de wc's in en zette de zak kleren op de wastafel. Hij haalde een zakje T-shirts tevoorschijn, maakte het open en trok de kaartjes eraf.

'Laten we je maar eens in je nieuwe kloffie hijsen, niet?'

De jongen slikte en keek naar de kleren zoals iemand misschien naar een grommende hond zou kijken. Roerloos en angstig.

'Echt niet,' zei het joch.

'Waarom niet? Wat is er?'

'Ik moet naar huis.'

'En daar breng ik je ook naartoe. Maar je kunt wel wat nieuwe kleren en wat te eten gebruiken. Daarna gaan we regelrecht naar huis.'

Pete pakte het shirt op en liep op hem af. Het kind werd door een overdreven angst bevangen, deinsde terug tegen de muur, gleed daarlangs naar beneden en sloeg zijn armen voor zijn hoofd.

'Hé, hé, niks aan de hand,' zei Pete. 'Ik ga je geen pijn doen. Hier...'

Maar toen Pete het shirt op de vloertegel voor het joch neerlegde, sloeg die zijn armen om zich heen, drukte zijn gezicht tegen zijn gevouwen benen. Pete deed een stap naar achteren.

'Kom op,' zei Pete. 'Je hebt lompen aan.'

Het joch verroerde zich niet. Dat ging zo vijf minuten door. Tien. Borden en bestek die tegen elkaar aan kletterden in de keuken. Iemand voelde aan de deur en Pete riep dat de wc's buiten gebruik waren.

Het joch mompelde iets tussen zijn benen.

'Ik kan je niet horen, als je zo in je schoot praat.'

Het joch keek naar hem op. 'Dat mag ik niet.'

'Natuurlijk wel. En dan gaan we daarna een hapje...'

'Hij zal nooit...'

'Wie? Je vader? Zal die niet willen dat ik jou en je gezin help?'

De jongen liet een vinger over de voegen van de tegels tussen zijn benen gaan.

'Doet hij je pijn?'

'Nee.'

'Doet hij je moeder pijn?'

Geen antwoord.

'Luister, Benjamin. Ik zal je vertellen wat ik zie. Ik zie een joch dat ziek en klein is, omdat hij niet genoeg te eten heeft gekregen. En nu zeg je tegen me dat je geen nieuwe kleren aan mag trekken. Ik begin me af te vragen of het wel véilig voor je is om naar huis te gaan...'

'Ga je me niet naar huis brengen?!' krijste het joch. 'Je kunt me hier niet vasthouden! Daar heb je het recht niet toe!'

'Wow!' schreeuwde Pete. 'Rustig nou maar. Ik breng je wel naar huis. Maar ik wil dat je...'

Pete wilde tegen het kind gaan zeggen dat hij de kleren gewoon mee naar huis moest nemen, maar de jongen trok zijn sweater van het lijf en begon zijn riem los te maken.

Ze woonden in het bos, een eindje ten noorden van Tenmile, in de dichte en heuvelachtige bossen van de Purcell Range. De jongen wist niet hoe hij over de landweggetjes en houthakkerspaden die hij vanuit hun kamp overstak in het stadje moest komen. Hij was achter het IGA-supermarktje uit het bos gekomen. Daarachter lag een ononderbroken reeks oplopende bergruggen, in tweeën gedeeld door de oude spoorbaan die niet meer in gebruik was. Het joch zei dat hij over de ruggengraat van die bergrug was gelopen tot deze afdaalde naar een kreek, die hij overstak, en ten slotte een houthakkerspad af was gelopen. Vaststellen welk houthakkerspad dat geweest was, dat was het probleem. Pete had wel een vaag idee, afgaand op zijn kaart in het handschoenenkastje, maar die was oud en de nieuwe wegen stonden er niet op.

Het joch had uiteraard geen idee hoe je erheen reed, wist niet of het een weggetje van de Forest Service was geweest of van de Champion Timber Company. De avond begon te vallen en ze hadden overal gezocht naar oriëntatiepunten die de jongen misschien herkende. Uitstekende rotspartijen. Maar er waren alleen bomen, kilometers en kilometers aan groene lariksen.

'Deze misschien,' zei de jongen, wijzend naar de zoveelste zijweg die met twee gele reflectoren werd aangegeven, een kilometer of anderhalf van de plek waar Separation Creek en de Yaak River samenvloeiden. Het kind had zijn lunch opgegeten, een groot glas sinaasappelsap gedronken en zelfs een beetje geglimlacht om Petes grappen.

Ze reden een vervallen weggetje op, overwoekerd door timoteegras en zwenkdravik. De gaten in de weg werden op de hoger gelegen delen aan het zicht onttrokken door niet gesmolten sneeuwbanken.

'Straks slokt die weg mijn auto nog op.'

Verderop was een gesloten hek.

'Dat is het hek,' zei de jongen. 'Met die deuk erin.'

Pete stopte en zette de motor af. Die tikte onder de motorkap. De lariksen en dennen zuchtten.

'Hoe ver nog?' vroeg Pete.

'Een eindje.'

'Een paar kilometer, zoiets?'

De jongen wist het niet. Pete zei dat hij in de auto moest wachten, stapte uit en begon het gebied rondom het hek te inspecteren. Er moest hier ergens een sleutel liggen. Dat was altijd zo – biologen en onderzoekers van het Bureau of Land Mangement, de Forest Service en Champion Timber liepen voortdurend af en aan. Hij zocht in de krommingen van bomen, ongeveer op ooghoogte, en onder stenen van zo'n beetje het juiste formaat. Hij hoorde het joch uit de auto stappen.

'Wacht nou even,' zei Pete. 'Ik heb het hek zo open.'

Pete zag een platte steen die verdacht boven op een andere lag, ongeveer zo groot als een eetbord. Bingo. Hij draaide de bovenste steen om. Niets. Hij keek onder de eetbordsteen. Niets.

'De sleutel is weg,' zei het joch.

Pete ging weer staan.

'Papa heeft hem daar in de bosjes gegooid, maar veel succes als je hem wilt vinden.'

Pete keek het krakkemikkige weggetje in. Hij zag de eerste bocht niet eens. Hij keek omhoog waar de zon stond, die al achter de bomen was gedoken.

'Hoe ver aan die weg zitten jullie?'

'Ik weet niet. Een eindje verderop.'

'Een eindje,' zei Pete. Hij dook onder het hek door en zei tegen het joch: kom op.

De hemel en de sneeuw waar ze overheen liepen gaven alles de slaperig blauwe tint van de avond en de ijskoude lucht brandde in hun longen. In Petes longen, in elk geval. Je hebt een beroerde conditie, dacht hij. De jongen ploegde vlak voor hem uit en had bij de tweede bocht de benen kunnen nemen. Pete zou niet achter hem aan zijn gerend. Maar in plaats daarvan bleef het joch tegen een stomp staan, waar de weg half was weggespoeld en er een gestaag stroompje water door een geul in de modder liep.

Pete pakte dankbaar zijn knieën vast. Al lopend had hij zich afgevraagd wat hij tegen de ouders van de jongen zou zeggen. Hij zou zeggen dat hij Benjamin zo snel mogelijk terug had gebracht, dat niemand zich met hen of hun jongen wilde bemoeien. Hij was nog bezig met wat hij over de kleren, het doktersrecept en de vitamine c zou zeggen. Maar terwijl hij het tafereel in zijn hoofd voor zich zag, ging zijn positiviteit tegelijk met de zon onder, en zijn besluit het joch hierheen te brengen leek steeds absurder. En toen ronduit stompzinnig. Pete was gedreven door de zekerheid dat het joch tot de volgende dag vasthouden geen optie was. Hij kon hem nergens onderbrengen. Cecil zat bij de Cloningers, dus hun kon hij het niet vragen. Een andere plek was er niet.

Maar Pete voelde terwijl hij daar zo zat een golf van bezorgdheid opkomen, en vervolgens een angstig besef van de mogelijkheden, en dan met name de kans dat de vader van de jongen een kogel door zijn donder zou jagen. Geweld werd in zijn hoofd een steeds waarschijnlijker uitkomst. Er was een opvangtehuis in Kalispell. Daar zou Pete het joch heen kunnen brengen. Op z'n minst even rondbellen.

De jongen keek naar hem en even leek hij Petes gedachten te lezen.

'Hoe heet je van achteren?' vroeg Pete.

'Pearl.'

Pete was op adem gekomen, maar was nog niet zover dat hij verder wilde lopen. Hij wilde niet eens weten hoeveel verder nog. Zijn knieën knikten. Hij ging op zijn hurken zitten.

'Benjamin Pearl. Mooi.'

'Mama zei dat onze naam ons eraan herinnert hoe zeldzaam we zijn.'

'Hoe heet zij?'

'Sarah. En daarvoor heette ze Veronica.'

'Waarvoor?'

'Ik weet niet. Gewoon.'

'En je papa?'

'Jeremiah Pearl.'

'Heb je broers en zussen?'

'Ja.'

'Hoeveel?'

'Vijf.'

'Vijf? Wauw, da's een hoop. Zijn ze allemaal ouder dan jij?'

'Neuh.'

'En hoe heten zij?'

'Esther, Jacob, Ruth, Paula en kleine Ethan. Ik kom voor Paula en na Ruth.'

'Aha. En zij zijn daarboven bij je ouders?'

De jongen stond op, trok een jong boompje uit de heuvel en sloeg de aarde van de wortels. Pete keek om zich heen. Hij had nauwelijks opgemerkt dat ze een gebied in waren gelopen dat van de zomer was herbeplant. Op de hele heuvel groeiden heuphoge dennen. De Pearls hadden een goede plek uitgekozen om zich terug te trekken uit de samenleving. Het verkeer – in elk geval van houtzagerijen – zou hier nog jaren minimaal zijn.

'Waarom ben je vandaag die school binnengegaan, Benjamin?'

'Ik weet niet.'

'Gewoon zomaar het speelplein op gelopen?'

'Ik weet niet.'

'Nou, wat deed je dan in het stadje?'

'Spullen halen.'

'Wat voor spullen?'

'Eten en zo.'

'Heb je een huis en een paar vriendjes in het stadje of zo?'

'Nee.'

'Vuilnisbakken?'

De jongen trok nog een jong boompje uit de grond.

'Ze gooien achter die kruideniers een hoop spullen weg die nog prima te gebruiken zijn, hè?'

Het joch haalde zijn schouders op, sloeg de aarde van het boompje en gooide het over zijn schouder. Hij trok er nog een uit. Het was bijna net zo hoog als hij.

'Ik denk niet dat Champion Timber er kapot van zou zijn dat je dat doet.' De jongen had geen idee waar Pete het over had. Pete zei dat ze maar eens verder moesten.

'Hij komt eraan.'

'Je vader? Waar? Hiernaartoe?'

'Hij houdt ons al de hele weg in de gaten.'

Pete draaide helemaal rond, zocht de lage bomen af naar een teken. Ook dit was weer goed uitgedacht. Tussen de jonge boompjes kon je je verschuilen, maar ze waren laag genoeg om vanaf alle richels en toppen ruim zicht te hebben. Het besef hoezeer hij was blootgesteld, ergerde Pete.

'Laten we hem dan maar tegemoet lopen. Het begint donker te worden.'

Het joch begon de geul op te lopen waar het water de weg had overspoeld. Ze klommen over boomstronken en rotsen en het water dat stroomde onder maïskorrelsneeuw dat er al een jaar kniehoog lag in deze holte in de heuvel. Ze bereikten de rand en liepen eroverheen, gleden uit over ijzige verborgen wortels. Ze rustten even uit en liepen in de invallende duisternis verder, tot ze eindelijk bij de richel kwamen. Er was licht van de sterren in het oosten. Een donker uitzicht van bomen en nog meer bomen.

Pete masseerde zijn zij. Een steek, daar. Hij had het koud en raakte buiten adem in de striemende wind, en zijn oogbollen dreven rond in kleine poeltjes.

'Nou,' hijgde hij. 'Waar is hij dan, verdomme?'

Een oorverdovende krak overstemde het antwoord van de jongen. Een flits, een licht in zijn ogen. Pete hurkte neer in een lichtstraal en het geweerschot weergalmde tegen de bergen. Het licht bleef als pepperspray in zijn ogen, en uiteindelijk stierf het geluid van het schot weg, en hij zat nog steeds gehurkt en schermde zijn ogen af tegen het licht. Hij keek opzij en de jongen bewoog op de grond. Hij dacht dat het kind geraakt was.

'Sta op,' zei een man van achter het licht.

Pete spreidde zijn vingers voor zijn gezicht alsof hij daarmee wat van het felle licht wilde filteren, maar dat bleef toch in zijn ogen schijnen, en veelkleurige corona's brandden in zijn gezichtsveld toen hij zijn blik afwendde.

De jongen begon naar het licht toe te lopen, en Pete probeerde te beslissen of hij zijn hand naar hem moest uitstrekken, hem tegenhouden – *natuurlijk niet, dan wordt je neergeschoten* – toen de man sprak: 'Blijf waar je bent.'

'Papa, ik...'

'Blijf staan!'

De stem galmde door zijn eigen gigantische kracht, als een donderklap.

'Meneer Pearl? Ik ben van de Afdeling Gezinszaken.' Zijn stem klonk hem hoog en angstig in de oren. Hij praatte door en hoopte dat zijn timbre beter zou worden: 'Ik ben niet van de politie of zoiets dergelijks. Mag ik u mijn badge laten zien?'

Het licht gaf geen reactie.

'Ik kwam Benjamin gewoon in de stad tegen en hij zei dat u hier woonde, dus heb ik hem teruggebracht.'

Het licht verplaatste zich naar de jongen.

'Trek die kleren uit,' beval de man. Benjamin gehoorzaamde onmiddellijk, en het licht zwaaide weer in Petes ogen.

'Wacht nou even,' zei Pete. 'Het zal tegen de nul graden zijn, hier buiten. Er mankeert niks aan die kleren. Ze zijn níéuw. En u hoeft er niets voor te betalen. Ze zijn gratis. Voor niks.'

'Ik weet wat gratis betekent.'

'Natuurlijk. Ik bedoelde alleen maar dat het mijn werk is. Ik heb een budget voor dit soort dingen.'

De jongen had de jas en het overhemd op een hoop voor zich laten vallen en was zijn broek aan het losknopen. De aanhoudende woorddiarree bleef uit Pete stromen, terwijl het joch een hagelwit T-shirt uittrok.

'Luister, als het erom gaat dat u geen aalmoezen wilt aannemen, dan is dat prima. Ik kan beslist regelen dat ik, nou ja, een vergoeding voor de kleren aanneem. Het, het was niet mijn bedoeling u te beledigen of buiten mijn boekje te gaan. Benjamin heeft niet om die kleren gevraagd. Ik stond erop dat hij ze aannam.'

De jongen maakte de veters van zijn nieuwe laarzen los, trapte ze uit en deed zijn nieuwe sokken uit, trok vervolgens zijn broek naar beneden en stapte er op zijn verwonde blote voeten uit.

'Meneer Pearl. Alstublieft. Het is maar een jongen, hier in de kou. Ik zou niet...'

Het licht zwaaide naar de jongen en toen weer in Petes gezicht en onderbrak hem. De jongen stond driftig op de plek te trappelen in de dennennaalden, met een vertrokken gezicht.

'Alstublieft, meneer. Meneer Pearl. Uw zoon heeft een giardiabesmetting opgelopen door het drinken uit de stroompjes hier. U en uw gezin zullen het misschien ook wel hebben, denk ik. Ik heb er medicijnen tegen in mijn jack. Genoeg voor u allemaal, en ik kan nog meer komen brengen. Sterker nog, ik hoopte dat u me misschien wat sinaasappels zou laten brengen. Hij heeft bloedend tandvlees, en we denken...'

Zijn stem stierf weg. Benjamin was naakt. Eén en al knobbels en knoken, wit en uitgemergeld, en hij deed Pete denken aan wezens die in grotten woonden, albinospinnen, ooglidloze vissen en watersalamanders. Een witte jongen met paarse en bruine bloeduitstortingen en vuil en roze littekenweefsel en allemaal kolkende kransen van de geelzucht, alle kleuren daarvan zo vaag op zijn overdonderend bleke lijf. Hij was paarlemoer, deze zoon van Pearl. En op zijn dijen en buik een luipaardachtig patroon van levervlekken, zijn penis als een grijze knobbel in zijn prille schaamhaar geplakt. Je dacht bij het zien van zijn lijf niet aan vlees, maar aan mineralen. Het was een klein wonder dat hij bewoog, dat die paarlemoeren jongen zijn knokige armen om zijn lijf kon slaan.

'Dit is niet nodig,' zei Pete. 'Het is nergens voor nodig dat hij moet lijden.'

'Wegwezen jij,' zei het licht, de oudere Pearl. 'Als je terugkomt, kun je een dodelijke toorn verwachten. Zeg dat ook maar tegen de FBI.'

'De FBI? Er komt niemand aan. Zoiets is er helemaal niet aan de hand.'

'Jij bent toch gekomen, of niet soms?'

Het feit dat de man sprak, kalmeerde Pete een beetje. Hij kon het gesprek aangaan. Pete kon zijn werk doen.

'Ik kom alleen uw zoon maar terugbrengen. Ik kom u geen ellende bezorgen. Mijn enige taak hier is helpen.'

'Je komt gekleed in zwakte, maar ik weet wat er achter je staat. Je dringt je tussen goede mensen en laat ze van binnenuit wegrotten met je ziektes en je psychische aandoeningen.'

Gekkenpraat. Wat moet je daarop zeggen? Je tergt hem niet. Je daagt hem niet uit.

'U moet die jongen die kleren weer laten aantrekken,' zei Pete simpelweg, verbijsterd door het lef daarvan. Ondanks het geweer, het licht, zijn angst. 'Als ik had gedacht dat u hem zich in dit weer zo helemaal zou laten uitkleden, had ik hem helemaal niet teruggebracht. En als u denkt dat ik die jongen gewoon maar laat bevriezen...'

De lichtbundel schoot de bomen in en Pete volgde hem met zijn blik terwijl die bleef rusten en de zwarte vallei doorboorde, en hij realiseerde zich te laat dat de man de zaklantaarn simpelweg had laten vallen en op hem af kwam. Voor Pete zijn zicht terug had, had Jeremiah Pearl zich al op hem gestort, had hij hem bij zijn jack vast, tilde hem met een arm op en gooide hem achterwaarts tegen de grond. Pete lag daar, stomverbaasd. Zijn zicht een waterval aan vonken. Zijn hoofd zoemde. Die zwarte, boze ogen, die hem zelfs nu nog angst aanjoegen. Pete gooide zijn armen hulpeloos in de lucht en kroop haastig achterwaarts tegen een boom.

Hij kon nu onderscheiden dat Pearl met zijn geweer in de hand vlak boven hem neerhurkte. De adem, het lijf en de baard van de man stonken als een rookpot.

'Ik jaag je er hier één van door je hersens voor ik je die jongen geef. Dat is verdomme een plechtige belofte.'

Hij bukte. Pete schrok terug. De man spuugde op hem. Vervolgens draaide hij zich met een ruk om, tilde zijn zoon op zijn heup en holde de begroeiing in.

Pete kon ze nog over de berg horen bewegen en de jongen horen snikken, en Pearl zei iets tegen hem, niet streng, iets ferms en afgemetens. Pete kreeg de indruk dat ze heel bang waren, alsof ze dezelfde nachtmerrie hadden gehad en hij de jongen verzekerde dat hij nu wakker was, dat alles in orde was.

Hij luisterde tot ze weg waren. Toen pakte hij de kleren bij elkaar, vouwde ze op, stopte een kaartje in de zak van de broek en legde ze in een spleet tussen de rotsen waar ze droog zouden liggen, maar nog wel te zien zouden zijn. Hij liep door de donkere bossen voorzichtig terug naar de weg en zijn auto.

Dat was weer een doodgewone werkdag.

3

Pete reed Tenmile in vanuit de absolute duisternis van de Yaak Wilderness achter hem, waar er geen lichten of bewoners waren, waar alleen de zwarte horizon onregelmatig oprees naar de constellaties die vanuit hun koepelgewelf pulseerden boven de met licht besprenkelde kom van de vallei eronder. De schaarse verlichting van Tenmile – lichtbakken van kroegen, een paar lampen op veranda's, de vier verkeerslichten die oranje knipperden – konden de sterren in dit vlakke en lege nachtland niet verzwakken.

En hoewel Pete uit een ander klein stadje kwam, of liever: een ranch daarbuiten, beviel het hem in Tenmile.

Dat wil zeggen, bepaalde plekken in Tenmile bevielen hem.

Het Sunrise Café beviel hem vanwege de koffie die ze er schonken, de rokerige sfeer en hoe zijn armen 's zomers aan de plastic tafelkleden bleven plakken, hoe de ramen besloegen, bepareld, en er tranen langs liepen wanneer iedereen de kerk uit kwam en er op een koude ochtend ging ontbijten. Het beviel hem dat Tenmile het grootste deel van oktober rook naar verbrande bladeren. Het bankje voor de tabakszaak op het plein beviel hem, en dat je daar nog een kind naarbinnen kon sturen om een pakje Drum te halen zonder problemen te krijgen met de eigenaar. De bowlingbaan beviel hem, die soms, volgens een geheim schema dat alleen zij bijhielden, ineens stampvol zat met kids van de middelbare school en de omliggende heuvels die zich klem zopen uit flessen wodka of bocht die ze onder hun stoelen en in hun jassen verstopten. Dat een meisje altijd een meisje was en knetter werd als de juiste jongen haar jas afpikte, dat ze dan bij haar middel dubbelsloeg alsof ze haar voeten niet kon bewegen, alsof ze ter plekke wortel had geschoten, wanhopig wilde dat hij terugkwam om nog iets te pakken, zodat ze het weer op een gillen kon zetten. Hoezeer dat op een fazant leek die op de grond rond flapperde als je haar probeerde weg te lokken bij haar kuikens. Hoezeer de biologie hier bonsde en kolkte – de mist die over de verlande geulen aan de oostkant van het stadje trok en een eland daaruit tevoorschijn kwam als door rook of als een wezen dat zelf rookte. Dat het water eruitzag en smaakte alsof het zo uit de kraan kwam, hard en perfect, als ijskoude stenen en smeltende sneeuw. Hoe de forellen in dat water eruitzagen, bruin en golvend en glinsterend in alle kleuren die er waren en misschien nog een paar die niet echt bestonden in het kleurengamma, een kleur die, pakweg, mosgroen en bruin gespikkeld was als peperkorrels, een enkele terracottakleurige steen en een sprankje zonlicht, allemaal tegelijk. Die kleur bestond hier in het water.

Er waren hier ook mensen met geheimen. Een dief. Een homoseksueel. Mensen die hun kinderen mishandelden en wier huizen er in Petes mentale stadsplattegrond uitsprongen als amberkleurige bakens, omdat hij dat wist. Hun geheimen bewaarde hij.

De rechter – een dikke vent die Dyson heette en met zijn grijze snor, vest, jas en zakhorloge aan president Taft deed denken – kende de familie van Pete nog uit Broadus (voor Petes geboorte) en daarna uit Choteau, waar ze nu woonden, en hij had Pete voorgesteld aan de notabelen van het stadje, de mannen met een eigen zaak, en hem laten kennismaken met de couleur locale toen Pete de openstaande vacature in de westelijke helft van Service District Eén ging vervullen. Pete had ze allemaal ontmoet, de voorzitter van de Cattlemen's Association, de vakbondsvertegenwoordiger van Local 292 en een reeks magere cowboyedellieden die hem allemaal de hand schudden en howdy zeiden als ze hem tegenkwamen in de kleine Safeway of het Sunrise. Het zou misschien wel jaren duren voor ze echt het gevoel hadden dat ze hem kenden, voor ze vertrouwelijk met hem spraken.

Maar in de kroegen. In de kroegen zat een ander slag mensen, snelle vrienden die binnenkwamen voor een hamburger van een dollar, een biertje van vijftig cent en gratis pinda's voor de lunch, en die soms de rest lieten schieten en zich gewoon klem zopen. Je had Ike, die een glazen oog had dat vaker wel dan niet in iemands bierglas lag. Jerome en Betsy die ruziemaakten, zich verzoenden, ruziemaakten, en Pete op hun bank lieten pitten als hij daar verzeilde voor een nachtmutsje. Gestoorde Harold, die altijd een lift naar huis nodig had. De andere Harold, een Blackfoot-indiaan die ze soms 'Harold de Indiaan' noemden, was altijd goed voor een rondje, en niemand die wist waar hij zijn geld vandaan haalde.

Je ging naar de Fizz als je Ike en zijn glazen oog wilde zien en wilde rondhangen tussen de lage tafeltjes en pluchen stoelen op wieltjes. Je ging naar Freddies voor hamburgers en een biertje, waar de lange zwarte bakplaat glinsterde achter de barkeeper, en naar de War Bonnet voor viskommen vol met een onzalig rood brouwsel dat bestond uit ijs, sterkedrank en felgekleurde grenadine. De Nickel was maar net iets breder dan een wc-hokje en de bar liep langs de hele ruimte, en je piste achter in een cementen trog waar de regenpijp op uitkwam. Je dronk elleboog aan elleboog, en als er een gevecht uitbrak, kon je dat niet zien omdat de pijpenla waar je in zat zo nauw was, en mensen klommen op de bar om te kijken en dan sloeg de ventilator aan het plafond je hoed van je kop. En in de Ten High stond de tijd stil en op een bepaald moment viel je om, en als je weer opstond glinsterde je rug van de lipjes van bierblikjes en pindadoppen, en mensen sneden zich soms in hun hand als ze die van je af veegden. En het was, net als vanavond, donker als je klaar was met je werk, en om er te komen moest je langs de schemerige ijzerwarenhandel rijden – de zakken graszaad onder de overkapping naast de grasmaaiers die met sloten aan elkaar zaten – langs de Dairy Queen, de brandweerkazerne en het plein zelf op, langs de Ten High, dan rechtsaf Main Street in en het donkere steegje daarachter in.

Tinnen goten ratelden in de wind en stemmen weerkaatsten uit de ingang van het steegje, toen Pete opkeek waren de gestalten hem al voorbij. Hij trok aan de achterdeur van de kroeg en ging naar binnen. In de gang, met een lambrisering van laminaattegels, schel verlicht door een kale gloeilamp, schoot hem een herinnering te binnen van toen hij net naar Tenmile was verhuisd, afwisselend buiten westen ging en weer bij zijn positieven kwam, een Blackfoot-vrouw stevig bij haar middel vasthield, zijn hoofd in haar gitzwarte haar begroef. Waar ze uiteindelijk verzeild waren geraakt, wat er van haar was geworden, dat kon hij zich niet meer herinneren.

Hij liep door de klapdeur de kroegruimte in. Oude mannen babbelden aan een tafeltje achterin, een paar andere stonden te poolen. Twee haveloze types in hun beste polyester pak, bruin en poederblauw met bijpassende vesten en witte biezen, zaten erbij te kijken door diepliggende ogen, van roodbruine biertjes te drinken op een rij krukken langs de muur. Ze leunden naar voren om te horen wat de ander zei, haalden tandenstokers uit hun mond alsof ze elkaar daardoor beter zouden verstaan.

Achter de bar was Neil een krat bier in de koelkast aan het zetten.

'Wat drink je?' vroeg hij toen hij Pete zag.

'Is Dyson hier geweest?'

'*Nope*.'

Pete liep door de voordeur en keek naar de overkant, naar het gerechtsgebouw. Het licht in het kantoor van de rechter was uit, maar rechter Dyson stond met een andere man onder een esdoorn op het gazon van het gerechtsgebouw in het maanlicht over politiek te praten. De rechter gebaarde geanimeerd. Dyson de oude Democraat, die het opnam voor de in-zijn-hart-zondige president Carter. Pete had gelezen dat het een spannende race was, maar hier in Rimrock County was het niet spannend. De mensen die in de Yaak in hun boerderijen van papier, teer en half afgewerkte boomstammen woonden, waren niet geïnteresseerd in politiek – het waren pure anarchisten. De meesten woonden hier omdat de overheid er een te negeren factor was. Ze hakten hun eigen bomen om als ze brandhout wilden hebben. Ze jaagden en visten waar ze maar wilden. De meeste trucks hadden een sneeuwploeg. Sommigen hadden er zelfs bezwaar tegen dat er post werd bezorgd.

Dyson kon een grote hoeveelheid stemmen op de Democratische kandidaten in alle deelverkiezingen tegelijk binnenhalen onder ambtenaren van het rijk en de gemeente en vakbondsjongens, maar op de verkiezingsdag zegevierde hij alleen maar omdat het merendeel van de county de verkiezingen actief meed of die bespotte door hun stem op de zelf ingebrachte kandidaat 'Mickey Mouse' uit te brengen.

Maar dit jaar klopte er iets niet. Er waren handgeschilderde bordjes met de tekst 'REAGAN COUNTRY' opgedoken in de velden langs de snelweg. Op plekken die niet eens gehuchten waren, gewoon kleine voorposten van verwoed individualisme. De mensen die de rechter nu probeerde te ronselen kon het niet schelen hoelang hij al deel uitmaakte van de rechtelijke macht, in welke commissies hij had gezeten of hoeveel invloed hij al dan niet had. Misschien dat ze hem persoonlijk wel mochten, maar zijn achtergrond stond hun niet aan.

Nu stond de rechter met zijn handen te praten, gooide zijn armen wijd in de lucht, tikte de borst van de man aan en wees naar zijn geopende handpalm. Pete wou dat hij een beetje rustig aan deed. Maar de rechter had die gast nu bij zijn jasje – had zijn dikke vinger letterlijk door diens open knoopsgat gestoken –, alsof hij door deze ene man te overtuigen president Carters overwinning in Rimrock County zou binnenhalen.

Geef het op, rechter, dacht Pete. We moeten niet te veel opvallen. We hebben een flinke borrel nodig. De man zei iets, en de rechter sloeg zijn armen over elkaar en hield zijn hoofd schuin naar achteren, een pantomime-uitvoering van luisteren. Pete had die beweging wel eens in de rechtszaal gezien en hij ging altijd vooraf aan een twee keer zo heftige tirade.

Kon uren duren.

Pete ging weer naar binnen. Neil had zijn voet helemaal op het koelkastje gezet en stond eroverheen gebogen pinda's te doppen en ondertussen naar de televisie aan het andere eind van de bar te kijken. De president en Reagan achter hun lessenaars. Reagans gerimpelde wangen blozend van de make-up. Carter met die uitzinnige lippen van hem.

Pete legde zijn handen op de bar en leunde naar voren.

'Wil je me een lol doen en dat afzetten? Ik wil niet de hele avond van hem horen wat een Republikeinse stomkop je bent.'

Neil glimlachte, ging op het koelkastje staan en zette hem op een andere zender. Het debat werd op alle kanalen uitgezonden. Hij zette het geluid af en klom naar beneden.

'Wil je wat drinken?' vroeg hij.

'Doe mij maar een whisky en een biertje. Het was een verrot lange dag.'

Neil koos een fles, hield die op. Pete knikte dat die prima was, terwijl hij een briefje van twintig tevoorschijn haalde.

'Als de rechter binnenkomt, zet die fles dan neer voor hij je geld kan geven.'

Neil klakte met zijn tong en nam Petes geld aan.

Een paar vrienden van de rechter langs de muur hieven hun bierblikje ter begroeting, en Pete schoof aan een tafeltje achter in de kroeg. Een rustige avond. De pokertafel was afgedekt met een zwart laken. Pete liet zijn whisky in zijn glas rondgaan, keek hoe die als olie aan de zijkant van het glaasje bleef kleven en nam een slok. Heet en heerlijk. Hij had de whisky gauw op, dronk zijn biertje, haalde er toen nog één bij Neil, en toen hij dat op had, kwam de rechter ziedend binnen. Pete riep en de rechter stormde naar hem toe en schoof bij het tafeltje aan, zijn pens strak ertegenaan. Pete gaf de tafel een zetje, zodat de man ertussen paste. De rechter keek hem fronsend aan.

'Schijnbaar hebben we een ontzettend probleem met nichten die een uitkering trekken,' zei de rechter.

'Is dat zo.'

'Je kunt nog geen steen gooien zonder er eentje te raken. Zelfs hier in Rimrock County, als je die klootzak van een Johan mag geloven.'

Neil kwam naar het tafeltje met de fles en een glas. De rechter griste ze uit zijn handen, schonk in en reikte in zijn colbert naar zijn portefeuille.

'Die godverdomde Reagan... Waar ga jij heen, Neil?'

De rechter hield een bankbiljet op. Neil wees naar Pete, en de rechter keek hem vuil aan en legde het geld op het tafeltje.

'Ik drink zo vaak dat dure spul van jou,' zei Pete. De rechter nam een slokje, hief zijn glas om te bedanken, maar liet het biljet op tafel liggen. Vervolgens keek hij Pete met samengeknepen ogen aan, nam hem van boven tot onder op, zoals je dat bij een paard of een motorblok zou doen. Hij reikte over de tafel en nam een pluk van Petes haar tussen zijn vingers.

'Ga eens naar de kapper,' zei hij, en hij gooide het weg. 'Waarom laten die mensen je hun huis binnen, dat vraag ik me af.'

Pete glimlachte en schonk nog wat in zijn kleine glaasje en dat van de rechter.

'Omdat ze weten dat ik geen smeris ben.'

De rechter glimlachte spottend in zijn glas, slikte toen. Vroeg hem hoe het op zijn werk ging. Pete vertelde rechter Dyson over de jongen die hij naar de Cloningers had gebracht.

'Hebben die een bord van Reagan in hun tuin staan?'

'Niet dat ik gezien heb.'

De rechter haalde een vers blikje pruimtabak uit zijn vestzakje en sloeg ermee in zijn hand terwijl Pete hem over die jongen van Pearl vertelde en over het geweervuur en de vader.

'Die mensen ook,' mopperde de rechter, meer over het electoraat in het algemeen dan over Petes cliënten.

'Die gast liet zijn joch de kleren uittrekken die ik voor hem had gekocht. Ik weet niet precies wat ik nu moet doen.'

'Laat ze wegrotten, die ondankbare klootzakken.' Dyson haalde een nagel langs de rand van het blikje en draaide het open.

'Da's een nobel sentiment, rechter.'

'Als je daar weer naartoe gaat, komen er ongelukken van.'

De rechter pakte een plukje tabak en stopte het achter zijn onderste snijtanden. Hij likte over zijn dikke onderlip, plukte zwarte kruimeltjes van zijn tong.

'Als ik alleen ga, wel,' zei Pete.

'Nou, dan bezorg je een paar hulpagenten ongelukken. Help gewoon de mensen die je kunt helpen. Het is niet alsof je niks anders te doen hebt.'

Pete ging bij Neil een koffiekopje halen, zodat de rechter daarin kon spugen. De rechter draaide het oortje van zich af en zette het blikje en zijn glas er op een rechte lijn naast. Hij was geen nette man sinds zijn vrouw was overleden, maar vaste gewoontes bleven.

'Ik heb je vaders nieuwe vrouwtje gezien...'

'Bunnie.'

'Precies, Bunnie. Toen ik een paar weken terug in Great Falls was,' zei de rechter.

'En, hoe was dat?'

'Evangelisch. Kan niet tippen aan je moeder, God hebbe haar ziel.' De rechter hief zijn glas, en ze namen een slok. 'Bunnie had een paar tassen aan haar arm hangen. Ik neem aan dat dat betekent dat het met de boerderij nog oké gaat?'

Pete proestte. 'Die boerderij is een hobby.'

'Die ouwe van je verdient meer aan zijn hobby's dan de meeste mensen met een volledige carrière.'

'Hij is gewoon gierig, dat is alles.'

De rechter wilde daar iets over gaan zeggen, maar Neil kwam bij hen kijken, en de rechter duwde een dikke vinger in zijn gezicht.

'Laat deze gast geen drankjes voor me betalen, Neil.'

Pete schoof achter het tafeltje vandaan en de rechter wurmde zich er ook grommend uit. Ze keken even naar het debat op televisie. Carters vale aura was evident, nog sterker met het geluid uit. Reagans beurt om het woord te voeren. Hij schudde zijn hoofd, zei iets tegen zijn lessenaar, keek op en glimlachte naar Carter alsof hij in een film een *royal flush* had omgedraaid. Het kwam in Pete op dat in het echte leven niemand een spannend potje wint met een royal flush. Nooit. Maar in films doken er altijd royal flushes op om mensen hun hachje te redden. Van die opmerkelijke momenten waarop kansen met één kaart keerden.

De voordeur ging met een klap open. De rechter liep er op zijn dikke, driftige beentjes haastig door.

4

Petes blokhut stond op twee hectaren in de Purcell Mountains, vijfentwintig kilometer ten noorden van Tenmile, drie kilometer lopen van het heel fatsoenlijke viswater van de Yaak. Hij had een borgsom van tweeduizend dollar opgehoest en betaalde maandelijkse aflossingen aan de beverige ouwe baas die hem gebouwd had en nu bij zijn zus in Bozeman woonde. Een vriendelijke oude vent die hem alle kleine mankementen liet zien, welke deur niet op de klink wilde, welk kozijn niet goed geplaatst was. Witte schuurpapierstoppels en vochtige ogen toen hij vertrok.

Denk aan ouder worden.

Denk aan nog maar eenendertig zijn en al zoveel volledig verkloot hebben.

Pete had stromend water en in het voorjaar zou hij elektriciteit krijgen, als je de county mocht geloven. Hij had een nieuwe boiler van Sears op de veranda staan, nog in het plastic, die hij nog niet kon installeren; in tegenstelling tot de elektriciteit was het nog onduidelijk of de county ook voor gas zou zorgen, maar hij had die waterboiler met korting kunnen kopen. Hij had gehoopt dat een paar landmeters die hij verderop aan Separation Creek had gezien in dienst van projectontwikkelaars waren, maar een truck van de Forest Service was hen komen ophalen en misschien waren ze wel van de Champion Timber Company. Hij voorzag dat hij zich nog een jaar in het gerechtsgebouw zou moeten douchen.

Naast de boiler lag een bijna opgebruikte stapel brandhout, maar er lag nog een hoop stammetjes achter het huis die hij kon splijten om het voorjaar mee door te komen. De indeling binnen was eenvoudig, ruim voldoende. Een slaapkamer waar hij zijn lege kartonnen dozen nu in gooide, een voorkamer waar zijn bed in stond en een leren stoel, een kerosinelamp en een elektrische lantaarn, twee planken met boeken en een bureau. Een olijfkleurige canvas tas halfvol schone of vuile kleren van de wasserette in Tenmile. In de keuken kookte een apart houtfornuis zijn maaltijden prima, en via een luik in de vloer kwam je in een kelder waar hij zijn melk, bier en groente bewaarde. Probleemberen braken hier in de buurt soms in huizen in, maar daar had hij geen last van gehad. Het idee van probleemberen alleen al. Een probleem voor wie. Hadden die beren het ook over probleemmensen.

Pete was voor dag en dauw al uit bed, water aan het koken en door het raam aan het kijken naar wat er daar ook te zien viel. Soms zag hij door de Amerikaanse lariksen een hele roedel elanden op de weide, stoom en schrille kreetjes uit hun kelen terwijl ze door de nevelflarden liepen. Hij keek de bossen af, waar het ochtendlicht nog niet doorheen drong, de boomstammen zwart in de donkere ochtend. Geen elanden. Geen beren, probleem- of anderszins.

Een keer in zijn kindertijd, toen hij naar het Yellowstone Park ging. Zijn vader had kaartjes gekocht, zodat ze met een stuk of vijftig andere mensen op een bankje met uitzicht op een vuilstortplaats konden zitten. De vuilniswagens kwamen aan brommen en stortten zich leeg, en de grizzlyberen kwamen een voor een of in paren met hun welpjes de bossen uit gesjokt om met hun snuit in het vuilnis te snuffelen. Ze likten met hun tong in conservenblikjes. Ze verslonden hele kartonnen dozen om wat daarvan ooit de inhoud was geweest. Af en toe bakkeleiden ze explosief, hun vacht huiverend alsof ze hun tapijten van vet konden afwerpen en, aldus ontkleed, konden laten zien hoe beren eruitzagen onder al dat afval dat ze gegeten hadden. Niemand zei dat die beren problemen hadden.

De fluitketel floot. Hij draaide zich om om hem van het vuur te halen en toen de fluittoon wegstierf, hoorde hij een truck de weg op komen kletteren. Hij liep naar het keukenraam om te kijken of het zijn broer was die eraan kwam. Hij zette de ketel op het aanrecht en wreef over zijn gezicht. De dingen die zijn broer in de laadbak had liggen ratelden en de dieselmotor tikte toen hij afsloeg.

Ze liepen elkaar voor het huis tegemoet, Pete op de veranda in een T-shirt en kamerjas, zijn broer een eindje verderop in een geruiten jack en zijn haar plat op de schedel gekamd, alsof hij net van een sollicitatiegesprek of een rechtszitting kwam. De planken van de veranda voelden koud onder Petes blote voeten.

'Wat moet je, Luke?'

Luke glimlachte. Het was Petes glimlach – ook zo ongeveer Petes lijf, dezelfde pezige bouw en magere ribbenkast, en hetzelfde wrakke hart eronder.

'Ik heb een beetje geld nodig.'

Verschillende soorten van wrakheid.

'Flikker op.'

'Geintje. Laat je me nog binnenkomen?'

'Nee.'

'Kom op. Ik ben niet high of zo.'

Luke trok aan de huid onder zijn ogen om Pete het oogwit te laten zien.

'Je hoeft niet high te zijn om te stelen.'

Luke schudde zijn hoofd en glimlachte met één kant van zijn mond en fronste met de andere, meewarig en bitterzoet.

'Als je nou weer eens gewoon in die truck stapte,' zei Pete, maar Luke sloop de veranda op, op weg naar de voordeur. Pete onderschepte hem. Luke greep Petes hand die op zijn borst drukte. Ze waren precies even lang, maar Luke had gespierdere armen van het repareren van hekken, het hooien en ander werk met zijn handen. Werk dat hij kon krijgen terwijl hij op borgtocht vrij was.

'Ik heb je de vorige keer bijna in elkaar gerost, grote broer,' zei Luke.

'Maar niet helemaal.'

'Ik voel me nogal kwiek, vanmorgen.'

Luke porde Pete glimlachend in zijn buik. Pete sloeg zijn hand weg, en Luke probeerde een zwaaistoot die de achterkant van Petes wegduikende hoofd schampte. Pete gaf hem een stoot in zijn ribben, en Luke hapte naar adem en sloeg Pete recht in zijn gezicht, waardoor hij naar achteren deinsde, en toen stormde Pete op hem af, zijn kamerjas als een cape achter hem opwaaiend. Ze wisten in de korte slagenwisseling die volgde geen van tweeën een goede stoot te plaatsen. Ze hijgden even en toen stortte Pete zich op zijn broer, duwde hem tegen een paal van de veranda aan, met zijn hand over zijn hele gezicht, waardoor zijn achterhoofd ertegenaan stootte. Luke had zijn handen op Petes hoofd weten te krijgen en probeerde zijn wang af te pellen als een sinaasappelschil. Een koffieblik vol spijkers viel om in de aarde. Pete rukte zich los uit Lukes greep en ze grepen elkaar bij de nek, hun hoofden bij de oren tegen elkaar als een stel opgehangen herten. Ze hijgden. Petes gezicht was aan één kant verdoofd.

'Wil je nou gewoon in je truck stappen en wegwezen?'

Luke draaide weg, en ze stonden een eindje bij elkaar vandaan, probeerden allebei niet te laten merken hoe buiten adem ze waren, draaiden hun hoofd rond op hun schouders, schudden hun armen los, keken opzij naar hun broer als een stel prijsvechters. Vervolgens lieten ze langzaam hun armen zakken. Luke drukte zijn verwarde haar plat tegen zijn schedel. Pete trok zijn kamerjas weer over zijn schouders. Hij zocht naar de ceintuur als een hond naar zijn staart en toen hij hem eenmaal gevonden had, knoopte hij hem bozig dicht. Ze hijgden nog steeds. Namen elkaar op over de anderhalve meter die hen scheidde.

'Mag ik op z'n minst op dat melkkrat gaan zitten?' vroeg Luke.

Pete schopte het krat naar hem toe. Luke ging zitten, terwijl eigeelachtig zonlicht inmiddels tussen de bomen door lekte.

'Er zijn maar twee redenen dat jij ooit langskomt,' zei Pete, zwaar ademend. 'Om iets van me los te krijgen... of om me over Jezus te vertellen en iets van me los te krijgen.' Hij zweeg even om op adem te komen. 'Terwijl ik in geen van beide interesse heb.'

'Ik weet het,' zei hij. 'Het is een slecht pad dat ik bewandeld heb.'

'Romantiseer het nou niet. Je bent gewoon de zoveelste klootzak...'

'Pot, ketel.'

'... en nog een dief ook. Ik heb toch gezegd dat ik niks meer met je te maken wil hebben. Dat meende ik.'

Luke wreef over zijn gezicht, haalde zijn handen over zijn ogen.

'Ik weet het. Je hebt gelijk. Je hebt gelíjk. Ik kan frustrerend zijn.'

'Het is al zover dat zelfs Jezus en Satan zouden willen dat je gewoon een fucking kant koos.'

Luke haalde zijn armen van elkaar en knikte. Haalde zijn hand door zijn haar, herinnerde zich toen dat hij het plat wilde hebben en drukte het weer naar beneden.

'Ik weet het.'

Pete ging abrupt naar binnen. Toen hij terugkwam, was hij een sigaret aan het rollen.

'Hoe is het met het vrouwtje?' vroeg Luke.

Pete wees met een houten lucifer naar hem.

'Niet over beginnen, Luke.'

Luke ging rechtop zitten en keek in de verte, de bossen in. Er was daar niets, behalve bomen en stenen en dieren, en hoewel het bos gonsde van het geluid van die bomen die wiegden in de wind en de kleine beestjes die erin bewogen, kon je merken dat het hem nu al verveelde. Hij werd onrustig van het bos. Land en natuur schonken hem geen rust. Nooit gedaan.

'Het is mooi hier,' loog hij. 'Ik wou dat ik mijn zaken op een rijtje had gekregen en ook zo'n huis had gevonden.'

'Lulkoek. Je vindt het vreselijk in de rimboe.'

'Jij ook.'

'Wat wil je van me?'

Luke toonde een heimelijke grijns waarvan Pete wist dat die een geheim herbergde dat hij zo direct te horen zou krijgen. Iets wat Luke bekokstoofde.

'Moet ik er nog naar vragen?'

'Bunnie wil dat je naar het huis komt. Pa is al een tijdje ziek. Dat hoestje.'

'Ach gossie, heeft hij een hóéstje? Waarom zei je dat niet eerder?'

'Je zou hem moeten gaan opzoeken. Bunnie en hem.'

'Wacht even, dan pak ik mijn jas,' zei Pete, en hij nam een haal van zijn sigaret.

'Je moet bij ze gaan kijken,' zei Luke.

'Ga jij maar bij ze kijken.'

'Ik ga die kant niet meer op.'

'Daar zal je het hebben. Ik wist het, verdomme. Wat heb je nou weer gedaan?'

Luke streek met zijn handen over zijn dijen, zijn vingers gekromd als een hooivork. Het was iets ergs.

'Ik heb mijn reclasseringsambtenaar buiten westen geslagen.'

Pete begon te hoesten, zo hard lachte hij. Zo hard dat hij de sigaret liet vallen, van de veranda stapte en zijn knieën vastpakte.

'Ik had een mes op zak dat ik niet had mogen hebben en Wes zag dat, en begon aan een heel lulverhaal. "Ernstige overtreding in mijn proeftijd." Die fucking klootzak. Met zijn kop vlak bij mijn gezicht. Vlak bij mijn gezicht, Pete.'

'Dus haalde je uit.'

'Ik heb hem helemaal in elkaar gerost. Kon mijn vuisten niet laten ophouden,' zei Luke, terwijl hij zijn handen met enige verwondering ophield.

'Klootvink.'

'Hou op met lachen. Ik moest twee nachten in die klotebossen blijven. Het is niet grappig.'

'Jawel. Het is echt heel grappig.' Pete kwam de veranda weer op en keek zijn broer glunderend aan. 'Dit slaat alles.'

'Ik ga niet terug. Ik kan niet weer de bak in, Pete.'

'Shit, zo erg kan het niet zijn. Anderhalf jaar of zo? Wat moet je anders?'

Luke ging staan en wiegde op zijn hakken.

'Tuurlijk. Je hebt een plan,' zei hij.

'Iemand moet weten waar ik ben. Voor het geval er iets gebeurt. Met pa.'

'Er gaat niets gebeuren met pa.'

'Je moet ze echt opzoeken, Pete.'

'Ik zei toch dat ik dat zal doen.'

'Nee, dat zei je niet.'

'Nou, nu wel.'

'Deze week?'

'Waar ga je heen vluchten?' vroeg Pete.

Luke reikte naar zijn achterzak en gaf Pete een velletje papier. Er stond met potlood het nummer van een postbus in Oregon op, en een kaartje met aanwijzingen naar een plek niet ver van de kust.

'Wat is dit?'

'Het is een fatsoenlijke vent. Heb hem in de kerk ontmoet. Hij kwam langs en hield een behoorlijk interessante lezing.'

'Zo te horen heb je alles onder controle.'

Luke glimlachte die liefdadige glimlach die hij tegelijk met zijn geloof had opgedaan.

'Jij zou ook eens moeten gaan. Ik ben er ontzettend van opgeknapt.'

'Dat is overduidelijk. Dat zal niemand tegenspreken.'

'Sarcasme is alleen maar woede.'

'Je bent een idioot.'

'Pete.'

'Ik heb je gegevens hier.' Pete hield het papier op. 'Verder nog iets?'

'Ik geloof niet dat er daar een telefoon is, maar als dat wel zo is, zal ik naar je kantoor bellen.'

Pete drukte de rokende sigaret met zijn blote hiel uit op de veranda. Hij voelde alleen een klein warm plekje.

'Geef jezelf gewoon aan, Luke.'

'Dat heb ik gedaan, man.' Hij wees omhoog.

'Bij de sheriff van Teton County.'

Luke stak zijn hand in de lucht, terwijl zijn ogen afdwaalden, een hulpeloze uitdrukking op zijn gezicht, en slaakte een diepe zucht, wat allemaal samen betekende dat Pete gelijk had en vluchten dom was en de zaken alleen maar zou doen escaleren, maar ook dat Lukes besluit vaststond en hij niet om te praten viel.

'Ik moet weg van die ellende,' zei hij. 'Dan waait het wel over.'

Luke stak zijn hand uit, zodat Pete die kon schudden en tot verrassing van hen allebei pakte Pete hem vast.

'Het waait niet over, Luke. Deze keer niet.'

Luke zwengelde zijn broers hand op en neer en trok hem naar zich toe, legde zijn handpalm met een klap in diens nek en omhelsde hem. Toen dook hij zijn truck in, zwaaide en reed achteruit. Hij keerde op het zandweggetje en rolde de berg af. Pete kon hem een hele tijd horen rijden.

Hij reed in zijn Corolla met de raampjes omlaag, maar draaide ze gauw dicht toen er mammatuswolken op popcornden boven de Flathead Valley en tumtummetjes van regen op zijn ruiten begonnen te vallen. Hij draaide Highway 28 op en de wolken hielden helemaal op met regenen en weken vervolgens uiteen als een menigte na een vechtpartij. Hij reed het volwassen middagzonlicht in. De gele vallei glom en glinsterde waar de hooibergen als natte joerts in de weilanden stonden. Vluchten vogels vlogen in waaiers op en doken naar de grond, pikten waar het regenwater wormen en insecten uit de grond had gespoeld. De weg boog af naar het zuiden, en bij Paradise, Montana ging hij net onder het punt waar de Flathead en Clark Fork River samenvloeiden en in de zon deinde als een taps toelopende koperplaat omhoog, de vallei uit, richting Idaho. Hij reed soepeltjes langs het water en draaide de raampjes weer open. De koele frisse lucht stroomde naar binnen. De papieren in zijn auto fladderden als een roekenkolonie.

De wielen gleden weg over de natte zandweg naar Billie Gulch, en de steile oprit van het huis van de Shorts weer op. De oprit zat zo vol gaten als een schietbaan. Een hoornloze geit dronk uit een gehalveerd olievat en keek door zijn rechthoekige pupillen toe hoe de auto langzaam passeerde en hobbelde erachteraan toen Pete een blik in zijn achteruitkijkspiegel wierp. Hij leunde voorover om het huis beter te kunnen bekijken en toen zijn auto in een diep gat in de weg dook, klapte Pete met zijn kin op het stuur. De auto sloeg een meter of vijftig voor het huis af. Zijn tong bonsde en er schoot tegelijk een scherpe pijn doorheen. Het deed zoveel pijn dat hij huiverde. Hij keek in de spiegel, en de spleetjes tussen zijn tanden werden felrood.

Pete klom uit de auto en zigzagde de oprit op terwijl hij met zijn kaak maalde, die ook pijn deed, en de ram liep achter hem aan, de gele demonenogen ervan werkten hem op de zenuwen. Hij joeg hem weg. Hij zei zoiets als 'klofebeef' en spuugde bloed uit. De geit blaatte naar hem en bleef staan snuffelen op de plek waar Pete had gespuugd en vrat aan de aarde, het speeksel, het bloed, dat afgrijselijke beest.

De Shorts hadden twee bruin-met-zwarte rottweilers, die het mooiste waren wat ze bezaten en nu hun slobberkoppen optilden en bijna in harmonie gromden in een laag, slijmerig register. Ze hadden Pete eerder gezien, maar altijd in gezelschap van Tony Short. Nu was Tony Short nergens te bekennen. Ze keken toe hoe Pete nietsvermoedend door de dunne, grijze modder wankelde, bloed spuugde. Wat de honden betreft was hij niet meer dan een voorovergebogen en steeds maar wegglijdende man die mopperde en zijn schoenen schoon schraapte aan de randen van de tegels op het pad dat naar het hek leidde, en nu rechtop naar de open poort liep. Hij was een meter of negen, tien van de veranda verwijderd toen ze blaften. Pete bleef staan, nam ze op en klapte in zijn handen, gebaarde dat ze aan de voet moesten komen. Misschien dat ze hem hadden herkend. Misschien ook niet. Zijn stem klonk verdacht brabbelig. Misschien had hij wel gewond geklonken. Er klopte beslist iets niet.

Hij tuurde om zich heen en over hun kop naar de ramen, de vertrapte grond die voor een gazon doorging bezaaid met kapotte kleuterfietsjes en rubberen speeltjes. Nu blaften de rottweilers in koor en gingen op hun achterpoten staan. Ze zetten kleine stapjes in zijn richting, rillend, de tanden ontbloot in hun langzaam opensperrende bekken.

Ze hadden Petes onverdeelde aandacht en hij voelde de tintelingen over zijn rug lopen. De lucht tussen zijn huid en zijn overhemd was geladen, net als zijn hele torso. Hij vroeg zich af of de honden zijn elektrische angst voelden.

'Ruftig, jongens, ik ben ut,' zei hij, en ze vielen aan, de barstensvolle harten bonzend, de hete kelen opengesperd. Pete slaakte een gil en zwaaide het hek dicht, en zij sloegen daar tegenaan. De grendel ratelde, maar het hek hield het. Ze buitelden over elkaar heen en kwamen grauwend overeind, schuimbekkend en woedend. Pete deinsde terug, zijn handen geheven, en ze gingen op hun achterpoten tegen het hek op staan als dwerghuisbazen, hondmannen op twee benen die nu jammerden van razernij. Pete staakte zijn terugtrekkende bewegingen. Hij was oké. Hij was oké. Hij greep van opluchting naar zijn eigen borst. Zijn hart ratelde nog in zijn uitgeholde borst.

Hun geblaf hield onverminderd aan en ze leken er geen adem voor nodig te hebben. Pete stak zijn middelvinger naar ze op. Hij draaide zich om en liep terug naar zijn auto, ontweek plassen, sprong er vrolijk overheen, behoorlijk uitgelaten inmiddels, had wel in mijn broek kunnen schijten, lieve hemel dat scheelde weinig...

Plotseling besefte hij dat het geblaf gehalveerd was, dat het ritmische geroffel van hondenpoten minstens één van die fraaie beesten was die was uitgebroken en recht op hem af kwam.

Hij keek niet eens.

Hij sprong over gaten in de weg naar de plek waar zijn auto het had begeven, rukte het portier open en wierp zich doodsbang naar binnen, net op het moment dat de hond tegen het open portier klapte, erlangs schoot en zich meteen weer herstelde, een sprong nam en naar zijn hand hapte voor hij het dicht kon trekken. Even blafte de hond alleen maar naar hem, terwijl hij niet naar de hendel durfde te reiken. Toen deed hij dat wel. De hond beet met zijn kwijlende muil in zijn uitgestrekte hand. Hij rukte die los uit de bek van het dier, maar de hond wist bij hem in de auto te dringen.

Vanuit de tuin stond de minder slimme van de twee dieren zeer gekweld te blaffen, vergat het gat in het hek volkomen. Het voertuig schommelde van het gevecht dat erin werd geleverd, en de hond keek toe hoe de man aan de passagierskant krijsend uit de auto viel en boven op de auto sprong. De rottweiler kwam achter hem aan de auto uit, rende er aan de bestuurderskant weer in, stomverbaasd dat hij niet op de een of andere manier op het dak terechtkwam.

Pete beefde en kokhalsde bijna van angst terwijl hij zijn verwondingen bekeek. Er verscheen een plasje donker bloed in zijn handpalm dat over de rug van zijn hand druppelde. Schrammen schrijnden onder zijn jas. Een lange scheur in zijn broekspijp waar de kaken van de hond als een val waren dichtgeklapt. Wat de dieren ook waren. Haat jegens Tony Short zwol aan in zijn borst. Die fucking heuvelbewoners en die klotehonden van ze die als geladen geweren lagen te wachten.

Het voertuig schudde onder hem toen de hond de bekleding kapot begon te rukken. De tweede rottweiler had het gat in het hek inmiddels gevonden en hij sprintte naar hem toe, voegde zich bij de andere in de auto en te oordelen naar het geluid vochten de twee even met elkaar. Vervolgens cirkelden ze rond Petes auto en Pete daarbovenop, hesen zich omhoog, jankten en glimlachten naar hem, cirkelden, tot een ervan uiteindelijk probeerde naar hem toe te klauteren, zijn klauwen wegglijdend op de bumper en de motorkap toen hij er met een grom af gleed. Maar het zou niet lang duren voor een van de twee simpelweg op de motorkap zou springen en hem van het dak joeg, tussen de kaken van de andere.

Dit was het moment om in beweging te komen.

Nu.

Oké, nú.

Straks komen ze hier op, als je niets doet...

Pete schoof over het dak en deed het portier aan de passagierskant van bovenaf dicht, en de honden kwamen dichterbij, de kaken klappend naar zijn hand, en toen wierp hij zich aan de bestuurderskant van de auto af, sprong erin en sloeg het portier dicht.

De rottweilers krabbelden aan het portier en het raampje, en hapten toen weer naar elkaar, voerden op hun achterpoten een woedende dans uit. Het geknars van tanden centimeters bij hem vandaan, aan de andere kant van de ruit, als iets wat je zelfs in een dierentuin niet zult tegenkomen. Ze teisterden de auto met hun spierkracht, Petes sleutels bungelden in het contact.

Hij deed het handschoenenkastje open en nam met een papieren zakdoekje bloed van zijn hand op. Hij greep een heupflesje, maakte het tegen zijn borst gedrukt open met zijn goede hand en liet sterkedrank in de gaten van zijn verwonde hand druppelen. Het brandde, en hij kromp ineen. Hij drukte het doorweekte en scheurende zakdoekje tegen zijn hete wonden tot het bloeden uiteindelijk stelpte en het als een kompres aan zijn handpalm bleef plakken. De honden, door het dolle heen, bleven zijn raampje al die tijd met kwijl besmeuren. Hij schreeuwde naar ze, maar ze konden hem natuurlijk niet met rust laten.

Hij gooide zijn hoofd in de nek en probeerde op te houden met trillen. Stelde zich voor dat het huis van de Shorts in vlammen opging. Dat hij het in de hens zou steken. De kinderen van de Shorts konden hem niet eens meer schelen, kinderen die later net zo zouden worden als Tony Short of zwanger zouden raken van gasten als Tony die honden louter vanwege hun vernietigende kracht kocht en fokte. De hens in met die boel. De as van de Shorts laten verwaaien in de wind.

Hij griste de dossiermap van de stoel en maakte bloedvlekken op de verslagen van de zaak:

De Shorts schonden hun afspraak met de Afdeling en waren opnieuw (voor de vijfde keer) niet aanwezig voor een gemaakte afspraak met deze ambtenaar. Ambtenaar is van mening dat de Shorts zich aan toezicht onttrekken, zoals die is opgelegd door de Gezinsrechter van

Rimrock County en het Afdelingskantoor Rimrock County van Gezinszaken in Montana, en zich mogelijk weer bezighouden met criminele activiteiten (zie verslag 30/7). Ambtenaar heeft huis niet kunnen verkennen door aanval van de wilde honden van de Shorts die zonder toezicht bij het huis aanwezig waren en voor de kinderen Short een aanzienlijk gevaar zouden kunnen vormen. Ambtenaar werd in de hand gebeten...

Pete legde het papierwerk opzij. Hij reikte in het open handschoenenkastje, haalde er een spuitbus uit en draaide het raampje op een kier. Hij stopte even, uit medeleven met die onwetende dieren, oprecht ontroerd door de rauwe schoonheid en volmaakte raskenmerken die wild naar het kiertje van een centimeter boven het raampje grauwden. Toen spoot hij met verrukkelijk genoegen traangas recht in het happende gezicht van een van de honden. Het beest schoot naar achteren, draaide hoestend om zijn as en viel, krabbelde in de modder overeind, en stoof toen verblind weg tot hij met een donderende klap op volle snelheid tegen een metalen schuurtje aan botste. Hij bewoog even niet. De tweede schoot het weiland in, nadat Pete hem bespoten had, probeerde de hete kwelling er simpelweg uit te lopen. De rust keerde weer. De hoornloze geit grinnikte als een geamuseerde ouwe knar. Pete stopte het traangas weg en schreef nog wat op:

Ambtenaar beveelt de rechtbank aan dat de kinderen bij hun tante (Ginny Short) blijven tot Crystal en Antonio Short er blijk van geven bereid te zijn samen te werken met de staat Montana, zoals is vastgelegd in de voorwaarden van hun vrijlating die ze overeen zijn gekomen met het Openbaar Ministerie en de Kinderbescherming.

– Ambtenaar P.W.S.

* * *

Belde haar vader?

Ja. Toen ze de telefoon opnam ging ze ervan uit dat het Kim of Lori was en hoopte, maar dat zou wel niet, dat Kevin haar terugbelde.

God, als het Kevin toch eens was. Een tweede-jaa-rs. O jáá, graag.

Hé Appelmoes, zei haar vader.

O.

Ja, hoi.

Hoi.

Hoor eens, ik kan niet komen vandaag. Het spijt me heel erg. Ik ben door een hond gebeten. Ik moet ernaar laten kijken in het...

Ze vroeg hem of hij ook maar enig idee had wat er aan het gebeuren was.

Hij zei wat, wat gebeurde er dan.

Ze zei dat ze niet kon geloven dat hij dat niet wist. Ze wilde hem terugpakken. Voelde intuïtief aan dat het haar macht gaf dat zij iets wist wat hij niet wist: haar moeder was in haar slaapkamer, kleren in vuilniszakken aan het proppen.

Wat is er dan, liefje? Wat is er dan?

Wat hééft dit gezin toch?

Hij zei Rachel. Hij zei kom op Appelmoes. Hij zei dat ze haar moeder even moest geven.

Ze legde de telefoon op zijn zilverkleurige haak. Ze haalde haar hand telkens weer door haar haar en vond haar piepkleine hoofdje in de weerspiegeling van het broodrooster verschrikkelijk. De telefoon rinkelde weer. Ze stond op van de tafel en liep op de ballen van haar voeten naar haar slaapkamer. Haar moeder zei dat ze even moest opnemen, maar Rachel deed haar deur dicht.

NEEM ZELF MAAR OP! krijste ze. *IK MOEST MIJN SPULLEN TOCH INPAKKEN VAN JE? JEZUS!*

Een lege koffer. Ze hoorde de stem van haar moeder steeds hoger klinken, de ruzietoon bereiken aan de telefoon. Ze trok een la open, haalde er een armvol T-shirts uit en gooide die op bed. Achter in de halflege la lag een bedroevend halveliterflesje wodka.

Was dat voor het feest? Was het om te laten zien hoe volwassen en praktisch wereldwijs ze was?

Ja. Het was voor als ze naast Kevin zat. Ze had zijn buik al eens gezien. Zijn blote buik.

Jezus.

Zacht. Maar toch ook hard.

O.

Jáá.

Het deed pijn om eraan te denken.

Was dat nu zó afgelopen.

Duh.

5

Hij reed vier uur naar de stad Missoula om zijn vrouw op te zoeken. Hij at niet en stopte niet om te tanken. Geen radio. Alsof je een klein kind was. Die ouwe deed alsof elk autoritje een lancering naar de maan was. Je nam je kostje mee, of je leed honger. Je hield het op, of je piste in het melkpak. Er was toch niks op de radio.

Hij reed door Orange Street onder het spoor door en sloeg Front Street in. Het was vreemd om weer in de stad te zijn, hun stad. Dat specifieke gevoel van dit kleine stadje in het westen. Hij had zijn propedeuse hier aan de universiteit gehaald. In zeven semesters een graad in de letteren. Hij had drie semesters van een bovenbouwstudie gedaan toen hij het collegegeld niet meer kon betalen. En dat allemaal direct na de middelbare school, met een vrouw en een pasgeboren dochtertje. Daar mocht hij best trots op zijn.

Er waren auto's op de weg en mensen op het trottoir. Gebouwen van meer dan twee verdiepingen. Hij was gewend geraakt aan een lager levenstempo.

Hij reed de straat van zijn vrouw in en parkeerde bij hun cottage-appartement aan de rivier. Haar appartement, nu. Het was al laat in de ochtend en de zon had het vorstlaagje eraf verwarmd, behalve in de beschaduwde beschutting van dingen. De aluminium hordeur werd door een kapotte baksteen opengehouden, de deur op een kier. Een open aanhangwagen van U-Haul hing aan haar kleine pick-up, en je kon er de kleren van zijn vrouw, de boxspring van zijn dochter en zelfs een paar van zijn oude spullen in zien liggen. Een heftig hameren begon in zijn borst en slapen bij het zien van zijn leren stoel. Hij startte zijn auto en zette de motor vervolgens weer af.

Toen ze hem binnen zag komen, zette ze een kartonnen doos neer, haalde de bandana van haar hoofd, veegde haar voorhoofd af en stopte hem in haar achterzak. Ze had al een biertje bij zich op de vloer staan, dat ze pakte en opdronk. Zette haar hand in de zij. Die ontspannen schoonheid van haar – zoals haar glimlach zich over haar gezicht verspreidde, haar brede, scheefhangende krullen in een knot die elk moment leek om te kunnen tuimelen – deed hem denken aan een tand die op het punt stond door te komen, een knoopje dat eraf ging vallen. Alles aan haar leek op het punt te staan eraf of uit te vallen. Zorgde ervoor dat je lichaam haar verrot wilde neuken. Zelfs nu nog. Zelfs nadat ze hem had bedrogen, en hoewel dat nog steeds pijn deed als een paarse bloeduitstorting, zag hij voor zich dat hij met haar het bed in zou duiken. Moest je haar nu zien. Dat biertje, een wenkbrauw opgetrokken, dat neerbuigende grijnsje.

Ze sprak zijn naam vlak uit. Zelfs dat deed pijn.

Hoe moest het zijn om in haar lijf rond te lopen, te denken met dat brein. Het kwam in hem op dat zelfs al vergaf hij haar niet, het mogelijk was het haar niet kwalijk te nemen. Een smal land dat ergens tussen de beschuldigingen bestond.

'Fucking Texas?' vroeg hij.

Hij keek om zich heen. Heldere vierkanten verf waar de schilderijen van de muur waren gehaald. Deuken van de pootjes van het bankstel in het tapijt.

'Ja, Pete, Texas.'

'En dat vraag je me niet.'

'Ik hoef jou niet te vragen waar ik mag wonen.'

'Dat moet je verdomme wel, Beth. Ze is mijn dochter.'

'Van mij mag je haar zo meenemen, de bossen in. Als ze mee zou gaan.'

Van achteren verlicht door het zonlicht in de keuken, verscheen zijn dochter in de deuropening, of misschien had ze daar al die tijd al gestaan. Bijna zonder gelaatstrekken in de schaduw, een uitgeknipt poppetje. Knokige knieën, haar sprokkelhoutarmpjes voor zich gevouwen. Hij wist dat ze naar haar kamer zou vliegen en de deur dichtslaan als hij naar haar toe liep, maar hij deed het toch en ze rende, uiteraard, naar haar kamer.

'Appelmoes, kom op nou.'

Ze was dertien. Ze haatte hem.

Hij ging in de keuken staan. Beths sleutels lagen op tafel. Ze zag hem ernaar kijken en ze pakte ze op en smeet ze naar zijn borst.

'Ons in een gouden kooitje houden, zeker. Nou?'

Ze sloeg haar armen over elkaar. Uitdagende blik.

Hij schoot met de sleutels de deur uit.

'Ach jezus, Pete!' schreeuwde Beth.

Ze rende achter hem aan om het huis heen en haalde hem in net toen hij bij de seringenstruik was, gaf hem met haar kleine biljartbalvuistjes zachte klapjes op zijn hoofd, en toen rolden ze in een kluwen door de struik en van de steile heuvel naar de rotsen bij de rivier. Ze klampte zich aan zijn arm vast, zodat hij niet goed kon gooien, en de sleutels plonsden niet ver van de oever in het water. Hij schudde haar van zich af. Ze bekogelde zijn rug met kiezels uit de rivier en hij klom met vertrokken gezicht het talud op, sprintte naar het huis, gooide de achterdeur open en beende de hal door, naar de deuropening van zijn dochters kamer.

Rachel zat geknield op de vloer kleren op te vouwen, ze op kleine stapeltjes te leggen. Sprankelende rokjes van spijkerstof. Gestreepte blouses in snoepkleurtjes. Ze propte dingen in een neonkleurige koffer. Ze droeg lipgloss en blauwe oogschaduw, en er bungelden gekleurde bandjes om haar dunne polsen.

'Zeg tegen haar dat je niet weg wilt,' zei hij.

Homoseksuelen met blouses en visnethandschoenen aan die op posters aan haar muren hingen pruilden naar hem. Ze stond op en liep op opgekrommelde roze sokken kalm naar hem toe. Bijna als een ballerina in de precieze plaatsing van haar voeten.

'Kom hier,' zei hij, en hij hield zijn armen wijd. De minachting sloeg echt als hitte van haar af, alsof hij een oven open had gedaan.

Ze deed de deur voor zijn neus dicht. Het zachte gerammel van het haakje dat in het oogje viel.

Hij stond beloften tegen de deur te mompelen toen Beths tennisschoenen op de keukentegels flapten. Ze kon hem in de hal zien staan van waar ze aan de keukentafel zat, met kleine plasjes aan haar voeten.

'Je bent een klootzak, Pete.'

Ze trok haar natte schoen met moeite uit en smeet die naar hem.

'Heb jij al die make-up voor haar gekocht?'

'En bier en kapotjes.'

'Je maakt niet eens een geintje.'

'Jezus, Pete.'

'Het scheelt weinig. Het scheelt heel weinig, in elk geval.'

'Je hebt bij mij niet de maatschappelijk werker uit te hangen!' schreeuwde ze. 'Dat heb je gewoon niet. Jij bent 'm gesmeerd. Het werd hier lastig, en toen ben je in Tenmile gaan wonen. Dat was jouw keuze.'

'Jij hebt ook keuzes gemaakt.'

Ze gooide haar andere schoen naar hem. Hij boog opzij en het ding sloeg tegen de muur.

'Ik ga me niet weer verontschuldigen. Dat doe ik gewoon niet. Ik blijf niet proberen je vergiffenis te krijgen. En dat heb ik geprobeerd, Pete. O, ik heb het geprobeerd en geprobeerd en geprobeerd. Ik heb je eindeloos gebeld en we zijn je daar komen opzoeken. En wat gebeurde er toen we je daar kwamen opzoeken, Pete?'

'Ga nou gewoon niet,' zei hij tegen de vloer.

'Ben je toen die kloteblokhut uit gekomen? Ben je naar buiten gekomen om je eigen dochter te zien, Pete?'

Hij keek naar haar op.

'Je bent net een auto-ongeluk, jij,' zei hij. 'Je bent alsof ik door een vrachtwagen ben aangereden.'

'O mijn god.'

'Er staat hier geen mens voor me. Je bent meer iets akeligs dat me is overkomen.'

Haar lachje was scherp, een blaf.

'Heel diepzinnig, Pete.'

Ze griste wat post van de tafel en nam die door, gooide wat aan hem was geadresseerd bij zijn voeten neer. Toen scheurde ze een rekening open, schreef iets aan de binnenkant van de envelop en gaf die aan hem. Ze zei dat het een adres in Waco was. Dat hij Rachel kon schrijven als hij wilde. Dat hij geld kon gaan sturen als hij ook maar een reet waard was.

De barkeeper in Stockman's kende hem en Pete draaide zich om en liep naar buiten, de straat op, om hem te mijden. Hij was zo ontroostbaar boos. Hij stak achter een vrachtwagen waar vis op stond de straat over en werd bijna aangereden door een Chrysler Imperial die met piepende banden tot stilstand kwam en zachtjes zijn heup raakte. Pete wierp een vuile blik door de voorruit, met zijn handen op de motorkap van de auto, de inzittenden zich vagelijk bewust van zijn razernij. Hij liep door, Higgins in, zich nauwelijks bewust van de andere voetgangers, de paar dames die naar de sieraden in de etalage van Stoverud's stonden te kijken, een paar zakenmannen die elkaar op de schouders sloegen. Hij dook de steeg in en voelde aan de achterdeur van de Missoula Club, maar die wilde niet voor hem opengaan. Hij keek dreigend naar de achterkant van Howards Appartements. Sommige ramen waren opengegooid in het warme middaguur, boden uitzicht op de bovenkant van een televisie of een paar blote voeten een verdieping hoger. Uit een van de andere kamers boven schalde een ruzie. Duiven koerden, schudden en kibbelden in de bakstenen dakranden en lieten een hagelbui aan witte stront en vleugels vallen. Hij bonsde op de deur tot een chagrijnige beschorte barkeeper de deur van de grendel haalde. Ze keken elkaar met wederzijdse irritatie aan.

'Ben je open of niet?' vroeg Pete.

De man ging opzij en liet hem binnen. Pete ging aan de bar zitten en voelde met zijn vingers aan de door munten uitgesleten gutsen in het grenenhout, wachtte tot de barkeeper zijn biertje zou tappen. Tegen de tijd dat de man zijn wisselgeld uit de ouderwetse, zwarte met niëllo ingelegde kassa had gehaald, had hij het grootste deel ervan al door zijn keel gepompt. Pete liet het geld liggen waar de man het had neergelegd en schoof het glas naar hem toe. De barkeeper kauwde op zijn wang.

'Beetje tempo,' zei Pete.

De man tapte er nog een, en Pete liet een geluidloze boer en dronk onder het toeziend oog van de man. De barkeeper liep naar de kleine snijplank bij de bakplaat en sneed uien, kwam zijn handen afvegend aan zijn schort terug, vulde Petes bier bij en hield van voor de spiegel een fles op. Pete knikte. Hij schonk voor hen beiden een borrelglaasje in. Glazen die klonken, de sterkedrank heet en rokerig. De barkeeper zoog de bourbon uit zijn snor en bakte vervolgens een hamburger voor Pete en zette die op een kartonnen bordje voor hem neer. Zei dat hij wat moest eten.

'Dat hoeft niet, hoor,' zei Pete.

'Het is elf uur 's morgens, maat. Als je hier zo gaat drinken, moet je wat eten.'

Pete slikte zijn laatste slok bier door, telde langzaam het kleingeld voor de man uit en zei tegen hem dat hij een halveliterfles Redeye wilde meenemen. De barkeeper verroerde zich niet. Pete nam een hap van de hamburger en kauwde overdreven De barkeeper pakte een halveliterfles van de plank, deed hem in een papieren zak. Hij griste hem weg toen Pete ernaar reikte.

'Ik wil je hier niet meer zien. Vandaag niet.'

Op het trottoir keek hij om zich heen naar een plek om de fles open te draaien. Hij draaide zich om en liep naar een parkeerterrein bij de rivier waar Ryman Street op uitkwam. Hij hobbelde de rivieroever af, greep de elzen vast om zijn evenwicht te bewaren en wrong zich door een bosje olijfwilg. Hij streek neer op een kale populier die glad was gesleten door het water, het hout verwarmd door de zon. De Clark Fork River kolkte onverschillig voorbij. Zwerfpapier vormde guirlandes in de dunne bomen vlakbij. Een oranjeachtige ton gestrand op de rotsen. Hij draaide de dop van de fles en dronk uit de zak, in zijn ziedende woede zichtbaar voor de voetgangers en auto's die de Higgins Street Bridge overstaken. IJsvogels kwetterden. Schaatsenrijdertjes gleden over een plas aan zijn voeten.

Er was een keer geweest met zijn vrouw op deze rivier of een rivier die hier precies op leek – het kan deze rivier niet zijn, maar in zijn herinnering is het deze. Een keer op net zo'n zandbank waar hij met ontbloot bovenlijf lag terwijl zij lag te rillen in de augustusavond, de spijkerbroek donker en nat aan zijn knikkende knieën geplakt, zijn torso wit in het maanlicht. Haar haar in slierten die haar gezicht als een buitenissige zwarte tatoeage omlijstten. Haar natte jurk als een vervellende huid, wat hij terwijl ze dansten op een bepaalde manier ook de hele avond was geweest. Haar hart dat in zijn roodwitte kooitje klopte, maar een paar centimeter bij het zijne vandaan, als twee jonge gevangenen die een morsecode voor simpele zielen tikten: ik ben er ik ben er ik ben er. Ik ben er voor jouw genot voor eeuwig voor jou. Aan een rivier zoals deze waar hij haar zwanger maakte. Een rivierbelofte ook, hij zei ik hou van je ik hou van je. Zeventien jaar. Een genot dat zo compleet was, dat hij zelfs toen al wist dat hij zich voor jaren aan haar verpand had, en dat kon hem niets schelen.

Een haveloos type dat een Indiaan was, of zo vaak was verbrand in de zon dat hij er zo uitzag, dook stroomopwaarts op uit de begroeiing, een uitgerolde slaapzak om zich heen geslagen. De man knikte naar Pete alsof hij een gedeelde ellende in hem herkende, liep naar hem toe en ging naast hem op de omgevallen boom zitten. Pete smeekte inwendig dat hij weg zou gaan, maar de man verroerde zich niet, zei niets. Pete dronk. De man boog zich naar hem toe om iets te zeggen, maar stokte, boog bij hem vandaan. Hij boog zich opnieuw naar hem toe, en weer bij hem vandaan, alsof er iets vertrouwelijks was dat hij maar niet uit zijn hoofd kon zetten.

'Wegwezen,' bromde Pete.

De man ging staan. Verontwaardiging had weinig te maken met hoe de huidige situatie zijn gelaatstrekken in beweging begon te zetten.

'Wacht. Ga zitten.' Hij klopte op de boomstam. 'Ga zitten.'

De man plofte neer en Pete reikte hem de fles aan. De man dronk en begon stotterend eruit te gooien wat hij ook wilde zeggen.

'Laten we gewoon even stil zijn,' zei Pete.

In Flipper's Casino stonden Shane, Spoils en Yance op een kluitje rond de automaat waarop Spoils behoorlijk op dreef was met dubbeltjesbingo. Gelach onder de bleke klanten op de barkrukken voor de automaten die langs de muren stonden opgesteld. Geen sterveling was aan het poolen, zat aan de tafeltjes, bestelde of at wat. Ze zaten allemaal als zombies voor hun automaat.

Pete, inmiddels flink beneveld, stommelde naar binnen en ging bij hen staan, en Shane keek twee keer naar hem om en zei: 'Krijg nou wat, Petey!' en hij greep hem met zijn grote handen vast. Hij schudde hem door elkaar en brulde vol blijdschap in zijn gezicht. Een lelijke, roodharige reus met spleetjes tussen zijn tanden.

'Waar heb jij gezeten, professor?' vroeg Shane.

Pete grijnsde. Hij rook naar het rivierwater en de whisky waar hij in had gezeten.

'Bij...' mompelde hij, en hij gooide een duim over zijn schouder. 'Je weet wel. Bij de rivier.'

'Dronken bij de rivier,' zei Shane trots tegen Spoils en Yance. 'Die goeie ouwe Pete. Moet je jezelf nou eens zien.'

Shanes poten op zijn schouders hielden hem voor Spoils en Yance, die zijn gezicht om beurten van dichtbij bekeken om zijn ogen te zien zwemmen en schommelen als halfvolle borrelglaasjes.

'Er ligt een plas om je voeten, Pete,' zei Yance.

'Nu je het zegt.'

'Zo, jij bent goed bezopen.'

'Ben je de rivier in geweest, nou?'

'Die goeie ouwe Pete. Jemig.'

'Breng hem eens naar een tafeltje.'

'Whisjky.'

'Haal maar een bíertje voor hem. Je moet een tikkie ontnuchteren.'

Spoils printte zijn bonnetje uit en ze leidden Pete samen naar de kassa, waar Spoils zijn gewonnen geld inde, en vervolgens naar de bar, waar ze een kan bier bestelden. Ze gingen aan een scheef tafeltje zitten waardoor het schuim van hun bier morste. Een geval waar je niet op kon leunen. Het bier in plastic bekertjes van een kwart liter.

'Kalm aan Pete, het tafeltje staat scheef.'

'Mijn armen... mijn armen zijn helemaal nat.'

'Moet je die gozer nou zien. Trek er effe een ander tafeltje bij, Spoils.'

'Hoefnie. Ik houd mijn bier wel op mijn schoot.'

'Zit je nog steeds in Tenmile?'

Hij gebaarde op een manier die suggereerde dat hij inderdaad nog in Tenmile zat.

'Gaat het wel, Pete?' vroeg Spoils. 'Hij ziet er niet best uit.'

'Dat kun je wel zeggen.'

'Utgaatwel.'

'Je ogen zijn een stel ondergaande zonnen, professor. Hier, drink je bier eens op. Je moet een beetje vocht hebben. Goed zo.'

Een kadaverachtig feestbeest van het soort dat meestal achter op een motor zit, verscheen in de deuropening. Ze nam de ruimte schattend op en stevende regelrecht op Pete af. Ze sloeg haar armen om zijn hals en begon zich op zijn schoot te nestelen. Haar elleboog was als een mes in zijn borst. Hij liet zijn biertje vallen.

'Jezus, dame. Je hebt zijn biertje omgegooid,' zei Shane.

Shane begon aan haar te trekken, maar ze sloeg haar armen om Petes hals. Het schreeuwen nam een aanvang. Dat ze moest maken dat ze wegkwam. Pete vroeg zich nog steeds af wie die vent was.

Het oude wijf grauwde naar hem toen de barkeeper het gescharnierde deel van de bar optilde. Haar vingers drukten in zijn vlees toen de barkeeper en Shane haar van Pete af probeerden te krijgen, en hij kakellachte tot ze zijn luchttoevoer afsneed. Hij slaakte een gil toen ze zijn haar in haar vuist had.

'Ze laat nie los. Kom op, trut, loslate.'

Yance gaf hem een vers biertje en hij nam het aan alsof hij de gebeurtenissen maar eens rustig in zich wilde opnemen. Ze gaf een ruk en Pete liet zijn bekertje vallen. Toen vloekte hij, pakte haar vuist die vol zat met zijn haar vast en haalde haar knokkels over zijn schedel tot ze het uitschreeuwde en losliet, een techniek waarin hij getraind was die toe te passen op kinderen met een woedeaanval. Spiergeheugen. Shane en de barkeeper sleepten haar naar buiten, terwijl ze de hele tijd als een dansend skelet om zich heen trapte. Gewelddadige beloften werden uitgewisseld in de deuropening, naast de kauwgum- en sigarettenautomaat. Shane kwam terug, volkomen onverstoorbaar, zo blij hem te zien. Zei zijn naam telkens weer. Pete, goeie ouwe Pete.

De bingomuziek tingelde achterlijk door. Spoils telde zijn geld.

'Het is maar goed dat ik zo'n goeie dag had met bingo. Ik was haast platzak.'

'Ga dan fucking werk zoeken, stomkop.'

'Ik heb werk. Een paar klussen van drie dagen in de week voor een bedrijf dat hekwerken plaatst in Reno. Ik krijg geen reet betaald.'

'Waarom werk je in godsnaam drie dagen in de week, Spoils?' vroeg Shane. 'Godverdomme zeg.'

Spoils begon te rekenen met zijn duim en wijsvinger, een rekensommetje waar hij zijn knokkels bij nodig had. Schudde zijn hoofd.

'Shit. Volgens mij red ik het niet als ik maar twee dagen werk.'

Ze lachten om Spoils, die niet liet blijken of hij het meende of niet, en er werd getrokken en geduwd in de deuropening, waar de barkeeper nog steeds met die vrouw stond te bekvechten, en daar kwamen Gator en Kev binnen met drie meiden die lachten uit vertrokken gezichten en op hoge hakken trippelden. Strakke spijkerbroeken met een zijnaad om hun benen gegoten. Gator en Kev die 'Ho! Pete!' zeiden, hem op de rug sloegen en iedereen hartelijk voorstelden. Ursula, Kimmie en nog een meisje. Op het T-shirt dat om Ursula's enorme tieten spande stond IK WOU DAT DIT HERSENS WAREN. Kimmie knipperde naar Pete, en hij ontbrandde vanbinnen en besloot het eerste te neuken dat hem dat zou toestaan. Kev trok Kimmie naar de pooltafel. Ursula en die andere zigzagden tussen de scheve tafeltjes door naar de bar. Kleine rozige flesjes uit de koeling gehaald en opengemaakt. Met hun pinkjes in de lucht namen de dames deftig een slok.

Shane nam Petes nek in zijn hand.

'We moeten naar een króég kroeg. Sterkedrank.'

Pete knikte vaag.

De tijd begon ongemerkt te verstrijken.

Ze klommen met z'n allen giechelend op de achterbank van een Plymouth Gran Fury. Ursula nestelde zich bij hem op schoot. Hij spreidde zijn benen een beetje zodat ze makkelijker zat.

'Ben ik niet te zwaar, schat?'

Hij tikte op haar been om te zeggen van niet.

'Ik druk dit arme ding plat, Nancy. Met mijn dikke reet.'

Nancy hield even op met het schoonmaken van Gators oor met haar tong.

'Zo te zien is-ie wel oké,' zei ze.

'Wel meer dan oké,' zei Ursula tegen hem.

Shane startte de motor. Een leeuwachtig gebrul en ze reden achteruit en scheurden weg, met gierende banden en vrouwen.

Ursula streek haar haar achter haar oren. Zijn kin rustte als op een kussen op haar geparfumeerde tieten. Een bittere geur onder haar oksels. We zijn allemaal dieren. Niet meer dan dansende beren met een tutu aan of apen met sigaretten. Opgeschilderd en in clownauto's gepropt.

'Je bent een knap ding,' fluisterde ze. 'Heb je een dunne lul? Ik durf te wedden dat je een dikke hebt.'

Hoe zwaar beneveld hij ook was, Pete bloosde. Ze duwde zijn hoofd naar achteren, kuste zijn gezicht en stak toen een slome tong in zijn mond. Ze bewoog dat lauwe ding rond, maakte zich los en bekeek het effect dat het op hem had. Van zo dichtbij was ze nogal onbetoverend, maar hij pakte een handvol tiet en graaide naar een lastig te vinden tepel onder al die stof van T-shirt en beha. 'Oei,' hijgde ze, en ze slobberde rond in zijn mond, bijna alsof ze iets zocht. Gator keek toe, terwijl zijn vrouw zijn hoofd voortdurend bij zijn kin omdraaide, zodat hij haar kuste. Die ene die Kimmie heette bij Kev of misschien ook wel bij Spoils, wie kon het zeggen, nu de hele achterbank een rollende kar vol bijna-neuken was.

Het getik en geratel van grind. Glip. Shane zette de motor af en ze tuimelden de auto uit en de zon in die weerkaatste op het witte grind.

'Neem hier maar een hijs van, Pete.'

Met het heupflesje in zijn hand, terwijl hij een slok nam, kokhalsde hij, alles brandend achter in zijn keel. Hij spuugde in het onkruid achter de Eastgate Bar, verwachtte dat het vlam zou vatten. Draaide sierlijk om zijn as en liep door de openstaande deur. Het was binnen net zo koel en donker als zij luidruchtig waren. Hij hopte op een pluchen groene kruk en dronk alles wat hem werd voorgezet. De naar snoepkaneel smakende Hot Damns! die een laagje op zijn lippen achterlieten en de borrelglaasjes Redeye die zijn keel schoon brandden. De jukebox gloeide groen, rood en felblauw op. Toen er een baslijn uit krulde, trok Ursula hem overeind. Hij lag in haar boezem terwijl ze slowden tussen de logge tafeltjes. Stootten de kaarsen in hun met rode tranen bebaarde houders om op het tapijt. Ze sloeg haar benen om een van de zijne en reed tegen hem op. Het meisje achter de bar zei dat ze een kamer moesten zoeken, dat dat geen dansen was. Ze graaiden aan elkaar tegen de muur. Hij ging met zijn hand tussen haar benen. Die kwam er heet en vochtig tussen vandaan, als iets uit een oven. Het meisje achter de bar zei dat ze de politie ging bellen, als ze niet uitscheden.

'Je ziet bleek.'

'Utgaatwel.'

'Waar ga je naartoe, schat?'

'Even.'

Dat achterlijke zonlicht. Pete zwenkte naar de zijkant van het gebouw, weg van het avondverkeer op Broadway en leunde met zijn hoofd tegen het gebouw, zijn armen trillend, en draaide een kraan regenboogkots open. De aarde werd door zijn tranen heen wazig. Flink zwaaien met zijn hoofd, gezette stappen, omvallen op de achterbank van de Gran Fury. Wegduttend op het warme nepleer droomde hij dromen met weinig verhaal, figuren of actie. Kleuren. Een wirwar van walgende gezichten. Het gevoel dat iedereen hulp nodig had.

Hij wordt onder zijn oksels een auto uit getild. Zijn stappen onhandiger dan die van een marionet. Bijkomen. Zijn voeten die door de aarde ploegen, over boomwortels stuiteren, dennenappels meeslepen. Duisternis. Rook.

'Alsjeblieft, maatje.' Een blikje op zijn schoot. Op de een of andere manier is hij met zijn benen over elkaar bij het kampvuur gezet. Shane maakt het blikje open, knijpt zijn hand eromheen. Een mens is van klei, denkt hij.

'Als je daar een paar slokjes van neemt, knap je zo weer op.'

'Een mens is van klei.'

'Reken maar, maatje.'

Hij kan elke guts in zijn verkreukelde en verlepte gelaatstrekken voelen. Hij zet het blikje naast zich neer, kruipt zijwaarts naar achteren en gaat tegen een boomstronk zitten.

Er zit nu een lijf tussen hem en het vuur.

Het is Grote Ursula, handen in haar zij.

'Kom je met me dansen, schatje?'

'Laat hem nou maar met rust, Ursula.'

'Blijf jij maar gewoon zitten, schat,' zegt ze tegen hem. 'Ik zal voor je dansen.'

Grote Ursula staat voor hem, een zwarte amfora afgetekend tegen de opspringende vonken. Ze liegt niet. Ze is aan het dansen.

6

Hij werd in het donker wakker, ging zitten en vroeg zich af waar hij was. Hij herkende de plaatsing van de ramen in de muren, maar raakte even verdwaald in een ruwe schets van een huis dat hem dierbaar was, tot hij zich herinnerde wat er allemaal was gebeurd. Missoula. Dit, de cottage waar ze samen hadden gewoond. Waar ze hadden geprobeerd getrouwd te blijven. Het huis was leeg. Beth was al vertrokken, had Rachel meegenomen.

Hij stond op en spoelde zijn gezicht af bij de gootsteen in de keuken.

Spoils lag op de vloer in de woonkamer te snurken. In zekere zin zijn laatste vriend, de laatste die met genegenheid aan hem dacht. Shane, Yance en de anderen... die misten hem, maar ze kenden hem niet.

Niemand kent me, behalve ikzelf. Waar had hij dat gehoord. Was het waar.

Spoils was plotseling wakker en tuurde naar hem op.

'Hoe gaat-ie, professor?'

Pete hoestte. Klodders slijm werden losgerateld en hij spuugde ze tegen de muur en ging bij Spoils op het tapijt zitten.

'Waar is iedereen?'

'Ik heb gezegd dat ik hier bij jou zou blijven. Ben bijna weggegaan, omdat je naar iedereen uithaalde die je aanraakte.

'Ik heb hamers in mijn kop.'

'Goed om je te zien, Pete,' zei Spoils.

Pete knikte.

'Waar is Beth?'
'Die gaat naar Texas.'
'Texas?'
'Ja.'
'Jemig. Maar Rachel...?'
'Yep.'
Spoils ging rechtop tegen de muur zitten.
'We hebben hem een keer 's avonds in de Stock's gezien. Zat te pokeren.'
'Ik ben niet eens kwaad op die eikel.'
'Shane heb evengoed zijn tanden uit zijn bek geslagen.'
'Daar heb ik niet om gevraagd.'
'Je had voor hem hetzelfde gedaan.'
'Nee, dat had ik niet.'
'Nou, Shane, die heeft er nooit bezwaar tegen om een klootzak in elkaar te beuken.'
Ze gingen in de vierkantjes van het licht van de lantaarnpaal zitten en keken elkaar aan als een stel gevangenen in een cel.
'Wat ga je nou doen, Pete?' Hij knikte richting de deur.
'Aan Beth en Rachel?'
'Ja.'
'Ik weet niet. Ik zou ze moeten gaan halen. Ik weet alleen niet hoe.'
Petes oogbollen bonsden in de krijsende hagelbui van een kater, van een leven. Hij zei tegen zichzelf dat hij moest ophouden met dat zelfmedelijden. Eigen schuld, dikke bult.
'Het is echt fijn om je te zien, Pete.'
'Jou ook, Spoils.'
Het was vijf uur 's ochtends. Hij zei tegen Spoils dat hij weer moest gaan slapen en ging achter in de cottage zitten luisteren naar de rivier achter de struiken, om langzaam tot een besluit te komen. Te besluiten dat hij ontslag zou nemen en zijn vrouw achterna zou gaan.
In elk geval Rachel terug zien te krijgen.
Iets. Hij wist niet precies wat.
Gewoon eerst ontslag nemen.

Hij ging een bijgebouw van een van de gebouwen van de county binnen, een deur door en het regionale kantoor van het hoofdkwartier van het Westelijke Servicedistrict van de Afdeling Gezinszaken in. Drie rijen cubicles onder een laag plafond met de kleur en textuur van zoutjes. De enige die er op deze zaterdag was, was een vrouw die op een stoel midden in de rij cubicles een baby de fles zat te geven. Ze stak een sigaret op, hees het kind toen over haar schouder zodat het een boertje kon laten, waarbij ze haar hoofd afwendde om de rook niet in het gezichtje uit te blazen. Onder een bureau vlakbij draaide een jongen zich om. Hij sliep ook. Van ergens achter in het kantoor verscheen een andere vrouw met papieren, die de cubicle in ging, waar Pete haar niet kon zien. Even later droeg de moeder de baby door het gangpad tussen de hokjes naar de voordeur. De maatschappelijk werkster maakte het kind onder het bureau wakker. De jongen ging versuft zitten, werd toen angstig, herkende zijn omgeving niet. Ze lokte hem eronder vandaan, pakte zijn hand en liep met hem achter zijn moeder aan naar de voordeur. De jongen, inmiddels alert, bekeek Pete aandachtig toen ze passeerden, wiens eigen aandacht was afgedwaald naar de maatschappelijk werkster die het kind meevoerde.

Ze was nieuw op het kantoor, of in elk geval nieuw voor Pete. Lang donker haar in een losse paardenstaart. Een warme grijns spleet haar open en aantrekkelijke gezicht terwijl ze het kind begeleidde, en toen ze Pete opmerkte, vroeg ze of hij even kon wachten, zei dat ze zo terug was. Hij zei dat hij dat zou doen. Dacht ondertussen: ik denk dat ik nog een auto in de fik zou steken, als je het me aardig vroeg. Ik zou een kogel opvreten.

Hij ging op de plastic stoel bij de deur zitten. Zijn hand bonsde en jeukte onder het smerige verband dat bruin was geworden van het vuil, bloed en wondvocht en hij krabbelde afwezig aan de wond. De hondenbeet was gaan genezen, maar na een paar dagen waren de roze huidplooien rond de korstjes vuurrood geworden en ze deden pijn als je ze aanraakte.

Hij keek door de luxaflex toe hoe de maatschappelijk werkster de vrouw en haar kinderen in een taxi zette, en liep haar toen ze weer binnenkwam tegemoet bij de deur. Glimlachend, haar handen tot een klein mandje gevouwen. Ze vroeg wat ze voor hem kon doen.

'Ik ben op zoek naar Jim,' zei hij.

'Dat is de supervisor.' Ze wierp een vluchtige blik op zijn verband. 'Werk je al met iemand? Of ben je doorverwezen?'

Hij grinnikte. Hij had niet gedoucht. Dat afschuwelijke verband. Hij zei dat hij niet met iemand werkte, nee.

'Misschien kan ik je helpen.'

Hij zag op dat moment dat er in een streng van haar lange haar een dennennaald hing. Hij had zich niet geschoren, had niet eens een vluchtige blik in een spiegel geworpen. Hij zag er ongetwijfeld net zo beroerd uit als iedereen die hier binnen was gekomen om hulp te vragen.

'Gaat het wel?'

Hij lachte nu voluit. Keek haar aan, en schaterde nogmaals.

'Is er iets grappig?'

'Ik ben van de AGZ. Uit Tenmile.'

'O god.' Ze sloeg haar hand voor de mond. Ze bloosde en was op die manier heel leuk, al met al. 'Het spijt me, ik wilde niet...'

'Geeft niks. Ik weet dat ik er belazerd uitzie. Ik ben Pete.'

'Ik geneer me kapot.'

Hij stak zijn goede hand uit. Ze schudde die. Hij hield zijn andere hand op.

'Ik heb een paar zware dagen achter de rug. Gebeten door een hond. Toen ik een cliënt bezocht.'

Ze pakte de verbonden hand en inspecteerde het smerige ding.

'Ben je naar een arts geweest?'

'Nee.'

Ze trok hem een felverlichte pauzeruimte in die rook naar het gesmolten plastic dat iemand in een asbak had verbrand. Hij ging op de stoel zitten die ze voor hem onder de tafel vandaan trok. Ze haalde een verbandtrommel uit een la, en ging voor hem zitten.

'Haal er eens af,' zei ze.

Hij trok het verband er met zijn tanden af. De zwarte boog wondjes tegen zijn witte huid. Zijn gele bloeduitstortingen roken naar houtrook. Ze zoog lucht tussen haar tanden door en keek hem strak aan.

'Heb je hem überhaupt uitgespoeld?'

'Reken maar.'

'Nou, nu is hij ontstoken.'

Hij dook lichtjes in elkaar onder de reprimande die in haar stem doorklonk. Die beviel hem eigenlijk wel.

Ze rukte een zak wattenbolletjes open, doordrenkte er één met jodium en sopte de rug van zijn hand af. Hij staarde naar het plafond, ademde door zijn mond. Ze maakte een steriel gaasverband open, knipte dat op maat en plakte het met tape op zijn plek. Zei dat hij naar een huisarts moest voor antibiotica.

'Dank je.'

Ze knikte hem afgemeten toe.

Hij kon zichzelf ruiken, een geur van vuil, sap, zweet en bier. Wat moest hij afstotelijk zijn. Hij begon weer te grinniken. Ze hield op met het terugstoppen van de spullen in de verbanddoos en sloeg haar armen over elkaar.

'Lach me niet uit.'

'Dat doe ik niet. Ik zweer het je.'

Ze bekeek zijn gezicht aandachtig, alsof ze zich afvroeg of hij de waarheid sprak. Hij dacht dat ze hem misschien leuk vond, misschien op z'n minst geïntrigeerd was, ondanks de gore staat waarin hij verkeerde.

Toen stond ze op om weg te lopen.

'Hé. Wacht. Het spijt me. Dat was heel aardig van je. Ik kwam alleen maar tegen Jim zeggen dat ik een tijdje vrij moet nemen. Ik had hier allemaal niet op gerekend.' Hij hield zijn verse verband op. 'Dus bedankt.'

'Graag gedaan.'

'Hoe heet je?'

'Mary.'

'Ik ben Pete.'

'Dat zei je al.'

'Ik lachte je niet uit.'

'Ik zit er niet mee.'

'Tuurlijk wel.'

Mary bracht haar hand naar haar keel, merkte toen dat ze dat gedaan had, en schudde abrupt Petes goede hand.

'Ga je mee lunchen? Het Palace.'

Haar beurt om te lachen.

'Au.'

'Je zit weer netjes in het verband. Het komt wel goed met je.'

'Maar toch.'

Ze bleef staan, keek hem even aan en schudde toen haar hoofd. Hij dacht dat ze misschien aan het beslissen was met hem mee te gaan, maar toen zei ze dat het leuk was hem ontmoet te hebben en dat ze tegen Jim zou zeggen dat hij langs was geweest.

Twee agenten die buiten stonden keken even met samengeknepen ogen naar hem, alsof hij misschien hun mannetje was. Hij liep met grote passen over het gazon van het gerechtsgebouw, stak vervolgens Broadway over, regelrecht naar het Palace. Café, bar, pokertent. Had hier vaak tot in de kleine uurtjes zitten kaarten. Ouwe jongens met een vast inkomen die er zo levendig als stenen bij zaten. Gasten die elke hand wilden zien, omdat ze er een bloedhekel aan hadden als iemand bluftte en aan van die doetjes die de handdoek in de ring gooiden zodra iemand de inzet verhoogde. De gasten die geen woord zeiden en scherp doordrongen waren van de een of andere fout die ze in voorgaande potjes hadden gemaakt, en die nu speelden met voorgevoelens van naderende rampspoed. Een deel van de spelers aan elke tafel kwam simpelweg voor een vorm van boetedoening. Ze wierpen verhitte, jachtige blikken rond de tafel, die pas met stilzwijgende opluchting rustiger werden als je ze hun geld afhandig had gemaakt. Een paar dronken eerstejaars. Een paar advocaten. Sukkels die Petes boeken betaalden, zijn huur. Luiers en slabbetjes. Omdat poker bovenal een samenkomst van afstraffingen is.

Op een winter speelt Pete elke avond. Hij heeft een baan als conciërge op de campus en verdient hier een beetje bij. Rachel is een jaar of twee, drie.

Zijn vader verschijnt in de deuropening van het Palace en de koude lucht waait dusdanig om hem heen naar binnen, dat iedereen in de kroeg zich omdraait en zegt dat hij moet binnenkomen of wegwezen. Hij doet gewoon een stap opzij. De sneeuw klontert aan zijn cowboyhoed, rood en obsceen in het tl-licht. Hij neemt de hoed in zijn handen, veegt de sneeuw eraf. Hij tuurt de donkere ruimte in. Ziet Pete niet zitten aan het tafeltje achterin, tegen de muur, zich opmakend om te passen.

Maar Pete ziet hem wel, ziet alles in het pokerzaaltje.

Zijn pa slaat met de hoed op zijn dij, drukt hem tegen zijn borst als hij verder loopt. Pete ontloopt hem niet echt. Wil gewoon zien hoe hij zich gedraagt. En hij gedraagt zich alsof hij wel vaker in een tent als deze is geweest, maar nooit lang. Hij kijkt fronsend naar de schavuiten, en als hij zo'n beetje op het punt staat het op te geven, gooit Pete zijn kaarten op tafel en gaat staan. Dan ziet zijn vader hem, en Pete wijst naar een leeg tafeltje voorin. Ze gaan er samen zitten. Zijn vader neemt Pete op, deze omgeving.

Zijn zilvergrijze haar glanst van de pommade. Zijn vader ziet er ouder uit en Pete realiseert zich dat hij hem al een paar jaar niet heeft gezien. Niet meer sinds Rachels eerste verjaardag. Zijn vader verwaardigt zich de bovenste knoop van zijn jas open te doen. Hij zweet. Een dronken paartje zit te vozen aan het tafeltje achter Pete en die ouwe fronst zijn wenkbrauwen.

Ik zie dat je mensen van je eigen niveau hebt gevonden, zegt hij.

Moet de huur betalen.

Alsof dat een verrassing is.

Ik dacht dat je wilde dat ik ging studeren.

Stom van me, dat ik me niet realiseerde dat dit een college is.

Hier doe ik het van.

Als ik het goed heb begrepen, studeren mensen op een gegeven moment af.

Ik doe een bovenbouwstudie.

Een bovenbouwstudie.

Ja. Jezus, wat wil je nou?

Vertel me eens voor wat voor studie ik betaal.

Letteren.

Vertel me eens wat iemand doet die afgestudeerd is in de letteren.

Die krijgt z'n bul.

De ouwe schudt demonstratief zijn hoofd. Pete vraagt zich af wat ma ooit in hem gezien heeft, of hij ooit zelfs maar aangenaam is geweest.

En ik neem aan dat je je geen enkele zorgen maakt om dat kind van je.

We kunnen niet allemaal een paragon van perfect vaderschap zijn, zoals jij.

De ogen van zijn pa vlammen op alsof er met een blaasbalg in is geblazen.

Wacht, dat schrijf ik even op. Hij haalt zijn kleine Moleskine tevoorschijn, het zwarte potloodje. *Hoe spel je dat?*

Pete vertelt het hem.

En dat betekent...?

Een toonbeeld.

Zijn pa krabbelt dat neer en verwaardigt zich naar Pete te grijnzen. Guirlandes, engelenhaar en knipperende kerstlichtjes schitteren op de muur achter hem. Onhandige tekeningen van de kerstman op het raam. Rendieren die zitten te pokeren.

Wat wil je?

Zijn vader reikt in zijn jas en duwt een cheque over het tafeltje. Een groot bedrag.

Je kleine broertje werkte 's zomers. Op de middelbare school werkte hij het hele jaar.

Hij is drie keer gearresteerd...

Alleen maar voor vechtpartijen. En hij heeft nog nooit om een dubbeltje voor een borgsom gevraagd.

Nee, je hebt gelijk. Een engel is het.

Ben je verbitterd omdat jij de oudste bent? Is dat het? Maak je jezelf wijs dat ik te streng voor je ben geweest?

Pete geeft geen antwoord. Hij wil geen stom woord zeggen. Laat die ouwe zelf maar uitvogelen wat er mis is gegaan. Pete haalt een sigaret uit zijn jas en steekt hem op met een lucifer.

Je moeder heeft gehoord dat je om geld kaartte. Hij tikt op de cheque. *Raakte die ouwe meid helemaal van over d'r toeren.*

Net op dat moment komt Spoils binnen, bijna alsof er een teken is gegeven. Die gast kan geld ruiken, daarom noemen ze hem Spoils, hoewel hij het uitgeeft als water. Of eerder als bier, in zijn geval. Hij begroet die ouwe, die zich hem niet herinnert van de bruiloft, en hij zegt dat hij het vervelend vindt om het te moeten vragen, maar of Pete misschien een dollar voor hem heeft. Pete en de ouwe voeren hier een stilzwijgende woordenwisseling over. Dan zegt dat Pete dat hij naar de pokertafel moet gaan, toe maar. Pete zwaait naar de deler dat het oké is, en Spoils pakt een fiche en schuifelt naar de kassa. Die ouwe zit talloze bezwaren te verbijten.

Pete schuift de cheque naar hem terug.

Ik wil het niet hebben.

Zijn pa glimlacht.

O, ik geef het je ook niet. Ik ben alleen maar gekomen om je hem te zien verscheuren.

Dus je komt helemaal uit Choteau hierheen om...

Zodat ik met de snippers van deze cheque terug kan naar je moeder. Yep.

Ik zal je niet teleurstellen.

Dat zou een verfrissende uitkomst zijn.

Pete scheurt de cheque doormidden, scheurt de helften doormidden en strooit de snippers over het tafeltje. Dan loopt hij terug naar de pokertafel, gaat weer aan het werk.

De bel boven de deur kondigde haar onverwachte komst aan. Hij schopte de stoel voor haar onder het tafeltje vandaan.

'Ga zitten, Mary.'

Ze keek even naar de stoel.

'Lunch met me.'

'Er werd gebeld.'

'Hoor eens, ik vind je heel mooi en ik merk nu al dat je zo interessant als de pest bent. Ga gewoon zitten.'

Ze grijnsde, schudde haar hoofd om iets en wierp een vluchtige blik op de deur. Alsof ze ergens over in dubio stond. Misschien dacht ze aan haar vriendje.

'Soep,' zei hij, terwijl hij zijn hand boven de kom openvouwde alsof hij haar het woord aan het leren was.

'Er werd gebeld. Uit Tenmile. Iemand die Cloninger heette. Hij zegt dat het joch dat je bij hem hebt achtergelaten niet meer welkom is.

* * *

Hoe was het onderweg naar Texas?

Het was Wyoming, wat betekent dat je eindeloos door een lelijk struikenlandschap in de kleur van vuile dubbeltjes rijdt.

Het wyoomde gewoon voort. Ze wyoomden eindeloos. Je kon de hele dag wyomen en geen steek verder komen. Door niets. Niets zien. Niets doen dan zitten. Je zet de radio aan en wyoomt langzaam langs de zenders, zorgvuldig op zoek naar een flardje beschaving, en het enige wat je tegenkomt is een man die zit te praten over de prijzen van vee en veevoer. Je luistert hoe een strenge predikant wyoomt over je verveelde, stervende en wyomende ziel.

Wyoomde je moeder ook?

Ma wyoomde heel Colorado door. Ze rookte, ze dronk koffie en Tab en toen bier, wyoomde soms met haar vingers op het stuur en hield op om iemand te wyomen in een telefooncel, misschien pa, maar waarschijnlijk die vriend in Texas. Die vrachtwagenchauffeur.

Is hij je vriendje?

Het is een oude vriend van me, Rachel Leslie.

Ze zei Rachels tweede naam erbij om haar te ergeren.

Een oude vriend van wanneer?

Van toen ik bij een transportbedrijf werkte. Hij is vrachtwagenchauffeur.

Gaan we daarom helemaal naar Texas?

Hij zei dat we bij hem konden logeren, ja.

Hoe heet hij?

Jimmy.

Waar ken je hem van?

Dat zei ik net. Van toen ik receptioniste was.

Heb je het ook met hem gedaan?

Wat bedoel je daar nou weer mee? Heb ik wat óók met hem gedaan?

Kom op. Ik weet waarom papa weg is gegaan.

Sloeg haar moeder haar, of ging ze aan de kant van de weg staan, of zei ze haar eens goed de waarheid?

Erger.

Wat deed ze dan?

Ze ging huilen. Tranen die groot en stilletjes over haar gezicht stroomden.

Bracht dat Rachel van haar stuk?

Rose.

Bracht dat Rose van haar stuk?

Ja.

Waarom?

Omdat haar moeders hart wyoomde, het wyoomde heel hard, en ze was dagen en jaren en misschien wel voor altijd bij een goede man vandaan.

7

Seksuele afwijkingen waren niet echt een verrassing meer. Nymfomanie, satyriasis, pedofilie, coprofilie, het plegen van obscene telefoontjes – er was geen slag parafiel dat Petes pad niet op een bepaald moment had gekruist. Hij had gewerkt aan een zaak met een zesjarig meisje dat zo geseksualiseerd was dat ze naar passerende kruizen graaide, die als een schaamteloze perverseling betastte, en dat je nooit met andere kinderen alleen kon laten.

In het begin was hij gechoqueerd geweest toen hij ontdekte dat er hele bendes kids waren die orgies hielden in groepstehuizen en op psychiatrische afdelingen, en dubbel gechoqueerd om erachter te komen hoe niet-ongebruikelijk dat was. Hij had met kinderen gewerkt die regelmatig waren misbruikt door ouders, leraren en het personeel in verschillende instellingen, alsof een of andere duistere chaperonne hen van de ene partner naar de andere begeleidde. Hij had gewerkt met kinderen die slipjes stalen, seriegluurders en Lolita's die op weg naar school Humbert na Humbert vonden en neukten. Behoorlijk wat daarvan zaten aan zijn been, probeerden hun tong in zijn oor te steken.

Daarom had Pete weinig moeite zich voor te stellen hoe Cecil over de hond van de Cloningers was gehurkt, zijn hand onder hem had gestoken, had gevraagd of dat lekker was, en hoe de hond had gepiept en aan zijn hand gelikt, Cecil die het nog een keer deed, het omhulsel tussen zijn vingers had genomen en het smalle lid er met bedreven hand uit had gelokt.

De hond die inmiddels stevig blafte.

En Pete had geen moeite zich voor te stellen hoe die oude, vriendelijke Cloninger om de openstaande motorkap van zijn truck heen had getuurd om te kijken wat al dat kabaal te betekenen had, zag hoe de hond door zijn voorpoten zakte en een vraagteken blafte – een geluid dat Cloninger zijn hond, geen enkele hond, ooit had horen maken – en de jongen als een krab over het gras om het dier heen kroop. En dat de hond het deze keer lekker vond. Wat het ook was. Cloningers ogen, die konden dat ding dat volkomen nieuw voor hem was nog niet zien, aangezien er geen woord was voor wat zich voltrok.

En toen begreep hij het ineens. De koelheid van zijn rood aanlopende gezicht, een aanzwellende ijswaterwoede, en hij rent het erf op naar waar de hond nu op zijn rug ligt, en daar op het stoepje zitten Cloningers met stomheid geslagen dochters en zijn dommige, schele zoon, en Cloninger geeft de hond een schop, die geschrokken grauwt en dan vol schaamte en zelfs schuldgevoel wegkruipt, omdat honden wel degelijk schuldgevoel kennen, jazeker, ze mogen dan geen ziel hebben, maar ze hebben één vast punt op hun morele kompas, het noorden van baasjes als Cloninger, dus de hond loopt met zijn kop laag bij de grond weg en werpt schichtige blikken achterom. En Cloninger haalt diep, diep adem, alleen maar om te voorkomen dat hij Cecil vloert, en zegt wegwezen jij, ga je spullen pakken.

Pete en Cecil lunchten bij de Seven Feathers Truck Stop net buiten Columbia Falls. Het joch zei dat hij moest pissen, schoof achter het tafeltje vandaan en slofte naar de wc. Pete zag meteen dat hij het op een rennen ging zetten. Toen de jongen de wc uit glipte, stoof hij richting de voordeur, waarbij hij tegen het rek met ansichtkaarten naast de kassa stootte. Het ding draaide om zijn as en viel om, ansichtkaarten strooiend.

De klanten aan de bar hielden op met het zagen in biefstukken en dagschotels met gegrilde kip, legden hun bestek neer, veegden hun kin af en bekeken de vlucht van de jongen geïnteresseerd. Hij schoot het parkeerterrein op, werd bijna aangereden door een middenklasser met piepende banden en ging er op het trottoir vandoor, zo schichtig en vechtlustig als de pest. Hij maakte schijnbewegingen alsof iemand hem vlak op de hielen zat en sprintte om benzinepompen heen. De lui aan de bar leunden naar voren om hem uit het zicht te zien verdwijnen.

'Zo vies was het gehaktbrood nou ook weer niet,' zei de mollige serveerster, waar om gelachen werd. De kok die aan de bar een rookpauze aan het nemen was zei dat ze vooral zo door moest gaan, en ze lachten weer met z'n allen. De andere serveerster kwam uit de keuken en vroeg wat er zo grappig was.

'Dat joch dat hij bij 'm had' – de eerste serveerster knikte richting Pete – 'ging er net als een idioot vandoor,' zei ze tegen de andere. Toen, tegen Pete: 'Je zoon, of...'

'Ik ben van de AGZ,' zei hij.

'De AG-wablief?'

Iedereen in de zaak keek naar Pete.

'Ik ben zijn maatschappelijk werker,' zei Pete. 'Van de Afdeling Gezinszaken.'

Enige stilte. Een koffiekopje dat op zijn schoteltje werd teruggezet.

'Nou,' zei de serveerster, terwijl ze haar bestellingenboekje in haar schort propte en borden begon af te ruimen. Ergens aan de bar klonk zacht gemompel, en een gedempte proestlach.

'Laat je hem gewoon zomaar wegrennen?' zei iemand. Ze keken naar Pete, die Langharige Lul Waar Hun Belastingcenten Naartoe Gaan, alsof hij een handvol van de koude frieten van de jongen in zijn mond had gepropt. Ze wachtten tot hij iets zou doen.

'Wil je dat ik de verkeerspolitie bel, schat?' vroeg de serveerster.

'Zo hard hoeven we niet van stapel te lopen,' zei Pete. Het had geen zin haar of de vrachtwagenchauffeurs, houthakkers en boeren te laten denken dat dit een noodgeval was, want dat was het niet.

De mensen mompelden, gingen verder met eten, staken sigaretten op. De gastvrouw bij de kassa raapte de ansichtkaarten bij elkaar die waren gevallen op een bonte deurmat met afbeeldingen van gletsjers, geisers, jackalopen en gepopulierde zonsondergangen boven de Missouri Breaks. Ze legde ze op de toonbank en zette de display recht. Pete plukte een tandenstoker uit de dispenser terwijl hij afrekende. Hij liet een geluidloze boer en bladerde door de ansichtkaarten.

Ze gaf hem zijn wisselgeld. In een van zijn stuivers zat een gat geboord. Ze begon de kaarten te sorteren. Hij liet haar de stuiver zien.

'Wil je een andere?' Ze deed de kassa open. Ze was geïrriteerd vanwege de ansichtkaarten.

Hij knielde neer, raapte de achtergebleven ansichtkaarten op en legde ze op het glazen blad van de toonbank.

'Nee, dat hoeft niet.' Hij stak de stuiver in zijn zak. 'Sorry voor de rommel.'

Een koude stormwind beukte op hem in toen hij naar buiten stapte en de hoge, dunne wolken marmerden de hemel waar de zon als een hitteloze, protserige diamant middenin was geplaatst. Pete boog tegen de wind in en begon in dezelfde richting te lopen als het joch. Hij passeerde de kruidenier naast de cafetaria, tuurde door de getinte ruiten of hij enig teken zag dat de jongen hier voorbij was gekomen, naar omgevallen en kapotte dingen, iemand op de vloer tegen wie werd gezegd dat hij gewoon stil moest blijven liggen.

Pete liep verder en knikte howdy tegen een oude veeboer die zijn pick-up met dubbele achterwielen vol diesel stond te tanken. Hij was niet dichtbij genoeg om hem naar het joch te vragen. Hij keek de rest van het lege plein af, liep langs de luchtpomp, de munttelefoon en de wc's. Cecil kon niet ver weg zijn.

Hij liep de hoek om en stuitte op een kleine kudde dieseltrucks die stationair stonden te draaien in de koude noordenwind. Gechroomde opleggers stonden als showgirls tussen de wagens waarop hout werd vervoerd, bedekt onder een laag havermoutige modder, witte rook uit uitlaten die in de wind als vlammen uit de zilverige pijpen sloeg. Pete zette het boordje van zijn overhemd omhoog en de zakken van zijn spijkerbroek vol met zijn vingers. Cecil zou het inmiddels wel frisjes hebben, met alleen dat T-shirt aan. Pete vroeg zich af of hij stiekem een cabine in zou kruipen om zich te verstoppen. Was hij zo dapper. Was hij überhaupt vindingrijk.

Terwijl hij tussen de vrachtwagens door slingerde, ging Pete af en toe op zijn hurken zitten om te kijken of hij een voetafdruk van de jongen zag, een handafdruk op een portier of in het stof van de weg op de geperforeerde dekzeilen. Niets. Hij bleef bij een veewagen staan en schrok toen hij zichzelf in de zwarte bol van het oog van een vleeskoe zag. Het dier gaf een duwtje tegen zijn halsbeugel.

Hij liep naar een plek waar het timoteegras wuifde rondom een inzakkend, niet noemenswaardig hek en daarachter het geploegde land, een stootoever met een striae van scharlakenrode strepen van klei. Het was zaterdag en daar op de prairie liepen een stel jagers. Het zou nog een hele klus worden te bepalen hoever je naast je prooi moest richten om al die wind te compenseren. Maar bij al dat lawaai en die geurverwaaiende vlagen kon je misschien wel vlak bij een hert in de buurt komen, een antilope.

Een langgerekt geluid van piepende banden. Hij rende naar de voorkant van de cafetaria. Een groene pick-up die over de parallelweg in westelijke richting reed, deed een enorme wimpel stof opwaaien.

Shelby lag in het oosten.

Cecil was onderweg.

'Goed gedaan, Pete,' mompelde hij. 'Heel fucking goed gedaan.'

Pete liep naar zijn auto en pakte zijn heupflesje uit het handschoenenkastje. Toen deed hij de achterbak open. Cecils luchtbuks lag daarin, naast een paar dekens en knuffelbeestjes. Hij reikte onder een schop in een zak met kleding. Tastte rond naar de fles, keek alle kanten op, dook met zijn bovenlijf in de achterbak en nam een grote slok. Zijn keel brandde en hete dampen kwamen uit zijn neus en brandden in zijn ogen. Hij nam nog een slok, vulde daarna het heupflesje en deed dat in de binnenzak van zijn jas. Toen hij de kofferbak dichtdeed, klikte de wereld op zijn plek. Hij voelde zich oké. Het zou allemaal goedkomen. De jongen was gevlucht. Dat zou hij melden, en vroeg of laat zou iemand hem oppikken. Niks aan de hand.

Vanuit het restaurant tikte de gastvrouw op de ruit en wees achter zich naar de kassa. De grote oude veeboer die diesel had staan tanken, had Cecil vlak achter de deur in een staande houtgreep.

'Huh,' zei Pete.

Hij liep door de stormwind naar het restaurant. Zijn aankomst was aanleiding voor verhevigde interesse onder de klanten, armen die over elkaar werden geslagen enzovoort.

De veeboer draaide zich met de jongen om. Cecils armen waren uitgespreid, en zijn hoofd werd onder de gevouwen vingers van de man naar beneden gedwongen. De gelevervlekte schedel van de man was rood van de inspanning. Ze ademden allebei zwaar, trilden terwijl ze zich tegen elkaar verzetten.

'Is dit jouw jongen?' vroeg de oude man.

'Ik ben zijn maatschappelijk werker,' zei Pete, en hij stak zijn hand uit om de zijne te schudden. De veeboer forceerde een grijns op zijn granieten gezicht, alsof hij wilde vragen of Pete dacht dat hij achterlijk was. Pete liet zijn hand zakken.

'Ben je verantwoordelijk voor hem of niet?'

'Jawel,' zei Pete. 'Ik breng 'm naar Shelby.'

'Mooi niet. Ik heb een moeder in Shelby wonen.'

Pete knikte. Maakte duidelijk dat hij luisterde, dat de man zijn volledige aandacht en respect had.

'Ik zag 'm hier naar buiten rennen, weet je. En jou achter hem aan gaan. Zag 'm stiekem naar mijn truck sluipen toen ik stond te betalen voor het tanken. De kleine klootzak had nog het lef zich te verzetten ook. Dat meisje hier heb me overgehaald even te wachten om te kijken of je terug zou komen voor we de politie belden. Ze zei dat jij z'n reclasseringsambtenaar bent.'

'Ik zei dat je voor de staat werkte, dat je een soort van reclasseringsambtenaar was of zo,' verduidelijkte de gastvrouw.

'Nou, allebei bedankt,' zei Pete gauw. 'Het was heel goed dat jullie op me gewacht hebben. Dat waardeer ik.'

De man gromde toen Cecil kronkelde.

'Ik had 'm bijna van zijn oor tot zijn reet aan stukken gescheurd.'

'Ongetwijfeld. Ik had me niet zo kunnen inhouden als u hebt gedaan. Wat zou u ervan zeggen als u hem nu aan mij overdroeg?'

'Overdroeg?'

'Ik kan hem nu wel overnemen.'

De veeboer nam Pete een hele tijd op, zijn handen als knoestige stronken in de nek van de jongen. Vroeg zich af of hij Pete moest vertrouwen, of Pete er capabel uitzag. Cecil probeerde zich los te draaien en wurmen, maar de veeboer hield de jongen simpelweg alleen maar steviger vast, tilde hem op tot hij op zijn tenen stond.

'Blijf nou maar gewoon stilstaan, Cecil,' zei Pete.

'Het ziet er niet naar uit dat je klaar bent met het corrigeren van deze knul. Maar de regering is niet al te best geweest in het fiksen van wat dan ook, of wel soms? Hebben hem waarschijnlijk de hele dag op zijn reet laten zitten, hè? Hou je koest, godverdomme.'

Pete en de man zijn nu bij de crux aanbeland. Hoelang zou het duren voor de jongen zijn armen optilt, zich laat zakken en zich los draait. Of voor hij die oude vent met zijn hak in zijn ballen trapt.

De veeboer keek neer op de zwarte bos haar van de jongen, alsof hij daaruit kon opmaken wat hij van plan was. Een zweetdruppel liep over de richel van zijn neus en viel van het puntje af.

'Neem hem maar mee, voor ik van gedachten verander,' zei hij, en hij maakte zijn vingers los, liet zijn armen van elkaar schieten, en Cecil struikelde naar voren. Hij hield zijn armen naar voren, zijn hoofd omlaag, als een gipsafdruk van de actie van de oude man. Hij keek met een spottende grijns op naar Pete.

'Hij bloedt,' zei iemand, en de gastvrouw rende met een theedoek naar buiten, achter de oude man aan. Er zat een verse kras achter het oor van de grote man, het roestkleurige bloed daaruit in de vertakkende rimpels in zijn nek. Ze keken allemaal toe hoe ze naar de oude man riep en naar zijn hoofd wees. De ouwe kerel voelde aan zijn nek, grimaste bij het zien van het bloed op zijn vingers. Hij griste de theedoek uit haar handen en stormde met die tegen zijn wond gedrukt naar zijn pick-up.

Pete bedankte de gastvrouw toen ze terugkwam, zwaaide vaagjes naar de klanten. Iedereen keek naar Pete en zijn achterlijke gevangene met een ergernis die aan walging grensde. Begon weer te mompelen. Pete rukte Cecil achterwaarts het restaurant uit.

Hij liet de sleutel zonder die om te draaien in het contact zitten. Draaide zich om om iets te zeggen. Cecil hield één middelvinger in zijn handpalm, tilde die voor hem op alsof hij hem op de vloer had gevonden, en liet hem aan Pete zien.

'Van hetzelfde, maat,' zei Pete.

Cecil nam zijn vinger terug, legde hem in zijn hand en keek er als een krankzinnige naar. Pete startte de auto.

Ze reden langs de zuidelijke grens van Glacier Park, volgden de middelste vertakking van de Flathead River. Turkooizen waterplassen en rode en roestige treinwagons die uit de tunnel draaiden. Toen ze net over de Logan Pass waren, zag Pete een paar berggeiten bij een liksteen staan en wees Cecil daarop, maar de jongen wilde er niets van weten. Nou, dan kon hij de pest krijgen. Hij had geen idee hoe goed hij het had. De dennenbomen wuifden in de aanloop naar de boomgrens, waar grote afgravingen grijs en zwart opdoemden. Voorbij de Silver Stairs die als kwik uit de bergen grinnikten. Door East Glacier, de bergen uit, en de eindeloze vlakten van de Montana Hi-Line op. Winters tarwehaksel en zand die in vijf tinten bruin tot kronkelende lakens werden opgewaaid boven de stoppelige velden.

Op een helling gluurde de silo van Sweet Grass Grain naar hen. Weggestopt in heuvels met de kleur van geroosterd brood stak Shelby af en toe boven het landschap uit. Ze daalden af, het stadje in, en passeerden een kerk waar de parochianen door elkaar heen liepen en kinderen in kringetjes rondrenden. Nog een kerk, en nog één. Machtige silo's, een watertoren, en ze reden nog een heuvel op en zagen het spooremplacement.

Pete keek op een papiertje op het dashboard, sloeg bij het volgende stoplicht af en reed naar het noorden, keek aan de rechterkant van de weg of hij de betreffende brievenbus zag. Het was een trailer, ooit rood geweest, door de zon roze geblakerd. Hij stopte bij de poort en stapte uit, deed die open, reed erdoorheen, stapte uit en deed hem dicht.

In het grote bijgebouw zat Cecils oom geknield naast een sneeuwscooter. Een vastgeketende hond rukte aan zijn ketting en sprong naar de rand van de aangestampte cirkel in de aarde rond de staak waaraan hij was vastgemaakt. Tandenknarste geluidloos in de lucht, drie meter van de plek waar ze parkeerden. Pete merkte dat hij over zijn verband zat te wrijven. De stembanden van het dier waren doorgesneden. Gecoupeerd, net als zijn staart.

'Howdy,' riep Pete naar het bijgebouw, terwijl hij zijn jasje van de achterbank pakte. De man keek op, ging staan, wreef zijn handen aan zijn spijkerbroek af en beende naar buiten, hem tegemoet. Zijn haar was tot stekeltjes geschoren en hij zag eruit als een van die grote, flinke mannen die rechtdoorzee zijn en het goed bedoelen, maar waarschijnlijk behoorlijk wat rancune koesteren. Ze schudden elkaar de hand.

'Ik ben Pete. Van de AGZ. Heb uw vrouw gesproken.'

'Elliot,' zei hij, en hij tuurde over Petes schouder naar Cecil, die nog in de auto zat. 'Wat mankeert hem?'

'Zenuwachtig, denk ik.'

'Gaat-ie nog uitstappen?'

'Geef hem even.'

'Want hij hoeft hier niet te zijn. Een gunst aan zijn moeder, meer is dit niet. Als 't hem niet bevalt, dan dondert-ie maar op.'

'Hij blijft wel.'

Ze liepen naar het huis. Achterin was een aanbouwtje met teerpapier op het dak. Het hek eindigde bij een stapel paaltjes een eindje verderop en droeg bij aan de algemene onaffe indruk. Een dunne vrouw kwam van achter de hordeur tevoorschijn. Ze leunde op de reling van de veranda, schermde haar ogen af tegen de zon en tuurde naar de auto, probeerde Cecil te bekijken.

'Daar zal je moeder de vrouw hebben,' zei Elliot nors.

Ze liepen samen naar haar toe. Ze was een hard ding, gespannen armen en gezicht. Ze was pissig, op Elliot of over de situatie, misschien wel altijd. Ze zag er ouder uit dan haar man. Gebarsten lippen van de wind. Ze knikte naar de auto.

'Wat heb hij?'

'Een beetje koudwatervrees. Hij draait wel bij.'

'Dit is een gunst aan zijn moeder. Als 't hem niet bevalt, dan dondertie maar op,' zei ze, net zoals haar echtgenoot.

'Hij went nog wel aan het idee,' zei Pete. 'Het is de leeftijd. Wil er in z'n eentje op uit trekken. Maar hij heeft vooral een stabiele omgeving nodig.'

Ze keek veelbetekenend naar Elliot. Ze stond op het punt iets te gaan zeggen – waarschijnlijk over de moeder van de jongen –, maar het autoportier ging open en Cecil klom eruit. De hond sprong naar het eind van zijn ketting, jankte hees toen de jongen vlak buiten het bereik van het dier over de oprit liep. Pete riep, maar Cecil negeerde hem en liep het bijgebouw in.

'Laat mij maar even met hem praten,' zei Pete.

'Wacht even, meneer,' zei de vrouw. 'Heb u onze cheque?'

Pete stond al op het opstapje, en hij draaide zich naar haar om.

'Weet u, ik geloof dat ik uw naam niet heb verstaan,' zei hij vriendelijk.

'Er is ons twee vijftig per maand voor hem beloofd.'

'De toelage. Ja, ze zullen u een cheque sturen zodra de papierwinkel is afgehandeld en alles. Zal hooguit een week of twee duren.'

'En wat moeten we nu dan doen?'

'Hoezo?'

'Hoezo wat?'

'Ik bedoel, wat vraagt u nou precies?'

Ze wierp Elliot een blik toe, en hij boog het hoofd. 'We zijn hartstikke platzak, dat vraag ik. Dat joch leeft niet van gras, dat vraag ik. Elliot heeft al geen dienst meer gedraaid sinds-ie uit de National Guard is, dat vraag ik.'

'En ik heb tot de kerst om te beslissen of ik bijteken of niet.'

'Misschien moet-ie wel bijtekenen,' zei ze met geoefende verontwaardiging.

'Ik zal zodra ik weer in Tenmile ben contact opnemen met de mensen in Helena,' zei Pete.

Ze sloeg haar armen over elkaar alsof ze er niets van geloofde.

'Misschien kunnen ze een beetje haast zetten achter die cheque.'

'Misschien kunnen ze er een beetje haast achter zetten,' zei ze tegen Elliot, en toen tegen Pete: 'Je begrijpt niet wat ik zeg. Het geld groeit ons niet op de rug. Geen cent.'

Pete keek richting de garage of hij een spoor van Cecil zag.

'Ik moest hem maar gaan halen,' zei hij.

'En als je hem hebt, zet je hem maar weer in die auto,' zei de vrouw.

Pete keek van Elliot naar zijn vrouw. Ze draaide zich om om het huis weer in te lopen. Pete racete door de dingen heen die hij kon zeggen, weerstond de verleiding te vragen waarom ze hem in godsnaam helemaal hierheen hadden laten komen met Cecil, als ze met dit soort koehandelgelul zouden beginnen.

Hij voelde in zijn zakken.

'Ik weet het goed gemaakt,' zei hij. 'Ik heb nog een dollar of vijftig over uit de kleine kas om hem hierheen te brengen. Wat zouden jullie ervan zeggen als ik jullie die gaf, een beetje haast achter die cheque laat zetten – let wel, terwijl ik zelf de terugreis naar Tenmile betaal – en jullie een cheque van vijftig dollar voor me uitschrijven, die ik pas zal innen als jullie je cheque hebben ontvangen.'

'We gebruiken geen chequeboek,' zei ze.

'Niet om rekeningen te betalen of zo?'

'Nee.'

'Misschien,' zei Elliot, 'is dit toch niet zo'n goed...'

'Luister,' zei Pete. 'Meer dan vijftig heb ik niet. Jullie mogen het hebben.'

De vrouw schudde haar hoofd. Zij en Pete veegden allebei hun haar voor hun ogen weg. Zelfs dat leek haar te ergeren – dat het winderig was, dat Pete lang haar had.

'Dat joch is zo raar als een briefje van drie. Een paar jaar geleden zat-ie met kerst op de driewieler van zijn neefje te rijden, alsof-ie vijf was. Sloofde zich uit als een mongool. Wilde hem ook niet eens teruggeven toen hem dat gezegd werd.'

De deur sloeg met een klap achter haar dicht, en de wind door de zwenkdravik vulde de stilte, en er was verder niets om doorheen te blazen dat geluid zou maken, geen boom of wasgoed aan de lijn, niets.

'Misschien is deze deal niet zo'n goed idee,' zei Elliot, terwijl hij het terrein over keek. De hond draaide in kleine kringetjes rond voor hij in het stof ging liggen. Pete pakte zijn portefeuille en haalde het geld eruit.

'Ik heb hier achtenveertig dollar,' zei hij, en hij drukte de man het geld in de hand en vouwde die dicht. Elliot haalde een pakje uit de zak van zijn overhemd, schudde er een peuk uit en bood die Pete aan. Pete nam hem aan, Elliot nam er zelf ook een, en ze staken ze op en rookten samen zonder iets te zeggen.

'Ik ga maar 's kijken wat-ie uitspookt,' zei Pete.

Hij jogde het erf over, langs de geluidloos springende hond. Hij voelde zich licht in zijn hoofd door die sigaret, en toen hij de deuropening van het gigantische bijgebouw bereikte, hijgde hij. Een verroeste maaidorser vulde het grootste deel van de ruimte. Aan de zijkant stond een sneeuwscooter. Cecil zat op een dikke schijf dennenhout. Zijn hand zakte zachtjes voor zijn gezicht weg. Hij had een smerige rode lap in zijn hand, en een felrood plastic gasbusje stond vlakbij. De enorme domme grijns van de jongen. De oogleden half gesloten als kapotte rolgordijnen.

'Je zou het geweldig vinden in het behandelcentrum,' zei Pete.

Cecil likte aan zijn lippen, terwijl hij zich omdraaide naar die stem uit de ether.

'Ze spuiten je daar dagenlang plat. Je hoeft alleen maar iemand te schoppen, slaan of bijten. Je lul uit je broek halen. Dat weet ik. Ik heb het zien gebeuren. En als je weer bijkomt, helemaal *groggy* en naar de klote, dan wachten ze gewoon af of je het nog eens doet. En dat zul je. Dat doen ze allemaal.'

Pete gluurde door de deuropening om te kijken of Elliot nog zat te roken op de veranda voor het huis. Pete haalde zijn piepkleine heupflesje uit zijn zak. Dronk het leeg, stopte het terug en liep naar de jongen toe.

'Weet je wat het ergste aan behandelcentra is, Cecil? De vrijheid. Dat is nou wat ze een paradox noemen, Cecil. Omdat je niet meer bang bent dat je er terechtkomt, kun je doen wat je wilt. En wat je er niet allemaal kunt leren. Hoe je moet vechten met een tandenborstel of een lepel. Alle drugs die je kunt gebruiken. Hoe je andere kinderen moet misbruiken. Je zult niet geloven wat ze daarbinnen allemaal lekker vinden.'

Het joch snoof, hoestte of proestte een beetje. Pete tilde Cecil van de stronk. Hij wankelde en giechelde. Zijn adem stonk daadwerkelijk naar benzine.

'Moet je daarom lachen? Ga je gang. Maar ik zal je een geheimpje vertellen. Knullen zoals jij, die worden de ergste. Misschien omdat het te laat is, als je iemand van jouw leeftijd erheen stuurt. Ik weet niet. Maar iets in knullen zoals jij begeeft het gewoon, en dan worden jullie slechte mannen. Jullie gaan er als wilde onhandelbare jochies in, en komen er als slechte mannen weer uit.'

Pete balde een vuist en sloeg Cecil in zijn maag, en terwijl hij dubbelsloeg, greep Pete zijn gezicht met zijn rechterhand en sloeg de jongen nogmaals onder zijn andere rib, waardoor hij op zijn knieën viel.

'Je kunt het gewoon niet geloven, hè?' vroeg hij. 'Hoe kan dit nou, vraag je je af.'

Cecil keek naar hem op, rood aangelopen en kokhalzend. Pete had nog nooit een vinger naar een cliënt uitgestoken. Nooit iets in woede gedaan. En hij was ook nu niet kwaad. Hij was net zo verbijsterd als de jongen.

'Oké,' zei Pete. 'Hou op met kreunen en steunen. Niks aan de hand.'

Hij tilde hem op en veegde het grind en de twijgjes van hun beider knieën. Hij trok Cecils T-shirt recht en keek in de betraande, ziedende ogen.

'Je ma wil je niet meer hebben. De Cloningers zijn beste mensen, en dat heb je zelf verpest. Misschien ook wel voor andere kids. Maar je hebt deze oom nog. Dus ik wil weten: wil je hier blijven?'

Cecil balde en ontspande zijn vuist. Verbijsterd en bang en kwaad.

'Hoor eens, ik ben niet degene die je geslagen heeft,' zei Pete.

Het joch knipperde bij die schaamteloze leugen.

'Dat ben ik niet,' benadrukte Pete. 'Die klappen kwamen door mij heen, dat is verdomde zeker, maar ze kwamen niet van mij. Hoe ze ook voor je bedoeld waren, ze waren niet van mij.'

'Fuck you, man,' fluisterde Cecil.

'Ik ben niet alleen een vertegenwoordiger van de staat. Ik vertegenwoordig je toekomst. Ik ben een godverdomde tijdreiziger. En, geloof me, dat opwarmertje was nog maar een voorproefje.'

Elliot zat nog een peuk aan te steken met zijn tweede of derde sigaret, toen Pete de veranda op kwam. Hij liet de man de teugels in handen nemen, droeg de jongen als een half kreupel paard aan hem over. Hij ging de spullen van de jongen uit de auto halen en liep achter hen aan het huis door, terwijl Elliots vrouw haar armen over elkaar sloeg en vroeg waarom hij naar benzine rook. Cecil keek haar uitdagend aan, in elkaar gedoken en ellendig. Elliot liet Cecil geduldig zien waar hij zou slapen en zijn spullen kon laten, geduldig als een man die de zoon van zijn zus in huis neemt, of op z'n minst zo geduldig als een man die geld nodig heeft om zoiets te doen.

Misschien zou het joch weglopen. Pete zou hem misschien weer moeten gaan zoeken en hem terugbrengen. Dat kon je niet weten.

Pete liep het bruine en verschroeide gras over. De hond sprong naar hem op, piepte door de doorgesneden stembanden in zijn strottenhoofd. De ketting werd strak gespannen. De kussentjes van het dier kwamen omhoog en sloegen op de harde aarde. Zijn tanden klapten in de lucht op elkaar.

Pete ging zitten in de complete stilte van zijn auto, afgezien van de gierende wind en het rinkelen van de ketting van het dier.

* * *

Was Jimmy best aardig, met een groot ongevaarlijk gezicht en zo blij dat ze er waren, dat hij pizza, bier en cokes bestelde?

Hij noemde het cokes, maar het was 7up, hij zei wil je een 7up-coke, ik heb ook Dr Pepper-coke. Rachel raakte in de war, en zei dat alles wat hij in huis had prima was, zolang het maar ijskoud was, en hij keek haar even raar aan, ging in de vriezer kijken en zei dat ze na het eten wel even ijslolly's of ander ijs konden gaan halen.

Alleen maar omdat ze 'ijskoud' zei?

Toen dacht hij dat ze ijslolly's bedoelde, ja.

En flesjes 7up noemde hij dus cokes?

En alle andere frisdrank, ja.

Gingen Rachel en haar moeder en die 'vriend' van haar moeder ijslolly's halen?

Dat waren ze van plan. Ze deden het niet. Ze raakten aan het praten en praten en ma lachte om álles wat hij zei en dronk Lone Stars en hij liet hun de badkuip zien waarin hij zijn schildpadden hield en zei dat hij gewoon met ze douchte of voornamelijk in truckstops maar dat hij een aquarium voor ze ging kopen omdat zij bij hem logeerden, bij hem logeerden noemde hij het, niet bij hem introkken en dat was van meet af aan overduidelijk.

Wat was van meet af aan overduidelijk?

Ze zouden niet blijven.

Waarom niet?

Daarom. Dat kon je merken.

Hoe dan?

Hij was doodsbang voor ze. Hij vroeg of ze zijn vrachtwagen vanbinnen wilden zien, en ze klommen er met z'n allen in, en Rachel kroop de slaapcabine in en hij deed de lichten aan en zei dat hij wel in de vrachtwagen zou slapen, en haar moeder die zei dat hij dat niet hoefde te doen, maar vervolgens deed-ie het gewoon toch.

Was er een kamer voor hen?

Er was een kamer voor haar en een slaapbank en een dressoir een kast halfvol met dozen met Jimmy's spullen erin een stuk of honderd honkbalpetjes met zweetvlekken en een paar oude kalenders met vrouwen die over machines lagen, en midden in de nacht terwijl ze probeerde te slapen ging haar moeder naar buiten, naar de vrachtwagen. Rachel deed alsof ze sliep toen haar moeder binnenkwam om bij haar te kijken en haar met bierige tabakslippen welterusten kuste voor ze Jimmy's slaapkamer in ging.

Hoe was het in Waco?

Geen idee. Ze gingen nooit ergens heen. Soms naar de McDonald's. Ze keek alleen tv.

Welke programma's?

Love Boat. Fantasy Island.

The Facts of Life.

Waagde zich soms het trailerpark op. Tekenen van kinderen, een plastic honkbalknuppel plat alsof hij de onverharde oprit in is gehamerd, peuterende peuters, de vrouwen die toekijken hoe zij zich ongemakkelijk gaat voelen onder hun blikken. Ze rent weg als ze haar vragen of ze bij Jimmy woont.

En dan is Jimmy weg. Een week lang.

En als hij terug is, zitten ze altijd *alleen maar te praten* in de keuken, en moet zij buiten gaan spelen. Als het eten daarna klaar is, zetten ze haar voor de tv en praten in de achterkamer. Dan praten ze buiten in het donker. In zijn truck. Dan brult Jimmy tegen haar moeder dat ze naar binnen moet gaan, gewoon die verdomde trailer in moet gaan, dat het zo wel genoeg is.

Ma komt binnen om in de trailer te wyomen. Dagen en dagen te wyomen. Jimmy zit voortdurend op de weg, behandelt haar alsof ze geluk heeft dat ze daar is. Die godverdomde schildpadden in de badkuip. Het is hier de Taj Mahal niet. Jimmy die vraagt wat Beth nou te klagen heeft, met haar luizenleventje, zonder dat ze huur hoeft te betalen en alles.

En school?

Vraag daar maar niet naar. Het is afschuwelijk. Texaanse meisjes met getoupeerd haar en kliekjes. Ze zou graag spijbelen, maar ze weet niet waar ze dan heen moet, de meisjes zijn vreselijk. Jaloers, zegt haar moeder.

Waarop?

Op je borsten. Op dat de jongens op je geilen.

Zegt tegen Rachel dat ze hier moet komen en haar eens goed laten kijken. Draait haar om en drukt dan haar sigaret uit, springt in haar ondergoed van het bed en doet de kast open en Rachel denkt dat ze een blouse voor haar gaat pakken of iets om aan te trekken, maar ze haalt een schoenendoos uit een hoek achterin op de bovenste plank en daarin zit een pistool.

Waar is dat voor?

Om te verkopen. Hij is antiek. Ze gaan hem verpanden en een beetje lol maken, zegt haar moeder.

Dus gaan ze samen winkelen?

Ja, en ze laten hun haar en nagels doen, en ze praten over de jongens die door het winkelcentrum slenteren, haar moeder die zegt moet je opletten hoe ze naar ons kijken, met z'n tweeën, helemaal opgedirkt.

Maar ze kijken niet naar haar, daar is ze te oud voor.

Is ze nou aan het flirten met de schoenverkoper. Jezus.

En houdt ze Rachel nu thuis, zegt ze dat ze moet spijbelen en thuisblijven?

Ja.

En kijken ze de hele dag tv en maken ze lange ritten met de auto en was het net alsof ze altijd maar wachtten tot Rachel oud genoeg was, zodat ze vriendinnen konden zijn en elkaar alles konden vertellen?

Dat zegt haar moeder.

En wat is het alles dat Rachel vertelt, op de veranda in de afkoelende avond?

Niets. Haar moeder is degene die vertelt. Begint abstract. Het punt met mannen. De punten met mannen. Dat Jimmy altijd naar haar verlangde toen ze bij dat transportbedrijf in Montana werkten, dat je dat kunt merken als een man de helft van zijn koffie op de rand van je bureau opdrinkt. En zich over je bureau heen buigt om ergens naar te kijken, terwijl hij eigenlijk alleen maar je geur probeert op te vangen.

Praat ze over Pete?

Doet ze. Op de veranda van nog geen twee bij vier, terwijl ze een zwetend biertje drinkt. Ze zegt je vader was vroeger zo aanhankelijk, maar dat hield op toen we jou kregen of toen begon het op te houden, dat had iets met kinderen krijgen te maken – je bent nu oud genoeg om dat te horen, je bent een jonge vrouw en je moet dit weten: een kind verandert de liefde tussen twee mensen. Een baby maakt het moeilijker om het vuur gaande te houden. Krijg nooit een baby, Rachel.

Vraagt ze haar moeder of die er spijt van heeft dat ze haar gekregen heeft?

Nee.

Wat vraagt ze dan wel?

Of ze een biertje mag.

En mag ze dat?

Tuurlijk. Als je me maar belooft dat je geen baby krijgt.

8

Een paar weken Indian Summer maakten plaats voor een plotselinge kilte, sneeuwval die de laatste warme dagen van het jaar deed wegsmelten. Een eland dwaalde Tenmile in. De honden van het stadje omsingelden het dier en behoorlijk wat daarvan werden geschopt en bijna doorboord. De sheriff schoot hem midden in het stadje dood.

In de War Bonnet brak een vuistgevecht uit dat zich uitbreidde tot op straat en eindigde toen Ike's glazen oog eruit floepte en in het steegje verdween. Hij kwam een halfuur later terug met een .22, en schoot de mijnwerker met wie hij had gevochten door zijn achterhoofd. De man deed er twee dagen over om te sterven.

Nog een paar andere sterfgevallen. Een oude vrouw stortte in elkaar in de wc's van de IGA-supermarkt. Harold de Indiaan kreeg een hartaanval in zijn appartement, waar zijn kookplaatje nog twee dagen kwaadaardig rood gloeide. Toen ze hem vonden, was de plastic tegel ernaast gesmolten en was het kastje zo zwart als verbrande toast. Mazzel dat het hele gebouw niet in de hens was gevlogen, zeiden ze.

Het weer werd bitterkoud, een graad of vijf onder nul, en Pete legde het brandhout klaar, deed plastic voor de ramen en tochtlatte de deur stevig met wiggetjes en een halve rol ducttape.

Een beer had geprobeerd bij hem in te breken, had het raampje boven de gootsteen in de keuken aardig te grazen genomen. Hij zag een beetje roestkleurig bloed en plukken zwarte vacht tussen de sponning zitten, aan de spijlen van de veranda. Een probleembeer. Toen Pete de voordeur opendeed, zetten grondeekhoorns het op een rennen en schoten door de nieuwe uitgang de keuken uit. Een doos muesli lag op het aanrecht, opengeknald als een vuurwerkpagode. De rest van zijn proviand, in de kelder onder het huis, bleek niet gemolesteerd.

De andere curiositeit was zijn kleingeld: toen hij op een avond aan het koken was, stootte hij per ongeluk zijn tinnen bekertje met munten om in de gootsteen en zag dat in een buitensporig aantal daarvan een gat zat. Net zoals in die stuiver die hij in de Seven Feathers Truck Stop had gekregen. Hij haalde er tien uit, herinnerde zich half dat het fenomeen hem in zijn dagelijkse beslommeringen al eerder was opgevallen, maar pas nu, nu hij ze allemaal met de kop naar boven neerlegde, zag hij dat de Lincolns, Jeffersons, Washingtons en FDR's allemaal door hun slaap waren geschoten. Dode presidenten. Hij vroeg zich af hoe hij er aan zoveel was gekomen.

Er parkeerde een pick-up achter zijn auto die deze speculaties verstoorde. Zijn broer Luke. Pete liep terwijl hij zijn handen afveegde en zijn ogen samenkneep tegen het licht van de koplampen in naar buiten. De motor sloeg af.

'Stap maar weer gewoon in de truck, en wegwezen,' zei Pete.

Een matkop tsjilpte eenzaam in de invallende schemering, en er stak een briesje op.

'Ik heb helemaal niks voor je.'

Het was niet de gestalte van zijn broer die uit het donker aan kwam hinken.

'Wie is daar?' vroeg Pete. Hij trok een hakbijl uit een blok dennenhout op de veranda.

'Ik ben het, Pete.' Zijn broers reclasseringsambtenaar wankelde het licht in. 'Geef me even.'

Hij heette Wes Reynolds. Zijn verbitterde, verarmde familie was hierheen getrokken vanuit Minnesota, daarvoor nog Zweden, en had zich in Choteau gevestigd, waar hij was opgegroeid, een jaar onder Luke op de middelbare school. Wes en Pete en Luke waren vrienden geweest, of vagelijk bevriend, voornamelijk uit noodzaak, aangezien Wes in de buurt van de boerderij van Snow woonde, die zich ten westen van het stadje uitstrekte. Hij stond altijd op de veranda als ze 's avonds klaar waren met eten, op hen te wachten. Op zaterdagochtend ook. Hij vertelde overdreven leugenverhalen over waar zijn vader zou uithangen, de voertuigen waar hij zogenaamd in reed, de missies waarop hij zou zijn uitgezonden. Het werd zo erg, dat zelfs hun moeder zich eraan ging ergeren. Pete en Luke daagden hem uit van alles en nog wat op te eten en te beklimmen. De zomer dat hij zijn been brak, waren ze opgelucht dat ze van hem af waren, en toen Luke eenmaal naar de middelbare school ging, kwam hij niet meer. Hij had een kind gekregen met een vrouw die binnen twee jaar bij hem wegging en de jongen meenam. Hij droeg zijn trouwring nog steeds.

Pete bakte hamburgers in een koekenpan terwijl ze hun laatste beleefdheden uitwisselden. Wes zat van zijn schouder tot zijn pols in het gips, had een steunkraag om zijn nek en moest zijn hele lichaam draaien om om te kijken. Hij at met zijn goede arm, en ze luisterden hoe de ander kauwde, waarbij Wes bijna kreunde van de inspanning. Hij zag dat Pete naar de bloederige bloem op zijn oogbal en de gele bloeduitstorting onder zijn oogkas keek.

'Waar hebben mijn broer en jij gevochten?' vroeg Pete.

'Was geen gevecht,' zei Luke slikkend. 'Eerder een hinderlaag.'

'Wat gebeurde er?'

'Hij stond stomdronken in de Buttreys de rij voor de kassa op te houden. Viel een meisje van de tweede klas van de middelbare school lastig dat ze hem bier moest laten afrekenen met een cheque. Hoewel ze zijn cheques niet mocht aannemen en iedereen in de stad weet dat hij geen bier mag hebben, vanwege zijn voorwaardelijke vrijlating.'

'Jezus,' mompelde Pete.

'En iedereen weet dat ik zijn RA ben. Moet ik dan werkeloos toekijken? Moet ik me dan zorgen maken dat ik hem in verlegenheid breng? Of dat ik de almachtige Snows tegen de haren in strijk?'

'Ik snap 't.'

'Hij is hier langs geweest.'

'Nee.'

'Het was geen vraag.'

Wes haalde een aanwijsstokje uit de borstzak van zijn overhemd.

'Naderhand is hij hier langs geweest.'

'Na wat?' vroeg Wes, terwijl hij onder zijn gips porde naar de plek die jeukte.

Pete probeerde te bedenken hoe hij het moest uitdrukken.

'Na jullie confrontatie.'

'Zei hij waar hij heen ging?'

'Dat mocht hij niet vertellen van me.'

'Waarom niet?'

'Voor het geval iemand 'm kwam zoeken.'

Wes glimlachte, onthulde daarmee een voortandje waar een stukje af was. Pete pakte hun borden op, haalde de koffiepot van het fornuis en nam twee kopjes mee terug.

'Melk?'

'Neu.'

Hij schonk koffie voor hen in en knikte dat ze naar buiten zouden gaan. Hij rolde sigaretten, en tegen de tijd dat ze aan het roken waren, was de koffie genoeg afgekoeld om hem te drinken.

'Hoor eens, Wes, het spijt me heel erg. Maar Luke... die duikt vroeg of laat wel weer op. Dat doet-ie altijd.'

'Het is niet meer hetzelfde, in Choteau,' zei hij. 'Mensen zijn niet meer zo onder de indruk van de Snows als vroeger.'

'En dat wil zeggen?'

'Dat wil zeggen dat het niet meer zo is als op school. Dat wil zeggen dat de juten Luke niet gewoon naar huis zullen laten gaan om zijn roes uit te slapen. Dat wil fucking zeggen' – Wes stapte van de veranda en draaide zich onhandig om, zodat hij Pete om de pilaar heen kon zien – 'dat als ik hem daar aantref, jij de bak in draait als medeplichtige.'

Wes werkte zich zijn pick-up in en ratelde de weg af. Pete ging naar binnen. Hij ging voor zijn prikbord staan, leeg op het kaartje en het postbusnummer na dat zijn broer voor hem had opgeschreven. Hij haalde het eraf, vouwde het papiertje op en stopte het in zijn portefeuille.

Hij deed onderzoek naar een gezin in een trailerpark net buiten Columbia Falls. Een dievenbende die als achterdochtige wilde katten langs de muren van de trailer sloop. Hoorbaar zuchtend toen hij vertrok.

Hij stopte onderweg in het stadje om te tanken, parkeerde en liep een eindje om zijn benen te strekken. Hij had best trek. De straten waren leeg, nauwelijks een sterveling die werkte of vrijaf had. Hij vroeg zich af of het zondag was. Hij passeerde een illegaal pand gemaakt van stenen en mortel dat daar bij de stichting van het stadje was neergezet, of bijna dan, en toen een slagerij met een bruine tegelwand die warm aanvoelde van de zon. Toen Pete langsliep, trok de slager een wenkbrauw naar hem op, bracht de tandenstoker naar de rechterkant van zijn mond. Het Columbia was vlakbij, tegenover de kapel. Hij liep haastig verder de straat in. De bekleding van rood vinyl aan de binnenkant van de deur. Het kloofachtige gangetje naar de ingang van rookglasblokken. Hij betwijfelde of er tussen Tenmile en Choteau een kroeg was waar hij niet binnen was geweest. Binnen liepen de zaken goed.

Here's the church, here's the steeple, peinsde hij. *Open it up, where are the people? Across the street in the bar. Open it up, there they are.*

Elleboog aan elleboog met een paar oude jongens die zaten te lunchen. De man naast hem at zijn bord leeg en vertrok, en een zuiplap schoof naast Pete aan de bar. De alcoholdampen sloegen van hem af. De barkeeper zette beide handen op de bar en vroeg de dronkaard of hij achter de bar vandaan moest komen of dat de dronkaard uit eigen beweging wilde vertrekken. De man tekende met zijn vinger een cirkel op de bar, sloeg er bij wijze van vervloeking met zijn vuist op, tolde van zijn kruk en de deur uit.

Pete hield zijn bierglas op.

De barkeeper kwam terug met een vers flesje bier dat lichtjes bubbelde. Pete viste verkreukelde biljetten en muntgeld uit zijn spijkerbroek. Telde met zijn wijsvinger het bedrag uit, stopte en pakte een kwartje op. Er was een gat in Washingtons slaap geboord.

'Heb jij deze wel eens gezien?' vroeg Pete. 'Ik heb er thuis een heel stel met van die gaatjes erin.'

'Mag ik even kijken?'

Pete schoof het muntje naar hem toe, en de barkeeper hield het op, gaf de munt terug aan Pete, liep weg en zei iets tegen een vent een paar barkrukken verderop. Een ouwe jongen leunde naar voren om Pete eens goed te bekijken, kwam toen van zijn kruk en waggelde naar hem toe, terwijl hij een ingestopte servet achter het boord van zijn geruite overhemd vandaan haalde.

'Dit is Gene,' zei de barkeeper.

'Mag ik eens kijken?' vroeg de man.

Pete gaf hem de munt. De man hield hem op tegen het neonlicht boven het raam en kneep zijn ogen tot spleetjes. Hij liet een of andere eigenschap van de munt aan de barkeeper zien. Ze mompelden als een stel diamanthandelaren.

'Ik geef je d'r drie dollar voor,' zei de man.

Pete lachte.

'Het is een kwartje.'

De man legde het doorschoten kwartje op de bar en reikte in zijn achterzak naar zijn portefeuille. Drie oude dollarbiljetten lagen als stukjes vervaagde spijkerstof over zijn vingers.

Pete legde zijn hand over de munt.

'Nou, wacht eens even,' zei hij. 'Je begint met drie, dus misschien kan ik de prijs wel tot vijf opdrijven.'

De man zuchtte door zijn neus en had een beetje moeite de oude dollars weer in zijn portefeuille te krijgen.

'Ik maak maar een geintje.' Pete schoof de munt naar Gene. 'Je mag 'm hebben.'

Toen Pete de drie dollar van de man niet wilde aannemen, gaf hij die aan de barkeeper voor Petes rekening. Hij haalde een klein stoffen buideltje uit zijn spijkerbroek, en liet de munt erin vallen.

'Hoeveel heb je er?' vroeg Pete.

De barkeeper en Gene wisselden een vluchtige, veelbetekenende blik uit, en toen schudde Gene het zakje leeg op de bar. Stuivers, dubbeltjes, centen en kwartjes, allemaal met een gat erin.

'Dat is ongeveer acht piek aan kapot geld,' zei Pete.

'Ik ben van mening dat ze een waarschuwing zijn.'

'Een waarschuwing waarvoor?'

De man schepte de munten weer in de buidel.

'Ellende.'

'Van?'

De man keek van de buidel op naar Pete.

'De man die ze gemaakt heeft.'

'En wie is dat?'

'Noemt zich Pearl.'

'Toch niet Jeremiah Pearl,' zei Pete.

'Heb je hem ontmoet?'

'Ja. Voor mijn werk.'

'Ik ook.'

'Zonder dollen.'

De man knikte, had weer een zwijgende uitwisseling met de barkeeper.

'Drink je wat van me?' vroeg Pete.

Gene trok de buidel dicht, zei dat ze misschien beter naar zijn winkel konden gaan.

Het vroege middaglicht scheen door de open deur, en toen verlichtten de tl-lampen de ruimte helemaal. Een rek met leren jacks, stapels boxen, onderdelen van geluidsinstallaties en platenspelers, een display met messen met benen heft. Een muur was aan taxidermie gewijd, herten en hele vossen in geposeerde diorama's met stoffige ogen en spinnenwebben tussen de geweien. Er lagen kromzwaarden. Pilaren van paperbacks. Een nazivlag tussen andere vlaggen.

Gene legde uit dat hij al dertig jaar pandjesbaas was, het gebouw van zijn oom had geërfd. Hij dook een achterkamer in, kwam grommend terug met verscheidene dikke plastic boekdelen die op het glas ploften.

'Wat zijn dat?' vroeg Pete.

De pandjesbaas kwam met zijn sleutel achter de kassa vandaan, deed de voordeur op slot en trok de rolgordijnen helemaal naar beneden. Hij ging op een kruk achter de toonbank zitten. Hij zag er licht krankzinnig uit. Hij had dezelfde vreemd grijze ogen als bepaalde husky's of geiten. Hij legde Pete uit dat hij alles wat hij nu ging zeggen al aan de plaatselijke politie had verteld, maar dat daar niets van was gekomen.

Pearl was afgelopen zomer voor het eerst gekomen. Zag er niet al te jofel uit, ook. Die baard van hem helemaal verwaaid en onder de stukjes blad en takjes, alsof hij net het struikgewas uit was gekropen. Het zou geen verrassing zijn geweest als er getjilp uit had opgeklonken. Pearl had een zwarte outfit aan die bij nadere beschouwing een donkere medley was van smerige flanellen overhemden, een spijkerbroek en een leren of canvas jas, dat kon je niet zien. Zwarte laarzen met zwarte veters. De pandjesbaas kon hem ruiken toen hij de deur opendeed, een penetrante geur van rook, en van dichtbij stonk-ie als een buitenplee.

'Had hij zijn jongen bij zich?'

'Buiten. Hij is een keer binnengekomen om te zeggen dat hij een politieauto had gezien, en om te vragen wat hij wilde dat het joch deed als die smeris terugkwam. Die ouwe zei tegen hem dat hij buiten bij de deur moest wachten.

'Hoe zag het joch eruit?'

'Vergeleken met zijn pa kwam-ie zo'n beetje in de buurt van een gewoon menselijk wezen.'

'Zijn kleren? Vind je het erg als ik dit opschrijf?'

Gene knikte dat het prima was, en Pete haalde zijn opschrijfboekje uit zijn zak. Pakte een pen uit een beker op de glazen toonbank.

'Die kleren waren waarschijnlijk voor hem ingekort. Grote, zakkerige mannenbroek ingesnoerd met een riem, weet je wel. Hij had een bodywarmer aan, weet ik nog. Zo'n shirt van thermisch ondergoed. Hij zag er wel oké uit, denk ik.'

De pandjesbaas vertelt. Pete schrijft op. Dat Pearl naar de munten in de kastjes kijkt en er niet bij ziet liggen wat hij zoekt, vraagt of de pandjesbaas ook *buffalo nickels* heeft. Gene haalt er een doos van tevoorschijn die hij in een la heeft liggen, waardevollere munten dan die onder het glas. Gene zet het doosje op de toonbank en Pearl graait door de munten, knikt. Tevreden. Vraagt of hij er nog meer heeft. Gene zegt van niet, maar dat ze niet al te zeldzaam zijn. Dat Pearl elk pandjeshuis in kan lopen, en dat er daar dan waarschijnlijk net zo'n doos als deze onder de toonbank ligt.

Pearl zegt dat hij ze neemt, maar alleen als Gene er nog meer haalt. Zegt dat hij niet alle pandjeshuizen kan gaan aflopen.

'Wat zei jij toen?'

'Ik zei: *Prima, best, wat jij wil.* De hele zaak begint naar hem te stinken. Ik wil hem gewoon de deur uit hebben.'

'Aha.'

'Maar nou komt het rare: hij betaalt met goud. Uit een klein buideltje vol Krugerrands en Canadese gouden Maple Leafs.'

'Heeft hij geen gewoon contant geld dan?'

'Hij wil geen gewoon contant geld hébben. Mocht hem geen wisselgeld geven voor de Krugerrands.'

'Wat zei hij dan?'

'Dat hij zijn wisselgeld in buffalo nickels wil krijgen. Als ik er meer heb.'

'En het is dus raar om zeldzame gouden munten in te ruilen voor minder zeldzame buffalo nickels?'

'Ja.'

'Gaf hij een reden?'

'Wacht nou even, daar kom ik zo op.'

'Sorry.'

Pearl komt een paar weken later terug. Gene heeft nog ergens een doos buffalo nickels weten te ritselen. Geen joch, deze keer. Gene vraagt er niet naar. Pearl stinkt minder erg, of misschien is Gene er gewoon op voorbereid. Maar deze keer lijkt het wel of Pearl een paar potten koffie heeft gedronken. IJsbeert rond, plukt aan de koopwaar van de pandjesbaas, oreert. Over geld. De geschiedenis van geld. Begint helemaal bij de Byzant, de eerste gouden munt. Realiseert de pandjesbaas zich wel hoeveel van het goud dat er nu in omloop is net zo oud is als die Byzantijnse munteenheid, Spaanse doubloenen en Azteekse soevereinen? *Moet je je voorstellen.* Lijkt te wachten of de pandjesbaas dat inderdaad doet, zich dat voorstellen.

Realiseert de pandjesbaas zich wel dat geen enkel metaal zo weinig echte toepassingen kent als goud? Tenzij je generaties aan hebzucht als een toepassing meerekent.

De pandjesbaas zegt tegen hem: *Ik dacht dat je kwam voor buffalo nickels.*

Goud is verweven met onze geschiedenis, zelfs die nickels, zegt Pearl. Hij zegt dat de mensheid een legering van zichzelf en goud is. Of zoiets dergelijks. Hij gaat eindeloos door, zoveel geschiedenis dat je het nauwelijks kunt bijbenen. De de facto invoering van de goudstandaard door de *founding fathers*. Lincolns Scrip Act om bankbiljetten te krijgen om de oorlog mee te financieren. De Brand-Ellison Act. De Sherman Silver Act. De Misdaad van '73. Het tijdelijk loslaten van de goudstandaard om de Eerste Wereldoorlog te kunnen betalen. Hoe de handelsbanken hun dollars in goud omzetten, en daardoor de Grote Depressie veroorzaken. Allemaal één lange samenzwering om uiteindelijk in 1933 de goudstandaard af te schaffen, om het geld van alle werkelijke waarde te ontdoen.

'Sorry, maar ik volg het niet meer. Waar heeft hij het nou allemaal over?'

'Hysterische numismatiek.'

'Pardon?'

'Lulkoek. Je krijgt hetzelfde te horen op beurzen. Elke keer als er een recessie is, begint iemand er wel over door te zagen. Dat het allemaal doorgestoken kaart is. Dat kogels en zaden de enige harde valuta zijn. Alleen bij Pearl intenser. Je kan merken dat hij op narigheid uit is, zoals hij praat.

'Zoals hij praat?'

Hij zegt dat we in oorlog zijn, dat fiduciair geld een permanente staat van oorlog is. Hij laat de pandjesbaas een dollar uit de geldla halen. Pearl houdt het biljet omhoog, zegt: *Deze bedrijfsrecepis is een laars in je nek, zoals alle bedrijfsrecepissen. Allemaal lulkoek. Het staat er verdomme zelfs op geschreven, kijk maar eens.*

Pearl legt de betekenis van de aflopende deksteen uit, dat die tweeëndertig veren in de rechtervleugel van de adelaar corresponderen met het aantal graden in de Schotse Ritus van de vrijmetselarij. Dat de sterren boven het hoofd van de adelaar een hexagram vormen, een davidsster. Hekserij en Hebreeuwse magie.

En wat kon er nu magischer, alchemistischer zijn dan een zacht geel metaal dat munteenheden van zichzelf afleidt en oorlog en daarnaast nog complexer staaltjes magie als markten en wisselkoersen, leningen, rente, samengestelde rente, hypotheken, creditcards, loterijen, aandelen, obligaties, derivaten, afgeleide effecten, allerhande financiële toverspreuken die zich als een heidense mandala steeds complexer en ingewikkelder uitstrekken, en die allemaal voortkomen uit een substantie die geen enkele fysieke toepassing kent, behalve als symbool van zichzelf in de vorm van een munt of een staaf.

Dan begint hij te raaskallen over tulpen.

'Tulpen?'

'Iets over tulpen en aandelenmarkten in Europa. In het verleden. Ik weet niet precies.'

'Wat zei je daar allemaal op?'

'Er komen hier veel malloten over de vloer. Mensen die zo diep in de stront zitten dat ze de-lul-zijn niet eens kunnen zíén. Wanhopig wat cash willen krijgen. Mensen die tot alles in staat zijn. Maar die gast... Ik kon niet wachten tot hij vertrok. Ik heb hem gewoon die munten verkocht.'

'En toen?'

'Toen niks. Ik heb hem nooit meer gezien.'

'Nooit meer?'

'Nope.'

De pandjesbaas sloeg de boeken open op de vitrinekast. Pagina's vol met munten in plastic vakjes.

'Wat zijn dat?'

De pandjesbaas wees naar de eerste stuiver in het vakje, en draaide het boek om naar Pete.

'Een paar maanden later komt een vent die ik ken binnen, vraagt of ik er eerder zo eentje heb gezien.'

'Ik zeg van: "Tuurlijk, da's een zwerversstuiver." Die ouwe gasten gebruikten tijdens de Depressie een buffalo nickel omdat daar meer reliëf in zat – de afbeeldingen liggen niet zo vlak op het oppervlak als bij dubbeltjes, kwartjes en centen. Met kleine gereedschapjes kun je de indiaan eruit laten zien als een of andere zwerver of je reismaatje. Je kunt hem een wollen muts opzetten en op de achtergrond een trein tekenen. Van de bizon een paard of een kameel maken.'

Pete bestudeerde de stuiver die grofweg in een joodse bankier was veranderd. Haakneus, keppeltje.

'Pearl?'

De pandjesbaas knikte.

'Wat is BZR?'

'Bezettende Zionistische Regering. Op veel van die oude zwerversstuivers staan standaard antisemitische tekens. De Depressie en zo. Hoewel ik het wel een beetje veel lef vond hebben dat hij hem had gesigneerd.'

De pandjesbaas sloeg de pagina voor Pete om, zodat hij kon zien waar Pearl zijn naam in de bizon had geëtst.

'Waar had die vriend van je hem gevonden?'

'In een telefooncel.'

'Je meent het.'

'Toen begonnen ze overal op te duiken. Sigarettenautomaten, krantenautomaten voor de Osco Drug. Je ziet zijn werk steeds beter worden. Zoals deze. Zie je hoe hij van de bult van die bizon een paddenstoelwolk heeft gemaakt? Dat vind ik een mooie. En hier heeft hij er van eentje een dradenkruis gemaakt. Is in korte tijd verdomd goed geworden.'

De pandjesbaas sloeg het tweede boek open, en ze bekeken de munten samen. Hij liet Pete pagina's vol chassidische joden met golvende baarden en lange pejes zien.

'Wat staat hier voor inscriptie in?'

'O ja. Hier begon hij fijn te werken. Hier, neem het vergrootglas maar.'

'*De plaag...*'

'*... is gekomen.*'

'*De oorlog is hier. Die zal duren tot...*'

'Ik geloof dat het eindigt met "*... het zevende jaar.*" Ongelooflijk. Ik weet niet hoe hij die lettertjes zo klein heeft gekregen.'

'Wat betekent het in godsnaam?'

'Nou, om te beginnen dat-ie knetter is geworden. Er zitten driehonderd munten in deze boeken.'

'Jezus, hoeveel heeft hij er dan gemaakt?'

De pandjesbaas hield zijn handpalmen op.

'Dit zijn alleen nog maar de goeie.' Hij raakte de boeken aan. 'Dit is al maanden werk geweest.'

'Maar nu maakt-ie gewoon gaatjes in willekeurige munten.'

'Daar lijkt het wel op.'

'Dat is makkelijker.'

'Nee, dat is 't niet. Die gaatjes zien eruit alsof ze erin zijn geslágen. Ik heb geen idee hoe hij dat voor elkaar krijgt. Ik heb het geprobeerd, en het is niet makkelijk. Niet met alleen maar een hamer en een bitje, zelfs niet als je dat er precies op de goeie plek op krijgt. En het zijn niet alleen maar cirkels. Dat kwartje dat je me gegeven hebt, daar zit een pentagramvormig gat in. Je komt driehoeken en vierkantjes tegen, ovalen en nu dus pentagrammen. Maar, inderdaad, hij produceert aardig wat munten.'

'En die verzamel jij?'

'Mensen komen er zelfs om vragen. Als je je bakkie aanzet, hoor je vrachtwagenchauffeurs zeggen dat ze net in Great Falls een van Pearls vierkante stuivers hebben gekregen, en wie heeft er een rond dubbeltje?'

'Dus ze zijn echt iets waard?'

'Jawel, maar dat is het niet alleen.' De stoppels op de kin van de pandjesbaas klonken als schuurpapier onder zijn vingers. 'Het is een raar soort genialiteit, dit. Die gek heeft van geld een ander soort geld gemaakt. Zijn eigen geld.'

'Nogal briljant, als daad van rebellie,' zei Pete. 'Maar waarom?'

'Ik vat wat hij beweert letterlijk op. Hij is in oorlog. Vroeg of laat gaat hij iemand een reden geven om achter hem aan te gaan.'

'Je denkt dat er doden zullen vallen.'

'Ja.' De pandjesbaas zwaaide het boek met stuivers dicht. 'Om te beginnen.'

* * *

Waarom hadden ze ruzie?

Jimmy zei dat Rachel eens wat kleren aan moest trekken zij zei je bent mijn vader niet en haar moeder zei dat ze naar Jimmy moest luisteren en ze rende naar haar kamer en toen kregen Jimmy en ma ruzie en iedereen was pissig op iedereen zo'n bullshit jezus.

Wat had ze aan dat dat incident deed ontvlammen?

Shit die haar moeder zelf voor haar had gekocht. Een haltertopje. Afgeknipte spijkerbroek.

Waarom zei haar moeder dan dat ze zich moest omkleden?

...

Begon hij toen zo naar haar te kijken?

...

Zoals hij naar haar moeder hoorde te kijken? Vanaf de andere kant van de kamer hele onbeschofte teugen van haar zitten nemen met zijn ogen? Terwijl zijn tong bewoog alsof hij iets tussen zijn tanden vandaan probeerde te halen?

Gatver.

En ging de ruzie daarover? Dat Jimmy op die manier naar haar keek?

Min of meer. Maar ook over dat haar moeder naar de kroegen in Waco ging. Afterparty's in Jimmy's trailer. Met al die vreemde mensen uit Austin.

Klaagden de buren?

Sommige wel. De politie kwam een keer. Controleerde identiteitsbewijzen, ging alle kamers af. Richtte een zaklantaarn op haar, in bed. Ze gilde.

Jezus.

Het was een teringzooi.

En liep ze toen voor het eerst weg?

Nee. Er was nog nergens om naartoe te gaan. En trouwens, dit was niks nieuws. Haar moeder had altijd 'morgen een paar mensen uitgenodigd' of ze ging 'even uit', zelfs in Missoula al. Zelfs al voor haar vader wegging. Allebei, soms. Haar vader die haar van de bank waar ze in slaap was gevallen naar bed droeg. Zijn tabak-en-whisky-baard, welterusten Appelmoes.

Miste ze hem?

Natuurlijk. Maar ook weer niet. Iedereen wil vrij zijn.

En dat houdt in?

Dat houdt in dat ze stiekem een fles wodka mee naar school neemt.

Waarom?

Om vrienden te maken. Ze wil volwassen zijn. Ze wil ook een paar mensen uitnodigen. Ze wil even uitgaan.

Maakte ze vrienden?

Tussen het groepje steeneiken tussen haar school en haar huis. Er was daar een plek waar kids heen gingen om te roken, naar muziek te luisteren en te zoenen.

En wat vonden die kids van zo'n klein ding van nog geen veertien dat met een halfvolle fles wodka aan kwam zetten?

Ze vroegen wat ze daar had. Ze zei: heeft iemand een sigaret, ik zou een moord doen voor een sigaret.

Helemaal volwassen en alles. Had ze überhaupt wel eens gerookt?

Een paar keer. Lori en Kim in Montana rookten. Ze bracht altijd stiekem een paar van de sigaretten van haar moeder voor ze mee. Zo raakte ze met hen ook bevriend. Ze nam een slok wodka en gaf de fles door aan een jongen die een sigaret opstak en aan haar gaf.

Vond Rachel dat leuk?

Rose.

Vond Rose dat leuk?

Vond ze wat leuk?

Dat die jongen haar die sigaret gaf?

Dat vond ze geweldig.

9

Een schrale schim die zich in het donker aankleedt, dunne armen, smalle borst, haalt zijn overhemd over zijn hoofd tegen een bruine maan die achter het raam laag aan de hemel hangt. Hij stopt met zich aankleden om te luisteren, zijn silhouet draait de ene kant op, houdt in, draait de andere kant op. Niets. Cecil bukt. Haalt veters door de gaatjes, legt er dubbele knopen in.

Hij voelt met zijn hand aan het lichtknopje, maar doet het licht niet aan. Haalt een klein gereedschapje uit zijn zak. Platte schroevendraaier in de platte schroef van de schakelaar. De schroefjes vallen in zijn hand, in zijn zak. Hij verwijdert het paneeltje, haalt er een biljet van twintig uit, opgevouwen en in het doosje met draden gedrukt. Hij stopt het briefje netjes in het zakje van zijn overhemd en drukt het paneeltje van de lichtknop terug.

Hij schuift het raam open, haalt de hor met geoefend gemak uit de sponningen.

De hond op het erf gaat staan, kwispelt met wat een staart zou moeten zijn. Ze heeft oom Elliot het beest laten kortwieken. Zijn ballen ook. *Zou haar ook wel een beetje met een mes willen bewerken. Laat ze verdomme zelf haar brandhout opstapelen.*

Hij loopt zo stil als een indiaan over het erf naar het bijgebouw, de hond waggelt met hem mee, tot ze aan het eind van zijn ketting is, waarop ze opspringt en dat afgrijselijke geluidloze blafje slaakt, dat ruwe, verlangende uitademen. Het bijgebouw. Het dekzeil. Het eronder. De oude cruiser zonder versnellingen. Banden die hij stiekem zelf heeft opgelapt.

Hij fietst de oprit af, knarst over het grind naar de poort. Fiets over het hek, Cecil over het hek, Cecil weer op de fiets. Grimmige fietser die over het asfalt glijdt, het platteland vol scheefhangende paaltjes, prikkeldraad en zachte, bitterkoude wind. Hij heeft het koud en voelt zich bijna ellendig.

Fietsen. Daar word je warm van.

In Shelby zelf is het stil, gele stoplichten knipperen op de kruisingen. Je zou niet verder van alles vandaan kunnen zijn. Hij rijdt het steegje achter de Hi-Line Bar in om de fiets te dumpen. Blaast in zijn handen, ijsbeert. Een zwerfhond loopt langs, schrikt als hij hem ziet, gromt, loopt met een wijde boog om hem heen. Hij schudt steentjes als dobbelstenen in zijn hand, gooit ze naar het treinspoor. Hij loopt over de bielzen, hij loopt over de lasplaten.

Twee uur, het aanzwellende roze van het ochtendgloren.

Hij waagt zich de straat op. *Die gast zei dat hij me hier zou oppikken, maar misschien... Nee.*

Die vent die hem een lift zou geven komt niet.

Hij gaat een tijdje in de South of the Border zitten, prakt zijn roerei lusteloos met zijn vork.

Ze hebben inmiddels wel tegen je gezegd dat je uit de veren moet, idioot. Je zou terug kunnen gaan. Zeggen dat je een eind bent gaan fietsen. Nee. Je hebt nog liever dat ze je hier vandaan slepen dan dat je op eigen kracht terugrijdt.

Er komt een Blackfoot-indiaan binnen, hij bestelt een kop koffie en een donut om mee te nemen. Veeboer, zo te zien. Bruin spijkerjack. Cowboyhoed, hoedenlint met kralen.

Vooruit.

Cecil loopt achter hem aan naar buiten.

Hij vraagt de man of hij naar het westen gaat. De zon weerkaatst via de stoffige etalageruit aan de overkant in zijn ogen. Hij schermt ze af om het gezicht van de indiaan te kunnen zien, met een textuur van was met putjes erin, die hem aankijkt door het open portier van zijn Ford. Hij schermt ze af zodat zijn angst niet te zien is. De indiaan knikt nauwelijks. Maar hij knikt. Cecil komt gauw in beweging.

Een hele dag, alleen maar om van Cut Bank naar Kalispell te komen. Een lunchbuffet dat hij zich noch echt kan veroorloven noch kan weerstaan. Een pak zoutjes.

Waar is al je geld gebleven, je zou meer moeten hebben.
Iemand heeft je te weinig wisselgeld teruggegeven, stommeling.

Hij sluipt rond, een zwarte boeman, 's nachts in de stegen van Kalispell achter de oude spoorwerkershuisjes, loopt om warm te blijven, rent weg voor blaffende honden. Hij blijft zo lang als dat veilig voelt in een wasserette zitten. Pakt een Kenworth naar het zuiden.

'Wat zit jij zenuwachtig te frunniken,' zegt een houthakker.

'Het gaat wel hoor.' Hij verstijft, laat zijn stem lager klinken. 'Het gaat wel.'

Hij loopt naar het spoorwegemplacement in Missoula. Kijk hem bij zonsondergang achter die vertrekkende trein aan rennen, van de lage sport glijden, vallen. Hij ligt daar, terwijl alles vanbinnen rondratelt, weer tot rust komt. Hij duwt zich met zijn handpalmen op de scherpe witte stenen omhoog. Een gezwollen, kloppende lip. Hij controleert of hij al zijn loszittende tanden nog heeft. Zelfs zijn godverdomde haar doet pijn.

'Waar ben jij verdomme mee bezig.'

Hij gaat op de bielzen zitten, snikt.

'Weet je dat überhaupt.'

'Houd op met dat zelfmedelijden. Ga staan.'

Hij vindt de zwervers op Jacob's Island zoals een *eight ball* zijn zakje in de pooltafel vindt. Jackpot of een miskleun waarmee hij het potje verliest, dat weet hij niet. Hij krijgt te eten, een zeiltje om op of onder te liggen, dat moet-ie zelf weten. Vraagt zich af wat dit voorspelt, of het nou eindelijk eens een keer meezit.

Hij gaat met zijn benen over elkaar zitten, het zeil krommelt op en kraakt elke keer als hij beweegt, en vertelt de mannen hier leugens. Er klinkt geklingel en het geluid van kapotvallende flessen, niet zo ver weg, en het geluid van water als hij in slaap valt.

Hij wordt wakker, hoewel het lijkt of hij helemaal niet geslapen heeft. Een beetje rijp op het zeil over hem heen, de grashalmen als geblazen, melkachtig glas. Er komt stoom uit de vuile granieten gezichten van de mannen om hem heen, hun bloeddoorlopen ogen als lava.

Hij zegt dat hij moet pissen. Hij gaat niet terug.

Hij ijsbeert door de kruidenierszaak, wordt maar niet warm, koopt twee ons jonge kaas van een achterdochtige bediende en realiseert zich buiten dat hij niets heeft om die mee te snijden. Hij pelt het plastic eraf terwijl hij naar het centrum loopt, en knaagt eraan als aan een banaan.

In de dumpwinkel kijkt hij met een bewondering die grenst aan wellust naar de kledingstukken. De gewatteerde ski-jacks en zware canvas jassen met bontcapuchons. Wollen handschoenen met leren wanten die je daar overheen kunt trekken. Allemaal buiten zijn bereik. Hij telt zijn geld voor de zekerheid.

'Hoeveel kosten die dekens?' vraagt hij.

De verkoper slaat zijn krant dicht, komt achter de toonbank vandaan, pakt de deken uit zijn handen en schuift een deken in de mand opzij om hem het bordje te laten zien.

'Tien dollar?'

'Het is wat. Hij kan lezen.'

Zakenmensen en winkelend publiek op de trottoirs. Hij zoekt hun gezichten af als een zwerfkat die voor het raam staat te miauwen. Het haalt niets uit, die smekende blik. Hij kan wel janken.

Hij passeert een blond meisje op het trottoir dat als straatmuzikant op een panfluit staat te spelen. Iets om te overwegen.

Een uur later zit hij aan de overkant, naast de dumpwinkel, met stokjes ritmisch op de zijkant van een emmer te trommelen. Een afgedankte schoenendoos voor zich. Ze houdt hem vanaf het moment dat hij begint te slaan in de gaten. Een uur van toenemende ontmoediging. Ze staat op, kijkt beide kanten op en steekt de straat over, recht op hem af, met een hand voor haar buik.

'Ik ben Elly,' zegt ze. Ze hurkt. Wollen sokken, ongeschoren schenen met blond donshaar, haar jurk is zover opgeschort dat hij alles kan zien.

'Hoi,' zegt hij.

'Hoe oud ben je?'

'Negentien.'

'Dat zal wel.'

Hij legt zijn stokjes neer.

'Verdien jij wat met deze ongein?' vraagt hij.

'Hangt ervan af. Er zouden met de feestdagen wat meer mensen op de been moeten zijn. Thanksgiving is een goed moment om op straat te spelen, als het niet te koud is.'

'Thanksgiving? Jezus. Het is nu al stervenskoud.'

Ze kijkt de straat af.
'Heb je een plek?'
'Wat voor plek?'
'Een slaapplek voor de nacht.'
'Ik probeer alleen maar genoeg te verdienen om een deken te kopen.'
'Mijn vent zit vandaag in de gevangenis.'
'Is dat zo?'
'Ja. Ben je een verkrachter?'
'Een wat?'
'Ik ben zwanger van mijn vent. Dus je kunt niet met me klooien. Dan slaat-ie je verrot. Ben je een verkrachter?'
'Jij bent degene die hierheen kwam. Ik heb je geen reet gedaan.'
'Mijn vent zit in de gevangenis.'
'Weet ik. Dat zei je al.'
'Ik heb een plek. Maar daar wil ik niet alleen zijn. Maar mijn benen spreid ik ook niet. Maar als je een slaapplaats nodig hebt, zou het goed zijn als we met z'n tweeën waren en één van ons een vent was.'
Hij doet zijn stokjes in zijn schoenendoos in zijn emmer en zijn emmer onder zijn arm.
'Kom op dan.'

10

Pete liep onder de voortjagende donderkoppen langs Separation Creek, waar Jeremiah Pearl hem had bedreigd, had gedreigd de jongen af te maken. De kleren zaten nog in de spleet tussen de stenen waar Pete ze in had gestopt. Hij deed er een paar blikjes bonen en het medicijn tegen giardia bij. Hij dacht dat de vitamine c misschien dieren zou aantrekken, dus wikkelde hij het flesje in plastic, deed het in een papieren zak en propte dat met zijn kaartje onder de kleren.

Hij nam aan dat het allemaal volkomen zinloos was.

Op een weekend reed hij naar Missoula, aangezien er geen kans meer bestond dat hij Beth tegen het lijf zou lopen. Slenterde met Spoils en Shane Eddie's Tavern uit toen hij Mary aan de overkant alleen Warden's Market in zag gaan. Hij zei tegen de jongens dat hij ze wel zou inhalen en hoopte dat hij loog. Binnen stond ze naar het bier en de wijn te kijken alsof ze maar niet kon besluiten wat ze in hemelsnaam moest kopen. Ze voelde dat hij aan kwam lopen en wat zijn bedoeling was, maar herkende hem niet meteen. Hij wankelde, een beetje dronken.

'Pete,' zei hij, terwijl hij zijn borst aanraakte. 'Je hebt mijn hand verbonden.'

Voor ze kon antwoorden, pakte hij een fles rood en vroeg haar of ze een plek had waar ze die konden opdrinken. Ze glimlachte naar het plafond alsof ze wilde zeggen niet alweer, dit ging toch niet alweer gebeuren, ze nam toch niet alwéér een man mee naar huis. Ze zette de fles terug op de plank. Ze pakte een betere fles, en stak haar arm voor hem uit.

Ze woonde een paar straten verderop in het Wilma Building. Ze gingen door de deur naast de theaterlobby naar binnen en de lift in. Een grijshuidige liftbediende in een ouderwets rood uniform met epauletten vroeg op welke verdieping ze woonde, hoewel hij dat geweten moest hebben. Pete vroeg of hij wat van hem aan had, en de man nam Pete nog wat langer op. Hij zei tegen Mary dat overnachtende gasten niet waren toegestaan.

'Wie denk je dan dat er blijft overnachten?' vroeg ze.

Toen ze op haar verdieping waren, groef Pete in zijn zak en gaf de bediende een briefje van tien. De man vouwde het biljet verscheidene keren op, stak het in zijn jas en wenste hun een prettige avond. Het harmonicahek ratelde dicht. Pete keek met lichte verrukking toe hoe het silhouet van de liftbediende afdaalde.

Ze leunde tegen de muur, de fles wijn als een soort knuppel bungelend in haar hand.

'Dus jij bent degene die denkt dat hij blijft overnachten.'

'Er zouden nog meer poortwachters kunnen zijn. Een jaloerse kat. Ik ga nergens zomaar van uit.'

'Hou je kop,' zei ze, en ze beende op hem af alsof ze hem misschien wel zijn hersens in ging slaan met die fles.

Ze waren bezig toen de lift weer openging en een van haar buren uitspuugde, die hen haastig voorbijliep. Mary's jurk tot de navel opengeknoopt. Ze trok hem met haar hand dicht, pakte de wijnfles van de vloer en leidde hem naar binnen.

Toen Pete wakker werd, had hij geen flauw benul van de indeling van haar flat. Er hing een ondoorzichtige deken of sprei voor het raam, en toen hij die opzijtrok, zag hij weinig in het licht van de straat, en de deken viel toch weer dicht. Ze ademde vol tevredenheid, naast hem. Hij raakte haar door het laken heen aan en ze kromde haar rug naar hem toe, zijn warmte, in het tropisme van het verlangen, en toen hij zich stilhield, wreef ze zich in haar slaap tegen hem aan, kreunde en slaakte een zoete, wijnige zucht.

Hij stond op en liep tastend rond, blind als een mol. Glazen dingen op het dressoir rinkelden toen hij ertegenaan stootte. Hij stapte op wat een papieren zak leek, en vond de deur doordat hij toevallig op een stel scharnieren stuitte. Een kast. Jezus. Hij schoof langs de muur, vond het lichtknopje, het lijstwerk van de deur, de glazen deurknop. De scharnieren piepten en hij hield in en luisterde. Ze ademde nog net zo door. Hij glipte de slaapkamer uit.

De tl-buizen van de lichtbak van het Wilma verlichtten haar piepkleine woonkamer en keuken, duidden er ook op dat het nog niet eens zo laat was, dat er nog films vertoond werden. Ze waren gewoon als oude geliefden in slaap gevallen. Wat een leuk idee.

Hij slofte de keuken in om een glas water te pakken. Een doffe pijn, een kater die opkwam. Hij dacht die maar met de wijn te bestrijden.

Hij trok de kurk uit de fles en er werd op de deur geklopt. De liftbediende. De manager, misschien. Er klonk nog een zacht klopje, alsof degene die klopte één knokkel gebruikte, alsof de aanklopper ontmoedigd begon te raken.

'Wat ben je aan het doen?' vroeg ze. Scharlaken huid en naakt.

Hij hield de fles op. Wie er ook voor de deur stond voelde aan de knop. Hij wierp een vluchtige blik die kant op, wilde ze dat hij ging kijken. Ze gebaarde vaagjes, alsof er zo vaak mensen aanklopten, gooide een zijden kamerjas aan en geeuwde.

'Heb je honger?'

'Ik zou wel wat lusten.'

'Schenk mij ook maar wat in.'

Ze kuste hem, hij trok zijn ondergoed en T-shirt aan en ze dronken wijn uit kleine sapglaasjes terwijl zij kookte, en ze knipperde overdreven liefhebbend naar hem en hij ging achter haar staan en kuste haar in de nek terwijl ze werkte. Hete dampen joegen hem naar een open raam met uitzicht op de lichtbak.

'Jezus, wat ben je allemaal aan het klaarmaken?'

Ze glimlachte, goot pasta af. Haar kamerjas viel meerdere keren open en zijn oog viel op het rasterwerk aan witte littekens op haar buik en bij haar hart, dat hij in het donker gevoeld had. Ze zag dat hij ernaar keek, liep naar hem toe, zette hem op de stoel neer, vulde zijn mond met haar verhitte tong en kroop over hem heen tot hij door een heerlijke, opiate verlamming was bevangen en zich helemaal niet verroerde toen ze terugging om verder te koken. De lichtbak knipperde uit en na een tijdje deed ze een lamp aan, liet iets geurend uit een druppelflesje op de gloeilamp vallen, en kwam terug met twee dampende kommen.

'Kom op,' zei ze, en ze klopte op de vloer.

Ze aten tegenover elkaar, met hun benen over elkaar. Hij was uitgehongerd.

'Het stinkt als de hel, maar ik zou dit de rest van mijn leven kunnen eten.'

Ze grijnsde en vertelde hem dat het *lo mein* was.

'Waar heb je zo leren koken?'

'Weet ik niet precies.'

'Echt niet?'

'Nee.'

'Waarom kijk je zo naar me?'

Ze begon te lachen, sloeg haar vingers voor haar gezicht, en gluurde er tussendoor naar hem.

'Ik weet niet meer hoe je heet,' fluisterde ze.

'Pete.'

Ze zei geluidloos het woord *Sorry*.

'Is niet erg. Ik vind het wel leuk dat je het vergeten was. Mary.'

Ze bloosde. Hij hield een glas op, en ze klonk met het hare.

'Je bent schattig, Pete.'

'Dank je.'

'Geen dank. Wil je nog wat?'

Hij knikte, ze nam zijn kom aan en schepte die nog een keer vol, schonk zijn kleine wijnglas ook weer vol. Ze keek instemmend toe hoe hij at, wellustig. Als de heks die hem vetmestte. En hij zou haar hem hebben laten opeten, voeren aan wat voor beesten ze ook hield, wat dan ook. Toen hij klaar was, vroeg ze of hij nog een kom wilde.

'Ik zit vol.'

'Zeker weten?'

'God nou.'

'Je zult je krachten nodig hebben,' zei ze, en ze nam zijn kom aan en zette die op de salontafel. Ze ging schrijlings op hem zitten. Hees zijn T-shirt omhoog en begon haar nagels over zijn bovenlijf te halen. Hij hapte naar adem en daar geneerde hij zich voor, maar het kon haar niet schelen of ze merkte het niet. Ze boog zich achterover haar kamerjas al open, en hij viel als een dronken bosgod bijna in katzwijm. Hij trok haar overeind, ze liet zich naar achteren vallen.

'Het is koud op de vloer.'

'Je wordt zo warm.'

Hij had nog wat vakantiedagen staan en die nam hij op. Een week lang werd hij tegen het middaguur wakker en ging naar beneden om in het Wilma de matineevoorstelling te zien of verderop in de straat een late lunch te eten en een beetje te pokeren met krenterige ouwe cowboys in het Oxford. Hij had haar sleutel, maar betaalde de liftbediende nog steeds om hem naar boven te laten. Boodschappen en een fles van het een of ander stonden op haar te wachten als ze thuiskwam van haar werk. Hij vond het fijn om het rijk alleen te hebben. Op haar te wachten. Het papieren zegel verbreken, ijs in het glas, klok klok, ah.

Toen hij wakker werd, zat ze op het bed, te kijken hoe hij sliep.

'Hé daar.'

'Jij ook hé.'

Hij ging zitten, de springveren van het bed kreunden en werden met een tokgeluid stijf. Wat had dat ding een herrie gemaakt, gerateld als een postkoets. Als je haar neukte, had je echt het gevoel dat je iets voor elkaar kreeg, alsof je samen een team was, er goed in was met z'n tweeën, dat het iets was wat je kon winnen.

'Ik heb het gevoel dat dit bed gewoon uit elkaar gaat vallen,' zei hij, en hij klopte op het matras.

Ze glimlachte. Op dat moment merkte hij even op dat haar hoektand grijs was en ook dat haar glimlach daarom niet minder prachtig was.

'Hoe laat is het?'

'Tegen vijven.'

Hij haalde zo diep adem dat zijn keel er pijn van deed.

'Dan zal het wel een laat dinertje worden waarop ik je trakteer.'

Ze aten in een vaag café met tranende ruiten. Deelden een puddingdessert, lepels die tegen elkaar tikten.

'Dus je doet dit al een tijdje,' zei ze.

'Wat is dit?'

'Pudding eten.'

'Wat?'

'Het wérk, suffie. Ik heb een paar oude zaken in het archief opgezocht en zag je naam in de dossiers staan, in Missoula County. Nadat je die dag op kantoor langs was geweest.'

'Waarom deed je dat?'

'Ik wilde je natrekken voor ik je neukte.'

Toen de serveerster die neerlegde, griste hij de rekening van tafel.

'Je zit nu in Tenmile.'

'Yep.'

Ze ging achterover in het vinyl bankje zitten en nam hem op. Dat was nogal een hobby aan het worden, dat gewoon naar hem kijken.

'Wat nou?'

'Waarom ben je daarnaartoe gevlucht?'

'Ik ben niet gevlucht.'

'Die klussen op het platteland zijn zwaar. Uren op de weg. Weinig steun. Je was vast op weg om supervisor te worden, hier. Dus waarom zou je daarheen gaan?'

Hij had zijn hand in zijn portefeuille en legde een briefje van twintig op tafel. De serveerster kwam het halen en liep naar de kassa. Hij vroeg of ze hem nog een kop koffie wilde brengen, en ze zwaaide over haar schouder dat ze dat zou doen. Hij vouwde zijn handen en leunde naar voren.

'Kunnen we het één keer over het werk hebben, en daarna niet meer?' vroeg hij.

'Ik wil niet over het werk praten.'

'Waar hebben we het dan wel over?'

Ze wachtte tot de serveerster zijn koffie en wisselgeld had gebracht. Hij merkte op dat er geen gaten in de muntjes zaten.

'Er is een feest, vanavond, en ik wil graag dat je meegaat.'

'Oké,' zei hij.

'Het is een feestje van het werk.'

'Aha.'

'Bij Tricia.'

Ze wachtte om te kijken of hij nog iets zou zeggen, en toen hij dat niet deed, sloeg ze haar armen over elkaar. Hij reikte over de tafel en pakte haar polsen vast. Daar zaten ook twee haarlijnlittekens op. Hij wreef over de groef die ze vormden. Hij vroeg zich totaal niet af waarom ze dat gedaan had. Dat lag in het verleden.

'Wat is er?'

'Ik voel me stom.'

'Waarover?'

'Ik vind je leuk,' zei ze.

'Ik vind jou ook leuk.'

'Ik wil met jou naar dat feestje gaan.'

'Ik zou het leuk vinden als er met mij naar dat feestje gegaan wil worden.'

Ze wendde haar blik af.

'Mary, wat is er nou in godsnaam?'

'Ik ben nieuw.'

'En?'

'En ik zal me stom voelen als alle meisjes van kantoor met wie je naar bed bent geweest over me roddelen.'

Hij grijnsde, pakte haar koude hand vast, wreef eroverheen en vertelde haar dat hij nog nooit met iemand van kantoor naar bed was geweest.

'Ik heb er zelfs nog niet één gekust onder de mistletoe.'

Hij haalde een hand weg om een slok van zijn koffie te nemen en hield de hare met de andere vast.

'Ik ben niet jaloers aangelegd,' zei ze. 'Maar mensen kletsen gauw, daar heb ik een bloedhekel aan. Dingen moeten gescheiden blijven. Werk. Privé. Gescheiden.'

'Oké.'

'Het kan me niet eens schelen of er iemand anders in je leven is...'

Hij liet haar hand los.

'Ik ben een tijdje geleden bij mijn vrouw weggegaan.'

Hij nam een slok koffie. Voor hij die neer kon zetten, haalde ze hem uit zijn hand en nam ook een slok.

'Getrouwd.'

'Ze is naar Texas vertrokken.'

'Texas.'

'Je herhaalt steeds wat ik zeg.'

'Sorry.'

'En nu zit je je te verontschuldigen.'

'Fuck you.'

'En nu scheld je.'

Ze zette zijn kopje weer voor hem neer.

'Moeten we het over haar hebben?'

Ze krabbelde achter haar oor. Glimlachte toen ze hem aankeek.

'Nee.'

Hij nam een slok van zijn koffie, en zij pakte die weer uit zijn hand.

'Laten we naar dat feestje gaan.'

Hij gleed achter het tafeltje vandaan en stond op.

'Laten we lángzaam naar dat feestje gaan.'

Ze zijn dronken als ze aankomen, een bijna lege halveliterfles Montana Redeye. Ze loopt voor hem uit een zwarte gietijzeren wenteltrap op, hij probeert maar steeds zijn mond tegen haar prachtige kont te drukken terwijl ze voor hem naar boven gaat. Het levendige geroezemoes boven. Zoveel sigarettenrook dat het huis wel in brand kan staan. Een gitaar giert er door overbelaste speakers een rudimentair bluesje uit. Ze leidt hem naar een kaarttafeltje dat doorzakt onder de flessen, halflege facetglazen wijn en een fonduepan met een borrelend, lichtgevend oranje vel. Iemand heeft olijfogen in het ding gelegd. Pete tapt een spuugje schuim uit een biervaatje dat in een vuilnisemmer vol ijs drijft en geeft het op. Gezichten tollen tevoorschijn uit de massa, herkennen hem, schudden hem de hand en zeggen dingen tegen hem die hij niet kan verstaan.

Nu is Mary weg.

Hij zwaait de keuken in om haar te zoeken. Mensen die hij kent van het werk, gasten van het Attention House slaan hem op zijn rug.

'Pete, ouwe jongen. Wat drink jij daar?'

Pete geeft hun de fles. Stoot per ongeluk een speelkasteel van blikjes van het aanrecht.

'Jezus, Pete. Niemand drínkt dat spul ook echt.'

Pete haalt dromerig zijn schouders op, hoest rochelend, spuugt in de gootsteen.

'Koutje gevat?'

'Ik heb een beetje verhoging, oké?

'Hoe gaat het met het vrouwtje?'

'Texas.'

'Wat?'

'We zijn uit elkaar.'

'O, sorry.'

'Niemand gaat weg als het lekker loopt,' zegt Pete.

Een harde plaat, nu, iets nieuws, aan het lullige blikkerige keyboardgeluid te horen. Mary danst in de woonkamer. Alleen. Zwaait rond in die jurk, een rood met wit satijnen gevalletje dat om haar lijf gegoten zit.

'Die Mary is gewoon...'

'Ja. Ja, dat is ze.'

Iemand geeft Pete een blikje met een schroevendraaier om erin te steken.

'Heb je dat verhaal over haar gehoord?'

'Welk verhaal?'

'*Shotgun* dat ding nou eens.'

Pete haalt de schroevendraaier eruit en drukt het blikje tegen zijn mond. Een koude, bubbelende slang die hem wel eens kan wurgen. Een lange, schuimende boer. Hij zet het lege blikje weg. Boert nog een keer.

'Er is een dossier over haar. Jake kwam het tegen. Ze is haar hele leven van pleeggezinnen naar psychiatrische inrichtingen gegaan. En al te soepeltjes verliep dat ook niet. Fucking knetter. In één pleeggezin lieten ze haar meestal in een fucking kast zitten. Dat heeft meer dan twee jaar geduurd. Twee jaar lang geslagen en verkracht worden. Allemaal nog voor haar twaalfde. En die shit in dat ziekenhuis? Met bewakers die de meisjes neukten? Daar heeft ze ook gezeten. Het is daar nog steeds net een fucking bordeel. Ik stuur daar nóóit een meid heen, als ik er wat over te vertellen heb.'

Ze danst, en Pete is niet de enige die kijkt.

'Vanbuiten ziet ze er geweldig uit, maar onder de motorkap. Een heel ander verhaal.'

Ze raakt haar buik met een handpalm aan, sluit haar ogen en begint slingerend met haar heupen te wiegen, alsof haar bekken ergens van een punt vlak bij haar hart naar beneden hangt.

Het systeem kent dit meisje.

Wat wil zeggen dat hij dit meisje kent.

Al haar tehuizen zijn groepstehuizen en al haar broers en zussen zijn kinderen in pleeggezinnen, haar vaders en moeders zijn maatschappelijk werkers, en als ze eenmaal te oud is voor begeleiding, wordt ze oud genoeg voor het werk. Jouw werk. Alleen gaat zij haar boekje te buiten en wordt ze op de reservebank gezet, of niemand vertrouwt haar echte zaken toe, en nu zit ze in de pauzekamer met zakjes zoetstof te schuiven.

Ze is het bewijs dat er niets is wat iemand niet kan overkomen. Dat de wereld geen toestemming nodig heeft, dat er geen enkele nieuwe vorm van kwaadaardigheid is die ze niet zal omarmen.

En dus ben je nu in een pestbui, kijkt hoe Mary danst, slaat bier achterover, en dan rijd je in een auto met haar en mensen van het feest en jullie zijn allebei te dronken om te merken dat de anderen te dronken zijn en jullie zoenen onder het flikkerende licht van een bijna kapotte lichtbak, krijgen de hik, zoenen stevig en slordig, tanden die tegen elkaar klakken, onhandig, als beginnelingen.

Onschuldige, wees nog maar even onbezorgd.

Het deed overal pijn, terwijl het zonlicht hem bakte door Mary's raam.

Hij dacht dat hij er gewoon mee moest ophouden. Met het werk of drinken of allebei.

Op haar briefje stond dat ze op zaterdag nachtdienst had en dus zat hij alleen te beven met zijn kater, tussen haar graslelies en haar rotan, staarde een hele tijd naar de telefoon of het nummer dat Beth op een stukje envelop had geschreven. Hij kende het uit zijn hoofd tegen de tijd dat hij het stukje papier opvouwde, in het zakje van zijn overhemd stopte en naar Al's and Vic's ging. Hij pakte het biertje dat de barkeeper voor hem tapte, keek toe terwijl hij de glazen spoelde en vertrok toen zijn hoofd ophield met bonzen.

Hij ging naar de dumpwinkel om een nieuw paar veters te halen, naar de boekhandel, en lunchen. Sprak geen sterveling. Het was twee uur toen hij uiteindelijk weer terugkeerde naar het Wilma. Hij ging op Mary's bank liggen, kon niet in slaap komen.

Het was vijf uur toen hij wakker werd.

Hij trok de telefoon op de salontafel en keek ernaar, mopperend. Toen draaide hij het nummer, liet twee keer overgaan en stond op het punt op te hangen toen ze opnam.

'Hé, Appelmoes, met papa.'

'Waarom heb je geen telefoon thuis?'

Er klonk muziek op de achtergrond, mensen die praatten en Beth ook, dacht hij. Haar lach.

'Het is pap,' zei ze tegen haar moeder.

'Hoe gaat het met je?' vroeg hij.

'Mam zegt dat ik moet zeggen dat je geld moet sturen.'

'Oké. Zal ik doen. Hoe gaat het met je?'

'Klote. Ik haat het hier.'

'Je ontmoet nog wel kids van je eigen leeftijd. Dan wordt het wel beter.'

'Ik hou niet van kids van mijn eigen leeftijd.'

'Wat bedoel je daarmee?'

Beth was tegen haar aan het praten.

'Ma wil weten of je op z'n minst tweehonderd dollar gaat sturen.'

'Zeg maar tegen haar dat ik zo met haar praat.'

Zijn dochter legde haar hand over de hoorn, en toen werd hij weer overspoeld door geluid.

'Pete?'

'Verdomme, Beth, geef haar weer aan de telefoon.'

'Ik heb dat geld nu meteen nodig. Op z'n minst een paar honderd dollar.'

'Ja. Geef Rachel weer.'

'Je dóchter heeft dingen nodig. Schoenen. Schoolkleren. Schriften en zo.'

'Beth. Geef Rachel weer aan de telefoon.'

'Je hebt helemaal het recht niet om met haar te praten, als je haar niet gaat onderhouden.'

'Je maakt verdomme een grapje.'

Een hand over de hoorn en het klonk vol oceaan, vol Texas. Dertig seconden keek hij naar de klok. Een minuut. Hij wilde de telefoon door het raam smijten, maar het was Mary's raam. Mary's telefoon.

'Mam zegt dat ik nog maar een minuut heb, omdat het een interlokaal gesprek is.'

'Ik ben degene die gebeld heeft, Rach. Die rekening krijg ik.'

'Papa?'

'Wat?'

'Mag ik bij jou komen wonen?' fluisterde ze. 'Ik zal niet veel ruimte nodig hebben en ik zal braaf zijn. Beloofd. Ik haat het hier. Het is heet. Het is herfst, en nog is het heet. Héét heet. Vierhonderd graden of zo.'

'Het wordt wel koeler.'

'Ik mís je.'

'Liefje, ik mis jou ook...'

'Ik haat het hier! Er zijn overal mensen, en ik vind ze geen van allen aardig...'

'Wat voor mensen?'

'Ik wil naar huis!'

'Rachel, luister nou even. Ik weet het goed gemaakt. Probeer het gewoon een paar maanden.'

'Een paar máánden?!'

'Ik wil dat je het probeert. We moeten allemaal proberen. En als het je dan nog steeds niet bevalt, dan kunnen we het erover hebben dat je weer hierheen komt.'

'Je haat me! Waarom zeg je het niet gewoon? Je haat mij en je haat mam.'

'Ik haat je niet.'

'Je haat mam.'

'Ik haat je moeder ook niet.'

'Wat een klotezooi.'

'Kom op, Appelmoes...'

De lijn klikte.

'Rachel?'

De lijn klikte nog een keer. Daarna die naargeestige kiestoon.

* * *

Wat ging er in godsnaam mis? Ze begon toch vrienden te maken?

Ze maakte een heleboel vrienden. De oudere kids in de bossen. Maar ze maakte ook vijanden.

Wie dan?

Van die brave meiden. Cheerleaders en dat soort trutten. Leraren die vroegen of alles in orde was thuis.

Was alles in orde thuis?

Welk thuis? Jimmy's trailer? Dat was hun thuis niet.

Wilde ze daarom terug naar Montana?

Ze wilde niet terug naar Montana.

Waarom vroeg ze dan of ze bij haar vader mocht wonen?

Omdat ze van haar moeder vrienden thuis mocht uitnodigen en die kids natuurlijk bier wilden drinken en haar moeder dan ook mensen over de vloer had en er was een perfecte avond waarop haar moeder hen er geen van allen van weerhield bier uit de koelkast te halen en niemand kwam in de problemen of belde de politie of zo, maar de volgende dag was ze zo'n trut en zei ze dat ze dat nooit meer mochten doen.

Omdat het ongepast was. Omdat ze haar moeder was, niet haar vriendin.

Omdat ze een kater had. Omdat ze jaloers was, eerlijk gezegd.

Op de aandacht die Rachel trok?

Rose.

Wat voor aandacht?

Gewoon dat ze naar haar keken. Niet naar haar moeder keken. Met haar praatten. Jimmy die altijd wel een smoes verzon om zich over haar heen te buigen, alleen maar om even iets van een plank te pakken, tegen haar aan te wrijven in het smalle halletje. Op een keer een biertje voor haar ging halen, hoewel ze eigenlijk helemaal niet zoveel dronk, ze vond het niet fijn om dronken en misselijk te zijn, ze kon uren over een biertje doen of goot de helft eruit als niemand keek ze was al dronken genoeg van de aandacht de aandacht de aandacht als een drug.

Dus ze vond Jimmy leuk?

Gatver.

De aandacht dan.

Ja. De oudere jongens in de bossen, autoradio's die schetterden. Ze wist dat de meisjes haar niet zo mochten, maar dat kon haar niet schelen, ze praatte gewoon met de jongens, de vrienden van haar moeder, een zongebruinde blonde gast die zei dat ze naar zijn boot moesten gaan. Gasten van haar vaders leeftijd. Haar hele leven werd interessanter. Elke minuut geladen met hoe zij er nu aan deelnam.

Maar haar moeder, die vond dat afschuwelijk.

Jaloers.

Het zal toch wel ingewikkelder hebben gelegen.

Ze hadden sigaretten gedeeld en gepraat over mannen. Ze hadden samen gehuild toen ze het hadden over Pete en Jimmy en wat ze nu moesten doen, dat ze hier niet konden wonen. Waco was vreselijk. Ze waren platzak. Ze waren vriendinnen. Haar moeder wist niet hoe ze de rol van het moederschap weer moest aannemen.

Of Rachel wilde de dochter niet meer zijn.

Ze liep weg van huis. Twee dagen.

Waar ging ze heen?

Gaat je niks aan.

De politie van Waco zag haar na de avondklok roken aan een picknicktafel bij de Dairy Queen? Ze vluchtte niet?

Nee.

Waarom niet?

Ze dacht dat haar moeder misschien zo blij zou zijn om haar weer te zien, dat ze haar overal mee zou laten wegkomen.

Was ze dat?

Ze gaf haar een klap. Waar de politie bij stond. Toen kuste ze haar, hield haar vast en huilde en vroeg waarom en beantwoordde haar eigen vraag, dat ze een slechte moeder was en dat ze daar weg moesten, dat ze een frisse start moesten maken en dat ze over een week naar Austin zouden gaan, waar ze een baan kon krijgen.

Wat voor baan?

Een vent kende een vrouw die terug moest naar Charlotte en die had iemand nodig om haar huis onder te huren en, nog mooier, of Beth haar diensten in de kroeg daar wilde overnemen, dat betaalde best goed, nou graag.

Wat zeiden ze tegen Jimmy?

Ze vertrokken gewoon.

11

Hij ging weer aan het werk. Hij bezocht de Shorts gewapend met traangas vanwege de rottweiler (weg), belde Cecils oom Elliot om te horen hoe het ging (werd niet opgenomen), en ging langs bij Cecils moeder, Debbie (schichtig, in de verdediging), en bij Katie (blakend), maar Pete was afgeleid. Zijn gedachten dwaalden steeds af naar de Pearls, de jongen, de munten. Hij keek uit naar die munten.

Het voorraadje kleren en medicijnen lag er nog zoals hij het had achtergelaten, in de spleet tussen de rotsen. Hij ging zitten en luisterde naar het bos, de eekhoorns die over de bosgrond trippelden, de hemel geel met dunne wolken en hoge rook van een bosbrand in Canada.

Op weg naar beneden kwam Pete een man tegen die een travois vol wietplanten tussen de ceders vandaan sleepte. Toen hij Pete zag, liet hij de planten vallen en marcheerde over de weg recht op hem af. Petes enige opties waren de berg op of af, of de helling achter hem weer op klauteren. Hij haalde zijn handen uit zijn zakken en wachtte. Zei tegen zichzelf dat die gast hem gewoon wilde uitchecken. Probeerde tegelijk ongevaarlijk en onverschrokken over te komen.

De man was een hijgende één meter tweeënnegentig, honderdvijfentwintig kilo. Niet bepaald fit, maar ontzagwekkend en naar behoren paranoïde. Zijn bovenlijf was ontbloot, op een thermisch onderhemd vol zweetvlekken na. Hij droeg leren handschoenen en een baard van drie dagen en zag eruit alsof het hem wat meer menens was dan Pete had verwacht.

'Wie... ben jij verdomme?' vroeg hij.
'Ik heet Pete Snow. Ik ben maatschappelijk werker.'
'Maatschappelijk... werker...' hijgde de man.
'Ja. Er woont hier een gezin...'
De man had duidelijk geen idee wat dat zou kunnen inhouden. Hij nam Pete van onder tot boven op, en stapte toen dichter naar hem toe. Pete balde zijn vuisten langs zijn zij en deinsde terug. De gast staakte zijn oprukkende beweging, kneep zweet uit zijn ogen en depte die met zijn mouwen.
'Je zult me je moeten laten fouilleren,' zei hij.
'Waarom?'
'Wapens. Wat ik maar tegenkom.'
'Zou ik mijn vuisten ballen als ik een wapen had?'
De man zuchtte alsof hij dit al tientallen keren had gedaan, als een uitsmijter.
'Ik ben hier geen groente aan het verbouwen,' zei hij. 'Ik moet weten met wie we te maken hebben.'
'Mijn badge ligt in mijn auto, bij het hek.'
'Fuck,' zei hij. 'Echt waar?'
'Wat?'
'Heb je bij het hek geparkeerd? Aan het eind van dit weggetje?'
'Ja. Aan het eind van dit weggetje.'
Hij draaide zich om en gebaarde dat Pete hem moest volgen. 'Kom op.'
'Vergeet het maar.'
De man bleef staan, draaide zich om.
'Goedschiks of kwaadschiks,' zei hij vermoeid, 'jij gaat met me mee.'

De gewassen stonden aan het noordelijke eind van een weiland waar de ononderbroken zon een dichtbeplante kwart hectare aan onopmerkelijke cannabis de hele dag koesterde. Twee mannen stopten even met het afhakken van de rijen planten, gingen bij het zien van Pete rechtop staan met hun machetes en de man escorteerde hem naar hun piepkleine plantage in het bos.
'Wie is dit in godsnaam?' vroeg de dichtstbijzijnde man. Hij was kaal geworden en een knots van een adamsappel bewoog in zijn magere hals. De man achter hem was zo te zien familie, groter en met een volle kop met haar. Een zoon of een veel jongere broer of een neef uit zo'n familie waarvan de leden te veel op elkaar lijken en samen herhalingen van een oud idee lijken.

'Kwam het bos uit. Een of andere overheidsambtenaar.'

'Waarom heb je hem in godsnaam hierheen gebracht, George?' vroeg de kale man, en hij smeet zijn machete in de aarde en liep naar ze toe.

'Hij staat bij het hek geparkeerd.'

De andere twee mannen kreunden. De kale man keek gauw op zijn horloge en vloekte.

'Nou, Tom komt niet meer terug, dan.'

'Hij zal vast geschrokken zijn.'

'Hij is voorzíchtig,' zei de kale man scherp. Hij sprak Pete aan: 'Waar ben je van, Jacht en Visserij?'

Pete vroeg zich af of hij bang overkwam. Hoe dat niet te doen.

'Ik ben een maatschappelijk werker. Ik zei al tegen je vriend dat ik mijn badge in mijn auto heb laten liggen.'

De kale man keek naar de andere twee. Pete kon George, die achter hem stond, niet zien, maar die met die kop met haar haalde zijn schouders op met wat Pete hoopte dat het goedaardige onverschilligheid was.

'Luister, ik heb echt helemaal geen wettelijke verplichting om iets te doen of zo,' zei Pete. 'Ik ben geen politie...'

'Zitten er opdrukken op die auto van je?' vroeg de kale man. 'Van de afdeling waar je werkt of zo?'

'Nope.'

'Geef George je sleutels,' zei hij.

Pete aarzelde. Dacht dat hij moest proberen te vluchten.

'Ik moet die badge zien,' zei de kale man. Hij kwam dichtbij genoeg om Pete te laten zien dat hij hem misschien kon vertrouwen. Ook dichtbij genoeg om hem te slaan.

Pete groef in zijn spijkerbroek en gaf de sleutels af. De kale man zei tegen George dat hij moest opschieten, en George zuchtte en jogde houterig richting de weg. Na een gebaar van de kale man gingen de andere twee verder met het afhakken van de planten. De kale man trok zijn eigen machete uit de grond en wees ermee naar een plek waar Pete kon gaan zitten. Na een paar minuten kwam hij naar Pete toe en hurkte voor hem neer, met zijn armen op zijn dijen, de machete bungelend tussen zijn benen.

'En, wat doet een maatschappelijk werker hier?'

Pete ademde door zijn neus, en tuurde ingespannen naar een plek net onder de ogen van de man terwijl hij duidelijk en zonder een spoor van angst of ongeduldigheid begon te praten. Alsof de feiten het enige waren wat ertoe deed, en ze met feiten alle onfortuinlijke uitkomsten zouden vermijden. Hij legde uit dat die jongen van Pearl naar de school was gekomen. Dat de jongen had gezegd dat hij hier woonde, verderop aan de weg, in de bossen hier. Dat hij de jongen naar zijn gezin had teruggebracht.

'Er zitten hier geen gezinnen, man.'

'Een week geleden nog wel,' zei Pete op vlakke toon.

'Er zitten hier geen gezinnen,' herhaalde de man.

'Ik kan je laten zien waar ik kleren en eten voor ze heb achtergelaten.'

De kale man zocht Petes gezicht af naar een of ander teken dat hij loog.

'Ga staan.'

'Waarom?'

'Ga staan.'

'Ik ben bang wat je gaat doen,' zei Pete. 'Ik ga niet meewerken als je me wat gaat aandoen.'

De kale man keek naar zijn partner, die was aan komen lopen om te kijken wat er ging gebeuren. De kale man lachte half en zuchtte half, en zei: 'Ik ga je alleen maar fouilleren. Kom op. Overeind.'

'Dat heeft je vriend al gedaan. Luister, ik neem je wel mee naar de plek waar ik Pearl heb ontmoet,' zei Pete. 'Laat me je in elk geval de spullen laten zien die ik heb achtergelaten.'

De man stond er geschrokken bij, alsof er een ratelslang tussen Petes benen was opgedoken.

'Zei je "Pearl"? Jeremíah Pearl?'

Pete knikte.

De man keek zijn neef of broer aan, bracht zijn handpalmen naar zijn nieren, kromde zijn rug en keek op naar de hemel. Vervolgens greep hij een handvol plantenstengels en begon naar het pad te lopen.

'Kom op,' zei hij. 'We moeten hier als de donder weg.'

Ze vouwden en propten zoveel van de volwassen planten in Petes achterbak als erin pasten, en vervolgens legden ze er verscheidene op de achterbank en de vloer en lieten veel van de planten langs de kant van de weg liggen. Pete waagde zich niet aan een protest. Ze dekten alles met hun jassen af en klommen in de auto. Pete reed achteruit de weg af naar het asfalt, keerde aan de kant van de weg en vroeg welke kant ze op wilden. In de auto hing nu al de doordringende geur van zweet, vuil en het aroma van hun lading.

'Linksaf. Ga maar linksaf.'

De kale man bleef terwijl ze reden telkens in de spiegel kijken. Na een tijdje werd hij rustiger en begon te rommelen tussen de spullen op Petes vloer – klembord, een harmonicamap met dossiers, een plastic zak met babyflesjes en rubberen spenen. Zijn lippen ontspanden en hij kreeg een vriendelijker uitdrukking op zijn gezicht. Hij zei dat hij Charlie heette.

'Dus je bent echt een maatschappelijk werker.'

'Ja.'

'Sorry dat ik een beetje *heavy* moest worden, daarnet.'

'Geeft niet. Ik ben het gewend.'

Het was een uur en veertig minuten rijden naar de trailer van de wiettelers, over een afgelegen houthakkersweggetje dat langs de oever van een naamloos meertje liep dat werd ingeperkt en aan alle kanten bezaaid lag met een willekeurige verzameling rotsblokken ter grootte van kleine auto's. Pete parkeerde en ze sleepten de planten de trailer in en smeten ze in het smalle gangetje, en toen ze daarmee klaar waren, ging Charlie naar het meer en kwam terug met vier koude flesjes bier. Pete maakte aanstalten om te vertrekken, maar Charlie zei dat hij nog even moest blijven. Dat ze zich dan allemaal meer op hun gemak zouden voelen. Ze gingen rond een vuurkuil zitten die zelf bijna omringd was door rotsblokken, en dronken de biertjes op. Aan de overkant van het water liep een eland in de modder en kwijlde in het meer, zonder acht te slaan op hen terwijl ze een kampvuur maakten. Pete werd aan het werk gezet met het pellen van maïs. Charlie haalde een paar forellen uit het meer waar ze de ingewanden uit haalden en die ze in maïsbladeren wikkelden en roosterden boven de kooltjes. Ze aten ze met de maïs en toen de duisternis inviel, gaven ze een fles bourbon door en een klein ivoren pijpje, gesneden in de vorm van een blote vrouw van wie de mond het gaatje was en in wier zwartgeblakerde kruis Charlie een pluk sterke, paarse wiet propte.

'Is dit jullie *stuff*?' vroeg Pete.

Charlie lachte. 'Dat spul dat ik verbouw is klote.'

Ze leunden tegen de rotsblokken, tevreden als Cheshire-katten. Pete ging volkomen op in het kieuwachtige pulseren van de kooltjes en de stonede openbaring dat vissen en vuur een diepe verwantschap hadden. Hij giechelde somber om hoe high hij was, dat deze gasten nog steeds konden besluiten dat ze hem niet vertrouwden. Nu te stoned om te vluchten. De eland was nog steeds te horen, aan de overkant van het water, af en toe het zuigende geluid van een hoef in de ondiepe modder. Hij dacht dat hij gewoon paranoïde deed. Alleen was dat niet zo. Niet helemaal. Hij wist het niet.

Charlie leunde naar achteren om in de zak van zijn spijkerbroek te reiken en schoot met zijn duim een muntje de lucht in dat opflikkerde in het licht van het vuur en ergens in het donker tussen Petes benen op de grond plofte. Zei dat Pete dat kwartje maar eens moest bekijken.

'Ik weet het al,' zei Pete.

'Waar heb jij de jouwe vandaan?'

'Overal.'

Charlie zoog aan zijn tanden. 'Ik heb gehoord dat ze ze helemaal tot Polson in het zuiden en Bonnery's Ferry in het westen zijn tegengekomen,' zei Charlie. 'Een paar in munttelefoons aan de Hi-Line.'

'Er zit in Whitefish een pandjesbaas die ze verzamelt,' zei Pete.

Charlie knikte en staarde in het vuur.

'En,' zei Pete. 'Hoe kennen jullie Jeremiah Pearl?'

Ze komen Pearl op een lente tegen bij een andere locatie waar ze verbouwen, op een niet nader te noemen plek. Het heeft verscheidene dagen geregend en ze hebben op goed weer gewacht om de stekjes te planten. Ze zitten in hun tent te kaarten als ze een man horen roepen. Pearl, in een poncho met capuchon, een geweer afgedekt met doorzichtig plastic over zijn schouder. Hij heeft een lange baard en de regen komt zo hard naar beneden dat je zijn ogen of zijn gezichtsuitdrukking niet kunt onderscheiden.

Hij vraagt wat ze hier komen doen.

Charlie zegt dat ze aan het kamperen zijn, grapt dat ze ook altijd pech hebben, dat ze met dit weer op pad zijn.

Hun stekjes zitten in appelkratten en zijn afgedekt met een provisorisch zeil van plastic zakken. Pearl inspecteert ze, negeert Charlies protesten. Hij bekijkt hun stekjes en knikt, alsof hij nu alles begrijpt. Ze denken even dat ze betrapt zijn, dat hij van de politie is of een of andere grijsharige ambtenaar van het Bureau of Land Management. Maar dat geweer. Misschien is het een gestoorde zonderling, een stroper.

Pearl schreeuwt door de regen dat ze op een andere locatie ook hebben geplant.

Charlie zegt dat dat Pearl niks aangaat.

Pearl beschrijft de locatie feilloos.

De tent is al klein voor drie kaartende mannen en nu nog kleiner, met Pearl erin, die gewoon onuitgenodigd binnen is gekomen. Hij loopt een hoop modder naar binnen en stinkt ontzettend. Donker water stroomt van zijn smerige broek, en nu ze hem beter kunnen bekijken, zien ze een verbijsterend intens gezicht. De ogen mineraalachtig blauw, met iets afschrikwekkend kouds erin.

Pearl stelt zich voor. Vraagt of ze willen negotiëren. Er ontstaat enige discussie over wat dat precies betekent. Pearl heeft een vreemde manier van praten. Gewichtig, met ouderwetse woorden en dictie. Hij legt uit dat hij niet gelooft dat het land dat hij bewandelt van hem is, maar ook dat niemand alle eigenschappen ervan zo goed kent als hij. Hij erkent dat er misschien oude knarren zijn die meer weten. Hij heeft zulke mannen ontmoet in hun hutten en eenvoudiger veldschansen in de bergen, maar weet dat verscheidene daarvan zijn gestorven of verder getrokken.

Hij benadrukt dat hij niets tegen cannabis heeft en bespreekt met hen de geschiedenis van de plant en de rol ervan in de vroege Republiek, het touw, de stof en het papier dat ervan werd gemaakt en het brede scala aan toepassingen ervan op land en op zee. Hij zet uiteen welke belangengroepen ervoor hebben gelobbyd dat het gecriminaliseerd werd. Hij zegt dat het telen van de plant een demonstratie is van de inherente vrijheid van de mens.

Charlie biedt hem wat te roken aan. Pearl wijst het aanbod af. Charlie vraagt Pearl of hij er bezwaar tegen heeft dat hij en zijn partners het genoegen smaken, en Pearl zegt dat ze vooral hun gang moeten gaan.

Pearl praat terwijl zij roken, bijna alsof hij al veel vaker zo tegen ze heeft zitten oreren, en nu is teruggekomen om het verhaal eindelijk af te maken. Hij begint zonder aanleiding over de visioenen van zijn vrouw, dromen over de bergen, explosies en bloedvergieten, en dat ze hebben gebeden en zich gerealiseerd hebben dat God hun opdroeg zich voor te bereiden op de Eindtijd. Dat ze alles hebben verkocht. Het huis, de auto's, de boot, de motors. Pearl trekt hiernaartoe, vindt een stuk land. Het heeft precies de kenmerken waarover zijn vrouw gedroomd heeft, een heuvel op het zuiden, een rotsbank waarop ze een huis zullen bouwen. Hij koopt het perceel, gaat naar huis om zijn gezin te halen.

Ze weten dat de dollar binnenkort waardeloos zal zijn, dus zetten ze bijna alles wat ze bezitten om in kogels, geweren of zaden. En goud, voegt Pearl daaraan toe. Krugerrands, Maple Leafs en kleinere munteenheden.

Er zijn tekenen van verraad en van wat voltooid zal worden. Ze worden gevolgd door een zwarte sedan. De president van Italië wordt vermoord door de Rode Brigade. Hun auto wordt gesaboteerd in South Dakota. De hittegolf, het hete asfalt als ze wachten op de sleepwagen, het hete asfalt als ze wachten op de monteur.

Honderddertig dollar voor een wisselstroomdynamo. Volgens de monteur zien de banden er aardig versleten uit. Jeremiah tast in zijn achterzak naar zijn portefeuille alsof de monteur die probeert te pakken, wat op een bepaalde manier ook zo is. Ze zijn bijna door hun Amerikaanse valuta heen. Ze kamperen op een steenworp afstand van de auto in een droge geul naast een maïsveld. Geen kampvuur. Ze slapen op de grond in hun slaapzakken en worden bedauwd en stijf wakker. Een zak groene appels als ontbijt.

Ze rijden verder. Het is te heet om zelfs maar te mijmeren. De kinderen slapen door een korte stortbui heen, de stevige tocht van een storm. Als ze wakker worden, kibbelen ze. De moeder heeft migraines bij haar visioenen, en de stemmen van de kinderen zijn als trompetgeschal, de wind een plaag van ruis in haar oren. Haar hoofd wordt een glijbaan van vallende rotsblokken, en plotseling grijpt ze zijn arm vast, zegt dat hij moet stoppen. Ze rent blootsvoets over het scherpe asfalt, en een berm in om te kotsen en op haar rug te rollen als ze even rust krijgt. Ze slaat haar ogen op en ziet een grijze streng van beweging die ze eerst aanziet voor een vlucht ganzen of eenden, maar die onder haar pijnlijke blik in een veld van hamers verandert. Een hemel vol hamers. Het gebons achter haar ogen begint weer.

Jeremiah helpt haar de auto weer in.

Als ze in Sioux Falls staan te tanken, draait ze het raampje naar beneden en roept hem, steekt haar hand uit, de vingers tot de handpalm bebloed. Hij schrikt uiteraard, vraagt zich af wat dit nu weer voor nieuwe vorm van kwaad is.

Ze is al meer dan een jaar niet ongesteld geweest. Sommige maanden een beetje verkleuring tussen de miskramen door, niet eens genoeg om maandverband in huis te hebben. Ze was een heel andere vrouw toen ze voor het laatst een heuse menstruatie kreeg. Ze waren een ander gezin, toen. Ze hielden zich niet aan de Wet. Destijds wisten ze niet beter. Maar nu weten ze dat ze niet onder haar kinderen en haar echtgenoot mag verkeren, aangezien ze onrein is.

Ze zegt dat Jeremiah haar naar een hotel moet brengen. Ze gaat alleen in haar kamer zitten en bloedt. Ze peinst over die hemel vol hamers. Ze luistert hoe haar kinderen spetteren in het zwembad en belt Jeremiah, in de kamer ernaast. Hij maakt zich zorgen. Ze zijn bijna door hun geld heen. Ze zullen wat van het goud moeten verkopen. Ze zegt dat geld er niet toe doet, dat ze deze beproevingen allemaal zullen moeten doorstaan, dat zij het aankan, alles, alles wat Satan maar kan bedenken. Haar bedekken met zweren. Haar haar gezichtsvermogen afnemen. Haar teisteren met luizen en vlooien. Maar de kinderen zijn onze ware schat. Beloof me, zegt ze, dat die tot het eind bij ons blijven.

Ze rijden langs Mount Vernon en White Lake, wat geen bergen meer zijn, maar tankstations en het eindeloze maïsveld vol stilletjes stomende maïs, wormen die woelen in de hete leemlaag en humus. Op geen van die plekken zijn pandjeshuizen waar Pearl zijn gouden munten kan verkopen.

Nu is de tank bijna leeg. In het stadje Kimball laadt Jeremiah de trailer uit om bij de kluis te kunnen, maakt de kluis open om de gouden munten eruit te halen. Neemt er een paar mee naar binnen om ze aan de oude heks achter de toonbank te laten zien. Hij legt uit dat het bij elkaar iets meer dan een *troy ounce* goud is. Hij slaat de *McEwan's Index* van de London Fix op haar toonbank open. Hij legt uit dat ze deze voor de prijs van vorig jaar mag hebben, dat ze hier zelf kan zien dat ze nu minstens tien dollar meer waard zijn.

Het gezicht van de vrouw betrekt als ze zichzelf beklopt, op zoek naar haar leesbril, en trekt een vies gezicht als ze naar de getallen kijkt, haar onderlip over haar donzige ouwe kin gekruld. Ze vraagt hem of hij echt verwacht dat ze hem honderddertig dollar voor die gouden munten geeft. Ze zegt: het is een tankstation, dit.

Pearl vraagt of ze de kranten leest. Weet ze wel dat de dollar binnenkort waardeloos zal zijn, met wat eraan zit te komen. Edelmetalen zullen het enige zijn wat er nog overblijft om mee te handelen, voor christenen.

Ze kijkt wantrouwig. Ze fluistert of hij helemaal geen contanten heeft.

Hij vist een dollar en vijfentachtig cent uit zijn spijkerbroek. Zegt: Kijk eens naar die dubbeltjes. *Wat zijn die waard? Waar zijn ze van gemaakt? Een laagje koper tussen een legering van zink en tin. Geld van tin, niet te geloven toch? Op zichzelf vrijwel waardeloos. Het is gewoon een recepis*, zegt hij tegen haar. *Een bedrijfsrecepis.*

Ze kijkt even naar hem en dan naar zijn kinderen, buiten op de parkeerplaats en in de winkel. Ze scheurt een velletje papier van een schrijfblok dat vlak bij haar ligt, schrijft haar naam en adres op en schuift het naar hem toe.

Ik wil geen liefdadigheid, zegt Jeremiah tegen haar, maar zij zegt dat ze de pomp aanzet, of hij het nou leuk vindt of niet. Ze heb geen interesse in munten kopen.

Jeremiah buiten zinnen door de krankzinnigheid van de vrouw. Hij heeft het tenslotte net uitgelegd. Kan ze niet zien. Kan ze niet horen.

Ze vraagt of hij nou benzine wil of niet. Nou, jawel.

Pearl vraagt Charlie of hij dat kan geloven. Charlie verkeert inmiddels behoorlijk in verwarring over wat Pearls punt is. Als er een punt is. De regen zakt wat af, en in de klamme en stinkende tent krijgt Pearl van Charlie of de anderen geen antwoord op zijn vraag. Pearl zegt dat de ironie hem niet ontgaat, dat hij dat hele eind heeft gereisd met al dat goud en nu niemand heeft om er ruilhandel mee te plegen. Een volle benzinetank aan schuld opgelopen. Hij zegt dat hem duidelijk was geworden dat het al gaande was.

Wat is er gaande? vraagt Charlie.

De oorlog, zegt Pearl.

Pearl zwijgt nu, grijnst vagelijk, schijnbaar als een man die al aardig dronken begint te worden. Hoe dan ook, Charlie biedt hem een teug uit zijn heupflesje aan. Pearls ogen flitsen op bij een vage herinnering aan whisky, en hij knikt ja, dat hij graag een slok wil.

Hij zegt niet hoe ze het gered hebben. Misschien denkt hij het en denkt hij dat hij het zegt. Er is hier meer dan alleen paranoia in het spel. Er klopt iets niet in zijn hoofd. Hij borrelt naar de oppervlakte van menselijk contact, maar blijft goeddeels onder water, als een stuk drijfhout, zwaar van water. Dat geleidelijk verzadigd raakt en zinkt. Hij neemt nog een slok, veegt zijn baard af met een vuile handpalm.

Het is overal een soort Oost-Berlijn, zegt hij. Een soort Rusland, en geen Westen om te bereiken. Alleen deze bergen, dit Masada. Hij zegt dat hij droomt van de Joden in hun berggrotten, de Romeinen die onverzoenlijk als Romeinen hun belegeringswal bouwden. Ik ben de kakangelist, zegt Pearl. Boodschapper van het slechte nieuws. De plaag is gekomen en de oorlog is daar.

Charlie weet veel van religie, is zelf onderwezen door nonnen, maar dit is geraaskal. Hij vraagt Pearl wat hij wil.

Hij zegt dat hij begrepen wil worden.

Hoezo begrepen?

Pearl zegt dat hij wil dat zijn inspanningen volkomen duidelijk zijn.

Welke inspanningen? vraagt Charlie.

Pearl zegt dat Charlie en zijn partners hun onderneming drijven in oorlogsgebied en dat hij in goud betaald zal moeten worden om die te beschermen.

Ze glimlachen. Eindelijk een grap. Hij moet toch een grapje maken.

Dat maakt hij niet.

Pearl krijgt te horen dat hij op kan rotten. Als de sodemieter moet maken dat hij wegkomt.

Welke gedachte voor die vreemde uitdrukking op zijn gezicht zorgt is niet duidelijk. Is het schaapachtigheid omdat zijn slimme zet is mislukt? Is het kwaadaardige kalmte? Houdt hij zijn woede in bedwang?

Hij vertrekt in een zachtere regenbui dan die hem heeft uitgespuwd.

Pete ging rechtop zitten. Charlie was stilgevallen. Het kampvuur was opgebrand tot witte, schilferige ellepijpen. George stond op, verdween de oprukkende duisternis in, haalde wat aanmaakhout, porde met een stokje in de kolen en legde de houtjes erop. De vlammen laaiden dansend op. Hij liep de lus van nieuw licht weer uit en Pete maakte zich zorgen waarmee hij deze keer zou terugkeren, zo lang bleef hij weg.

'Ik moest maar eens gaan.'

'Ik ben nog niet klaar,' zei Charlie.

'Ik moet gaan.'

George kwam terug met echt brandhout. Hij legde het op het vuur, warmde zijn handen en ging weer zitten.

'Je bent bang voor ons,' zei Charlie.

'Ik krijg het gevoel dat jullie me hier gevangenhouden.'

'Pearl is degene voor wie je bang zou moeten zijn. Ik probeer je te helpen.'

Pete staarde grimmig in de vlammen. De eland was weg.

'Heb je hem ooit teruggezien?'

Charlie keek naar de anderen, toen weer naar Pete.

'Niet echt,' zei hij.

De regen zakt af. Het water zakt, de grond wordt droog, Charlie en zijn partners bewerken en planten. Ze leggen nog een akkertje aan op een andere kleine weide, en nog een. Dan gaan ze naar huis, terug naar hun gewone leven. Charlie wast trucks in Libby. Ze runnen geen geavanceerde operatie die een hoogwaardig product oplevert. Ze planten, en Charlie of een van de anderen controleert de oogst wanneer het hem uitkomt.

Een paar weken later gaat hij bij een van de kleine veldjes kijken, neemt een hengel mee bij wijze van vermomming tegenover de jachtopzieners, de Forest Service, wie dan ook. Hij komt aan bij een veld vol gele, kniehoge stengels, dood en aan het afsterven. Hij keert de aarde. Die is gezouten, letterlijk gezouten met steenzout. Hij weet dat het Pearl is geweest, en hij weet het helemaal zeker als hij weer bij zijn auto is: drie kwartjes netjes verdeeld over de voorbumper van zijn bestelbusje. Een munt voor Charlie en elk van zijn partners. Een gat in elke slaap.

Charlie is boos. Die teringlijer. De wildernis is niet van hem. Wie denkt die hufter wel dat hij is.

Een gat in zijn voorruit. Die staat hij nog te inspecteren als de knal van het geweer door de lucht spoelt. Er klinkt er nog een en nog een en nog een, elk maar zo luid als een ei dat breekt op de rand van een koekenpan, en hij heeft zich net op de grond laten vallen als het schieten ophoudt, de echo's van de knallen weerkaatsen tegen de bergen. Hij blijft dik tien minuten in elkaar gedoken zitten voor hij naar de achterdeuren van zijn bestelbusje kruipt. Bleke paddenstoelen van vulsel uit de ruggen van de zittingen. Hij springt achter het stuur. Sleutel, contact, achteruit, gaspedaal tegen de vloer. De voorruit is zo'n spinnenweb van barsten, dat hij met zijn hoofd uit het raam moet rijden om thuis te komen.

'Pearl had me makkelijk neer kunnen schieten,' zei Charlie. 'Hij wilde dat ik dat wist.'

Pete keek naar het kwartje in zijn handpalm. Het gaatje was netjes, volmaakt rond, met aan de achterkant nauwelijks een ruw randje. De exitwond.

Als je rondvroeg in Tenmile en Libby en in het kantoor van het Statengebouw in Helena, onder professoren in de zoölogie en faculteiten bosbouw aan universiteiten, dan zou je mannen en vrouwen tegenkomen die deze munten bij hun post hebben gevonden, zei Charlie. Het had in de krant gestaan. Dat ze in omloop waren, betekende dat Pearl iedereen de oorlog had verklaard.

Het was behoorlijk koud geworden, zelfs vlak bij het kampvuur wikkelde de kilte zich om het grootste deel van hem heen en Pete moest steeds eerst met zijn rug en dan met zijn voorkant naar het vuur gaan zitten om warm te blijven. Charlie zat, zonder pet, de pijp weer te stoppen.

'Hoe heb jij hem ontmoet?' vroeg Charlie.

Pete vertelde hem dat hij zijn zoon in een school had aangetroffen, hem naar zijn vader had gebracht. De pijp ging weer rond. Charlie zei dat hij verdomd veel geluk had dat hij nog leefde.

'En jij dan? Jij loopt hier toch ook nog rond?'

Charlie lurkte bedachtzaam aan de pijp. De rook walmde uit zijn open mond als uit de loop van een geweer. Hij legde uit dat ze de boel een kilometer of vijftig hadden verplaatst en tot Pete langskwam niet hadden geweten dat Pearl in de buurt was.

'*Fuck it*,' zei Charlie. 'We gaan morgen terug om de rest van de oogst op te halen.' Het uitstekende kraakbeen in zijn strottenhoofd was als een pijlpunt die niet helemaal door zijn nek heen was gedrongen.

'Misschien dat Pearl niet in de dollar gelooft,' voegde hij daaraan toe, en hij tikte de as uit de pijp voorzichtig in zijn handpalm en blies die weg. 'Maar ik wel, dat is verdomde zeker.'

12

Het was een lege spoorloods. Ze had een plank triplex losgewrikt en op een na alle spijkers doorgezaagd, de zinken koppen aan de andere kant laten zitten, zodat de plank eruitzag alsof hij nog vastgespijkerd zat, hoewel hij aan één enkele spijker in het midden hing. Je schoof hem opzij en klom naar binnen. Er was vleermuizenstront en vogelstront en er kropen muizen in de muren, maar ze waren in elk geval uit het schizofrene weer hier in de Missoula Valley, mijn hemel dat hakte de knoop maar niet door, koud, warm, kouder, tot je ballen eraf vroren, warm. Ze dekten de kieren tussen de planken af met vloerkleden, oude tapijten, verpakkingsmateriaal en een schuimmatras vol roestvlekken, en toen werd de ruimte net zo'n beetje verwarmd door hun lichaamswarmte in het pikzwarte alleen.

Dat op straat muziek maken van hen, hoe meelijwekkend het ook was, bracht ongeveer anderhalve dollar in het laatje, soms meer. Soms bedelden ze gewoon, en soms ging dat beter.

Dus, samen slapen: op een nacht lokte ze Cecil onder haar dekens.

'Handjes thuis,' zei ze.

Hij schoof het bed uit, en bracht zijn dekens weer naar het afgedankte vloerkleed waar hij op sliep. Ze zei doe niet zo raar, wie wil er nou flikflooien met een zwangere dame. Hij zei dat het daar niet om ging. Of om haar. Of wat ze ook dacht. Hij kon zich moeilijk uitdrukken. Hij was kwaad. Ze zei wat heb jij toch. Jemig. Hij zei dat er vroeger iets was gebeurd. Hij zweeg. Ze wachtte.

De loods stond precies op de plek waar de treinen aan elkaar werden gekoppeld en ze maakten buiten enorm, onverwacht kabaal.

Hij zei laat maar zitten.

Ze zwegen.

Ze zei dat ze de baby nu in haar kon voelen. Dat hij een beetje bewoog. Ze zei dat Bear de eerste en enige was met wie ze naar bed was geweest, en dat het best eens kon dat ze na de eerste keer dat ze het hadden gedaan zwanger was geworden.

Cecil ging in het pure donker zitten.

'Het geeft niet,' zei ze. 'Ik wil een kindje. Het kan me niet schelen dat ik jong ben. De dame in de kliniek zei dat ze het voor me konden verzorgen, en ik deed er wel een minuut over voor ik begreep dat ze bedoelde het doodmaken. Ik zei dat klinkt helemaal niet als verzorgen.'

Buiten werden twee treinstellen gekoppeld met een klap waarvan de muren ratelden, kleine stukjes pleisterwerk of vogelpoep naar beneden kwamen. Soms was het alsof je gevangenzat in een instortende mijn.

'Waarom kom je nou niet onder de dekens, helpen ons warm genoeg te krijgen om te slapen?'

Hij verroerde zich niet. Nog niet.

'Het is oké,' zei ze. 'Mijn vent Bear – je zult hem wel ontmoeten als hij vrijkomt – die weet dat ik van hem houd en van niemand anders. Dat van jou en mij zal hem niks kunnen schelen. Je bent toch niet zo'n ongure gast die iets zou proberen te flikken.' Ze snurkte een raar lachje. 'Zo'n gozer zou-ie me toch voor zijn raap schieten.'

'Ik kan behoorlijk onguur zijn.'

'Je bent zo onguur als een narcis, jij.'

'Fuck you.'

'Je bent waarschijnlijk toch nog maagd.'

Hij ging liggen.

'Ik maak maar een geintje. Het is oké om maagd te zijn. Als je dat bent. Het maakt niet uit.'

Ze vroeg hem of hij zo bleef doen. Ze zei dat ze het koud had.

Ze luisterden naar elkaar, hoe ze in elkaar kropen, alleen onder hun dekens. Ze zei dat hij idioot deed. Hij voelde zich stoer, vond dat naar haar toe gaan zwak zou zijn en dacht dat hij toch niet zou weten wat hij doen moest.

Het duurde een hele week. Maar het werd zo koud. Hij wilde niet dat iemand hem aanraakte, maar het was stervenskoud en nu was ze boos op hem dat hij zijn warmte zo verspilde, misschien wel kwaad genoeg om hem eruit te gooien. Ze hadden niet genoeg dekens om zo aan te klooien. Hij liep uiteindelijk met de zijne naar haar toe, sloeg ze een voor een uit, en legde ze over hen heen. Hij liet haar beloven dat ze haar handen op zijn schouders hield, niet lager. Er gebeurden dingen met hem, alleen al omdat hij in bed stapte, dingen die zich verspreidden en lelijke kleuren deden flikkeren in zijn hoofd. Om eerlijk te zijn was hij bang dat hij haar zou slaan. Dat zei hij ook. Hij ging met zijn rug naar haar toe liggen, kon niet slapen en begon te praten, hij wist niet of ze luisterde, hij ratelde er gewoon over door.

'Kan het je verdomme net zo goed vertellen.'

Zijn moeder die urenlang ligt te jengelen in haar bed, naar hem roept als hij langs de deur loopt. Ze is volledig naar de klote. Hij gaat uiteindelijk de kamer in. *Kom 's, schatje. Kom maar bij mama liggen ik ben zo verdrietig.*

'Ik begrijp wat er is gebeurd,' zegt Ell.

Ze zegt: *mama heeft iemand nodig die haar vasthoudt niemand houdt haar ooit vast.* En dat doet hij dus. Hij heeft zijn armen om haar heen. Ze slaapt. Hij valt in slaap. Hij komt bij en ze ligt met haar gezicht naar hem toe te huilen, het hele kussen is nat en ze is zijn gezicht aan het strelen, *Mijn lieve lieve jongen,* zegt ze, en hij doet alsof hij slaapt, en ze kust hem op zijn voorhoofd, dan op zijn lippen. Ze tongzoent hem. Dan raakt ze hem overal aan, zijn buik en zijn benen. Hij wil niet, maar hij reageert. Zijn lijf reageert. Hij niet. Maar ook niet níét. Hij ligt er gewoon. Dan is het bezig. Het gebeurt. Hij wil niet, maar ze trekt hem tegen zich aan, ze ruikt naar van die pepermuntsigaretten.

'Hoe oud was je?'

'Twaalf.'

'Het is oké.'

'Helemaal niet.'

'Nee, het is nu oké.'

'Dat weet ik wel.'

'Ik bedoel dat het oké is dat je het me vertelt.'

'Het is niet het ergste wat ik gedaan heb.'

'Wat jij gedaan hebt? Wie zegt dat jij dat hebt gedaan? Denk je dat het alleen verkrachting is als de gozer het doet?' vraagt ze.

Ze legde haar hand op de zijne, hij ademde in door op elkaar geklemde tanden, spande zijn spieren. Toen zei ze zachtjes niet-bestaande woordjes, en hij ontspande, werd slap. Na een tijdje zei hij dit is wel oké. Ze mompelde ja inderdaad, sliep al half.

'Misschien heb je gelijk,' zei hij.

'Mm-hmm.'

Hij vertelde haar van Cloningers hond. Dat hij zich had afgevraagd wat de hond zou doen, zich afvroeg of alle dieren weerloos waren als het om hun snikkel ging. Daarom deed hij het. Hij had er geen idee van dat het tegen de wet was. Het leek vreemd dat het tegen de wet was, als je erover ging nadenken. Het deed niemand kwaad, de hond nog wel het minst. Het was een experiment. Maar hij nam aan dat hij diep vanbinnen eigenlijk wel wist dat het verkeerd was. Of was er iets kapot aan zijn geweten, als hij nog steeds vond dat het niet verkeerd was.

'Wat denk jij, Ellie?'

Ze was in slaap gevallen.

Dat vond hij ook best.

13

Hij was naar Missoula gereden om Mary op te zoeken, maar die was niet thuis, dus belde hij Spoils. Hij wandelde naar het Oxford om op hem te wachten, dronk bier met een wisselend gezelschap aan schuchtere benevelden en joviale dronkenlappen. Een tafeltje met zakenlui die vertier zochten in de achterbuurten. Uiteindelijk Spoils.

Iemand greep Pete bij zijn elleboog, deed de zenuw in zijn arm helemaal tot in zijn nek koud worden. Een klein oud mannetje met zijn hoed in zijn andere hand. Pete zocht naar zijn naam. Een oude cowboy uit Choteau. Heette Ferguson. Parttimer op de ranch. Had een goede werparm, had in de jaren vijftig in de minor league gehonkbald. Kon je van zeven meter raken met een stuk paardenstront.

'Meneer Ferguson,' zei Pete, en hij glipte uit de greep van de man, ging staan en schudde hem de hand.

De ogen van de man waren nat en hij maalde met zijn kaak alsof er toffee tussen zijn kiezen kleefde.

'Zeg maar tegen je familie hoe erg ik het vind,' zei hij. 'Het was een beste vent.'

Pete tastte achter zich naar een barkruk en plofte erop neer.

'Dank u,' zei Pete.

Ferguson bracht hijgend een paar platitudes uit die Pete niet kon horen door het geruis van bloed in zijn hoofd, en toen was Ferguson zijn hand weer aan het schudden, zijn hoed aan het opzetten, en hij liep de voordeur uit.

'Wat is er, Pete?' vroeg Spoils.

Hij liep zonder antwoord te geven naar buiten. Hij kon de woorden niet vormen om te zeggen dat zijn vader dood was.

Charles (nooit 'Chuck' of 'Charlie') Snow was in Choteau, Montana en omgeving een gerespecteerde zij het niet per se geliefde ijzervreter geweest. Hij haatte communisten en praatte graag over communisten. Hij vond dat er meer langeafstandsraketten op het braakliggende land ten oosten van de luchtmachtbasis Malstrom zouden moeten staan en regelde zijn zaken zo dat hij regelmatig die kant op kon rijden om de exemplaren te zien die er wel stonden. Hij had hard gewerkt en was pas getrouwd toen hij daar verdomme zelf klaar voor was, op zijn veertigste. Zij was pas net zestien geworden, maar dat was in 1947 geen schandaal. Hij bewaarde haar in meerschuim en turquoise polyester jurken en zorgde ervoor dat ze niet naar paardenstront en hooi hoefde te ruiken, zoals de andere dames in het stadje. Tegen de tijd dat zijn zoons onder haar rokken vandaan waren, had hij zich gevestigd in een aanzienlijk cowboyherenhuis, een bedrijf dat ooit tweehonderd arbeiders telde en de Purple T werd genoemd. Hij gaf de voorkeur aan werk boven elke andere onderneming en ging het gezelschap van anderen nooit echt waarderen. Hij had in meer dan zijn deel van dingen een vinger in de pap (de houthandel, een autobedrijf en, de laatste tijd, aardgas) en liet dat nooit iemand vergeten. Hij maakte rivalen om die te kunnen verslaan. Hij leek mensen alleen te kunnen verdragen als ze met de hoed in de hand naar hem toe kwamen. Mensen hadden voor het merendeel een lichte hekel aan hem, maar zeiden dat nooit tegen hem en maar zelden onder elkaar, wat zijn misantropie alleen nog maar meer voedde.

Pete reed het perceel op, zijn vaders boerderij vulde een hele vallei die in tweeën werd gedeeld door de Teton River, een rotsige en slingerende stroom die van de bergen raasde maar in de herfst traag en laag door het perceel stroomde, en 's winters op bepaalde plekken tot op de bodem bevroor. Medaillons van de Amerikaanse populieren lagen in een gulden hoop op de grond, waaiden op als optochtconfetti toen hij erdoorheen reed. Een paar castilleja's gloeiden nog rood op, als kleine kampvuurtjes van crêpepapier in een toneelstuk op de lagere school. Pete voelde een heimweeïg verdriet om de kleine verschillen, om de tijd zelf. De nieuwe verflaag op de schuur. Een hele rij dennenbomen achter het huis was verdwenen. Waar ooit vlak bij de achterdeur een bescheiden appelboomgaard had gelegen, was een wit tuinhuisje opgetrokken. De boel leek geschoren, vertroeteld als een schoothondje.

Bunnie. Dit waren Bunnies verbeteringen. Net als de zondagsdiensten in de niet aan een kerkgenootschap verbonden Christ the Light-kerk in het oosten van het stadje. Charles Snow was naar spirituele zaken zo nieuwsgierig als een hekpaaltje geweest, en Pete betwijfelde of zijn vader ooit diepgravend veranderd was, zelfs niet na de dood van Petes moeder. Maar zijn late bekering had iets passends, alsof hij altijd had geweten dat hij aan het eind van zijn leven iets zou moeten doen om te voorkomen dat hij naar de hel ging.

Het was een nieuwe truck, op het weiland, niet die van zijn pa. Toen hij Pete zag, ging Turner naast het hek rijden, maar door de balk van het hek had Pete geen zicht op Turner in zijn pick-up, dus stopte hij en stapte uit. Turner boog zich over de passagiersstoel en draaide het raampje omlaag.

'Howdy, Pete.'

Hij zag er ouder uit. Hij was ook ouder. Zijn baardharen volkomen wit geworden. De wallen als twee theezakjes onder zijn ogen.

'Meneer Turner. Mooie truck.'

'Heb ik al een paar jaar. Maar bedankt.'

Pete deed een stap naar achteren. Floot.

'Zit geen krasje op.'

'Nou ja. Ik doe ook niet veel, tegenwoordig.'

'Mazzelaar.'

'Nou, nou.' Hij vond het maar niks te horen te krijgen dat hij lanterfantte.

Pete schraapte zijn keel.

'Ken is gekomen, en we hebben samen de koeien hooi gegeven,' zei Turner. 'Morgen zou ik maar even naar hun water kijken. Het kon wel eens gaan vriezen.'

'Bedankt dat u bent gekomen en voor de boel hebt gezorgd.'

'Bunnie logeert bij haar ouwelui. We komen morgen wel weer langs. Geven we ze nog een keer hooi.'

'Dat hoeft niet, dat doe ik zelf wel.'

Ze keken naar het lege huis.

'Je hebt het dus van Bunnie gehoord?'

'Ja,' loog Pete. Als ze al had gebeld, had ze dat waarschijnlijk naar het oude nummer in Missoula gedaan. Zelfs Ferguson had aangenomen dat hij het wist.

'Is het daar gebeurd?' Pete gebaarde naar het midden van de wei.

Turner snoof, knikte.

'Met zijn eigen pick-up...?'

Turner schudde zijn hoofd.

'Ken en ik denken dat-ie de koeien helemaal in z'n eentje hooi aan het geven was. Er lag een steen op het gaspedaal. Hij is w'schijnlijk uit de laadbak gevallen, en heb zijn heup gebroken.'

'Als hij uit de laadbak is gevallen, hoe is hij dan overreden?'

'De uitlijning deugt voor geen meter. Die pick-up was nog steeds grote, langzame rondjes in het weiland aan het rijden toen Bunnie terugkwam van haar trip naar Billings. Ik denk dat-ie eerst een rondje heeft gereden, en toen over hem heen is gereden.'

Pete liet zijn kin op het hekpaaltje rusten, keek over Turners motorkap heen het weiland in. Turner haalde zijn pet van zijn hoofd, haalde een hand door wat er over was van zijn haar en zette de pet weer op. Hij kuchte ongemakkelijk, en Pete ging rechtop staan en bedankte hem.

'Mijn nummer zou nog met potlood op de muur naast de telefoon moeten staan.'

'Oké.'

'Bel maar als je wat nodig hebt. Als je het te druk krijgt met het regelen van de begrafenis. Dan komen we hierheen.'

'Zal ik doen.'

Een geur van leer, zaagsel, seringen en een onbestemde geur van het huis van zijn ouders zelf dat voor hem nu tegelijkertijd de geur van verlangen en van beduchtheid was. Wat de geur van een vervlogen tijd leek te zijn geworden. Pete nam de keuken in zich op, de laatste dag van zijn pa. Een halve kop koffie nog waar hij hem had neergezet, Bunnie dronk dat spul niet. Meestal waaide er een vleugje mest van de laarzen van die ouwe in het klompenhok de keuken in, maar vandaag niet. Zijn jack en laarzen waren in het mortuarium.

Pete ging aan de tafel zitten voor een weinig veelbelovend spelletje patience. Zijn vader gaf het altijd op als hij zag dat hij niet uit zou komen. Ging naar de schuur. Schepte hooi van de hooizolder in de laadbak van de pick-up. Daarvan alleen deed zijn hele lijf al pijn. Of was hij aan het hoesten, hoestte hij bloederige kogels van snot op. Probeerde hij Turner te bellen. Nee, te trots om iemand te bellen. Maar wilde zich niet de hele tijd die cabine in en uit hijsen, hoestend, overal pijn. Dacht dat hij wel een slim plannetje kon bedenken om van deze sores af te komen, gewoon in z'n vrij over de wei rijden.

Dan, sterren. Bleek in de bevroren modder te liggen, die botte ouwe zak. De pijn in zijn heup, verbijsterend.

En op dat hele weiland rijdt de truck uitgerekend in een cirkel recht op hem af. Vond hij dat ironisch.

Hoe het zou voelen, een pick-up op je borst.

Pete liep door het halletje naar het bijkamertje, daalde het kleine trappetje, het hol van zijn vader in. Vissen en gevogelte aan de cederhouten muren, en foto's ervan. Een ingelijste verzameling schietmotten en steenvliegen omringd door een stuk of tien plaquettes en bordjes van broederordes en verenigingen.

Naast zijn vaders leunstoel stond een halfvolle asbak en een doosje .22-geweerpatronen, het geweer bij het raam om grondeekhoorns te schieten. Paperbacks op de vloer. Louis L'Amour en James Michener. Een bijbel en een paar godsdienstige traktaten van Bunnie.

Zijn moeders spullen zaten in een kast in de kelder. Hij zat een hele tijd op de betonvloer albums door te bladeren. Er was een foto van vijf kinderen die als matroesjkapoppetjes op een rijtje op een sleperspaard waren gerangschikt. Er was een foto van een jonge vrouw die in amazonezit op een fiets zat, terwijl haar vader of oom of misschien haar kersverse echtgenoot die overeind houdt aan het zadel. Er was een morbide foto van een kind op een lijkbaar, zijn of haar handen om een zwarte, glimmende bijbel gedrapeerd. Zoveel albums bevolkt door oude Schotten en Duitsers die er in hun canvas en gingang stijfjes bij stonden, met door de wind verwaaid strohaar en dunne hoedjes, als mensen die uit hout gehouwen waren. Als levensgrote poppen of replica's. Pete kon nauwelijks geloven dat die strenge verschijningen zijn familie waren, dat er ook maar iets van hen aan hem was doorgegeven, dat ze überhaupt hadden bestaan, en toch hadden ze dat, en velen van hen waren op originele manieren aan hun eind gekomen, dood door dynamiet door touw door koortsen door een paard aan gebroken harten door zelfmoord nu door een pick-up.

Er zijn foto's van de bruiloft. Van Beth, jong. Een slank, gestroomlijnd meisje dat je hoofd kan laten koken van jaloezie als ze dat wil. Omgorde zwangerschap, rokend, maakt een slechte indruk. Je zegt dat je van haar houdt, maar hoe kan je vader dat begrijpen? Hij wil je niet eens meer recht aankijken. Die ouwe neemt in de weken voor de bruiloft nauwelijks de moeite zich met haar en haar moeder te bemoeien.

Vlak voor de ceremonie, terwijl alle gasten zich hebben verzameld en de dominee staat te wachten, neemt hij je mee naar de schuur en steekt een dunne sigaar op, leunt tegen de omheining van de paardenstal en neemt je voor je gevoel een kwellend lange tijd op. Rookt alleen maar jouw kant op.

Ze is in elk geval knap.

Je hebt een pil geslikt voor je trouwdagzenuwen, en je weet niet zeker of je snel genoeg op hem af kunt stappen en hem een vuistslag kunt toebrengen.

Ik trouw niet met haar omdat ze knap is.

Wou je me soms vertellen dat dit is wat je hoort te doen?

Ik ga je helemaal niks vertellen.

Die ouwe rookt, plukt as van de mouw van zijn pak.

Hoor eens, ik ben zoals ik ben, zeg je. Zand erover, wil je maar zeggen.

Ah, ja, maar hoe ben je zo geworden? vraagt hij retorisch, en hij blaast rook uit naar de dakspanten. *En je broer? Heeft die je voorbeeld gevolgd?*

Ik was niet eens met hem mee, gisteravond.

Aha. Je bent zijn hoeder niet.

Ik ga trouwen, vandaag! Waarom is hij mijn verantwoordelijkheid? Waar was jij dan, gisteravond?

Ik heb jullie allebei te eten gegeven. In de kleren gestoken. Hij tikt as van de sigaar, zorgt dat hij die goed uitstampt in het stro. *Maar ik kan niet voor jou naar je geweten luisteren, Pete.*

Mijn geweten...?! Je glijdt van het hek van de stal, struikelt als een rodeoclown. Een half glimlachje krult om de mond van die ouwe. De blik die hij heeft als hij je verneukt met een deal, als je hem geld schuldig bent, als hij je bij de ballen heeft.

Ik ben niet perfect. Niet zoals jij. Ik ben maar een gewoon mens.

Nou ja, neem het jezelf nou maar niet al te kwalijk, zegt hij. Hij geeft je in het voorbijgaan een klap op de schouder, en voor de mensen die op het erf bij de boomgaard staan te wachten ziet het eruit als een vriendelijk gebaar, een vaderlijke peptalk. Je zou denken dat hij de pasgetrouwden zojuist een auto of een starterstrailer had gegeven, en de tevredenheid straalt van hem af als van een lord.

Er klonk lawaai, boven, en hij hoorde Bunnie zijn naam roepen. Hij riep terug dat hij beneden was, en aan hoe ze naar beneden kwam – de reling vastgrijpend, zijwaarts, één tree tegelijk – was duidelijk te zien dat ze het vervelend vond dat hij hier beneden was. Dat ze hem tolereerde.

'Je neust ouwe spullen door,' zei ze.

Ze keek de kelder rond als iemand die een inventaris opmaakte. Ze zuchtte, klemde haar tanden op elkaar.

'We zullen om de tafel moeten gaan zitten,' zei ze. 'Ik, jij en je broer.'

'Luke is weg.'

'Als de tijd rijp is.'

'Jij weet waar hij naartoe is.'

'Ik weet dat hij in goede handen is.'

'Die vent van je kerk.'

'Van onze kerk, ja.'

'Luke moet terugkomen. Hij moet de gevangenis in.'

'De Heer zal hem vertellen waar hij moet zijn,' zei ze.

'Is dat zo.'

Haar houding verstijfde. Het was alsof ze zich plotseling realiseerde dat ze niet met hem hoefde te praten, dat ze niet meer hoefde te doen alsof ze hem aardig vond of in haar leven wilde hebben. Hij was maar de zoon van een dode.

Ze begon de trap weer op te lopen. Toen ze uit het zicht was, op de overloop, zei ze dat hij in zijn oude kamer of in de bijkamer mocht logeren, dat er genoeg te eten in de koelkast zat, en dat de begrafenis om tien uur was, dat ze om half negen bij de kerk moesten zijn. En of hij een camera wilde meenemen.

Een paar honderd mensen uit de hele staat kwamen naar het kleine houten kerkje bij het spoor. Al zijn vaders verslagen rivalen. Een stel mensen van de wetgevende macht in bankjes achter in de kerk pompten er handdrukken en glimlachjes uit en gingen onnavolgbaar door. De gedrongen rechter Dyson uit Tenmile schoof aan in de rij achter Pete, praatte over stieren en politiek tot de predikant het preekgestoelte beklom. De reclasseringsambtenaar van zijn broer, Wes Reynolds, arriveerde met zijn eigen vader en moeder en draaide zich de hele dienst lang steeds met een ruk om, alsof Luke zich aan de rand van zijn blikveld verstopte.

De predikant sprak uitgebreid over hoe gezegend Charles Snow zakelijk gezien was geweest. Hoe goed iedereen dat wist – hoe geen sterveling in het stadje niet te maken had gehad met zijn financiële activiteiten. Sommigen in goede zin, anderen in slechte zin. De predikant was jong, en Pete en de meeste van de aanwezigen konden alleen maar gissen naar wat Charles Snow ervan had gevonden dat deze brutale predikant het had over de afwezigheid van Jezus in het merendeel van zijn leven, over Charles' dorst naar het bloed van Christus. Dat hij in deze kerk gered was. Hoe gelukkig het hem zou maken als ook maar één iemand vandaag gered zou worden. Als zijn dood een aanleiding kon zijn voor eeuwig zielenheil.

Hij is door zijn eigen verdomde truck overreden, zei Pete maar steeds bij zichzelf.

De rouwstoet van die ouwe reed door Choteau en terug naar Charles Snows aanzienlijke landgoed. Het weiland stond vol auto's. Iedereen sjokte naar de steile oever waar die ouwe tegen zijn vrouwen had gezegd dat ze hem moesten begraven. Een wind die je hoofd er haast af waaide toen ze hem ter aarde bestelden. Onder de heldere en gepolijste hemel werd de stem van de predikant weggeblazen als velletjes papier.

Toen Bunnie en een harde kern van de parochianen begonnen te zingen en wiegen, stond Pete op, liep het weiland over en de heuvel achter het huis op. De verzamelde aanwezigen keken toe hoe hij wegliep.

De rechter deed er lang over om boven te komen, bleef onderweg staan, vroeg soms, smeekte dan weer dat Pete met hem mee naar beneden kwam. Toen hij Pete had ingehaald, hijgde hij, knoopte verwoed zijn jas en vest open, maakte zijn das los.

'Je bent een godverdomde ezel,' zei hij.

'Jij bent dik.'

'Ik kan afvallen. Wat wou jij eraan doen?'

De rechter ademde nog wat langer zwaar, en haalde toen een pluk pruimtabak tevoorschijn.

'Waar is je broer in godsnaam?'

'Pleite.'

'Vanwege die knokpartij met zijn reclasseringsambtenaar. Heb ik van gehoord. Maar, serieus, waar is hij nou?'

'Dat weet ik niet,' loog Pete, terwijl hij vagelijk hoopte dat het waar was dat hij het niet wist, dat hij geen adres had.

'Hij zou hier bij moeten zijn,' zei de rechter.

'Ik zei dat ik niet weet waar hij is,' zei Pete. 'Het is mijn taak niet om te weten waar hij heen gaat om onder te duiken als hij het verkloot.'

'Dat zei ik ook niet, Pete.'

'Sorry.'

Ze konden verscheidene mensen van kartonnen bordjes zien eten op de veranda voor het huis.

'Geen druppel alcohol, daar beneden,' zei de rechter. 'Doet me denken aan die keer dat ik bij een benefietmiddag van een stelletje van de blauwe knoop in Dillon was. Een late lunch. Ik vraag of er iets met een beetje pit erin te drinken is. Zegt een oud vrouwtje tegen me: *Wij keuren alcohol af.* Dus ik zeg: *Nou, m'vrouw, we moeten wel onthouden dat Jezus water in wijn veranderde.* En toen zegt zij weer: *En van die stunt zijn we ook niet erg gecharmeerd.*'

De rechter porde in Petes arm.

'Dat is grappig.'

'Ik merk 't. Je ligt in een deuk.'

'Ik ben bij een wake.'

'Je zit op een heuvel bij een wake.'

Dyson spuugde in een boogje een bruine kogel spuug weg, die op een stenen plaat kletste.

'Ma zou dit vreselijk vinden.'

'Ja, ik denk niet dat ze het erg fijn zou vinden om je vader te begraven.'

'Bunnie. Dat Jezusgedoe, bedoel ik. Toen we opa onder de grond stopten, sprak de predikant een paar woorden, en dat was het. Wat was dat voor wartaal die ze aan het zingen waren toen ik wegliep?'

'Ik geloof dat ze in tongen spraken.'

'Wat is dat in godsnaam?'

'Alsof jij nooit met godsdienstige mensen te maken hebt gehad.'

'Niet in mijn eigen familie. Zelfs Luke.'

'Nou, die kan wel een flinke dosis religie gebruiken.'

'Nee, hij heeft een dosis gevangenis nodig.'

De rechter legde zijn hand op Petes arm.

'Je vader is net overleden. Je bent overstuur. Het geeft niet.'

'Nee, het geeft wel. Ik zal je eens wat vertellen over Charles Snow,' zei Pete. 'Toen zijn truck over hem heen reed, dacht hij echt niet dat het godverdomme een geweldige gelegenheid was om een of andere klootzak de hemel in te krijgen.'

Een lach ontsnapte aan de rechter, en die probeerde hij te verbergen door te hoesten.

'Ik heb van mijn leven niet zoiets stoms gehoord,' zei Pete.

Wes Reynolds kwam het huis uit. Ze keken toe hoe hij het erf overstak, de heuvel op keek en toen naar hen toe kwam lopen.

'Wie is die vent in het gips?' vroeg de rechter.

'De reclasseringsambtenaar.'

Ze keken toe hoe hij omhoog klauterde, vervolgens vlak onder hen zijn evenwicht probeerde te bewaren, wankelend op de helling, terwijl zijn gips zijn evenwicht enigszins verstoorde. Pete stelde hem voor aan de rechter.

'Ik ken rechter Dyson. Een van de vriendjes van je vader,' zei hij, en hij klauterde het laatste stukje omhoog om de rechter de hand te schudden. Een rode dooier van bloed op zijn oogwit.

Pete bedankte hem voor zijn komst.

'Het was een mooie dienst.'

'Was niks voor mij,' zei Pete.

'Dat kan ik me voorstellen. Het is een droevige tijd,' zei Wes. 'Maar het is goed om iedereen zo bij elkaar te hebben. Om mensen te zien die je een hele tijd niet gezien hebt. Familie en vrienden. De meesten, althans.'

'Hij is er niet,' zei Pete.

'Wie bedoel je?'

'Dat weet je best.'

Wes snoof, keek in de verte.

'We komen alleen maar om ons respect te betuigen, Pete. Het is alsof er vandaag een heel tijdperk is afgesloten.'

'Wat moet dat verdomme betekenen?' vroeg de rechter.

'Het betekent wat het betekent. Het betekent dat Charles Snow zijn zoons niet meer kan beschermen.'

Pete stond op, greep Wes en duwde hem naar achteren, zodat het enige wat voorkwam dat hij van de steile helling tuimelde was dat Pete zijn riem vast had. Wes wapperde met zijn armen in de lucht, probeerde zijn evenwicht te hervinden.

'Mijn vader heeft nog nooit ook maar één gunst voor ons gevraagd. Als we al gematst werden, was dat omdat hij een gemene klootzak was, en ik ben blij dat hij onder de godverdomde zoden ligt.'

'Pete,' zei de rechter, misschien meer vanwege de minachtende uitlating over Petes vader dan om wat hij met Wes aan het doen was, die Petes pols nu met zijn goede hand vastgreep.

'En Luke,' ging Pete verder, 'zat op mijn trouwdag in de gevangenis en heeft zojuist de begrafenis van zijn eigen vader misgelopen omdat hij zich er niet van kon weerhouden jou in elkaar te rammen.' Pete slingerde Wes tegen de heuvel, waar hij ineenkromp en op zijn schouder neerkwam in plaats van op zijn gips. 'Ik bescherm helemaal niemand.'

Pete verstopte zich in het bijgebouw tot de laatste van de rouwenden en condoleerders vertrokken, zat in het flakkerende licht tussen de afgedankte paardentuigen, bitten en hoofdstellen, rollen touw, houten pallets, oud glaswerk, korfflessen en stapels teerpapier. Toen liep hij naar het huis. Bunnies katten renden onder de veranda toen ze hem zagen aankomen. Zij was de afwas aan het doen.

'Ik ga maar eens op huis aan.'

'Oké,' zei ze, terwijl ze haar handen afdroogde.

Hij wist niet wat hij tegen haar moest zeggen. Ze legde de theedoek opzij.

'Ik wil niks uit dit huis hebben,' zei hij. 'Als Luke ooit terugkomt, dan regel je het maar met hem. Maar met mij zul je geen last krijgen.'

Ze draaide zich om naar de gootsteen en leek te huilen of op het punt te staan dat te gaan doen, maar toen ze opkeek, zag hij alleen maar verbetenheid en angst, alsof hij haar alles was komen afnemen in plaats van precies het tegenovergestelde.

* * *

Hoe is Austin?

Het is een schattig klein bungalowtje in een grappige buurt vol hippies en studenten. Voor hen allebei een kamer en hun spullen en verder volledig gemeubileerd, kleurrijke handdoeken en antieke meubels, cactussen en potten en pannen en kruiden. Een kat die in en uit loopt. Felgekleurde Mexicaanse tegels. Blikjes en gekleurd glas in de bomen. Een vogelvoederbakje en kolibri's.

Het is glinsterend water bij Barton Springs, met z'n tweeën luieren in het gras, zich verbazen over deze Texaanse oktober.

Het is brunch. Huevos en tortilla's.

Het is haar moeder die om vier uur 's middags haar dienst gaat draaien in de kroeg en pas om drie uur 's nachts terugkomt.

Is Rachel alleen?

Ze hebben een afspraak. Haar moeder belt om tien uur om te controleren dat ze naar bed gaat. Zegt: *Ik zou maar eens naar bed gaan, als ik jou was.*

Doe ik ook, als je me niet aan de telefoon houdt.

Je moet vroeg naar school. Je kunt morgen niet spijbelen.

Jij bent degene die altijd wil dat ik thuisblijf.

Wat?

Niks. Welterusten.

Ga naar bed.

Dat zeg ik net.

Wat?

Welterusten.

Zijn er al mensen in huis?

Nog niet. Maar in de komende weken wel. Daar begint ze goed in te worden.

Waarin?

In mensen ontmoeten, snel vrienden maken. In de gastvrouw spelen. In doen alsof het hele huis van haar is. In iedereen er om twee uur 's nachts uit schoppen en opruimen.

Haar sporen uitwissen.

Ja. Ze drinkt niet. Ze houdt de hele avond hetzelfde blikje Lone Star in haar hand. Ze hoort graag ergens bij, al is het maar een feestje, een vriendenkliek. Maar eentje die ze dan zelf kiest. Niet alleen moeder, vader.

Denkt ze aan haar vader?

Ja. Bepaalde jongens doen haar soms aan hem denken. Een lach. Een lichaamsbouw.

Mist ze hem?

Ze zal zich met een zekere verwondering herinneren dat ze dat vroeger deed.

In Waco?

Daarvoor.

Toen hij naar Tenmile ging?

Daarvoor.

Toen ze een klein meisje was. Ze trok vroeger naar hem, zoals meisjes soms meer naar hun vader trekken dan naar hun moeder. Dan verlangde ze smachtend naar hem als hij de hele dag en tot diep in de nacht weg was. En later, toen ze ouder was en begon te begrijpen wat hij voor werk deed, vroeg ze zich af: waarom helpt hij die andere gezinnen terwijl ik hem zo mis terwijl ik hem hier nodig heb waarom moet hij degene zijn die helpt?

Voelt ze dat nu ook?

Nee. Daar is ze een tijdje geleden al mee opgehouden.

Wanneer?

Toen ze zich realiseerde dat hij voor dat werk gekozen had, dat hij er wilde zijn voor die andere gezinnen. Dat hij er niet wilde zijn voor het gezin dat hij had.

Dat is niet waar. Denkt ze dat echt?

Wat moet ze in vredesnaam anders denken?

14

Ze sliepen vaak tot diep in de dag, zo compleet was de duisternis, maar toen deze ochtend aanbrak, vielen er tralies van licht door de ruimte die hem wakker maakten. Ell zat met haar benen over elkaar voor een vent, een magere blonde gast met een vlassige paardenbloemsnor en -baard, tatoeages op zijn lange vingers; vingers die streelden over haar armen, haar haar, haar gezicht. Cecil smoorde een kuchje. Ell keek zijn kant op. Toen die gast, draaide zijn hoofd langzaam richting Cecil maar wendde zijn blik pas op het allerlaatste moment van haar af.

'Bear, dit is Cecil,' zei ze.

'Cool,' zei hij.

Bear had wat geld. Ze gingen naar de Safeway om donuts te halen. Bear en Ell aten ze op een stukje gras langs de weg, hand in hand, en Bear legde zijn hoofd af en toe op haar buik, en luisterde. Hij legde zijn handen in een kommetje op haar bult, sprak daartegen en trommelde zachte ritmes op het complete universum van zijn baby. Hij kietelde haar. De bladeren waren de bomen aan het verlaten.

Cecil was bang. Hij wist al dat ze weggingen, nog voor Ell vroeg of hij met hen mee wilde naar een plek ergens in Hamilton. Een huisje waar ze konden logeren. Daar zaten ze een paar maanden gebeiteld, als hij onderdak nodig had. Bear wreef over haar nek terwijl ze dat uitlegde en zijn vingers deden haar ogen naar achteren rollen in haar hoofd, alsof ze een pop was. Dat leidde af. Hij wilde dat Bear ophield haar aan te raken en hij wist dat hij het recht niet had om dat te willen. Maar toch, het leek niet oké dat je iemand aanraakte en dat diegene weerloos was.

De smaak van zijn moeders mond, nat verbrande pepermunt, proefde hij altijd op zijn tong.

'Ik denk dat ik misschien maar gewoon in dat schuilplekje van jullie blijf, kijken hoe ik het red in Missoula. Ik begin het centrum aardig in de vingers te krijgen,' zei hij, en hij spuugde op het trottoir.

'Zeker weten?'

Hij knikte. Ze glimlachte vaagjes om iets wat Bear achter haar oren deed.

'Bear en ik vinden dat je mee moet komen,' zei ze. 'Je hebt hier niemand.'

'Ik heb ook niemand in Hamilton.'

Dat dat haar kwetste, was duidelijk, waardoor hij zich beter voelde, eventjes. En daarna gemeen.

'Ik heb jou toch ook ontmoet,' merkte hij op. 'Ik durf te wedden dat er wel weer iemand anders opduikt.'

Ze ging de kruidenier binnen. Bear en hij stonden bij elkaar, keken elkaar amper aan, laat staan dat ze een woord zeiden. Ze keerde terug met een pen en een stukje van een papieren zak waar een adres op geschreven stond.

'Het is hier niet ver vandaan,' zei ze. 'Je zou erheen kunnen liften om ons op te zoeken, als je wilt.'

Bear schudde hem de hand en bedankte hem.

'Ik sta bij je in het krijt,' zei hij.

Cecil vroeg hoezo, maar Ell omhelsde hem, zei iets in zijn oor, maar hij was te ver heen om het te horen.

Cecil keek hoe de dames van het warenhuis de mannequins in de etalage van de Bon Marché uitkleedden. Ze haalden de armen eraf en legden die op de vloer. Een oude, kromgetrokken cowboy liep wijdbeens langs met zijn vrouw, knipoogde naar hem en wees met zijn duim naar de naakte, armloze lichamen in de etalage.

Cecil liep langs de rivier, door een wirwar aan struiken, omdat hij verder helemaal niets te doen had. Hij stuitte op twee mannen die ergens mee bezig waren aan het water, maar het was geen vissen. Eentje zag hem stroomopwaarts lopen op het kapotte beton en de wapening waaruit de oever van de rivier bestond. De man zei iets en ze stonden allebei naar hem te kijken. Cecil was bang dat ze hem zouden volgen als hij wegliep, dus waagde hij een knikje, ging op zijn hurken zitten en keek heel onschuldig over het water uit.

Een van de mannen riep iets wat Cecil niet kon verstaan. De man zei het nog een keer, of iets totaal anders. Cecil schudde van nee, en begon door de olijfwilgen en het kogelbies weer naar boven te klimmen. Hij hoorde de man roepen en hij klauterde haastig de rotsen op, rende met zwaaiende armen door de jonge boompjes en stopte pas met rennen toen hij West Broadway en al het verkeer daar had bereikt.

Twee avonden later was de plank voor zijn gebouw gevallen. Hij hield de tas met groente en fruit die hij uit een vuilnisbak had gevist vast en bleef een hele tijd in het steegje tegenover het gebouw staan, wist niet wat hij moest doen. Zijn dekens en weinige spullen. Hij zette de tas onder een boompje neer en kroop door het gat. De plank was opzijgezet en schaduwen flakkerden in het gelach van de mannen die ze wierpen.

Hij ijsbeerde langs het spoor om moed te verzamelen. De mannen vielen stil voor hij bij het gat was, waren hem al aan het opnemen met door kaarsen verlichte, bebaarde gezichten, gevaarlijke ogen.

'Hoi. Ik heb hier wat...'

De mannen dronken van hun bier. Niemand zei iets.

'Ik geloof dat ik hier wat spullen heb laten liggen.'

'Kom maar binnen, en kijk rustig rond,' zei een van hen.

Cecil had niet zover vooruitgedacht. Hoe hij zijn spullen de ruimte uit zou moeten krijgen. Als er bezwaar werd gemaakt. Als je naar binnen gaat, kom je er misschien nooit meer uit.

Hij liep op een drafje weg. Ze lachten niet eens, zo onbeduidend was hij.

Hij liep naar Orange en via Higgins weer richting de rivier. Het was koel, maar misschien niet te koud om een plekje onder de brug te zoeken. Hij keek naar de brandtrappen, de onverlichte ramen van de kantoren boven de straat. Toen zag hij Pete met een mooie vrouw aan een pokertafel in het Oxford zitten. Hij kon nauwelijks geloven wat een mazzel hij had, was zelfs bang die te verstoren, en dus keek hij gewoon door het raam naar hem, maar Pete zat over zijn kaarten gebogen, terwijl de vrouw in zijn oor praatte. Een kop koffie verscheen bij zijn elleboog, en die dronk hij op en hij keek niet één keer door het raam naar buiten. Uiteindelijk deed Cecil de deur open, maar de barkeeper keek toevallig op van zijn gepoets en schudde zijn hoofd van nee naar hem.

Hij wachtte buiten onder de blauwe tl-verlichting van het bierreclamebord, keek toe hoe een oude, in slaapzak gewikkelde dronkenlap passanten absurditeiten toeriep. *Ik ben die gast,* dacht hij. *Wat ieder ander betreft, gewoon de zoveelste dakloze met nergens om heen te gaan, niemand om naartoe te gaan.*

Toen Pete na een tijdje nog steeds niet naar buiten kwam, liep Cecil terug naar het raam. Pete en de vrouw waren weg. Hij bleef als een hond voor die ruit staan. Toen zocht hij de zijkant van het gebouw af. Er was daar een uitgang die Pete gebruikt kon hebben. Hij keek nog wat rond. Keek door het raam. Inmiddels was er niemand meer op straat.

Hij sliep een paar uur in een nis van een kerk in Myrtle voor de vorst kwam, en toen stond hij op en liep de stad door naar Buttreys. Pissig, inmiddels, gewoon woedend. Hij laadde een karretje vol met spullen die hij geen moment van plan was te kopen, en glipte stiekem via het magazijn naar buiten met een heel brood en een gekookte worst.

Geen sterveling zag hem echt, misschien de hele dag wel niet.

Wanneer het donker wordt, zit hij vol vlees en brood. Hij liep weer langs het Oxford en wachtte, maar Pete was er niet en liep ook niet over straat langs. Hij liep naar de universiteitscampus en bewonderde de mensen die met bestek dineerden in de kantine. In het park bij de campus, tussen de rokende en lezende studenten, begon hij weer warm te worden, vroeg zich af waar ze in hemelsnaam zo lang in konden zitten lezen. Hij vond een ruimte met lange, lage banken en sliep op een daarvan tot het gebouw ging sluiten.

Hij vroeg een student op de voetgangersbrug hoe ver het was naar Hamilton. Het joch zei een kilometer of zestig. Zestig fucking kilometer over Highway 93. De wind uit Hellgate Canyon was een snelle, koude verbijstering voor hem. Hij liep haastig de brug over om in elk geval in de beschutting van de huizen en kantoorgebouwen te lopen. Hij dacht erover bij een paar deuren aan te bellen, uit te leggen hoe ellendig hij eraan toe was.

Hij verzeilde weer in het centrum, zag de middelbare scholieren over Higgins Avenue cruisen. Het was vrijdagavond, en ze reden de straat op en neer, op en neer, terwijl de herrie van hun motoren weerkaatste tegen de bakstenen. Kleine groepjes mensen stroomden de kroegen in en uit en er hing een carnavalssfeer, ondanks de kou. Hij was nu al aardig wat weken in Missoula, maar was op vrijdag op dit uur van de dag nog nooit in het centrum geweest. Het duizelingwekkende tafereel van auto's die soms keihard voorbijreden, de meisjes erin die gilden, meisjes die naar hem riepen terwijl hij daar alleen liep. Iets wat van hem afstraalde na zijn eerste weken als vagebond, een nieuwe lichaamshouding. Een vaag optimisme nam bezit van hem.

Bij het oude treindepot keerden de auto's en reden de straat weer in. Sommige parkeerden op een grindveldje, bleven stationair draaien of reden stapvoets in de kou, en de tieners klampten zich eraan vast of renden ertussen heen en weer. Hij keek vanaf de overkant van de straat toe, vroeg zich af wat voor leugens hij kon vertellen om in Hamilton te komen. Hij richtte zich op een paar van de minder uitzinnige types, haalde diep adem en begon over te steken. Hij propte zijn handen in zijn zakken en kuierde naar ze toe alsof ze hem bij zijn naam geroepen hadden.

15

Pete hield in de gaten of hij iets hoorde over de Pearls, maar hoorde alleen maar geruchten. Hij belde de pandjesbaas af en toe, maar Pearl was niet langs geweest en de pandjesbaas zei dat hij hem ook niet verwachtte. Niettemin vroeg Pete rond in truckerscafés, en er was bijna altijd wel iemand die wist wie Pearl was en iets over zijn munten, maar over waar hij zich bevond: niets. Er waren geruchten en apocriefe verhalen. Hij was dood. Hij woonde bij een troep Metís-indianen in Canada. De regering had hem laten verdwijnen. Maar niemand die de man persoonlijk had gezien, afgezien van die drugstelers en de pandjesbaas.

Een bitterkoude dag met twee nieuwe huisbezoeken, eentje in Trego en de andere in een plaatsje dat Thirsty Creek heette. Op de eerste plek was niemand, en de laatste kon hij niet vinden. Toen hij weer op zijn kantoor was, was er een bericht van een houthakker, Vandine genaamd. De man was op een jongen en zijn vader gestuit bij een plaatsje dat Freckle Creek of Tinkle Creek of zoiets heette. Pearl. Pete belde de man thuis, kreeg te horen dat hij in Libby woonde en vroeg of hij langs kon komen.

Vandine zat tot zijn ellebogen onder de smeerolie en verontschuldigde zich, zei dat hij bijna klaar was met het smeren van zijn zelflader, of Pete het erg zou vinden binnen te wachten, zijn vrouw zou wel een pot koffie zetten. Pete liep door het scheve lattenhekje naar het huis en er deed niemand open, dus rookte hij voor de trailer op het stoepje van een meter bij een halve meter tot Vandine klaar was. Toen Vandine hem daar nog steeds koffieloos zag staan, grijnsde hij afgemeten, ging naar binnen en schreeuwde tegen zijn vrouw, omdat ze niets voor Pete had ingeschonken, omdat ze godverdomme de godverdomde deur niet had opengedaan. Pete wachtte tussen de auto-onderdelen die de man op kranten had gelegd om er later aan te knutselen. Vandine gebaarde dat hij de keuken in moest komen en schrobde zijn handen af, een klusje van vijf minuten met korrelige roze zeep die van zijn ellebogen droop terwijl hij met toenemende irritatie om zich heen keek, op zoek naar een handdoek. Hij schreeuwde naar zijn vrouwtje, en Pete ging tegen de muur aan staan terwijl ze weer ruziemaakten.

De man droogde zijn dikke en slecht getatoeëerde armen af en liep naar buiten, en Pete volgde hem over een paadje naar een schuur waar een koelbox koude Rainiers in het donker stond. Vandine zette twee omgekeerde emmers in de deuropening en gaf Pete ongevraagd een biertje. Hij trok zijn blikje open, gooide het lipje in een pot die daar vol mee zat, en klokte de helft naar binnen voordat Pete ook maar op de emmer zat.

Hij zei proost, tikte Petes pas opengetrokken biertje met het zijne aan en begon uit te leggen dat de pandjesbaas in Columbia Falls een zwager van hem was en dat ze laatst bij hem hadden gegeten. Toen Vandine en zijn zwager begonnen te praten over wat er was gebeurd, had de pandjesbaas verteld dat er een maatschappelijk werker was die heel geïnteresseerd zou zijn in wat hij, Vandine, te zeggen had.

'Waarover precies?' vroeg Pete.

Vandine legde zijn handen op de knieën en keek er even tussendoor. Uiteindelijk begon hij aan een kleine uitweiding vooraf, dat hij nou niet bepaald zat te springen om dit verhaal met Pete te delen, omdat hij er niet goed vanaf kwam. Hij keek op en zei dat er wettelijke haken en ogen aan zaten.

'Je bent toch niet van de politie of zo, hè?'

'Nee.'

'Blijft dit vertrouwelijk?'

'Ja.'

'Gene zei dat jullie anonieme inlichtingen konden gebruiken.'

'Absoluut.'

Vandine haalde zijn hand door zijn zwart-met-witte haar terwijl hij een beslissing nam.

'Nee echt,' zei Pete, 'als de politie erbij betrokken moet worden, zal ik zeggen dat ik een anonieme tip heb gekregen.'

Vandine fronste als iemand die wist dat er niets anders op zat. Hij liet het bierblikje tussen zijn benen bungelen.

'We zaten in een lastige periode, afgelopen voorjaar. Financieel gezien. Dat moet ik erbij zeggen, omdat dat de reden is dat ik er niet mee naar de politie ben gegaan.'

Hij nam een grote slok van zijn bier, merkte op dat Pete niet van het zijne dronk. Toen nam Pete een slok.

'Vertel maar wat er is gebeurd, meneer Vandine.'

'Ik was in Tickle Creek, waar Champion een weg voor de houtkap aan het aanleggen was,' zei hij. 'Misschien was ik er wel om de voorrangsboomstammen achterover te drukken.'

'Voorrangs?'

'De bomen die ze kappen om ruimte te maken voor de weg. Die laten ze langs de weg liggen. Je heb m'n zelflader gezien.'

'Juist.'

Net op dat moment riep Vandine's vrouw hem, en hij trok zijn schouders op bij het artillerievuur van haar stem. Ze riep zijn naam nog een paar keer, en toen ze de houten hordeur hoorden dichtklappen, ging hij weer rechtop zitten.

'Afijn, ik ben daar dus op de achttiende mei. Weet je nog wat er op achttien mei gebeurde?'

'Mount Saint Helens.'

'Precies. Er viel as op Trickle Creek en ik had geen idee wat het was. Een soort grijze sneeuw die naar beneden kwam. Dat weet je nog wel.

'Nou, mijn partner – ik zal de naam van die klootzak niet noemen – gaat achter zijn bakkie zitten en alle truckers zeggen maak dat je naar binnen komt en niet inademen dat spul, het is giftig. En er ook niet met je voertuig doorheen rijden, dat kunnen je luchtfilters niet aan. Ze zeggen dat je moet wachten tot het niet meer naar beneden komt. Nou, wij willen niet stranden, niet daarzo, dus besluiten we de zaak aan de kant van de weg te zetten, naar zijn pick-up te ploeteren en mijn oplegger te laten staan tot het allemaal is overgewaaid.'

Vandine laat het laatste restje van zijn bier in zijn blikje ronddraaien.

'De volgende dag zit alles onder de as, en heb ik een oplegger in Tickle Creek staan waar-ie niet hoort te staan. De dag daarop zeggen ze nog steeds niet rijden als het niet per se nodig is. Het is de volgende dag en ik ben nog steeds de lul als ze mijn truck daar vinden. Dus tegen die tijd denk ik dat ik die maar beter als de sodemieter kan gaan halen, voor Champion iemand stuurt om te gaan kijken bij de graafmachine die ze daar hebben staan. Als ze dat niet al gedaan hebben. Als ze niet al mijn nummerbord hebben opgenomen en de politie hebben gebeld. Je kunt niet meer op heterdaad betrapt worden dan wij betrapt waren. Maar mijn zogenaamde partner wil er niet heen gaan, omdat ze zeggen dat we niet mogen rijden, behalve in noodgevallen. Ik zeg dat het een noodgeval is. Voor mij niet, zegt-ie. Ik zeg als ik in de problemen kom, dan kom jij het ook, zeg ik. Toen kwam-ie wel in beweging. Dus de dag daarop staan we vroeg op, en gaan erheen.'

Vandine maakte zijn biertje soldaat en pakte er nog een. Het duurde even voor hij verderging met zijn verhaal. Alsof hij de gebeurtenissen voor zichzelf op een rijtje zette.

'Wat gebeurde er toen?'

'Volgens mijn zwager zoeken jullie een vent die Pearl heet?'

'Hem en zijn zoon, ja.'

'Die jongen,' zei Vadine hoofdschuddend.

'Ja. Heb je ze gezien?'

'Klopte tot in het kleinste detail met de beschrijving van mijn zwager.'

'Waar?'

Vandine ging rechtop zitten en legde uit wat er was gebeurd. Het bosbouwgebied helemaal bedekt onder een grijze laag en onwerkelijk, ziet eruit als een ferrotypie of een still uit een oude western. Het voelt alsof je midden in een film van John Ford zit. En Vandine zit meteen op een lange zandweg en ziet in zijn achteruitkijkspiegel bijna de zwaaiende hand in de aswolk achter zijn truck over het hoofd. Hij ziet alleen maar een hand, opgeslokt in een wolk met de kleur van sigarettenrook. Hij zegt: *Zag je dat?* Partner zegt: *Zag ik wat?* Vandine stopt. *Er kwam iemand uit de bossen,* zegt Vandine.

Vandine gaat aan de kant van de weg staan, stapt uit. Het opgewaaide as een rode mist in zijn remlichten en daaruit komt iemand tevoorschijn, een jongen, bandana voor zijn gezicht, hoestend. Vandine steekt zijn hand in de cabine en zet de motor af, en als de truck stilvalt, hoort hij het klikken van de haan van een pistool vlak achter zijn linkeroor. Een stem zegt tegen hem: *Verroer je niet, verdomme.* Hij werpt een vluchtige blik op de passagiersstoel en zijn partner kijkt met zo wijd als dollarmunten opengesperde ogen naar wie er ook achter hem staat. De stem zegt dat Vandine opzij moet gaan en zijn handen op de motorkap van zijn truck leggen, en dat zijn partner moet uitstappen en naar de voorkant van de truck lopen, anders schiet-ie Vandine door zijn achterhoofd.

De partner schuift heel langzaam van zijn stoel. Vandine kan merken dat hij erover denkt het op een lopen te zetten. *Doe het niet*, zegt Vandine.

De partner duikt achter de open deur en rent gebukt een stofwolk in, en dan over de rand van de weg, je kunt die klootzak door de assige bosjes horen beuken. Je kunt die klootzak horen hoesten.

Vermoord me niet vanwege die idioot, zegt Vandine. *Hij is kilometers van de bewoonde wereld. Hij kan je geen kwaad doen.*

De jongen loopt naar hem toe, hij zit onder de as, op zijn ogen na, die rood glimmen, als open zweren. Hij is ongeveer zo schrikkerig als een kat in een hondenkennel, en de stem achter hem zegt dat hij zich geen zorgen moet maken over die andere. Het joch springt de truck in en begint die te doorzoeken. Is er efficiënt in. Terwijl de man hem fouilleert, zegt Vandine dat er een thermosfles soep en blikje cola in de cabine liggen. Dat ze die gerust mogen hebben.

De man zegt dat hij zijn handen achter zijn rug moet doen, langzaam drie stappen naar achteren moet zetten en moet gaan zitten.

Iets zegt Vandine dat hij er geweest is als hij dat doet. Iets anders in hem heeft de moed te zeggen: *Vergeet het maar, ik ga niet bij mijn truck vandaan.*

Nu zijn het de ogen van het joch die zo wijd opengesperd zijn als dollarmunten – of het nou is omdat de man op het punt staat hem neer te schieten of omdat het joch gewoon bang is voor wat Vandine misschien zal proberen – en daardoor verwelkt Vandine's moed, door die jongen, en Vandine zegt: *Oké, oké, ik zal doen wat je zegt.*

De man komt voor Vandine staan, pistool op hem gericht. Vandine bekijkt hem eens goed. Haar dat is afgehakt om beter te kunnen zien, maar verder lang als grijze strohalmen. Een blauwe bandana die zwart is geworden van het vocht en de as die zijn vermengd tot een dunne laag cement op zijn neus en mond, een rommelige baard eronder. Dezelfde rode ogen als het joch, dezelfde assige, gehavende kleren. De man onderdrukt een hoestje. Slikt het in.

De jongen stopt de soep en de cola in een tas.

Vandine zegt dat hij papieren mondkapjes onder de achterbank heeft liggen, dat het joch die waarschijnlijk wel heeft gezien, dat ze die mogen hebben. De man zegt dat hij zijn kop moet houden. Het joch kijkt naar zijn vader, het pistool in zijn hand.

De man vraagt: *Hoeveel zijn er nog over?*
Vandine zegt dat de doos onaangebroken is.
Ik vroeg je godverdomme hoeveel er nog over zijn.

Vandine schudde zijn hoofd, draaide met zijn vinger om het lipje van zijn bierblikje.

'Hoeveel van wat?' vroeg Pete.

Vandine veegde zijn neus af aan zijn mouw en zei: 'Mensen. Hij vraagt hoeveel mensen. Hij denkt dat er een kernoorlog is geweest.'

'Je neemt me in de maling.'

'Was het maar waar, want hij geloofde me niet. Hij vraagt waarom ik daar ben. Ik zeg dat ik een oplegger kom halen, hij zegt, *Lulkoek*, zegt-ie, *je hebt hier een schuilplek*. Zegt dingen over een staat van beleg en vraagt waar de tanks en de troepen zijn.'

'Jezus,' zegt Pete.

'Ik herinner me dat er een krant op de achterbank ligt. Ik zeg tegen hem: kijk zelf maar.'

Vandine maakte zijn tweede blikje bier soldaat, ging staan en trapte hem plat onder zijn werklaars.

'Wat zei hij toen hij die krant zag?'

'Die heeft hij niet gezien. Mijn partner had die krant onder de achterbank gedouwd, ze zagen hem niet en wilden er niet naar zoeken.' Vandine was bij het lastige deel van het verhaal aanbeland. Hij schoof het blikje met de punt van zijn schoen voor zich over de grond. 'Dus toen gaf hij het pistool aan het joch.' Hij keek Pete recht aan. 'Hij zei tegen hem dat hij me dood moest schieten.' Pete nam Vandine van onder tot boven op, alsof er nog een schotwond te zien zou zijn.

Vandine tuurde in de verte, de bossen in, naar een roestige trailer en kapotte zaagblokken overwoekerd door korstmos. Een metalen deksel van een vuilnisbak aan een boom gespijkerd en aan flarden geschoten.

'Het joch komt de truck uit en hij trilt en richt dat pistool op me. En ik zeg tegen zijn pa: *Kom op, dit hoef je niet te doen, het is nog maar een jongen*... Dat soort dingen.

'Die jongen, die staat te daveren – hij is net zo doodsbang als ik – en ik bedenk dat ik misschien een kans maak om, nou ja, dichterbij te komen en, ik weet niet, zijn wapen af te pakken of zo... maar die ouwe staat vlak bij hem en ik zie dat hij zijn hand op zijn andere holster houdt.'

Vandine ging op zijn hurken zitten en begon met de zijkant van het blikje zo'n beetje in de aarde te tekenen.

'Je kunt je voorstellen dat je om je leven smeekt. En reken maar dat ik fucking smeekte. En ik geef toe dat ik behoorlijk laf was, met sommige dingen die ik tegen die man en z'n zoon zei.'

'Je was geen lafaard,' zei Pete. 'Je probeerde in leven te blijven.'

'Het was geen genoegen om erachter te komen dat ik me zo kon gedragen.' Vandine gooide het blikje tollend als een bordje het bos in. 'Hoe dan ook,' zei hij, 'daar belde ik je niet voor. Ik belde je vanwege die jongen. Ik ben een nietsnut. Maar... ik kan me niet voorstellen dat een man z'n zoon dwingt iemand om niks dood te schieten.'

Vandine reikte naar een volgend biertje, sloot zijn hand eromheen. Weer wachtte Pete tot hij verderging. Maar dat deed hij niet. Pete realiseerde zich dat Vandine en de jongen allebei in die afgrijselijke situatie terecht waren gekomen die Pearl had geschapen. Dat ze er geen van beiden ook maar iets aan konden doen.

'Maar het joch, heeft hij...'

'Hij schoot op me.'

'Hij schoot mis.'

'Van drie meter afstand. Ik weet niet of het expres was of dat dat pistool te zwaar voor hem was of de goede Heer weet wat. Maar dood ging ik niet.'

'En Pearl dan, deed die...'

Vandine hield zijn hand op dat Pete stil moest zijn.

'Voor ik het weet, ben ik half doof en sta ik over te geven, en als ik eindelijk bij mijn positieven kom, zie ik die ouwe en het joch de bossen in rennen.'

Vandine ging staan, gooide zijn net leeggedronken blikje op de grond en ging op de emmer zitten.

'Het leek verdomme wel een soort test. Ik vraag me af of het niet eens de bedoeling was me dood te schieten. Zoals dat verhaal in het Oude Testament, die vader die zijn zoon moet doden...'

'Abraham.'

'Juist, Abraham.'

Vandine trok het biertje open en drukte het lipje in zijn vuist. Hij bekeek de snee die het lipje in zijn huid had gemaakt, en glimlachte vaag.

'Weet je waar ze zijn?' vroeg Pete.

'Dat wilde ik aan jou vragen.'

'Het gebeurde aan Tickle Creek.' Vandine dronk, knikte en proestte om de een of andere amusante gedachte.

'Wat?'

'Weet je zeker dat je met die gozer wilt kloten?' vroeg hij.

Pete leunde tegen de deurstijl van het schuurtje en wreef met zijn handen over zijn gezicht.

'Nee, dat weet ik niet zeker. Dat weet ik helemaal niet zeker.'

16

De boer stond voor zonsopkomst op, en ging de deur uit om klusjes te doen. Een onderbroken vlucht ganzen in v-formatie gakte in de hoge witte ochtendlucht, en hij bedacht dat hij misschien maar eens naar het rivierdal moest gaan met zijn jachtgeweer. De hond danste toen hij hem in zijn rubberen lieslaarzen zag. Hij legde het jachtgeweer op tafel, liet de patronen in de zak van zijn wollen jack glijden.

'Dacht dat ik misschien maar eens naar het rivierdal moest gaan met mijn jachtgeweer,' zei hij.

Zijn vrouw was ontbijt aan het maken. Ze schraapte zijn eieren tussen twee stukken toast en gaf hem het bord aan. Zei tegen hem dat ze om elf uur een afspraak had. Hij knikte, stond al te kauwen op een hap van de droge toast met ei, nam een slok koffie om die weg te spoelen. Hij stak het opengeklapte jachtgeweer onder zijn arm, liet de hond voor hem naar buiten en deed de deur zachtjes dicht, alsof hij al in het laagland bij het water was.

Hij stak het veld over terwijl de zon de toppen van de Bitterroots bescheen, en liep tussen de vogelkersen en berkenbomen door naar het pad dat naar het langgerekte meertje leidde waar hij een permanente schuilhut had staan. De hond stuiterde door de wilde frambozenstruiken, snuffelde aan de grond en schoot tussen de bomen door.

Hij floot naar het dier toen het niet terugkwam. Luisterde, floot nog eens. De hond blafte. Hij liep de bomenrij in.

Hij rook de geur van rook. Die klotekids. Het zou daar bezaaid liggen met bierblikjes. Hij klom door de opstand de heuvel op naar een kleine open plek vlak bij een zandweggetje. De hond holde weer naar hem terug en liet een hoge, veterloze tennisschoen waar met neonstiften op was getekend in het gras vallen.

'Toe maar,' zei hij, en de hond scheurde voor hem uit de heuvel op. De boer hijgde en had het heet toen hij de top bereikte. Verschroeid gras rond een kring van as en een paar gloeiende sintels waar de jongeren een vuurtje hadden gestookt en niet eens de moeite hadden genomen een kuil te graven of een kring van stenen te maken. Er lagen nauwelijks bierblikjes, maar gek genoeg wel drie plastic honingflesjes in de vorm van een beer op de grond. En er zat, zo stilletjes dat hij ervan schrok, een jong iemand op een boomstam met zijn broek om zijn enkels, zijn hoofd tussen zijn benen, zijn handen met de palmen naar boven in de aarde voor zich. Alsof hij zich dodelijk aan het ontlasten was. De hond snuffelde rond zijn broek.

De boer zette zijn geweer tegen de boom, pakte een honingflesje op en hield het op tegen een stukje hemel. Ongeveer half gevuld met een heldere vloeistof. Hij snoof aan het zuigtuitje bovenop. Alcohol. Maar ook iets anders.

Zwavel.

Kut.

Hij gooide het ding meteen opzij, schudde zijn hand in de lucht en veegde hem net onder de knie af aan zijn spijkerbroek. Hij vroeg de jongen waar hij in godsnaam mee bezig was geweest. Zonder een antwoord te verwachten. De witte benen van het joch die als albast uit de plooien denim rond zijn enkels staken.

'Waag het niet om dood te zijn, hè?' zei de boer.

Hij liep naar hem toe en porde in zijn schouder. Het joch kreunde.

'Hé daar,' zei de boer.

Cecil keek plotseling op, bloeddoorlopen en verward. De hond blafte naar hem en het joch slaakte een gilletje, ging staan en wist bij de eerste stap één pijp van zijn spijkerbroek binnenstebuiten te keren voordat de kluwen hem vloerde. De boer probeerde zijn blaffende hond bij zijn halsband te pakken, waardoor hij het honingbeerflesje dat in de reet van het joch zat niet zag.

Als Cecil iets zei over zijn hoofdpijn, vroegen ze steeds hoe het met zijn aars ging, of ze zeiden dat ze er alleen maar naar konden raden hoe zijn reet voelde, en dus zei hij maar niets meer over zijn hoofd. Maar het maakte niet uit. De agenten bleven speculeren. Of ze de aspirine rectaal moesten inbrengen. Of ze een zetpil voor hem hadden. Of hij uit zijn mond scheet. Dat hij godzijdank niet rookte, wat ze daar ook mee bedoelden.

Hij zat de hele dag in de lobby van het politiebureau van Missoula, met de agent achter de balie, die een paperback zat te lezen. Ergens aan het eind van de ochtend keek de agent vluchtig op naar Cecil, en hij kreeg een vreemde uitdrukking op zijn gezicht, liep van zijn plek, kwam terug met een papieren lunchzak en zette die op de stoel naast de jongen. Hij zei tegen de agent die van de wc kwam dat hij zijn lunch niet ergens moest laten staan waar de jongen erop kon gaan zitten en hem opeten.

Toen het eenmaal avond was, was er niemand gekomen om hem op te halen. Hij kreeg een grijze jumpsuit die schuurde, en werd via een grote witte deur naar de cellen gebracht, die van geschilderde betonblokken waren en waarin hun voetstappen echoden. Een dronkenlap met verlopen ogen en een bullebak met uitpuilende ogen keken hem in het voorbijgaan dreigend aan. De zuiplap sloot zijn ogen en krulde zich als een kat op op de vloer, maar de bullebak liep naar de tralies en keek toe hoe de hulpsheriffs Cecil in een cel stopten.

De bullebak krabbelde over zijn stoppels en de vlassige zwarte haren op zijn armen en nam de nieuweling bedachtzaam op.

Cecil keek om zich heen in de cel. Er waren twee stapelbedden. Iets wat voor een stoel moest doorgaan en een klein betonnen tafeltje. Een zwarte drol, gestrand in de dekselloze metalen wc, lag er al zo lang dat hij geen geur meer had. Het was koud, en de kleren aan zijn lijf leken niet in staat de warmte van zijn periodieke rillingen vast te houden.

De bullebak keek met een paar kleine, zwarte oogjes, dicht bij elkaar in zijn pokdalige gezicht, toe hoe hij zijn omgeving in zich opnam.

'Jongen.' Hij ging op zijn tenen staan, hield zijn hoofd naar achteren en keek langs zijn knobbelige uitsteeksel van een neus neer op Cecil die op zijn stapelbed zat. 'Dat is mijn bed, jongen,' zei hij. 'Ga d'r af.'

Cecil klom naar beneden.

Hij zat bijna op het onderste bed toen de bullebak met zijn tong klakte. Cecil keek hem aan, en de man schudde van nee.

Cecil ging op de betonnen stoel zitten.

'Ga daar af,' zei de man kalm.

Cecil liet zijn hoofd hangen.

'Ik zei dat je op moet staan, jongen.'

Cecil liet zich op de vloer glijden. Toen begon de man tegen hem te praten. Gestaag. Hij zei hoe diep Cecil in de problemen zat. Welke vergissingen de jonge man had begaan. Wat ze daar met z'n allen aan zouden doen. Op z'n tijd. Rustig op z'n tijd.

De middag daarop lieten de smerissen hem zich weer omkleden, zijn straatkleren aantrekken, en zette ze hem in een achterkamertje van het bureau, waar hij moest wachten. De deur stond op een kier en hij hoorde Pete toen die binnenkwam, hoorde Pete praten met de agent die de leiding had. Hij sloop naar de deur en gluurde naar buiten.

'Ik ben degene die hij zei dat je moest bellen. De jongen die jullie gisteren hebben opgepakt. Alles oké met 'm?'

De agent keek met zijn leesbril naar Petes badge en gebaarde toen dat hij moest gaan zitten. Hij trok een la open en legde een honingbeerflesje in een plastic zak op de balie. Hij leunde achterover in zijn kreunende stoel en trommelde met zijn vingers op zijn dikke pens.

'Dit stak uit zijn reet.'

Pete wreef over zijn gezicht. Kon een grijns niet onderdrukken.

'Ik weet niet waarom iedereen dit zo verdomde hilarisch vindt,' zei de smeris tegen de ruimte in het algemeen.

'Ik heb wel meer kids gekend die dat doen,' zei Pete.

'Waarom in jezusnaam? Is de mond uit de mode?'

'Het weefsel daarbeneden' – de smeris fronste vol walging bij het woord 'weefsel' – 'is heel absorberend. Een borrel schiet zo de bloedbaan in. Je bent meteen dronken en je ruikt niet zo.'

'Welk joch weet dat nou?'

'Informatie doet gauw de ronde.'

De smeris ging zitten en stopte het honingbeerflesje terug in de la.

'Je wordt dronken, je vader geeft je op je sodemieter, en de rest van de dag ben je aan het hooien of het hek aan het repareren, terwijl je de longen uit het lijf kotst. Zo hoort het. En je drinkt whisky, geen fucking wodka, en dat doe je goddomme al helemaal niet met je uitpuilende poepgat!'

Er ontstond een klein opstootje tussen agenten en echte criminelen bij de voordeur, stoelen die over de tegels bij de balie werden geschopt. Gegrom en zo. Toen ging de deur naar de cellen open, wat het lawaai opslokte.

Pete vroeg waar het joch was.

Cecil stootte een stoel om toen hij terugliep naar zijn plek aan de tafel. Nog voordat hij weer bij zijn stoel was gebaarde Pete vanuit de deuropening vermoeid dat Cecil hem moest volgen. Ze ondertekenden allebei wat papierwerk en liepen naar buiten, naar Petes auto. Weer zaten ze daar even, samen, Pete trommelend op het stuur.

'Ik heb een paar mensen waar ik kan wonen,' zei Cecil. 'Hier in Hamilton. We zijn in Hamilton, toch?'

Pete keek hem aan.

'Je bent in Missoula. Je bent in de Bitterroots opgepakt.'

'Zij heet Ell en hij Bear.'

'Bear?'

'Ja.'

'Is dat een afkorting van honingbeer?'

'Wat? Nee.'

Pete reikte over Cecil heen naar de aansteker aan het andere eind van het dashboard, die daarheen was gegleden. Het ontging Cecil niet dat Pete niet wilde dat hij die achterover zou drukken.

'Wat is er bij je oom gebeurd?'

'Ik heb er nooit om gevraagd daarheen te gaan.'

'Je gaf me niet veel opties, Cecil. Waarom heb je de politie mij eigenlijk laten bellen, trouwens? Je wilt duidelijk niks weten van de opties die ik je te bieden heb.'

'Nu heb ik er zelf één. Die mensen, Bear en Ell, die zijn meerderjarig. Jij kunt regelen dat ik bij ze mag gaan wonen.'

'Ik heb je niet tegengehouden. Waarom ben je er niet gewoon heen gegaan?'

'Ik probeerde juist een lift te krijgen.'

'En vervolgens kreeg je een honingbeerflesje in je reet. Tuurlijk.'

'Je was de enige die ik kon bellen. Dus regel nou maar gewoon dat ik bij hen mag wonen.'

'Het gewoon regelen? Ik heb geen idee wie die lui zijn, Cecil. Wat denk je eigenlijk dat ik...'

'Best. Sla me anders gewoon nog een keer op mijn bek. Dat luchtte in elk geval op.'

Pete zuchtte, liet zijn hoofd weer tegen de hoofdsteun rusten.

'Dat was fout van me. Dat was helemaal niet oké. Maar ik probeerde te zorgen dat je ging luisteren, probeerde je duidelijk te maken dat als je het verklootte bij je oom, ik je in een heel nare instelling zou moeten stoppen...'

'Ik heb nu een fucking plek! Ga die gewoon uitchecken.'

Pete draaide zijn hoofd om hem aan te kijken.

'Alsjeblieft. Alsjeblieft?'

'En je ma dan?'

Cecil sloeg zijn armen over elkaar en drukte zich tegen het autoportier aan.

'Het hele idee was alleen maar dat we jullie even uit elkaar zouden halen, zodat jullie konden afkoelen,' zei Pete. 'Zullen we anders eens kijken of je terug kunt?'

Cecil schudde zijn hoofd en weigerde Pete in de ogen te kijken.

'Is er iets wat je me niet vertelt? Is er iets waar ik je mee kan helpen...'

'Als je me wilt helpen, laat me dan bij Ell en Bear wonen. Anders gooi je me maar gewoon in de bak of waar je me ook in gaat stoppen.'

Cecil moest een week in de tijdelijke opvang in Missoula blijven. Misschien twee, zei Pete. Het was fucking lulkoek, een bakstenen slaapzaal met tien stapelbedden op rode tegels die zo versleten waren dat ze de kleur van Pepto hadden. Muren van witte betonblokken met stukjes snot erop en een kast vol stomme knuffels, houten speelgoed uit de jaren zestig.

Toen Cecil aankwam, hadden er drie jongens en zeven meisjes gezeten van tussen de vier en de zestien, en de meeste leken hem familie van elkaar, te oordelen naar hun vuilblonde haar en hoe ze roken, een dennenachtige geur waarvan hij algauw besefte dat het de geur van de medicinale shampoo was die ze allemaal moesten gebruiken.

De kleine kinderen bleven over het algemeen bij hem uit de buurt, vanwege zijn omvang en zijn ratachtige gezicht, en de zestienjarige was een mompelend indianenjoch dat zijn stapelbed alleen verliet om uit het raam of naar de tv te kijken.

Er was een klein meisje dat Tracy heette en kale plekken op haar hoofd had. Rondom haar bed lagen lange strengen haar die ze er 's nachts uittrok. Je kon het haar horen doen, een nauwelijks hoorbaar rukgeluid, alsof iemand aan een mouw of het trekkoordje van een trui rukte. De andere kinderen leken eraan gewend te zijn geraakt. Cecil zei tegen haar dat ze daarmee moest uitscheiden, maar dat deed ze niet, en hij realiseerde zich dat niemand eraan gewend was, dat er gewoon niets aan te doen viel.

Er was nog een ander lastig kind, een obees, hysterisch joch dat Scotty heette. Hij stal een koffiemok van een begeleider en na een patstelling die twee à drie minuten duurde, gooide hij die in het gezicht van de begeleider. Bloed dat uit de neus van de man liep doorweekte zijn overhemd, en het joch jankte als een kleuter toen ze hem in bedwang hielden. Krijste alsof ze hem met een mes hadden gestoken.

Tracy en Scotty werden in hetzelfde uur afgevoerd, en Cecil was een dag lang de koning te rijk omdat hij beide stapelbedden claimde en niemand daar bezwaar tegen maakte. Toen vertrokken er verscheidene meisjes en arriveerden er nieuwe kids, en hij trok zich terug op een stapelbed bij het raam en de tikkende radiator. Er waren kids met littekens die onder de douche zo'n beetje opgloeiden als roze, gesmolten was. Kids die geen enkel respect hadden voor persoonlijke bezittingen of ruimte en die je tandenborstel afpakten of je zonder waarschuwing vooraf aanraakten. Kids die beten. Kids die midden in de nacht aankwamen. Kids die op dekens op de smerige vloerkleden op de gang sliepen en bij het eerste daglicht vertrokken. Die kinderen huilden 's nachts, ze praatten 's nachts, ze wilden hun kop maar niet houden en je stelde je in het donker voor dat je zou wachten tot ze diep in slaap waren, en dat je dan naar ze toe sloop en ze met je vuist in het gezicht sloeg. Dat je je voor die gevoelens schaamde, verjoeg ze niet. Cecil stelde zich zelfs voor van wat voor plekken die kids kwamen – en die plekken leken hem tot een aanzienlijk ergere categorie te behoren dan zijn eigen treurige, rare huis – en dan voelde hij iets van medelijden opkomen, maar goeie god, ze hielden maar niet op met kakelen. Het was net alsof ze niet anders konden dan zichzelf tot gehate voorwerpen maken, magneten voor wreedheid. Hij vroeg zich af of alle misbruik simpelweg was terug te voeren op kinderen die zo irritant waren, dat ze geweld of verwaarlozing over zichzelf afriepen, het tegenovergestelde van hoe schattige kinderen speelgoed kregen, werden verwend, dik werden. Zeven dagen en nog geen Pete.

Ze werden gelucht op een bestraat speelterrein, waar het personeel een babbeltje met hem probeerde te maken over koetjes en kalfjes, dingen over zijn familie, of hij broers en zussen had, en over grotere dingen, of hij ergens boos over was, of hij zichzelf soms iets aan wilde doen. Hij antwoordde kortaf.

Hij voelde zich schuldig dat hij zijn zus alleen had gelaten bij zijn moeder. Toen hij bij zijn oom zat, was hij zelfs boos op Katie dat zij thuis mocht blijven, dat zij al haar spulletjes nog had, dat haar leven minder kapot was dan het zijne. Maar nu maakte hij zich zorgen. Misschien zouden Ell en Bear haar ook in huis nemen? Of anders zou hij naar Tenmile gaan en zijn moeder eigenhandig vermoorden – haar verstikken met een kussen of haar van de keldertrap duwen, zodat het een ongeluk zou lijken – en dan zou Pete Katie wel bij hem en Bear en Ell moeten laten wonen. Ze konden allebei helpen met het verzorgen van de kleine.

Op een dag liet de directrice van het opvangtehuis hem zijn spullen pakken en in de lobby op Pete of iemand anders wachten, dat was niet duidelijk. Na een tijdje waren ze over hem aan het praten, hij hoorde zijn naam, zijn lot dat gedeeltelijk in flarden werd aangekondigd, terwijl ze de deur open- en dichtdeed. Ze brachten hem zijn avondeten in de lobby en door de straalkachel werd hij pijnlijk doezelig. Hij beukte steeds met zijn hoofd tegen de muur om wakker te blijven, en de directrice kwam kijken wat er aan de hand was. Hij probeerde vriendelijk te glimlachen. Ze zei tegen hem dat hij televisie moest gaan kijken. Hij keek naar tekenfilms, terwijl de andere kids vroegen of hij nou wegging of niet. Hij at zwijgend.

Een nieuwe bewoner had zijn bed ingepikt. Hij moest maar op een veldbed slapen.

Een paar dagen later arriveerde Pete. Hij vroeg of Cecil enig idee had waar zijn moeder kon zijn. Hij was een paar keer naar het huis geweest, niemand thuis. Katie was niet naar school gekomen.

'Zie je wel.'

'Zie je wel?'

'Ik ben in de steek gelaten,' zei Cecil. 'Stuur me nou maar gewoon naar Ell en Bear.'

Pete wreef over zijn mond in een gebaar van geveinsde contemplatie. Zijn besluit stond al vast, dat kon je zien. En daar was Pete niet blij mee.

'Wat is er?'

'Oké, luister,' zei Pete. 'Ik ben bij ze wezen kijken. Het zijn best aardige mensen, maar Bear heeft geen werk en Ell staat op het punt een kindje te krijgen...'

'Ze zeiden dat ik bij ze mocht komen wonen!'

'Rustig maar. Ik moet denken aan wat het beste voor iedereen is. Zelfs voor hen. Als ik je in een verkeerde omgeving onderbreng, word ik daarop afgerekend...'

'Bij mijn oom, dat was een verkeerde omgeving.'

'Nee, dat was een goede omgeving. Waarin jij het hebt verkloot. En nu willen ze je niet meer in huis hebben.'

'En nou moet ik hier de rest van mijn leven blijven wonen of zo?'

Pete keek Cecil recht aan.

'We gaan bij je vader langs.'

'Waarom? Bij hem kan ik toch niet wonen.'

'Natuurlijk niet, nee. Ik heb met de rechter in Tenmile gesproken, dat is een vriend van me, en volgens hem moet ik als ik je bij iemand als Bear of Ell wil onderbrengen, zorgen dat op z'n minst een van je ouders toestemming geeft. Dus.'

'Ga jij maar.'

'Het zou goed voor je zijn om hem te zien.'

'Heb je met Bear en Ell gepraat?'

'Ja.'

Cecil ging staan.

'Best. Dan gaan we naar de gevangenis. Dan gaan we zijn handtekening halen.'

'Er is nog iets. Ga even zitten.'

Pete wees naar de stoel en Cecil plofte erop neer.

'Ell heeft me over je moeder verteld.'

'Wat is er met mijn moeder.'

'Dat ze je misbruikt heeft.'

'Flikker op, zeg. Dat heeft ze helemaal niet.'

'Wel waar. Of anders is Ell een leugenaar.'

'Ell is een leugenaar.'

'En jij wilt dus bij iemand gaan wonen die leugens over je vertelt?'

Cecil vernauwde zijn ogen en pakte de rand van de tafel vast.

'Ik ben niet achterlijk. Ik zie heus wel wat je aan het doen bent.'

'Wat ben ik dan aan het doen, Cecil?'

'Dat weet je best.' Hij keek omlaag, naar zijn handen, liet de tafel los, sloeg zijn benen over elkaar en zo eenmaal tot bedaren gekomen, zei hij: 'Ik weet niet waar je het over hebt.'

Pete schoof zijn stoel naar achteren, bracht zijn handen bij elkaar en stak ze, bij wijze van tegenzet, tussen zijn uitgestrekte benen. Ze bleven een hele tijd zo zitten.

'Als Ell me onzin verkoopt, hoe kan ik dan op ook maar iets vertrouwen van wat ze zegt als je bij haar gaat wonen?'

Cecil sloot zijn ogen, zodat hij niet meer naar Pete hoefde te kijken. Toen hij ze opendeed, zat Pete er nog steeds. Te wachten.

'Kom op.'

'O mijn god, als je dat blijft vragen, ga ik straks door het lint. Serieus.'

Pete en Cecil stonden op het parkeerterrein voor de gevangenis. De zwarte berg gloeide in de verbrande ochtendnevel op als een brok houtskool. Twee mannen kwamen aan de voorkant het gebouw uit en liepen resoluut naar de auto. Pete stapte uit, liep om, deed Cecils portier open en gaf hem een klap op zijn schouder. De mannen liepen regelrecht naar het open autoportier. Wit, korte mouwen, plastic ID-kaartjes. Cecil realiseerde zich dat dit weinig goeds kon betekenen.

'Waar zijn we?'

'Pine Hills. Een jeugdinrichting. Ik moet je hier een tijdje in stoppen.'

Cecil keek naar het sombere bakstenen gebouw, de vlaggen die wapperden in de wind, de mannen die naderden, met misselijkmakend ongeloof.

'Vergeet het verdomme maar. Breng me maar ergens anders heen. Zet me aan de kant van de weg af.'

'Je weet best dat ik dat niet kan doen.'

'Jij kunt de papieren ondertekenen. Je kunt het wél.'

'Er zijn geen papieren om te ondertekenen, Cecil.'

'Je zei dat ik bij Bear en Ell kon gaan wonen.'

'Je moet de jeugdgevangenis in tot je bij de rechter mag voorkomen. Ik kan je niet in de opvang laten zitten. Ik kan je nergens anders onderbrengen.'

'Fucking klootzak! Vuile lul! Je hebt tegen me gelogen!'

Pete stak zijn hand naar hem uit en hij sloeg zijn hand weg, schoof naar de andere kant van de auto.

'Dit is mijn schuld niet!' schreeuwde hij. Pete deinsde terug, handen omhoog.

Cecil huilde nu. Dat vond hij beschamend, maar door die schaamte moest hij alleen maar harder snikken. Er brandde iets in zijn maag.

'Je weet best dat als je me hier in stopt, je me er nooit meer uit krijgt!'

Hij keek om zich heen, naar de raampjes achterin, of hij ergens heen kon vluchten.

'Verder dan het hek kom je niet.'

'Je bent een leugenachtige klootzak! Je hebt me alleen maar met een smoes zover gekregen dat ik hierheen kwam, zodat je me kon dumpen! Ik had je nooit moeten vertrouwen!'

Pete hurkte bij het open portier voor hem neer. Cecil kon zich op hem storten. Hij kon hem bij zijn mooie, blonde haartjes grijpen en hem flink toetakelen. Hij zocht Petes gezicht af, stelde zich voor dat hij het aan flarden reet. Maar dat was alles wat hij deed, het zich voorstellen.

'Je moet rustig worden. Nu meteen.'

Er waren lichtspelden in het duister rondom Cecils blikveld.

'Je bent aan het hyperventileren. Word gewoon even kalm en luister naar me. Je blijft hier niet. Ik moet je hier alleen even onderbrengen. Ik zal kijken of ik iets permanents kan vinden. Een of ander programma. Ik vind wel iets voor je.'

'Ellll...' Het kwam er gerafeld uit, alsof er kartels aan die woorden zaten.

'Dat moet je uit je hoofd zetten. Het gaat niet gebeuren.'

'Mijn oom dan!'

'Daar is het te laat voor, Cecil.'

Hij liet zich tegen het dashboard vallen, snikte daar.

'Het spijt me. Ik zal... ik zal me niet misdragen... o god.'

Hij smakte tegen de rugleuning van zijn stoel. Ofwel Pete had hun gewenkt, ofwel die mannen wisten precies wanneer ze hem moesten vastgrijpen. Hij gilde, maar was te overrompeld om zich echt te verzetten. Ze waren resoluut, zoals ze hem bij zijn armen en zijn bovenlijf vasthielden, en ze trokken hem uit het voertuig. Een martelende druk op de rug van zijn hand en hij kon het stuur niet vasthouden en wist meteen hoe kundig ze waren, hoe ervaren, hoe zwak hij zelf. Hij begon weer te snikken en ze liepen met hem naar de deur. Hij probeerde zich los te trekken, maar zo halfslachtig dat ze hem gewoon het gebouw in stuurden.

Ze gingen een kleine foyer binnen die vol stond met bureaus en mensen in verschillende uniforms die stonden te kijken hoe hij binnenkwam, en zelfs dat ze naar hem keken maakte hem nog harder aan het huilen en door zijn tranen kon hij nauwelijks zien. Zo klein als hij was. Zo klein als zijn hart was. Totaal geen moed.

'Mag ik bij jou logeren? Pete?'

'Het zal niet zo erg zijn.'

'Dat zei je anders niet. Jij zei dat het heel erg zou zijn!'

'Het komt wel goed, Cecil.'

Iemand zei dat Pete maar moest gaan.

'Pete!'

'Ik moet wel. Je redt je wel.'

'Nee. Nee. Nee nee nee nee nee nee...'

Pete was weg en Cecil raakte in paniek, hij verzette zich tegen verscheidene armen bij een deur, een deur waar hij doorheen moest zijn gegaan, en toen verdronk hij in doodsangst, bleek van angst, zilt vocht in zijn keel bij de afgrijselijke echtheid van dit alles. Iemand duwde hem op zijn rug tegen de grond. Blauwzwarte stoppels schuurden over zijn voorhoofd, terwijl ze hem vasthielden. Ze droegen hem verder de instelling in. Hij onderscheidde de metalen bedden. De jongens erin. Die naar hem wezen, zich verdrongen als duiven bij een voederbak, hij had in Missoula duiven gezien, een gordijn van witte veren die vielen van onder de Higgins Street Bridge. De remlichten als een streng gloeilampen langs het dekzeil, en de kou en de veren die naar beneden sneeuwden.

Nee.

Ik blijf hier niet.

Ik ga hier niet met kerst zitten, ik ga nog liever dood, ik zweer 't je, verdomme.

17

Je bent met een gruwelijke hoop dossiers belast en dat zal naarmate de feestdagen voor de armen, de gekken en gestoorden gestaag dichterbij komen, alleen maar erger worden. Kinderen die met de politie in de woonkamer zitten te wachten, of op de voorbank van de patrouilleauto om even uit de kou te zijn tot jij er bent. Je brengt de kinderen naar de crisisopvang in Kalispell. Er zijn niet veel bedden. Je hebt vierentwintig uur om ze ergens te plaatsen. Gelukkig schieten de noodopvangplekken die in de zomer zo schaars waren rond Thanksgiving als paddenstoelen uit de grond. Mensen die zich er tegen de feestdagen voor gaan schamen hoeveel geluk ze hebben gehad, die het goed bedoelen.

Maar de telefoontjes die binnenkomen zijn grotendeels lulkoek, zoals altijd. Vijfennegentig procent. Huisbazen die lawaaierige, alcoholistische huurders verlinken. Gescheiden stellen die vechten over wie de kinderen krijgt op kerstochtend. Ga langs bij kleine studioappartementjes of een trailer of een tent in de rimboe, bevestig dat er Cheerios in het keukenkastje liggen, yoghurtijs in de vriezer ligt, dekens, winterjassen en wanten in de gangkast hangen. Negeer het wietpijpje dat haastig is afgedekt met een bandana, schrijf een plan van aanpak en zorg dat dat ouwe wijf met haar gevlekte tanden en dat kalende mannetje van haar het ondertekenen en, het ga jullie goed, de deur uit. Neem maar niet eens de moeite de papierwinkel voor het hoofdkantoor van de staat in te vullen, want tegen het middaguur zijn er voor die ene al weer drie nieuwe zaken in de plaats gekomen. Je douwt de roze kopie van het plan van aanpak gewoon in een map met de maand erop, en daar laat je het bij, omdat de administratie wel het minst belangrijke is waar je mee bezig kunt zijn. Je hebt een hele reeks achterstallige dossiers om in je echte werkschema in te passen, dossiers waarbij het net zo lang duurt voor ze sluiten als ontstoken wondjes. Zoals die van dat lieve, zenuwachtige en stotterende joch met een doodongelukkig en nimmer klagend hoopje moeder, een vrouw die zich zo schaamt voor het ontvangen van wat voor hulp dan ook dat je er 's avonds langsgaat en om de hoek parkeert, zodat de buren je auto niet zullen zien staan. Je vult de formulieren voor haar in voor speciale toelagen voor de gasrekening, de ziektekosten. Doet een aanvraag voor haar voor elk steunprogramma dat er bestaat, omdat de doktersrekeningen en verzekeringspremies zich als bijtend zuur door haar laatste gemotelreceptioniste dubbeltje vreten. Ja, je hebt wel belangrijkere dingen aan je hoofd dan wietrokers en reiskostenvergoedingen. Vaders die onlangs zelfmoord hebben gepleegd en de puinhopen die ze achterlaten. Die moeder die naar kantoor belt en zich afvraagt of jij haar kind kunt komen halen, zegt dat God haar opdraagt hem dood te maken, dat je maar beter kunt opschieten. Cecil in die verse hel van Pine Hills. Zijn zus, Katie, die god weet waar rondloopt, over haar kun je niet eens nadenken, maar je denkt wel na over de afgrijselijke dingen die een kind kunnen overkomen in de sjofele motelkamers en betonnen wc's bij parkeerterreinen langs de snelweg die worden gefrequenteerd door haar moeder, haar moeders wisselende partners en vijanden en de loslopende freaks die zich in die kringen ophouden met wie zij niets te maken heeft.

Je hebt zo te voelen een maagzweer.

En de Pearls. Die leven op dennenappels en de ingewanden van eekhoorns, terwijl ze met hun muntenscorende, apocalyptische pa wachten op het armageddon.

En weer draai je in een kringetje rond naar je eigen leven, als een stel koplampen in je achteruitkijkspiegel, 's avonds laat, ellende die je op de staart zit op de zwarte snelweg. Een broer die voortvluchtig is in Oregon. Luke, idioot die je bent, kom die bittere pil gewoon slikken.

Een dochter in Texas op een adres waar je je cheques naartoe stuurt. Mocht er iets met haar gebeuren, dan weet je dat je daar medeverantwoordelijk voor bent. Je belt haar, maar óf ze heeft niet zo'n zin om te praten óf er wordt niet opgenomen. Nog even doorbijten tot na de feestdagen, daarna wordt het wel rustiger. Je neemt je voor te bellen. Dat doe je niet zo vast als je zou moeten doen. Vraagt je af hoe je op zo'n afstand een relatie in stand moet houden. Je maakt je zorgen.

Je denkt: *Geen nieuws is goed nieuws*. Je denkt: *Dat is altijd waar*.

Voor de rechtbank in Missoula legde Pete een bondige en eerlijke getuigenverklaring af waarin hij de rechter vertelde dat de vrouw in kwestie in de drie maanden dat ze in zijn district zat op geen enkele afspraak met hem was verschenen. De vrouw jankte alsof hij haar had geslagen, maar het hield alleen maar in dat ze haar kinderen nog niet terug kon krijgen. De rechter zei dat ze moest uitscheiden, en ze verviel tot een stamelende huilpartij die geen enkel effect had op de uitkomst van de zitting. Toen Pete het gerechtsgebouw verliet, keek ze hem vanuit haar auto dreigend aan, maar ze zei geen woord en deed ook niets terwijl hij het grasveld overstak. De terreinopzichters stopten de bladeren in zakken.

Mary was niet op kantoor, dus liep hij naar haar appartement. De liftbediende in het Wilma weigerde hem naar boven te laten gaan, omdat ze niet thuis was.

'Kom op, je kent me toch?'

'Je naam moet op het huurcontract staan.'

'Is dat een nieuwe policy?'

De liftbediende ging op zijn krukje zitten, verzorgde zijn nagels.

Pete wachtte rokend voor de bioscoop. De wind stroomde uit de muil van Hellgate Canyon en kolkte rond op de plek waar Pete doelloos ijsbeerde op de tegels voor het kassahokje. De windvlagen waaiden kleine tornadootjes van bruine bladeren en een poppenkast van papier op. De liftbediende stond door de glazen deur naar hem te kijken en Pete hief zijn handen, alsof hij wilde vragen wat hij nou moest. De liftbediende trok zich terug.

Hij ging verderop in de straat een kop koffie halen en was net gaan zitten toen Mary langs kuierde, met een lange jas aan en een uitdrukking van meewarige verwachting op haar gezicht. Ze liep richting centrum – in plaats van dat ze daarvandaan kwam – en haar gezichtsuitdrukking leek die van iemand die wist dat ze op weg was naar haar eigen surpriseparty. Hij werd jaloers op waar ze ook aan dacht. Hij bonsde op de ruit, waar ze van schrok. Ze sloeg haar handen voor de borst en glimlachte toen ze hem zag, kuste hem toen ze binnenkwam.

'Ik vroeg me al af of ik je vandaag nog zou zien.'

Hij stopte zijn hand onder zijn T-shirt en deed alsof zijn hart zichtbaar bonsde. Hij kon haar glimlach als een hittelamp op zijn lijf voelen. Iedereen zou in haar aanwezigheid ten prooi vallen aan sentimentele gevoelens, zo lief was ze, zo bevallig.

'Je bent bij mijn huis geweest,' zei ze.

'Ik moest bij de rechtbank zijn. Ik kwam hier gewoon even een kop koffie drinken.'

Ze zette haar handen in haar zij en keek hem sceptisch aan.

'Hier. In de straat waar ik woon. Daar ga jij koffie drinken.'

Hij krabbelde achter zijn oor en gaf toe dat de liftbediende hem niet binnen had willen laten.

'Het is nogal een wispelturig klootzakje,' voegde hij daaraan toe.

'Gaat het wel?' vroeg ze.

'Met mij gaat het prima.'

Ze keek op haar horloge.

'Ga maar,' zei hij vlakjes. 'Wat je ook moet doen. Ik kom een andere keer wel langs.'

'Het punt is alleen dat ik met een paar mensen heb afgesproken.'

'Het geeft niet.'

Ze keek hem onderzoekend aan. Hij vroeg waarom.

'Je straalt iets raars uit.'

'Luister, er is niks wat ik wil of verzwijg, oké? Ik kwam alleen even langs, dat is alles.'

Ze trok haar handschoenen uit, deed haar jas uit en ging zitten.

De serveerster kwam en Mary bestelde een stuk appeltaart. Pete schudde zijn hoofd van nee toen de serveerster naar hem keek of hij ook iets wilde eten. Het was gaan sneeuwen. Maar een dun poederlaagje, als uit een bijna lege bus.

'Ik dacht dat je met mensen had afgesproken.'

'Je bent verdrietig,' zei ze, en ze raakte over zijn oor heen het haar op zijn achterhoofd aan, en drukte de rug van haar koude hand tegen zijn voorhoofd en zijn wang.

'Je hoeft mijn temperatuur niet op te nemen,' zei hij, terwijl hij haar hand warmde in de zijne. Hij herinnerde zich dat ze angstaanjagend koude voeten had. Ze vond het heerlijk die tussen zijn benen te stoppen om hem te laten schrikken. Ze zei dat ze een slechte doorbloeding of dun bloed had, een echte aandoening. Een of andere kwakzalver had tegen haar gezegd dat ze zich moest voorstellen dat ze wasgoed uit een droger trok, dat ze in haar verbeelding een schone theedoek moest vasthouden of een warme spijkerbroek met hete klinknagels.

De piepkleine belletjes boven de deur rinkelden, en de mensen die binnenkwamen veegden de verse sneeuw uit hun haar en van hun schouders voordat die kon smelten.

'Nou, hoe is 't nou?' vroeg ze.

Hij dacht even na, en vertelde het toen van zijn vader.

'Wat erg voor je, Pete.'

'Valt wel mee. We hadden niet zo'n... hechte band.'

'Maar evengoed.'

Ze hield zijn hand vast, en hij zei dat als hij ergens overstuur over was, het het feit was dat hij Cecil had achtergelaten, dat er weinig aan te doen was, maar dat het een nare smaak in zijn mond had achtergelaten. Meer dan een nare smaak. Doordat hij Cecil in Pine Hills had gestopt, voelde hij zich er afschuwelijk over dat hij door zijn mogelijkheden om iets voor dat joch te doen heen was geraakt. En dan was er ook nog de dag die hij vandaag in het gerechtsgebouw had gehad. De naderende feestdagen.

Texas.

'Ik heb nogal veel aan mijn hoofd, denk ik,' zei hij. Hij glimlachte om dat understatement.

Ze zat daar maar, te luisteren. Meer niet. Onder het praten realiseerde hij zich dat ze niet zo toeschietelijk was als hij graag had gezien; ze kwam niet met verzachtende of zelfs maar licht laconieke opmerkingen in de trant van dat dat nu eenmaal in de aard van het werk lag of van de mensen met wie ze werkten of de aard van het leven in het algemeen. Dat waren dingen die hij tegen haar gezegd zou hebben, en hij nam het haar kwalijk dat ze er niet mee op de proppen kwam.

'Je bent afgeleid,' zei hij.

'Ik vind het maar niks, zoals je die zaak hebt afgehandeld,' zei ze.

'Welke zaak?'

'Van die jongen die je in Pine Hills hebt gestopt.'

'Hij was sowieso de jeugdgevangenis in gedraaid, of ik er nou bij betrokken was of niet.'

'Je had hem er niet in moeten luizen. Hij vertrouwde je genoeg om je te bellen, en je hebt tegen hem gelogen. Je weet niet wat dat met mensen doet. Met mensen die toch al niet genoeg mensen hebben die ze vertrouwen. Dat je uiteindelijk gelijk had, wil nog niet zeggen dat hoe je het hebt aangepakt oké is.'

'Oké.'

'Is dat alles wat je te zeggen hebt?'

'Ik snap het. Ik zou met uitvluchten kunnen komen, maar je hebt gelijk.'

Ze keek hem van opzij aan.

'Wat zijn je bedoelingen met me?' vroeg ze.

'Mijn "bedoelingen"? Ben je je eigen vader of zo?'

'Min of meer, ja. Ja, in wezen ben ik mijn eigen vader. Ik ben...'

'Luister, ik weet het. Van jou. Wat je achtergrond is. Het is uitgekomen. Mensen weten het.'

Ze lachte. Een harde blaf van een lach waarvan ze dubbelsloeg toen ze hem aankeek.

'Iedereen weet dat, Pete. Ik heb het Jim bij mijn sollicitatiegesprek verteld. Al mijn docenten wisten het, al mijn papers gingen erover, mijn scriptie. Het is geen duister geheim.'

'Oké.'

'Ik schaam me niet voor mezelf. Het is mijn schuld niet.'

'Natuurlijk niet.'

'Nou, behandel me dan ook niet alsof ik een of andere gestoorde trut ben omdat ik je vraag hoe het zit tussen ons.'

Hij zei dat hij verkikkerd op haar was. Hij zei: 'Laten we het "verkikkerd" noemen, wat ik ben.'

'Oké dan. Dat klinkt best goed.'

'Kun je die mensen van je laten zitten, vanavond?'

'Ik wil niet naar de kroeg.'

'Oké.'

Ze zei tegen hem dat hij te veel dronk. Hij zei dat ze hem iets moest vertellen wat hij nog niet wist.

De serveerster kwam koffie brengen, en Mary roerde met een lepeltje wat koffiemelk door haar kopje. De serveerster bracht de taart. Met twee vorkjes, voor het geval Pete van gedachten veranderde, zei ze. Ze legde een vorkje voor hem neer, en toen hij het niet oppakte, sneed Mary een hapje af met haar vorkje en stopte het in zijn mond. En het was lekkere taart, en ze was bij hem, en hij voelde zich beter. Simpel.

Ze zei dat hij haar ergens mee naartoe mocht nemen, maar dat het een speciale plek moest zijn.

Tegen de tijd dat ze op Highway 12 waren, was het volkomen donker. De sneeuwvlokken schoten uit het zwart tevoorschijn alsof ze door sterren heen sprongen. Hij reed een lege inham in en nam haar mee over het stille en lege asfalt, het draaidennenbos in, en hielp haar het pad over dat op sommige plekken glibberig was van het ijs. De sneeuw die op de bomen viel was een geluid op zich, zo zachtjes dat het alleen te horen was als ze hun adem inhielden, en ging toen verloren in het gebons van hun harten en hun gehijg terwijl ze de helling op liepen. Ze vonden de weg bij het licht van zijn zaklantaarn, en stoomvormen uit de warme bronnen gleden loom tussen de dennenbomen door als de gesluierde spoken van een sudatorium. Felgekleurde mossen en geel korstmos groeide hier, net zoals in de regenwouden van Washington, de bijna subtropische regenwouden van de Yaak. Ze kleedden zich uit op de natte stenen en stopten hun kleren in een vuilniszak. Sneeuwvlokken lichtten op op hun blote schouders, en hij pakte haar hand vast, en ze stapten monter over de gladde stenen, een paar ruwe treden af, de warme bron in.

'Jezus,' zei ze, en ze kromp in elkaar van de hitte.

'Kom op. Er helemaal in. Daar verderop is een bankje.'

Ze haalde diep adem, schoof langzaam naar adem happend naar hem toe, waarbij een fluittoon tussen haar tanden kwam, en ging naast hem op de steen zitten, tot hun nekken in het water.

'Lekker, hè?'

'Als mijn huid er niet af wordt gekookt.'

'Kom op.'

Ze liet haar achterhoofd op de rand van de poel zakken en zuchtte. Haar adem vloeide samen met de stoomwolk boven hen.

'Ja.' Ze zuchtte. 'Oké. Ik snap het.'

Pete reikte naar de zaklantaarn en scheen er mee rond op de rotsblokken en de bomen.

'Dit zou een goede plek zijn om te overwinteren.'

Ze lachte.

'Serieus. Je hebt warm water. Je zou je kamp bij de kreek kunnen opzetten. Je zou het hier best kunnen redden.'

'Als je geen bezwaar hebt tegen al die naakte mensen die je kamp komen binnenvallen.'

'Nou ja, niet hier. Ergens in de buurt van Glacier of zo.'

'Zo, begint Tenmile je een beetje te druk te worden?'

'Mij niet. Ik zat gewoon te denken aan een zaak. Een joch. Sorry. Ik wilde niet weer over werk beginnen.'

'Lucht je hart maar.'

Ze gebaarde met haar vingers dat hij door moest praten. Pete pakte ze vast, kuste ze.

'Een joch en zijn gezin, die wonen ergens in de rimboe, en ik probeerde uit te vogelen waar ze misschien zijn ondergedoken voor de winter. Hoe ze het in hemelsnaam moeten redden. Zo'n plek als deze zou geknipt zijn. Maar volgens mij zijn er daar geen warmwaterbronnen.'

Haar ogen waren dicht en het water parelde al langs haar hals naar haar sleutelbeen.

'Je hebt dus geen idee waar ze zijn?'

'Niet echt.'

'Hebben ze eerdere dossiers over hem in het archief?'

'Pearl is meer het soort gast over wie je in de krant leest.'

'Je zou even moeten gaan kijken.'

'Dat had ik al moeten doen. Ik begin mijn handigheid hierin kwijt te raken.'

'Je hebt in elk geval een prachtige lul.'

Ze keek hem niet aan en verroerde zich niet, maar er verscheen een slaperige grijns op haar gezicht.

'Ik zal je mond moeten uitspoelen,' zei hij.

'Ik kan er niets aan doen. Ik ben alleen maar een product van het systeem,' zei ze, en ze hield haar hoofd lichtjes scheef zijn kant op. 'Ik heb een hoop pleegpapa's gehad,' fluisterde ze ernstig.

Haar ogen waren halfdicht en in de diepe duisternis kon hij niet zien wat voor verlangen erin schuilging, dus slikte hij en pakte haar uitgestrekte hand.

Ze gleed naar zijn oor, fluisterde: 'Een hoop personeel dat 's nachts even bij ons kwam kijken,' en ze beet in zijn oor. Hij vroeg zich af of dit flirten was. Ze grijnsde. Flirten. Hij moest het spelletje maar meespelen. Hij kon het spelletje best meespelen. Dacht ze dat dit hem zou opwinden. Ze bewoog vaagjes onder water, en een granaat van lust ontplofte in Petes borst.

'Ze hebben misbruik van me gemaakt,' fluisterde ze.

Hij ging voor haar zitten, en duwde haar tegen de rand van de poel.

'Ze...'

Hij legde een vinger over haar mond om haar het zwijgen op te leggen, en ze knikte en duwde haar lijf tegen hem aan alsof ze wilde zeggen dat ze het wel begreep, jawel, maar of hij toch alsjeblieft, of hij toch.

Een aantal weken lang ging het tussen hen net zo goed als daarvoor. Ze maakten een ritje naar Livingston om interessante sierkalebassen van de Hutterieten te zien, en op Halloween gaven ze snoepgoed aan de weinige kinderen die in het Wilma woonden en in plastic kostuums van verdieping naar verdieping renden om traktaties op te halen.

Ze keken met stomheid geslagen toe hoe Reagan werd verkozen op de televisie van de Union Club, waar de Teamsters van Afdeling 40 zich hadden verzameld om toe te kijken, hun petten te verfrommelen en zich verdrietig klem te zuipen. Toen iemand de jukebox aanzette, draaiden Pete en Mary in trage kringetjes rond op de dansvloer en ze gingen naar huis in een nattige sneeuwbui, waardoor ze tijdens de wandeling van drie huizenblokken naar haar appartement doorweekt raakten en ijskoud werden. Een verdwaalde kreet die misschien een uiting van vreugde over de verkiezingsuitslag was weerkaatste in de lege straten, en toen was het stil, alsof alles in de Republiek koek en ei was.

'De rechter zal wel behoorlijk van de kaart zijn,' zei Pete. 'Ik moest maar naar huis gaan om even bij hem te kijken.'

'Neem me mee,' zei ze.

Het was bijna 4.00 uur 's nachts toen ze in Tenmile aankwamen, en de rechter zat aan zijn vaste tafeltje te kotsen, terwijl Neil en de sheriff op wacht stonden. In het uur daarop huilde hij openlijk. Hij had verhalen over vroeger zitten vertellen, schokkende verhalen over veeboeren die op herders af reden en de onwelgevallige kudde afslachtten, zowel veedieven als onschuldige mensen opknoopten en de hele staat terroriseerden in het algemeen. Hij hield een tirade over de koperbaronnen. Hij zong het staatslied van Montana en vervolgens een paar maten van 'The Battle Hymn of the Republic', terwijl hij in onmelodieuze razernij op zijn getabaksvlekte buik trommelde en gebarsten coupletten uit zijn strottenhoofd perste. Pete dronk een borrelglaasje bourbon met hem en de rechter stemde erin toe dat de sheriff hem naar huis reed.

Pete reed met Mary naar zijn huis en stak de haard aan, terwijl zij de blokhut bekeek. Misschien vroeg ze zich wel af hoe het zou zijn om daar te wonen. Wat voor echtgenoot hij zou zijn. Hij wist wat voor echtgenoot hij was geweest, maar hij had het gevoel – toen hij zo toekeek hoe zij zijn hengel aanraakte, haar vingers langs de ruggen van zijn boeken liet glijden en loom de inhoud van zijn keukenkastjes inventariseerde – dat hij nu misschien wel een ander soort echtgenoot zou zijn. Ze vroeg wat er met het raam was gebeurd en toen hij zei dat een beer met dat raam was gebeurd, geloofde ze hem niet, en toen ze zag dat hij geen geintje maakte, bleef ze dicht bij hem in de buurt. Hij sleepte het matras naar het haardvuur. De zon kwam op boven de Yaak en ze gingen slapen.

Hij zou vertrekken om zijn zaken te behandelen en wanneer het maar kon terugkomen naar Missoula om bij Mary te zijn. Lange weekenden. De dagen waren korter, nu. Kouder. Dagen dat hij van zijn werk spijbelde zoals hij op de middelbare school had gespijbeld bij wiskunde, terwijl hij zich met lichte gêne realiseerde dat hij dat zonder enige angst voor de mogelijke gevolgen deed. Dat aloude gevoel van de familie Snow om recht op dingen te hebben. Maar ook dit: de AGZ kon hem evenmin ontslaan als dat ze iemand anders kon aannemen om hem te helpen. Met hem moesten ze het doen, en over het algemeen hadden ze het daar verdomd goed mee getroffen.

Hij keek door haar raam hoe het sneeuwde, vallende roze sintels in het avondneonlicht van de lichtbak van het theater. Er bleef niets liggen en beneden op straat zoefden de auto's langs alsof het regende. Hij deed als een warme kat een dutje op de bank, werd wakker en verplaatste zich van de radiator naar de koelte van de slaapkamer. Hij rookte in haar kreunende koperen bed, terwijl hij haar boeken las, en het was meestal donker als hij daarmee klaar was. Urenlang zat hij alleen maar naar het verkeer beneden te luisteren, mensen die opgingen in hun dagelijkse beslommeringen, volkomen verstoken van zijn instructies, zijn wijze raad.

Het lijkt wel of ze je hulp helemaal niet nodig hebben. Het is wat, Pete.

De avond zou vallen. Het slot zou openklikken, ze zou met een bekertje wijn de slaapkamer in komen, zich uitkleden, in bed schuiven, en dan zouden ze orgasmen gaan oogsten.

Soms vertelde ze hem verhalen over het groepstehuis. Hoe de kids daar waren, hoe het personeel was. Keren dat ze stiekem de deur uit glipte. Die keer dat ze met een ander meisje was weggelopen, dat ze liftten vanuit Spokane. Ze hadden een paar weken bij iemand uit de directie van Boeing gelogeerd. Hij gaf ze cadeautjes en geld als hij zich op hen mocht aftrekken. Ze stalen zijn portefeuille, werden op Capitol Hill opgepakt en teruggestuurd naar Spokane.

Op de dag van Thanksgiving had Mary een assistent en een tweede auto nodig om een uithuisplaatsing te doen, dus ging Pete met haar mee. Het redden van de kinderen ging best van een leien dakje. De schichtige moeder leek bijna opgelucht, zei dat ze ze gewoon mee moesten nemen, gewoon mee moesten nemen, en de kinderen begrepen er niet allemaal evenveel van terwijl Mary en Pete hen hielpen de schone kleren en het speelgoed, voor zover ze die hadden, in plunjezakken te proppen, en vervolgens door de tuin die modderig was van de sneeuw naar de auto's begeleidden. Maar toen ze weggingen, kreeg het schuldgevoel de moeder plotseling flink te pakken en ze racete de berg af achter hen aan, toeterde heftig, flitste met haar koplampen. De kids begonnen te janken toen ze haar voor het stoplicht in het stadje naar hen zag reiken. Pete zette zijn auto op het parkeerterrein van de Kmart, terwijl Mary naar binnen rende en de politie belde, en die kids drukten zich brullend tegen de ruiten van de auto's, hysterisch en hyperventilerend, tot de agenten hun moeder afvoerden. Maar toen werden ze overspoeld door een snikkende, sniffelende stilte en een verdovende opluchting, en ze zakten in elkaar alsof ze gedrogeerd waren. Sommigen dutten zelfs in.

Pete en Mary brachten hen als hun eigen afgepeigerde kroost naar een JB's Big Boy, en ze aten hamburgers en dronken milkshakes en maakten kleurplaten op de placemats. Eenmaal gevoederd begonnen ze weer angstig te worden, over waar ze dan moesten wonen, wat gaat er met ons gebeuren, en Pete en Mary konden alleen maar kortetermijnantwoorden geven.

Het opvangtehuis.

Ja, het is daar heel leuk.

Ja, jullie blijven bij elkaar.

Nee, we weten niet wat er daarna gaat gebeuren.

Ergens waar het beter is.

Jullie hebben nog helemaal niet van jullie frietjes gegeten.

Het oudste meisje, bij Petes elleboog, begon zachtjes te snikken en het lukte hem niet haar ontzetting te sussen. Mary knikte dat hij uit de weg moest gaan, en ze schoof naast haar, nam de pols van het meisje tussen haar lange vingers en begon magische cirkels over de botjes van haar hand te maken, en toen over haar andere hand. Ze hield op met huilen, en na een tijdje begonnen de ogen van het meisje te tollen, haar hoofd zakte tegen Mary's schouder en Pete zag een spookverschijning als een eencellig diertje haar voorhoofd uit zwemmen, een vertrekkende duivel, of hij dacht dat te zien. Mary ontlokte aan het meisje diepe, het hoofd leegmakende ademtochten en ze kroop in die warmte en vredigheid tegen haar aan.

Pete vroeg zachtjes hoe ze dat deed.

'Drukpuntenmassage,' zei ze. 'Er zijn plekken op het lichaam waar de spanning fysiek wordt opgeslagen.'

'Weet je, daarvan zou ik wel wat kunnen gebruiken.'

'Schei uit.'

'Serieus. Ik heb op een bepaalde plek een hoop opgeslagen spanning...'

Ze gooide een rietje naar hem. De kinderen lachten. Hij trok een raar gezicht naar ze, wat hem op een spervuur aan Franse frietjes kwam te staan.

Met Kerstmis stuurde hij Rachel een doos vol dingen waarvan hij vreesde dat ze helemaal verkeerd waren. Een gros gelarmbandjes en drie paar oorbellen. Een zonnebril. Een ceintuur. Een bundel van e.e. cummings, *Jona-*

than Livingston, zeemeeuw en *Heer der vliegen*. Een korte brief waarin hij uitlegde dat haar grootvader was overleden en schreef hoeveel hij van haar hield. Hij schreef Mary's telefoonnummer erbij en dat als ze hem op z'n werk niet kon bereiken, ze het daar moest proberen.

Hij schreef Luke ook eindelijk. Eén kladversie waarin hij uitlegde dat die ouwe dood was, die hij in het haardvuur gooide omdat hij de toon of de sentimenten niet goed op papier kreeg. Zijn eigen ondermijnende gedachten. Hij schreef een ander kort briefje, waarin hij alleen maar zei dat hij zichzelf aan moest geven, zorgen dat hij het achter de rug had en zijn leven weer kon oppakken. Dat er slecht nieuws was en dat hij van hem hield. Dat hij gewoon terug moest komen.

Mary werkte met de kerstdagen, maar kwam de dagen daarna naar zijn blokhut. Vingers van ijs die aan de dakrand hingen. Cadeautjes openmaken, waaronder veel flessen, partijen, goede wijnjaren. Een soort winterslaap. Nieuwjaar in Missoula. Ze skieden over de Lost Trail. Warme chocolademelk en Rumple Minze in de lift, de zon die opschitterde van de sneeuwlakens.

Daarna de beknopte, grijze dagen van eind januari en februari. De Yaak potdicht door mistbanken en wolken en de kou. Vlagen afgrijselijke poolwind, de nutteloze zon. Alles onder een deken van sneeuw, en toch op een vreemde manier heel levendig. Een vos die op het weiland, voorbij de bomen, achter konijntjes en muizen aan hopte. Iets roerloos in het hart van de dingen, tussen de slagen door.

Op een avond kwam hij thuis van zijn werk en zag verse bandensporen van de weg naar zijn huis lopen, maar vlak voor zijn oprit ophouden. Voetafdrukken van en naar de hut. Toen hij het haardvuur aanstak, ontdekte hij op de tafel het kopje met een puck bevroren koffie erin. Zijn broer of de reclasseringsambtenaar van zijn broer. Hij wist niet zeker wie van de twee. Kon hem ook weinig schelen, eigenlijk.

Lente. Toen maart 1981 aanbrak, begon de sneeuw door een periode van warm weer te smelten, alles droop. Water dat onder het ijs door stroomde, het ijs zo wit en glad als email.

De temperatuur hurkte rond een graad of tien neer toen hij naar Butte ging om St. Patrick's Day te vieren. Pete en zijn vrienden werden midden op de dag met heroïsche katers wakker en sleepten zich de uitgelaten mensenmassa in die de straten al op stroomde. Een kermis aan lawaai van motoren en naaktheid die kon wedijveren met alles in Sturgis, alles in New Orleans. Het hele stadje een rosse buurt, grappig, op het randje van lelijk. Ze keken naar knokpartijen waar Shane met zijn vlezige vuisten een eind aan maakte. Ze kwamen aan bij een huisfeest waar een menigte in leer gestoken enthousiastelingen toekeek hoe een oude slettenbak aan twee dunne pikken trok die vastzaten aan twee mannen die zo roze en glimmend waren als bedropen hammen. Pete was nog maar net naar buiten gewankeld om te kokhalzen, toen Shane zo kalm als een sheriff naar buiten kwam, terwijl hij met zijn vuist op het hoofd sloeg dat hij onder zijn oksel geklemd hield. Een magere heks zat op zijn rug en trok aan zijn oren terwijl hij van de veranda stapte en de man die hij een aframmeling gaf op het gras liet vallen. Hij leek verbaasd om te merken dat hij met zijn gebroken hand de grendel van het hek niet omhoog kon krijgen, en ze gingen voor de zoveelste keer naar de eerste hulp, stopten onderweg om een sixpack te halen, alsof ze op weg waren naar een afterparty.

* * *

Ontving ze de cadeautjes en de brief van Pete?

Jawel. Ze las de boeken niet en droeg de armbandjes, de oorbellen en de ceintuur ook niet, alleen de zonnebril. En ze las de brief over haar dode grootvader voor aan haar moeder.

Je zou moeten kijken of je iets van hem hebt geërfd. Die klootzak was rijk.

Er staat nog een ander nummer bij waarop hij wil dat ik hem bel.

Je mag hem best bellen, als je wilt.

Ze heet Mary.

Wie heet er Mary?

Dat nummer.

Laat eens zien.

Las haar moeder de brief?

Alleen het laatste stukje, met dat nummer. De naam van die andere vrouw in Petes handschrift.

Mary, zei ze.

Was dat alles?

Er kwamen die avond mensen over de vloer en ze werd na haar dienst ladderzat. Toen de echtscheidingspapieren. Ze zat vaak naar haar dochter te kijken in het zonlicht op de veranda dat door de bladerloze eiken scheen, het was nog warm genoeg om buiten te zitten, en dan kondigde ze aan dat ze tegen haar geen gemene dingen over haar vader zou gaan zeggen. Dat ze er zelf wel achter zou komen wat een kouwe kikker het was. Dat er iets kapot was in zijn binnenste. Dat ze er zelf wel achter zou komen wat een wrak hij was, hoe incapabel hij was, net als dat hij haar verjaardag zou vergeten, let maar op, die zal hij vergeten. Je zult het zien.

En vergat hij haar verjaardag?

Dat kon haar niets schelen. Tegen die tijd draaide voor haar alles om Cheatham.

Cheatham?

Een gesjeesde student die soms op vrijdag als haar moeder werkte met een paar vrienden langskwam en de eerste van wie ze bij zichzelf zei dat ze hem wilde. Ja, ze was wel eerder gek op jongens geweest, maar dit was anders ze wilde hem slaan en hem bijten en dan op hem kruipen en zijn oor eraf kauwen. Ze begreep die gewelddadige gevoelens niet, maar ze waren er ze was de hele avond zenuwachtig ze dronk zelfs en liep naar hem toe en zei dat dit haar huis was en of hij binnen wilde komen om rond te kijken en hij zei dat hij het best vond om zo op de veranda een sigaretje te zitten roken en iemand gaf hem een gitaar en zijn lange bruine haar viel voor zijn gezicht en hij speelde wat en ze wachtte de hele avond op hem en toen hij twee weken later langskwam dwong ze hem met haar naar de achterkant van het huis te lopen en toen klom ze op hem en kuste ze hem en het was liefde en hij was negentien en hij werd bang van haar maar ze was al jarig geweest en ze zei dat het nu maar vijf jaar leeftijdsverschil was maar hij wilde haar niet meer aanraken. Een andere keer kwam hij nog wel met een paar mensen langs maar hij praatte eigenlijk helemaal niet met haar en toen een keer daarna rond Thanksgiving of Kerstmis gaf haar moeder een nieuwjaarsfeestje en toen deden ze het eindelijk in haar kamer hij moest onder het bed duiken toen er iemand binnen kwam stommelen en ze schreeuwde moord en brand en wie het ook was smeet de deur dicht en ze lachte Cheatham uit omdat hij zo bang was geweest.

Was hij lief?

Ja, echt. Hij schreef een liedje voor haar en zong het fluisterend. Een liedje over zachte vogeltjes. Hij maakte zich zorgen dat het heel heel heel verkeerd van hem was dat hij met haar naar bed was gegaan.

Was het haar bedoeling dat hij haar meenam, daarvandaan?

Ja.

Vermoedde haar moeder dat ze van plan was weg te gaan?

Het was nu bijna elke avond een kermis van dronkenlappen en wietdealers en een paar speeddealers en van die langharige stonergasten en gasten op motoren en kunstenaars en allerlei volk. Cheatham viel niet op. Haar moeder werd afgeleid door kroegvolk, nieuwe types waar ze zelf een oogje op had. Ze was afgevallen door al die uren op haar benen staan, gebruikte een beetje coke, bleef de hele nacht op, haar stem klonk schel en schor, aangezien ze zelf midden in iets nieuws en bijna tienerachtigs zat. Zelf kerels had die verkikkerd op haar raakten, uit voornoemde kermis. Zij en Rachel die elkaar op de gang passeerden als kamergenoten, niet als moeder en dochter, niet dat ze al ruzie schopten maar het was een soort wederzijds afstand houden, als twee magneten met een noordpool, die elkaar nooit raakten, nooit te dichtbij kwamen, zelfs niet als ze samen uit waren en met hun heupen te dicht bij elkaar gingen staan en iemand zei dat ze zo op elkaar leken, met hun heupen tegen elkaar als rivaliserende zussen die werden gedwongen te poseren voor een foto.

18

Er was door zijn voorganger inderdaad een dossier over de Pearls aangemaakt. Pete vond het in het archief in zijn kantoor, maar er stonden geen aantekeningen in en de formulieren waren leeg, op een adres na: Fourth of July Creek Road 22000. Pete was er gaan kijken, maar kon de zijweg niet vinden en gaf het op. Maar toen de sneeuw smolt, waagde hij zich nog één keer Fourth of July op. Hij reed onderweg langs het huis van Cloninger, en zwaaide toen hij hem met een hamer in de voortuin zag staan. Cloninger leek Pete maar net te herkennen en had geen tijd om terug te zwaaien, en had dat misschien sowieso niet gedaan.

Deze keer vond hij het zijweggetje wel, maar dat was onbegaanbaar door de modder. Hij parkeerde en liep door de oude sneeuw en ceders en lariksen, door de zingende vinken en goudhaantjes naar een weide die uitzicht bood op een groot rotsplateau met daarop een soort van huis. Toen hij dichterbij kwam, glom het aluminium dak heftig in de zon. Overal rondom het primitieve bouwsel klonk het geluid van smeltende sneeuw die eruit weende. De ramen grijs beslagen van het stof. Hij gokte dat het een dikke veertig kilometer bij de plek in de bossen vandaan stond waar hij de jongen de eerste keer naartoe had gebracht. In vogelvlucht. Ze waren geen vogels. Ze liepen dat hele dichtbegroeide, haveloze terrein over. Hij vroeg zich af waar ze overwinterden. Hoe. Waar de anderen waren, de moeder, zussen, broers.

Hij besloot terug te gaan naar de plek waar hij de Pearls voor het eerst had ontmoet, bij die ongemarkeerde weg van de Forest Service. De voettocht langs het hek was niet minder lastig, de maïskorrelsneeuw tot aan zijn enkels, en het laatste stuk gleed hij haast bij elke stap weg. Toen hij de richel bereikte, ging hij op de natte stenen zitten, zweette onder zijn jas tot hij het weer koud had. Van waar hij zat was de stof van de kleding die hij onder die richel had gepropt zichtbaar, maar hij liep er toch naartoe en trok alles eruit. Het was er in een wanordelijke prop weer tussen gedouwd. Niet zoals hij het had achtergelaten. Het flesje met het middel tegen giardia lag er nog, maar het plastic tasje waar hij de vitamine c in had gewikkeld niet. Hij doorzocht de kleren en tastte er onder de richel naar. Hij zocht de grond in de omgeving af.

'Vuilakken,' zei hij glimlachend.

Hij propte alles terug, en liep terug naar zijn auto.

De volgende dag keerde hij terug met meer vitamine c, een flesje multivitaminen en verscheidene chocoladerepen en blikjes bonen en kippensoep. Hij vouwde de hele boel bij elkaar in, en legde het terug in de spleet. Hij bekeek de verborgen voorraad van een afstandje, knipte in zijn vingers en legde de spijkerbroek vooraan, zodat ze zouden weten dat hij langs was geweest.

Drie dagen later zag hij de jas onder de richel liggen in plaats van de spijkerbroek. Hij slaakte een juichkreet en hoopte dat ze ergens in de buurt waren en hem hoorden. De vitamine c en de blikjes waren weg. Hij vulde de soep en bonen aan, en voegde er wat ingeblikte groente aan toe. Hij at zelf een chocoladereep op.

'Potverdorie,' zei hij.

De jongen dook zo ongeveer op het moment dat Pete hem had verwacht op. Midden op de dag. Een behoorlijk eind van waar ze hun kamp ook hadden opgeslagen. Hij kwam met lange, soepele stappen tussen de gele ribes vandaan, keek vluchtig om zich heen, zag Pete bijna niet zitten, een meter of zeven bij hem vandaan. Hij zette het op een rennen. Pete wachtte.

Na veertig minuten kon hij net horen dat de jongen achter hem de heuvel op kwam.

'Je bent alleen,' vroeg of zei de jongen, dat was moeilijk te zeggen.

Het gezicht van het joch was uitgemergeld. Geen babyvet. Zijn teint een tikje spookachtig.

'Heb je die vitamine c geslikt?' vroeg Pete.

Het joch liep langs hem heen naar de richel en begon zijn canvas tas met blikjes te vullen. Hij stopte de chocolade in zijn jas.

'Ik zou graag met je meegaan.'

De jongen keek de heuvel af.

'Mijn pa,' zei het joch bij wijze van uitleg.

'Ik zou graag met hem praten. Er moet een makkelijker manier zijn waarop ik kan helpen dan dat ik die spullen helemaal hier onder een verdomde rots achterlaat.'

'Daar weet hij niets van.'

'Waar denkt hij dan dat die spullen vandaan komen?'

'Ik ga soms het stadje in.'

'Naar de supermarkt?'

'Soms.'

'Om dingen te jatten.'

Het joch zuchtte ongeduldig, pulkte met zijn duim aan een gat in de mouw van zijn sweater.

'Dat hoef je niet te doen.'

De jongen hees de tas over zijn schouder en begon de heuvel af te lopen. Pete volgde hem door een wirwar aan cedertakken, jonge limoengroene varens en blauwgrijze mossen. Het natte doolhof van het joch. Ze liepen over een nieuw stuk land, tussen een rij hoog boven hen uittorende ponderosaden door. De lange bruine naalden kraakten zachtjes onder hun voeten. Koude windvlagen rolden onzichtbaar over de vochtige en lege ondergroei van de bomen.

Het joch stopte met lopen. Ze leunden tegen de dennenbomen, met hun gezicht naar elkaar toe. De jongen nam hem op.

'Je mag niet mee.'

'Ik weet dat je bang bent dat er iets zal gebeuren,' zei Pete.

'Er zal ook iets gebeuren. Met jou.'

'Denk je echt dat hij me iets zal aandoen?'

De jongen trok puzzelstukjes schors van de boom en schoot die met zijn vingers door de lucht, liet ze zeilen als bladeren. Wat een afstanden legde hij af. Wat een tijd had hij doorgebracht in deze bossen.

'Ik heb met een vent gesproken die jullie is tegengekomen nadat al die as naar beneden kwam.'

De ogen van de jongen schoten omhoog naar Pete.

'Zo te horen waren jullie behoorlijk bang. Je pa dacht dat de wereld zo'n beetje was vergaan.'

De jongen brak met zijn voet een tak in tweeën.

'Maar dat was niet zo, of wel?'

De lippen van het joch vernauwden zich over zijn tanden. Hij krabbelde aan zijn wang, maar ging toen verder met het ontschorsen van de boom, schoot stukjes fluitend door de lucht.

'Ik wil niet meer dat jullie je zo voelen. Alsof jullie hier helemaal alleen zijn. Ik kan jou en je moeder en je broers en zussen helpen.'

Pete hurkte tegen de boom, zodat hij op ooghoogte van de jongen zat. Hij boog zich in de baan van de starende blik van het kind om enig oogcontact te krijgen.

Het joch draaide zich om en rende weg.

Door de houding waarin Pete tegen de boom zat – zijn rug ertegenaan, geen hefboomwerking – was hij meteen in het nadeel. Het duurde al even voor hij overeind was gekomen, en toen hij achter de jongen aan wilde rennen, gleed hij uit op het gladde tapijt van dennennaalden. Tegen de tijd dat hij op een sukkeldrafje liep, was het joch weg. De grote dennen waren niet erg dik – zeker niet vergeleken met de ceders –, maar nadat hij snel een meter of vijftien voorsprong op Pete had genomen, was hij verdwenen. Of hij verstopte zich. Pete ging langzamer lopen, zocht de ene en de andere kant op, verwachtte dat hij op de jongen zou stuiten, die zich had verstopt achter een van de enorme stammen. Tevergeefs. Als het joch voluit bleef rennen, maakte zo naar hem zoeken het hem alleen maar makkelijker om weg te komen. Pete rende zo hard als hij kon de kant op waarvan hij gokte dat de jongen die op was gegaan.

'Benjamin!' riep hij. 'Kom op nou! Ik wil alleen even met je praten!'

Hij zag een waas voor en rechts van hem, een meter of vijftig bij hem vandaan. Of het was daar iets wat leek te verschuiven door zijn eigen beweging. Hij rende toch maar naar het hersenspinsel toe. Tussen zijn gehijg door hoorde hij water. Hij bleef staan en luisterde, hield zijn adem in. Zijn hart bonsde. Ergens verderop kabbelde een beek. Iets wat afbrak, geschuifel. Pete rende naar het water. Hij wrong zich het struikgewas door. De oever was felrood, zijn oren ook. Zijn lange haar was zeiknat en als een zak ijs in zijn nek. Hij begon sneller te hollen en hij had pijn in zijn zij, maar het was te koud om zich daar een reet van aan te trekken. Hij botste tegen de cederboom op, een en al verdoofdheid en oprecht bezorgd dat hij zou verdwalen en zou doodvriezen. Hij vroeg zich af of de jongen hem had horen vallen. Of de jongen hem nu volgde. Of zijn pa dat deed.

Tegen de tijd dat hij bij zijn auto kwam, was zijn spijkerbroek stijf bij de enkels, maar in wezen was hij warm, zij het buiten adem. Hij zette de motor en de verwarming aan en hield zijn handpalmen voor de koude lucht die uit de ventilatiegaten blies. Hij blies op zijn handen en keek in het handschoenenkastje. Hij zette de motor af, stapte uit de auto om de achterbak open te doen. Hij keek met tot spleetjes geknepen ogen naar het bodempje roestige Canadese whisky, klokte het weg en smeet de lege fles het onkruid in.

De sneeuw bleef maar vallen en daarmee sneuvelde elke dwaze hoop op een vroege lente. Pete werkte aan een paar zaken in het oostelijke deel van zijn regio. Moeilijk te bereiken blokhutten in de Flathead waar de grimmige bewoners zodra ze hem zagen begonnen te ijsberen en briesen als stieren. Hij lunchte met Cecils zusje, bij haar op school. Hij wist voorzichtig uit Katie te krijgen waar zij en haar moeder de laatste tijd hadden uitgehangen. Ze hadden een autoritje naar Denver gemaakt, om redenen die het meisje niet bekend waren. Toen hij Debbie opzocht, nam hij niet eens de moeite te proberen het complete verhaal te horen te krijgen, stelde haar er alleen maar van op de hoogte dat haar Cecil in Pine Hills zat. Ze mimede verontwaardiging over Cecils opsluiting, maar Katie maakte zich oprecht zorgen toen Pete het haar vertelde, vroeg of hij oké was en hoelang hij in de gevangenis zou zitten. Hij beloofde dat hij Cecil er zo snel mogelijk uit zou halen.

Toen hij weer bij het gerechtsgebouw aankwam, stond Benjamin Pearl bij hem op de gang, voor zijn deur.

'Mijn pa is blind geworden,' zei de jongen met een krakende stem. Hij ijsbeerde, en de woorden stroomden sneller uit hem dan Pete ze bij elkaar kon rapen, helemaal door elkaar gehusseld.

Het gekrijs van de oude man, hete poken die in zijn oogkassen schroeien. Ze proberen water en hij gilt en kronkelt over de koude grond. Hij rent weg. Ben moet hem gaan zoeken. Hij is in het bos, met blindheid geslagen. De volgende ochtend zitten zijn ogen potdicht van de zwellingen. Het sneeuwt weer. De sneeuw is overal. Ben wil weten of dit zijn schuld is. Hij zegt dat God geen antwoord hoeft te geven, dat Ben het antwoord al weet. Hij moet zorgen dat dit goedkomt. Hij zoekt Petes kaartje op en vertrekt, terwijl zijn vader hem naroept, waar ga je heen. Waar denk jij heen te gaan. Of Pete kan helpen, hij moet helpen.

Het kamp, weer een ander, lag een kilometer of zes van National Forest Development Road nummer 645 af, het grootste deel daarvan heuvelop en voor zover Pete het kon inschatten niet al te ver van Separation Creek en zijn eigen huis vandaan. Misschien een voettocht van een dag naar de oude houthakkersweg die vanuit de lege wildernis meanderend omlaag liep naar zijn huis.

Jeremiah was niet in het kamp – een canvas dekzeil dat in een stapel jong, stevig elshout verdween, een paar rugzakken, een paar beddenrollen en een vuurkuil –, maar lag languit op zijn rug bij het stroompje van een oude waterbron. Stenen op zijn ogen gelegd vanwege de koelte erin. Pete zocht naar tekenen van de andere Pearls, de zussen en broers en moeder, maar die waren er niet.

'Papa?'

De man ging rechtop zitten en de stenen vielen op de grond. Zijn ogen bonsden ongetwijfeld onder hun gezwollen leden, zelfs van een afstandje een ziedende tint rood.

'Waar heb jij verdomme gezeten?'

'Ik...'

'Kom hier, verdomme.'

De jongen kwam naar voren en zijn vader had hem bij zijn arm, greep zijn hoofd beet en leek op het punt te staan hem een flinke afstraffing te geven, maar tastte hem alleen maar aan alle kanten af om te voelen of hij nog heel was. Iets wat hij met een blik had kunnen vaststellen en dat een nieuwe mate van zeggingskracht kreeg via de hand. De jongen sloeg zijn armen om hem heen en hield hem vast, terwijl zijn vader hem afklopte.

Plotseling schoot de man overeind, trok het kind achter zich, hield zijn jongen nog steeds bij zijn schouder vast.

'Wie is daar?'

Pete had nog geen stap gezet of zich überhaupt verroerd, maar de man had hem evengoed opgemerkt.

'Meneer Pearl, ik ben het, Pete...'

'Maak verdomme dat je wegkomt, jij,' zei hij. Zijn gezicht glinsterde van het water, van de tranen. Pus hing als een made in een van zijn ooghoeken.

'Ik heb medicijnen voor u bij me.'

'Er bestaat geen remedie als God je met blindheid heeft geslagen, dwaas die je d'r bent.'

'Ik durf te wedden dat u alleen maar lasogen heeft van de sneeuw,' zei Pete. 'Een behoorlijk zwaar geval, zo te zien.'

'Ik heb geen lasogen! Stommeling!' Hij ging staan, wankelde en pakte de jongen vast om zijn evenwicht te hervinden.

'Op deze hoogte ligt er overal sneeuw, meneer Pearl. Niet veel, maar alles wordt erdoor bedekt. U bent gisteren een paar uur op een terrein zonder schaduw geweest, gok ik zo.'

Pearls ogen bewogen rond, zonder iets te zien.

'Het licht hoeft niet eens zo fel te zijn. Echt niet,' zei Pete. Hij ging zitten en begon dingen uit zijn rugzak te halen. 'Mijn dochter en ik gingen een paar winters geleden crosscountryskiën. Volkomen bewolkt. Je kon de omtrek van de zon achter de wolken onderscheiden, maar nog maar net. Uren daarna begonnen dingen wazig te worden. Tegen het avondeten waren we in wezen blind. Er is geen direct zonlicht voor nodig, wil ik maar zeggen. Bij ons was het waarschijnlijk nog erger zelfs, omdat we niet de hele dag met onze ogen hadden geknepen.'

Terwijl Pete praatte, wreef Pearl met de vingers van één vuile hand in zijn oogkassen. Zijn gezicht vertrok van de inspanning en hij stootte een keelklankig *Aaah* uit, terwijl hij van de pijn met zijn hoofd draaide en de kwelling als een dier probeerde af te schudden.

'Niet aan zitten. Alstublieft, meneer Pearl. Ik heb de oogdruppels bij me die de huisarts mij en mijn dochter tegen de pijn gaf, en een paar zalfjes. Er is geen enkele reden om te denken dat er iets mis is.'

Pearl wiegde heen en weer.

'Papa,' zei Benjamin.

'Hou je kop, jij,' mompelde Pearl.

'Hij heeft steeds eten voor ons achtergelaten, papa. Het heeft ons al geholpen!' De vader draaide zich om, en de jongen glipte uit zijn greep.

'Wees niet boos op uw zoon, meneer Pearl. Het was mijn schuld. Hij probeerde alleen maar te zorgen dat u en uw gezin' – Pete wierp een blik achter zich, naar het kamp, vroeg zich af waar hij dacht dat hij de rest van de kinderen misschien zou zien – 'het redden.'

'Laat hem u helpen,' smeekte Benjamin. 'Hij is oké, papa.'

De man bracht zijn vingertoppen naar zijn slapen en begon te mompelen. Toen glimlachte hij, een paar tanden glinsterden op tussen het stro van zijn baard, en hij begon te praten, en Benjamin knielde samen met hem neer. Om te bidden, realiseerde Pete zich. Ze vouwden hun handen en bogen het hoofd. Pearl sprak rechtstreeks tot God, vroeg hem of het Zijn wil was dat hij blind werd of niet. Zou het herstel van zijn gezichtsvermogen Pearl in staat stellen Zijn wil ten uitvoer te brengen, of was die gedachte ijdelheid. Was dit de zoveelste in een reeks beproevingen, vroeg hij, met een meesmuilend halfgrijnsje, als een man die een weddenschap had gewonnen van een goede vriend. Pearl verstijfde en zei dat hij alles kon verdragen waar God hem aan onderwierp. Dat God dat toch moest weten. Dat Pearl ter plekke zijn handen in zijn mond zou steken om zijn tanden eruit te wrikken, als dat Zijn Heilige wil was. Dat Hij alleen maar hoefde te spreken. Eén woord.

Ze bleven op hun knieën zitten. Toen tilde Pearl zijn hoofd op en leek er een of andere lange gedachte door zijn hoofd te gaan, of misschien probeerde hij Pete te zien.

Ten slotte ging Pearl staan. Hij zei dat het goed was als Pete hem wat van het medicijn gaf. Wat maakte het uit, wat kon een geneesmiddel uitrichten als het niet Gods wil was.

Pete had goed geluisterd, omdat hij niet wist, niet kon zien of Beth wel oplette toen de arts uitlegde hoe ze de oogdruppels en zalfjes moest gebruiken. Ze werd nerveus van ziekenhuizen, en toen ze thuiskwamen bleek het terecht dat hij woordelijk had onthouden wat de dokter had gezegd dat ze moesten doen. Maar dat was twee winters geleden.

Hij haalde een veldfles gedestilleerd water, het pakje gaas en de schaar uit zijn tas. Hij legde die op zijn jas, die hij op de grond had uitgespreid. Hij rolde zijn mouwen op, waste zijn handen met een nieuw stuk zeep, spoelde ze af met het gedestilleerde water en droogde ze af met een handdoekje uit de tas. Er waren twee zalfjes en een flesje druppels. Eén van de drie was tegen de pijn. De druppels. De arts had gezegd dat witte pus betekende dat de infectie bacterieel was. Hij zei dat ze in dat geval een van de zalfjes moesten gebruiken. De antibioticumzalf. Of die andere.

Pearl zoog door op elkaar geklemde tanden lucht naar binnen bij een verse golf van pijn.

Pete vroeg Pearl te gaan liggen en zijn hoofd op Benjamins schoot te laten rusten. Hij vertelde hem dat hij water in zijn ogen ging gieten en ze zo schoon mogelijk wilde spoelen. Pearl deed wat Pete hem opdroeg. Hij zei tegen Pearl dat hij moest proberen te knipperen. 's Mans oogleden waren zo gezwollen, dat ze dichtzaten en toen hij ze opendeed, scheurden ze als worstenvelletjes, waar dik pus uit sijpelde. Pete goot water in zijn ogen en de man kromde zijn rug van de pijn, maar hij schreeuwde niet. Pete zei tegen hem dat hij druppels voor hem had die de pijn enorm zouden verlichten. Hij zei dat hij stil moest blijven zitten en veegde het pus stevig weg, zodat hij dat niet nog eens zou hoeven doen. De man jammerde. Pete zei tegen hem dat hij zijn oogleden ging opentrekken en de druppels erin zou doen. Pearl blafte dat hij gewoon moest opschieten. Pete wrikte met één hand een oog open, de stroperige wimpers als vliegenpapier, en zag alleen het zwarte, zichtloze zwaartepunt van zijn pupil. Hij kneep een druppel op de oogbol. Of niet. Hij wist het niet zeker, het ooglid klapte dicht en de man deinsde onwillekeurig terug. Pete zei laten we het andere oog proberen, en de pupil was naar boven gerold toen hij de oogleden opentrok en deze keer zag hij de koele druppel de oogbol raken. De adem van de man zwoegde in en uit hem. Benjamin streek met zijn hand over het hoofd van zijn vader terwijl de druppels hun werk deden. Pete legde uit waar het zalfje voor was, maar nu de pijn afnam, werd Pearl gedwee en hij liet hem het zalfje langs de onderrand van zijn geopende ooglid smeren, als een lijntje wit glazuursel.

Ze keken toe hoe de kwellende pijn uit hem trok. Gesmolten afscheiding liep als witte tranen langs zijn slapen, maar de man bleef roerloos zitten en Pete dacht dat hij misschien van zijn stokje was gegaan – hij was twee dagen wakker geweest, met veel pijn –, maar hij pakte Petes hand en klopte erop. De jongen snufte en grijnsde Pete dankbaar toe. Pete liep naar het vuur en liet de twee alleen.

Hij bleef twee dagen bij de Pearls. De eerste avond maakte hij hotdogs, maar die weigerden ze. De jongen zei dat ze geen zwijn aten. Het blik varkensvlees met bonen kon ook weg. Pete at de hotdogs zelf op en gaf hun broodjes kaas en kleine blikjes fruitcocktail. De man was een paar minuten nadat ze gegeten hadden al diep in slaap en lag te snurken. Ze gingen een tijdje bij het kampvuur zitten, en Pete stelde voor dat de jongen naar bed zou gaan, rolde een sigaret en nam een slokje uit zijn heupfles. Hij betrapte het kind erop dat het in zijn slaapzak naar hem lag te kijken. Ze grijnsden elkaar toe. Toen draaide de jongen zich om naar zijn vader.

Op de eerste ochtend zaten de ogen van de man dicht van de korstjes en ze voerden dezelfde rituele wassingen uit, gebruikten de druppels en brachten de zalf aan. Hij zuchtte bij die nieuwe verlichting en liet de jongen zijn hoofd strelen.

Pete stond op, strekte zijn benen en bekeek het kamp. Ze hadden de aarde uitgegraven en gladgestreken op een heuvel die best een goed uitzicht over de vallei bood en maar een klein eindje lopen van de richel lag die uitkeek op de noordelijke route naar hun positie. Ze waren dicht bij vers water, er zo dichtbij dat zelfs een blinde man die verging van de pijn het kon vinden.

Pete inventariseerde hun spullen, de opvouwbare bekers, lichtgewicht aluminium borden, vorken, lepels en messen, en een paar kleine pannetjes. Ze hadden in de openlucht geslapen, maar het gebied dat ze hadden gegraven strekte zich uit tot een aardig eind de heuvel in. De hut die ze van kleine boomstammen hadden gebouwd was aan weerszijden ongeveer een meter twintig hoog, met een flink stuk canvas er strak overheen gespannen. Pete zag onder de flap hengels, geweren en een ratjetoe aan kledingstukken, petten en niet bij elkaar passende handschoenen liggen.

Het enige wat er ontbrak, waren de andere Pearls.

Bij het avondeten ging de man rechtop zitten, wenkte zijn zoon en zei zachtjes iets tegen hem. Het kind ging de schuilplaats in en kwam terug met een tas die hij aan zijn vader gaf. De man graaide ernaar, zette de tas op schoot, tastte tussen de munten die erin zaten en haalde er een uit.

'Waar ben je?' vroeg hij.

'Hierzo,' zei Pete.

Pearl gooide de munt naar hem toe. Hij landde tussen zijn benen, op de plek waar hij gehurkt zat. Hij had ongeveer de grootte van een stuiver, van puur goud, met een antilope achterop. Een aristocraat op de keerzijde.

'Dat is een Krugerrand van zeven gram,' zei Pearl. 'Voor de medicijnen, het eten en de moeite. Ik weet niet wat de goudprijs op het moment is, maar dat is meer dan redelijk.'

'Ik kan dit niet aannemen.'

'Dat kun je wel. Je kunt hem inwisselen voor honderd dollar. Op z'n minst.'

'Ik heb gehoord dat u niet in de dollar gelooft.'

Pete kon zijn ogen niet zien om vast te stellen wat de man van die opmerking zou vinden. Pearl hoestte een klodder snot op en spuugde.

'Van wie?'

'Een pandjesbaas. En een drugsteler.'

Pearl tilde zijn kin op en draaide zijn hoofd om Pete beter te kunnen horen.

'Sinds ik uw zoon tegenkwam,' zei Pete, 'heb ik een beetje rondgevraagd naar jullie.'

Pearl depte zijn ooghoek met de rug van zijn hand.

'Ik kan dit echt niet aannemen,' zei Pete over het muntstuk. 'Helena betaalt alles. Vergoedt de onkosten, in elk geval. En betaalt mijn salaris.'

'Geef dan de keizer wat des keizers is,' zei Pearl.

'En als u nou gelijk hebt? Als de wereld instort en geld waardeloos wordt? Zult u dit goud dan niet nodig hebben?'

Pearl glimlachte. Pete vroeg waarom.

'Nou, wat is goud?'

'Ik begrijp de vraag niet.'

Pearl boog zich naar voren, liet zijn ellebogen op zijn knieën rusten.

'Dat metaal is nergens núttig voor, of wel soms? Het is zacht en waardeloos. Het enige wat we met goud doen, is er afbeeldingen van dieren, dode mannen en symbolen van de vrijmetselaars op stempelen. Het smelten en er prullen van maken,' zei hij, en hij deed een denkbeeldige ring om zijn vinger. 'We stapelen er staven van op in kluizen.'

Hij legde goudstaaf op onzichtbare goudstaaf. Een oog plakte niet meer en was gedeeltelijk opengegaan, wat hem het aanzicht van een gestoorde landloper of een ziener gaf. Een beetje van allebei.

'Een blikje Spam is nog een betere waarborg tegen de Apocalyps,' zei hij glimlachend. 'Dat blijft duizenden jaren goed, en je kunt het eten.'

Pearl tastte zijn lijf af, vond een paar vingerloze wollen handschoenen in een van de vele zakken van zijn olijfgroene legerjas en trok die aan. Hij hield zijn hoofd scheef naar een geluid dat alleen hij hoorde, een of andere auditieve waan die voortkwam uit zijn eigen paranoia.

Pete draaide het muntstuk om in zijn hand.

'Waarom hebt u in deze geen gat gemaakt?'

Pearl glimlachte, vermoedelijk om zijn eigen beruchtheid.

'Dat is een Zuid-Afrikaanse munt. Ik heb geen mening over de afbeeldingen die erop staan.'

'Maar Lincoln en Washington?'

'Washington was een slavenhouder en een vrijmetselaar. En Lincoln gaf ongedekte recepissen uit om zijn oorlog tegen de staten te bekostigen.'

'En FDR?'

'Laat me niet lachen,' zei Pearl.

De jongen keek toe hoe ze zaten te praten en naar Pete, alsof hij belang had bij de uitkomst van het gesprek. Alsof hij wilde dat Pete zijn vaders test zou doorstaan. Zich er zorgen om maakte, zelfs.

'Ik ben geen man,' zei Pearl, zonder aanleiding en alsof hij een ander gesprek voerde, met een geest in hemzelf.

'U bent geen man,' herhaalde Pete. 'Wat bent u dan wel?'

Het kind wendde zijn blik van Pete af. Het begon hem langzaam te dagen dat Pearl helemaal niet weerloos was, dat de jongen alles zou doen wat hem werd opgedragen, dat hij op Vandine had geschoten...

'Ik ben dynamiet,' zei Pearl, glimlachend. Hij hield zijn hoofd schuin alsof hij Petes gezichtsuitdrukking wilde horen.

De jongen weigerde Pete aan te kijken.

'Wat betekenen de verschillende vormen van die gaten?' vroeg hij, alsof ze het over een of ander onschuldig staaltje ambacht hadden. 'Het vierkant, de ster en het sleutelgat?'

'Symbolen,' zei Pearl, en hij liet zijn vingers in de lucht fladderen.

'Van...?'

'Van niets. Zoals alle symbolen. Van zichzelf. Van een virus. Net als in de Tulpenwoede.'

'De wat?'

De jongen ging abrupt staan. Pete verzette zich tegen de neiging zelf ook te gaan staan toen het kind de tent in ging.

'Eeuwen geleden was er een markt in Holland,' zei Pearl. 'Het land ontwikkelde zich destijds in de richting van het moderne kapitalisme. Handel in valuta en goederen. Termijnmarkten.'

Pete vroeg zich af of wat Pearl dan ook had gezegd – tol pen woede? – een soort teken was. Of de jongen op datzelfde moment een geweer aan het pakken was.

'Een nieuwe klasse van investeerders,' vervolgde Pearl. 'Nieuwe manieren om tegen een lage prijs in te kopen en tegen een hoge te verkopen. Termijncontracten. Weddenschappen afsluiten, in wezen – met bubbels en crashes tot gevolg.'

De jongen bleef in de tent.

'Kun je me volgen?'

Eerder was het hem niet gelukt te doden. Misschien had Pearl erop gestaan dat zijn zoon het nog eens probeerde.

'Meneer Snow?'

'Ja, ik kan u volgen.'

'De Tulpenwoede was zo'n bubbel, gevolgd door een crash,' zei Pearl. '"Woede" betekent gekte in het Nederlands.'

'Gekte. Ja,' zei Pete afwezig.

'Kijk, de tulp was destijds een nieuwe bloem, in Europa. Heel populair. Het had een onschuldige modegril moeten zijn, maar dankzij de Tulpenwoede is het tot op de dag van vandaag een symbool voor Holland.

'In die bloem zat een virus, die tot uitdrukking kwam in gekleurde stroken op de bloemblaadjes. Tijgerstrepen en vlammen. De Nederlanders begonnen ze als een bezetene te rubriceren, gaven ze namen als "Viceroy" en "Semper August". En die besmette tulpen moesten zorgvuldig gecultiveerd worden. Dat verhevigde het gevoel dat ze waardevol waren nog meer.

'Bijna van de ene dag op de andere begonnen de kwekers die die bloemen verzorgden exorbitante prijzen voor de bollen te vragen. En dat stimuleerde weer de tweede oorzaak van de Tulpenwoede: de Nederlandse speculatiemarkt.'

De jongen kwam de tent uit in een te grote *peacoat* die hij verkeerd had dichtgeknoopt. Zijn handen in de zakken.

'Er werden contracten opgesteld om de kwekers met een vaste prijs te beschermen,' doceerde Pearl. 'Tegen snelle schommelingen op de markt. Een "termijncontract". En terwijl de prijzen van de bollen bleven stijgen, gebeurde er iets verrassends: die contracten zélf werden handelsgoederen. Naarmate de prijzen van die contracten de pan uit rezen, deden de prijzen van de bloemen dat ook. Moet je je voorstellen. Voor het eerst was de prijs van een voorwerp – en een nutteloos voorwerp bovendien – volledig gebaseerd op enthousiasme.'

'Enthousiasme,' herhaalde Pete, terwijl hij de jongen in de gaten hield.

'Volstrekt normale mensen ruilden hun paarden en schapen in tegen bollen van de zeldzame variëteiten. Soms meer dan verscheidene tonnen goederen – kaas, een stier, bier – werden geruild tegen één enkele Viceroybol. Een tijdlang verving de tulp de florijn zelfs als de nationale geldeenheid. Het was een fucking wóéde.'

'Een woede,' zei Pete.

De jongen nieste, waar hij van schrok.

'Gezondheid,' zei Pearl.

De jongen veegde zijn neus af met zijn mouw en legde beide lege handen in zijn schoot.

Hij pulkte in zijn neus.

'Toen, op een dag,' ging Pearl verder, 'was het alsof iedereen zijn gezonde verstand, dat in een kledingkast of aan een spijker in de schuur had gehangen, weer terugvond. De tulp werd gewoon weer een bloem. De prijzen stortten in. Hele families raakten geruïneerd, generaties aan rijkdommen waren verkwist aan vrijwel waardeloze contracten op zieke bloemen.'

De jongen had geen pistool.

'Dus uw munten,' zei Pete, 'die zijn zoiets als die... tulpengekte?'

Pearl antwoordde of bewoog niet. De jongen knoopte de jas inmiddels open om hem recht te trekken.

'Volgens die pandjesbaas zijn er mensen die flinke bedragen neertellen voor uw munten,' zei Pete. 'Hij vertelde me dat er overal verzamelaars zitten. Dat ze bijna een ander soort geld zijn geworden. Hij zegt dat u een genie bent. Dat u met iets groots bezig bent.'

Pearl grinnikte en knikte wijsgerig.

'Ik ben de kakangelist.'

'Ik weet niet wat dat is.'

'De brenger van slechte tijdingen. Het kwade woord.'

'Dus uw munten zijn een waarschuwing.'

'De munten zijn gejammer, terwijl een luidkeelse angstkreet op zijn plaats is. We zitten nu in een totaal andere situatie. De Heer heeft mij over de volkeren gesteld, opdat ik die zou kunnen uitroeien, neerhalen en vernietigen. Ik denk dat de pandjesbaas gelijk heeft. Ik zal met iets ongelooflijks in verband worden gebracht. Mijn enige angst is dat ik op een dag als een heilige zal worden gezien.'

Het alarmeerde Pete toen hij zich realiseerde dat de jongen stond. Hij had zich laten meevoeren door Pearls ontluikende charisma, zijn charme van de gek. Nu stond het kind op zijn benen en liep de bossen in.

Pete probeerde geruisloos te gaan staan.

'Ga je ergens heen?' vroeg Pearl.

'Ik strek alleen mijn benen even,' zei Pearl. 'Waar is Ben naartoe?'

'Het is maar een jongen. Een jongen die je te hulp bent gekomen,' zei Pearl. 'Je bent toch niet bang voor ons, hè? Voor die arme, achterlijke mensen die jouw bijstand nodig hebben?'

'Dat heb ik niet gezegd. Dat denk ik niet.'

'Je aanwezigheid hier impliceert het.'

'Nee. Ik ben gekomen om te helpen. Meer niet. Ik weet dat jullie mensen zijn waar je niet mee moet sollen.'

'Ah,' zei Pearl. 'De man in het as. Klopt dat?'

De jongen was achter Pete, in het donker. Hij draaide zich om en tuurde naar de bomen, maar hij kon niet tussen de ceders en lariksen door kijken.

'Klopt dat?' vroeg Pearl opnieuw.

'Ja,' fluisterde Pete.

'We moeten scherp zijn voor de Heer,' zei Pearl.

De jongen stapte vrolijk tussen de varens door en het licht van het kampvuur in, liet een armvol brandhout vallen en ging het bos weer in. Pearls troebele ogen waren half open, namen Pete of zijn silhouet op. Hij ging weer zitten.

'U dacht dat 't het eind van de wereld was,' zei Pete.

'Van deze wereld.'

'Maar dat was het niet. Uw vrouw. Wat dacht zij?'

'Waarvan?'

'Van alles... Waar is ze?'

De blinde man maakte een vaag gebaar, zijn arm omhoog en achter zijn oor, alsof hij wilde zeggen dat ze ergens dieper de bergen in waren en vele kilometers daarvandaan.

'Met de andere kinderen?'

'Ja. Ze is bij de andere kinderen.'

'Ze leeft.'

'Ja.'

De jongen kwam met meer hout terug.

'Het zál zo zijn,' zei Pearl.

'Wat zal zo zijn?'

'Het einde. Vuur, rook, bloed.'

Pearl wreef over zijn slapen. Pete vroeg of hij weer pijn had. De man antwoordde niet.

'Ik zie nu dat je een werktuig bent,' zei Pearl. 'God is ondoorgrondelijk en ik weet niet hoe het eindspel eruit zal zien, maar Hij heeft duidelijk gemaakt dat jij er nu bij betrokken bent.'

'Oké. Heeft uw vrouw iets nodig? De andere kinderen, zijn die...?'

Pearl zei dat hij nieuws nodig had. Toen ze op weg waren naar het westen, hadden ze gelezen over de moordaanslag op Aldo Moro door de Rode Brigade. Hij zei dat in de Openbaring van Johannes 13:3 werd voorzegd dat de Antichrist een dodelijke verwonding zou overleven. Dat hij zou wederopstaan om de legers tegen God aan te voeren. Hij zei dat hij een lijst van mogelijke antichristen had. Hij zei dat dat een paar van de dingen waren die hij moest weten.

De jongen legde hout op het vuur, grijnsde vriendelijk naar Pete, had geen idee wat er allemaal was gezegd. Of, waarschijnlijker, hij was er compleet aan gewend.

19

Weer zei de liftbediende tegen Pete dat Mary niet thuis was en weigerde hij hem binnen te laten. Pete rookte in de lobby van de bioscoop, keek door de glazen deuren of er iemand de trap af kwam – bewoners op de eerste paar verdiepingen lieten de lift en de humeurige Charon die hem bediende links liggen – maar er kwam niemand naar beneden. Hij kocht een kaartje voor een matineevoorstelling en ging op het balkon zitten. De zaal liep leeg en hij deed alsof hij in de lobby op de eerste verdieping wachtte op iemand op de wc. Een paar spijbelende scholieren verlieten de bioscoop en een zaalwacht kwam schoonmaken. Boven aan de trap stond een open schoonmaakkast met daarnaast een deur die op slot zat. Pete kon de gang van het appartementengebouw door het raampje in de deur zien.

'Heb je jezelf buitengesloten?'

De conciërge was al aan het zoeken tussen zijn sleutels.

'Ja, ik wilde alleen... Ja.'

De conciërge keek hem vreemd aan.

'Kom je voor Iris?'

'Eh, ja.'

De conciërge had de sleutel gevonden, maar deed de deur niet open. Hij keek om zich heen en wreef toen met de vingers van zijn vrije hand tegen zijn duim. Pete gaf hem een tientje.

'Heb je de caissière een fooitje gegeven?'

'Ik...'

'Zeg maar tegen Iris. Die regelt het wel. En via dezelfde weg terugkomen. Niet met de lift.'

Er was dus een hoer, en dat beviel de liftbediende niet of er was hem door de eigenaren van het gebouw opgedragen er iets aan te doen. Pete liep de trap op. Nieuwsgierig welke deur de hare was. Vroeg zich af of er ellende van zou komen als die gast achter de kassa zijn fooi niet kreeg. Hij wilde bijna naar beneden gaan om de man die zelf te geven, om hun handel niet te verpesten.

Mary's kamer lag in de hoek van een L-vormige gang en hij bereikte hem via de achtertrap. Zag hem vanuit een nieuw gezichtspunt. Er kwam een man naar buiten, die haar deur achter zich dichttrok. Petes maag draaide om. De man liep recht op hem af, keek omlaag. Pete staarde naar hem – grijze slapen en een pak van honderd dollar –, draaide zich vervolgens om naar de dichtstbijzijnde deur en haalde zijn sleutels tevoorschijn. De man liep langs hem en ging naar buiten waar Pete net binnen was gekomen.

Pete stond voor Mary's appartement, klopte nog net niet aan. Zijn vuist in de lucht. Hij vroeg zich af wat ze zou zeggen. Als ze al iets zei. Zijn brein en hart raceten behoorlijk, maar al zijn beredeneerde gedachten neigden ertoe het te negeren. Totaal niet haar type. Misschien had ze via haar werk met hem te maken. Misschien iets met een zaak. Misschien was het haar vader wel.

Ze had geen vader.

Misschien was zij Iris wel.

Hij rende naar de trap die op de lobby van de bioscoop uitkwam. Op de overloop boven de lift ging hij op zijn hurken zitten en zag de liftbediende in de open cabine op zijn kruk zitten. Pete holde naar de eerste verdieping, drukte op het knopje van de lift, en was net weer op de overloop toen de liftdeur dichtging. Hij rende de laatste trap af en naar buiten.

Pete wachtte voor de bioscoop tot het pak naar buiten kwam. De man zag of herkende hem niet. Pete bleef een eindje achter, bekeek hem. Die gast was tegen de vijftig. Een fitte vijftiger. Slank, niet onaantrekkelijk. Maar toch.

Toen het pak de straat overstak en naar het noorden liep, bleef Pete aan zijn kant van Higgins en schaduwde hem twee huizenblokken, tot hij het Montana Building in ging. Pete sprintte door een gat in het verkeer en volgde hem de lobby in. Het pak was net de lift in gestapt. Hij hield de deur tegen.

'Bedankt,' zei Pete.

De man knikte. Pete betrad de lift en ging rechts staan, vlak achter het pak. Hij keek of hij tekenen van de gloed van seks zag. Vage krabbels en vlekken. Een tevreden uitstraling. Elk haartje zat op z'n plek. Er hing een zweem van een prettige aftershave tussen hen.

'Welke verdieping?' vroeg de man toen de lift zich sloot.

'De zevende,' zei Pete.

Het pak keek hem aan, met één opgetrokken wenkbrauw. Hij gebaarde naar het knopjespaneel. Er waren maar vijf verdiepingen.

'De bovenste,' zei Pete. De man drukte op het knopje en de lift ging omhoog.

Pete vroeg zich af wat hij nou precies van plan was, met het volgen van die vent.

De man stapte op zijn verdieping uit, Pete ging met de lift naar de bovenste verdieping, weer naar beneden en stapte op de tweede uit. Een gang vol kantoren met melkglazen ruiten. Kantoren van advocaten.

Hij ging naar buiten, bleef een behoorlijke tijd bij de stoeprand staan. Een vrouw in een auto gebaarde dat hij moest oversteken, aangezien hij in de goot stond. Hij ging de stoep weer op. Hij stond te aarzelen bij de ingang van Butterfly Herbs, vroeg zich af wat hij nu moest doen. Hij voelde een diepe steek van jaloezie in zijn binnenste, die hem verbaasde. Hij keek zonder echt te zien naar een politieagent die een zwerver ondervroeg en vervolgens arresteerde.

Hij beende naar het Wilma. De liftbediende zei dat ze thuis was.

'Zonder dollen,' zei Pete.

Ze kwam net onder de douche vandaan. In haar kamerjas, terwijl de stoom van haar natte zwarte haar kwam, als een smeulende autoband. Hij vroeg zich af of ze door het kijkgaatje had gekeken om te zien of hij het was. Of het haar verraste hem daar aan te treffen. Ze praatten, maar afgezien van de gebruikelijke beleefdheden kon hij niet zeggen waarover. Toen zij voorovergebogen in de badkamer stond om haar haar met een handdoek af te drogen, glipte hij de slaapkamer in. Het bed was opgemaakt. Hij rook aan de lakens. Ze praatte vanuit de badkamer tegen hem en hij doorzocht de gevlochten manden. Haar ondergoed. Rokken waaraan knopen ontbraken. Hij zocht de vloer af, op zoek naar gebruikte condooms. Naar een manchetknoop of een portefeuille. Een grijze haar.

Er lag niets. Hij dacht aan losgeraakte knoopjes.

Aan Beth.

Dit draaide om zijn vrouw, dat zij iemand anders had geneukt.

Mary kwam binnen, pulkte met een wattenstokje in haar oor en had de handdoek om haar hoofd. Hij legde een gevlochten deksel terug op een van haar manden.

'Wat nou?' vroeg ze, en ze hield haar hoofd opzij terwijl ze met haar oor bezig was.

'Ik zei niks.'

Ze rechtte haar hoofd en vroeg hem wat er aan de hand was.

'Niets.'

'Waarom zit je door mijn zooi te rommelen?'

Hij maakte een onschuldig gebaar dat vroeg waar hij in hemelsnaam naar op zoek kon zijn.

'Ik heb in meer groepstehuizen gezeten dan ik vingers en tenen heb, Pete. Ik merk het als mijn ruimte wordt... *geïnspecteerd*.'

'Wie was die vent?'

'Welke vent,' gromde ze zo'n beetje. Haar gezicht drukte uit dat hij maar beter met een goed antwoord kon komen. Een complete, gedetailleerde verklaring.

Is één vrouw alle vrouwen, vroeg hij zich af. Weten ze wat ze ons aandoen. Passen ze pikken als schoenen, en houden ze sommige en zetten ze andere terug. Is zij weer net zo als Beth.

Dat is ze.

'Dat klotepak dat net voor ik hier was bij jou de deur uit kwam.'

Haar mond viel open, maar net.

Ze knipperde met haar ogen.

'Pete, ik zeg dit maar één keer, omdat ik merk dat je boos bent en ik daar zenuwachtig van word: ik heb geen idee waar je het over hebt.'

'Lul-fucking-koek. Liftmans zei dat je de deur uit was. Wilde me niet boven laten.'

'Ik wás de deur ook uit. Klootzak. Ik ben net thuisgekomen, heb gedoucht en kwam er net onder vandaan toen jij aanklopte,' zei ze. Ze schudde haar hoofd, alsof ze het leeg wilde maken.

'Ik zag hem je kamer uit komen, Mary.'

'Wíé?!'

'Dat pak! Nog geen halfuur geleden.'

'Wacht eens even. Hoe ben je dan binnengekomen?'

'Krijg de tering, zo ben ik binnengekomen.'

'Schei uit.'

'Zeg nou maar gewoon wie het is. Lieg niet tegen me.'

'Oké, luister...'

'Ben je een prostituee?'

Een verstijfd moment lang zag ze eruit alsof ze ging huilen. Toen deed ze een stap opzij en wees naar de deur.

'Eruit.'

'Ben jij Iris?'

Haar vuisten waren als biljartballen. Ze was naakt en de handdoek om haar hoofd wikkelde zich los en viel voor haar ogen en hij had haar bij de polsen, maar maar heel kort, aangezien ze in zijn hand beet. Hij had haar bij haar haar vast, even. Iets hards sloeg tegen zijn slaap, en hij liet haar los, en weer gonsde zijn hoofd en hij merkte dat hij verwonderd was dat ze een hamer te pakken had weten te krijgen. Ze deinsde van hem terug en hij zag maar met een oog, en dubbel bovendien. De zware asbak trof hem midden op zijn borst en hij sloeg dubbel.

Ze snikte achter de badkamerdeur. Hij keek vol afschuw naar de haarstrengen die tussen zijn vingers gevlochten zaten en schudde met zijn handen in de lucht alsof de haren spinnenwebben waren. Overal op zijn schedel bloeiden bulten op.

Ze stond in de deuropening van de badkamer. In haar badjas. Er was misschien een uur verstreken, waarin hij tussen de as en sigarettenpeuken op haar vloer had gezeten.

'Ik ben Iris niet.'

'Ik weet wat ik gezien heb.'

'Nee, dat weet je niet.'

'Pardon?'

'Je bent door de deur naast het balkon naar binnen gegaan.'

'Nou en?'

'Pete. Je was op de verkeerde verdieping.'

'Neem je me nou in de maling, verdomme?' zei hij.

'Klootzak! Luister nou! Je begon op de eerste verdieping en bent de trap op gegaan, maar je telde vanaf de begane grond. Je bent twee trappen op gegaan, naar de dérde verdieping. Kloot. Zak.'

Ze deed de badkamerdeur dicht. Zijn hoofd tintelde, terwijl een verse lading dwaasheid over hem heen rolde.

'Mary.'

Hij hoorde water stromen en wist dat ze hem niet kon horen. Was hij maar nooit gekomen. Als hij de afgelopen paar uur kon terugnemen. Hij ging op het bed zitten en toen ze terugkwam, ging hij staan en zei tegen haar dat het hem speet. Dat hij een vreselijke lul was.

'Dat was gestoord, Pete.'

'Ik weet het. Zo denk ik niet over je...'

'Ik word niet graag van dingen beschuldigd.'

'Dat wordt niemand.'

'Ik zeker niet. Ik ben m'n halve leven van shit beschuldigd die ik niet gedaan had. Ik raakte er uiteindelijk zelfs aan gewend. Dat draag ik de hele tijd bij me. Dat schuldgevoel, Pete. Zelfs nu nog. Fuck. Fuck you.' Ze wees naar het raam, de wereld erbuiten. 'Dat jij hier binnen komt zetten...'

Een lange traan liep over haar gezicht naar haar kin en viel op de vloer. De zachte tik ervan op het hardhout, het gekraak van dit oude gebouw. Een kalme uitdrukking van berusting op haar gezicht. Ze wreef onder haar neus.

'Ik ben een eikel,' zei Pete. 'Een waardeloos stuk hondenstront, dat ben ik.'

Een lichte grijns om zijn treffende beschrijving.

'Het spijt me. Het was een misverstand.'

Ze veegde haar ogen af, slikte en wachtte tot hij verder zou gaan. Hij wilde niet verdergaan. Hij moest verdergaan.

'Mijn vrouw heeft met een... gozer geneukt.'

'O ja?'

Hij wuifde alle details weg.

'Dus ik denk dat ik half en half verwacht dat je me besodemietert. Heeft niets met jou te maken. Niets te maken met je kloterige achtergrond. Mary, ik... Ik sta verstéld van je. Ik weet hoe je leven is geweest en ik kijk stil van bewondering naar je.'

Ze zei dat hij zijn kop moest houden. Hij zei dat hij het meende.

Ze had te weinig lof gekregen in haar leven en wist niet wat ze met de omvang van zijn complimenten aan moest. Zijn oprechtheid was moeilijk voor haar, dat kon hij zien. Haar kin trilde, en daarna haar hele lijf. En hij kon zien welke overlevingsstrategie ze had ontwikkeld toen ze naar hem toe liep, haar handen in zijn jasje stak, haar tong in zijn mond en met een vingertop tegen zijn gekneusde borst naar beneden duwde, het bed op. Ze maakte zijn broek los, trok ze met zijn ondergoed naar beneden, kuste zijn pik, gleed uit haar eigen slipje en wreef haar verwarde gevoelens fijn tot een paar gladde orgasmen die ze voor hen opriep met geile woordjes in zijn oor, als een schunnige toverspreuk. En zijn vreugde ebde weg in een peinzende stilte toen hij zich realiseerde dat ze de helft van wat ze de afgelopen maanden tegen hem had gezegd met haar lijf tot uitdrukking had gebracht, een rusteloze logoclonie die diepe lagen in haar verraadde die ze niet in woorden kon vatten, complete gekwelde dagboeken die ze nog moest schrijven als ze die al ooit schrijven zou als ze al ooit als ze al ooit en Pete had het gevoel dat hij een medeplichtige was in een samenzwering om haar haar mond te laten houden tegen haar eigen oren, en hij voelde geen spijt en zweeg niet omdat hij haar ervan verdacht dat ze vreemd was gegaan, maar omdat ze door wat ze al die tijd hadden gedaan niet zozeer dichter naar elkaar toe waren gegroeid als wel haar op veilige afstand van haarzelf hadden gehouden.

Haar haar was nog klam, en toen ze haar vochtige wang van zijn borst tilde om naar hem te kijken, voelde dat als een afscheidskus. Ze stond op en liep de keuken in en toen hoorde hij muziek, en de geluiden van haar kokkerellen die hem aan zijn kindertijd deden denken, de keren dat hij zijn moeder de afwas kon horen doen. Zijn vader zat dan aan tafel leer te vlechten en af en toe wisselden ze een paar woorden en dat ze er waren was een slaapliedje, en wat was dat slaapliedje betrouwbaar.

Een akelige droom dat hij daadwerkelijk een kind kwaad had gedaan. Woest graven op de heuvel. Hij begroef het gemarmerde witte lijfje half.

Mary schudde hem wakker.

'Sorry,' zei hij. 'Nachtmerrie. Was ik aan het praten?'

'Het is voor jou,' zei ze.

'Wat?'

'Telefoon,' zei ze, en ze schoof terug in bed.

'Hoe laat is het?'

'Drie uur nogwat.'

'Wie belt me hier nou in godsnaam?'

'Je vrouw,' zei ze, terwijl ze het dekbed weer over haar lijf trok.

Hij raakte haar schouder aan in een abstracte verontschuldiging, klepperde naar de woonkamer en pakte de telefoon op.

'Wat is er, Beth?'

'O Pete.'

'Luister, ik weet dat ik er laat mee ben, maar ik heb de cheque gisteren op de post gedaan. Ik heb van de week geprobeerd je te bellen. Jullie namen niet op.'

'We zijn naar Austin verhuisd, en...'

'Wat? Naar Austin? Wanneer?'

'Pete, het is nu al de vierde dag...'

'Waarom? Wat is er dan gebeurd, in Waco?'

'... en ik bel je nu omdat ik heel bang ben, Pete. Vier dagen achter elkaar, dat is nog nooit gebeurd...'

'Ben je dronken?'

Hij hoorde een aansteker klikken en een stem bij haar in de kamer.

'Het is al de vierde dag, Pete.'

'De vierde dag waarvan?'

'Rachel.'

'Rachel en de vierde dag waarvan, Beth?'

'Ze is weg, Pete. Ik denk dat ze is... Ik kan het niet zeggen, maar ik blijf het maar steeds denken. Pete, je moet komen. Kom alsjeblieft. Kom gewoon.'

20

Toen zijn vlucht in Austin landde, riep de piloot om dat de president was vermoord. Het geluid van naar adem happende mensen siste door de cabine, daarna boos gemompel. De passagiers stapten uit en in de terminal troostten mannen met over hun armen gevouwen jassen hun wenende vrouwen, staken hun sigaretten op. Een sobere menigte verzamelde zich rond de televisie in de bar, keek naar het nieuws. De president was toch niet dood, zei iemand. Ze keken toe hoe Reagan op het scherm telkens opnieuw werd neergeschoten. Een klein oud vrouwtje met proppen gevouwen huid onder haar ogen, een hoedje zorgvuldig op haar hoofd gezet, een jurk met print, pakte Petes hand vast en glimlachte dankbaar. Tegenover hem stonden nog meer mensen hand in hand. Voordat Pete besefte wat het was, sloot de gebedskring zich toen een man Petes linkerhand pakte, nauwelijks een blik op hem wierp voor hij het hoofd boog. Pete zag zich gedwongen voor Reagan te bidden.

De hitte buiten verstikte hem. De taxichauffeur vroeg of hij het nieuws al had gehoord. Pete zei van wel. De taxichauffeur zei dat hij moest opletten, dat we voor het vallen van de avond waarschijnlijk in oorlog zouden zijn met Rusland.

De buurten wemelden van de zwarte mensen, toen van de Mexicanen en felrode en gele zakenmannen, en mensen gingen met korte mouwen en broeken de hitte in, en jonge meisjes met bijna helemaal geen kleren aan, en jongens alleen in zwarte shorts. De taxichauffeur reed over Sixth Street naar het centrum. Bij een groot kruispunt liepen hippies op slippers tussen de mompelende daklozen bij de bushaltes, en Texanen in pak met stropdas schreden in de golven van hitte over het trottoir.

Beths huis stond aan de overkant van een grote rivier of een meer. Zelfs in de schaduw van enorme eiken baadde Pete in het zweet. De in vrolijke kleuren geschilderde houten huizen zinderden stilletjes. Gelaste beeldhouwwerken en mobielen van glasscherven, versmolten rommel die was samengeklonken ten dienste van het vermaak. Van de wc-pot als bloemenbak werd hij gewoon kwaad. Hij vroeg zich af waar Rachel in deze verbijsterende hitte was. Het was pas maart. Hij vroeg zich af naar wat voor oord Beth zijn dochter had meegenomen. Wat voor mensen die Texanen waren.

Door de hordeur zag hij ventilatoren blazen. Hij deed zijn haar in een staartje en klopte nog eens aan.

Beth kwam uit de achterkamer, gooide de deur open en vlijde zich tegen hem aan, haar hand, haar arm, haar hele lijf, haar hoofd in zijn zweterige hals gedrukt, net als vroeger. Een enkele snik schudde uit haar, als een motor die startte. Toen ze zich losmaakte, liepen snot en tranen van zijn schouder naar haar gezicht, en ze grijnsde gegeneerd, veegde zijn schouder en haar neus af, en veegde nog eens over zijn schouder. Raakte zijn schouder aan. Ze rook als zichzelf. Hij hield haar hier vast en hij miste haar.

In haar huis was het nog heter en hij zette zijn legerduffel neer. Ze ging de keuken in en kwam terug met twee flesjes bier, allebei tegen haar hals gedrukt, en gaf er een aan hem. Ze had nauwelijks kleren aan. Afgeknipte spijkerbroek, een hemdje en geen bh. Ze was afgevallen en haar borsten hingen een beetje, maar door dat dunne tekende haar schoonheid zich scherp af.

'Ik wil geen biertje,' zei hij. 'Ik wil Rachel vinden.'

'Ga nou even zitten. Pete.'

Er stond een ventilator op de bank gericht en hij ging in de luchtstroom daarvan zitten en zette het ongeopende biertje op de salontafel naast een paar lege flesjes. Op de schoorsteenmantel stonden flesjes in een dichte rij, overal asbakken en kleren en piepschuimen bakjes.

'Hou op,' zei ze. 'Een week geleden was het hier nog fucking spic en span.'

Ze nam een slok uit het flesje. Hij liet het zijne zweten op de salontafel. Ze was naar de politie geweest, zei ze. Ze had alle ziekenhuizen en opvangtehuizen gebeld en iedereen die ze kende. Iedereen die Rachel kende. De school, haar docenten, iedereen.

'Ik ga zelf bij ze langs. Wanneer heb je haar voor het laatst gezien?'

'Vijf dagen terug.'

'Hoe laat?'

'Bedtijd.'

'Bedtijd hoe laat?'

'Laat.'

'Hoe ging het met haar?'

Beth ging op een plastic klapstoel zitten, leunde naar voren en liet het flesje tussen haar vingertoppen tussen haar benen zwaaien.

'Het ging prima met haar.'

'Speelde er iets?'

'Zoals wat?'

'Dat weet ik niet, Beth. Iets was... Ik bedoel, ze is uit eigen beweging vertrokken, toch?' Hij keek om zich heen. Zocht naar glasscherven of iets, een teken van iets. 'Er is hier toch niemand komen binnenstormen die haar heeft meegenomen, of wel?'

Ze dronk. Er was iets wat ze niet wilde zeggen.

'Beth.'

'Er was een feest geweest. De avond ervoor. Zou alleen maar met een paar mensen van mijn werk zijn.'

'Welk werk?'

'De kroeg.'

'En wat gebeurde er?'

'Er kwamen gewoon een heleboel mensen. Net als op die afterparty's die we vroeger thuis hadden. Niets wat niet in de hand te houden viel. Gewoon een paar mensen uit de buurt.'

'En...?'

'Meisjes van haar leeftijd...'

'Ze is dertien.'

'Ze is véértien, inmiddels.'

'Shit. Da's waar.'

Ze zette haar flesje op de vloer en wreef over haar hele gezicht.

'Vertel nou wat er is gebeurd.'

Ze vouwde zich in haar armen, zette zich schrap om het hem te vertellen.

'Een of andere klootzak ging haar kamer in en die...'

'En die wát?'

'Die maakte haar gewoon een beetje bang.'

'Jezus, Beth.'

'Er is niks gebeurd! Ik hoorde haar gillen en ben ernaartoe gelopen...'

'Waarom gilde ze? Wat deed hij dan?'

'Hoor eens, ik kon geen duidelijk verhaal uit haar krijgen – ze zei dat hij op haar bed zat.'

'Jezus! Heeft hij haar pijn gedaan of aangeraakt of...'

Hij kon de vraag niet afmaken. Zijn hersens konden het idee niet bevatten.

'Ik denk dat ze er gewoon van schrok. Ze zei niet dat hij iets had gedáán.'

'Niet te geloven, jij.'

'Hij heeft haar geen pijn gedaan, Pete. Het ging prima met haar...'

'En dat moet ik oké vinden? Er was gewoon niks aan de hand, omdat jij dat zegt?'

'Jij was er niet bij! Je weet niet wat er is gebeurd.'

'Nou, ik weet anders meer dan genoeg. Ik weet dat jij onze dochter in een situatie hebt gebracht – in haar eigen huis, in haar eigen béd – waarin ze zich onveilig voelde. Fuck, Beth! Ik kan me wel indenken wat voor gozer dat was. Het soort types met wie jij graag feest...'

'Types met wie ík feest? Wat dacht je van de mensen met wie wíj feestten? Zoals dat stuk schorem Shane? Of Spoils?'

'Krijg de tering, jij. Shane en Spoils zouden geen vinger...'

'Geloof me nou, er was niks met haar aan de hand. Er is niks gebeurd!'

'Dat heb ik vaker gehoord.'

'Wat?'

'Dat er niks was gebeurd.'

'Je bent om je dood te lachen, jij.' Ze schudde een sigaret uit een van de vele pakjes die binnen handbereik lagen. 'Ik heb nooit gezegd dat er niets was gebeurd. Ik kon niet wáchten om je te vertellen dat ik hem geneukt had.'

Hij gooide het bierflesje tegen de muur achter haar, net zo verbijsterd over die actie als zij. Hij had haar in al die tijd dat ze samen waren geweest nooit hardhandig aangeraakt, en nu vloog er een fles rakelings langs haar oor en spatte tegen het lijstwerk uit elkaar. Of hij op haar had gemikt of niet, hij wist het niet. Gooide hij opzettelijk mis.

Ze opende haar samengeknepen ogen, draaide zich om en keek naar het schuim dat langs de muur liep. Het glas.

'Wie is die kloothommel die op de kamer van mijn dochter is geweest? Geef me een naam, verdomme.'

Pete ging naar het politiebureau en deed er lang over een rechercheur te spreken te krijgen, omdat elke agent die niets te doen had naar het nieuws zat te kijken. Smerissen met cowboyhoeden op gingen om het kleine zwart-wit-tv'tje op een klaptafel staan, armen over elkaar, rokend, sigaretten uittrappend op de vloer.

Uiteindelijk werd hij naar een bureau begeleid. Een dikke agent in burger kwam met een dossiermap en een aangifte vermissing aanlopen. De rechercheur las, en zei toen tegen Pete dat alles in orde was. Hij legde uit dat het Texas Department of Public Safety de beschrijving en laatst bekende verblijfplaats van zijn dochter had. Hij vroeg Pete of hij nog nieuwe informatie had.

'Ze is de avond ervoor lastiggevallen in haar bed.'

De agent keek in zijn papieren om te bevestigen wat Pete gezegd had. Pete vertelde hem dat het niet in de aangifte stond, omdat zijn vrouw er geen aangifte van had gedaan. Waarvan, vroeg de agent.

'Ik weet het niet. Ik vertrouw er niet op dat mijn vrouw me vertelt wat er echt is gebeurd. Een man is de kamer van mijn dochter binnengedrongen en heeft haar bang gemaakt.'

'U was niet in de woning aanwezig?'

'Nee. Ik was in Montana. We zijn uit elkaar. Liggen in scheiding.'

'Aha.'

Die agent zat daar maar, zijn nek als een rol deeg boven het boord van zijn overhemd uit.

'Dus ik wil dat die gast nagetrokken wordt.'

'Die vent die uw dochter bang zou hebben gemaakt.'

'Ja. Gaat u dit allemaal nog opschrijven?'

'Wat opschrijven?'

'Die man heet Booth.'

Hij wierp Pete een norse blik toe en klikte uit het zakje van zijn overhemd een pen open.

'Is dat een achternaam?'

'Mijn vrouw weet alleen dat hij zich Booth noemt.'

'Als in "*phone booth*"?'

'Ja. B-O-O-T...'

'Ik kan spellen. Is dat een achternaam?'

'Zoals ik al zei: dat weet ik niet.'

'Het is maar een bijnaam, dus?'

'Nee, ik... dat weet ik niet. Het zou best een achternaam kunnen zijn. Ik wéét het niet.'

De agent schreef de naam op en onderstreepte die.

'Booth. Staat genoteerd. Verder nog iets?' vroeg hij.

'Ik dacht dat hij hier misschien bekend zou zijn.'

'Waar bekend?'

'Dat hij misschien in zo'n boek met politiefoto's zou staan.'

De agent verschoof in zijn stoel en onderstreepte de naam nog een keer. 'Ik zal kijken of we Booths met een strafblad hebben.'

'Oké.'

'Als u me uw telefoonnummer geeft, dan zal ik...'

'Ik wacht wel.'

De agent onderdrukte zijn ergernis. Nam Pete van top tot teen op, zijn kleren, zijn haar, alsof hij aan het overwegen was of hij hem überhaupt moest helpen. Ten slotte ging hij staan en liep een achterkamer in.

Agenten die in en uit liepen bleven bij de televisie staan en vroegen of er nog nieuws was. Vroegen hoe het met de president ging en waar ze dat stuk stront van een Hinckley vasthielden. Of ze hem niet de kelder van het politiebureau van Dallas in konden moffelen en hetzelfde doen als Jack Ruby met Lee Harvey Oswald had gedaan.

De agent in burger kwam terug. Er zaten geen Booths tussen de daderfoto's.

Pete checkte in in zijn motel. Hij had zijn tijd verspild bij die smerissen. Als Rachel nog in Austin was, dan was ze niet naar de gast gerend die haar kamer was binnengedrongen. Het was waarschijnlijker dat die gozer gewoon dronken was geweest. Pete had zijn woede op Beth zijn blik laten vertroebelen. Hij vroeg zich af wat hij nog meer aan het verkloten was. Wat voor cruciaals hij op ditzelfde moment niet aan het doen was.

Hij nam contact op met de Kinderbescherming en het Austin Children's Shelter, legde uit wie hij was, wie hij zocht, en vroeg waar de weggelopen kinderen hier samenkwamen. Nu het 's nachts boven de vijftien graden bleef, kreeg hij te horen, kon ze overal zijn. Rondhangen in het centrum of op een van de talloze onbewoonde, door bamboe overwoekerde percelen. Ze kon in Pease Park aan de oever van Shoal Creek slapen of in een van de vervallen victoriaanse huizen in West Campus. Ze zeiden dat hij een foto moest meenemen. Ze zeiden dat hij moest rondvragen. Bij de kids op de picknicktafels in het park. De zwervers tussen het bamboe.

Hij had geen auto, dus nam hij een taxi naar Beths huis en liet zichzelf binnen. Een man met lange vlechtjes en een vliegeniersbril die op de bank zat, stond op en vroeg wat dat verdomme moest, dat hij zomaar kwam binnenstormen.

'Ik ben de man van Beth.'

Ze kwam vanuit de keuken de kamer in. Ze slikte voor ze iets zei. Hij griste haar autosleutels van tafel.

'Ik heb je auto nodig.'

'Ik heb een paar van haar vriendinnen van school nog eens gebeld,' zei ze. 'Niemand heeft haar gezien, Pete. Niemand.'

Haar kin verkreukelde als een prop papier en haar ogen zakten naar de grond.

'Geef me hun nummers maar. Dan zal ik kijken of ik iets aan de weet kan komen.'

Toen hij de vrouw vertelde wie hij was, dat hij zijn dochter zocht, Rachel, en hij de dochter van de vrouw graag een paar vragen wilde stellen, schoot er een uitdrukking van stille bezorgdheid over haar gezicht, waarop ze verstijfde en hem binnenliet. Haar dochter zou zo terug zijn van atletiek-training. Ze vroeg of hij wat ijsthee wilde.

Ze vulde een glas met ijs en schonk de thee voor hem in uit een kan op de vensterbank en toen ze zich omdraaide, sprak uit haar blik een nieuwe vastberadenheid om iets oprechts te zeggen.

'Dank u,' zei hij, en hij nam de thee aan. 'Vertel me nu maar wat u me wilt vertellen.'

'Ik wil wel helpen. Ik wil dat u uw dochter vindt, maar ik weet niet waarom u hier bent. Waarom haar moeder belde. Ik heb Kristin weken geleden al verboden om daar nog naartoe te gaan.'

'Waarom?'

De vrouw plukte een dood blad van een varen bij het raam.

'Haar moeder. Het wemelt daar van de alcohol en drugs. Tot diep in de nacht mensen over de vloer. Hoe kunt u dat nou niet weten?'

Pete zette het glas thee neer. Staarde erin.

'Heathers moeder zei precies hetzelfde.'

'Volgens Kristin is ze sinds februari niet meer op school geweest.'

'Nou, waar zat ze dan, verdomme?!'

De vraag schoot ongewild zijn mond uit, en hij mompelde direct een verontschuldiging en stond op om te vertrekken. Ze had een stap naar achteren gezet, maar pakte nu zijn onderarm vast.

'Als u haar terugvindt, houd haar dan bij u.'

Hij zei dat hij dat zou doen. Hij zei dat het hem speet dat hij haar middag verstoord had. Hij bedankte haar en vertrok.

Hij reed naar de stad, zocht alle plekken af waarvan de maatschappelijk werkers hadden gezegd dat hij ze moest afzoeken en toen de opvangtehuizen voor jongeren en weggelopen kinderen, liet het sceptische personeel zijn badge van de AGZ van Montana zien, waarna verscheidene van hen vroegen of hij dan niet ver buiten zijn jurisdictiegebied was. Hij zei dat het om zijn dochter ging, en ze werden stuk voor stuk berouwvol behulpzaam. Een Texaanse matrone met een grote boezem bood aan een stapel flyers voor hem uit te printen als hij de foto die hij van Rachel had bij haar achterliet. Ze zei dat weggelopen tieners te vinden waren op de hoofdweg richting de Universiteit van Texas, de Drag, waar ze in de buurt van de campus bedelden, als straatmuzikant optraden en logen tegen de politie.

Zijn overhemd raakte doorweekt van het over de Drag lopen. Hij boekte hoegenaamd geen enkele vooruitgang, de kids hadden nog nooit van haar gehoord, hun reactie zo lauw als het weer heet was. Hij at en dronk niet, en tegen de avond kliefde een hoofdpijn zijn kop tot afzonderlijke kwabjes van pijn. Hij ging voor een vervallen huis van drie verdiepingen zitten waar hij studenten en jongere kids in en uit had zien lopen. Bezoekjes van een minuut of vijf, zes. Geen van allen Rachel, terwijl elk piepklein tienermeisje onder hen een sprankje hoop deed opleven en neerstorten in zijn hart.

Ze had altijd van dansen gehouden. Pete sloeg een ritme op zijn borst, zijn schoot of de muren, en dan begon zij met haar armen te draaien en op de plek trippelpasjes te maken als een kleine miniflapper van welgeteld achttien maanden. Ze was dol op peren en at vuistenvol roerei en was praktisch beroemd onder alle huurders in hun appartementengebouw. Iedereen kende iedereen. De huurders versierden alle verdiepingen voor de feestdagen, voornamelijk voor haar, aangezien er geen andere kinderen in het gebouw waren, tussen de minimumloonverdieners, alleenstaande weduwen en werkende studenten zoals Pete en Beth. Wat waren ze een plaatje samen, Rachel, Beth en Pete, zo volmaakt als een watermolecuul, waterstof, waterstof, zuurstof. Compleet en volledig.

De huurders lieten hun deuren voor haar openstaan, en dan ging Pete boven aan de trap zitten om erop te letten dat ze niet naar beneden tuimelde, en ze rende van het ene appartement naar het andere en nu vroeg hij zich af of ze daardoor de hele wereld vertrouwde en of ze dacht dat ze op haar veertiende zomaar overal kon gaan dansen en dat dat dan veilig zou zijn, en hij vroeg zich af of ze zo dom was, en hij dacht dat ze dat natuurlijk was, ze heeft mij als vader en Beth als moeder.

Lange nachten waarin hij licht en waakzaam sliep; dikke, lome dagen van rondrijden in Beths auto, langs oevers van kreken en over begraafplaatsen lopen en wachten bij picknicktafels in armoedige buurtparkjes en door een wirwar van bamboe waden en neerhurken tussen de achterdochtige daklozen en vragen of ze een meisje van een jaar of veertien hebben gezien, zo lang, heel leuk, krulhaar. Ze zeiden nee, niet gezien. Of ze zeiden van wel omdat hij zo'n beetje elk willekeurig meisje beschreef dat zich dit soort problemen op de hals had gehaald. En onder deze populatie van merkwaardige en ronduit krankzinnige types waren er meer dan een paar die Pete ervan verdacht dat ze tot vrijwel alles in staat waren en hij sloeg achterover van het simpele feit dat er niets was wat zijn kleine meisje niet kon overkomen. Alles was toegestaan. Dit was echt, geen fictie of maar een zaak waar hij aan werkte, die zijn hart niet echt beroerde. En al die dagen zei hij tegen zichzelf: O jezus, wat heb ik gedaan, ik ben haar op elk denkbaar gebied tekortgeschoten, bovenal door niet genoeg van haar te houden om haar te laten weten dat hij van haar hield en haar naar hem toe te laten komen.

Soms had hij met de gedachte gespeeld dat ze op weg was naar Montana. Soms zwoer hij een eed, beloofde dat als zij terug zou komen – dan ga ik dood. Ik zal elke kwelling doorstaan, behalve deze, haar afwezigheid. Haar zwijgen.

Niet weten waar ze was. O mijn god. Een onuitsprekelijk verdriet. Hij had zoveel lijden gezien, maar had dat nooit anders dan uit de tweede hand ervaren. Nu hij het zelf had, vers en zijn eigen leed. De omvang ervan. Hij had geen idee gehad. Hij had niets geweten.

Soms wist hij zeker dat ze dood was. Soms zag hij haar lijk op de bodem van de kreken en greppels in de stad, tussen het onkruid aan de oever of drijven in de rivier. Hij liep over de modderige bodems. Wrakhout en drijvende rommel van overstromingen, kledingstukken die als vogelverschrikkers waren opgehangen in de begroeiing langs de kreek. Slangen en hagedissen en spinnenwebben zo hoog als hijzelf. Insecten met ongelooflijke afmetingen en snelheid. Niet te vergelijken met thuis. Dit was thuis niet.

Hij koesterde de hoop dat ze naar het noorden was gegaan. Dat schreef hij op een stukje papier dat hij in het zakje van zijn overhemd bewaarde, dicht bij zijn hart.

Hij bezocht Rachels school, haar docenten, deed zijn best over te komen als... Hij wist niet hoe hij moest overkomen. Professioneel of krankzinnig van bezorgdheid. Hij ging naar San Antonio, dat veel groter was dan hij had verwacht, en bleef een paar vruchteloze dagen lang flyers laten zien, ze in opvangtehuizen ophangen, ze uitdelen aan iedereen die ze wilde aannemen.

Naast hem in het motel logeerde een kibbelend echtpaar naar wie hij meer dan eens op de muur bonsde. Op een avond regende het, en toen hij terugkwam uit de verzengende stad zaten ze voor hun deur onder de overkapping gezellig van tumblers te nippen in de koelte van de avond. De man heette Beauregard en hij maakte de indruk dat hij op een telefoontje of een lift zat te wachten, zelfs toen hij Pete een glas whisky in zijn hand drukte en zijn vrouw aan hem voorstelde. Sharla of Sharlene of Darla. Ze rookte en perste iets wat net geen begroeting was uit haar mond toen Pete zijn glas hief.

Ze hadden tijdelijk geen werk. Ze vroegen of hij er alleen logeerde. Pete zei van wel. Beauregard haalde zijn pet van zijn hoofd, alsof hij de aandacht wilde afleiden van zijn bedoeling achter dat vragen naar Pete, en Petes stekels gingen overeind staan, maar de whisky smaakte en zijn achterdocht vlakte af bij een gezellig drankje, de aangename koelte van de regen, de bewolkte lucht. Er zat een moedervlek aan de binnenkant van het been van de verveelde vrouw die tot een onbekend eindpunt doorliep, alsof ze zichzelf onder gezeken of gebloed had. Hij vroeg zich af wie deze mensen nou eigenlijk waren. Niet alleen die mensen hier, bij hem, maar over de hele wereld. Hij zag ze elke dag, op zijn werk, en hij wist nog steeds niet waarom het er zoveel waren.

Bij Beauregard en Sharla liet hij zijn dekking zakken, wat er ook van zou komen. Hij vroeg zich af of zijn dochter op een vergelijkbare plek was en iets net zo onbezonnens aan het doen was. Nog onbezonnener. Hij merkte dat hij doof was voor wat Beauregard ook aan het zeggen was, hem inschatte, zich afvroeg of Rachel aan een dergelijke man zou kunnen ontkomen, met die kabelige spieren van zijn blote armen in zijn hemdje.

Hij drukte zijn zorgen de kop in met nog een glas whisky. Het werd heter, terwijl de zon onderging.

Er kwam een zwarte man aanlopen, dun, met groot oogwit als gekookte eieren. Pete nam de man niet met achterdocht of angst op, maar met onverholen nieuwsgierigheid. Hij had nog nooit iemand gezien die zo gitzwart was, met een huid die in de toenemende vochtigheid glinsterde als een natte steen. Beauregard stelde hen aan elkaar voor, en de man vroeg Pete wat hij nou naar hem zat te staren, verdomme. Sharla proestte. Het leek er even op dat er ellende van zou komen en Pete stamelde dat hij helemaal niet staarde. Pete schaamde zich en zei dat het hem speet en dat hij maar eens naar zijn kamer moest gaan, zijn mandje in. Ze keken hem allemaal aan alsof hij gek was, dat hij dat zei, en Beauregard zei dat Pete bij Sharla moest blijven wachten, dat hij en Douglas hier even iets moesten halen en dat hij mooi niet van plan was Douglas en Sharla samen alleen te laten. Het was niet duidelijk of dat een grapje was, of ten koste van wie.

Ze bleven een uur weg. Pete en de vrouw rookten, zonder beleefdheden uit te wisselen.

'Mijn dochter wordt vermist,' zei hij.

De vrouw keek hem zonder enig medeleven aan.

'Ze is bij haar moeder weggelopen. Ik kan haar niet vinden.'

'Hoe oud?'

'Veertien.'

Ze nam een hijs van haar sigaret en keek in haar glas en als ze daar al iets op te zeggen had, deed ze dat niet.

'We zijn beroerde ouders. Haar moeder zit alleen maar in haar huis dronken te worden. En ik zit hier dronken te worden. Maar we kunnen verder niets doen. Ik heb overal gezocht.'

'Heb je op de Drag gekeken?'

Hij knikte. 'We waren jong. We waren niet echt klaar voor een kind. Niemand vertelt je van tevoren dat de moeder van je kind dat kind zal gaan verfoeien, en jou erbij. Wat ik zeggen wil is wat je eigenlijk niet mag zeggen: we hielden niet genoeg van ons kind. God, ik heb haar niet beschermd. Ik heb haar niet beschermd tegen ons. Ik ga de hele tijd huizen in om kinderen te redden. Dat is mijn werk, namelijk. En mijn eigen dochter heb ik niet gered.'

De vrouw ging rechtop zitten, en nu liep ze naar binnen. Ze kwam weer naar buiten met de whiskyfles. Ze kneep in zijn pols toen ze zijn glas bijvulde.

'Beau komt zo terug,' zei ze. 'Nog heel even, en dan voelen we ons allemaal beter.'

Toen ze terugkwamen, babbelde Beauregard het gezelschap Petes motelkamer in en zocht op de wekkerradio een muziekje op. Hij deed een dansje bij de piepkleine geluidjes uit de piepkleine speakers. Douglas haalde een stuk glas met de kleur van ahornsiroop uit zijn zak en Beauregard een buideltje van aluminiumfolie uit zijn overhemd, vouwde het open en plukte er een wit bolletje uit waarvan Pete dacht dat het een pil was die de vrouw rookte. Ze zat er sereen bij en Beauregard haalde de pijp uit haar open hand en bukte om haar een kus te geven. Ze blies de rook in zijn mond. Toen hij uitademde, greep ze hem bij zijn achterhoofd en kuste hem, trok hem op het bed en sloeg haar bevlekte benen om hem heen. Douglas wisselde een goedkeurende blik met Pete uit, een blik van opwinding. Beauregard maakte zich los en kwam met het folie en de pijp overeind. Hij vulde hem weer en gaf hem aan Pete.

Ze noemden het *base*. Pete legde zijn sigaret weg, zette zijn glas neer en nam een hijs. Hij was niet voorbereid op dat gevoel van opwinding en lachte hevig. Zijn blikveld werd gevuld met heldere flitsen magnesiumvuur. Hij wilde direct nog een hijs en hij dronk zijn glas leeg en rookte zijn sigaret op, terwijl hij wachtte tot de pijp weer bij hem kwam. Dat gebeurde. Hij en Douglas werden boezemvrienden. De muziek was soulful en verkwikkend. Ze praatten en praatten en praatten maar, voor het merendeel leugens en aangedikte meningen. Toen het moment aanbrak, telde Pete wat geld neer en Beauregard en Douglas vertrokken weer. Sharla en hij keken televisie, zwijgend als mensen die zitten te wachten bij de eerste hulp. Douglas en Beauregard keerden terug, de kamer vulde zich met geluid.

De uren verschrompelden, tot ze kleiner waren dan ooit.

De whisky was op, ze waren door hun sigaretten heen. Douglas was verdwenen. Beauregard en Sharla ruzieden over een korstje op haar been waaraan ze zat te pulken. Ze leken te zijn vergeten dat ze in Petes kamer waren. Hij liep tussen hen door om zijn portefeuille en zijn sleutels te pakken, en nog ruzieden ze gewoon door. Hij ging naar buiten. Hij liep de lege straat door. Een stripclub, het spoor. Een politieauto reed hard voorbij. Hij liep over de spoorrails en toen van een talud af en om de rand van een vijver heen.

Hij ging in het donker op het kalksteen zitten. Hij voelde aan de kerven die het water in de rots had uitgesleten. Hij zou gehuild hebben, als de cocaïne er niet was geweest en de verdoving en het vreemde gevoel dat de stenen overal om hem heen subtiel verschoven. De hele grond leek te beven. Ergens vlakbij gleed er iets in het water. Hij vroeg zich af of hij zowel dingen zag als hoorde die er niet waren. Hij had zo weinig geslapen. Niet meer dan een uur aan een stuk sinds Beth gebeld had.

Een centimeter of dertig verderop huiverde een steen. Hij stak er een trillende hand naar uit en hij zakte een centimeter in, maakte een holletje in de grond. Hij vroeg zich af of hij gek aan het worden was. Al gek was geworden. Hij raakte de steen aan en de groefjes op het koepelvormige oppervlak ervan...

Een fucking schildpad. Tientallen om hem heen. Een hele zooi schildpadden die naar het water kropen.

Twee dagen later ging hij weer naar Beths huis met haar auto en haar sleutels, maar niet met haar kleine meisje. Niet dat ze dat had verwacht. Ze hoorde hem niet voor de deur stoppen of de veranda op klimmen. Hij ging uitgeput tegen de muur zitten, buiten haar zicht, en luisterde hoe ze op haar slippers de woonkamer in schuifelde. Hij stond op het punt haar te roepen toen ze begon te huilen. Ze jankte zo hard, dat het voelde alsof hij getuige was van een smerige pornografie van verdriet en toen vroeg hij zich af of ze huilde omdat de politie Rachels lichaam had gevonden, of een stuk van haar kleren in het water of waar de speurhonden de weilanden afzochten of duikers de rivier afdregden. Angst verlamde hem, hij wilde het niet weten. En toen gingen haar snikken over in zacht snotteren, en ze stak een sigaret op.

Ze kwam de veranda op en de benauwde middag in, insecten die als bezetenen krijsten in de bomen, in golven af en aan vlogen, hij wist niet dat het cicaden waren en hoe luidruchtig die waren, alleen dat er een ongelooflijk vraag-en-antwoordspel aan de gang was, een ratelend koor dat hem aan honkbalplaatjes tussen fietsspaken deed denken. Ze zag hem daar zitten, en begon van voren af aan met huilen.

'Wat is er?' fluisterde hij. 'Wat is er gebeurd?'

Hij kromp ineen alsof hij wachtte tot ze hem sloeg met een hamer.

'Er is niets gebeurd,' zei ze. 'Ze is nog steeds weg.'

Zijn opluchting was bijna misselijkmakend en hij vroeg zich af of zijn leven er voortaan zo zou uitzien. Zich voortdurend zorgen maken. Beelden van haar voeten verstrikt in riviergewassen, haar gekneusde en naakte rug, haar haar in de modder. Haar gebit. Zouden die beelden eeuwig blijven ronddraaien in de carrouseldiaprojector van zijn geest.

'Waar ben jij geweest?'

'Overal. San Antonio. Almaar gereden en gekeken en gevraagd. Ik heb met kids door de hele stad gepraat, Beth. Als ze hier is... Ach, ze is hier niet. Of ze...'

'Niet zeggen, Pete.'

'... of ze ligt ergens in een gat...'

Hij huilde op zijn knieën, als een man die om zijn leven smeekte. Ze trok hem naar binnen en hield hem vast, wiegend onder de plafondventilator tot zijn verdriet er allemaal uit was gestroomd. Ze pakte zijn hoofd vast en keek hem aan en zei ik weet het ik weet het ik weet het liefje. Hij was degene die haar kuste. Ze smaakte naar zout en bier. Ze leidde hem de slaapkamer in, de stadia van hun ontkleden door. Hij was niet teder, maar ook niet ruw. Het liefdesspel was dwingende noodzaak, beschaamd. Ze hadden het niet kunnen verdragen er nog een moment langer over na te denken. Ze waren te gepijnigd, en er was niet veel meer aan de oppervlakte om hen te beschermen, maar een dun laagje huid en de rauwe kern daaronder. Als neuken eerlijk kon zijn, dan was dit dat, net als alles wat ze naderhand zeiden. Ze riep met enig verdriet en verwondering uit dat Rachel zo gemaakt was. Met deze twee mensen hier.

Ze reikte naar een glas op het nachtkastje en dronk. Ze gaf het aan hem. Het was bourbon met gesmolten ijs en nog koud en waterig en bijna verkwikkend.

'Ik blijf maar steeds naar het politiebureau bellen,' zei ze. 'Ze hebben een agent langs gestuurd. Hij zei dat het klonk alsof ze was weggelopen, niet ontvoerd. Ik denk dat ze is weggelopen, Pete. Ik denk dat ze voor mij is weggelopen. Ik liet haar overal mee wegkomen, en toen ik de teugels aan probeerde te halen, is ze 'm gesmeerd. Ik denk dat ze oké is.'

Ze draaide zich om en greep hem bij zijn kin, zodat hij haar aankeek. 'Toch? Ze is gewoon van huis weggelopen, hè?'

'Het spijt me dat ik weg ben gegaan,' zei hij.

'Mij ook,' zei ze. 'Echt waar. Ik heb je weggejaagd. Dat wist ik toen ik het deed.'

'Ik denk dat ik wel wist wat je ging doen. Toen je je die avond aankleedde, toen je de deur uit ging.'

Ze ging rechtop zitten.

'Ik wist het ook,' zei ze. 'Ik wist dat je weg zou gaan als ik met iemand naar bed ging. Dat je precies zo zou reageren als je deed. Je spullen zou pakken en verdwijnen. Waarom deed ik dat?'

Ze stak haar hand uit, haalde twee sigaretten uit het pakje, stak er een voor hem aan, gaf die aan hem en stak er toen zelf een op. Ze stapte uit bed, liep naakt de gang op en kwam terug met een fles. Hij voelde de kracht van dit verbijsterende tafereel. Alsof ze geen kind hadden. Alsof dit een andere versie van de dingen was. Hij putte er een beetje troost uit dat er ergens een parallelle werkelijkheid als deze bestond, waarin Rachel nooit geboren was en de enige schade die Beth en hij toebrachten die aan elkaar was.

'Ik was al weg,' zei Pete.

Ze schonk een glas voor hem in, en hij nam het aan en dronk.

'Dat is zo. Waarom was je al weg, Pete? Wat is er met ons gebeurd?'

Hij hield het glas bourbon op.

'Ik weet het niet. Ik ben een alcoholist, Beth. Jij bent een alcoholist. Shit, ik heb gisteravond zelfs cocaïne gerookt. Ik haal kinderen weg bij mensen zoals wij.'

'Zo erg zijn we niet. Mensen verkloten soms dingen. Dat wordt ze vergeven.'

Ze keek fronsend in haar drankje. Ze zette het op het dressoir, liep naar hem toe op het bed en pakte zijn hand. Van dichtbij zag hij de grijze, uitgerekte stralen op haar buikje en borsten. Wat haar lichaam voor hun kind had betekend. En haar verslavingen.

'Ik heb ergens aan zitten denken,' zei ze. 'Maar ik wil niet dat je me uitlacht.'

'Ik ben niet in staat te lachen, nu.'

Ze nam zijn hand tussen de hare, allebei.

'Ik vind dat we naar de kerk moeten gaan.'

Ze wachtte op zijn reactie.

'Ik weet dat je dat, met je familie en alles... dat jij dat allemaal lulkoek vindt.'

Ze wachtte weer. Hij vroeg zich af of ze wist dat zijn vader dood was, ze zijn brief aan Rachel had gelezen. Of Rachel die gelezen had. Hij zei dat ze gewoon kon zeggen wat ze wilde zeggen. Ze vouwde haar benen onder zich en pakte zijn hand.

'Ik voel een soortement gat vanbinnen, zeg maar? Al een hele tijd. Volgens mij hebben we geen centrum. Laatst was ik hier helemaal alleen en zat te wachten tot jij kwam. Ik had een heleboel pillen en ik dacht erover die allemaal te slikken. Dus ik wist dat ik het huis uit moest. En ik ging de deur uit en liep een beetje rond, en ik weet niet, ik was al een beetje naar de klote. En toen kwam ik langs een kerk en ik dacht: gewoon eens kijken hoe het voelt. En de mensen in die kerk waren aan het zingen en een dame op de achterste rij ziet me, en ze klopt op het kerkbankje en schuift een eindje voor me op. Maar ik wist dat als ik een minuut stil zou gaan zitten, ik door zou draaien. Dat ik me nog belachelijker zou maken dan ik normaal al doe.'

Ze duwde haar krullen achter haar oren.

'Ik heb het gevoel alsof ik er gloeiend bij ben. Alsof de politie me aan de kant van de weg heeft laten stoppen. Alsof God me aan de kant van de weg heeft laten stoppen en ik met mijn handen aan het stuur moet blijven zitten. En dat ik moet zorgen dat ik mijn leven beter, omdat Rachel anders iets ergs overkomt – als dat niet al gebeurd is. God is de maatschappelijk werker, Pete. En hij heeft ons kind weggehaald, weet je wel?'

Ze kneep in zijn handen en trilde.

'Jij zult het wel achterlijk vinden.'

Pete deed zijn ogen dicht, bonsde tegen het hoofdeind, en toen hij ze weer opendeed, keek ze doodsbang dat hij iets kwetsends zou zeggen. Dat maakte het beschaamder dan ze weten kon.

'Het is niet achterlijk,' zei hij.

Ze haalde bibberend adem.

'Wil je met me meegaan naar de kerk?'

Ze vatte zijn zwijgen op als instemming en kuste zijn voorhoofd. Ze zei dat ze een bad zou nemen, dat ze misschien wat konden eten en dat ze daarna een kerkdienst zouden opzoeken.

Hij was bang voor haar en wat er zo dadelijk met haar zou gebeuren en voelde de volledige last van het feit dat hij in wezen iets was wat haar ook was overkomen en haar nog steeds overkwam en dat nog een hele tijd zou blijven.

Hij luisterde naar het stromende water, en toen hij zeker wist dat ze in de badkuip zat, kleedde hij zich aan, liep de straat door naar de kruidenier en belde een taxi.

* * *

Heeft Booth haar verkracht?

Wie?

Die gozer die haar kamer binnendrong, op de avond dat ze van huis wegliep.

Nee. Hij zei alleen maar steeds *Hé, hé...* alsof hij wilde dat ze wakker werd, maar tegelijkertijd ook weer niet.

Het was al een miljoen graden of zo, in maart. Ze sliep in haar onderbroek en een hemdje, geen deken, geen laken. Ze viel in slaap bij het geroezemoes en het gebons van een of ander boers redneckIawaai, een glas dat kapotviel, en gelach.

Booth zei van *Hé, hé,* en toen ze wakker werd, had hij zijn hand op haar dij en ze schoot overeind en de gang op, gillend en huilend, en Booth kwam terwijl hij met zijn handen zijn ogen afschermde het licht in omdat hij een hele tijd daarbinnen naar haar moet hebben zitten kijken, haar misschien wel aanraakte, zijn harige armen, zijn stoppelblauwe, zweterige, schaapachtige gezicht. Ze hield pas op met krijsen toen ze hem het huis uit sleurden. Ze gaf haar moeder een klap in haar gezicht, smeet de deur dicht, begon haar spullen in een tas te gooien.

Was Booth maar een voorwendsel?

Een wat?

Een smoes. Om van huis weg te lopen.

Ja.

Waar ging ze naartoe?

Naar Cheatham, uiteindelijk. Maar eerst naar een feest in South Austin, op zoek naar hem. Een paar van het verkeerde soort middelbareschoolmeisjes banjerde door de kamer, zo onzichtbaar als motten. Gasten die wisten wat ze moesten inhaleren.

Ze had letterlijk nergens om naartoe te gaan. Het feest was aan het uitsputteren. Kids die overal languit in de schimmige poses van de slaap op de vloer lagen. Ze rookte een sigaret met een jongen, op het stoepje achter het huis. Ze kon nauwelijks zien hoe hij eruitzag. De auto's schudden van de seks die erin gaande was.

Gebruikte hij een condoom?

Nee.

Deed hij haar pijn?

Een beetje. Ze liet het over zich heen komen met wat voelde als een mengeling van gratie en wereldwijsheid. Ze duwde schaamte weg, stond geen twijfels toe.

Wat was de voornaamste troost die ze eruit putte?

Dat ze zich volwassen voelde. Dat ze een tweede minnaar had.

En Cheatham dan?

Die vond ze de dag daarop.

21

Er lagen een paar sneeuwranden om zijn huis, maar de naalden van de lariksen waren doorgekomen, neonkleurig groen en zacht als je ze aanraakte. Wasberen meanderden een paar dagen rond zijn perceel, maar ze konden het huis niet in komen en trokken verder.

Zijn bankrekening was bijna leeg en hij dacht dat hij misschien wel was ontslagen, maar zijn cheque zat tussen de waaier van post die onder de deur van zijn kamer in het gerechtsgebouw was doorgeschoven. Het maakte niet uit of hij op zijn werk verscheen of niet. Niemand hield toezicht op hem.

Hij liet de rest van de post ongeopend liggen, ging met de cheque naar de First Interstate, inde hem en ging lunchen in het Sunrise. Hij dronk de hele ochtend koffie, om maar wakker te worden uit een uitputting die koffie niet kon verhelpen. Angst had hem tot een stompje afgesleten. Wat er met haar was gebeurd. Waar ze was. Hij maakte zich zorgen dat hij elke dag dingen van zijn dochter aan het vergeten was, probeerde hard uit de diepten van zijn geheugen op te graven hoe ze er op verschillende leeftijden uitzag, de dingen die ze samen hadden gedaan. Crosscountryskiën bij Lola Pass. De tunnels die ze in sneeuwbanken van vier meter hoog hadden gegraven. Het avondeten dat hij voor hun tweetjes had klaargemaakt en de stoom die van de gekookte pasta kwam en dat hij haar letters leerde schrijven op de beslagen ruiten. Die keer dat haar knie ontstoken raakte en ze niet eens kon staan en ze haar antibiotica gaven en hoopten dat ze geen bloedvergiftiging had. Ze was bleek en bezweet en zijn hart werd uitgewrongen als een natte handdoek, net als nu. Soms wikkelde het los, en dan begon zijn hart als een razende te bonzen om hem eraan te herinneren dat er iets heel erg mis was.

Hij bleef zichzelf maar afvragen waar is ze wat doet ze leef alsjeblieft nog waarom belt ze nou niet kom gewoon naar huis schatje.

Op een ochtend, toen hij naar zijn blokhut liep, dacht hij dat hij zich veel beter voelde, vrolijker, oké, goed zelfs. Rachel zou op zeker moment wel contact opnemen. Daar had hij zichzelf van overtuigd. Hij bracht zich voor de geest hoe sterk ze was en van wat een veerkracht in haar hij getuige was geweest, en telkens opnieuw in alle zaken die hij behandeld had. Kinderen die een regelrechte hel hadden doorstaan, hun taaiheid onaangetast. Een zekere meewarigheid, een wijsheid die sommige hadden verworven. Hij stelde zich voor dat Rachel het redde, van maaltijd naar maaltijd, van opvang naar opvang. Dat mensen haar vriendelijk zouden behandelen. Dat ze onderweg overal engelbewaarders had. Dingen die hij geloofde omdat hij wel moest, en geloven deed hij ze.

Maar toen hij die kille ochtend naar zijn auto liep, piepkleine handafdrukjes van een of andere uithuisplaatsing bewaard gebleven in het vorstlaagje op zijn ruiten, stortte hij prompt in. Hij liet zich tegen het autoportier in de knisperende sneeuw zakken en brulde al het verdriet eruit dat zo plotseling en beangstigend als aardbeving was opgekomen en dat hem, zelfs nadat hij het er allemaal uit had gegooid, achterliet met de angst voor naschokken, voor onopgemerkte scheuren in de draagbalken van zijn geest. Hij vroeg zich af of hij verder kon, maar er zat weinig anders op. En wat hield dat in, trouwens? Zich van kant maken, gewoon in de sneeuw tegen zijn auto aan blijven zitten of de hut in gaan en er nooit meer uitkomen.

Alleen al de gedachte aan weer aan het werk gaan. De Pearls. Cecil in de bajes. Wat kon iemand nu überhaupt aan hem hebben.

Hij belde de bureaus in Dallas, San Antonio, Houston en El Paso. Vervolgens zat hij de paar dagen daarna aan de telefoon om bureaus te bellen in een brede straal vanaf Austin. Oklahoma City, Phoenix, Iowa City, Indianapolis, Denver, Reno, Sacramento, Seattle. Hij liet flyers maken en stelde pakketjes samen voor de medewerkers van maatschappelijk werk met wie hij gesproken had en die in uiteenlopende mate met hem meeleefden, ambtenaren en supervisors die hem graag leken te willen helpen, mensen die hem een uur in de wacht lieten staan en de meerderheid die hem aan zijn hele beroep deed twijfelen.

Hij sliep bij Mary, en wanneer hij de moeite nam er acht op te slaan, merkte hij haar ergernis aan de manier waarop ze door het huis liep, aan hoe ze doelloos in keukenkastjes keek, hoe ze ijsbeerde. Terwijl hij pakketjes flyers adresseerde aan welzijnswerkers in het Midwesten, voelde hij dat ze met tijdschriften opengeslagen op haar schoot naar hem zat te kijken.

Hij zei dat hij wel ergens anders zou gaan logeren.

Zij zei natuurlijk niet.

Hij vroeg haar niet steeds naar hem te kijken en iets te gaan doen, wat dan ook.

Ze legde het tijdschrift opzij en zei dat het net was alsof hij tussen twee haakjes stond.

'Die zul je me moeten uitleggen.'

'Laat maar.'

Hij deed erg zijn best niet sarcastisch te klinken toen hij tegen haar zei dat hij gewoon druk bezig was. *Druk bezig met naar mijn dochter zoeken.*

'Dat weet ik, Pete. Laat me je dan helpen.'

Hij likte aan een envelop en plakte hem dicht. Zijn oren waren heet van een woede die hij niet begreep, of waarvan hij niet wist waar die vandaan kwam, behalve de hele situatie, zijn hele leven.

'Dit is raar,' zei ze. 'Zeg nou wat.'

Het enige wat hij haar kon vertellen, was dat het prima ging met hem.

Hij kon zien dat ze dingen die ze wilde zeggen wegstreepte terwijl ze daar stond. Uiteindelijk ging ze douchen.

Hij zat achter de enveloppen en handgeschreven brieven en stapels flyers. Hij stond op om een kop koffie te halen die zo koud was dat hij op de klok keek. Het was half zes. Hij was nu al bijna twaalf uur bezig.

Toen ze de badkamer uit kwam, terwijl ze haar blouse dichtknoopte en haar haar afdroogde, bood hij zijn verontschuldigingen aan en vroeg haar mee te komen, en hij liet haar de kaart zien met daarop alle plekken waar hij pakketje naartoe had gestuurd en alle plekken waar hij nog naartoe moest bellen. Hij zei dat hij zich aan strohalmen van hoop vastklampte, en dat die pakketjes die strohalmen waren. Dat materiaal verzamelen, de telefoontjes plegen en wachten tot hij iets hoorde, meer kon hij niet doen. Hij vroeg of ze hem wilde helpen.

Daar zei ze niets op, en hij probeerde aan de hand van haar waterige weerspiegeling in het oude glas van het raam van het appartement te bepalen wat ze dacht. Ze leek er nog even op te wachten dat hij iets zou zeggen over haar eenzaamheid, of verlangen, of wat haar ook dwarszat.

Dat was al vaker gebeurd, maar dat had hij niet opgemerkt. Dan werd ze zo somber als een leeg huis.

Stond zonder een woord te zeggen op en liep de badkamer in, poetste haar tanden en ging de slaapkamer in. Hij luisterde naar hoe ze zich uitkleedde en in bed kroop, het kreunen van de springveren. Hij vroeg zich af of ze zich zorgen maakte of voelde dat hij met Beth naar bed was geweest, of ze zonet ergens achter was gekomen. Was er iets anders voorgevallen.

Hij ging bij haar in bed liggen. Ze klom op hem en bedreef de liefde met hem, richtte met haar hele lijf haar aandacht op hem. Ze bleef zich om hem heen klemmen, boorde met haar ogen in hem tot hij kleine stukjes was, toen scherven, barrels, flinters, stofdeeltjes. Ze zei dat ze van hem hield, dat ze verliefd was geworden. Hij was stof, werd weggeveegd. Hield hij van haar. Was er überhaupt een hij.

Hij grabbelde om zich heen naar zichzelf. Zijn levenskracht.

Je bent hier, zei ze met haar lijf. *Hier.*

En dus was hij dat. En hij kon van haar houden.

Hij reed naar Spokane in de hoop dat als Rachel regelrecht op weg was gegaan naar Montana, ze inmiddels zover was gekomen. Maar niemand in de opvangtehuizen had haar gezien, en in het centrum ook niet, waar een paar zwervers om kleingeld bedelden. Hij zat een paar uur in zijn auto bij het busstation en observeerde de sjacheraars die daar hun rondes maakten. Hij sprak een paar van de daklozen, verslaafden en zuiplappen aan. Aan niemand had hij wat. Ze kwamen niet eens met leugens om een paar centen los te krijgen. Zijn gekweldheid zo overduidelijk, dat zelfs busstationzwervers en types die onder de brug aan de rivier sliepen hem niet wilden lastigvallen met verzinsels.

Terug in Tenmile was hij een hele dag bezig met het op orde brengen van zijn dossiers, en nog meerdere dagen daarna met het bijwerken – soms verzinnen – van aantekeningen over zijn zaken. Als er iemand bij was geweest om daar getuige van te zijn, zouden zijn inspanningen zijn aangezien voor enthousiasme, professionaliteit, slagvaardigheid.

De welgedane rechter Dyson belde naar zijn kantoor en nodigde hem uit wat te komen drinken. Hij sloeg de uitnodiging af. Een volgende uitnodiging kwam 's avonds. Ook die sloeg hij af. Die nacht, terwijl Pete nepaantekeningen bij dossiers zat te schrijven, verscheen de rechter in de deuropening van zijn kantoor, liet zichzelf binnen en in de stoel ploffen.

Stomdronken en geërgerd over het feit dat hij hier beneden had moeten komen, het vooruitzicht met zijn dikke beentjes al die traptreden weer op te moeten klimmen.

'Wha mankeert jou, knul?'

Pete legde uit wat er was gebeurd en waar hij geweest was en alles wat hij had gedaan om zijn dochter te vinden.

De rechter hield zijn hoofd in zijn handen terwijl Pete aan het woord was, en toen hij was uitgesproken, zei hij tegen Pete dat hij een vriend had die in de Fraternal Order of Police zat en dat hij die zou bellen. Hij zou nog nadenken over wat er verder gedaan kon worden. Hij was stomdronken geweest toen hij aankwam, maar toen hij overeind kwam om te vertrekken, stond hij zo stil als een paal. Zijn ogen waren niet meer bloeddoorlopen. Hij leek op het punt te staan iemand te lynchen.

Pete ging bij Cecils moeder kijken, zijn zus, maar ze waren niet thuis. Hij bladerde door de aanmaningen van het elektriciteits- en waterleidingbedrijf, catalogi en reclamefolders. Liet op de achterkant van zijn kaartje een berichtje achter dat Katie hem moest bellen.

Hij reed naar Pine Hills om Cecil op te zoeken. Hij was niet meer op bezoek geweest sinds hij hem daar afgelopen oktober had afgezet. Het was inmiddels bijna april. Hij wachtte in de bezoekruimte bij de kleine ronde tafeltjes. Nors kijkende stoere gasten hielden zich groot tegenover vaders en broers, terwijl indianenkids en wit weggetrokken boerenjongens binnenkwamen en met een uitdrukkingsloos gezicht tegenover hun huilende moeders gingen zitten. De enige jongen die die gemaakte stoerheid niet had, was een dikke en argeloze achterlijke uit wiens bewegingen en gezichtsuitdrukking een open zachtaardigheid sprak die twijfel wierp op zijn schuldigheid aan wat dan ook. Hij speelde met de halsketting van zijn moeder en toen het tijd was om te vertrekken, wilde hij die niet teruggeven en moest hij in bedwang worden gehouden. Zijn moeder ging met haar gezicht naar de muur staan toen ze hem afvoerden. Ze vertrok luidruchtig kijvend, net als haar zoon.

Uiteindelijk kwam een functionaris naar Pete toe om te zeggen dat Cecil niet zou kunnen komen. Pete vroeg of de jongen in de problemen zat of dat hij gewoon bezoek had geweigerd. De man wist het niet.

Op een heldere, warme dag liep hij het National Forrest-weggetje in, op weg naar Pearls kamp. Hij nam pakjes rijst en kant-en-klare noedels mee, Kool-Aid en gedroogde bonen. Voor de kinderen nam hij zakjes rozijnen en kaneelbrokken mee, een paar kleurboeken, een pakje kleurkrijt en een kleine, kartonnen puzzel van een bulldozer. Zakdoeken voor de vrouw van Pearl, of wie er daar ook maar eentje van nodig had.

Hij deed er een volle dag over om naar de plek te wandelen waar ze hun kamp hadden opgeslagen toen de vader blind was geworden. Vogels schoten achter de canvas flap van hun tent op de heuvel toen hij die opzijtrok. Binnen was er een nest met vier eieren, dus hij overnachtte op de grond bij het kampvuur, en bleef de volgende dag zo lang als hij kon. Hij was al halverwege op de terugtocht naar zijn auto voor hij zich realiseerde dat hij een deel van het eten had moeten achterlaten. Of een briefje.

Hij reed weg en ging naar de rotsen waar hij eerder dingen voor hen had achtergelaten. Alles in de spleet was weg. Hij stopte de gedroogde waren erin en ging de volgende dag kijken of zij bij hun oude huis verderop aan Fourth of July Creek waren geweest. De wei stond vol met wilde bloemen, en hij at zijn ingepakte lunch op tussen de hommels en de vlinders en zag nu hoe prettig het er was en ook hoe het was ingedeeld, dat het terrein vanuit het huis op het rotsplateau verdedigd kon worden, vanaf de steile rotswand achter het huis en vanuit de dichte bomenrij aan weerszijden van de wei.

Een meter of dertig verderop stond een overwoekerde groente- of voorraadkelder. Hij liep door het moerassige hertsmunt en glidkruid, werd tot aan zijn enkels modderig om er te komen. Hij deed er een paar minuten over voor hij had vastgesteld dat het een uitgebrande Airstream-trailer was, zwartgeblakerd en inmiddels bijna volledig bedekt met mos en pinksterbloemen. Oranje op plekken waar hij verroest was. Hij ging een tijdje zitten om er hypotheses over op te stellen.

Hij belde naar kantoren van maatschappelijk werk, politiebureaus en opvangtehuizen in Denver, Oklahoma City, Las Vegas. Hij zat zich boven de kaart af te vragen waar Rachel naartoe was gegaan.

Een weekend lang volkomen lazarus. Ruziemaken met Mary op de dansvloer van de Top Hat. Hij liep naar de muur en schonk nog een biertje uit de kan, en die sloeg ze uit zijn hand. Hij lachte. Hij liep naar buiten, de avondlucht in, en begon naar zijn auto te lopen. Ze volgde hem en hij liet haar de auto in.

'Ga een eindje met me rijden,' zei ze, en ze groef in de papieren zak met schnapps op de vloer.

Ze waren halverwege Evaro toen ze stennis begon te schoppen. Hij zette de auto gewoon aan de kant, stapte uit en begon de heuvel af te lopen, naar het stadje. Het asfalt weerspiegelde blauw en rood, en hij draaide zich om en liep terug naar zijn auto. Ze zat op de achterbumper te huilen.

'Is dit uw auto?' vroeg de patrouilleagent.

Pete zei van ja.

'Was er nog een reden voor, dat u besloot die hier te laten staan?'

Een andere patrouillewagen maakte een u-bocht en ging naast de eerste staan.

'We hadden ruzie.'

'U kunt uw auto niet zomaar achterlaten.'

'Oké.'

'Oké?'

'U hebt gelijk. Ik had hem niet moeten achterlaten.'

De tweede patrouilleagent tikte Mary op haar knie om te kijken wat er met haar was, liep toen naar de andere kant van Petes auto en scheen er met een zaklantaarn in.

'We werken allebei bij de Afdeling Gezinszaken. We zijn gewoon, eh, gestrest.'

'Ja hoor, ze heeft last van de stréss. Dat zal het zijn.'

'Ik...'

'Hou je kop. Jullie hebben geluk. Want ik ben een softie, als het om mensen van de AGZ gaat. Mijn zus heeft dat werk ook gedaan, en die dronk als een verdomde vis. Beschouw dit maar als een flinke uitbrander.'

Pete knikte. De smeris haalde een piepklein, groen Nieuw Testament uit zijn jaszak.

'Heb je er hier eentje van?'

'Yep.'

'Neem deze toch maar mee,' zei hij, en hij drukte Pete het boek in de hand. 'En zorg dat je je zaakjes op orde krijgt.'

Er ging nog een week voorbij voor hij tijd had om weer naar Pearls kamp te trekken, en te oordelen naar de verse as in de vuurkuil schatte hij dat hij ze op een dag was misgelopen, hooguit twee.

Hij bleef er slapen en droomde van Rachel. Neutrale dromen die voornamelijk iets aangepaste herinneringen of wensen waren en niets goeds of slechts voorspelden.

Toen hij wakker werd, zat Jeremiah op een boomstronk, voorovergebogen, zijn geweer in zijn handen.

'Goedemorgen, Pearl,' zei Pete. 'Hoe gaat het met je ogen?'

'Waar heb jij gezeten?' vroeg Pearl, waarmee hij de afgelopen paar weken bedoelde. Pete wist niet meer of hij had gezegd wanneer hij zou terugkomen. Hij was van plan geweest eerder terug te zijn dan nu, maar hij had niets beloofd. Dacht hij. Hij wist het niet meer.

'In Texas, nu je het vraagt.'

'Wat moest je daar?'

Pete liet de vraag even in de lucht hangen, terwijl hij zijn spijkerbroek dichtknoopte en zijn jas aandeed tegen de kou van de aprilochtend.

'Ik vroeg je wat,' zei Pearl.

'Dat hoorde ik wel.'

Pearl kneep in de loop van het geweer, ging staan en begon richting de bossen te lopen. Hij was door de kreek aan het waden toen Pete hem had ingehaald. Hij riep dat Jeremiah moest wachten. De man bleef midden in het water staan, dat door het smeltende sneeuw een paar meter breder was geworden. IJswater liep in laarzen waarvan Pete wist dat ze dun waren en vast niet meer waterdicht. Hij wenkte dat Pearl eruit moest komen.

'Ik heb eten bij me. Spullen voor je kinderen. Kom op.'

'Denk je dat ik achterlijk ben?'

'Ik denk dat je paranoïde bent.'

'Vertel nou maar waar je echt bent geweest.'

'Ik moest naar Texas.'

Pearl waadde door de kreek.

'Mijn vrouw en mijn dochter zitten daar.'

Pearls gezicht flakkerde als een kaarsvlam. 'In Texas,' zei hij, alsof hij het concept uitprobeerde.

'Ze is bij me weg.'

Dat leek Pearl plausibel te vinden.

'Waarom?' vroeg hij.

'Jezus, Pearl. Omdat ze kwaad op me was.'

'De naam van de Heer niet ijdel gebruiken.'

'Kom nou maar gewoon wat eten halen.'

'Ben je erheen gegaan om ze terug te halen?'

Pete wist niet of hij Pearl wel over zijn dochter wilde vertellen. Hij was hier niet gekomen om daarover te praten. Hij was hier gekomen om zichzelf achter te laten. Maar hier stond hij evengoed. Er was geen ontkomen aan.

'Mijn dochter is van huis weggelopen. Ik was daar om haar te zoeken.'

Pete was zachter gaan praten, en Pearl hield zijn hoofd schuin om hem boven het kolkende water uit te kunnen verstaan.

'Heb je haar gevonden?'

'Nee. Nog niet.'

Pearl zette de kolf van zijn geweer op de stenen en ging erop hangen alsof het een wandelstok was. Het gehavende wapen zag eruit alsof het misschien wel helemaal niet af te vuren was.

'Wat doe je dan hier?'

Pete wees over zijn schouder richting het kamp.

'Zoals ik al zei. Ik heb een paar spullen meegenomen voor je gezin.'

'Dus ze is 'm gewoon gesmeerd?' Oprechte verwondering kleurde zijn stem. Hij keek Pete aan alsof hij uit een vreemd land kwam. 'Weg bij haar moeder?'

'Ja.'

'Dat spijt me voor je.'

'Ja, nou ja.'

Pearl waadde door het water naar Pete toe en leek geen uiting te kunnen geven aan de emoties die ronddraaiden achter de vreemde gezichtsuitdrukking onder zijn baard. Zijn ogen en mond dichtgeknepen alsof hij in de harde wind of dikke, zwarte rook stond. Hij gaf een klap op Petes schouder en zei dat ze maar moesten gaan, als ze het wilden halen.

Ze klommen drie lange kilometers omhoog door het duivelsknuppel en de hedera, en daarna door seringen en ganzerik en over de rotsachtige ruggengraat van een hoge bergrug die uitkeek op een klein meer met zo'n volmaakt blauwe kleur dat het er van een afstandje uitzag als gemorste verf. Pearl ging onder een skeletachtige, door de wind gegeselde cederboom zitten die klauwde naar de hemel. Hij keek op zijn horloge, sloot zijn ogen en mompelde in zijn baard, een gebed zo leek het. Pete bleef een paar minuten staan wachten en vroeg waar ze mee bezig waren. Pearl zei dat hij moest gaan zitten, dat het nog een half uur zou duren.

'Tot wat?'

'Tot we verder kunnen.'

Pete ging op zijn hurken zitten en at een stukje gedroogd vlees uit zijn tas, maar Pearl schudde zijn hoofd toen Pete hem er wat van aanbood.

Na een half uur hief Pearl zijn geweer en keek door het vizier naar beneden, naar het meer. Pete tuurde naar beneden om te kijken, maar waar Pearl ook op mikte, het was te ver weg om het te kunnen onderscheiden. Pearl zette zijn geweer opzij en maakte een reeks weidse gebaren, nam contact op met zijn gezin met behulp van een seintaal die ze hadden ontwikkeld.

Pearl keek weer door het vizier en gromde. Hij liep een eindje langs de richel en nam toen een afgebrokkeld pad de berg af, weg van het water. Pete haastte zich achter hem aan. Ze bleven afdalen.

'Gaan we niet naar het meer?'

'Nope.'

'Is je gezin niet daar beneden?'

'Alleen de jongen.'

'Waarom gaan we niet naar hem toe?'

'Dat gaan we wel.'

'Daar lijkt het anders niet op.'

Pearl bleef staan.

'Ons kamp is daar niet. Volg me nou maar gewoon.'

Hij hing zijn geweer over de schouder, en ze liepen verder.

Na een tijdje vroeg Pete opnieuw hoe het met zijn ogen ging. Pearl hief zijn hand ten teken dat ze oké waren. De rest van de weg spraken ze niet.

Het was avond toen ze aankwamen, Pearl stootte een lokroep uit, en een paar seconden later volgde een identiek antwoord. Op een kleine open plek tussen de bomen kwam de jongen overeind toen hij Pete zag.

'Howdy, Pete,' zei hij, en hij schudde hem de hand.

Pete hurkte neer om te kijken hoe het met hem ging. Smerig. Een paar sneeën in zijn handen. Verder kerngezond.

'Mag ik je buik even zien?'

Het joch gehoorzaamde.

Er zaten geen levervlekken op zijn huid. Hij zag er doorvoed uit en had onder het vuil een goede kleur.

'Zo te zien is alles tiptop in orde, knul,' zei Pete.

Ben grijnsde. Zijn vader zei dat hij brandhout moest gaan halen en een vuurtje maken.

Pete bekeek het kamp. Het zag er min of meer hetzelfde uit als het andere. Wat primitiever, haastig. Hun spullen hingen aan kettinglijnen tussen de bomen, waar beren er niet bij konden. Benjamin legde een kampvuur aan en bleef, terwijl hij daar telkens brandhout op legde, steeds vluchtig opkeek naar Pete, alsof hij zich daarvan niet kon weerhouden.

'Ik heb een adelaarsveer,' zei hij.

'O ja?'

'Ja. In mijn tas.'

Hij ging de veer halen en liet hem aan Pete zien, legde hem plat op zijn arm, als een juwelier die een halsketting presenteerde. Pete floot.

'Mooi zeg. Waar heb je die vandaan?'

Ben keek nu naar zijn vader. Pearl had zijn ogen afgeschermd en tuurde de lucht in.

'Wat is dat in godsnaam?' vroeg hij aan Pete, naar boven wijzend.

Pete stapte onder de elstakken vandaan en zag de condensatiestreep van een straaljager recht boven zijn hoofd, de witte lijn die de verschijnende sterrenhemel in tweeën deelde.

'Een vliegtuig?' zei Pete.

'Maak het vuur uit,' zei Pearl tegen de jongen. 'Alles inpakken.'

De jongen aarzelde, en Pearl gaf hem een klap op zijn hoofd. Ben ging haastig aan de slag, schopte klonten aarde en mos op het vuur.

'Ho!' riep Pete. 'Het is maar een vliegtuig!'

'Vlak boven ons. Ik ben niet achterlijk. Waarom denk je dat we nog leven?' zei Pearl, terwijl hij tapijten van mos lostrok en het vuur afdekte.

'Ik zou dolgraag weten wat je in godsnaam is overkomen, waarom je zo bent.'

Pearl hield op met het doven van het vuur. Hij keek Pete indringend aan.

'Wat sta je nou te kijken?' vroeg Pete.

Pearl liep naar hem toe en trok zijn rugzak zo van zijn rug. Hij liet de inhoud op de grond vallen. Hij klauwde als een bezetene door alles heen.

'Waar ben je in vredesnaam naar op zoek?'

Pearl mompelde in zichzelf, scheurde de plastic zakjes met bonen open, de dozen rijst. Hij pakte de puzzel op, sneed die met een mes open en voelde aan de stukjes. Hij schudde de zakjes rozijnen en kaneelbrokken leeg en woog de blikjes op zijn handen. Schudde ze naast zijn oor.

'Het is gewoon eten,' zei Pete. En een paar dingen voor de kids.'

Pearl hurkte neer, terwijl hij keek naar de rommel die hij gemaakt had. Peurde er met een vinger in. De jongen stond vlakbij, toe te kijken, stopte zijn slaapzak langzaam terug in de hoes.

'Wat voor dingen?' vroeg Ben.

Pearl gooide een handvol steentjes naar zijn zoon en het joch slaakte een gil, en sloeg direct zijn hand voor de mond. Pete ging tussen Pearl en de jongen in staan.

'Jememiah! Dat moet je niet doen...'

Pearl griste zijn geweer van de grond en richtte het op Petes gezicht.

'Je hebt mij niet te vertellen wat ik moet doen. Ik maak je af.'

'Jeremiah.'

'Het gaat wel,' stamelde Benjamin. 'Het gaat wel, Pete. Niks aan de hand, papa.'

'Benjamin,' zei Pearl, en meer hoefde hij niet te zeggen. De jongen begon als een bezetene zijn spullen in te pakken, propte zijn slaapzak in de hoes en trok het sluitkoord dicht.

Pearl hield het geweer op Pete gericht.

'Ik hou er niet van als er geweren naar me wijzen,' zei Pete beheerst. Vlak.

'En ik hou er niet van als er straaljagers recht over mijn stellingen vliegen.'

'Ik ben geen... ik ben maar een maatschappelijk werker. Dat is gewoon een vliegtuig.'

'Je was zomaar ineens verdwenen.'

'Ik heb je de waarheid verteld. Ik was in Texas naar mijn dochter aan het zoeken.'

Pearl deed een stap naar voren, de loop luttele centimeters van Petes gezicht.

'Waarom ben je niet nog steeds naar haar aan het zoeken?' Hij porde Pete met het geweer tussen zijn ribben, hard. 'Kan het je niet schelen waar ze is?'

Toen hij hem weer porde, greep Pete de loop van het geweer vast en drukte de tromp tegen zijn borst.

'Dacht je dat ik hier zou zijn als ik ook maar iets kon doen om haar terug te halen?'

Pearl trok aan het geweer, en Pete deed een stap naar voren, terwijl hij hem nog steeds vasthield, het nog steeds tegen zijn hart drukte.

'Denk je dat ik me niet elke seconde afvraag wat er met haar gebeurd is? Heb je enig idee hoe dat voelt? Ga je gang, verlos me maar uit mijn lijden.'

Pearl rukte het geweer uit Petes handen en liep achteruit. Pete en hij namen elkaar op, terwijl iets woordeloos en waars uit het moment voortkwam. Empathie, zelfs.

'Stop die spullen terug in Petes tas,' zei Pearl tegen zijn zoon. 'We vertrekken over vijf minuten.'

De jongen liet zijn hand los, zijn handenvol haar, en Pete zei tegen hem dat het oké was, en ze stopten de blikjes en puzzelstukjes samen terug in Petes rugzak. Pete zei dat hij wat eruit was gevallen maar moest laten liggen. Hij zou wel een nieuw voorraadje komen brengen. Toen volgden ze Pearl de wildernis in.

Ze liepen voorzichtig in het maanloze donker en bleven uiteindelijk voor wat er nog over was van de nacht op een of andere arbitraire plek in de heuvels die geen enkel aanwijsbaar voordeel had. Het werd heel koud, diep in de nacht, en Pearl stond toe dat zijn zoon hun slaapzakken tevoorschijn haalde. Daar gingen ze in zitten onder de sterren, waakzaam als in elkaar gedoken katten. Zachte, voedzame bosgrond als een matras onder hen. Vlak voor zonsopkomst sliep de jongen.

'President Reagan is neergeschoten,' zei Pete.

'Is dat echt waar?'

'Maar hij heeft het overleefd.'

Pearl knikte.

'Ik heb altijd gedacht dat het een Europeaan zou zijn. Iemand uit Hollywood.'

'Je dacht dat wie een Europeaan zou zijn?'

'De Antichrist zal elke aanslag op zijn leven overleven.'

'Is Reagan de Antichrist?'

'Hij komt uit Hollywood.'

'Nou, dat is dan duidelijk,' zei Pete.

'Je hoeft tegen mij niet neerbuigend te doen,' zei Pearl. 'Ik weet dat je daar allemaal niet in gelooft.'

De jongen verroerde zich, lag tussen hen in, en Pearl boog naar hem toe en aaide over zijn hoofd.

'Ik kom een hoop verschillende mensen met een hoop verschillende overtuigingen tegen. Native Americans en mormonen...'

'Mormónen,' zei Pearl, en hij schudde zijn hoofd. 'Dat is geen godsdienst. Dat is een bedrijf.'

'De beste buren die ik ooit heb gehad waren mormonen.'

'Gnaw Bone was ellendig, met al die Jehova's Getuigen die elke week langskwamen om je een routekaart naar de hel te verkopen. Als iemand naar je huis komt om je iets te geven – een dienst, goederen, een geloof – dan ken je diegene maar beter wegsturen.'

'Gnaw Bone?'

Pearl fronste zijn wenkbrauwen, alsof hij iets onbedoelds had prijsgegeven.

'In Indiana.'

'Komt je familie daarvandaan?'

Pearl liet er niet meer over los.

De vogels begonnen te kwinkeleren om een dageraad die nog niet te zien was. Pete vroeg of het goed was dat hij rookte, en Pearl knikte. Hij rolde een sigaret en stak hem op. Toen hij klaar was, was er genoeg licht om te zien hoe dik en dichtbij de bomen waren. Knoesten en enorme lakens van mos.

'Hoelang gaan jullie hier blijven?'

Pearl spuugde.

'Tot we doodgaan.'

'Tot je wordt doodgeschoten, bedoel je.'

'Mijn ziel zal eeuwig leven.'

'En hij dan?' Pete knikte richting Benjamin.

'Met hem gaat het prima.'

'En je vrouw en je andere kinderen?'

Pearl spuugde.

'Hoor eens, ik probeer gewoon mijn werk te doen.'

'Je bent hier niet vanwege je werk.'

'Nee hoor,' zei Pete, 'ik zit hier puur voor de lol met jullie tweeën in de rimboe.'

Jeremiah glimlachte en leunde tegen de heuvel, met zijn handen in elkaar gevlochten achter zijn hoofd, en sloot zijn ogen. Alsof hij kon rusten nu het daglicht gekomen was. 'We hebben allemaal een rol te vervullen. We zijn allemaal instrumenten van Zijn wil.'

'Je bent krankzinnig,' zei Pearl.

Pearl gromde. Even later snurkte hij.

De jongen rende vooruit en zei tegen Pete dat hij moest opschieten, en ze kwamen uit het struikgewas en bij een smalle en ondiepe kreek die door een nauwer wordende vallei stroomde. Rotsblokken lagen verspreid als de omvergeworpen verdedigingsmuren van een oud kasteel. De oevers maakten algauw plaats voor louter rotsen en het kind klauterde via kleine steunpunten voor zijn voeten de richels van de vallei op en verdween om een uitstekende rotspunt van een meter of negen hoog uit het zicht. Het water was maar enkeldiep. Blikjes waar gaten in waren geschoten lagen tussen de kiezels op de bedding. Gedroogde stukjes papier en wat eruitzag als dunne stront bevlekten de wanden. Ze kwamen uit onder een stel ongelijke planken. De jongen riep hem vanuit het donker voor hem toe. Pete waagde zich een eindje naar voren en kon net de groene streep van de oorspronkelijke bron van de kreek daarboven onderscheiden. Hij liep tussen balken door die het merkwaardige bouwwerk ondersteunden, een soort fort dat boven op de rotswanden de kreek overspande. Pearl wees naar een provisorische ladder die eronder vastzat, en Pete klom naar boven.

De vloer kraakte onder hem en er was niet genoeg ruimte om te staan. Hij raakte het canvas dak. Dat was vakkundig gewaxt om het water af te voeren. Toen Pearl boven kwam, werd duidelijk dat de hele ruimte nauwelijks groot genoeg was om er allemaal te kunnen zitten. Hoewel het vele dagen leeg was geweest, was de lucht zwaar van de geur van de Pearls, van hout en vet en dennenhars.

'Is dat de enige uitgang?' vroeg Pete, wijzend naar het gat.

De jongen kroop om hem heen en zette het canvas achter open, op een stok. Pete kroop er samen met hem uit, een richel ter grootte van een kleine patio op. Een uitzicht op de wildernis, zwarte els en cederbomen. Nog meer grote, wolkenkussende bergen die vele kilometers verderop opdoemden. Een witte kolenbedding lag onder een zwartgeblakerd afdakje waaronder ze kookten. Pete gluurde over de richel, een rotswand van een meter of twaalf die uitliep in de zand- en kiezelvlakte van een puinhelling.

'Mooi uitzicht,' zei Pete.

De jongen gleed van de rotswand naar een richel van dertig centimeter breed.

'Oké, oké. Kom nou maar weer naar boven.'

'Ik val niet, Pete.'

'Kom maar gewoon terug.'

De jongen trok zich met zelfvoldane lenigheid op, en ging met zijn benen over de rand zitten.

'Heb je hoogtevrees?' vroeg Ben.

'Ik ben alleen bang dat ik eraf val.'

Ben liet die grap op zich inwerken en hinnikte vervolgens als een ezel.

Hij keek toe, terwijl Pete op zijn hurken ging zitten en zijn rugzak afdeed. Hij nam elk detail van Pete in zich op, en Pete begreep nu waarom hij die school in was gegaan. De jongen verveelde zich ontzettend.

Pearl gooide vanuit de schuilhut wat brandhout aan, en de jongen ging het kampvuur aanleggen. De man kwam met drie open blikjes tevoorschijn, zette die naast de vlammen in de vuurkuil en liep ineengedoken de hut weer in. De richel was zo smal dat er altijd wel iemand op het randje zat, meestal de jongen. Pete was doodsbang dat het joch zou vallen en raakte er maar niet aan gewend dat hij vlak langs de rand liep.

Ze aten bonen, zwijgend. Ben keek of zijn vader en Pete zouden gaan praten, wetend dat hij dat zelf niet moest doen. De achtermuur van de schuilhut was een rotswand waarlangs water liep als een lekkende kraan, wat hij ook min of meer was. Als je een beker tegen het gladde groene oppervlak drukte, zat die binnen de kortste keren vol drinkbaar water. Aan de andere kant van de hut was er een gat als een ouderwetse plee, waardoor ze zich in de kreek ontlastten. Pearl pakte hun blikjes en gooide ze door het gat naar beneden. De jongen liep weg om van de richel af te pissen, leunde en kronkelde alsof hij aan het eind van zijn vislijn van urine een forel had hangen. Toen Pete ging pissen, vroeg de jongen hoe ver hij dacht te kunnen pissen, zei dat hij wilde kijken.

'Ik kan niet, als jij daar staat,' zei Pete.

De jongen lachte om die belachelijkheid.

'Ik meen het,' zei Pete.

Zijn vader riep hem naar binnen en Pete kon bij het lamplicht zien hoe geamuseerd de man was.

'Kun je niet plassen als ik erbij sta?' zei Ben toen hij weer binnen was. 'Wat hilarisch, zeg.'

'Geef me mijn rugzak eens aan.'

De jongen haalde hem uit de hoek en schoof hem naar hem toe. Pete deed hem open en plukte er een handvol losse kleurpotloden en een kleurboek uit. Hij legde ze voor Ben neer. Maar de jongen raakte ze niet aan.

'Het is een kleurboek,' zei Pete. 'Je heb toch wel eens een kleurboek gezien?'

De jongen knikte.

'Ga je gang. Het is van jou.'

'Dat mag niet.'

'Waarom niet?'

'Dat zijn gesneden beelden.'

'Gesneden beelden?'

Pearl keek niet op van het mes dat hij op een kleine wetsteen aan het slijpen was.

'Het zijn gewoon treintjes en zo. Kijk maar,' zei Pete, en hij sloeg het boek open en begon een racewagen in te kleuren. Het joch zat daar maar.

'Het is niet toegestaan,' zei Ben.

'Deuteronomium vier,' voegde Pearl daaraan toe.

'Sorry, maar je zult mijn geheugen moeten opfrissen.'

'Het is verboden een afbeelding te maken.'

'Een afbeelding.'

'Een afbeelding leidt af van God.'

'Een kleurboek. Leidt af van God.'

'Alles. Televisie, bomen en dieren zelf. Alles.'

'Dat verklaart een hoop, Jeremiah.'

'De wereld is niet meer dan een zandkorrel binnen het grotere geheel van alles wat werkelijk is. Het is dwaas om je tijd te verbeuzelen aan de wereld. Dat is navelstaren.'

Pete bleef hierop even stokstijf zitten, na het malste dat hij ooit had gehoord.

'Vertel eens,' zei hij, en hij propte het kleurboek en de kleurpotloden terug in zijn tas. 'Had Adam een navel?'

Pearl glimlachte.

'Natuurlijk niet.'

Ze zagen een zwarte beer naar boven snuffelen, naar hen toe, vanaf de bodem van het klif. Benjamin gooide er stenen naar, en het dier holde de tegenoverliggende heuvel op en verdween tussen de bomen. Ze aten vis en het weinige eten dat Pete had meegebracht. Pearl repareerde het shirt van de jongen, en toen Pete zei dat hij nieuwe kleren voor hen kon meenemen, zei Pearl dat hij dacht dat dat wel in orde zou zijn. Een teken dat de man hem was gaan vertrouwen. En het vertrouwen van de jongen in hem was opgebloeid tot een verhevigder inspanning om indruk op Pete te maken, bijna op het irritante af. Hij vroeg Pete hoe hij een boom in moest klimmen of hoe ver hij een steen kon gooien. Hij nam Pete bij de arm om dingen te inspecteren, rottende boomstronken en berenstront. Van duizendpoten die met hun teerzwarte borststukken draaiden, raakte hij bijkans in extase. Het joch was een onverzadigbare verzamelaar van stenen en stukjes drijfhout, tot zijn zakken ervan uitpuilden. Er kwam een gestage woordenstroom uit hem over de flora en fauna, mierenhopen en sneeuwbessen en pootafdrukken van lynxen. Pearl leek eraan gewend, zweeg. Of misschien was hij gewoon dankbaar voor het verse paar oren dat de jongen nu bij de hand had.

Een onweersbui trok op grijze, geklonterde wolken over, en de rotswand achter in de hut weende van het regenwater. Pearl warmde zijn handen door ze om de lamp te slaan en verduisterde zo de hut, maakte schaduwkappen op de muren.

De hele avond werkte hij aan zijn kleine muntslagerij op een ronde steen in de hoek. Telkens opnieuw legde hij een stuiver op een lasplaat van een spoorrails, sloeg met een drevel en een hamer een gat door Lincolns slaap, en gooide de munt daarna in een koffieblik. Hij deed dat met nog een paar presidenten, haalde toen een dun lemmet door het gaatje van een ervan en bevestigde het lemmet en de munt aan een klein juwelierszaagje. Hij draaide de schroefjes voorzichtig aan, zodat het lemmet niet zou breken. Pete zag dat hij er daarvan nog maar een paar in zijn kartonnen la had liggen. Hij waxte het lemmet met een stukje gele was, legde de munt vervolgens in het kruis van een houten, v-vormige bankschroefpin en begon te zagen, draaide de munt of de bankschroefpin om de hoeken van zijn verbeelding te volgen. Toen hij klaar was, draaide hij de schroefjes aan één kant van het lemmet van de zaag los, liet de munt in zijn handpalm glijden en hield hem op naar de lantaarn, waardoor er op de zwarte muur een wazig pentagram verscheen. Dit alles kreeg Pearl veel makkelijker voor elkaar dan de pandjesbaas voor mogelijk had gehouden.

Pete vroeg of hij hem mocht bekijken. De munt was warm, een perfecte vijfpuntige ster in het koper van Lincolns hoofd.

Pearl hield een papieren zak vol munten op.

'Deze heb ik morgen allemaal doorboord en klaar.'

Hij wierp Pete nog een zak toe, gemaakt van vilt, vol munten, en zei dat hij de penny daarin moest doen. Pete liet hem erin vallen en ging met zijn vingers door de andere. Nog meer sterren en uitroeptekens, vraagtekens en hakenkruizen. Klavertjes vier. Iets wat eruitzag als een zeis.

'Ik wil graag dat jij ze verspreidt,' zei Pearl, terwijl hij een volgende munt aan het zaagje reeg en dat dichtschroefde. 'Jij kunt een groter gebied bestrijken dan wij.'

'Ik dacht dat je klaar was met die munten,' zei Pete. 'Die waren maar gejammer, zei je.'

'Dit is 't.' Pearl wreef met zijn vinger over de lasplaat en zijn vinger werd grijs van het stof van de munten die hij vernield had. 'Het laatste geld dat ik ooit zal aanraken.'

Hij begon in de volgende munt te zagen, een zacht, bijna aangenaam geluid dat Pete onmiddellijk deed denken aan Rachel die de rits van haar jack omhoog- en omlaagtrok. Terwijl ze in zijn auto zat. Wachtte tot het stoplicht op groen sprong.

'Waarom wil je dat ik deze verspreid?'

'Binnenkort is het allemaal afgelopen.'

'Wat?'

Benjamin plukte vuil sap van zijn handen.

'Dan komen ze hierheen om ons dood te schieten.'

'Niemand komt jullie doodschieten...'

'Iemand heeft de president neergeschoten, Pete.'

'Nou en?'

'De geheime dienst is een leger van de schatkist. Ze hebben twee missies: de president in leven houden en de waarde van de Amerikaanse dollar beschermen. En dat laatste is belangrijker dan het eerste, dat verzeker ik je.'

'Da's nogal hoogdravend, vind je niet?'

'Duidelijk niet, nee.'

Pete keek naar Benjamin, die aan zijn handpalm bleef pulken. Een volstrekt normaal gesprek.

'Ik neem die munten niet mee,' zei Pete. 'Ik wil hier niets mee te maken hebben.'

'Je zult het doen,' zei Pearl, terwijl hij in de munt zaagde. 'En dat weet ik omdat je niet wilt dat ons iets ergs overkomt. Hem. En ik weet dat je het zult doen, omdat je ons anders nooit meer ziet. En je gaat het doen omdat je denkt dat je ons deze bergen uit kunt praten, die beschaving van jou in. Omdat jij het aardige gezicht van de dingen bent. Het aardige, zorgzame gezicht.' Pearl hield op met zagen, richtte zijn donkere ogen strak op Pete. 'De duivel, ik weet hoe die komt. Met blikjes eten en schone kleren en kleurboeken.'

'Ik ben gewoon maar een man, Pearl. Je moet echt ophouden met al dat paranoïde gedoe.'

'Ik zou je willen vragen even stil te staan bij een idee.'

'En dat is?'

'Ik zou willen dat je erover nadenkt dat ik misschien niet zo stom en achterlijk ben als jij denkt.'

'Ik denk niet dat je stom bent.'

'Dan zou ik graag willen dat je oprecht bent in je verlangen ons te helpen en dat je doet wat ik vraag in plaats van wat jij denkt dat het beste voor ons is.'

Benjamin was opgehouden met aan zijn handen pulken.

'Waar is de rest van je gezin, Jeremiah?'

Hierop draaide Benjamin zich om in zijn slaapzak, ging met zijn rug naar hen toe liggen.

'Waar zijn je andere kinderen?'

Pete slingerde de rugzak terug naar Pearl, en die landde met een zwaar geklingel van metaal.

'Kijk,' zei Pearl, 'dat is nou het verschil tussen jou en mij. Ik kan die vraag beantwoorden, en jij niet.'

De volgende ochtend maakten ze zich op om op pad te gaan en Pearl en zijn zoon liepen samen de rotsrand op, en toen ze weer binnenkwamen had Benjamin een loopneus en had hij gehuild. Hij zei dapper tegen Pete dat het fijn was hem gezien te hebben en hij bedankte hem voor de spullen die hij had gebracht.

'Ga je niet mee?'

'Hij gaat de andere kant op,' zei Pearl. 'Schei uit met dat gesnotter,' zei hij tegen zijn zoon.

De jongen veegde zijn neus af.

'Ik kom je wel weer opzoeken,' zei Pete. 'Oké?'

De jongen knikte naar de grond.

Ze klommen een voor een langs de ladder naar beneden, het regenwater van eind april in dat nu tot zijn dijen kwam, het middel van de jongen. Het was kil en bewolkt. De jongen klom niet langs de wanden, en toen ze het water uit kwamen, zat hij aan de andere oever te rillen en klappertanden.

'Tot ziens, Pete,' zei hij.

'Je hebt het ijskoud,' zei Pete.

'Dat komt wel goed,' zei Pearl. 'Nou, vooruit.'

Ben verdween het struikgewas in.

Ze liepen de hele dag en zeiden geen woord, zelfs niet wanneer ze stopten om te eten en uit te rusten. Toen de avond viel, bleven ze doormarcheren en Pete had bij het licht van de smalle, wassende maan geen idee waar ze waren. Het was ergens diep in de nacht toen ze een weg bereikten die krijtachtig afstak tegen het donker.

'Jij moet daar beneden wezen,' zei Pearl.

Ze konden elkaar nauwelijks zien.

'Geef me die munten maar,' zei Pete.

Pearl viste ze uit zijn kleine canvas tas.

'Over een week kom ik hier weer naartoe. Dan breng ik nog wat fruit, gedroogde bonen en rijst mee.'

Pearl zei oké. Vervolgens deed hij iets merkwaardigs. Hij legde zijn hand in Petes hals en drukte hun voorhoofden tegen elkaar aan.

'Ik bid voor je gezin,' fluisterde hij, voor hij zich omdraaide en met grote passen de weg op liep.

* * *

Waar vond ze Cheatham?

Hij vond haar. Ze zat met haar rugzak bij een tacostalletje in East Austin.

Hoe ging het met haar?

Ze was ziek. Het deed pijn als ze plaste, waarschijnlijk door die gozer op het feest. Ze had het gevoel dat dat betekende dat ze Cheatham kwijt was. Ze wilde hem niet kwijt. Ze wilde alleen maar ergens anders zijn. Ze wilde gewoon weg. Met hem. Met niemand anders.

Zei ze dat tegen hem?

Geintje zeker?

Wat deden ze toen?

Ze keken elkaar een paar minuten aan. Ze aten en praatten. Ze vroeg of hij van haar hield, en hij zei dat hij dat niet wist. Ze vroeg of hij daarachter wilde komen. Zij wilde erachter komen.

Ze bleven een paar weken bij hem thuis, een slaapkamer in een huis dat hij deelde met drie andere muzikanten. De muren waren zilver gespoten.

Ze hield zich schuil, in het volle zicht. Bang dat haar moeder over Congress zou komen aanrijden, of de Drag bij de UT, waar Cheatham altijd heen ging om op zijn gitaar te spelen. Ze meed politieauto's alsof ze drugs bij zich had, alsof ze voortvluchtig was, wat ze ook min of meer was.

Zeurde ze hem aan zijn kop dat ze de stad uit moesten?

Nee. Een beetje.

Wanneer gingen ze?

Toen zijn vrienden haar Grens begonnen te noemen.

Als in?

De staatsgrens. Als in: daar mag je met minderjarigen niet overheen. Toen ze hem Chuck begonnen te noemen.

Als in?

Chuck Berry. Een muzikant die ooit met een meisje de staatsgrens over ging.

Waar gingen ze naartoe?

Oklahoma.

Hij kwam uit een rijk nest. Was bemiddeld, voor een negentienjarige drop-out. Zijn vader was eigenaar van een keten tankstations. Hij had in het hele zuidelijke Midwesten vrienden zitten. Van Arkadelphia tot Nashville.

Wat zagen ze?

Ze zagen braderieën. Prijswinnende kippen en pompoenen en varkens. Quilts en kantwerk en kunstwerken gemaakt van karton en beschilderde macaroni. Ze zagen een panoplie aan ronddraaiende lichtjes. Graatmagere brullende kermisklanten. Renpaarden die zich verzetten tegen de zweep en de nacht.

Ze zagen opgewaaid stro als het schuim op een biertje aan de horizon. Paarse donderkoppen die opengingen als hoofdwonden, het geweld van wind en regen. Een grijze tornado die bestond uit hagelstenen en aarde, uit trailers, vee en tractors.

Ze zagen bomen waar golfplaat omheen was gewikkeld, als de wegbewijzering van de route naar de ondergang.

Gingen ze inderdaad de ondergang tegemoet?

Op een bepaalde manier.

Wat voor manier?

Indianapolis.

22

Hij belde Beth om te kijken of ze iets gehoord had, maar ze was niet thuis of nam niet op, en terwijl hij zo zat te luisteren hoe haar telefoon telkens maar overging, voelde hij hoe vreemd het was dat zij, hij en Rachel, zo verstrooid geraakt waren, vreemden voor elkaar, de bindingskracht verbroken, wie had kunnen denken dat een gezin zo kwetsbaar was. En zijn vader en moeder die weg waren, en zijn broer die in Oregon zat, en hij was alleen en hij vertrok vanuit zijn werk naar Missoula om Mary te zien, haar te zien en haar te hebben en bij haar te zijn was in elk geval iets.

De lift in het Wilma stond open en was leeg. Geen cabine, geen kabels. Pete leunde naar binnen en keek omhoog, de schacht in, en zag de onderkant van de cabine, van onderaf verlicht door een openstaande deur verscheidene verdiepingen hoger. Een reparateur met een leren gereedschapsriem om kwam met zwarte handen de trap af en zei dat hij vastzat, dat iedereen de trap moest nemen.

Mary's deur stond op een kier. Hij klopte er met zijn knokkels op. Hij zwaaide open en bood uitzicht op hoe ze de advocaat pijpte in de keuken. De man die hij was gevolgd. Zijn ogen waren gesloten en zijn hand omklemde een sapglas. Een hiklach van Pete bracht alles tot stilstand. Ze kwam overeind en zei iets, trok haar blouse dicht. De advocaat stopte zijn lul terug in zijn boxershort, deed zijn gulp dicht, stopte zijn overhemd in zijn broek en wendde, aldus in orde gebracht, nonchalance voor. Hij nam een slok van het glas, zette het in de gootsteen. Mary was nu iets tegen de advocaat aan het zeggen en vervolgens keken ze allebei naar Pete, en hij realiseerde zich dat ze wachtten tot hij vertrok of uit de deuropening wegging, en hij vroeg zich af wat voor uitdrukking hij op zijn gezicht had, dat ze er zo besluiteloos bij stonden, wat voor gevoelens die gezichtsuitdrukking veroorzaakten. Hij vroeg zich af of de advocaat hem herkende, of Pete voor gek werd gezet. Hij sloeg verscheidene keren met zijn vuist tegen een ingelijste foto, en die ging aan scherven en viel op de grond. Mary en de advocaat verroerden zich niet. Hij ging tegen de muur aan in de glasscherven zitten.

De advocaat kon vertrekken. Die pijpbeurt kon hij verder vergeten. Dit moment was van Pete. Het was afgelopen met Mary, maar dit moment was van hem. Hij realiseerde zich dat hij die dingen hardop zei. De advocaat vroeg aan Mary of ze wilde dat hij bleef. Toen stapte hij om Pete heen en liep de deur uit. Ze bereikte de deuropening van haar appartement, vroeg of Pete nou klaar was. Haar buren stonden op de gang, toe te kijken. Hij zou wel geschreeuwd hebben, nam hij aan.

Ze zei tegen hem dat hij bloedde. Ze liet de deur openstaan en een kalende luilak in een bevlekt T-shirt grijnsde hem toe toen Mary naar de keuken liep om de dweil te halen. Ze kwam bij hem terug zoals ze misschien bij een verwond dier had gedaan, praatte zachtjes, emotieloos. Ze pakte zijn hand stevig vast, plukte het glas uit zijn knokkels en kromp ineen terwijl ze dat deed. Het begon met het verzorgen van zijn hand en het zou ophouden met het verzorgen van zijn hand.

Hij was misselijk. Toen kuste hij haar. De mond waar net de lul van die advocaat in had gezeten en de rivaliteit die daarmee samenhing. Ze was niet op haar hoede en voelde zich misschien schuldig of verplicht, en hij wist dat er geen affectie of verlangen om haar terug te winnen in die zoenen zat, nu in haar hals – ze zoog lucht tussen haar tanden door naar binnen, alsof haar lippen ijs waren, alsof dit allemaal een soort van uitdaging was – en hij dacht erover haar ter plekke te neuken, op de vloer, tussen de glasscherven, maar er verschoof iets subtiels tussen hen en de betovering of wat het ook was werd verbroken.

Ze liet zijn hand los, ging staan, liep de keuken in en dronk een glas water. Ze haalde een pakje sigaretten van de koelkast en wachtte op de elektrische ontsteking van het fornuis om hem op te steken. Ze leek zich daarbinnen te verschansen achter een soort barricade. Hij schopte de voordeur dicht.

Toen kwam ze de keuken uit. Ze had een geheel nieuwe beheersing over zich. Zelfs haar lichaamshouding was oprecht. Ze zei dat ze iets wilde zeggen. Of hij wilde luisteren.

Ze zei dat ze het nodig had dat dingen in haar leven gescheiden bleven. Dat ze een bepaalde manier had om haar leven te ordenen. Of hij gewoon even wilde luisteren. Of hij gewoon even zijn kop wilde houden en luisteren.

Had hij enig idee hoe vaak ze was verkracht. Hoe verknipt ze daardoor was geraakt. Hoe ze het maar net redt, daarbuiten. En ze redt het door een bureau te zijn. Een soort van ladekast.

Of hij nou even zijn kop wilde houden.

Er was een oud echtpaar. Er was een kamer waar de oude man haar mee naartoe nam. Een ouderwetse ladekast die daar stond, een soort apothekerskast. Tientallen kleine laatjes. Ze mocht er niet mee spelen, hij was antiek. Ze mocht niet eens in de kamer komen. Maar de oude man ging er met haar in. Dan keek ze naar die ladekast. Dacht aan wat er in de laatjes zat.

Ze weet dat het een totem is. Een manier om haar leven te organiseren. Maar het was nuttig om te zien hoe dingen die haar overkomen waren en overkwamen weggestopt konden worden. Als die man op haar lag, zei ze: *Dit gaat gewoon in dat laatje daar...*

Ze stopte de akelige dingen in de laatjes, als kleine knoopjes. En daarna ook de fijne dingen. Ze weet dat het maar een metafoor is, of een symbool. Het is gewoon een manier om dingen te ordenen. Het is verdringing.

Ze heeft een psychiater gehad die probeerde haar die laatjes te laten beschrijven, wat erin zat. Daar dwong hij haar toe. En al die laatjes vielen open, en de knoopjes vielen over de hele vloer en tegen de tijd dat ze thuis was, was ze er nog slechter aan toe dan daarvoor, overal knoopjes. Die moest ze een voor een oprapen en allemaal terugstoppen. Heeft ze twee jaar over gedaan. Negentig minuten met een psychiater en ze is twee jaar kwijt, krijgt er soms sneller nieuwe knoopjes bij dan ze de oude kan wegbergen. Die rugbyspelers, bijvoorbeeld. Reno, bijvoorbeeld. Het opvangtehuis Wind River in Californië, bijvoorbeeld.

Of hij haar wil aankijken. Of hij wil zien dat ze de waarheid spreekt.

Er was een tijd geweest dat een gast als hij ergens op de vloer lag. Er daar een hele tijd verloren bij lag. Dan was ze vergeten wie haar was komen opzoeken. Wist niet meer wie degene met geld was en wie degene die drugs had en wie degene die van dansen hield en wie haar graag als een stuk stront behandelde en wie aardig was en alleen maar aan haar haar trok, en dan nog alleen als ze het nodig had dat hij dat deed.

Ze zei dat ze een laatje had voor gasten van wie ze zou kunnen houden. Daar zitten maar een paar knoopjes in. En hij zit in dat laatje. En als hij langskomt, dan raakt ze zo opgewonden bij het idee dat ze dat laatje opendoet en hem eruit haalt...

De advocaat komt uit een slecht laatje. Niet het ergste laatje. Een slecht laatje.

Nee, hij doet haar geen pijn. Niet op een gebruikelijke manier. Wat hij doet is iets tussen hem en zijn eigen geweten. Het heeft nauwelijks iets met haar te maken. Op een bepaalde manier.

Of hij haar wil aankijken.

Ja, ze houdt waarschijnlijk wel van hem zoals een normaal mens van iemand zou houden. Maar hij ligt op de vloer. En hij moet terug in zijn laatje. Het fijne laatje. Of hij alsjeblieft terug in zijn laatje wil gaan. Gewoon doen alsof dit niet is gebeurd. Dat het niet gebeurt. Alsjeblieft.

Hij ging staan.

'Mary,' zei hij.

'Wat.'

Hij deed de deur open.

'Fuck you.'

Hij vertrok.

Aan de zuip.

De shit die ze uithaalden.

Spoils die op de stoeprand aan de politie staat uit te leggen wat er is gebeurd. Als een man de ruiten van zijn eigen auto wil inslaan, dan is dat zijn zaak, zegt Spoils. Glas en bloed over Petes dossiermappen. De smerissen die zijn rijbewijs en kentekenpapieren controleren, zijn handboeien losmaken, tegen Spoils zeggen dat hij hem naar huis moet brengen.

Pete op het naar hond stinkende bed, met alle honden, tussen de honden wakker wordt en overgeeft, en de honden die eraan snuffelen en niet aarzelen er zelfs van te proeven, die fijne mormels.

Er kwam een telefoontje uit Indianapolis dat de Kinderbescherming daar een meisje had opgepakt dat aan Rachels signalement beantwoordde. Pete reed de hele weg naar Spokane honderdvijfendertig en nam een nachtvlucht naar Salt Lake, sliep in de terminal en landde zesendertig uur nadat hij het bericht had gekregen in Indianapolis. Hij nam een taxi naar het Bureau Kinderbescherming, en werd doorverwezen naar een opvangtehuis aan de noordkant van de stad, een lelijk bleek gebouw dat tussen de bakstenen huizen was gedouwd. Een zwarte man die op een emmer zat te roken keek hem langs zijn neus weg aan.

Tegen de avond, inmiddels, terwijl de zon wegkroop en de ruiten deed opflitsen onder de ontmoedigende wolken. Ergens wist hij dat ze daar niet zou zijn, dat zij het niet zou zijn, of dat ze al weg was.

Het opvangtehuis had niemand onder haar naam ingeschreven, en toen ze hem door de vleugel vol tieners begeleidden, had niemand een meisje gezien dat Rachel heette. Hij liet het personeel een foto zien, en een bijdehand zwart meisje glipte naar hen toe en zei dat ze Rachel kende en zei dat ze wist waar ze was en dat ze hem er zo heen kon brengen. Binnen de kortste keren zeiden alle meisjes dat ze haar gezien hadden, logen hem voor, stuk voor stuk. Hun zwarte stadstaaltje raasde als auto's op de snelweg langs zijn Montana-oren en hij realiseerde zich dat als hij zelf al een angstig provinciaaltje was, wat een klein en verwilderd ding Rachel dan wel moest zijn.

Het eerste meisje zei dat ze Rachel echt wel had gezien, krijg de tering allemaal, dat ze het meisje echt had gezien, dat het meisje hier twee weken geleden had gezeten, haar haar helemaal stom had laten knippen, met korte en lange stukken pony, alsof het niet allemaal even snel groeide. De beledigingen en insinuaties van de andere meisjes weergalmden van en werden versterkt door de betonmuren, en het meisje zei dat Rachel drie dagen geleden was vrijgelaten en haar kop maar niet kon houden over een of andere gozer, Cheatham heette die.

'Cheatham? Cheatham hoe?'

'Achternaam.'

'Had Rachel iets met een gozer die Cheatham heette?'

'Ja. Maar ze heb niet gezegd dat ze Rachel heette. Maar dat was d'r. Op die foto vaje.'

'Hoe zei ze dan dat ze heette?'

'Jezus, weet ik veel. Maar Rachel was 't niet,' zei het meisje.

Het personeel mompelde tegen Pete dat die meisjes allemaal leugenaars waren.

'Wacht even. Ik geloof dat het Rose was. Ja, het was Rose.'

De manager van de afdeling wilde hem niet in de intakeboeken laten kijken en trok een spottend gezicht op een manier die uitdrukte dat die boeken zelf min of meer een lachertje waren. Toen kwam er een meisje binnen met een vierkantje blote, bloederige hoofdhuid en ze zeiden dat Pete moest vertrekken, waarmee ze bedoelden dat dit zijn schuld was, dat hij de meisjes had opgehitst en hun gammele routine had verstoord, dat hij had gezorgd dat er geen personeel op de zaal was en moest je nu eens zien.

Hij logeerde in een klein hotel en huurde de volgende dag een auto. Eerst probeerde hij uit te zoeken wie hem vanuit Bureau Kinderbescherming had gebeld, maar in de gigantische wirwar aan werkhokjes leek er verantwoordelijkheid noch aansprakelijkheid te bestaan, en uit elke hoek leek wel een woedende snik of smeekbede op te klinken die in een fysiek gemompel letterlijk boven de werkhokjes leek te zweven en, condenserend op de beslagen ruiten, in druppels als tranen naar beneden liepen. De managers van de dag- en nachtdienst konden hem niet helpen, niemand wist wie er contact met hem had opgenomen en ze moesten zelf ook allemaal telefoontjes plegen.

Hij vond zijn poster van Rachel op het prikbord, haar gezicht verscholen achter een nieuwe flyer. Hij trok die van Rachel eraf, prikte hem over de andere heen weer vast en ging richting het centrum. Een paar uur lopen en een paar uur bij de fontein aan de voet van het monument voor zeelui en soldaten, kijkend naar de auto's en de mensen die om de rotonde heen gingen. Hij reed door de stad, de buurten vol houten huisjes en huurkazernes en de steegjes downtown. De wijk waar de bedrijventerreinen lagen. Hij zag zwervers van alle leeftijden en typen rondom het oude Union Station. Hij parkeerde en liep om de verlaten bakstenen en granieten bouwwerken heen. Strenge erkertorens als wachttorens. De stemmen binnen. Hij liep de hoek om, klopte op het triplex voor een kapot raam en hees zichzelf naar binnen. Hij liep behoedzaam over een smerige laag duivenstront op de rijkversierde marmeren vloeren, terwijl zijn voetstappen echoden tegen de lege plafonds, net als zijn stem die de naam van Rachel riep, die van Cheatham. Mensen verborgen zich daar en hij zei dat hij alleen zijn dochter maar zocht, vroeg of ze überhaupt medeleven kenden. Hij riep dat ze met iemand was die Cheatham heette. Of Booth. Fluisterende stemmen werden meegevoerd op de stoffige, kloosterachtige lucht. Laat iemand me iets vertellen, zei hij.

Een fles schoot met een staart van droesem over de ijzeren reling op hem af, knalde met een kort plopgeluid uit elkaar en waaierde in duizenden scherven uiteen op de gladde vloer, om hem heen en tussen zijn voeten, zo fijn als steenzout.

Hij zat een paar dagen in het hotel knetter te worden. Hij dronk niet, hij verliet zijn kamer niet, hij liet de televisie tegen hem aan praten. Hij weigerde door te draaien. Hij ging zich niet van kant maken. Hij ging het niet opgeven.

Maar wat viel er te doen. Tenzij.

Hij ging naar de slijterij en kocht een fles bourbon, en toen naar de supermarkt om een pakje scheermesjes en een sixpack Coca-Cola te halen. Hij vulde de ijsemmer. Hij keek als een buitenlander naar de televisie. Hij mixte een drankje en de stompzinnigheid van de spelletjesprogramma's begon hem op de zenuwen te werken. Toen hij zijn blik van het scherm afwendde en uit het raam keek, vervormde en beregenboogde die als een gigantische zeepbel, en hij realiseerde zich dat hij hallucineerde of huilde, of allebei. Hij nam bij de gootsteen grote slokken van de bourbon. Hij liep het bad vollopen. Hij veegde over de beslagen spiegel en nam de man die daarin weerspiegeld werd op: bleek en mager, troebele, diepliggende ogen. Het was inmiddels donker. Het water was lauw, ook, en hij was uren kwijt en wist zeker dat hij krankzinnig was geworden.

Hij kroop met zijn kleren aan in de badkuip. Hij dronk en frunnikte de scheermesjes uit hun kartonnen doosje. Hij oefende door door zijn spijkerbroek heen in zijn dij te snijden. Hij voelde niets. Een kleine, roze bloem in het water.

Doe het.

Ik kan het niet.

Doe het.

Hij sprong de badkuip uit en wierp zich de gang door, de regenachtige nacht in, het parkeerterrein over, terwijl zijn natte voeten op het trottoir klapten, een kreupelbosje in, waar hij viel en met zijn vuisten op de modder begon te slaan, alsof hij daar iets mee zou kunnen bereiken, en vervolgens schreeuwde hij tegen de huilende hemel wat ben ik dat ik dood wil. De bladeren als rillende tinnen deksels en scheermessen van bliksem en hoe kon iets bij dit alles oké zijn, de wereld is een lemmet en angst is hoop die is opengesneden en binnenstebuiten gekeerd.

Hij ontwaakte bij gepraat.

'Deur was open.'

'Wat is dat, waar hij mee onder zit?'

'Modder.'

'Wat moeten we doen?'

'Wakker worden, meneer.'

'Moet je zijn knokkels zien.'

'Die lamp is aan gruzelementen.'

'Wegwezen,' zei Pete.

'Het lééft.'

'WEGWEZEN!'

'Zet de auto van die klootzak maar klem. Die komt niet weg voordatie voor al die shit betaald heeft.'

Hij kwam op het idee op een kaart te kijken. Gnaw Bone, Indiana was maar een uur rijden.

Het was nauwelijks een gehucht, ergens op de route naar Bloomington. Een paar huizen, een gesloten barbecuetent en een oudijzerhandel waar een man voor aan het vegen was. Hij vroeg de eigenaar met het smalle gezicht of er een familie Pearl in de buurt woonde. De man zei dat de enige Pearl een paar jaar geleden was vertrokken, maar dat er familie van zijn vrouwtje verderop aan Clay Lick Road woonde, en hij vertelde Pete hoe hij daar moest komen.

Het huis stond tussen bloeiende tulpenbomen. Bij de hordeur stond een gedrongen vrouw op blote voeten met een spijkerbroek en een bevlekt sweatshirt hem op te wachten. Pete zei dat hij een maatschappelijk werker uit Montana was, dat hij toevallig in de buurt was geweest en zich afvroeg of iemand hier in huis misschien familie was van Jeremiah Pearl of diens vrouw.

Zijn ogen pasten zich aan het schemerlicht in het huis aan. Een oudere, papierige versie van de vrouw bij de deur hees zichzelf op uit een leunstoel.

'Is er iets gebeurd met mijn Veronica?' vroeg ze, terwijl ze in een asbak bij de deur een sigaret uitdrukte. De dochter van de vrouw duwde de hordeur open en het magere ouwe besje ging in de deuropening staan en zocht Petes ogen af naar wat hij wist.

'Ik weet...'

'Er is wat gebeurd. Wat is er gebeurd?'

'Ik heb niets gezien. Ik heb haar niet gezien. Maar ik heb Jeremiah wel gezien. En Benjamin.'

'Benjamin,' zei ze, alsof de gedachte aan de jongen haar pijn deed.

'Ja.'

Ze pakte de huidkwabben bij haar keel vast en leek in huilen te gaan uitbarsten. Ze forceerde een grijns op haar gezicht. Het zou niet beleefd zijn dat niet te doen. Vervolgens zei ze dat Pete binnen moest komen, en hij liep achter haar aan het huis in.

Hij sprak verscheidene uren met de vrouw en haar dochter. Ze gaven hem een aardbeienfrisdankje. De vrouw had suikerziekte en mocht niet meer dan een slokje hebben, dus deelden ze met z'n drieën een blikje en de vrouwen namen kleine slokjes en rookten, de oudere door rimpels en harige lippen heen. Ze haalden een oud plakboek tevoorschijn en lieten hem familiefoto's zien.

Veronica als kind en dan als een wazige puber, ze vindt het vreselijk om gefotografeerd te worden. Een gezond meisje, eerder knap dan mooi, plattelandsvroom, meer dan haar zussen of haar moeder of haar vader. God hebbe zijn ziel. Hartaanval, afgelopen najaar.

Ze lieten hem Pearl-de-jonge-man zien, hoe hij eruitzag zonder baard. Pafferig, puilt een beetje uit rondom zijn buik. Heeft soms de neiging praatbuien te krijgen die eindigen in terugvallen van urenlange stiltes. Soms wil hij zijn kop maar niet houden, soms is-ie zo stil als een steen. Hij beweert dat hij een groene baret is geweest, maar eigenlijk was hij maar een vrachtwagenchauffeur in Vietnam. Hij kookte in die hitte en toen hij terugkwam was hij vastbesloten iets met zijn leven te doen nu de oorlog het niet met of voor hem deed.

Hij ontmoet Veronica bij een plezierritje op een huifkar, nota bene. Op dat moment een vrouw van twintig. Nog niet zo ernstig en met de persoonlijkheid van een hakbijl, maar ze is al godsdienstig sinds een tentrevival, vier zomers daarvoor.

Bij de drive-in vraagt ze of hij gered is. Of hij dat wil worden. Hij antwoordt oprecht. Hij komt net uit het leger en is het gewend dat hem wordt opgedragen wat hij moet doen, smacht daar zelfs naar, maar zou geen bevelen kunnen opvolgen van een organisatie die zo verrot is als het Amerikaanse leger, en verdomme al helemaal niet van een of andere kerk.

Maar Veronica, voor haar zou hij nog glas eten, zegt hij.

Ze zegt dat hij haar moet komen opzoeken als zijn adem niet naar bier stinkt.

Ze zijn binnen tien dagen verloofd, en getrouwd zodra hij genoeg heeft gespaard voor een gouden ring en een aanbetaling op een huisje in Gnaw Bone. Ze nemen hun telefoon niet op. Haar familie ziet haar bijna helemaal niet meer, behalve in de bioscoop. Ze zitten voortdurend in de bioscoop. Hij komt haar na zijn werk ophalen en dan zitten ze achter in de bioscoop te zoenen, of voor in zijn auto met open dak, op zomeravonden. De sprinkhanen springen weg voor de koplampen als ze over de donkere weilanden naar de steengroeve rijden om 's nachts te zwemmen en te slapen onder de sterren.

Hij koopt een super-8-camera en ze maken korte filmpjes. Van die jolige doorsneefilmpjes. Mensen die naar de camera zwaaien terwijl ze hun hotdogs klaarmaken. Kinderen die van een slingerend touw de glinsterende rivier in springen. Vuurwerk. Sneeuwengelen.

Twintig maanden later, twee kleintjes, en ze is voor de derde keer zwanger. Dat kondigen ze aan op een barbecue van haar uitgebreide familie, hartelijke Ierse boeren. Katholieken. Een oom grapt: *Jezus, het is een baarmoeder, geen circusauto vol clowns.* Ze moeten een pincet gebruiken om de glassplinters van zijn bril uit zijn wenkbrauwen te halen. Zoals haar neven Jeremiah moeten tegenhouden, Veronica wordt bijna misselijk, zoveel houdt ze van hem. Ze haat haar oom niet, maar dat Jeremiah voor haar zou moorden, lijkt ze op een ongezonde manier prettig te vinden.

De volgende keer dat Jeremiah en Veronica op visite komen, nemen ze een filmprojector en dozen mee. Haar hele uitgebreide familie zit op klapstoeltjes in de huiskamer, te roken, een beetje bier te drinken, denken dat ze een paar gezinsfilmpjes te zien zullen krijgen. Veronica zet bakjes met gemengde noten neer. Zeep en toiletartikelen van het merk American Way – kortweg Amway. Jeremiah legt uit hoe veelzijdig dat merk is. Hij loopt naar haar moeder, haar zussen en tantes, en knijpt kloddertjes van de melkachtige lotion in hun handpalm. De mannen merken op hoe lichtvoetig hij is, zijn trippelpasjes. Hij voelt zich nog niet op zijn gemak als redenaar. Hij legt uit dat je met maar een piepkleine hoeveelheid van die zeep hier een hele lading in je wasmachine schoon krijgt. Neem een paar nootjes. En moeje dat businessplan zien. Als hij een vluchtige blik op haar werpt, gebaart Veronica dat hij zijn voorhoofd moet afvegen met zijn zakdoek, en knikt dan – hij doet het prima – dat hij verder moet gaan. Hij trekt de jaloezieën dicht en draait het promotiefilmpje voor hen af. Een geweldige kans om in een vroeg stadium in te stappen. Duizend dollar zou een goed begin zijn, misschien tweeduizend.

Mijn god, fluistert iemand zo hard dat iedereen het kan horen, *ze willen dat we die rotzooi gaan verkopen.*

Een winter later geven ze zilveren munten als kerstcadeautjes. Alleen edelmetalen behouden hun waarde, met die olieprijzen en de dollar en alles, je kunt elk jaar minder kopen van je geld. De 'fiat-dollar' noemt hij het. De overheid heeft al het zilver uit de nieuwe munten gehaald, moet je weten. Die vervangen door een kopersandwich, moet je weten. Er liggen pamfletten over in de auto, wacht maar even.

Dan lijkt al dat gedoe over geld een paar maanden lang maar een fase te zijn geweest. Hij krijgt een baan bij de Cummins-fabriek. Een verdomd mooi salaris. Dat de zinsnede 'mooi salaris' over zijn lippen komt, is op zichzelf al verbijsterend. Hij drinkt bier, rookt sigaren, draagt aftershave. Ze kopen een z28 en een paar motorfietsen. Zij koopt een grote tv en huishoudelijke apparaten van het merk Kenmore. Nieuwe camera's. Polaroids en zoomlenzen en statieven.

'Die filmpjes,' zei de zus. 'Die deden het 'm.'

Pete vroeg wat die dan deden.

'Op een dag komt ze hier langs, en ze jankt haar ogen bijna uit haar kop. Het lab dat al hun filmpjes ontwikkelt heeft gebeld. Zeiden dat ze het geld van haar man niet wilden hebben, dat ze goede christenen zijn, daarzo. Veronica weet meteen waarom. Hij heeft 'privéfilmpjes' van haar gemaakt. Ik zeg tegen haar dat ze er niet over in moet zitten, maar als ze naar huis gaat, krijgen ze enorme ruzie. Ze slaapt een paar dagen hier in huis, in haar oude kamer. Laat de kinderen bij hem en alles.

'En toen...'

'Kocht hij een auto voor haar.'

De oude vrouw knikte en de zus ging nog een aardbeienfrisdrankje halen en schonk verse roze porties voor hen in. Na die auto gebeurde er iets anders, zei ze. Pete vroeg wat dan.

Jeremiah komt in de pauzeruimte in de fabriek een stapel christelijke strips van Jack Chick tegen en een exemplaar van *De planeet die Aarde heette*. Hij heeft het gevoel dat hij die mee naar huis moet nemen, dus neemt-ie ze mee naar huis, waar Veronica ze in één dag verslindt. Als hij de volgende dag thuiskomt uit de nachtdienst, staat zijn vrouw in vuur en vlam van de Heilige Geest. Alles wijst erop dat de Grote Verdrukking aanstaande is, zegt ze. Zo veel is voorzegd, zo weinig moet nog geschieden. Ze praat over dingen waarover ze van nu af aan voortdurend zal praten. De Zesdaage Oorlog en de hereniging van Jeruzalem. Dat de oliecrisis van 1973 is voorspeld door Zacharia. Dat Israël een schaal der bedwelming zal worden. De Antichrist is op dit moment waarschijnlijk springlevend. Op dit moment, zegt ze.

De helft van de tijd weet niemand waar ze het in godsnaam over heeft.

Behalve Jeremiah. Ze komen langs en zetten koffie. Willen met de hele familie praten. Hij houdt haar even vast, terwijl de koffie doorloopt. Ze vibreert haast in zijn armen. Het gaat net zo als bij dat spul van Amway, de Tupperware, alleen praten ze deze keer allebei honderduit over de Eindtijd en Openbaringen. Alsof ze uppers hebben geslikt. Op een bepaald moment staat Jeremiah buiten met haar vader. De vader, die nooit ook maar een letter van al dat soort gedoe geloofd heeft. Hij zegt ronduit tegen Jeremiah dat het allemaal lulkoek is. Dat er iets mis is met hun tweeën. Niet goed bij hun hoofd. Jeremiah wordt daar niet kwaad om. Hij laat de oude man uitpraten. Dan zegt hij: *Of er is iets mis met haar, of er is iets mis met de wereld. Ik kies voor de wereld.*

De rest van de familie is het algauw spuugzat, die superieure houding en die politieke praatjes. De zus, die speelt het spelletje mee, alleen maar om ze niet kwijt te raken. Ze gaat af en toe met hen mee naar de kerk. Maar ze hebben moeite een kerkgemeente met een beetje bezieling te vinden. Ze gaan naar piepkleine, rare kerkjes in Ogilville en Walesboro waar de voorgangers uitgemergeld, onverzorgde mafketels en langharige types zijn. Ze wonen diensten voor alcoholisten en daklozen bij in een als kerk ingerichte bioscoop in Edinburgh. Dronkenlappen zitten te kotsen in de kerkbankjes en vragen de parochianen om geld. Een slonzige dominee in het centrum van Indianapolis laat hun het .22-pistool zien dat hij onder zijn ribfluwelen jasje heeft zitten en vraagt of ze geen dienst voor normale mensen kunnen opzoeken. Zien ze dan niet dat zijn kudde knetter is? Ze brengen een paar zondagen door in een kerkruimte in de kelder van een woonhuis in Bedford. Kale peertjes, een elektrisch orgeltje, handgeschreven gezangen en een verse voorraad dronkenlappen die merendeels in zichzelf zitten te mompelen op de metalen klapstoelen. Invaliden en murmelende malloten geven het collectebakje door.

Een tijdlang gaan ze niet eens meer naar de kerk, en halen ze hun aanwijzingen uit de boeken van Hal Lindsey, en rechtstreeks uit de Bijbel. Ze houden op met het eten van schaaldieren en de viering van Kerstmis.

Kerstmis! Terwijl ze inmiddels die hele stoet kinderen hebben.

Dan verwijderen ze alle afbeeldingen uit hun huis. De teddyberen en de televisie gaan de voortuin in voor de morgensterren. Haar moeder hoort waar ze mee bezig is en gaat gauw de fotoalbums pakken, en Sarah stuurt haar weg met die albums en de camera's, en met het mooie serviesgoed, de borden met afbeeldingen van de Clydesdales erop en schilderingen van overdekte bruggen.

Inmiddels praten ze met bijna niemand meer. Ze zijn bij een nieuwe kerk gegaan, raken niet uitgejubeld over dominee Don, en je ziet ze nooit.
En ze is Veronica niet meer.

'Dat kan ik me voorstellen,' zei Pete.
'Nee, ik bedoel dat ze haar naam heeft veranderd. Ze heet nu Sarah.'
'Haar tweede naam,' zei de moeder. 'Bijbelser, zegt ze.'
'Dominee Don?'
Ze weten niet veel van hem. Hij leidde een klein kerkje buiten Martinsville. Maar ze waren dol op die gemeente. Ze gaven exemplaren vol ezelsoren van boeken weg. De zuster liep naar een plank en haalde er een paar paperbacks af om aan Pete te laten zien. *Coin's Financial School* van William Harvey, *America's Road to Ruin* van Chat Hart, *The Startling True Visions of Isaiah* van Jan Meyer. Achterin kun je zien hoe je er nog meer kunt bestellen.

Veronica – Sarah – wordt een penvriendin van gelijkgestemden, elke week zit er weer een obscuur boekwerk bij de post, sommige gekopieerd op anilineblauw papier en samengebonden met elastiekjes, vol ezelsoren en koffievlekken.
Op sommige ervan staan hakenkruizen.
Als je nu met haar praat, komt de helft van wat ze zegt uit de Statenbijbel. Ze zegt dat ze zich brandschoon voelt, origineel. Dat wil zeggen, het boek en het lezen van het boek beantwoordt een ongestelde vraag die al jaren aan haar knaagt, een twijfel en angst dat ze overal te laat voor was, dat de geschiedenis voorbij was, dat het tijdperk van wonderen verleden tijd was, dat de wereld volledig ontdekt was.
Maar nu is het begin van het Eind. Nu is de ophanden zijnde Voltooiing. Nu onthult het avondjournaal de grote motor van Zijn beschikking. Als die Israëliërs worden vermoord bij de Oympische Spelen in München, is dat een geweldige schok, zeker, maar je kunt ook voelen dat een volgend puzzelstukje van Het Plan op zijn plek schuift. Het Armageddon dat zich zomaar ontvouwt in het programma *Wide World of Sports*. Wat een duizelingwekkende gebeurtenissen er aanstaande zijn, wat er gaat komen, plaatsvinden, gebeuren, wat tot op heden is geschied is nog maar tot op heden.
Selah.
Nu.

Ze krijgen onenigheid met de gemeente van dominee Don. Hun kringetje wordt kleiner.

Ze heeft de laatste tijd last van aanvallen van zware hoofdpijnen waarvan ze zegt dat ze afgaan als bommen achter haar ogen, en soms moet ze naar de gootsteen of de wc rennen om over te geven, zo erg zijn ze. Soms zit ze in haar badjas op de badkamervloer, haar handpalmen open, naar het plafond te wenen en dan pissen de kinderen buiten. Ze verstopt zich dagenlang in het donker van haar slaapkamer, spreien voor de ramen gespijkerd, spreekt in tongen en zingt, en komt vervolgens bleek en trillend op stramme benen tevoorschijn om hun vader te smeken *ze allemaal mee te nemen, alle kinderen, gewoon een paar uur weg*, elk afzonderlijk geluid is alsof er een geweer afgaat, en haar oren suizen, *Jeremiah, neem ze gewoon ergens mee naartoe, een tijdje maar, alsjeblieft, ik moet een beetje slapen, als dat lukt. Als het lukt.*

Op een zomerdag komt de zus langs, treft Veronica aan op de keukenvloer, rood aangelopen en bijna raaskallend. Haar jurk is doorweekt van het zweet en de urine. Ze was kleren aan de waslijn aan het hangen, zoveel kleren nu, met vijf kleintjes, en er is er nog eentje – Ethan – op komst, toen de hoofdpijn opkwam, een doffe en aanzwellende kramp in het vlees om haar schedel, en die pulseerde achter haar ogen. Ze viel in de enorme afgrond ervan. Ze concentreerde zich op haar ademhaling. Ze was verschrikkelijk bang dat er iets vreselijk mis was. Er stond een grasspriet in haar smalle blikveld en op die grasspriet lag een dauwdruppel. Het zonlicht dat het piepkleine bolletje water tot gruzelementen brak. Te veel.

Ze kroop naar binnen, trok de gordijnen dicht en ging in de koelte van de open koelkast zitten. De telefoon rinkelde, en ze rukte het snoer uit de muur. Al haar zintuigen waren vuur. Die hitte, die felheid. *Dit is krankzinnig, ik word krankzinnig.* Ze probeerde buiten westen te gaan. Ze bad dat ze buiten westen zou gaan. Ze bad dat ze dood zou gaan. Ze bad dat haar kinderen weggenomen zouden worden, haar man, dat alles tot as zou vergaan, als die pijn maar ophield.

Ik heb een verbond gesloten met de dood, zegt ze tegen haar zus.

De zus vraagt waar ze het in godsnaam over heeft.

Veronica zegt: *Met dat Gods naam ben ik het eens.*

Ze brabbelt wat over een visioen, een visioen dat ze kreeg in de koele nasleep van het vuur dat ze trotseerde, waarin alles werd weggeschroeid. Het vuur was een sirene. *Zijn manier om mijn aandacht te krijgen.* Ze zag bergen. Ze zag zulke ontberingen. Lijden. Het was de Grote Verdrukking.

Laat dan die in Judéa zijn, vluchten naar de bergen, zegt ze. *Want dit zijn de dagen van vergelding.*

Een maand later trekken ze naar Montana.

Pete nam uit beleefdheid een slokje van de mierzoete frisdrank, reikte toen naar een van de fotoalbums, vroeg 'Mag ik?', en bladerde door naar de bladzijden die hij zocht. Foto's van Veronica's vader en moeder met de kinderen in het bos. Vijf kinderen, en de baby.

'Is dit in Montana?'

De vrouwen knikten.

'Die baby is de kleine Ethan. Paula is hier een jaar of vijf, zes. Dan heb je Benjamin, Ruth is het op een na oudste meisje. Dan heb je Jacob – de oudste jongen – en Esther, het oudste meisje.' Ze staart even naar hen, en kijkt dan op naar Pete. 'En je hebt ze dus geen van allen gezien, behalve Ben?'

'Ik ben bang van niet. Maar Jeremiah zegt dat ze daar ergens zitten.'

'Je gelooft hem niet,' zei de vrouw, terwijl ze Pete diep in de ogen keek.

'Ik heb ze alleen niet gezien, dat is alles.' Hij wees naar de foto. 'Wanneer hebben ze die foto opgestuurd?'

'Ik heb hem zelf gemaakt.'

'Vertel.'

Ze gaan langs als het huis gebouwd wordt. Een paar vrienden die ze hebben gemaakt helpen mee. Veronica's vader helpt mee.

Als de kinderen terug zijn van het bijbelkamp, dineren ze aan een grote tafel in de wei achter, vlak bij het huis, zodat ze het werk hunner handen beter kunnen zien. Gebraden kip en watermeloen en komkommer en ijsbergsla met een roomdressing en ui. De jongens hebben een stekeltjeskapsel. De meisjes dragen allemaal jurkjes – ze mogen geen broek aan. Veronica maakt kapothoedjes voor ze. Ze zien eruit als ouderwetse boerenlui. En wat nog erger is: ze laten de kinderen op het nieuwe dak klimmen, die aluminium platen glad van de mistige motregen. Jeremiah gaat er pas heen om ze eraf te halen nadat zij dat hem heeft opgedragen, en als hij terugkomt zegt hij dat ze het dak maar moeten schilderen, omdat het vanuit de lucht te zien is.

Op een avond zit Jeremiah op het dak te oreren. Tegen een paar van die getatoeëerde vrienden, de kinderen en Veronica's vader. Je kon het hele gesprek binnen horen. De gebruikelijke stokpaardjes van Jeremiah. Dat het nu de jaren tachtig zijn, en het eind heel, heel nabij is. Dat elke man binnenkort het Teken van het Beest zal dragen. Dat dat computers inhoudt, dat alle banken via computers met elkaar in verbinding zullen staan, en of iemand daar soms aan twijfelde. Creditcards. Dat die kaartjes in hun portefeuille het Teken van het Beest zijn.

Veronica's vader vraagt wat hij daar nou in jezusnaam mee bedoelt.

Jeremiah zegt dat alle getallen van 666 zijn afgeleid.

Veronica's vader haalt zijn American Express tevoorschijn, en vraagt Jeremiah dat hem te laten zien, met daadwerkelijke rekenkunde.

Jeremiah laat het afweten, zegt dat Amerikaans geld niks waard is.

Het is weer hetzelfde gezever als toen na dat gedoe met Amway, zegt de oude man. *Precies hetzelfde als toen Veronica en jij net bij elkaar waren.*

Ze heet Sarah.

Haar tweede naam is Sarah.

Veronica's vader windt zich inmiddels behoorlijk op. Dan zegt iemand iets over joodse bankiers. Inhalige etters. Die Holocaust was allemaal nep.

Lulkoek, ik ben tijdens de oorlog in Dachau geweest, zegt die ouwe.

Duizenden mensen, meer zijn er niet omgekomen, zegt Jeremiah. *Het is allemaal ontzettend opgeblazen.*

Weet je dat zeker?

Reken maar dat ik dat zeker weet. Omdat het een feit is. Dat is bewezen door historici, John.

Welke historici?

'Welke historici', zegt-ie.

Jij bedoelt de mafketels. Maar gediplomeerde historici...

'Gediplomeerd'? Wie geeft die diploma's dan?

De universiteiten.

O, jááááá, de Ivoren Toren. Je moet buiten de machtsstructuren kijken als je...

Noem dan een naam. Eén naam. Een boek van een echte historicus waarin staat dat de Holocaust nep was...'

Een gozer die Stussel heet heb een fantastisch boek geschreven waarin hij de hele samenzwering uit de doeken doet. Je moet een beetje research doen, John. Dat ze je lulkoek voorzetten, wil nog niet zeggen dat je die in je mond hoeft te stoppen.

Jij verdomde... ik heb zes weken in de bevroren modder gezeten en ben be-

schoten door die moorddadige moffen, en dan wil jij beweren dat ik niet weet wat ik verdomme met mijn eigen ogen heb gezien?! Ik ben er geweest...

Hoor eens, ik ben geen nazi. Maar...

... en ik weet wat ik gezien heb, en...

... je moet wel begrijpen dat als je het geld in een land waardeloos maakt en de banken alle macht in handen geeft, dat sommige mensen dan op zullen staan om te verdedigen wat van hen is...

Er zijn vrienden van me vermoord door die nazi-schoften, en ik mag godverdomme barsten als ik jou over hun nagedachtenis heen laat schijten! Ik zou je in elkaar moeten rammen! Ga staan! Nu!

Net op dat moment zegt Veronica dat ze binnen moeten komen.

Die ouwe staat te trillen en is bijna paars van woede.

Veronica roept hem nog een keer.

Hij knijpt in de brug van zijn neus. Hij knijpt in zijn benen, en gaat staan. Zegt dat er ongelukken van gaan komen, van hoe Jeremiah praat.

Het zij zo, zegt Jeremiah.

Je bent krankzinnig, jij.

Sommige mensen zien het licht pas als ze de hitte voelen, John. Zo is het gewoon.

Die ouwe vraagt wat dat nou weer betekent, maar Veronica sleurt hem het huis in, zet hem op een stoel met een bordje taart.

Jeremiah en zijn vrienden houden zich even stil.

Dan hoor je Jeremiah zeggen: *Wat er moet gebeuren, is dat iemand de Hoge Raad eens moet uitmoorden.*

Ze stonden erop dat Pete wat at. Ze maakten een boterham met worst voor hem en kwamen met chips en nog meer aardbeienfrisdrank, ze kregen maar geen genoeg van dat spul. Het was inmiddels zowat donker en de vuurvliegjes vonkten achter het raam. Die had hij nog nooit gezien, en moeder en dochter vonden het grappig dat hij naar buiten ging om te kijken.

Toen hij weer binnenkwam, had de dochter de filmprojector opgesteld. Er waren dozen en dozen met filmpjes. Ze vertoonden een paar van Pearls filmpjes voor de oude vrouw in haar stoel zat te snurken en de dochter haar naar boven bracht, naar bed, en hem alleen verder liet kijken. Er viel met geen mogelijkheid te zeggen wat er op de rollen stond. Hij deed ze gewoon in de projector en speelde ze af. Kano's op het water. Optochten. Een heleboel mensen die op dingen balanceerden, hun tong uitstaken.

Daarna de ene rol na de andere met baby's, peuters, kinderen. Pearl die met ze wandelde, danste met zijn kleine meisjes. Veronica met haar slapende, pasgeboren kind, blozend. Alleen blozend. Haar naakte schouder. Een kort fragment van oom Sam op stelten, en vervolgens alleen haar huid. Haar bruine dij en haar buik, en tussen haar borsten. De bergrug van haar sleutelbeen en vallei van haar hals. Pearls landschap, zijn thuisland.

* * *

Waar ging Cheatham heen?

Knoxville, om zijn neven op te zoeken.

Waarom ging ze niet mee?

Hij was al een paar weken chagrijnig. Als ze in een wegrestaurant gingen eten, zei hij de hele maaltijd geen woord tegen haar. Hij zat de hele dag mokkend naar de voorruit te staren. Ze reden een kampeerterrein op, hij zette de tent op en zei dat hij wat te eten of een sixpack ging halen, en dan kwam hij pas terug als zij allang in slaap was gevallen.

Hoe rook hij?

Bruin. Naar whisky, tabak en rivierwater. De ene keer bleef hij tot het middaguur slapen, de andere keer speelde hij de hele ochtend op zijn gitaar, en als ze vroeg of ze verder konden en of er iets te eten was, dan strafte hij haar met nog een dag van volstrekte stilte.

En dan?

Dan, omdat hij een zonsondergangs- of ochtendstijve had, probeerde hij haar eindelijk te kussen, en dan duwde ze hem weg, en dan ging-ie helemaal lief doen, en dan gaf ze toe, en dan was hij blij en grappig, en dan durfde ze niks te zeggen over zijn woestijnen van gebrek aan aandacht, uit angst dat er dan weer een kwam.

En Indianapolis?

Ze namen een kamer in een motel. Zij zat een beetje bij het zwembad. Hij keek televisie en rookte en tokkelde op zijn gitaar. Ze zei dat ze zich verveelde, vroeg wat hij aan het doen was, of ze alleen maar in dit hotel zouden blijven zitten terwijl ze niet eens met elkaar praatten.

Hij deed zijn gitaar in zijn koffer en zei dat hij een tijdje buiten ging spelen en dat ze als hij terugkwam iets te eten konden gaan halen.

Maar hij kwam niet terug.

Nope.

Wat deed ze toen?

Ze wyoomde. Hard. Dagenlang.

Belde ze haar moeder?

Ze dacht erover. Dacht erover of ze het zou kunnen verdragen om terug te gaan. Dacht dat ze liever deze vrijheid had dan die niet-vrijheid, ook al was ze in de steek gelaten, maar het was niet alsof ze thuis niet ook min of meer in de steek was gelaten.

Ze had de telefoon in haar hand toen de manager van het motel aanklopte en vervolgens door de deur heen vroeg of ze ging uitchecken en ze weigerde open te doen. Hij vertrok, kwam terug en maakte de deur open met een hoofdsleutel. Ze zei dat ze nog een paar dagen moest blijven. Dat Cheatham net de deur uit was en zo terug zou komen. De manager zei dat er betaald moest worden, en ze begon te huilen en zei dat Cheatham terug zou komen en ze kon zijn gezichtsuitdrukking niet zien, met de zon die hem zo terugbracht tot een silhouet, maar hij ging weg.

Kwam de manager terug met een politieagent?

Ja. Ze probeerde te vluchten, maar de manager greep haar bij de arm en toen ze hem sloeg, arresteerde de agent haar. Ze had geen identiteitsbewijs bij zich.

Wanneer ging ze naar het opvangtehuis?

Na een nacht in de jeugdgevangenis. De zwarte meisjes die haar uitlegden hoe ze haar verachtten. Een paar die aan haar haar trokken, haar zover probeerden te krijgen dat ze terugvocht. Ze liet zich gewoon in een hoek drukken, rolde zich op tot een bal.

Hoelang zat ze in het opvangtehuis?

Heel kort. Twee dagen. Het was een lachertje.

Een vechtpartij in de kantine, het gekletter van treeën en bestek op de betonvloer, het personeel dat aan kwam rennen, ze stopte een vork tussen de dichtklappende deur, wachtte tot de commotie aanzwol en glipte de gang op. Een rij deuren. Kantoren. Iemand die in een telefoon praatte. Op de een of andere manier wist ze dat ze gewoon naar het eind van de gang moest lopen, via de achterdeur het betonnen plaatsje op waar het personeel rookte, en door het steegje de straat op. Zonder zich te haasten.

Lukte dat?

Natuurlijk.

Maar daarna dan?

Ze liep een uur lang de kant op waarvan ze hoopte dat daar het motel was, en daarna nog een uur toen ze de omgeving begon te herkennen.

Vond ze Cheatham?

Ze keek het parkeerterrein af of ze zijn auto zag staan. Ze wyoomde een tijdje in het gras.

Dacht ze erover naar huis te gaan?

Deed ze. En als ze het kleingeld had gehad om te bellen, dan had ze dat ook gedaan.

Naar haar moeder of haar vader?

Haar moeder, waarschijnlijk.

Wat deed ze in plaats daarvan?

Ze wachtte tot er een onbekende receptionist aan zijn dienst begon. Het was inmiddels donker. Ze vroeg of er een Cheatham was ingecheckt. De receptionist zei van niet, maar vroeg of zij Rose was. Er was een brief voor haar.

Van Cheatham?

Ja. Een brief die ze door haar gewyoom heen niet uit kon lezen. Ze gooide de brief weg en stopte het geld in haar zak.

Wat deed ze toen?

Ze hield op met wyomen en ging achter hem aan.

23

Pete was het gevoel gaan krijgen dat hij in de gaten werd gehouden. Keek meer dan eens op en verwachtte dan dat er iemand in de deuropening zou staan, zou horen dat er werd aangeklopt. Als hij thuiskwam, dacht hij dat er dingen verschoven waren op zijn veranda. 's Nachts hoorde hij voetstappen in zijn huis, een naderende auto die nooit de oprit op kwam. Hij vroeg zich af of het zijn dochter was of het zijn broer was of het de geestverschijning van zijn dode vader was of zijn dode moeder. Of het Pearl was of zijn zoon.

Toen, terwijl hij op de galerij van de plattelandswinkel van de Yaak zat, realiseerde hij zich dat als het iemand was, het waarschijnlijk de reclasseringsambtenaar van zijn broer was. Het kwik was gestegen tot boven de dertig graden en Pete zat een blikje sinas te drinken en te genieten van de warmte en de schaduw toen Wes Reynolds in zijn pick-up voor de deur stopte. Hij zette zijn zonnebril op onder de zonneklep, stapte uit en ging naast Pete op het bankje zitten. Ze keken toe hoe de kids van de brug in de ijskoude Yaak River sprongen.

'Je bent nogal een eind van Choteau vandaan,' zei Pete.

'Ik ben je hiernaartoe gevolgd.'

'Waarom in jezusnaam?'

'Je bent al een tijdje niet thuis geweest.'

'Ik weet niet waar Luke is, Wes.'

Wes grijnsde. Er was nog steeds een stukje van zijn tand af.

'Wie had het over hem, dan?'

'Daar ben jij mee bezig.'

'Waarvoor ben je hier anders, helemaal in de Yaak?'

'M'n werk.'

Wes ging een eindje van de reling af staan, haakte zijn duimen achter de broekband van zijn spijkerbroek en spuugde op de grond.

'Wat voor werk?'

'Ik heb cliënten... Verdomme, dat is vertrouwelijk. Schei uit met om mijn huis lopen snuffelen. Hij is hier niet. Hij is d'r niet. Hij is helemaal nergens waar ik wat vanaf weet.'

'Die eikel besprong me op het parkeerterrein,' zei Wes. 'Heb me het ziekenhuis in geslagen.'

'En straks sla ik je ook het ziekenhuis in, als je niet uit mijn buurt blijft.'

'Je weet waar hij zit, Pete.'

'Prima, Wes. Ik weet het. Inderdaad.'

'Vertel dan.'

'Laat ik even heel duidelijk zijn: ik ga het je nóóit vertellen. En je zult hem nooit vinden ook. Daar zorg ik wel voor.'

Wes staarde Pete even aan, schudde toen zijn hoofd en stootte een lachje uit.

'Nou heb je het verkloot, man.'

'Is dat een dreigement of zo?'

Wes stapte in zijn truck.

'Geniet van je frisdrankje.'

Pete hief het flesje, nam een slok en liep, terwijl Wes toekeek, naar de rivier, kleedde zich tot op zijn ondergoed uit en sprong van de brug af, het water in.

Hij schrok van de kou, maar zwom naar de bodem en trok zich langs de stenen en het mos omhoog. Hij ging in het hoge gras liggen en warmde op in de zon. Libellen bleven boven hem zweven. Toen hij in de schaduw van de galerij nog een frisdrankje dronk, was hij prettig afgekoeld, rook naar rivierwater en zon.

Even vergat hij Luke, maar toen dacht hij aan Rachel – zoals je plotseling weer aan een ziekte zou kunnen denken die je ingewanden wegvreet – en hij voelde zich gedwongen op te staan, naar zijn auto te lopen en iets te doen, wat dan ook. Hij reed naar het oosten, aanvankelijk zonder reden, en vervolgens verder, naar Pine Hills, alsof die naam op een kalender stond die hij net had geraadpleegd. Ach ja, natuurlijk, Cecil opzoeken.

Pete mocht Cecil weer niet bezoeken, dus vroeg hij het hoofd van de instelling te spreken te krijgen, legde uit dat hij de maatschappelijk werker van de jongen was en met hem wilde praten om het dossier van zijn zaak te kunnen bijwerken. Het hoofd van de instelling had de asgrijze bleekheid van iemand die ernstig ziek is, iemand die de wilskracht niet meer had om zich tegen verzoeken als die van Pete te verzetten. Hoewel ze allebei wisten dat als Cecil eenmaal in de instelling zat, Petes rol in het leven van de jongen in feite was uitgespeeld, moest iedereen zijn administratie afwikkelen.

Ze voerden hem mee door een reeks steeds luidruchtiger en versletener gangen en op slot gedraaide deuren, tot ze in een soort dagverblijf kwamen. Betonnen tafels en betonnen stoelen. Een geblutst afvoerputje midden in de vloer. Planken vol met plakband bij elkaar gehouden dozen met bordspelletjes en nummers van *Boy's Life* uit de jaren zestig. Veel smetteloze bijbels. Rond de achthoekige ruimte lagen twee verdiepingen met kamers, achter hoge relingen. Alles was leeg. De bewaker zei dat iedereen naar bezigheidstherapie was en dat ze Cecil zouden gaan halen.

De tl-buizen zoemden. Er zaten kleine raampjes in het betonnen koepeldak en zelfs daar zat kippengaas voor en buiten was alleen bleekblauwe hemel te zien, die lucht zelf misschien wel een beschilderde plank.

Een andere bewaker escorteerde Cecil naar binnen, zette hem aan de tafel en ging bij de deur naar de gang staan. Cecils hoofd was pasgeschoren en roze met zwart gestippeld, en hij had een blauw oog met een aureool in de kleur van margarine.

'Jezus, wat is er gebeurd, Cecil?'

'Ze hebben een röntgenfoto gemaakt. Niks gebroken, zeiden ze.'

'Heb je gevochten?'

Cecil glimlachte. Knikte achter zich, naar de bewaker.

'Heeft hij dat gedaan?'

De bewaker kon hem horen.

'Heb jij dit gedaan?' vroeg Pete. 'Heb je hem geslagen?'

De bewaker pakte een kauwgumpje uit zijn zak, gooide de wikkel op de grond en zei tegen Cecil dat hij nog drie minuten had.

'Lulkoek,' zei Pete. 'Ik ben zijn maatschappelijk werker.'

De bewaker blies een bubbel.

Cecil boog zich naar voren, spreidde zijn vingers uit op het beton, leek op het punt te staan iets te gaan zeggen, maar deed dat niet.

'Dit deugt niet,' zei Pete. 'Ik had geen idee dat 't er hier zo aan toeging.'

'Dit is precies zoals je zei dat het was,' zei Cecil. 'Weet je nog? Ik zou een "slechte man" worden? Of ben je dat praatje dat je bij m'n oom tegen me afstak vergeten?'

'Ik raakte je nauwelijks. Laat staan dat ik je bijna een breuk in je zicht heb geslagen. Ik probeerde alleen maar tot je door te dringen...'

'Hij probeerde ook alleen maar tot me door te dringen,' riep Cecil over zijn schouder.

'Tiktak,' antwoordde de bewaker.

Cecil glimlachte, krabde aan zijn schedel, pulkte aan een korstje en bekeek vervolgens zijn nagel.

'Hoor eens, ik ben een tijdje terug ook langsgekomen, maar ze zeiden dat ik je niet mocht zien,' zei Pete.

'Ik had straf.'

'Waarvoor?'

'Ik had iemand gebrand.'

'Pardon?'

'Ik had al mijn chocola opgespaard en toen heb ik 'm de tering gebrand.'

'Waarom heb je die gast gebrand?'

'Er stond een magnetron in de keuken,' zei Cecil. 'En ik had afwasdienst. Ik deed mijn portie chocola in een kopje en zette die in de magnetron. En toen hij bij de balie kwam om zijn dienblad in te leveren, heb ik de gloeiend hete chocola in zijn ogen gegooid, man.'

'Jezus.'

'Het gezicht van die eikel leek wel een gesmolten kaars.'

'Jezus.'

'Als ik de kans had gekregen, had ik 'm vermoord.'

'Nee.'

'O nee?' Cecil grijnsde.

'Cecil, luister nou. Ik ga zorgen dat je hier uitkomt. Dit is...'

'Het is oké. Niemand flikt mij wat. Nu niet meer, in elk geval. Behalve het personeel dan, hè chef?' schreeuwde hij.

'De tijd is om,' zei de bewaker, en hij bonsde met zijn knokkels op de deur. Iemand deed hem vanaf de gang open. Cecil ging staan en liep automatisch naar de deur.

'Wacht even! Ik heb nog niet eens drie minuten gekregen,' zei Pete, en de bewaker en Cecil zuchtten allebei, alsof ze geen tijd hadden voor zijn gezeur.

'Ik ga je ma opzoeken en met de rechter praten, oké?'

'Best.'

De bewaker wees naar de kauwgumwikkel die hij op de grond had gegooid. Cecil hurkte neer, raapte het op en gooide het in de vuilnisbak die vlakbij stond. Vervolgens dirigeerde de bewaker hem, met zijn vingertoppen tegen Cecils sleutelbeen, de gang op.

* * *

Vond ze hem?

Ze wachtte in Nashville in het huis van een vriend van hem, een paar dagen die weken werden.

En toen?

Taal noch teken.

Liftte naar het westen in een Volkswagen met een barst in de ruit die achter de Grateful Dead aan reed. Van Kansas City naar St. Paul naar Denver. Een paar weken in een commune bij Boulder. Zwemmen. Zonnen. De bergen weer in. Had een thuisgevoel, maar dan zonder familie, gewoon wie er maar was, ze probeerde zich nuttig te maken, ze hielp een handje tot ze vond dat het tijd was om verder te trekken.

Waar logeerde ze?

Ze logeerde waar er feesten waren en als er geen feesten waren, logeerde ze waar er een feest geweest was, en toen bij iemand die op het feest was geweest. Ze zocht andere mensen die rondtrokken op.

Werkte dat?

Min of meer. Ze moest wel eens een omweg nemen, maar kon je dat omwegen noemen als je nergens heen ging.

Omwegen zoals?

Plekken. Toestanden. De Republiek Californië. Mensen namen het voor haar op. Soms wachtte ze alleen. Er kwam altijd wel iemand voorbij. Ze kon zorgen dat hij haar leuk vond. Ze was lang voor haar leeftijd en had goeie tieten. Dat zeiden de andere meisjes, zeiden dat ze goeie tieten had. Ze haalde condooms en ze spreidde haar benen. Het leek wel of jongens konden merken dat ze wel wilde en ze koos altijd de aardige uit. Jongens die voetbalden in het schoolteam en schattige stoners. Ze had een vals identiteitsbewijs om bier te kopen en topjes die van haar schouder schoven waardoor je haar behabandje kon zien, of helemaal geen behabandje. Ze droeg zonnebrillen met spiegelglazen. Ze rookte.

Dus ze gaf het op, met Cheatham?

Hij was degene die de benen nam, niet zij. Wat moet je, als iemand niet gevonden wil worden?

24

Hij kreeg een tip uit Reno. De politie had een auto aangehouden bij Lake Tahoe, het jongste meisje erin noemde zich Heather, maar ze leek als twee druppels water op het meisje op zijn flyers. Toen ze belde, zei de maatschappelijk werkster dat ze een polaroid van het meisje had opgestuurd. Pete wachtte de post niet af. Hij reed zestien uur aan een stuk naar het kantoor van de Afdeling Gezinszaken in Washoe County, vertelde wie hij was en wachtte in de lobby, terwijl hij met bloeddoorlopen ogen de vlekken op het tapijt bestudeerde. Die vlekken pulseerden in zijn blikveld, in zijn moe-gereden uitputting, als amoebes, splitsten zich en dreven uit elkaar in een hallucinatie van leven.

De sociaal werkster die hij gesproken had kwam uit de plantage aan werkhokjes tevoorschijn en stelde zich voor – 'Jenny Lovejoy,' zei ze – en vroeg toen of het wel ging.

'Niet echt,' zei Pete tegen haar. 'Ik bedoel, dat kunt u zich wel voorstellen.'

Ze hield haar hoofd scheef.

'Ik ben hier meteen naartoe gereden.'

'Aha,' zei ze. 'Rij maar even met mij mee.'

Ze was dun en zag er zelf ook moe uit en ze reed hem naar het Plato House voor noodopvang in een stilzwijgen dat misschien voortkwam uit respect voor hem, maar waarschijnlijk eigenbelang was.

Toen ze uit de auto stapten, blikkerde het zonlicht van de autodaken en Pete dacht even dat hij zou omvallen. Hij leunde tegen een pick-up en schaafde zijn elleboog aan de bumper. De vrouw was al bij de deur en ze liep over de braadpan van stoeptegels terug en vroeg hem nogmaals wat eraan scheelde. Hij zei dat alles eraan scheelde en dat zijn vader was overleden. Alles scheelde eraan. Ze zweeg alsof ze niet wist wat ze zeggen moest, of misschien hanteerde ze een therapeutische techniek, of misschien ergerde ze zich domweg. Zoals ze haar ogen tot spleetjes kneep in de zon, haar afgeschermde ogen als grotten. *Ik word gek,* dacht hij.

'Het is zo heet,' zei hij.

'Laten we naar binnen gaan.'

'Ik denk niet dat ik het aankan als het mijn dochter niet is, daarbinnen.'

Ze keek de kant van het gebouw op, naar de ramen die het verschroeide tafereel van hen tweeën bleekjes weerspiegelden, het parkeerterrein, de auto's te heet om aan te raken.

'Er moet een foto in haar dossier zitten. Die haal ik wel. Dan hoeft u niet naar binnen.'

De niet-aflatende zon schitterde in de ramen van de gebouwen en het chroom en zelfs van het door hitte geteisterde asfalt dat op sommige plekken op het parkeerterrein glom als olievlekken. Hij ijsbeerde de paar minuten die de vrouw erover deed om terug te komen. Ze gaf hem de foto aan, waarbij haar gezicht er door datzelfde uitdrukkingsloze samenknijpen van haar ogen uitzag alsof het een beetje gesmolten was. Hij hield de foto in zijn handpalm. Het meisje leek sprekend op Rachel. Ze hadden voor zussen kunnen doorgaan.

Hij bracht die zaterdag, Onafhankelijkheidsdag, in de casino's door, verdiende gratis drankjes aan de bar. Koos loom geluksgetallen op het cijfertoetsenbordje onder het matachtige glas onder zijn drankje. Hij liet handenvol muntgeld in de automaat glijden en soms een paar van Pearls munten, die de gokkast uitspuugde in de metalen opvangbak bij zijn knieën. Op diezelfde manier liet hij heel wat van Pearls geld achter in een paar kroegen in Reno. Zo had hij wat te doen, en vervolgens had hij het gevoel dat hij ook echt iets dééd. Alsof hij stevig zijn middelvinger naar iemand opstak.

In een hotelcasino sprak een spichtige beveiliger hem aan op de munten.

'Ben jij degene die deze in de automaten stopt?' vroeg hij, terwijl hij een van Pearls kwartjes ophield.

'Ja.'

'Dan moet je met me mee,' zei de beveiliger.

Pete nam zijn drankje mee en ging in een pluchen stoel zitten wachten tot de manager van het casino kwam.

De man kwam aanlopen met een tank en ademde een paar minuten door een zuurstofmasker voor hij er hees uit perste dat het verboden was iets anders dan de wettelijk geldige betaalmiddelen in de automaten te doen.

'Dat zijn echte munten.'

'Ze zijn... beschadigd. Jij... moet hier... weg.'

'Ook het hotel uit?'

'Reno uit.'

'Je kunt me je zaak uit gooien, maar niet de stad.'

'Wat... doe je hier... überhaupt?' vroeg de man, en hij zoog zuurstof naar binnen en nam Pete met enige interesse op. De munten. Hij moest zich wel afvragen wat Pete met die munten probeerde te bereiken.

'Dat is een goeie vraag,' antwoordde Pete.

Drie dagen later sliep hij onder de sterren, diep in de Yaak met Jeremiah en Benjamin Pearl.

Ze waren met z'n allen op strooptocht. Pearl maakte een provisorische valstrik in een braambosje bovenwinds van een modderig weiland terwijl Pete en de jongen naar een beschaduwde plek een eindje verderop liepen, waar ze konden burlen om wat elanden te lokken. Pete wist dat de elanden niet bronstig waren en zich hooguit zouden afvragen wat dat gebrul in vredesnaam te betekenen had, maar hij hield zijn mond. Misschien zouden ze geluk hebben.

Benjamin bleek behoorlijk goed met de jachthoorn, beter dan Pete in het voortbrengen van die hijgerige kreun die eindigt in de eenzame roep van de bronst. Het geluid deed hem aan zijn vader denken. Blazen op de jachthoorn. Door de verrekijker turen. Die keer dat Luke en hij met die ouwe aan het jagen zijn, *die elanden kome zo over die richel, zorg dat jullie klaar zitten* en, inderdaad, daar staat een veertienender stier, zijn adem komt er in dikke zakdoekwolken uit. Het dier heeft iets aristocratisch, alsof het je met een handschoen een klap in je gezicht zou kunnen geven en uitdagen tot een duel. Ze knielen alle drie stilletjes, richten en schieten tegelijk, en de voorpoten van de stier zakken in elkaar, en daarna de rest, en als ze bij het dier komen, komen er stoom en roze bubbels uit een gat dat niet groter is dan je pink en de eland is keurig dood, en maar een van hen heeft hem geraakt, niemand kan de eer opstrijken.

Maar die ouwe zegt: *Goed schot, Luke.*
En jij, jij herinnert je die afwijzing nog steeds.

Uiteraard lokte Benjamin geen elanden of andere dieren, hoewel verscheidene aaseters – gieren, haviken – de elektriciteitsdraden vastgrepen die aan een metalen toren hingen en de weide in tweeën verdeelden. Toen Jeremiah het jagen op elanden opgaf, liet hij Ben naar de toren rennen om zich daar te vergapen. De jongen was nog maar een paar minuten weg, toen hij een gil slaakte, en Pearl en Pete keken elkaar aan en sprintten naar hem toe, terwijl ze allebei brulden dat ze eraan kwamen.

Het tafereel waar ze op stuitten was macaber. De jongen stond aan de rand van een gebiedje niet groter dan een patio waar het gras was platgelopen en waarop verscheidene dode dieren lagen, in een kolkende rookwolk van vliegen. Vlakbij lag een kalkoen met een lap blote, zwarte huid die eruitzag als het uitgedroogde lijk van een wasbeer. Niet ver daarvandaan lag een hert met opengereten keel naast een coyote. De coyote lag op zijn zij, als een uitgeputte, slapende hond. Daarnaast een vos. En, het allervreemdst, de zwarte beer. Plat op zijn rug, de voor- en achterpoten gespreid, alsof hij voor dood lag of een of andere zieke grap uithaalde. Gigantische blauwe bromvliegen namen alles onder handen en de lucht gonsde ervan, de lucht was als door de beeldbuis van een televisie helemaal vervuld van het geluid.

Pearl hurkte bij de kalkoen neer en plukte een losse veer uit de vogel, de baard van de veer weggebrand.

'Niks aanraken,' zei Pete. Hij hield zijn handen in de lucht voor hem op. 'Voel je dat?'

Pearl ging staan. Greep Ben vast. Een elektriciteitskabel kronkelde vanuit de toren het gras op en Pete wees ernaar.

'Da's een geknapte kabel.'

'Allemachtig, kom mee naar achteren, Benjamin,' zei Pearl.

Ze liepen achterwaarts dezelfde weg terug, maar deze keer behoedzaam als sappeurs, en ze bleven staan en keken achterom en praatten geanimeerd over de geëlektrocuteerde dieren, en vervolgens trokken ze zich terug naar de overkant van de weide en de heuvel op, naar een kale rotspunt vanwaar ze konden kijken wat er hierna nog zou gebeuren. De roodkopgieren vlogen in trage cirkels, zwart en kruisvormig, wachtten tot zij vertrokken. De mannen en de jongen waren uitgelaten als prinsen.

'Het lijkt bijna wreed om toe te staan kijken, zei Pearl, grinnikend.

Hij haalde de verrekijker voor zijn ogen weg en gaf hem aan Benjamin.

'Heb je ooit zoiets gezien?' vroeg Pete. 'Dit is krankzinnig.'

'Daar gaan ze,' fluisterde Benjamin toen de eerste gieren landden en onhandig op de karkassen af waggelden. Aangetrokken door hun eigen natuurlijke verbintenis met de dood. Er landden er nog verscheidene in de buurt, en de vogels begonnen elkaar onmiddellijk te verdringen om de beste positie te bemachtigen, waren alle zes of zeven aan het hoppen en vechten, tot ze uiteindelijk op de beer zaten, de coyote, hun vleugels vouwden en uitspreidden als zwarte paraplu's die op het punt stonden uit te klappen, al naargelang hun mate van enthousiasme.

Pearl nam de verrekijker van zijn zoon aan.

'Misschien hebben ze de stroom eraf gehaald.'

'Neu. Je kon voelen...'

Daar kwam de flits, en een milliseconde later knalde het geluid van elektrocutie door de lucht, en twee gieren verstijfden, zwart en onbeweeglijk als logo's, voor ze rokend omvielen. De overgebleven vogels schoten de lucht in. Pearl en Pete gaapten elkaar als twaalfjarige jongens aan. Toen begonnen ze uitgelaten te lachen. Ze wachtten een halfuur of de gieren opnieuw zouden landen, en hoewel de vogels door de lucht cirkelden en vanaf de toren verlangend omlaagkeken, leken ze hun lesje te hebben geleerd. Wat een schouwspel, zeiden Pete, Pearl en de jongen terwijl ze terugliepen naar het kamp, en toen de avondlucht opnieuw knetterde, lachten ze opnieuw en vroegen zich hardop af of gieren echt zo stom waren of wat voor opportunist er deze keer was gedood.

Wat een schouwspel.

Pete had een stoffen dambord meegenomen en hij mocht de jongen van Pearl leren dammen, aangezien het spel niets leek te symboliseren behalve oorlogvoeren, en oorlogvoeren was precies wat Pearl Benjamin aan het leren was. Pearl had niets tegen oorlog, in het abstracte. Schaken, met die symbolen van kastelen en koningen, dat was niks. Dammen was prima. Puur.

Pete leerde Benjamin de regels, hoe hij moest voorkomen dat hij werd geslagen. Het was een wonder dat de jongen het nog nooit had gespeeld. Maar sta eens stil bij het beperkte begrip van de wereld van het kind, de hekken die rond zijn ervaring waren opgeworpen. Hij had wel gehoord dat er mensen op de maan waren geweest, maar alleen terloops, en hij zei dat hij het niet geloofde. Hij geloofde dat er demonen door de bossen dwaalden, maar dat ze zich aangetrokken voelden tot steden, waar ze hun duivelse streken vooral uithaalden onder de kleurlingen en mensen die voor de overheid werkten en thuis vreemde talen spraken. Hij kon goed tellen en een heleboel woorden spellen, maar was beter in het opnoemen van alle apostelen en de bijbelboeken, op volgorde. Hij had nog nooit een lokaal van een openbare school vanbinnen gezien. Aangezien hij thuisonderwijs had gekregen, had hij nooit gespeeld met een kind buiten zijn eigen gezin of de gezinnen in de verschillende kerken waar ze naartoe waren gegaan, en zelfs dan leek het duidelijk dat zijn verlegen en stugge aard hem ervan weerhield al te veel contact met wie dan ook te maken, jong of oud.

De jongen bestudeerde het speelbord op de grond bij het vuur.

'Hé, Ben. Mag ik je wat vragen?'

Benjamin knikte.

'Waarom ging je die school in, toen?'

De jongen boog voorover om zijn stelling op het bord te bekijken.

'Die mevrouw op het speelplein zei dat dat moest.'

'Maar waarom was je op het speelplein?'

'Kweenie.'

Benjamin sloeg een van Petes schijven.

'Je kunt verder,' zei Pete, en hij liet hem zien welke schijf hij nog meer kon slaan.

'Dat hoeft niet. Ik wil niet al je schijven afpakken.'

'Ik geloof dat dat moet, als het kan.'

Pete verzette het stuk voor hem en legde nog een rode damschijf in de hand van de jongen. Benjamin zette ze netjes op een stapeltje bij de andere.

'Heb je je kleine meid gevonden?' vroeg hij.

'Nope.'

'Dat spijt me, Pete.'

'Bedankt.'

Ze speelden nog een paar minuten, en Benjamin wierp een vluchtige blik richting de kreek, waar zijn vader heen was gegaan.

'Ik ben ook een keer weggelopen,' zei Ben.

Pete sloeg zijn armen over elkaar en vroeg: 'Is dat zo?'

Het was een zomerkamp bij Hayden Lake, in Idaho. Hij wilde er niet naartoe, maar mama en papa dwongen hem, en zijn broer en zussen ook. Het kamp is best oké. Spelletjes, en je kunt snoep verdienen als je je karweitjes doet en al je bijbellessen volgt. Liedjes rond het kampvuur. Vissen in het meer. Roeien in de ijskoude kreek.

Op een middag moeten ze alleen met de dominee een heuvel op klimmen, naar een open plek, waar ze nog meer moeten aanhoren over Chinese communisten. Dat ze kleine meisjes doodmaken en de mensen in kampen worden samengedreven, nee, helemaal niet zoals dit kamp, meer zoals...

Het verhaal van de dominee wordt onderbroken als er van alle kanten mannen te paard aan komen rijden en met hun geweren in de lucht schieten, rookbommen gooien. Sommige van de oudere kinderen lachen, gaan staan. De kleine meisjes huilen al voordat de dominee brullend en aarde opschoppend wordt weggesleurd. Nu beginnen alle meisjes te gillen en de kleine jongens ook. Aan de rand van de open plek, net voor de bomen, rukt de dominee zich los. Hij sprint voluit, en een van de mannen haalt een pistool onder zijn stofjas vandaan en iedereen begint te gillen en hij wordt neergeschoten en valt en nu grijpt iedereen elkaar vast en gaat als geschrokken schapen op een kluitje staan.

De halsdoeken van de mannen bedekken hun schreeuwende monden. Er komt ergens rook vandaan, overal vandaan. De paarden trappelen op hun plek bij al die commotie, de kinderen rennen rond, kruipen in elkaar, de jongere zijn inmiddels aan het janken. Dan komt er over het veld een pick-up met een trailer erachter aan denderen, en er stappen nog meer mannen uit, die de kinderen opdragen in de trailer te klimmen.

Bens grote broer Jacob zet het op een rennen. Zijn zus Esther schreeuwt dat hij dat niet moet doen, maar hij rent het veld over. Twee mannen te paard gaan achter hem aan, tillen hem van de grond en hij bungelt even tussen de twee paarden in, met trappelende benen. Het ziet er bijna uit alsof ze hem in tweeën gaan scheuren. Dan wordt hij over een zadelboog gesmeten en naar de trailer gebracht. Bens grote zus Esther is zijn kleine zusjes al in de trailer aan het tillen, eerst Ruth en dan Paula. Ze steekt haar handen uit naar Ben, zegt dat hij moet opschieten. *Ze doen maar alsof*, zegt ze. De rook is opgetrokken en ze wijst naar de plek waar de dominee een stofjas staat aan te trekken, een halsdoek voor zijn gezicht doet. Niks aan de hand, zegt ze.

Maar Ben laat zich vallen en kruipt onder de trailer, zijn buik nat van het gras, en dan naar de trekhaak, en niemand heeft hem gezien en hij blijft kruipen, onder de truck door, en er aan de voorkant onder vandaan. Tegen de tijd dat iemand hem ziet, is hij bijna in het bos, maar binnen de kortste keren klinkt er hoefgetrappel achter hem, aan alle kanten om hem heen. Hij voelt een hand op zijn rug, hij wordt aan zijn T-shirt opgetild. Hij doet zijn armen omhoog, glipt eruit en blijft rennen. Hij weet niet hoe hij weet hoe hij dat moet doen, hij doet het gewoon. Hij holt tussen de bomen door en het struikgewas in, loopt schrammen op, en de paarden doen dat niet en kunnen hem niet volgen, niet meteen. Hij hopt en struikelt langs een ravijn naar beneden en een struik in. Hij laat zich plat op de grond vallen. Allemaal dennennaalden in zijn borst, zijn hals en kin. Hijgend op de grond, probeert zich stil te houden. Aarde in zijn mond. De muizen van zijn handen bloeden. De mannen in de verte. Esther roept hem. Hoeven bonzen op een paar meter langs hem, gaan verder, komen weer terug. Hij ademt zwaar en probeert niet zwaar te ademen. Blijft waar hij is. Paarden draven voorbij. Mannen zeggen *Grijp 'm!* en *We moete dat joch vinde!* en meer van zulks.

Hij stopt zijn knieën onder zich en gluurt door het struikgewas. Hij weet nu dat het niet echt is, maar hij is bang dat hij een ander soort trubbels krijgt. Hij hoort de truck van het veld rijden. Maar de mannen te paard zoeken nog naar hem. Ze rijden het bos in. Ze rijden vlak langs hem. Ze roepen hem. Alles is goed, zeggen ze tegen hem. Dat het maar een les was. Dat de andere kids in orde zijn. Dat er niets naars met hem gaat gebeuren.

Hij verroert zich niet. Hij kan ze over hem horen praten. Zeggen wat een kleine doerak hij is. Hij weet dat hij veilig is, dat hij best tevoorschijn kan komen, maar dat wil-ie niet. Misschien is dat stout van hem. Maar eigenlijk is hij niet echt stout, want zelfs als hij wil opstaan, gaat dat niet.

Hij kan zichzelf niet dwingen te gehoorzamen.

Op dat moment realiseert hij zich waar zijn mama en papa het al die jaren over hebben gehad. Dat ze opgejaagd en vermoord zullen worden en hoe dat zal zijn, en dat het oké is omdat daarna de hemel volgt en dat ze dan allemaal samen zullen zijn en dat het niet aan ons is om vragen te stellen, alleen om te gehoorzamen. Hij ís een gehoorzame jongen. Gehoorzaam aan God. Hij weet wat hem te doen staat.

Nu zijn de mannen te voet, en Benjamin staat hen op te wachten. De halsdoek van de man zit om zijn nek, en zijn kin en kaak zijn bijna blauw, waar hij ze geschoren heeft. De man heeft Bens T-shirt bij zich, en als Ben naar hem toe loopt, helpt hij hem het aan te trekken. Ze geven hem wat water uit een veldfles en de man tilt hem op het paard, klimt achter hem in het zadel. Ze rijden langzaam over het veld, de hand van de man op zijn buik. Hij heeft nog nooit op een paard gezeten, en het dier wiegt onder hem, en van de sprinkhanen die wegspringen voor de voetstappen van het paard wordt hij kalm. Alles gaat op de vlucht voor een paard.

Pete zei dat dat klonk alsof het eng was geweest.

Pearl kwam terug met een zeil, een vislijn en een naald. Hij ging binnen gehoorsafstand zitten en begon een gat in het canvas te repareren.

De jongen werd stil, maar misschien kwam dat niet door zijn vader. Hij had nog nooit zo lang tegen Pete gepraat en leek uitgeput. Hij zei tegen Pete dat hij aan de beurt was.

Ze sloegen elkaars schijven tot er alleen nog maar een paar dammen op het bord over waren.

Benjamin ging in kleermakerszit zitten, met zijn kin in zijn handen.

'Mis je haar?'

'Natuurlijk doe ik dat.'

'Waarom is zíj weggelopen?'

Pearl keek even op, maar hij zei niets.

'Da's nogal ingewikkeld.'

Nu keek de verwachtingsvolle jongen hem aan.

'Zij en haar moeder gingen naar Texas,' zei Pete.

'Hoezo?'

'Haar moeder en ik hadden vaak ruzie.'

'Hoezo?'

'Benjamin,' zei Pearl.

'Het geeft niet,' zei Pete. 'Haar moeder had iets gedaan wat ze niet had mogen doen, en daar werd ik heel kwaad om.'

'Was ze slecht?'

'Benjamin, laat hem met rust,' zei Pearl.

'Het is niet erg, Jeremiah,' zei Pete. 'Ze heeft iets slechts gedaan. Ze is geen slecht mens.'

'Soms moet je voor God iets heel slechts doen, alleen is het niet slecht als Hij wil dat je het doet, omdat niets wat God je opdraagt slecht is. Was het zoiets?'

Pearl was gaan staan. Vanaf waar hij stond kon hij Benjamins gezicht niet zien. Pete ook niet, trouwens. De ogen van de jongen waren strak op het dambord gericht. Pearl wachtte af wat de jongen hierna zou zeggen. Precies op dat moment keek Ben op naar Pete, een wervelstorm aan gedachten achter zijn ogen. Dingen die hij had gezien en gedaan en die hem waren overkomen.

'Gaat het?' vroeg Pete. Pearl deed zijn hoofd naar achteren en zijn mond viel open, alsof ze naar een draaiende deurknop keken en hij afwachtte wie er binnen zou komen lopen.

'Wil je dat ik voor je dochter bid?' vroeg Benjamin.

'Dat zou wel oké zijn, denk ik.'

Benjamin sloot zijn ogen en vouwde zijn handen voor zijn hart.

'Je hoeft het niet nu meteen te doen,' zei Pete.

Pearl ging weer zitten, vouwde zijn handen in zijn schoot en sloot ook zijn ogen.

'Heer, wij vragen U in Uw wijsheid dat U het dochtertje van Pete...'

Ben deed één oog open en gluurde.

'Rachel,' zei Pete.

'... dat U Rachel beschermt, o Heer, en over haar waakt tijdens haar reis om aan vervolging te ontkomen, Heer, zodat ze herenigd kan worden met haar vader, Heer. Amen.'

'Amen.'

'Amen.'

Benjamin zuchtte voldaan.

'Ik ben vergeten wie er aan zet was,' zei hij.

Pete bewoog met zijn laatste dam richting Bens laatste dam, en een tijdje ontweken ze elkaar zwijgend.

Onder de takken van een lariks vond Benjamin een pas gedood en grotendeels opgevreten hert. Pearl oreerde eindeloos over wilde katten. Dat dat de enige wezens zijn die voor de lol doden. Dat hun overleven van moord afhangt.

En, mijn hemel, dan die wolven.

Hij was naar een vergadering van Jacht en Visserij geweest waar een of andere nerd met een ziekenfondsbrilletje op z'n neus had voorgesteld wolven te herintroduceren in de Yaak, Canadese wolven. Pearl was gaan staan en had beloofd dat hij ze ter plekke zou doodschieten. Zei dat hij strychnine over doodgereden dieren zou gieten. Die lui van de universiteiten en uit DC waren verdomme knettergek, zei hij. Welke plaag zouden ze hierna 'bedreigd' gaan noemen?

De jongen sneed de kop en het gewei van het hert af, en ze liepen naar beneden, de bergen uit, en langs een grijze strook van rotswanden. Ze konden ergens stroomopwaarts een waterval horen en de jongen wilde die zien, en dus gingen ze erheen. Ze gingen in de zon zitten, terwijl de jongen de trap van rotsen naar de cascades op en af rende. Pete maakte zich voortdurend zorgen dat hij erin zou vallen en worden meegesleurd.

Ze slopen over Highway 2, en de Cabinet Mountains weer in. Weer een deel van Pearls vaste route dat Pete te zien kreeg. Een landschap dat door gletsjers in gigantische gekartelde bergen en uitstulpende bergtoppen was gesneden.

Ze schoten een klein hert en brachten een paar dagen door in de vervallen overblijfselen van een oud mijnwerkerskamp, sliepen in de ondiepe schacht. Pete en de jongen deden er aan amateurarcheologie, groeven Chinese potscherven op en zelfs een uit ivoor gesneden leeuw. De jongen wilde hem niet houden, wilde niet dat Pete hem hield, en gooide hem ergens in het bos weg.

Op de tweede dag vonden ze stof en geweven gras en steenkool, en in de laatste flarden van een jutezak een horloge, gevlekte glazen buisjes met kurken erop en een stevige, zwarte klauw zo groot als Petes handpalm.

'De bergleeuw waar deze van is geweest moet gigantisch zijn geweest.'

Pete lachte.

'Wat nou?'

'Die is niet van een bergleeuw. Het is een fossiel. Het is de klauw van een dinosaurus.'

Benjamin slikte, deinsde ervoor terug en vroeg toen of hij hem mocht vasthouden. Pete legde hem in zijn hand. De arm van de jongen zakte een beetje naar beneden onder het gewicht ervan.

'Hij is zwaar.'

'Het is een fossiel. Het is steen.'

Hij had nog nooit zoiets duivels gehoord, zei hij, en toen rende hij de heuvel op, naar waar zijn vader aan het hameren was in de mijn. Toen Pete zich naar hen toe had gesleept en bij de ingang stond, hadden ze het op de grond gelegd en zaten ze er op hun hurken bij, als twee jongen bij een dode slang.

'Best cool, hè?' zei Pete. Hij giste dat hij in de Sawtooths was gevonden. Er zaten behoorlijk wat fossielen in dat gebied. Of misschien hadden de Chinese boeren hem meegebracht uit China. Geen van de Pearls zei een woord.

'Gaat het wel met jullie twee?'

'Het is gewoon verbazingwekkend,' zei Pearl. 'De kracht van Satan. Wauw.'

Pearl legde vervolgens aan Benjamin uit dat Satan die dingen over de hele Aarde had achtergelaten.

'Neem je me nou in de maling, verdomme?'

Om mensen in verwarring te brengen en te doen twijfelen, zei Pearl. Zo groot is de kracht van Satan.

'Tuurlijk,' zei Pete. 'Jij gelooft niet dat de wereld zo oud is als-ie is.'

'Als ze zeggen. Zo oud als ze zeggen. Nee, dat doe ik niet.'

'Hoe oud is-ie dan?'

'Zesduizend jaar, hooguit.'

Pete vroeg om de veldfles. Pearl gaf hem aan, en Pete keek hij vuil aan terwijl hij dronk. Hij veegde zijn mond aan zijn mouw af, en gaf hem terug.

'Weet je dat ze kunnen vaststellen hoe oud een steen is, met koolstof...'

'Koolstofdatering. Ja. Radiometrische datering ook. Daar weet ik van. Ik weet ook dat ze allerlei tegenstrijdige uitkomsten opleveren. Als je weer in de stad bent, zou ik je willen aanraden eens een boek op te zoeken dat *De prehistorische leugen* heet...' Pearl tikte op zijn schedel, probeerde zich de naam van de schrijver te herinneren. Obscuur en in eigen beheer uitgegeven, ongetwijfeld.

'Dus die klauw daar, die heeft dus nooit bestaan.'

'Precies.'

'En hij is door Satan in die steen gestopt, toch?'

'Daar moeten we het nou tegen opnemen. De Bedrieger is machtig.'

'Jezus,' zei Pete. 'Sorry... jemig.'

Pearl glimlachte.

'Dat geeft niet, hoor. Het is jouw ziel, dus je mag ermee doen wat je wilt,' zei Pearl. 'Hoewel de naam des Heren ijdel gebruiken wel ergerlijk is. Terwijl je zoveel andere prima vloekwoorden hebt, zoals *fuck* en *shit*, en zelfs *holy shit*...'

Toen de jongen begon te lachen, realiseerde Pete zich dat Pearl hem plaagde.

'Er is een hoop wetenschappelijke kennis die op universiteiten genegeerd wordt,' zei Pearl. 'Serieuze wetenschappelijke kennis die niet strookt met de zionistische agenda.'

Pete voelde een donderpreek aankomen en ging zitten. Pearl haalde het werk van Dr. Jones en aartsbisschop James Ussher aan die, hoewel hij ongetwijfeld in de hel brandde, had teruggerekend van de tijd van de grote koningen Israëls naar de Schepping. Hij gaf toe dat de meningen enigszins uiteenliepen over hoe oud de Aarde exact was, gegeven de cumulatieve onzekerheid van vers tot vers.

Pete realiseerde zich dat Satan in Pearls ogen de wereld tot in dit en elk eeuwenoud detail in scène had gezet. Pete stelde zich voor hoe het moest zijn om zoiets te geloven, de Duivel zelve als een artdirector over de Aarde te zien trekken, terwijl hij verzinsels verstopte in de schisten en steenkoollagen en het kalksteen. En dat allemaal om twijfel te zaaien rond de tijdslijn in de Bijbel. Allemaal om verloren zielen te oogsten. Misschien zou het voor de Duivel wel de moeite waard zijn. Je kon het je bijna voorstellen. Bijna. Je kon bijna geloven dat een boek echter dan echt was, reëler en relevanter dan *terra firma* en al die saaie wetten waaraan die onderhevig is.

'Weet je, Jeremiah,' zei Pete, 'als ik zou geloven wat jij gelooft, dan zou ik me minstens zo knetter gedragen als jij.'

'Rawls,' zei Pearl.

'Rawls wat?'

'*De prehistorische leugen*. Dat is geschreven door Rawls.'

Ze waren een hele dag bezig met het klimmen naar de bodem van een door een gletsjer gevormd keteldak. Ze liepen over een esker die kakelde van de smeltende sneeuw, en sloegen 's ochtends in het donker aan de oever hun kamp op en wasten hun kleren in het turquoise bergmeertje. Pearl ging vissen, ving niets in het blauwe melkwater. De ondergaande zon bloedde langs de berg omhoog, voorbij de grijze banden van het stollingsgesteente dat de gigantische rotsformatie in tweeën deelde.

Ze aten hertenvlees en rijst en gedroogd fruit. Pete en de jongen gingen weer zitten dammen bij het vuur, en toen voegde de jongen zich zwijgend bij zijn vader, ging tussen diens benen in zitten. Algauw sliep hij, terwijl Pearl over zijn hoofd aaide.

'Da's een goed joch,' zei Pete.

Pearl knikte. Misschien deed het hem deugd dat te horen.

Pete dacht erover te vragen waar de rest van de Pearls waren. Maar Pearl zou antwoorden met een wedervraag: *Waar is jouw dochter?* En die afwezigheden waren in Petes hoofd met elkaar verbonden geraakt, alsof de ene niet opgelost kon worden zonder de andere, en hij koesterde de absurde hoop dat als de waarheid over de ene onthuld zou worden, die die over de andere zou openbaren.

Er zat in zijn hart, en alleen in zijn hart, logica in.

'Ik heb een paar munten achtergelaten in Reno,' zei Pete. 'Toen ik naar Rachel aan het zoeken was.'

'Het spijt me dat je haar niet hebt gevonden.'

Pete knikte, slikte, staarde in het vuur. Hij haalde een heupflesje uit zijn rugzak.

'Jij wilt zeker geen...?' vroeg hij, terwijl hij de sterkedrank ophield.

'Nee,' zei Pearl. 'Nee, dank je.'

Pete schroefde de dop eraf, nam een slok uit de metalen fles en zette hem op de stronk, waar hij het vertekende vuur in zijn glanzende en geblutste oppervlak weerspiegelde. Hij rolde een sigaret.

'Is je vrouw ook naar haar aan het zoeken?' vroeg Pearl.

'Die is volledig de weg kwijt.' Hij hield op met het rollen van de peuk, maar van het nadenken over hoe hij Pearl moest uitleggen hoe ze in elkaar zat, werd hij moe. 'Laten we het er maar op houden dat ik al in Washington, Texas, Nevada en Indiana ben geweest om naar Rachel te zoeken, en dat Beth Austin nog niet eens uit is geweest. Ik weet niet. Ze is... ik weet niet.'

Hij ging verder met het rollen van de sigaret. Voelde Pearls zwijgen als een open oven, en toen Pete opkeek, zat Pearl hem aan te staren, indringend.

'Waar in Indiana?'

'Indianapolis.'

'Je bent in Gnaw Bone geweest,' gromde Pearl.

Petes mond werd droog. Hij stopte zijn haar achter zijn oor, en de sigaret erbij.

Kut.

'Nou,' zei Pearl. 'Wat heb je daar gezien?'

'Ik heb een slokje water nodig,' zei Pete.

'Dat zal best.'

Pete ging de veldfles halen die vlakbij lag, dronk onder Pearls berekenende blik en vroeg zich af of hij moest vluchten. Maar dat zou dan over al die rotsen moeten, en hij zou makkelijk te horen zijn, makkelijk te vellen, en als hij het bos al bereikte, zou Pearl hem op den duur wel achterhalen, dat was zeker.

Stom, stom, stom.

Pete nam nog een slok.

Zo ga je dus dood.

Hij zette de veldfles weg.

'Ja, ik ben naar Gnaw Bone gegaan. Maar alleen maar omdat ik toch al in Indiana was. Alleen maar omdat ik Rachel niet kon vinden en ik in een motelkamer knetter zat te worden. En ja, ik was ook nieuwsgierig naar jou en je familie. Ik heb je schoonmoeder en schoonzus ontmoet. Aardige mensen.'

Pearl legde zijn vinger op de schedel van zijn zoon, haalde hem over diens voorhoofd.

'Héb je wel een kind? Die Rachel? Bestaat die überhaupt?'

'Ja.' Pete boog zich over het vuur, zodat Pearl zijn ogen kon zien. 'Kijk me aan. Op mijn moeders graf. Ik lieg niet tegen je. Ik werd gebeld dat ze mijn dochter hadden gevonden. Maar ze was daar niet.'

'Je bent erheen gegaan om je dossier over ons aan te vullen.'

'Mijn afdeling heeft het budget niet eens om me helemaal naar...'

'Welke afdeling? Hoe moet ik weten wie je bent? Je badge?'

'Nou, als je me niet vertrouwt, waarom laat je me dan hier bij jou en Benjamin zijn?'

'Omdat ik weet dat ik je hier kan doden zodra het nodig is. Maar dat ik heb gezorgd dat we veilig voor je zijn, wil nog niet zeggen dat je geen adder bent.'

Pearl droeg de jongen naar zijn slaapzak. Pete luisterde naar hun gemompel en vroeg zich af of Pearl hem zou vermoorden, maar op de een op andere manier wist hij van niet. In plaats daarvan ging Pearl weer zitten, en vroeg hij of er nog wat in Petes heupflesje zat. Pete reikte het hem over het vuur heen aan. Pearl keek voor hij een slok nam naar zijn gedeukte spiegelbeeld in het metaal.

Ze bleven een tijdje zwijgend in het donker zitten, terwijl Pearl af en toe een slokje nam. Pete voelde zich net een vroedvrouw. Wachten, wachten.

'Ik heb ze allemaal gesproken,' zei Pearl ten slotte, en hij veegde met een mouw over zijn mond. 'En ze zeiden stuk voor stuk in mijn gezicht dat ze met ons mee zouden gaan. Ik vertelde ze dat ik een stuk land ging kopen en dat ik mijn huis verkocht en ik heb het met ze gehad over hoe ze zich fatsoenlijk moesten voorbereiden. Ik verkocht mijn motor en mijn truck. Ik zorgde voor leesmateriaal over hoe je bezittingen in goud moest omzetten...'

Zijn ogen dwaalden naar beneden, naar de vlammen die omhoog zweepten.

'Je weet als man soms wat opzij te leggen voor slechtere tijden. Een boer, voor het eerst in tien jaar heb die wat op de bank kunnen zetten. Na een jaar van al die van God gegeven regen komt de maïs op de markt, precies op het moment dat de prijzen hoger zijn dan ooit tevoren... en vervolgens wil hij de opbrengst op de bank gaan zetten?! En dan ben ík de gek.'

Pearl las het vuur nog wat langer.

'En dominee Don. Die leugenaar. "Ik sta niet toe dat een vrouw onderricht geeft of gezag over de man heeft; zij moet zich rustig houden," zegt-ie. Ze had gedroomd dat we in Gnaw Bone een gebouw zouden vinden om onze kerk in te stichten, en dat deden we ook. Ze droomde dat de

Sovjets een ruimtestation zouden lanceren en dat er een aardbeving zou komen achter het IJzeren Gordijn, en jawel, Roemenië werd getroffen door een aardbeving. Ik had tot ze droomde dat daar een ramp zou gebeuren nog nooit van Roemenië gehóórd. Ze droomde van een vliegtuigramp op de Canarische Eilanden, zo levendig alsof ze erbij was geweest. En ze droomde van de bergen en van de enige grazige weide die daar was, en die grazige weide vonden we in Montana.

De wind woelde door het licht van de sterren in het water. Het werd kouder.

'Ze was een profetes en ik een waker over die kerkgemeente. Maar ze wilden een vrouw niet toestaan onderricht te geven.'

Pearl keek naar het heupflesje alsof hij het zojuist in zijn hand had ontdekt.

'Ik dronk vroeger een hoop. Te veel. Toen ik haar ontmoette, wilde ik dat niet meer.'

Hij gooide het heupflesje terug naar Pete. Het kletterde leeg op de rotsen.

Pearl liet hem met rust. De lucht betrok en in het volmaakt sterrenloze donker voelde Pete zich naakt door het vuur en hij liet het uitbranden, kroop in zijn eigen slaapzak en luisterde de hele nacht naar de wind en af en toe een uil en andere ongeziene dingen die tikten en kraakten tussen de takken en stenen.

De volgende dag daalden twee vissers over het gletsjerpuin af naar het water en zwaaiden hen vanaf de overkant van het bergmeertje toe. Ze zagen de mannen van verre aankomen, en Pete reageerde behoedzaam en bruusk op ze en loog dat het visloze water wemelde van de forellen. Pearl en Benjamin pakten hun spullen, en binnen een kwartier liepen ze het keteldal uit en naar beneden, het bos in. Pete bleef achter. Hij keek toe hoe de mannen visten, bracht de nacht met hen door, en toen ze het de volgende ochtend opgaven, liep hij met hen mee, kreeg een lift naar Libby en belde de rechter om hem te komen halen en naar Tenmile te brengen.

* * *

Kwam ze in Seattle aan?

Ja. Ze bleef. Eindelijk bleef ze.

Waarom?

Ze was een ander soort eerste indruk gaan maken. Mensen werden ongemakkelijk van haar. Ze had een zorgwekkend aura om zich heen. Ze voelde hun aarzelingen.

En ze was kapot. Maar in Seattle hield ze het hete asfalt voor gezien. Ze dacht erover zich te settelen. Ze had in Fresno een jongen ontmoet die een goedkope kamer huurde in een appartementencomplex dat werd gesubsidieerd door een Quakerkerk. Een magere knul die Pomeroy heette, die haar zijn haar gitzwart liet verven en de enige in de voorbije maanden en een jaar was die haar vragen over haarzelf stelde.

Waar kom je vandaan, meid?

Montana.

Montana. Shit. Wie komt daar nou vandaan?

Nou, ik dus. En Texas ook.

Texas ook wat?

Wat?

Texas ook? Hoe kun je nou uit twéé plaatsen komen?

Zit me niet te plagen.

Waarom zwerf je hier over straat?

Ik heb een tijdje wat gehad met een jongen in San Antonio. Die heeft me meegenomen naar Indiana.

Wat voor jongen?

Gewoon, een jongen.

Misschien ken ik hem wel.

Cheatham.

Ze wreef de verf in zijn haar en er liep een zwarte traan over zijn voorhoofd naar zijn ogen. Ze depte hem met een washandje weg.

Hoe ziet-ie eruit?

Zit stil.

Ik wil die verf niet op me kussen.

Ik heb een handdoek.

Als je maar geen verf op me kussen morst.

Blijf dan stilzitten.

Hij vroeg haar het kale peertje van de lamp uit te doen. Toen ze dat deed, was het licht uit het kleine keukentje het enige waarbij ze konden zien, en boven het bed had je daar niet veel aan.

Hoelang duurt het?

Ze las de verpakking. Een donkerharige vrouw voorop.

De gebruiksaanwijzing staat op de zijkant, suffie.

Ze gooide de doos op de grond.

Dat zal wel een vlek achterlaten, zei hij, en hij tuurde in het halflicht naar zijn borst, waar het pijn deed.

Ik moest maar eens gaan, zei ze, en ze ging staan.

Wacht nou even. Wacht. Waar wou je dan naartoe?

Ze wist het niet. Ze had niet het gevoel dat ze kon blijven. Hij drukte zich op een elleboog op, reikte naar haar pols en haakte zijn middelvinger achter haar elastieken armbandje. Hij trok haar arm naar zich toe en begon die aan alle kanten te betasten.

Heb je een vriendin? vroeg ze toen ze elkaar recht aankeken.

Heb jij een vriend?

Zijn glimlach was ongelooflijk.

Ik zag wat vrouwenspulletjes in de badkamer liggen.

Ik heb nog nooit een vriendin gehad.

Hij streelde met zijn vingers langs de binnenkant van haar arm, en toen hij zei: *Ik vind je leuk,* lachte ze en draaide haar gezicht omhoog, naar het plafond, en er vlogen zwaluwen uit haar borst zo voelde het en ze hielp hem zijn haar uitspoelen in de gootsteen in de keuken en toen hij zich met een handdoek getulband om zijn hoofd omdraaide en haar kuste, kuste ze hem terug. Hij vroeg hoe oud ze was. Ze loog en zei dat ze zestien was. Hij zei ja hoor, tuurlijk. Hij zei tegen haar dat hij het rustig aan zou doen, of helemaal niet, en ze vroeg of hij het erg vond als ze eerst een tijdje gewoon op bed gingen liggen. Het was net zo als die andere keren in de zin dat het niet erg lang duurde voor zijn handen overal aan haar zaten en hij zijn vingers in haar stopte en haar lijf ging voor haar ook te snel, haar mond nat en haar kutje ook en zijn vingers zaten in haar mond en wreven over haar kutje en toen rond haar anus en ze trokken aan haar kont alsof hij een stokbrood aan stukken probeerde te scheuren en toen hield hij 'm vast alsof hij op zijn onderarmen een opengeslagen telefoonboek steunde terwijl hij haar hoofd onder zijn kin hield als de hoorn van een munttelefoon. Ze voelde zich net een telefooncel. Haar lijf was een cel waar iemand in kon stappen en van daarbinnen naar ergens ver weg kon bellen, naar haar pa Pete, misschien, ze vroeg zich af waarom ze nu aan hem dacht, Pomeroy was niet zoals haar vader, niet zoals Cheatham min of meer was geweest.

Het was smerig om aan je vader te denken en ze stopte die gedachte weg.

Pomeroy bewoog haar lijf voor haar, kantelde haar bekken zo, dat het soms op nieuwe plekken in haar voelde en ze hapte naar adem omdat het pijn deed, wat haar verraste omdat het daar beneden al een hele tijd geen pijn meer had gedaan.

Zei ze dat hij moest stoppen?

Ja.

En deed hij dat?

Ja. In het halflicht uit de keuken terwijl de leidingen kreunden in de andere Quakerappartementen en de auto's buiten over het natte asfalt ruisten. Het zal wel geregend hebben.

Mensen waren dieren, zei hij. Sommige dieren moeten vluchten, sommige dieren moeten jagen. Zij was een dier dat zou moeten vluchten. Tenzij.

Tenzij wat.

Ik die dieren bij je weg kan houden, zei hij.

Maar wie houdt jou dan weg?

Ze plaagde hem en dat vond hij maar niks. Hij ging rechtop zitten.

Ik zei toch dat ik geen vriendin had? Als je me wilt neuken, dan kan dat. Zo niet, dan niet.

Ze wikkelde zich om zijn bovenlijf heen. Hij rook naar zwarte verf. Als een vlek. Als zwart water. Nat, heet water. Ze vroeg hem hoe oud hij was.

Twintig. Ga die sigaretten eens halen.

Ze stond helemaal bij de tafel, naakt en terwijl zijn geil uit haar droop, voor ze zich realiseerde dat ze meteen was opgesprongen toen hij dat zei. Hij zei wacht laten we jou eens goed bekijken en deed de gloeilamp aan. Ze bedekte zich met haar handen en liet ze toen vallen zodat hij dat niet zou hoeven vragen en ook omdat het onvolwassen voelde om zichzelf zo te bedekken en ze wilde wereldwijs zijn. En ze zat er niet mee dat hij haar even van top tot teen bekeek, knikte alsof het hem wel beviel wat hij zag of gewoon dat ze op dat moment volwassen was geworden. Ze zat er niet mee, of ze zei tegen zichzelf dat ze er niet mee zat, als daar al een verschil tussen bestond, wat misschien niet zo was. Mannen hoorden naar vrouwen te kijken. Dat hoorde zo.

Jezus, zei hij, en hij reikte naar de peuken.

Wat? zei ze. Ze geneerde zich dood. Bekeek zichzelf.

Hij legde uit dat ze zo lekker was, dat zijn hart achterwaartse salto's maakte. Zonder dollen.

25

Hij ging Cecils moeder opzoeken, van plan hem weer bij haar onder te brengen. Er stonden zoveel auto's bij haar in de straat geparkeerd, dat hij even dacht dat ze misschien was overleden, dat hij toevallig op haar wake terecht was gekomen. Maar er zou natuurlijk helemaal niemand op haar wake komen.

En Katie. At die wel goed. Was ze dit voorjaar überhaupt naar school geweest. Leefde ze nog.

Hij parkeerde en beklom de treden naar de voordeur. Een kalende man met een snor en een bruin polyester pak aan kwam de hoek om en klom met een zwart enkelloops pompgeweer over de reling. Hij bracht een vinger naar zijn lippen, wees naar de grond en streek zijn stropdas tussen zijn jas. Pete keek dommig waar hij naar wees en begon toen achteruit te lopen. Verschillende dingen gebeurden tegelijk. Mannen in pakken en kogelvrije vesten met pistolen en machinegeweren stroomden door het hoge gras naar de veranda voor het huis. Petes knieën knikten en zijn hand werd door iemand die van achteren was gekomen tussen zijn schouderbladen getrokken.

Hij begon te protesteren, maar de man met het geweer ramde de kolf in Petes buik en hij klapte dubbel, viel en kwam met zijn gezicht op de veranda terecht. Zijn gebit gonsde als de tanden van een stemvork in zijn schedel, terwijl een paar honderd pond gewicht drukte op één enkele knieschijf midden op zijn rug. Hij hoestte en kokhalsde tegelijk en dacht dat hij stikte terwijl iemand hem in de handboeien sloeg.

Nu zat er iemand schrijlings op hem. Er werd geroepen vanuit het huis.

'Er is een kind, daarbinnen!' kraste Pete.

'Hou je kop!'

'Ik ben maatschappelijk werker. Er zit een KIND, daarbinnen!'

De wereld galmde en glinsterde. Iets zo hard als ijzer had hem op zijn achterhoofd geraakt, zijn tanden tegen de veranda geramd. Bloed, metaal, zout, een hete pijn die vanuit de achterste helft van zijn schedel uitstraalde. Hij werd aan zijn kraag op zijn knieën gehesen, met tollend hoofd, en overeind getrokken. Vanuit het huis klonk geschreeuw, er klonken schoten, snelle *pop-pop-pop*'s, en hij werd weer naar de grond getrapt. Aan alle kanten om hem heen laarzen op de veranda. Geschreeuw. Geschuifel. Hij bleef stil liggen, uitgeteld en ineengekrompen.

Vanaf de achterbank van de ongemerkte politieauto waar hij in was gezet, zag hij agenten in burger, agenten met jacks van de narcoticabrigade en plaatselijke wijkagenten. Ze beenden het huis in en uit, opgepompt in hun adrenaline en kogelwerende vesten. Wat een verachtelijke stoerdoenerij allemaal. Eindelijk arriveerde er een ambulance die met zwaailichten tussen de auto's door slalomde. Broeders liepen haastig naar binnen.

Petes nek was vochtig van het bloed. Afdrukken van zijn tanden schrijnden aan de binnenkant van zijn lippen. De handboeien sneden in zijn polsgewrichten. Hij was inmiddels half buiten zinnen van bezorgdheid om Katie. Was ze door een kogel geraakt. Op wat voor manier dan ook gewond. Hij had haar ook uit dat huis moeten weghalen. In plaats van Cecil. Zij was degene die hij naar de Cloningers had moeten brengen.

Hij had het helemaal verkeerd aangepakt. Voor de zoveelste keer.

Idioot.

Verandert nou alles wat jij aanraakt in stront.

Hij bonkte met zijn hoofd tegen de achterruit. Een agent die vlakbij stond draaide zich om, keek hem aan, schudde van nee en praatte verder met zijn collega's.

'Klootzak!' riep Pete. Hij ramde met zijn kop tegen de ruit. Om hem kapot te slaan, als het moest.

De kalende agent die hem had geslagen met dat geweer rukte het portier open.

'Er zit een klein meisje...'

'Hou verdomme je bek.'

Klap, zei het portier. Pete draaide zich op zijn knieën om en keek toe hoe het stroompje bloed uit zijn neus een vlek vormde op de bekleding van de achterbank. Het was een mooie sedan met stoffen bekleding, niet een of andere patrouilleauto vol vinyl. Hij snoot bloed over de hele bekleding. Hij ging rechtop zitten en spuugde naar deze hele roadshow van federale wetshandhaving, en een bubbelige rode fluim droop langs de ruit naar beneden.

Ze doorzochten Petes auto, zetten spullen uit zijn handschoenenkastje en van de passagiersstoel op het dak. Een federale agent haalde zonder aanwijsbare reden het karton weg dat Pete voor zijn kapotte ruit had geplakt. Gewoon grondig bezig. Een dossiermap waaide open, en verscheidene vellen papierwerk waaiden weg. De burgers die aan de overkant alles stonden op te nemen, pakten de losse blaadjes op en bekeken ze grondig.

'Die zooi is vertrouwelijk,' brulde Pete. Niemand hoorde hem of keek zijn kant op als ze dat wel deden. Toen de agent die zijn handschoenenkastje leegmaakte het ontdekte, maakte hij Petes heupflesje open, snoof eraan, deed de dop er weer op en zette het op de map.

Een agent uit Tenmile kwam het huis uit, met Katie in zijn armen, en het meisje liet zich stil van schrik naar de patrouilleauto dragen die naast die waar Pete in zat geparkeerd stond. Hij zag iemand een deken om haar heen slaan en naast haar gaan staan waar ze zat, met haar benen uit het achterportier. Ze zat op ooghoogte van Pete en toen ze hem zag, herkende ze hem, en hij zei tegen haar dat het oké was, dat het allemaal goed zou komen, hoewel ze hem niet kon horen. Ze ving zijn blik. Ze klampte zich op die manier aan hem vast, en hij kon zien dat ze zich afvroeg waarom hij niet uit die auto stapte om naar haar toe te komen, waarom hij zo onder het bloed zat. Hij zei dat het hem erg speet. Iemand gaf haar een duwtje, de stoel in, ging naast haar achterin zitten en de auto reed weg.

Debbie de voordeur uit, nu, maakt er een hele vertoning van, springt en bolt haar rug tegen haar overmeesteraars en handboeien en valt achterover in de armen van de smeris achter haar. T-shirt bij de hals gescheurd en van haar schouder gegleden, een hangtiet glipt eruit terwijl zij kronkelt en zich schrap zet, haar voeten trappelen halverwege de pilaar van de veranda in de lucht. Ze bleef even haaks op de grond hangen, als een op de hemel gerichte pijl, tot een andere agent haar bij haar voeten pakte en de andere, die haar bij haar oksels had, haar gesnauw, getrappel en gekronkel over zich heen kreeg, en ze haar gauw de sedan in werkten. Toen reed die ook weg.

De FBI'er met het geweer deed Petes portier open. Hij wierp een tweede blik op de bloederige smurrie op Petes gezicht, vouwde zijn jasje open en zette zijn handen in de zij.

'Jezus,' zei hij, en hij haalde een zakdoek uit zijn jasje. 'Wat heb je nou met mijn wagen geflikt.'

Pete schoof bij hem vandaan.

'Flikker op, vuile juut.'

De FBI'er gooide de zakdoek naar Pete en sloot het portier.

Algauw zaten ze op Highway 2, op weg naar het oosten, een prachtige dag tegemoet, heldere lucht, warm.

Pete vroeg op wie er was geschoten. Het kwam in zijn hoofd op dat als Cecil daar was geweest, hij dood zou zijn. Misschien was hij er wel geweest. Misschien was hij vrijgelaten. Pete vroeg of het een tiener was, die was neergeschoten.

De FBI'er wierp via zijn achteruitkijkspiegel een vluchtige blik op Pete, maar hij zei niets.

'Je realiseert je toch dat ik een maatschappelijk werker ben hè, lamlul?'

De agent reed zwijgend verder. Pete zakte onderuit. Zijn hoofd bonsde, voor en achter, gloeilampjes van pijn als een streng kerstverlichting om zijn schedel.

'Ik ken mijn rechten. En jij hebt het hartstikke verkloot.'

De FBI'er stelde zijn spiegeltje bij en probeerde het zich gemakkelijk te maken voor de rit, maar Pete bleef hem met beledigingen bestoken. Hij vroeg hoelang de DEA al randdebielen in dienst nam. Of ze een quotum moesten halen of dat er een speciale brigade voor was. Hij complimenteerde de man met zijn *comb-over*. Hij vroeg of de man uit filosofische overwegingen een fascist was, of dat dat gewoon een gevolg was van het feit dat hij zo'n mierenpikkie had. Of hij ook een testikel te weinig had, net als Hitler. Hoe het was om geaborteerd te zijn. Of zijn moeder lekker zoende. En zijn vader. Of de kleine knulletjes die hij pijpte geen last hadden van zijn snor.

Pete knalde tegen de wand van de auto, met zijn kop tegen de ruit, toen de FBI'er plotseling afsloeg. Ze hobbelden over grind, kwamen slippend tot stilstand en de FBI'er zette de motor af. In de korte stilte die daarop volgde kon Pete de man door zijn neus horen ademen, het stof zelfs horen neerdalen. Toen stapte de FBI'er uit. Pete hees zich overeind en zijn portier was open. De FBI'er grijnsde. Hij greep een handvol van Petes lange haar vast en sleurde hem de auto uit. Hij zette Pete tegen het achterwiel en sloeg hem zeer ambtelijk in zijn buik. Pete viel naar voren. De man ving hem op en Pete kon zijn lunch ruiken. Vlees, jus, bittere koffie.

Hij gaf Pete een ram onder zijn andere rib en ging zo dicht bij hem staan dat hij overeind bleef, terwijl zijn vuisten bedreven en sinister in zijn maag pompten, en toen hij een stap achteruit deed, viel Pete op zijn knieën en vervolgens op zijn zij, stuiptrekkend en kokhalzend op het grind. Zijn ademhaling kraste alle kanten op, alsof het niet wilde lukken, alsof hij een manier probeerde te vinden om zijwaarts te ademen.

De FBI'er hijgde van inspanning en vroeg Pete waar zijn bijdehante bek nou gebleven was. Toen spuugde hij Pete in zijn gezicht, haalde zijn gevallen zakdoek van de grond en knielde voor hem neer. Hij zette Pete rechtop, spuugde recht in de zakdoek en veegde Petes gezicht schoon. Hij zei dat het een lekker ouderwetse wasbeurt met spuug was, net zoals-ie vroeger van zijn ma kreeg. Hij vroeg Pete of het niet onvoorstelbaar was, zoveel pijn als-ie had. Hij trok Petes shirt omhoog en riep uit dat er, jee zeg, zo weinig sporen van mishandeling te zien waren. Zei hoelang het zou duren voor er blauwe plekken opkwamen, als ze dat al deden.

Hij zette Pete op zijn benen. De zakdoek zat inmiddels onder het bloed. Hij spuugde Pete nogmaals recht in zijn gezicht, en gebruikte zijn duim om de laatste restjes geronnen bloed uit de groefjes rond zijn neusvleugels te vegen. Hield Petes hoofd naar links en naar rechts scheef, trok zijn lip naar beneden om zijn gebit en tandvlees te bekijken. Alsof hij een paard of een jachthond inspecteerde. De bittere adem van de smeris walmde recht in Petes gezicht. Hij deed een stap naar achteren, nam hem eens goed op en vroeg Pete of hij zo genoeg had gehad.

Pete sloot zijn ogen en liet zijn hoofd hangen van ja. Zijn geteisterde ingewanden roerden zich.

De FBI'er zette hem rechtop, zei dat dat dan jammer was en beukte nog een tijdje op hem in.

De kelder van een postkantoor in Kalispell. Ze maakten zijn handboeien los en gooiden hem in een cel met een gaashek ervoor die aan twee kanten uit betonnen muren bestond en waar een paar klapstoelen in stonden, meer niet. Buiten de provisorische cel stond een metalen bureau en was een kaart van Tenmile met plakband op een vrijstaand schoolbord op wieltjes geplakt.

Debbies hoge, hysterische stem galoppeerde achter een deur aan de andere kant van de ruimte. Na een tijdje dirigeerden de agenten haar de trap op en ze keek Pete aan alsof ze hem niet helemaal kon thuisbrengen.

De enig overgebleven agent van de DEA haalde zijn pistool uit zijn holster, deed die in een lade van zijn bureau en begon papierwerk te doen.

Pete vroeg of hij wat te drinken kon krijgen. De agent sjokte naar boven, kwam weer naar beneden met een cola en duwde die met zijn voet onder het gaashek door. Alleen al door dat drinken begon Petes maag te schudden. Rustige slokjes. Hij klokte de cola weg, boerde en klapte van een nieuw soort vreselijke pijn dubbel in zijn klapstoel. Hij ging plat op zijn rug liggen, en nog deden zijn ingewanden helemaal tot aan zijn ruggengraat pijn.

Het was te koud in deze kelder om de uren weg te slapen. Er waren geen ramen om te kunnen zien hoe laat het was, en toen Pete het hem vroeg, wilde de agent het hem niet vertellen.

'Die vrouw die jullie daar hebben, die is te erg naar de klote om te zijn wie jullie dan ook denken dat ze is.'

'En wie denken we dan precies dat ze is?' vroeg de agent, zonder zich om te draaien.

'Mag sterven als ik 't weet. Een of andere zware crimineel, te oordelen naar de mankracht waarmee jullie uitrukten. Tenzij die er was voor wie jullie ook hebben neergeschoten.'

De man bleef bezig met zijn papierwerk.

'En gedood?'

De agent schoof wat papieren in een manilla envelop, stond op en liet Pete alleen.

Twee agenten kwamen naar beneden en gingen bij Pete de cel in. Een van de mannen was gladgeschoren en ernstig, droeg een donker pak en een koffertje dat hij naast zich op de betonvloer zette. FBI, gokte Pete. De man sloeg zijn ene been over het andere, zijn broek geperst en met een keurige vouw erin, en nam Pete op, liet zijn bungelende voet lichtjes wippen in zijn brogue.

De andere man droeg een spijkerbroek en een zwart jack, met een ATF-badge op de ritszak genaaid. Hij zette zijn zwarte honkbalpet af, grabbelde over zijn dunnende haar en zette de zwarte pet weer op zijn hoofd. Hij zat achterstevoren op de stoel en reikte na een handgebaar van de man in pak in de zak van zijn jack, en liet Pearls zak met munten op de vloer vallen. Die zak had in Petes auto gelegen. De man trok een spottend gezicht bij wat Petes gezichtsuitdrukking ook zei. Vervolgens haalde hij zijn benen van elkaar, boog zich naar voren en deed de zak open. Hij woelde door de munten en haalde er een uit waar een hakenkruis in gestanst was.

'Heel fraai,' zei hij over de munt, en hij hield hem op in het tl-licht. Hij had een meewarige en zelfvoldane uitdrukking op zijn gezicht die werkelijk iedereen zou irriteren.

'Waar komen deze vandaan?' vroeg de ATF-agent.

Pete besloot dat hij geen stom woord zou zeggen. Hij zei: 'Ik zeg geen reet over wat dan ook voor ik een advocaat krijg.'

Hij hoestte. Zijn buikspieren trokken pijnlijk samen. Hij keek met een vertrokken gezicht naar zijn zij.

De mondhoeken van het pak krulden op tot een verwachtingsvolle grijns.

Pete zei nogmaals dat hij gerechtelijke bijstand wilde.

'Onlangs in Reno geweest?' vroeg het pak.

Toen hij de gezichtsuitdrukking van de agenten zag, wist Pete zeker dat aan zijn gezicht te zien was dat dat zo was. Hij slikte, kromp weer ineen.

'Advocaat,' zei hij hees.

'Luister,' zei het pak, 'elke bank in het hele land kijkt uit naar die munten. Als ze er eentje krijgen, bellen ze de geheime dienst. Het Treasury Department gaat ermee naar Jim hier, en dan belt Jim mij. Ik ben van de FBI. Dus je hebt nu zowel justitie als het Ministerie van Financiën in je nek hijgen. Jij en Jeremiah Pearl en de Posse Comitatus en Truppe Schweigen hebben de volledige fucking aandacht van de federale overheid. Gefeliciteerd.'

'Ik kan je niet meer volgen,' zei Pete. 'Ik weet niet waarover je het hebt.'

Het pak maakte zijn koffertje open, haalde er een dossiermap uit en reikte Pete een foto aan. Een uitgebrande gewapende truck. Een andere kleurenfoto van twee dode beveiligers die voorover in felrode plassen bloed lagen. Hij gaf hem er nog één, en nog één, vertelde Pete over de roofovervallen die erop waren vastgelegd, over bomaanslagen en moorden. Een synagoge. Een klein meisje dat was doodgebloed uit gaten die waren gemaakt door de spijkers en schroeven in een pijpbom. Hij vertelde Pete over Posse Comitatus, de separatistische organisatie die erachter zat, over de clandestiene poot of afsplitsing die Truppe Schweigen heette, wat Duits was voor 'Zwijgende Troepen' en die gespecialiseerd was in financiële activiteiten, hoofdzakelijk valsemunterij. Hele stapels valse briefjes van tien en twintig. Ze beschadigden geld en bestookten rechtbanken met valse beroepen op het retentierecht.

Pete keek van de ATF-agent naar de FBI-agent en snoof vreemd van verbijstering.

'Denken jullie echt dat ik bij die gasten hoor?' vroeg Pete. 'Ik ben maatschappelijk werker. Die vrouw die jullie vasthouden, die volledig naar de klote is, ik ben haar begeleider.'

'Maar hoe ken je Pearl?' vroeg de ATF-agent.

'Hoe denk je? Ik ben maatschappelijk werker. Hij heeft geen werk en een heel zooitje kinderen.'

Pete stak de foto's naar voren, maar het pak wilde ze niet aannemen. Pete draaide ze om en liet ze op het beton vallen.

'Waarom was je in Texas op de dag dat de president werd neergeschoten?' vroeg het pak hem.

'Wat? Hoe weten jullie...?'

'Geef nou maar gewoon antwoord. Wat deed je in Texas?'

'Dit is krankzinnig. Ik wil een advocaat.'

'En in Indiana? Heb je Pearls familie in Gnaw Bone opgezocht? Of zit Pearl op dit moment ergens in Gnaw Bone ondergedoken? Ging je er daarom heen?'

De agenten bekeken hem allebei onbewogen. Het pak leunde naar voren, met zijn handen op zijn knieën.

'Je hebt al toegegeven dat je honderd van deze munten in Reno hebt achtergelaten, terwijl je weet dat dat illegaal is...'

'Nee, ik weet helemaal niet dat dat illegaal is – je kunt een dubbeltje plat laten walsen in zo'n automaat in Yellowstone en er een plaatje van een bizon in laten stansen...'

'Niemand probeert die uit te geven. Jij hebt daar tientallen van die munten in fruitautomaten gedaan...'

'En ze vielen er dwars doorheen in de opvangbak...'

'Dus je bent in Reno geweest.'

'Ik wil een advocaat.'

'Je kunt hier vijf jaar voor krijgen.'

'Raadsman.'

'Ik zal eerlijk tegen je zijn,' zei de FBI-agent. 'Je ziet er niet uit als een neonazi. Je ziet er niet uit als een wapensmokkelaar. Maar je ziet er wel uit als zo'n verdomde anarchistische hippie. Met dat haar en dat jack en die fucking houding van je. En nou ben je opgepakt bij een inval in een amfetaminezaak, en... ik weet het gewoon niet. Wat ben jij in godsnaam, Peter Snow?'

Pete staarde naar de grond, dacht na, concentreerde zich op het idee dat er niets was om bang voor te zijn. Niet bang zijn. Je hebt tenslotte niks bewust verkeerd gedaan. Aangenomen dat het illegaal was om die klotemunten van Pearl te verspreiden. Vijf jaar. Dat kon niet kloppen. Die gozer kan de tering krijgen. Hij kan mooi de tering krijgen. Ze zouden wel gek moeten zijn om te denken dat jij in je vrije tijd een of andere separatist bent. Je bent maatschappelijk werker.

'Ik wil een advocaat.'

Verscheidene momenten verstreken.

Het pak boog voorover en raapte de foto's van de vloer.

'Kom op, Jim,' zei hij.

'Ik kom zo,' zei de ATF-agent.

Het pak haalde zijn schouders op en liep de kooi uit, en de ATF-agent en Pete zaten zwijgend tegenover elkaar tot het pak de trap op liep. De bureau-agent kwam terug en begon met twee vingers op een typemachine te tikken. Elke toetsaanslag weerkaatste tegen de betonnen muren en de vloer. De ATF-agent ging staan, liep naar de deur van de kooi en vroeg aan de bureau-agent of hij het erg vond om even twee koppen koffie voor hen te halen. De man zuchtte diep, duwde zich overeind, slofte naar de deur en liet hen alleen.

De ATF-agent liep terug naar zijn stoel.

'Ik ben Jim. Jim Pinkerton, van het Department of Alcohol, Tobacco and Firearms. Een afdeling van het Ministerie van Financiën. Ik ben de contactpersoon met de geheime dienst inzake alles wat verband houdt met geld en Jeremiah Pearl.'

'Aangenaam, Jim. Zo aangenaam dat ik bijna uit mijn voegen barst.'

'Wat ik maar wil zeggen is dat ik niets te maken heb met het onderzoek naar de doodsbedreigingen aan het adres van de president.'

'Fijn dat je dat even opheldert.'

'Je bent in een nogal vechtlustige stemming vandaag, hè?'

'Interessante woordkeuze.'

'Waarom?'

'Ik wil een advocaat.'

Pinkerton leunde naar achteren, hield de armleuningen van de stoel vast en zuchtte naar het plafond.

'Die mensen in dat huis, zijn dat cliënten van je?'

Pete knikte.

'En die gozer die is doodgeschoten ken je niet.'

'Ik heb geen idee wie jullie hebben doodgeschoten.'

'Een speedhandelaar uit Denver. Twee jaar aan gewerkt met de DEA, en geen veroordeling, omdat die klootzak zich niet wilde overgeven.'

'Mijn deelneming.'

'Maar jij was er dus alleen maar om te kijken hoe het met dat meisje ging.'

Pete zuchtte.

'Wat gaat er met haar gebeuren?' vroeg Pinkerton. 'Nu haar moeder in hechtenis zit, bedoel ik.'

'Iemand zal naar mijn kantoor bellen en wachten tot ik haar kom halen.'

'Bellen ze niet naar iemand hier in Kalispell?'

'Ik ben die iemand in Kalispell. Dit is mijn regio.'

'Van Tenmile helemaal tot hier? Da's een flink gebied om in je eentje te bestrijken.' Pinkerton kauwde op zijn wang. 'Dus je moet hier weg. Om dat meisje te helpen. Misschien kunnen we wel een deal sluiten, zodat dat kan.'

De bureau-agent kwam terug met twee koffie, en Pinkerton nam een slokje van de zijne. Hij spuugde het terug in het bekertje en zette het op de vloer.

'Ik weet niet waar Pearl is,' zei Pete.

'Weet jij waar we hier ergens iets kunnen krijgen wat niet verbrand en lauw is?' vroeg hij.

Pete liet het bruine water rondgaan in zijn bekertje. Hij wilde niets drinken. Hij was moe, heel moe.

'Kom op, Snow. Neem me ergens mee naartoe, en luister even naar mijn hele verhaal.'

Pinkerton stond op om de FBI-agent te bellen en uit te leggen in welk café ze zaten. Toen hij terugkwam bij het tafeltje, wenkte hij de serveerster en bestelde een punt meringuetaart en vroeg aan Pete of hij iets wilde.

Pete zei van niet.

'Neem wat frietjes of zo. Ik trakteer. Je hebt je koffie nog niet eens aangeraakt.'

'Het doet pijn als ik drink.'

'Heb je een gaatje of zo?'

Pete wreef driftig met zijn vingertoppen over zijn buik.

'Maagzuur?' vroeg Pinkerton. 'Heb ik ook wel eens.'

'Een van je collega's heeft me op weg hiernaartoe volledig in elkaar getremd. Maar fijn dat je het vraagt.'

Pinkerton nam Pete van top tot teen op.

'Hij heeft goed opgelet,' zei Pete, en hij tilde zijn shirt op, 'dat hij alleen mijn ingewanden naar de tyfus sloeg.'

Grijzige bloeduitstortingen langs zijn ribben staken af in het laatste avondlicht door de ramen. Pinkerton zuchtte.

'Wil je dat een arts daarnaar kijkt?'

'Ik wil dat stuk stront met een stalen pijp bewerken.'

De serveerster kwam terug met de taart en keek Pete tersluiks aan.

'Kan ik je niet kwalijk nemen,' zei Pinkerton. 'Bedankt, schat.'

Hij sneed een stukje taart af met zijn vork, stopte het in zijn mond en kauwde. Hij nam een slok koffie.

'Ik kan zorgen dat dit hele verhaal in de doofpot verdwijnt, maar dan zullen jij en ik wel een paar afspraken moeten maken.'

'Welk hele verhaal? Ik heb verdomme geen flikker gedaan.'

'Zo zullen wij daar niet tegenaan kijken. Maar als jij en ik wat kunnen afspreken...'

'Over?'

'Jeremiah Pearl.'

'Wat valt er dan precies af te spreken?'

'Nou, om te beginnen moet je weten wat er daar in die bergen is gebeurd,' zei hij al kauwend, zijn stem gedempt door een dikke laag gele merengue.

* * *

Hoe heeft ze Pomeroys vriendin ontmoet?

Bij een busstation in Tacoma waar ze heen gingen om in een kluisje te kijken waar hij zijn horloge, wat haarlak, zijn boksbeugel (die liet-ie haar een hele tijd zien, aaide hem liefkozend) en een slof Pall Mall in had gestopt. Ze waren komen liften uit Seattle in een oplegger met een sukkel van een vrachtwagenchauffeur die steeds naar haar benen zat te gluren. Later, in het busstation, zei hij dat ze had kunnen zorgen dat hij ophield met kijken als ze hem gewoon had gegeven wat hij wilde.

Wat?

Je had je kleine klauwtje op zijn lul kunnen leggen. Dan was-ie w'schijnlijk binnen twee seconden klaargekomen, zei hij, terwijl hij tussen zijn spullen keek.

Ze stond op. Hij rukte aan een T-shirt uit het kluisje en propte het in zijn plunjezak.

Flikker op, zeg, zei ze. Ze beende naar buiten, tussen de stationair draaiende bussen in het station door, voelde toen hoe armoedig haar vrijheid was, dat niemand zich zorgen om haar maakte.

En haar vader en moeder dan?

Ze was te druk bezig met huilen om aan hen te denken. Zij hadden de volmaakte eenzaamheid verpest die ze haar hele verleden in voelde sijpelen – dat was het verhaal, ze was altijd al alleen geweest, zelfs thuis – en in haar vooruitzichten. Ze wyoomde tegen de aluminium zijkant van de bus en liet daarop wolkjes van adem achter. Passagiers keken toe. Een chauffeur stond achter haar en vroeg of ze hulp nodig had, wat er aan de hand was, zei dat hij haar kon helpen het op te lossen. Maar ze schaamde zich dat ze naar buiten was gerend, omdat ze een trots en onafhankelijk meisje was, ze zei dat het wel ging en ijsbeerde tussen de rommelende, stationair draaiende bussen door die nog nergens heen gingen. Ze bekeek zichzelf in de ruiten van het station. Haar haar was een warboel en ze had een blauw ski-jack en een wit spijkerrokje aan, en hoe ze eruitzag was het enige wat ze had. Toen ze het station weer in ging, spotte het meisje dat bij Pomeroy op schoot zat haar meteen, en ze knabbelde aan zijn oor en zei er toen iets in. Ze was stomverbaasd. Niet eens echt jaloers. Gewoon verrast. Ze wist dat ze er beter uitzag dan dit meisje, dat tegelijk afgeleefd was en blaakte van jeugdigheid. Ze had babyvet in haar gezicht en een zwembandje om haar middel, alsof ze op jonge leeftijd zwanger was geweest. Pomeroy leunde achterover om Rose te kunnen zien, riep dat ze moest komen en zei: *Dit is m'n meissie, Yolanda.*

Ik dacht dat je geen vriendin had.

Schei toch uit.

Noem me maar Yo, zei Yo.

Ze liep weer naar buiten, naar de bussen. Ze had veertien dollar op zak. Dat was niet genoeg om echt ergens naartoe te gaan. Ze had koude benen. Het regende in elk geval niet. Ze nam een besluit, maar deze keer dacht ze echt na over wat ze wilde en wat ze moest doen en wat het beste tussen die twee polen was.

Waar gingen ze met z'n drieën heen?

Ze reden naar Seattle in een auto die Yo had geleend van een oude homo die Jorge heette. Ze reden door een stad als een grijze en lineaire uitkristallisering van de rauwe lap wolken erboven. Het was al haast nacht toen Yo de motor uitzette, de auto liet uitrollen en parkeerde voor een huis aan Capitol Hill. Yo zei dat we gewoon moesten uitstappen en de portieren niet dicht moesten doen. Vervolgens klikte Yo de portieren zelf zachtjes dicht en sloop naar het huis. Pomeroy liep met Rose naar de overkant van de straat.

Jorge heeft haar geen toestemming gegeven, hè?

Pomeroy glimlachte. *Die Yo.*

Het huis was te bereiken via een rij betonnen traptreden die vanaf het trottoir omhoogliepen, en Yo zag er bijzonder ineengedoken uit toen ze daarop naar boven sloop, de voordeur door glipte.

Yo is mooi, zei ze. Peilde zijn gevoelens voor haar, hoe diep die gingen.

Ze heeft mooie lippen.

En mooie ogen.

Die staan een beetje scheef. Ze heb Eskimobloed of zo.

Ja.

Yo sloop op haar paarse flatjes de trap af, klepperde de straat over naar hen toe. Ze zei: lopen, wees de straat in. Ze ging tussen hen in lopen, stak haar armen door de hunne en ze hobbelden de heuvel af, langs de smeedijzeren hekken en victoriaanse huizen, naar het nachtelijke verkeer op Highway 5 en onder de snelweg door naar een slijterij. Straatkinderen, verschoppelingen en ander tuig hadden *Hé Pomeroy!* geroepen en Pomeroy liep nonchalant naar hen toe en toen hij zijn fles eenmaal had, deelde hij die met een groepje lamlendige kids die bier dronken en wiet rookten op een klein terreintje aan Thomas Street.

Dat zijn Dee en Jules en Custer, en daar heb je Kenny en Curt, zei Yolanda, en ze knikten naar haar en namen haar op. Yolanda draaide haar naar het licht en zei: *Je bent net Sissy Spacek, als je het mij vraagt, maar dan met een donkerdere huid,* en Rose vroeg of ze de mijnwerkersdochter was, en Yo zei yep.

Er reed een smeris langs en niemand verstopte de fles. Dat was opwindend.

Wat is er loos, vannacht?

De kids keken om zich heen alsof er iets in hun onmiddellijke omgeving te zien zou zijn en uiteindelijk zei iemand dat ze erover dachten straks naar het Klooster te gaan.

De fles was bij Rose aanbeland. Iemand had een joint opgestoken en die werd ook doorgegeven. The Talking Heads schalde hikkend uit een voorbijrijdende auto. Een van hen – Kenny – was een lang zwart joch dat met een vage intensiteit naar haar keek. Ze gaf een rukje aan Yolanda's arm, maar Yolanda stond met iemand te praten en gaf haar alleen een sigaret.

Ga je daar nog van drinken, meid? vroeg Kenny aan haar.

Ze bracht de fles naar haar mond – hij was zo zwaar als een baksteen –, nam een slok en gaf hem door. Kenny hield zijn ogen op haar gericht, luisterde half naar Pomeroy.

Yo liep giechelend weg met Dee en Jules, dus Rose ging met een sigaret in haar mond naast Pomeroy staan, liet hem haar een vuurtje geven en voelde zich in haar stilzwijgen behoorlijk volwassen. Kenny bood haar de joint aan, maar ze hield haar sigaret op als teken dat ze die wel zou roken. Ook dat: volwassen. Ze kroop onder Pomeroys arm en mompelde, net hard genoeg om het hem te laten horen, dat ze het koud had. Hij sloeg zijn arm om haar heen en niemand merkte op dat ze daar stond, dat iele ding. Een zacht vogeltje voelde ze zich. Zelfs Yolanda merkte haar niet echt op, toen ze terugkwam – ze pakte gewoon de sigaret uit haar hand, nam een trekje en gaf hem terug, en klaagde vervolgens over die eikels op de Pike, en zei tegen Dee en Jules dat ze moesten uitkijken, daar.

Kom, we gaan, zei Pomeroy.

Hield Pomeroy haar onder zijn arm, helemaal over Minor, terwijl ze in deze stoere, lachende bende door de nacht liepen, soms passanten lastigvielen en om kleingeld vroegen en niets kregen omdat ze niet echt verborgen hielden hoe gelukkig ze waren, hoewel ze stuk voor stuk ondervoed en een beetje ziek waren, met geïrriteerde longen en opgezette klieren, of een beetje mank liepen op hun dunne schoenen en versleten sokken, en de meisjes flirtten alsof ze zo oud waren als ze waren en de jongens de walgelijkste dingen waren die ze kenden, en de mooiste jongen, Pomeroy, haar dicht tegen zich aan drukte, zo dicht dat zelfs Kenny er nu uitzag alsof hij een beetje jaloers was op Pomeroy met haar onder zijn arm, hield hij haar daar de hele weg?

Ja. En Rose vroeg zich af of het Yolanda wat kon schelen en vroeg zich af wanneer het haar zelf niet meer zou kunnen schelen, ze geen warme plek in haar borst meer zou voelen en haar armen niet meer een beetje slap zouden worden als Yolanda hem weer zou zoenen, wat ze zeker zou doen.

En ze passeerden een meisje dat stond te praten in een telefooncel. Het kronkelende metalen snoer in een lus om haar blote arm, en zoals ze huilde of had gehuild, haar voet in zijn geblokte sneaker op het glas, en haar vuist tegen het glas.

Was het meisje met haar papa aan het praten?

Rose dacht van wel, misschien.

Klonk er dof gedreun van muziek en kwam er paars licht uit de klokkentoren, uit een witte, houten kerk op de hoek van Boren en Stewart die vanbinnen bonsde?

Als een of andere dolgedraaide middernachtelijke mis. Het parkeerterrein vol auto's en door elkaar heen lopende kids.

Wat is dit? vroeg ze.

Het Klooster, zei Yo.

Bebaarde dames liepen over het parkeerterrein, in roze tutu's en met toverstokjes en glinsterende blauwe en groene oogschaduw, beenden gestaag op geschoren apenbenen op hoge hakken over het met vuilnis bezaaide terrein. Haast een optocht van aapachtige sletten en ladyboys en besnorde spierbundels in spijkerstof en sportsokken. Een lesbienne paradeerde voorbij in *zoot suit*. En een hele zooi straatkids darden als fruitvliegjes om hen heen in ski-jacks en sweaters, gekleed tegen de kou. Het gestage pulseren van discomuziek en Pomeroy haalde zijn arm van Rose af, schreed naar het opstapje van de voordeur.

Waar gaat hij heen? vroeg Rose. Ze voelde zich onveilig zonder Pomeroy, zonder chaperon.

Yo nam haar terzijde en gaf haar nog een sigaret. Die deelden ze een tijdje voordat ze iets zeiden, terwijl Rose' ogen af en toe naar de deur schoten. Yo ging op de motorkap van een oude Cadillac zitten en wenkte Rose en ze zaten daar naast elkaar, gaven de peuk door en keken toe hoe mensen die net aankwamen rondrenden. Ze leken hooguit twaalf, sommigen. Ze droegen hoody's en sommigen waren uitgedost in goedkope verkleedpakken, kartonnen vleugels en diademen en halo's van aluminiumfolie en meer van dat soort kostuums die je bij een schooltoneelstuk zou kunnen aantreffen. Ze gilden en klampten zich hysterisch lachend aan elkaar vast, bij wijze van begroeting. Alles was versterkt. De muziek, de lichten, die buitenissige kinderen.

Zie je nou? zei Yo. *Niks aan de hand. Iedereen hier is cool. Iedereen kent iedereen.*

Rose vouwde haar benen onder zich en ging met haar volle gewicht op de motorkap zitten. Ze was inmiddels zo mager dat de kap niet indeukte.

Je hoeft niet met mij en Pom mee. Je mag ook andere mensen gaan zoeken met wie je wilt hangen. Da's cool.

O nee, ik vind jullie best aardig, zei ze betekenisvol. Een vleugje bezorgdheid in die woorden. *Echt, ik mag Pomeroy en jou heel graag. Ik ben helemaal niet jaloers op wat jullie hebben of zo.*

Yo blies rook uit en glimlachte.

We vinden je leuk.

Echt?

Ja. Dat wist ik van tevoren, zoals Pom over je praatte. Het kon raar of cool worden, en met Pom is het altijd cool.

Rose wist niet wat ze daarop moest zeggen of vragen.

Wil je een biertje?

Ja.

Yo liep weg. Rose wreef over haar benen. Yo kwam terug met meerdere meisjes en ze gaven Rose bier uit een zak, terwijl Yo ze voorstelde, en de meisjes Rose uitcheckten. De nacht werd koud terwijl ze praatten over mensen die Rose niet kende en plekken waar ze niet was geweest.

En toen Pomeroy terugkwam, een paar uur later, roze in zijn ogen, onzeker in hoe hij zijn voet neerzette, grijnzend, zachtjes opbotsend tegen de coterie van meisjes die om de auto heen stonden, wat deed hij toen?

Hij kotste, bijna op Kenny. Er ontsnapte een korte bliksemschicht van gelach aan Rose, die ze gauw afbrak toen Kenny keek wie dat was.

Yolanda nam hem mee over het parkeerterrein en Rose liep haastig achter ze aan. Ze ploften op de grond naast een gaashek dat rammelde toen Pomeroy ertegenaan viel. Hij lachte in zichzelf. Het was in het onkruid vochtig van de dauw.

Ik heb het koud, zei Rose.

Te veel bier, mompelde Pomeroy. *Ik ga zo helemaal trippen, zeg maar.*

Hij moest zijn kont optillen om met zijn hand in de achterzak van zijn spijkerbroek te kunnen – Rose onderdrukte de neiging zijn blote buik aan te raken – en er een plastic zakje uit te halen. Het licht dat erop viel gloeide in het donker haast wit en clandestien op.

Was het coke?

Nee.

Was het MDMA?

Misschien.

Wat was het dan?

Wat het was was dat Yolanda een snuifje nam van een luciferdoosje haar hoofd schudde en het zakje aan Rose gaf die ernaar keek en toen brak er tussen de auto's een knokpartij uit toen de straat op en toen weer in het zakje en ze haalde het eruit zoals ze Yolanda had zien doen.

Wat het was was een heerlijk mes van tintelingen en vervolgens een langzame druppeling van kriebels, en ze gaf het terug aan Pomeroy die vagelijk in de buurt was en erom vroeg en het geluid van dat hij een klein snuifje nam en *o man* zei en hete rillingen over haar armen waarvan ze zich voorstelde dat het braille was, een of andere tekst in haar lijf, maar het was alleen maar kippenvel.

Wat het was was dat Yolanda lachte en stond en Rose overeind kwam en ging staan en liep terwijl vloeibare vlekken langs kronkelden.

Wat het was was dat ze nu in het Klooster waren. Pomeroy had haar bij haar pols vast terwijl ze telkens weer door de natte en verhitte mensenkluwen heen ter wereld kwamen. Een stroboscoop zette elke houding stil tot uitgelaten eeuwigheden, een mandarijn en een geisha met langgerekte gezichten. Glinsterende baarden. Gierende kariatiden van bleke jongens met ontblote bovenlijven. Lange, donkere handschoenen. Wat het was was een arm die om haar schouder werd geslingerd en haar onder een oksel trok om op en neer te springen, en Rose raakte uit de greep van Pomeroy en gaf zich over aan de massa armen en het zweet en het stampen. Poedelnaakte mannen op de luidsprekers, de kleine toerentellers van hun lullen terwijl ze dansten. Ze werd opgetild, van flikker naar flikker doorgegeven, en op een bank van vliegtuigstoelen neergezet.

Ze kon maar niet ophouden met lachen.

Een harig beestje dat op en neer werd gegooid in de schoot van de man naast haar.

Ze tikte hem op zijn arm. Hij keek haar kant niet op.

Je heb daar iets! schreeuwde ze.

De man deed zijn ogen open, glimlachte naar haar en zei: *Ja, ja dat klopt.*

Ze keek nog eens en de man greep het beestje vast en het was een menselijk hoofd dat hem pijpte. Onder haar op de grond stond een fles. Ze schroefde de dop eraf en dronk heet vuur en begon bijna te kotsen. Ze ging staan en wierp zich weer in de massa. Verdween erin.

26

Pinkerton had Pearl ontmoet tijdens een ruilbeurs voor houthakkers in de bossen van Idaho. Hij was undercover, had de afgelopen drie maanden onder de naam Joe Stacks in het gebied rondgelopen. Hij had losse klusjes gedaan – iedere man hier was een doe-hetzelver – en woonde in een blokhut die de ATF net aan de andere kant van de grens met Montana had gekocht, in Boundary County, Idaho. Hij was naar die bijeenkomst toe gegaan met een getaande dommerik die Ruffin heette, een hyperactieve complottheoriefreak met een grote mond.

Daar komt hij Pearl tegen, op een plattelandsevenement waar de mensen uit de regio verhalen uitwisselen en kettingzagen, rabarber en kunstnijverheid gemaakt van aluminium taartbakjes en touw verkopen. Er was niets inherent politieks aan die bijeenkomst, alleen wat geruchten dat die-en-die een Posse Comitatus was, Truppe Schweigen. Of niet. En een van de mensen die Ruffin aan Stacks voorstelde was Jeremiah Pearl. Een echte, volgens Ruffin. Klaar voor de Grote Verdrukking, klaar voor de Rassenoorlog. Volledig voorbereid om af te rekenen met de National Guard, de met-stront-besmeurde-knikker, de FBI, het uiteenvallen van de sociale cohesie.

Pearl stelt het vrouwtje voor, de kinderen. Het vrouwtje heeft rubberen handschoenen aan die tot haar ellebogen komen en roert in een pan met jam boven een kampvuur. Grijnst flauwtjes, zwaait. Een stille, serieuze vrouw. Prachtige kinderen, hun knieën blossig als rode appels. Ze zitten in de laadbak van de pick-up als een kinderrechtbank om Pearl heen. De kleine jongen bij Pearl op schoot, en kleine Paula en Ben heel dichtbij, en Ruth en Esther zitten naast hem, en de oudste jongen, Jakob, staat op de grond tussen de benen van zijn vader, die van de achterklep bungelen. Het was alsof Pearl een soort kracht aan dat kroost ontleende, zoals ze over hem heen klauterden, zoals hij ze ophitste.

Joe Stacks, zegt Pearl. *Da's een interessante naam.* Vraagt of het een bijnaam is.

Pinkerton zegt: *Nee, dat is 't niet.* Vraagt of Pearl zijn rijbewijs wil zien.

Pearl zegt: *Niet tenzij je iemand nodig hebt om hem voor je aan stukken te knippen.* Glimlacht.

Pinkertons bazen zijn op zoek naar informanten. De Truppe Schweigen heeft de aanslag op die synagoge in Detroit gepleegd, de pui en deuren aan barrels geblazen, drie mensen gedood. Pinkerton moet alle mogelijkheden nalopen, hoewel hij weet dat Ruffin en Pearl nergens bij betrokken zijn. Ruffin is een stommeling, en Pearl, die heeft al die kinderen van 'm. Het is gewoon overduidelijk dat hij te veel van zijn gezin houdt om zich dat soort ellende op de hals te halen. Maar de ATF wil een bron hebben die er in zit, ergens, waarin dan ook. Het is sowieso een wedstrijd verpissen, het Department of Treasury dat wedijvert met de FBI. De ATF wil een fucking bron hebben van fucking binnenuit. Fucking gisteren.

Dus zes weken later, na verscheidene informele bezoekjes aan wegrestaurants waar veel vrachtwagenchauffeurs komen, komen Sacks, Ruffin en Pearl bij elkaar in Ruffins truck in Sandpoint, Idaho. Het is koud en winderig op het stadsstrand, die windvlagen vanaf Lake Pend Oreille beuken in op Ruffins pick-up. Ruffin zit uit zijn nek te lullen, zoals gewoonlijk. Dat-ie het filiaal van de First Interstate Bank in Boise gaat beroven. Dat-ie de sheriffs neerknalt als ze achter hem aan komen. Dat-ie een nikkerkerk gaat zoeken en er een molotovcocktail naar binnen gaat gooien.

Pearl zwijgt.

Stacks laat vallen dat hij een paar maten in Seattle heeft die voor een paar klussen wel wat afgezaagde jachtgeweren kunnen gebruiken. Dubbelloops, het liefst.

Ruffin vraagt wat voor klussen.

Pearl vraagt hoeveel.

Stacks zegt tegen Pearl dat hij hondervijftig dollar kan betalen voor een enkelloops geweer, tweehonderd dollar per dubbelloops.

Pearl zegt kun je er drie van maken.

Stacks zegt dat hij dat niet weet. Pinkerton kan er best drie van maken, maar hij wil niet te gretig overkomen.

Ik moet er drie voor hebben, zegt Pearl, zo droevig als de pest, alsof hij Stacks om een paar nieren moet vragen. Pinkerton denkt dat er misschien iets is met een van zijn kinderen. Die gast zegt in die veertig minuten dat Ruffin uit zijn nek zit te lullen geen stom woord, en dan ineens: *Hoeveel, ik moet er drie voor hebben.*

Die gast is gewoon hartstikke platzak, beseft Pinkerton. Hij vraagt Pearl hem een paar dagen te geven. Hij zal bellen.

Ik heb geen telefoon, zegt Pearl. Bel Ruffin maar. *Ik moet er drie voor hebben en als we het gaan doen, moet ik snel wezen.*

Pinkerton regelt het.

Heeft in zijn hele carrière nergens zo'n spijt van gekregen.

Pearl en Stacks beginnen zonder Ruffin af te spreken, omdat de lijntjes dan een stuk korter zijn. Cash, geweren. Over twee weken kunnen we afspreken voor nog een lading. Zeven transacties in totaal.

Op een keer mijmert Pearl hoe vreemd het is dat hij in de problemen zou kunnen komen, dat hij de gevangenis in kan draaien omdat hij onder een dennenboom zit met een zaag en een paar jachtgeweren. Wat een wereld, zegt hij. Bij diezelfde gelegenheid meldt hij dat hij driehonderdvijftig dollar moet hebben. Hij moet voorzichtig zijn, met het kopen van al die geweren. Hij moest steeds verder rijden, en het benzinegeld en alles gaat van zijn winst af. *Benzine en geld,* mompelt hij. *Sjekels en olie, het is overal hetzelfde liedje.* En Ruffin heeft lopen zeiken. Vond dat hij een aandeel had moeten krijgen, dus nu hebben Pearl en hij mot.

Volgens Ruffin ben je van de FBI, zegt Pearl tegen hem. *Ben je van de FBI, Stacks?*

Pearl kijkt bedroefd. Het is alsof hij het al weet. Pinkerton denkt even dat Pearl iets stoms gaat doen. Pinkerton kan het pistool in de holster tegen zijn kuit voelen, vraagt zich af of hij het tevoorschijn kan halen voor Pearl iets stoms doet.

Als ik dat was, zou je zo langzamerhand wel zijn opgepakt, zegt Stacks, en hij perst een lachje de lucht in. *Ik durf te wedden dat jij van de FBI bent, lepe klootzak die je d'r bent.*

Het is altijd moeilijk te zeggen wat Pearl precies denkt, achter die baard van 'm. Of hij echt zo levensmoe is als hij eruitziet. Of hij al klaar is om te sterven. Zonder zijn kinderen om hem heen, ziet de vent eruit als een klont havermoutpap, als iets wat onder je schoenzool zit. Hij zegt weer dat hij die driehonderdvijftig dollar nodig heeft. Hij heeft dat geld gewoon nodig, dat verdomde geld.

Het punt is, de ATF is wel klaar met al dat geld ophoesten voor Pearl. Het is afgelopen met die Pearl. Pinkerton moet eigenlijk elders dealtjes sluiten, hoger op de ladder komen. Maar er is geen ladder om hoger op te komen. Er is alleen deze zielige gast in de rimboe die helemaal naar Miles City gaat om een geweer te halen om te kortwieken. Driehonderdvijftig dollar, dan is het de moeite waard. Zijn volledige vooruitzichten bestaan uit wat de ATF hem betaalt om federale wetten te overtreden.

Stacks zucht, zegt dat hij al een tijdje iets met Pearl wil bespreken, dat zijn partners zat geweren hebben. Maar weet Pearl misschien waar hij aan spullen kan komen die wat meer knalkracht voor je geld opleveren. Of Pearl contacten in zoiets heeft.

Doe het niet, Pearl, denkt Pinkerton. Smeekt hij. *Doe het niet.*

Nee, in dat soort spullen heeft-ie geen contacten. Klont havermout. Stront onder je schoen.

Wekenlang geen berichten. Pearl heeft geen volgende ontmoeting op touw gezet en Ruffin praat niet met Pearl en voor je het weet praat Ruffin niet eens meer met Stacks. Zijn meerderen besluiten dat ze Pinkerton doorhebben. Dat ze hem gaan overplaatsen naar Californië. Dat hij prima werk heeft geleverd, maar het gewoon tijd is de boel op te doeken.

Hij heeft de blokhut uitgemest en alles ingepakt (slaapzak, pistolen, gietijzeren pannen) als Ruffin in zijn truck de weg op komt stuiven. Vraagt waar Stacks naartoe gaat. Pinkerton is alert, zegt dat de eigenaar van de blokhut die onder zijn kont vandaan verkoopt. *Vuile klootzak,* zegt Ruffin. *Maar je hebt geluk,* zegt Ruffin. *Ik heb net een stuk grond geleased, heb er al een trailer op klaarstaan en al.*

Waar ergens? vraagt Stacks.

Bij Jeremiah Pearl. Mooi plekkie.

Het is een mooie Airstreamtrailer, aan de overkant van het weiland, vanaf Pearls huis gezien, naast een bosje hertenleerkleurige lariksen. Wilde paddenstoelen, een tapijt van mos en hommels die achtjes draaien in de stroken zon in het bos, alsof zij ook bedwelmd zijn door de schoonheid van die plek. Het is een stukje hemel op aarde, dat ziet Pinkerton meteen.

Ruffin blijft een paar nachten bij Stacks pitten, en Pearl klotst elke avond het modderige weiland over, en ze drinken zelfs een biertje, samen. Terwijl hij over zijn schouder naar het huis kijkt.

Hij zegt dat zijn vrouwtje hem met een verrekijker in de gaten houdt. *Hand op m'n hart, zij is het brein achter de hele zaak.*

Misschien dat er een beetje onenigheid was. Geldzorgen en de stress die hun wereldbeeld met zich meebracht.

Ruffin zegt dat Pearl af en toe best een biertje mag hebben. Zeker nu hij een baan heeft gevonden, gaat eggen bij een grote boerderij in de buurt van Three Forks en het geld dat hij heeft verdiend bij de houtzagerij. Werk brengt eten op tafel, dus hij mag af en toe best een biertje drinken.

Dus Pearl gaat voor die egklus naar Three Forks. Pinkerton zit zijn tijd te verdoen in die trailer, zich af te vragen wat hij in godsnaam met zichzelf aan moet. Hoe hij precies verder moet gaan. Zit naar de kinderen en moeder de vrouw te kijken. Het lijkt wel of die kids te horen hebben gekregen dat ze hem met rust moeten laten, maken een wijde bocht om zijn trailer heen als ze met manden langslopen, en als ze terugkomen met manden vol bosbessen en paddenstoelen, vol vis. Hij wou eigenlijk dat ze dat niet deden. Het zijn best aardige lui die gewoon proberen de eindjes aan elkaar te knopen. Maar de vrouw is niet hartelijk. Hij ziet haar vanuit het huis naar hem kijken, maar ze zwaait niet.

Op een avond gaat hij een eindje wandelen. Volle maan, of zo goed als. Het is warm en helder en hij loopt de heuvel op, bekijkt vanaf het klif het uitzicht op het huis. Hij zit op de rand en als hij opstaat om verder te lopen, tikt hij een paar stenen over de rand, die de stilte aan stukken slaan. Als hij naar beneden klautert, wordt hij bijna verblind door een sterke zaklantaarn.

Wat deed u daarboven?

Ik bekeek alleen het uitzicht maar, mevrouw Pearl. Kunt u die straal niet op mijn gezicht richten?

U mag daar niet komen.

Waarom niet, in godsnaam?

Ik ken u niet.

Ik heet Joe Stacks.

Bent u gered, meneer Stacks?

Gered?

Gered door de Heer?

O, ja. Natuurlijk.

Ik geloof u niet. Ik geloof niet dat u bent wie u zegt dat u bent.

Ik weet niet wat ik daarop moet zeggen.

U hebt hier niet te lopen rondneuzen. Blijf bij die trailer.

Ze sjokt weg naar het huis, zegt tegen de kinderen die daar waarschijnlijk staan te drentelen dat ze weer naar binnen moeten gaan, terug naar bed.

Na een paar dagen komt Ruffin terug, psychotisch opgewekt, zoals gebruikelijk. Hij heeft een tweedehands kettingzaag en een kloofbijl gekocht en nog een paar zaagblokken voor een of ander project waar hij niets over wil zeggen.

Wat is dat allemaal?

Brandhout.

Dit is voor het eerst dat Ruffin het daarover heeft.

Misschien kunnen we beter wachten tot Jeremiah terug is.

Waarom, verdomme. Ik heb rekeningen te betalen, weet je. Ik heb dat geld voor dat brandhout nodig om liquide te worden. Heb ik genoeg om de winter mee door te komen, als we aan de slag gaan.

Kweenie.

Ruffin vraagt waarom Stacks in jezusnaam denkt dat hij hier was? Om bier te drinken en voor niks te wonen? Op deze manier kan Stacks zijn huur van de Airstream betalen.

De volgende morgen is Ruffin weg en Stacks gaat aan het werk. Hij zoekt naar dood hout en gevallen takken, maar die zijn doorweekt en sommige takken regelrecht rot vanbinnen, na al die regen die er is gevallen. Hij is ongeveer anderhalve dag bezig met het weghalen van al het nutteloze, natte hout en begint dan in de staande lariks te zagen. Hij is stammetjes aan het zagen als hij voelt dat er iemand vlakbij is. Pearls vrouw staat vanaf een meter of drie tegen hem te schreeuwen. Hij zet de kettingzaag af.

Wie heeft er gezegd dat u onze bomen mocht omzagen?

Ze heeft één cowboylaars in haar hand die op de wei van haar voet is gegleden en staat de modder eraf te schudden.

Ruffin heeft de grond van Jeremiah geleased.

Onze bomen omzagen is geen onderdeel van de lease.

Hij zei iets heel anders. Ik zat erbij toen uw man met Bob zat te praten...

Toen jullie twee hem bier zaten te geven, bedoel je.

Ze doet met een ruk haar laars weer aan, stampt haar voet erin.

Hoor eens, Bob zei dat ik het moest doen om mijn huur te betalen. Als hij terugkomt en ik 't niet gedaan heb...

Ze heeft zich al omgedraaid en loopt terug naar het huis. Pinkerton heeft geen idee wat dat betekent, of hij nou moet stoppen of niet. Ze loopt gewoon weg.

Het is toch zo'n beetje etenstijd. Hij eet een blikje chili en kijkt toe hoe de kinderen om het huis rennen en dan naar binnen gaan voor het avondeten. Er is nog een dikke twee uur daglicht voor de boeg. Hij denkt datie maar weer eens aan de slag gaat. Die boom is toch al geveld. Kan-ie net zo goed de stammetjes zagen. Misschien morgen even met haar gaan praten. Misschien kijken of-ie Ruffin kan vinden om met hem de boel kort te sluiten. Jezus, de Pearls mogen het brandhout hebben voor hun winter. Het is maar één boomstam.

Dus hij heeft een kruiwagen vol stammetjes bij elkaar en is die op het hoger gelegen stuk grond bij de trailer aan het dumpen om ze te kloven. Iets slaat met een stevige klap tegen zijn trommelvlies. De vlakke hand van Sarah Pearl. Ze haalt nog eens uit. Hij grijpt haar bij de arm en ze slaat met de andere, en hij duwt haar over een stammetje een modderplas in, en dan staat ze weer, en hij zegt dat het hem spijt, dat het niet de bedoeling was haar te duwen, en hij probeert er stamelend een verklaring uit te gooien...

Sterren. Tranen van licht.

Hij is tegen de trailer gesmeten, glijdt langs de beplating ervan naar beneden. Alles helt over. Hij is zichzelf rechtop aan het hijsen, als boven zijn hoofd het raam van de trailer aan scherven gaat. Iets ratelt binnen over het aanrechtblad. Hij kijkt op, als iets zijn schouder raakt. Het was de jongen, die met stenen gooide. De oudste. Jacob. De andere jongen komt moeizaam het weiland over geploegd, en Sarah Pearl, die zegt niet dat haar zoon moet ophouden, en Pinkerton weet niet wat hij moet zeggen of doen. En of ze dat weet. Of ze weet dat hij de jongen niets zal aandoen.

Natuurlijk weet ze dat niet. Of die trut is gek, kan het niet schelen wat er met haar kinderen gebeurt.

Hij hoort pas wat hij zegt als hij Sarah ziet en de jongens hem horen, hun monden en ogen wijd opengesperd: *Ik ga in mijn trailer mijn godverdomde pistool pakken.*

Sarah Pearl rent naar het huis alsof hij hen al onder schot heeft. Hij weet niet eens zeker of zijn pistool in de trailer ligt of op de oprit in zijn truck, samen met de helft van zijn andere spullen, maar ze scheurt met haar jongens over het weiland, alsof hij op hen aan het schieten is.

Hij moet hier eigenlijk weg. Nu meteen.

Stacks zou ook gaan.

Maar Pinkerton, die is verstijfd. Hij heeft het gevoel dat hij moet blijven, moet wachten tot Pearl terugkomt en alles in orde maken. Die zaak kan de tering krijgen. Als hij deze strubbelingen gewoon even uitzit, kan het de boel met Pearl wel weer gladstrijken.

Pinkerton stapt de trailer in. Hij is daar een minuut, dan een tijdje, dan gaat de zon onder, dan is het donker en zijn er geen lichten aan in het huis. Nu lijkt vertrekken onmogelijk. Feit is dat hij niet naar buiten durft. Als hij eerlijk is tegenover zichzelf. Houden ze hem in de gaten. Houdt zij hem in de gaten. Zijn ze buiten, nu. Hij hoort helemaal niks. Alleen de uil en de rivier en de zuchtende bomen. De motten die de hordeur kussen. Hij doet de deur op slot en de gordijnen dicht. Vindt zijn pistool in zijn tas en gaat ermee op bed liggen. Morgenochtend gaat-ie weg.

Hij slaapt zo licht, dat het een soort verkleinde versie van slaap is, een soort gerucht van slaap.

Hij kan de jongen horen – op de een of andere manier klinken de voetstappen als een jongen die door het gras en de netels van achter de trailer aan komt lopen. Pinkerton komt net in beweging als het raam aan scherven gaat en hij hurkt achter het aanrecht terwijl de scherven neer regenen. Hij schiet uit het raam, vanuit zijn positie op de vloer, in het glas, omhoog, de lucht in. Na dat schot is er even een moment waarop het nagalmen en wegsterven daarvan het enige is wat hij hoort. Er ligt een steen op de vloer. Een van de kids is stenen aan het gooien. Alweer.

Hij roept dat hij geen problemen wil, dat hij morgenochtend vertrekt.

De metalen theepot caramboleert van het fornuis naar de vloer en pist op het tapijt. De terugslag van het geweer dat Sarah of een van de kinderen afvuurt echoot door de bergen. Kinderen die indiaantje spelen op de hoogvlakte. Hij denkt aan carbid en gezichtsverf en hoofdtooien.

Een volgend kogelgat verschijnt in de muur, bij het plafond. Hij springt de voordeur uit, met zijn pistool in de aanslag, speurt de directe omgeving af of hij iemand ziet, en dan achterom naar het weiland. Niemand. Hij vuurt de lucht in en gooit zijn zaklantaarn zo hard mogelijk één kant op, terwijl hij in de tegenovergestelde richting rent – naar de truck – en er uit het huis geweervuur komt. Hij duikt erin, start de pick-up en hobbelt in het pikkedonker het weiland over. Bomen doemen op en hij staat op de rem, doet dan de koplampen aan, keert en geeft modder spugend gas. Hij weet toch te keren en komt bijna vast te zitten als hij zigzaggend het weiland af rijdt, maar dan scheurt hij eindelijk, met bonzend hart, door het struikgewas de zandweg op.

Pinkerton depte met zijn wijsvinger gebakskruimels op, likte ze eraf en boerde geluidloos in zijn vuist. Het was inmiddels avond en hij had er een uur over gedaan de taartpunt op te eten en het verhaal te vertellen.

'Is er iemand gewond geraakt?'

'Gewond? Nee. Ik heb niet óp iemand geschoten. Ik wilde daar alleen maar weg zien te komen.'

'Dus je weet zeker dat geen van de kinderen of hun moeder gewond is geraakt?'

'Nee. Natuurlijk niet. Ik probeerde juist te vermíjden dat er iemand gewond zou raken. Daarom hebben we iedereen gearresteerd. Als Ruffin terug zou komen, had hij ongetwijfeld de volle laag gekregen, om wat er met mij was gebeurd...'

'Wacht 's even. Jullie hebben iedereen gearrestéérd?!'

'Pearl en zijn vrouw, ja.' Pinkerton keek even naar zijn handen. 'Ik dacht toen nog steeds dat als ze ons ook maar iets gaven, al was het maar een naam, ik ervoor kon zorgen dat de hele zaak vergeten zou worden.'

'Wanneer? Wacht. Hoe?'

'Het heeft een paar weken geduurd, maar uiteindelijk kwamen ze de berg af om proviand in te slaan.'

'En?'

'Een paar agenten deden alsof ze met pech langs de weg stonden toen Pearl en zijn vrouw samen het stadje in reden.'

'Was jij daar bij?'

'In Spokane voor de ontmoeting met de openbaar aanklager, ja.'

Pete schudde zijn hoofd en lachte spottend.

'Dat verklaart een hoop.'

'Wat dan?'

'Waarom Pearl zo paranoïde is.'

Pinkerton zuchtte. Hij boog naar voren en sprak op gedempte toon.

'Luister, die jachtgeweren waren kruimelwerk. De FBI had zelfs nog nooit van hem gehoord. En bij de ATF wisten we allemaal dat het enige waar hij ook maar in de verste verte goed voor kon zijn, was dat we via hem bij een paar echte boeven in de buurt konden komen.'

'Dachten jullie na alles wat er gebeurd was echt nog dat hij zomaar een informant zou worden?'

'Toen we ze naar Spokane hadden overgebracht, deden we uit de doeken waarvoor ze zouden worden aangeklaagd en wat ze konden doen om dat te voorkomen.' Pinkerton legde zijn handen plat op tafel, alsof hij relevante documenten uitspreidde zodat Pete ze kon zien. 'De meeste mensen nemen die deal aan. Maar zij weigerden het spelletje mee te spelen. Ze betaalden hun borgtocht, bedankten voor een advocaat en kwamen niet opdagen bij de rechter. Ze begrepen niet hoeveel dit allemaal níét voorstelde, hoe makkelijk het was geweest...'

'Dus waarom laten jullie ze dan niet met rust?'

'Ben je doof of zo? We hebben het over federale aanklachten. De US Marshals vaardigen arrestatiebevelen uit. En het is niet alsof Pearl gas terugneemt. Meteen nadat dat allemaal is gebeurd, verstuurt hij een brief waarin hij de president bedreigt. Een maand voordat de president werd néérgeschoten. En nog tientallen andere dreigbrieven. Aan gouverneurs. De voorzitter van het Federal Reserve System. De opperrechter van het hooggerechtshof. En maar raaskallen over het monetaire stelsel. En dan beginnen die munten op te duiken? Shit, Snow. Nu is de geheime dienst erbij betrokken, als bewakers van de schatkist én beveiliging voor de president. Zelfs als ik zou willen, zou ik Pearl niet van de radar kunnen krijgen.'

Pinkerton scheurde zijn servetje in tweeën, leek geamuseerd te zijn dat hij dat gedaan had, en legde het op zijn bord.

'Hij wil helemaal niet van de radar verdwijnen, hè?' vroeg Pinkerton.

Pete wreef in zijn ogen, richtte ze vervolgens dof op Pinkerton.

'Jij zou ons kunnen helpen hem op te pakken,' zei Pinkerton.

'Pearl vertrouwt me niet.'

'Hij heeft je al die munten gegeven. Om te verspreiden, toch? Daarvoor vertrouwt hij je genoeg.'

'Hij ziet dat ik een instrumént bent, zegt-ie.'

'Heb je hem meegenomen naar Reno?'

'Nee.'

'Heb je hem in Indiana gezien?'

'Ik was daar naar mijn dochter aan het zoeken. En in Reno ook.'

'Jóúw dochter.'

'Ja, die is van huis weggelopen. Die munten waren alleen maar... ze lagen in mijn auto. Ik heb ze gewoon voor de gein in een paar fruitautomaten gestopt. Of, ik weet niet waarom.'

'Kan iemand bevestigen dat je haar daar aan het zoeken was?'

'Lovejoy. Van de Afdeling Gezinszaken in Washoe County. Jenny, geloof ik.'

Pinkerton haalde een pen tevoorschijn en schreef de naam op een helft van zijn servetje.

'Oké, ik zal het checken.'

'Je mag doen wat je wilt, verdomme. Dit heeft geen reet met mij te maken.'

'Maar je ziet toch wel wat eraan zit te komen, hè? Je begrijpt hoe akelig dit allemaal kan aflopen.'

'Ja.'

'Hoe is het met Pearls kids?'

'Ik heb alleen contact gehad met de middelste jongen. Benjamin. Zijn vrouw of de andere kinderen heb ik niet gezien,' zei Pete.

'Echt niet?' vroeg Pinkerton.

'Nee.'

'Je weet niet waar ze zijn?'

'Pearl zegt dat ze weg zijn. Levend en wel. Ergens anders.'

'Da's raar.'

'Hoezo?'

'Vind jij dat niet raar?'

'Is er ook maar iets normaal aan deze hele toestand? Pearl denkt nu al dat de hele overheid één grote samenzwering is om hem te naaien. En is dat niet precies wat jullie nu aan het doen zijn? Jij wilt dat ik jou en de US Marshals en de geheime dienst ga helpen? Jezus, kunnen we hem zo langzamerhand echt nog paranoïde noemen?'

Pete trok zijn jas aan.

'Hij is volkomen van 't padje,' zei Pinkerton. 'Verstopt zich daar in die bergen...'

'Wie zou dat niet zijn? Jij zet hem ertoe aan een federale wet te overtreden? Je doet alsof je z'n vriend bent, en vervolgens arresteer je hem en dreig je met gevangenisstraf als hij je geen inlichtingen geeft over gasten die hij niet eens kent?'

Pete schoof uit zijn stoel en ging staan. Pinkerton greep Petes onderarm vast.

'Luister, ik zal de eerste zijn om toe te geven dat de boel uit de hand is gelopen. Ik probeer verdere ellende te voorkomen...'

Pete trok zijn arm weg.

'Mijn hele baan bestaat eruit dat ik mensen help ellende te voorkomen. Dat probeerde ik vandaag ook te doen. Iemand uit de ellende houden. En na wat er met mij is gebeurd, is het behoorlijk makkelijk de dingen vanuit Pearls perspectief te bekijken.' Pete ritste zijn jack dicht. 'Dus wat dacht je van dit fucking originele idee: *schei ermee uit*. Laat hem verdomme gewoon met rust.'

'Onmogelijk. Waar denk jij heen te gaan?'

Pete gooide zijn armen wijd uit, en Pinkerton keek om zich heen in het restaurant naar de mensen die waren opgehouden met eten, die nu naar hen tweeën zaten te kijken.

'Als je me gaat arresteren en iets ten laste leggen, laten we dan teruggaan naar dat provisorische gevangenisje van jullie en wachten tot mijn advocaat er is. Sterker nog, ik kan niet wachten tot ik in Rimrock County voor een jury sta.'

Pinkerton vouwde zijn vingers in elkaar, snoof en keek dreigend naar de tafel.

'Ik zal je lichaamshouding maar opvatten als een teken dat ik vrij ben om te gaan,' zei Pete.

Vervolgens meldde hij aan iedereen in de zaak dat de man die daar zat een agent van de ATF was die Jim Pinkerton heette en dat die ermee had ingestemd hem te laten gaan. Pete zei dat hij alleen maar getuigen wilde hebben dat hem niets ten laste werd gelegd.

Toen hij buiten kwam, was het volledig donker en hij zocht op het parkeerterrein even naar een auto die waarschijnlijk nog voor Debbies huis in Tenmile stond, als ze hem niet hadden weggesleept naar god wist waar.

En Katie. Die was ook god wist waar.

* * *

Hoe redden ze zich?

Ze liftten naar plekken waar ze konden slapen. Ze logeerden bij een gast die Ira heette, in Tacoma, die Rose probeerde te betasten, en dat liet ze toe omdat ze een hoop had gedronken, maar liet ze het niet toe als ze moe was en bij Pomeroy en Yolanda onder de dekens kroop. Als het niet regende, sliepen ze in een tent die Pomeroy in een ander kluisje in het busstation had liggen, met zijn kampeerspullen.

Regende het de hele tijd?

Ja.

Van hoeveel leefden ze?

Dubbeltjes per dag. Aardappelen die ze kookten boven kleine vuurtjes in Viretta Park, waarvan ze zorgden dat je ze vanaf de straat niet kon zien. Ze redden het door zodra de zon opkwam te verkassen en ergens weg te duiken op een of andere plek die Pomeroy kende, ergens waar hij een deken had en een paar blikjes in een plastic zak had verstopt. Een onbewoonbaar verklaard appartement in Medina, een brug in Clyde Hill, een viaduct op Mercer Island. Ze redden zich door in Pike Street gewoon achter een hoed te gaan zitten.

Eten-en-wegwezen. Dat deden ze om de beurt: dan at Yo, en smeerde 'm. En Pomeroy hield dan zo nodig de cassière tegen die achter haar aan kwam rennen.

Yo heb korte beentjes, maar ze is zo snel als eendenstront, zei Pomeroy.

Zo vierden ze haar verjaardag. Ze aten. Ze zetten het op een rennen.

En toen Yolanda werd gesnapt toen ze handschoenen stal in de Bon?

Dat was een mazzeltje, uiteindelijk. Ze kreeg een maatschappelijk werker toegewezen, een vent die Norman Butler heette, een hoedje droeg en dunne sigaartjes rookte. Omdat ze zeventien was geworden, kwam ze in aanmerking voor een regeling waardoor ze een appartement kreeg. Pomeroy aarzelde, maar toen hij erachter kwam dat ze een groter huis konden krijgen als hij zich er ook voor opgaf, deed hij dat. Norman vertelde hun dat ze een omscholingscursus zouden moeten volgen. Zij zeiden: ja hoor, tuurlijk. Normale. Ze noemden hem Normale, waar hij bij was.

Rose moest erom huilen. Ze sloten haar buiten. Ze werd bijna panisch toen ze niet mocht helpen hun spullen te verhuizen, voor het geval de maatschappelijk werker langskwam. Normale zou hun regeling niet begrijpen, Pomeroy met twee meiden. Ze gingen Rose lozen.

Ze liep naar een drukke cafetaria in het centrum, en las en herlas de menukaart aan de counter tot er een tafeltje vrijkwam. Toen schoof ze de achtergebleven fooi in haar handpalm en liep naar een andere cafetaria. Terwijl ze de hele tijd over haar schouder keek. Ze was in de buurt van Pike Street en zag een paar kids die ze kende en Kenny en de meiden in auto's stappen. Afspraakjes, noemden ze dat. In het begin dacht ze dat ze echt alleen maar afspraakjes hadden. Naar de bioscoop. Wat was ze een sukkel, wat een provinciaaltje.

Dacht ze erover om naar huis te bellen? Haar moeder? Of Pete?

Even wel, maar toen trok een oude kerel met een hoornen bril een meisje uit zijn Pontiac, en ze was aan het gillen en een scène aan het trappen. Kenny en een paar van de straatkids die erheen liepen. Toen hij Kenny zag, sprong de man in zijn auto en scheurde weg. Het meisje was aan het krijsen en met dingen aan het gooien, haar make-upspiegeltje, haar haarborstel. Een smeris stopte. De menigte smolt weg.

Ze ging naar de cafetaria en vroeg zich af wat ze moest doen tot het donker werd, kreeg rillingen van al die koppen koffie van vijfendertig cent. De neonlichten en nachtgeluiden ronduit angstaanjagend, nu. Mannen die haar najoelden en floten en zo. Autobanden op de weg. Ze keek over de toonbank heen de keuken in. De kok bezig met zijn vaste werk. Een vast adres. Een sofinummer. Die dingen had zij geen van alle. Ze wist niet eens hoe ze de dingen moest doen die een serveerster deed. Niet eens hoe ze moest afwassen.

Toen zag ze Pomeroy. Hij stond in de deuropening, de zaak rond te kijken. Hij was nat van de motregen en zijn zwarte haar glom. Hij keek haar aan als een opgeluchte, teleurgestelde vader en dat boorde zich als een kurkentrekker in haar hart als het gevoel liefgehad te worden. Ze ging staan. Ze rende naar hem toe en begon hem te omhelzen, maar hij draaide haar bij de arm om, en ze slaakte een gil. Mensen keken toe, mensen deden niets.

Waar zat jij, verdomme? Hij sleurde haar de zaak uit. *Waar heb je gezeten? Yo en ik waren fucking bezorgd...*

Hij behandelde haar ruw, helemaal tot ze bij de bushalte waren. Maar toen ze instapten, sloeg hij zijn arm om haar heen, en zij voelde aan zijn borst en hij aaide over haar hoofd en de geluidjes die uit haar kwamen waren het gekoer van voor ze kon praten.

Warmden ze chili in blik op op een kookplaatje, goten ze die over hotdogs heen en dronken ze Rainier-bier? Zetten ze de radio aan en hoorden ze voor het eerst van hun leven het cartoonachtige gezoem van 'Electric Avenue'? Ging Pomeroy nog eens bier halen en kwam hij terug met een kwart gram wiet en Kenny en Dee? Poetsten de meiden hun tanden met hun vingers, omdat Normale hun tandpasta had gegeven maar de tandenborstels was vergeten, en kropen ze in het donker bij Kenny en Pomeroy, en werden ze een elegante harem terwijl ze rookten uit Kenny's lange, koperen pijp?

Ja. Dat deden ze.

En de volgende dag was het net winter in augustus. De radiatoren klopten door het hele gebouw, in de gangen zag je je adem en weergalmden je voetstappen. De gemeenschappelijke badkamer op de eerste verdieping was 's morgens nat, en een peperig laagje stoppels in de wasbak was het enige bewijs dat er andere huurders waren. Maar ze voelde zich fijn, als een kraker, alsof ze ergens mee wegkwamen, terwijl ze hurkte boven de met pis bespetterde wc en in Pomeroys zware duster door de gang schuifelde en weer bij hem en Yo in bed kroop.

Was Yo soms dagenlang weg?

En dan waren Rose en Pomeroy de hele week stil, behalve als ze damden met stuivers en stukjes papier of even een vluggertje maakten in bed. Ze begon serieus te roken en Pomeroy stuurde haar naar beneden om Camels te gaan halen uit de automaat in de lobby. Een Hmong-man die ongeveer even groot was als zij en vier keer zo oud wisselde voor haar van achter de balie en nam haar achterdochtig op, maar hij zei niets.

Je stuurt me overal de deur voor uit, terwijl ik hier niet eens hoor te zijn, zei ze, en ze gooide de sigaretten op zijn blote borst.

Geef je überhaupt om me? vroeg hij.

Ja! Ja dat doe ik!

Dat weet ik niet zo zeker. Als je dat deed, zou je dingen gewoon voor me doen.

Hij klooide met de radio, probeerde zenders te ontvangen.

Kom 's hier, zei ze.

Wat.

Hij kwam niet naar haar toe, maar liep naar de keukentafel en ging zitten. Ze ging schrijlings bij hem op schoot zitten en haalde haar handen door zijn haar. Hij leunde naar achteren en ze voelde zich volmaakt volwassen. Ze stak een sigaret op en gaf die aan hem.

Je hebt uitgroei. Als je me wat geld geeft, ga ik haarverf kopen.

Hij tilde haar van zich af, nors, chagrijnig, en ging staan.

Waar ga je heen?

Ik heb geen vriendinnetjes. Hij trok zijn jas aan.

Weet ik.

Dus heb je ook niet te vragen waar ik heen ga.

Was het moeilijk voor hem omdat hij verliefd op haar aan het worden was? Had al die tijd zonder Yo hen dichter bij elkaar gebracht, cornflakes delen uit dezelfde kom en gewoon maar over het formica tafeltje heen naar elkaar zitten glimlachen? Moest hij de banden verbreken? Niet dat ze een betere plek had om naartoe te gaan, maar bleef ze omdat ze dacht dat hij verliefd aan het worden was? Echte liefde, en niet zoals die van Cheatham? Was ze eigenlijk vertrouwd met zijn hart op een manier waarop hij dat zelf niet was?

Ze ontwikkelde die overtuiging.

Had ze gelijk?

Natuurlijk niet. Een beetje. Ja. Misschien.

Wie zal het zeggen?

Precies.

Wat hij deed was dat-ie vertrok. Bleef drie dagen weg. Ze at wat er in de voorraadkast lag en staarde naar de deur en huilde en verwachtte dat de Hmong-man elk moment kon binnenkomen om haar de straat op te trappen.

Toen Pomeroy terugkwam, had hij Yo en wat geld bij zich.

Waarvan?

Yo's afspraakjes.

Hoe wist ze dat?

Rose vroeg ernaar en Pom vertelde het. Hij gaf haar wat geld, en stuurde haar de deur uit om haarverf te gaan halen.

27

Vanuit haar gevangeniscel klaagde Debbie eindeloos over pijntjes in haar buik, haar hoofd, haar dunne, gekneusde ledematen. Ze zei tegen de smerissen dat ze daar iets aan moesten doen, dat ze rechten had. Vervolgens begon ze te smeken. Ze trilde en had zo'n uitdrukking van gepijnigde angst op haar gezicht, dat de cipier van de dagdienst haar serieus nam en haar elke twee uur aspirine kwam brengen en, toen haar toestand niet verbeterde, uiteindelijk regelde dat ze naar het ziekenhuis werd gebracht. Achteraf was het nogal duidelijk dat ze gigantische ontwenningsverschijnselen had, dat haar lijf nauwkeurig afgesteld stond op een gestage toediening van wodka, amfetaminen en barbituraten om maar op de been te blijven.

De cipier van de tweede dienst was een voormalig alcoholist die zijn nuchterheid als de voornaamste prestatie in zijn leven beschouwde en haar verzorgde, door de tralies van haar cel heen haar hand vasthield. Op haar dunne vingers zaten knobbels bij de knokkels en ze waren zo buitenwereldlijk en kleverig als opdrogende lijm. Na een tijdje vroeg ze of ze haar hand terug mocht hebben, het deed pijn als die werd vastgehouden. De cipier gaf haar een halfvol pakje sigaretten, en toen ze er eentje rookte, moest ze overgeven. Maar meteen nadat ze gekotst had, voelde ze zich eventjes wat beter, dus perste ze de paar momenten van zweterige, draaierige opluchting die overgeven haar vergunden uit dat pakje.

Vlak nadat de ochtendploeg was afgelost, had dat ziekenhuisbezoek ervan moeten komen, maar een leraar had een eind gemaakt aan een gigantische vechtpartij op het parkeerterrein van de plaatselijke middelbare school, en tegen de tijd dat dat allemaal geregeld was, kon Debbie haar afspraak wel vergeten. Ze vroeg of ze onmiddellijk naar de eerste hulp kon, maar het was een zwakjes gebracht verzoek, gedaan in een politiehol vol norse worstelaars van de middelbare school en agenten die hun ouders aan het bellen waren. Ze ging liggen. Niemand zag haar stuiptrekkingen of hoorde het schokken van de springveren onder haar dunne matras toen ze de hartaanval kreeg waaraan ze overleed.

Pete reed met rechter Dyson mee naar zijn boerderij uit de jaren twintig net ten westen van Tenmile. Een oud karretje was voor een ingestorte schuur weggezakt in een deken van mos, maar het huis en de voortuin waren onberispelijk onderhouden. De rechter stapte uit zijn auto, en Pete volgde hem om het huis heen. De rechter waggelde naar een auto die daar stond, haalde het zeil eraf en onthulde een poederblauwe Monte Carlo uit 1977.

Pete schudde zijn hoofd.

'Nou, lazer dan maar op,' zei hij, terwijl hij het zeil met een ruk weer over de auto probeerde te doen.

'Nee, nee,' zei Pete. 'Hij is geweldig. Hij is té geweldig.'

De rechter liet het zeil uit zijn handen vallen, liep naar de deur en pakte onderweg wat rondslingerende voorwerpen van de grond. Een handharkje dat hij in de richting van een schuurtje gooide dat tegen de stenen achtermuur van het huis stond, en dook vervolgens naar binnen. Pete wou dat de rechter hem uitnodigde binnen te komen, maar leek ook te weten dat hij dat niet zou doen.

Hij kwam terug met de autosleutels aan een grote sleutelhanger met een plaatje erop van een bever boven op een rommelige verzameling takken. *Where did I leave the dam keys?*

'Grappig,' zei Pete.

'Niet echt.'

'Weet je zeker dat het oké is?'

'Hij komt vol horzels en eekhoorns te zitten, als ik er niks mee doe.'

'Misschien moet je hem maar verkopen.'

'Ik geef hem aan jou, Pete.'

'Weet ik.'

'En als ze onder de krassen terugkomt, dan grijp ik je.'

'Tuurlijk, weet ik.'

'Reken maar dat je dat weet.'

Ze stonden daar even, terwijl Pete naar het huis keek waar hij nooit een voet over de drempel zou zetten, en de rechter het bos in.

'Hoelang houden ze je auto vast?'

'Geen idee. Tot ze Pearl vinden, gok ik. Om me het leven zuur te maken.'

Hij greep naar zijn rug en zuchtte naar de lucht.

'Nog iets over je dochter gehoord?'

'Nope.'

'Ik heb gezorgd dat elke verkeersagent in Montana en Idaho naar haar uitkijkt. Als ze hier ergens opduikt, dan vinden we haar.'

'Bedankt,' zei Pete. 'Laat ze ook uitkijken naar Luke.'

Een boomklever kwetterde.

'Hij weet het niet van je vader,' realiseerde de rechter zich.

'Ik heb hem een brief geschreven, maar daar staat er niets over in.'

'Je weet waar hij zit,' zei de rechter, waarmee hij maar wilde vragen waarom Pete hem niet al had aangegeven.

'Het is mijn broer,' zei Pete, bij wijze van antwoord. 'En, trouwens, na wat die eikels van de FBI met mij hebben geflikt, ben ik wel klaar met smerissen helpen.'

'Alsof je ze daartoe geen aanleiding hebt gegeven, met die grote bek van je.'

'Dat doet er niet toe. Niemand zou je dat moeten mogen aandoen.'

De rechter streek met zijn handen over de revers van zijn jasje alsof hij op het punt stond zijn duimen door zijn knoopsgaten te steken en een preek af te steken, maar het gebaar vervaagde tot een zelfomhelzing, alsof hij een lege jurk aan zijn borst drukte. Hij keek naar zijn lege huis.

'Ze wilde al een hele tijd een nieuwe auto,' zei de rechter. 'Dat was gewoon iets wat ze al haar hele leven wilde hebben. Om de een of andere verdomde reden. Ik vond het niet erg dat ze dat wilde, ik begreep alleen niet waarom. Het heeft zo lang geduurd voor ik er een voor haar kocht. Als ze het maar gewoon had kunnen uitleggen, dan had ze misschien langer dan zes maanden plezier van het ding gehad.'

De rechter schudde zijn hoofd.

'Godverdomme.'

Hij ging naar binnen.

'Ik zal goed voor haar zorgen.'

De rechter wuifde hem weg en deed de deur dicht.

Het personeel had een paar dingen voor Katie gepakt – roze pyjama, een klein tubetje tandpasta, een fles shampoo, een roze kam en een tandenborstel – en ze in een papieren zak gestopt om mee te nemen. De rest van haar spullen lagen nog in het huis, dat door de politiediensten doorzocht zou worden. Ze zat met de zak op haar schoot in de lobby van het opvangtehuis met een medewerker te wachten tot Pete haar naar een pleegtehuis zou brengen. Een defecte tl-buis flikkerde zenuwachtig. Hoe ze het vond dat ze naar een nieuw huis ging was net zo min duidelijk als hoe ze het vond om in een opvangtehuis te wonen. Niemand had haar überhaupt gevraagd wat ze in haar huis had zien gebeuren toen die agenten kwamen binnenstormen en de man die daar was neerschoten. Ze was stil en niet lastig, en in het opvangtehuis werd er weinig aandacht aan haar geschonken.

Toen Pete voor haar kwam, ging ze rechtop zitten en wapperde met haar benen zoals een hond zou kwispelen met zijn staart. Pete vroeg de vrouw die bij Katie zat of er ergens een ruimte was waar hij alleen kon zijn met het meisje. Katie stortte zich meteen in zijn armen en hij droeg haar het kantoortje in, zette haar op de tafel, en ging vlak bij haar zitten. Ze hoopte dat hij haar vader zou worden. Hij moest opkijken om haar in de ogen te kijken, maar even kon hij dat niet en hij raakte alleen haar been aan.

'Ik heb slecht nieuws, Katie.'

Hij vertelde wat er met haar moeder was gebeurd.

Het meisje sloeg haar handen voor het gezicht.

Hij zei dat hij het heel erg vond en was verbijsterd dat hij zelf onder hete snikken begon te schudden. *Nu moet je gaan huilen*, zei hij bij zichzelf. *Uitgerekend nu.* Hij was in staat op die manier kritisch over zichzelf na te denken, en tegelijkertijd te verstijven en bijna te hyperventileren van verdriet. Zij was zelfs degene die haar handje uitstak over de kleine afstand die hen van elkaar scheidde en zijn nek vastpakte, en met één scheppende beweging had hij haar weer in zijn armen, terwijl ze samen huilden, het kind en de maatschappelijk werker.

Zijn verdriet was steeds bijna helemaal uit zijn lijf gestroomd, zoals had gemoeten, maar de gedachte dat dit zo oneerlijk was, bleef zijn droefenis nieuw leven inblazen. Zijn gekneusde buik deed pijn van de inspanning. Dat hij was geslagen was niet eerlijk. Het meisje was te klein voor haar leeftijd en wees, dat was ook niet eerlijk. Zijn dochter was nu al zo lang weg. Dat was niet eerlijk. Haar vader had haar in Missoula achtergelaten bij haar alcoholische moeder. Zijn ouders waren dood. Zijn broer was weg.

Pete was alleen.

Dat was het punt. Die totale eenzaamheid. Hoe kon dat nou.

Hij merkte als in een droom op dat ze over zijn hoofd aan het aaien was. Haar aanraking hielp hem zich te vermannen. Op dit moment was hij nodig. Voor het meisje, vice versa, of allebei.

Pete droeg Katie van zijn auto naar de voordeur van de Cloningers en het huis in. De kinderen lieten hem zien waar ze zou slapen en waar ze haar spullen kon laten. Cloningers vrouw onderdrukte haar verbazing over het feit dat het meisje maar één papieren zak met bezittingen had en vroeg zich hardop af wat ze voor haar zouden moeten kopen, en begon zwijgend een lijst op te stellen. De kids haalden hun speelgoed uit de kast, zodat Katie erin kon delen.

Ze gingen allemaal de huiskamer in om koffie te drinken, en vervolgens de veranda achter het huis op, waar het koeler was toen de late middagzon onderging achter de bergen. De hond kwam aanlopen en Katie knielde om hem te aaien, Pete en Cloninger wisselden een ongemakkelijke blik uit die bij beiden overging in een heimelijk grijnsje om Cecil. Er was tijd verstreken en het schandalige betasten van het dier door de jongen leek ver weg en veilig amusant.

'Bedankt hiervoor,' zei Pete.

'Hoe gaat het met die andere?'

Pete dekte Katies oren af, zoals hij ook gedaan had wanneer hij met haar moeder praatte.

'Hij zit in de bak. Haalde zich na zijn verblijf bij jullie nog meer problemen op de hals.'

'Ik had niet... Ik heb overtrokken gereageerd.'

'O, dat weet ik niet.'

'Komt hij er weer uit?'

Er stak een briesje op en de treurwilg op het erf huiverde met zijn touwen van bladeren.

'Het is niet eerlijk dat hij opgesloten zit. Ik heb hem in de steek gelaten.'

'Hij mag best weer hier komen, als je hem eruit kunt krijgen.'

'Dat is aardig van je.'

Pete haalde zijn handen van Katies oren en ze vroeg of Pete zou blijven slapen en hij zei dat hij tot bedtijd zou blijven, wat ze best leek te vinden, maar ze ging bij hem zitten terwijl Pete en Cloninger babbelden. Maar na een tijdje duwde hij haar zwijgend van zijn schoot, en ze inspecteerde de veranda, de planten in terracotta potten, en toen het erf, en uiteindelijk ging ze met Cloningers dochter de tuin in, waar ze frambozen plukten en terugkwamen met bevlekte handen en frambozenpitjes op hun wang en kin.

Pete stopte haar zelf in bed, ging naast haar op de grond zitten en aaide over haar haar. Hij vond het ongelooflijk moeilijk van haar zijde te wijken. Toen hij de deur achter zich dichttrok en de gang in liep, had hij onwillekeurig het gevoel dat hij iets vergeten was in de kamer waar ze lag. Hij klopte zelfs op zijn zakken.

Hij wilde haar bij zich hebben. Hij had zelfs even met dat idee gespeeld. Ze kon bij hem komen wonen, in zijn blokhut.

'Gaat het?' riep Cloninger vanuit zijn makkelijke stoel in de huiskamer, en Pete schrok, alsof hij op iets verdachts was betrapt. Hij grijnsde schaapachtig en zei dat hij maar eens moest gaan.

Cloninger voegde zich bij hem in de hal, inspecteerde een loszittende jashaak die gemaakt was van het gewei van een antilope en draaide hem vaster in de houten balk waaraan verscheidene andere jashaken waren bevestigd. De haken hingen op heuphoogte en waren door Cloninger zelf gemaakt voor zijn kinderen.

'Je ziet er niet zo best uit, Pete.'

Pete grijnsde opnieuw, keek naar zijn schoenen en krabde achter zijn oor.

'Ik heb me wel eens beter gevoeld.'

Cloninger vroeg of hij piekerde over die drugsinval. Dat hij gearresteerd was. Dat had in het krantje van Tenmile gestaan, er werd over gepraat op de veranda's en op de stoep voor de winkels. Zijn naam.

'O, tuurlijk,' zei Pete, alsof hij wilde zeggen dat het feit dat hij gearresteerd was maar één van de vele dingen was die hem dwarszaten.

Cloninger klapte onder de gesp van zijn riem in zijn handen, alsof hij verwachtte dat Pete meer zou gaan zeggen, maar dat deed Pete niet.

'We krijgen er elk jaar meer gekken bij,' merkte Cloninger op. 'Maar je moet niet vergeten dat jij zo ongeveer de enige bent die hier komt helpen. Vooral de kids.'

'Jij helpt ook.'

'Ja, nou ja.'

Achter de hordeur en aan de overkant van de weg bezielde de wind het bos, dennentakken zwaaiden alle kanten op, als een groepje bomenmensen in nood.

'Een hoop mensen komen hier om ergens aan te ontsnappen,' zei Pete. 'Ik in elk geval wel. Maar de meesten van ons blijken uiteindelijk onze ellende mee te nemen.'

Cloninger knikte ernstig, hoewel Pete er een grap van probeerde te maken.

'Ik heb 't meer over gasten als die Jeremiah Pearl die hier gewoond heb,' zei Cloninger, en hij wees met een duim richting het zandweggetje dat langs zijn huis naar Fourth of July Creek liep.

Petes mond viel open. Hij kon zich wel voor zijn kop slaan, dat hij Cloninger er niet naar gevraagd had. Als het niet in het honderd was gelopen met Cecil, als hij gewoon was langsgekomen om de boel uit te praten...

'Ken jij de Pearls?'

'O, tuurlijk. Hij kwam hier wel met zijn gezin. Om 's avonds mee te eten of aan zijn truck te sleutelen en zo. En zo af en toe gingen wij daarheen. Hebben hem nog geholpen het dak van zijn huis te dekken.'

'Fuck.'

Cloningers mond vertrok. Pete verontschuldigde zich.

'Sorry. Ik had het je alleen eerder moeten vragen,' zei Pete. 'Dus je kent het hele gezin.'

'Uh-huh.'

'Heb je enig idee waar ze nu zijn? De vrouw en de andere kinderen, bedoel ik.'

'Ze hadden het erover naar Alaska te gaan, nadat hij en zijn vrouw gearresteerd waren.'

'Hebben ze het daar met jou over gehad?'

Cloninger lachte.

'Het was zo'n beetje het enige onderwerp dat Jeremiah interesseerde. Maar ze zitten daar niet meer, bij hun huis, hè?'

Pete legde uit dat Benjamin een school in was gelopen. De jongen in zijn eentje. Hij vertelde Cloninger dat het hem was gelukt genoeg vertrouwen te winnen van Pearl om Pete bij hen te laten kijken hoe het ging, maar niet genoeg om hem te vertellen waar de rest van zijn gezin was.

'Dat is vreemd,' zei Cloninger.

'Hoezo?'

'Vind jij dat niet vreemd?'

'Ja, natuurlijk wel. Wanneer heb je ze voor het laatst gezien?'

Cloninger staarde omhoog, richting de klep van zijn John Deere-pet, probeerde het zich te herinneren.

'Een paar weken nadat hij en Sarah waren gearresteerd, denk ik. Pearl kwam langs met een eland die hij gestroopt had, om die hier uit te benen. Het hele stel kwam hierheen omdat er een drie centimeter dikke laag aan aangevroren ijs in onze vriezer zat, en Sarah en haar kids zetten alles wat er in die vriezer zat op de garagevloer, en vervolgens zette ze hen aan het werk om dat ijs eruit te bikken.'

Cloninger sloeg Pete met de rug van zijn hand op zijn schouder, ergens geamuseerd over.

'Ze hebben zelfs schaafijs gemaakt. Pakten een paar van die papieren trechters die ik had liggen om olie mee te verversen, hakten er wat ijs in en schudden er een beetje Kool-Aid uit een pakje bij. Presto.'

'En toen zeiden ze dus dat ze naar Alaska gingen.'

'O, dat weet ik niet. Dat was gewoon iets wat ze vaak zeiden. Misschien was het die keer, misschien een andere keer.'

Net op dat moment klonk er lawaai van achter in het huis – een bons, een stem – en mevrouw Cloninger stond op van achter haar naaimachine aan de keukentafel, en ging bij de kinderen kijken.

'Ga je even mee naar buiten?' vroeg Pete. 'Ik wil niet dat Katie merkt dat ik er nog ben.'

Cloninger deed de hordeur voor hen open en ze liepen naar buiten, staken het erf over naar de poort, en daar vervolgens doorheen naar de plek waar de auto van de rechter geparkeerd stond. De Amerikaanse vlag zwiepte in de wind. Er kwam onweer aan en een kolkende grijze golf van wolken stapelde zich op boven de bergen. Een tumult van gedonder rommelde door de hele voortjagende lucht.

'Maar goed, wanneer was dat?' schreeuwde Pete bijna boven de wind uit. 'Dat je ze voor het laatst zag, bedoel ik.'

Cloninger begon zijn vlag naar beneden te halen, de katrol sloeg als de klepel van een klok tegen de vlaggenmast.

'Niet afgelopen voorjaar, maar het voorjaar daarvoor. April, misschien. Daarna hebben we niks meer van ze gehoord. Het was waarschijnlijk al bijna herfst toen ik met de kinderen de bergen in reed om te kijken hoe het met ze ging. Het huis leek verlaten. Alles overwoekerd. Geen voertuigen. Allemaal stof op de ramen. Die vrouw hield haar huis altijd goed schoon, dus we wisten dat ze al een tijdje weg moesten zijn.'

Cloninger maakte de vlag los en knikte dat Pete de kant met de sterren moest pakken. Ze vouwden de vlag in de lengte een keer dubbel.

'Zeiden ze iets over wat hun plannen waren? Wat ze gingen doen met die rechtszaak en zo?'

'Vouw hem nog eens dubbel.'

Dat deed Pete, en vervolgens pakte Cloninger aan zijn kant één hoek vast en vouwde die er netjes overheen.

'Ze zeiden niet dat ze plannen hadden. Het was een fijne dag. De kinderen speelden samen. Pearl beende zijn eland uit, deed het vlees in de vriezer en we bakten een paar biefstukken.'

Cloninger vouwde de vlag van hoek naar hoek, tot hij bij Pete was, en toen nam hij de vlag van Pete aan, vouwde hem tot een strakke driehoek op en stopte hem onder zijn arm.

'Je bent misschien wel de laatste die ze heeft gezien voor ze vertrokken,' zei Pete.

'Zou kunnen.'

Cloninger stopte de vlag onder zijn andere arm.

'Herinner je je nog iets van dat laatste bezoek?'

'Niet echt.'

'Ruzies of woordenwisselingen...'

'Die jongere knul, Benjamin, kreeg ontzettend last met zijn moeder. Hij zat tv te kijken met Toby. Tv-kijken mocht niet van de Pearls. Geen tekenfilms of niks. Ze gaf hem een lel, hij moest hier op het hek gaan zitten en hij kreeg geen schaafijs. Dat was zo'n beetje het meest dramatische wat er die dag gebeurde.'

Een doffe krak ergens in het bos, en de wind gierde aan alle kanten als een grote golf om hen heen. Cloninger gaf Pete een klap op zijn schouder.

'Nou, laten we maar wegwezen, voor het gaat regenen.'

'Tuurlijk. Bedankt dat je Katie wilde opvangen.'

Ze schudden elkaar de hand.

'Ik zou jou moeten bedanken. We houden haar hier. Zo lang als je nodig hebt. Hier is ze veilig.'

'Ik kom langs.'

Pete klom in de Monte Carlo. Vergeleken met de rommel in zijn eigen auto leek de binnenkant van het voertuig van de rechter bijna naakt. Kogeltjes van regen maakten vlekken op de stoffige motorkap en voorruit. Cloninger kwam het huis weer uit, jogde nu naar de oprit. Pete begon uit te stappen.

'Vraagt Katie naar me...?'

'Neu,' zei Cloninger. 'Er schoot me net iets te binnen.'

'Wat dan?'

'Ik heb die jongen gezien. Benjamin. Na die laatste keer.'

'Waar?'

'Hij kwam iets halen. Hij alleen. Een kopje suiker, zoiets. Maar dat was het niet. Iets voor zijn moeder, zei hij. Een of ander kruid of zo. Zoiets als bitterzout, maar dat was het ook niet.'

'Hij alleen?'

'Ja. Was het misschien honing? Zoiets dergelijks. Ik zou het bij moeder de vrouw moeten navragen.'

'Oké. Bedankt.'

'Wacht even.'

'Wat?'

Cloninger keek naar de kolkende lucht, fronste.

'Het ligt op het puntje van mijn tong.'

'Het geeft niet. Bel maar als het je te binnen schiet.'

Cloninger stak een sigaret op. De hemel brak open en begon regen op hen uit te storten, die beukte op de auto, het bos en Cloningers dak en oprit.

'Olie!' schreeuwde Cloninger.

'Olie?'

'Hij zei dat z'n ma olijfolie nodig had!'

En toen hij zeker wist dat Pete hem verstaan had, gaf Cloninger een klap op de motorkap en rende naar binnen.

* * *

Wanneer realiseerde ze zich dat Pomeroy een hoer van haar zou maken?

Tegen de tijd dat ze van de Safeway terugkwam met de haarverf, een heel brood en een slof sigaretten. Ze bleef midden op de trap staan, zei tegen zichzelf wat ben jij stom. Een paar verdiepingen lager ging een zware deur open en dicht. Ze liet de boodschappen op de vloer liggen. Ze ging tegenover het Golden Arms op de stoep zitten.

Een paar minuten later was Pomeroy buiten, rillend in zijn korte mouwen, stak de straat over, recht op haar af.

Verder dan hier was ik niet gaan zoeken. Yo zei dat ik achter je aan moest gaan, maar ik wilde gewoon even rondlopen en tegen haar zeggen dat ik je niet kon vinden.

Ik wil met Yo praten.

Prima. Ze zit boven. Praat je fucking kop er maar af. Ik ga naar de kroeg.

Ze marcheerde de trap op en toen ze haar aantrof, was Yo een boterham aan het smeren.

Ik ga het niet doen. Niet wat jij doet.

Yo legde het mes neer en leunde tegen het aanrecht.

Dat heeft niemand je gevraagd.

Ik doe wel iets anders.

Oké.

Ik ben bang dat Pom me de deur uit schopt.

Je hoeft niets te doen wat je niet wilt, zei Yo.

Je klinkt niet alsof je het meent.

Ze haalde haar schouders op en begon te eten.

Ging ze bedelen aan de waterkant en in de Pike Place Market, met een klein bakje voor zich?

Ja. En die oude mannen die altijd op die goeie stekjes zaten, joegen haar weg, en toen stond ze ineens met een smeris te praten op een oprit naar de I-5 die haar vroeg waar ze verdomme mee bezig dacht te zijn, dat ze hier op die kruising werkte. Die smeris noemde wat ze deed zelf 'werk'.

Dus toen verzeilde ze tussen Second en First Street tussen de bedelende zwerfkinderen en de jonge tippelaarsters, de oude straatmuzikanten die als woedende kabouters stonden te kattenjanken met hun viersnarige gitaren. Mensen die met enorme gettoblasters de nacht in glipten en stoer voor elkaar liepen te doen, zonder ermee te zitten toekeken hoe de ambulancebroeders kwamen aanrijden om een pas gewond geraakt meisje te verzorgen dat krijste en zichzelf zorg ontzegde tot de smerissen kwamen opdagen en haar dwongen in de ambulance te stappen.

Zien ze dan niet dat er een meisje verkracht is? Zien ze niet dat haar klant haar met een bandenlichter heeft bewerkt? Waarom moeten ze het haar dan laten zeggen? vroeg Yo dan, en dan wist Rose niet wat het antwoord daarop was of wat Yo verwachtte dat ze zei.

Zag ze het toen Pomeroy de straat in rende en een of andere straatrat die Vince heette in elkaar ramde omdat hij weken daarvoor Yo had proberen te rollen? Kwam hij uit het niets, terwijl Rose van vreemden stuivers en dubbeltjes probeerde los te krijgen, en greep hij Vince bij zijn haar en sloeg hij hem met zijn gezicht tegen een lantaarnpaal, tot verrassing en zwijgende ontwijking van alle burgers die de vismarkt uit kwamen?

En toen de politie eraan kwam, pakte ze hem bij de hand en trok hem een eindje weg, liet hem op de stoeprand zitten en liet zich op zijn schoot zakken, begon met hem te zoenen zodat de smerissen niet zouden denken dat hij die straatrat bebloed en buiten westen op de grond had laten liggen.

Vroeg Pomeroy of ze geld had?

Ze had haar bakje op de stoep laten staan, en het was allang gejat en weg.

Ben ik vergeten toen ik jou zag. Ik ben meteen aan komen rennen. Ik probeerde je te helpen.

Je weet hoe je me moet helpen, zei hij, en hij beende weg.

28

Cecil had met drie andere jongens in een canvas tent gewoond, paden uitgegraven en hekken neergezet, waarbij ze aanwijzingen kregen van de opzichter van een ranch die niet in dienst was van Montana Corrections, maar voor een vriend van de gevangenisdirecteur die de jonge mannen in Pine Hills al jaren gebruikte als zijn hoogstpersoonlijke arbeiderspool. Degenen die daarvoor werden uitgekozen, vond men geluk hebben. Frisse lucht en drie maaltijden op een dag. Ze kregen elke avond vlak na het eten een sigaret aangeboden en warme koffie, bacon en eieren bij zonsopgang. Het terrein werd begrensd door een drooggevallen rivierbedding net buiten Box Elder en aan de andere kant door het Rocky Boy-reservaat. Ze werkten mijlen van wat dan ook verwijderd, afgezien van coyotes, grondeekhoorns, struiken en de paar vervallen trailers en golfplaten hutjes die verspreid over het kalkachtige niemandsland van het reservaat in het oosten stonden.

De drie andere jongens waren indianen of half-indianen en deelden een laconieke humor die Cecil niet kon doorgronden, en ze waren sowieso niet genegen hem enige vriendelijkheid te bieden. Cecil had inmiddels de reputatie verworven dat hij gevaarlijk was, en werd binnen de kleine, gewelddadige gemeenschap in het instituut als een opkomende jongen beschouwd, een heel harde klant die het allemaal geen reet kon schelen. De indianen noemden hem Geen Reet, zo vaak had hij dat gezegd. Cecil noemde hen stomme prairienikkers, en als ze in de gevangenis hadden gezeten, zou hij gedwongen zijn geweest met hen allemaal te vechten.

Maar de jongens werkten in de hamerende zon, hakten de hele dag met pikhouwelen en schoppen in de heuvels, terwijl de ranchopzichter vanuit de schaduw van zijn pick-up toekeek. Als het eenmaal bedtijd was, gingen ze meteen buiten westen, en als de zon opkwam deed hun rug van nek tot aars zeer en deed de hele rest van hun lijf ook pijn.

Er was ook een assistent-opzichter op de ranch, een joch van hun leeftijd. Hij koesterde een minachting voor Cecil en de indianenjongens die waarschijnlijk voortkwam uit aanzienlijke bewondering voor wat ze gedaan hadden om hier terecht te komen. Hij hield vanaf een paard toezicht op hun inspanningen. Hij pruimde tabak, waarbij hij slecht spuugde, zodat zijn blauwe hemdsmouwen constant onder de vlekken zaten. De indianen grapten heimelijk dat hij zijn reet met zijn mouw afveegde.

De assistent-opzichter, een neefje van een of andere kennis van de eigenaar, vroeg Cecil wat de indianen over hem zeiden. Cecil vertelde het hem. De volgende dag pruimde de assistent-opzichter geen tabak meer en keek hij de indianen aan alsof hij hen uitdaagde daar iets over te zeggen. Tegen het eind van de ochtend kreeg hij zijn zin met wat gemompel en zacht gelach.

'Wat zeiden die kloterige indianen?' vroeg de assistent-opzichter aan Cecil.

'Ik heb het niet gehoord,' zei Cecil.

Het joch reed naar ze toe en vroeg of ze de gevangenis weer in wilden, zei dat hij dat kon regelen, en toen ze hem met nauwverholen onverschilligheid aankeken, reed hij weg om bij de opzichter van de ranch langs te gaan, die een kleine kilometer verderop in zijn pick-up zat te dutten. Ze keken allemaal toe, terwijl het joch met zijn paard het pad op reed, en toen bukte om met de opzichter te praten. Toen startte die de pick-up en stak het oneffen terrein over naar de plek waar ze stonden, naast een stapel hekpalen. Het leek erop dat ze op hun flikker zouden krijgen, zoals de opzichter uit de pick-up stapte, het portier dichtsmeet, zijn broekriem ophees en met o-benen en helemaal opgepompt op hen af beende. Maar de ranchopzichter was volkomen ongeschikt om af te rekenen met kibbelende jongens, was zelfs verbijsterd dat deze kids überhaupt tijd hadden om hun tijd te verdoen met praten, laat staan ruziemaken, en het was meteen duidelijk dat hij net zo van de assistent-opzichter walgde als van hen.

Hij keek hoe ze vorderden met het hek. Hij vroeg Cecil hem te laten zien hoe hij de grondboor gebruikte. Voordat Cecil daarmee klaar was, griste de man het gereedschap uit zijn handen en gaf hem een paar tips hoe hij het efficiënter kon gebruiken, alsof dat de oorzaak van alle ellende was. Vervolgens stapte hij weer in zijn truck en keek toe hoe ze weer aan het werk gingen.

De assistent-opzichter zat op zijn paard, ziedend van woede.

Die avond stuurde de assistent-opzichter de indianen vroeg naar bed. Toen hij alleen was met zijn enige blanke gevangene, zei hij dat hij Jeremy heette.

'Wil je ontsnappen?' vroeg hij.

'Wat?'

'We kunnen de pick-up nemen. Die ga ik toch erven,' fluisterde hij boven het kampvuur. 'Dit hele perceel was van mijn pa, voor hij doodging, en mijn oom heeft het overgenomen. Hij doet alsof het van hem is, maar eigenlijk is het van mij. Maar hij mag het hebben, verdomme. Ik haat het hier. En ik heb vooral een teringhekel aan fucking indianen.'

Hij spuugde, veegde zijn lip af met zijn vinger, veegde zijn vinger af aan de aarde.

'Weet je ergens waar we 'm naartoe kunnen smeren?'

De punten van het kampvuur staken het donker in, terwijl Cecil nadacht over dit plan en deze mogelijke bondgenoot.

'Het is een kwestie van tijd.'

'Wat?'

'Wij tweeën tegen twee ongehoorzame indianen,' zei hij. 'Het is een kwestie van tijd voor die vuile smeerlappen ons de keel doorsnijden.'

Cecil pokerfacete zijn scepsis.

'Wacht maar af, vriend,' zei Jeremy.

Ten slotte zei Cecil dat hij inderdaad wel een plek wist waar ze heen konden. Maar de volgende dag kwam Pete ineens opdagen, en die nam hem mee naar Tenmile voor de begrafenis van zijn moeder.

Het kostte twee weken om de benodigde formulieren in te vullen en toestemming te krijgen dat Cecil de dienst mocht bijwonen. Pete moest rechter Dyson vragen het mortuarium in Kalispell te bellen om Debbies lichaam op ijs te leggen, het daarna over te brengen naar het mortuarium in Libby en vervolgens het mortuarium in Libby te bellen om het daar nog een paar dagen vast te laten houden. Helaas was dat allemaal niet nodig geweest, aangezien er geen graf voor haar beschikbaar was en ze sowieso in Missoula gecremeerd moest worden. Haar as was niet eens op tijd teruggestuurd voor de bescheiden dienst in het uitvaartcentrum in Tenmile. Haar broer Elliot stuurde bloemen en een briefje waarin Pete er afgemeten van op de hoogte werd gesteld dat hij en zijn vrouw geen van Debbies kinderen in huis zouden nemen.

Alleen Cloninger, Katie, Cecil en Pete woonden de dienst bij. Katie zat naast Cloninger, haar hoofd rustend op zijn arm. Toen Cloninger Cecil condoleerde, stelde de jongen voor dat hij de tering kreeg. Katie stopte haar hand in die van Cloninger om zijn aandacht terug te krijgen, en blies gauw een lipscheet naar haar broer.

De dominee sprak een paar woorden over verlossing en wat een beproeving Debbies leven was geweest. Haar jeugd in Colorado en op verschillende legerbases in Californië en Texas, en hoe ze zich in Tenmile had gevestigd met een man die haar en haar kinderen in de steek had gelaten. Hij had die levensschets van Pete, maar Pete wist niet eens zeker hoeveel ervan waar was en vroeg zich af of Debbie tot het allerlaatst leugens had verteld.

De dominee nodigde eenieder uit die iets over haar wilde zeggen, een herinnering of grappig verhaal wilde delen. Zulke verhalen waren er niet. Cecil blies een lange zucht uit. Pete ging staan, veegde zijn haar uit zijn ogen en zei dat ze probeerde haar leven op de rails te krijgen, dat ze het altijd op z'n minst aan het proberen was. Katie baande zich een weg naar Cloninger en huilde een beetje. Cecil vertoonde niet het minste teken dat hij overstuur was, behalve dat hij naar de deur keek, alsof er elk moment iemand kon binnenkomen om hem te halen of hij misschien wel de benen zou nemen zodra zich tijdens de dienst een gelegenheid voordeed.

Pas toen ze de Idaho Panhandle hadden doorkruist, realiseerde Cecil zich dat ze niet op de terugweg naar de ranch buiten Box Elder waren.

'Waar breng je me naartoe?' vroeg hij, toen ze een bordje passeerden dat aangaf dat ze Washington in waren gereden.

'Wil je terug naar dat kamp?' vroeg Pete.

'Waar gaan we heen?'

'Spokane.'

'Waarom?'

'Denk je dat je het redt, in je eentje?'

'Holy shit.'

'Als je denkt van niet, dan moet ik je terugbrengen.'

'Holy shit. Holy shit. Serieus?'

Pete knikte.

'Holy fuck. Wat gaaf.'

'Wat ik daarnet zei, dat was niet waar. Dat je ma het probeerde. Ze heeft het nooit geprobeerd. Dat zei ik alleen maar voor je zus.'

'Tuurlijk.'

Cecils gedachten snelden vooruit, over de weg, de pick-up uit en het Volgende in.

'Cecil, kijk me eens aan.'

Het gezicht van de jongen was verwilderd van vrijheid. Hij legde zijn handen op het dashboard en schudde verwonderd zijn hoofd.

'Ze was een stuk stront, Cecil. Ze heeft het geen dag van haar leven geprobeerd. Het was verkeerd dat we je daar in die...'

'Neem je me niet in de zeik?'

'Ik probeer tegen je te zeggen dat het me spijt.'

'Je laat me er echt in Spokane uit. Serieus.'

'Ja. Die vriendin van je, Ell, belde dat ik tegen je moest zeggen dat ze naar Spokane waren verhuisd. Dat je nog steeds welkom was.'

'Je lult.'

'Luister. Ik ga tegen Pine Hills zeggen dat je de benen hebt genomen. Je kunt niet terug naar Montana.'

'Wat is dit fucking gaaf.'

'Je kunt niet terug naar huis. Een hele tijd niet, althans. Begrijp je?'

'Nee. Ja. Zal ik niet doen.' Hij trommelde op het dashboard. 'Dit is zo godverdomde gaaf!'

Bear had in Spokane werk gevonden als conciërge. Pete stopte voor hun appartement en toen Ell naar buiten kwam, stroomden er verbijsterende tranen over Cecils gezicht, en hij had een loopneus, en Ell begon ook te huilen. Ze wrong zich in bochten om hem met de baby in haar armen te omhelzen. Pete hielp hem zijn tas pakken en Cecil stormde samen met haar haar appartement in en ze liet hem zijn kamer zien.

Pete glipte weg voor Cecil afscheid kon nemen of hem bedanken.

* * *

Keek ze wel eens, als Yo aan het werk was?

Per ongeluk.

Een niet onknappe man van veertig met een leren schooltas en mooi grijs haar bij zijn slapen kwam vastberaden de straat in lopen, en zij volgde hem. Bleef even staan bij een brievenbus, alsof hij een brief wilde posten, en liep toen tussen de meisjes langs de met graffiti bekladde muur door naar binnen, meisjes die peuken uittrapten en haastig aan kwamen lopen toen hij met Yo begon te babbelen. Ze keek hoe Yo de straat door liep, met die man de hoek om verdween en verrassend snel weer terugkwam.

Daarna keek ze vanaf de overkant van de straat. De meisjes stonden alleen maar te roken en kauwgum te kauwen, en dan kwam er een vent langs en ging een van hen met hem mee en kwam even later terug.

Volgde ze Yo het hotel in en glipte ze langs de receptie en zocht ze de kamer op? Luisterde ze aan de deur, terwijl Yo die man afwerkte?

Nee.

Ze vroeg Yo er later naar, toen Yo zich in de badkamer van het appartement douchte.

Was het minder beangstigend dan ze zich had voorgesteld? Was het volgens Yo gewoon een kwestie van het uit zo'n vent zien te wurmen, zei ze dat er eigenlijk maar heel weinig betast werd en dat je de klant niet hoeft te zoenen, dat je hem niet eens echt hoeft aan te kijken, dat er soms wel eens wat geks gebeurt, ja – dan probeert een gast een vinger in je kont te steken of wil-ie misschien een beetje met je smijten –,

maar dat je gewoon moet zorgen dat je tussen hem en de deur blijft en je pepperspray bij de hand hebt, dat is alles. Als het erop aankomt, wil iedereen alleen maar aan zijn trekken komen en zich daar cool bij voelen. Was het gewoon een kwestie van cool zijn?

Natuurlijk was het dat niet. Maar zo leek het wel.

Ze slikte een paar keer en vroeg het bijna niet, maar toen wel: *Zou je me helpen, als ik het probeerde?*

Yo deed alsof Rose alleen maar had gevraagd of ze een borstel mocht lenen, knikte gewoon van tuurlijk.

Hoe ging het?

Het ging zo: Yo stelde haar aan de andere meisjes voor. Ze waren stuk voor stuk jong en aardig tegen haar. Ze joegen de engerds en ruige types die ze kenden weg. Yo zei dat ze zelfvertrouwen moest hebben en die vent in zijn auto gewoon moest vragen of hij zin had in een afspraakje. En dan doen waar hij om vroeg.

Hoeveel?

Zeg maar tegen hem dat het je eerste keer is en dat je zoveel wilt hebben als hij bij zich heeft.

Echt?

Ja. Echt.

De auto kwam langs de stoeprand aanrollen. Yo gaf Rose een zetje, en ze liep ernaartoe, dacht dit is dus de auto waarin ik een hoer wordt. Verbijstering rilde over haar hele lijf. Maar de meeste meiden die ze kende waren het ook. Rose had niet het gevoel dat ze erop gekleed was, met haar gewone kleren aan. Haar sneakers zagen er kinderlijk uit en ze had nog geen benul dat dat het idee was, dat ze vanaf nu zou proberen er kinderlijk uit te zien, meisjesachtig en hoerig. Maar toch, ze kon zich niet voorstellen dat ze een gast zou pijpen met die sneakers aan.

Was haar eerste klant aardig?

Best aardig. Hij vond het geweldig dat ze beweerde dat het haar eerste keer was – al geloofde hij het niet – en hij probeerde haar op de mond te zoenen, en dat liet ze toe omdat ze niet wist hoe ze hem moest tegenhouden. Ze wist niet hoe ze wat dan ook moest tegenhouden. Hij gaf haar vijfenveertig dollar, wat een fortuin leek.

Yo zei dat het niet slecht was.

Ze leerde algauw in de auto te klimmen, de klant naar het park te leiden en te zeggen: *Je mag me niet zoenen. Ik raak jou aan. Je mag me niet zoenen. Ik doe al het werk. Jij vertelt wat je lekker vindt en dan doe ik dat. En als het meer kost, dan vertel ik je dat.*

Is ze ooit in een auto gestapt met het gevoel dat de klant door zijn neus ademde of om de paar minuten schichtig in het achteruitkijkspiegeltje keek en dat ze bij het volgende stoplicht moest uitstappen, nu meteen uitstappen, dat deze te schimmig was.

Ja, maar ze dacht dat het haar niet zou overkomen. De klanten waren zo godverdomde dankbaar voor haar piepkleine handjes, haar laconieke, vuilbekkende mond die in woord en daad uitdrukking gaf aan een pervers en prematuur verlangen naar sperma, naar specifiek sperma, naar jouw speciale sperma, maar kom nou maar klaar, laat me het uit je krijgen, schatje, ik heb het nodig, geef het aan me, geef me je godverdomde geil, schatje. Geef op. Kom op. Kom klaar voor me. Kom op.

En dan was het drie of vier uur 's nachts, en dan liepen Rose en Yo in het donker terug naar het Golden Arms, en dan gaf Yo haar geld aan Pomeroy en Rose ook.

En kocht Pomeroy daarvan cadeautjes voor hen?

Ja. Een gettoblaster voor het appartement en nieuwe fluwelen kussens en een doos stripboeken en aardbeienshampoo.

Hij had het erover nog meer meisjes te nemen, echt een hoop geld te verdienen.

Liep ze ziektes op?

Natuurlijk. Herpes kwam in een reeks hete speldenprikjes tussen haar benen. Yo nam haar mee naar de gratis kliniek in Madison Street. Nadat ze onderzocht was, wachtte ze op een gesprek met een consulente in een kantoortje dat barstensvol stond met dozen met kapotjes en andere voorbehoedsmiddelen, douches en papierwerk. Ze zat een beetje te frunniken, en toen kwam er een grote, moederlijke consulente binnen met een klembord.

En, waar kom je vandaan, Rose?

Montana.

Heb je daar familie?

Niet echt. Mijn ma zit in Texas. Daar was ik 't laatst.

Nare toestand, thuis?

Ze wilde er niet over praten.

Waar woon je?

Rose keek de consulente achterdochtig aan.

Wat moet dat met al die vragen? Gaan jullie me nou nog medicijnen geven of niet?

De consulente trok haar trui uit en wapperde haar kraagje op en neer om af te koelen.

Dit is er allemaal voor bedoeld dat ik je kan helpen. Ik zou misschien een plek kunnen regelen waar je een tijdje kunt blijven, als je daar interesse in hebt. Gebruik je überhaupt voorbehoedsmiddelen?

Ik hou niet van kapotjes.

Hou je wel van herpes?

Rose sloot haar ogen, greep de armleuningen van haar stoel vast.

Wanneer was je voor het laatst ongesteld?

Dat ben ik nog maar een paar keer geweest.

Nou ja, je bent nog jong. Zou je het weten als je een menstruatie hebt overgeslagen?

Ik denk het niet.

Dus je zou zwanger kunnen zijn. Hoe zou je het vinden als je een kindje kreeg, Rose?

Kweenie.

Zou je abortus overwegen?

Nee. De baby heeft niks verkeerd gedaan.

Hoe zou je voor een kind kunnen zorgen?

Kweenie. Ik durf te wedden dat jullie daar wel begeleiding voor aanbieden. Of doen jullie alleen abortussen?

De vrouw zuchtte en leunde naar voren. Zweet parelde op haar lip.

Je wordt nu ook begeleid. Een van de vormen van begeleiding is dat we een zwangerschap proberen af te breken waarvan we allebei weten dat je er niet klaar voor bent.

Rose kon zich niet concentreren op wat de vrouw zei. Haar hersens weigerden het gewoon toe te laten.

Je hebt zweet op je lip.

De vrouw legde het klembord voor zich neer en veegde het zweet niet weg, erkende zelfs niet dat Rose het had opgemerkt. Ze gaf Rose een bundeltje folders aan, met een elastiekje eromheen.

Dit is wat informatie. Lees maar even door, en dan hier onderaan tekenen. Hier heb je een doosje condooms. Gebruik ze.

En hoe zit het dan met...?

De herpes?

Ja.

Ga bij de drogist maar aspirines halen. Neem een warm bad.

Is dat alles?

Dat is alles.

Het grijnsje van de vrouw was vaag, sereen, om gek van te worden.

29

Net terug van Cecil afzetten in Spokane, moest Pete bij een zebrapad in Tenmile wachten tot een oude cowboy de straat over was geschuifeld, toen rechter Dyson hem vanaf het gazon voor het gerechtsgebouw zag zitten. De rechter had een hark uit de handen van een terreinknecht getrokken, en was een of ander aspect van het gazononderhoud aan het demonstreren toen hij zijn eigen auto zag staan, naar hem riep en op zijn dikke benen aan kwam waggelen. Pete kon zien dat de man slecht nieuws had.

'Wat is er?'

'Je bent nog niet thuis geweest.'

'Nee, ik was de stad uit. Hoezo? Wat is er aan de hand?'

'Het is weg, Pete.'

'Wat is er weg?'

'Je huis.'

Toen hij er aankwam, was de aarde rondom de blokhut nat, en alles wat Pete had bezeten was nu as of lag onherkenbaar verbrand in de verkoolde krater. Zijn door de hitte vervormde bedframe en spiralen van de matrasveren lagen in het stof en de zwarte overblijfselen van de houten vloer. Hij klom naar beneden, op het gietijzeren fornuis dat zijn kelder in was gevallen. Hij haalde verscheidene zwartgeblakerde aardappelen uit de aardewerken lade en voelde rondom het nog warme gesmolten glas van een opengebarsten pot augurken. Dat was alles wat er over was. Zijn boeken, zijn foto's van Rachel, zijn leren stoel. Een krullende haarlok van zijn dochter die hij in een klein potje op een plank in zijn kamer bewaarde. Liefdesbrieven. Zijn babyboek. Quilts die zijn moeder voor hem had gemaakt. Zijn jachtgeweren en het .22 pistool van zijn overgrootvader.

Om de een of andere reden dacht hij aan het stukje papier met zijn broers adres erop, en herinnerde zich toen vaag dat hij dat in zijn portefeuille had gedaan. Hij keek, en daar was het, samen met een kleine schoolfoto van zijn dochter toen ze tien was, het neergekrabbelde telefoonnummer van een of andere vrouw die hij zich niet meer herinnerde en verscheidene visitekaartjes. Dat, en een dollar of veertig. Zijn volledige bezittingen.

De rechter keek toe hoe hij zijn portefeuille stond door te kijken, zei toen tegen hem dat hij daar uit moest komen, en toen hij dat deed, waren zijn handen helemaal zwart en begon hij te grinniken.

De rechter merkte sarcastisch op dat Pete de brand nogal goed opnam.

Pete pakte zijn knieën vast en schudde van het onbedaarlijke gniffelen.

'Je bent verdomme doorgedraaid, jij,' zei de rechter. 'Kom op, laten we naar het gerechtsgebouw gaan en een borrel pakken.'

Pete ging op de motorkap van de Monte Carlo zitten en begon een sigaret te draaien.

'Nee, dat hoeft niet, dank je.'

'Onzin. Jij gaat met me mee. Je kunt bij mij logeren.'

Pete glimlachte.

'Dank je, maar nee.'

'Ga je in Missoula slapen?'

'Neu.'

'In het huis van je vader?'

'God, nee zeg.'

De rechter propte zijn handen in zijn broekzakken en keek toe hoe Pete de sigaret draaide en begon te roken, terwijl hij steeds minder reageerde op wat de rechter allemaal zei, dat het wel goed zou komen met 'm, dat die dingen nou eenmaal gebeurden, dat Pete wel weer op zijn pootjes terecht zou komen. Dat hij verdomd veel mazzel had gehad dat Jim McGinnis toevallig net zijn blusauto's terug had van de branden bij Whitefish. De hele berg had wel in de hens kunnen vliegen.

Pete knikte.

De rechter zei opnieuw dat Pete bij hem kon logeren, en Pete sloeg dat aanbod opnieuw af. Rookte en grijnsde als een achterlijke. De rechter zei ten slotte dat Pete dan naar de hel kon lopen en klom in zijn auto.

Hij ging naar het huis van Pearl bij Fourth of July Creek. Er waren muizen en horzelnesten en behoorlijk wat schuurspinnen die zo dik waren als wattenbolletjes, maar toen de Pearls hem waren gesmeerd, hadden ze hun huis min of meer gemeubileerd achtergelaten, en Pete wist het binnen een week schoon en comfortabel te maken. Hij veegde het stof en de keutels van knaagdieren op en joeg de vleermuizen onder de dakranden vandaan. Een vogelnest vatte vlam in de afvoerbuis van het fornuis, de eerste keer dat hij het aanstak, en hij ging naar buiten en joeg achter de brandende as van bladeren en papiersnippers aan die van het huis weg dwarrelden, in het donker steeds schadelijker werden en soms in de bomen bleven hangen en haarmos wegbrandden en andere keren in het droge gras rondom het huis neerkwamen. Hij vroeg zich ondertussen steeds af of het soms zijn noodlot was dat hij het bos zou platbranden.

Cloninger woonde een paar kilometer verderop aan de weg, en Pete kon Katie opzoeken en vertrok nooit zonder een bordje met het maïsbrood van mevrouw Cloninger of een terrine, een stoofpot of soep. Hij had een oud margarinekuipje vol vissoep met maïs en pompoen in zijn hand toen de reclasseringsambtenaar van zijn broer aan kwam rijden, eerst langzaam en toen plotseling versnellend, waardoor hij een stofpluim opwierp die voor Pete bedoeld was.

Wes Reynolds volgde hem de heuvel op naar Pearls huis. Pete keek toe, terwijl Wes Pearls huis inspecteerde, op zoek naar tekenen van Luke, kastjes opentrok en bijbels vol ezelsoren doorbladerde, en vervolgens hoe hij naar buiten ging en met een zaklantaarn onder het huis scheen.

'Hoe vaak moet ik nou nog tegen je zeggen dat ik niet weet waar hij is?'

'Nee, je zei dat je het wél wist. En dat je het me nooit zou vertellen.'

Wes stak het weiland over, liep naar de uitgebrande Airstreamtrailer en naar het klif. Toen hij hun laatste woordenwisseling bij die plattelandswinkel in de Yaak weer aan zijn geestesoog voorbij liet trekken, vroeg Pete zich af of Wes degene was die zijn blokhut in de hens had gestoken.

Ik ga het je nooit vertellen. En je zult hem nooit vinden. Daar zorg ik wel voor.

Nou heb je het verkloot, man.

Is dat een dreigement of zo?

Het was beslist een soort dreigement geweest. Tegen de tijd dat Wes de heuvel achter Pearls huis op liep, was Pete er bijna zeker van dat hij zijn huis in brand had gestoken. Wes stond een hele tijd bij een berg losse stenen vlak bij het lege kippenhok en vroeg daarnaar toen hij terug was, wilde weten hoe die daar kwamen.

'Je hebt mijn huis in de hens gestoken.'

Wes haakte een duim door een lusje van zijn broek en zette zijn hoed scheef naar achteren.

'Misschien heeft je broer daar een brandende sigaret laten liggen.'

'Allemaal omdat je in elkaar bent geslagen? Heb je helemaal geen gevoel voor proportie?'

'Je had me moeten vertellen waar hij was.'

'Denk je dat ik dat nu wel ga doen?'

'Natuurlijk niet,' zei Wes, terwijl hij de heuvel af begon te lopen. 'Maar die klootzak heeft nou in elk geval één plek minder om onder te duiken.'

Hij dronk koffie en keek toe hoe een paar herten graasden op het weiland. Het was een ronduit koude ochtend geweest en Pete vroeg zich af of de herten zich daar zorgen om maakten, of ze vlug aten, een hekel hadden aan die kou. Hij besefte dat die zorgen om de herten eigenlijk zorgen om Rachel waren. Sommige lariksen lieten hun naalden vallen, regenden met elke stevige windvlaag gele en oranje spelden neer.

Pete schraapte zijn keel. De herten tilden hun koppen op en hielden op met kauwen. Ze sprongen in een gestreepte waas het bos in, en toen zag hij Benjamin over een boomstronk springen, gevolgd door Jeremiah, die erop stapte, over de wei tuurde, naar de bomenrij, de lucht, en vervolgens achter de jongen aan beende.

Petes hart maakte een klein sprongetje. Hij liep naar buiten en zwaaide naar hen en was oprecht ontroerd dat hij ze zag. Dat leek zo lang geleden. Sprinkhanen sprongen als miniatuurherauten bij tientallen voor Benjamin weg, en toen hij bij het stroompje kwam, hurkte hij neer en had in een oogwenk iets in het kommetje van zijn hand. Pete vroeg toen ze bij het huis kwamen of hij mocht zien wat het was, en de jongen legde een groen-met-gele kikker in Petes handpalmen. Ze aaiden hem met z'n tweeën en voelden zijn bange, bonkende hartje.

Ben zag er goed uit. Hij had een schram boven zijn oog die grotendeels genezen was, zijn handen waren vuil en hij riekte naar kampvuur, maar hij had kleur op zijn gezicht, dat ook mooi vol was. Dat zei Pete tegen hem.

'Het sterft van de kikkers daar beneden,' zei Benjamin. Zijn ogen glommen als nieuwe muntjes van een cent. 'Je kunt er een pakken wanneer je maar wilt.'

'Zal ik doen,' zei Pete, en hij raakte het hoofd van de jongen aan.

Pearl klauterde over de rotsen naar de plek waar Pete en Ben naast het huis stonden en keek de weide weer even af, knikte toen en gromde een begroeting toen Pete hallo zei. Pete gaf de kikker terug aan Ben en stak zijn hand uit om die van Pearl te schudden, en de man pakte hem vast en zwengelde hem kort op en neer.

'Ik ben aan het kraken,' zei Pete, in antwoord op Pearls ongestelde vraag. 'Mijn blokhut is afgebrand.'

'Hoe is-ie afgebrand?' vroeg Benjamin opgewonden.

'Ik was weg. Toen ik terugkwam was-ie in de as gelegd.'

'Misschien is de bliksem erin geslagen.'

'Misschien. Wil je een kop koffie, Jeremiah?'

De man had naar Petes antwoord op de vragen van de jongen over de brand geluisterd en keek nu om zich heen, slecht op zijn gemak.

'Er is geen onweer geweest.'

'Ik kan hier zo wegwezen,' zei Pete. 'Als jullie hier willen overwinteren, smeer ik 'm meteen.'

'Op doorreis,' zei Pearl.

'Jullie zouden moeten blijven.'

'Dat moeten we helemaal niet.'

'Laat me even een kop koffie voor je inschenken.'

'Dat hoeft niet.'

'Ik wou dat jullie even binnenkwamen.'

'Nou,' zei hij op vlakke toon.

'Kom, dan haal ik even een bakkie. Vers gezet.'

Benjamin was het weiland al weer in om meer kikkers te halen. Een zuchtje van Pearl.

'Ik drink hem zwart. Doe er een beetje water in om hem af te koelen. Ik wil er niet op hoeven wachten.'

Pete deed wat de man vroeg, bracht de koffie naar buiten en nodigde Pearl nogmaals uit in zijn eigen huis. Pearl ging in kleermakerszit op de grond zitten en nam een slok van de koffie.

'Er ligt nog wat brandhout achter het kippenhok,' zei Pearl. 'Niet genoeg voor de hele winter, maar wel wat.'

Pete bedankte hem, vroeg hoe de koffie smaakte. Pearl gromde.

'Ik heb Stacks ontmoet,' deelde Pete mee.

Pearl dacht even na, nipte van zijn koffie, slikte toen en zei: 'Pinkerton, bedoel je.'

'Ja.'

'Ik neem aan dat jullie over mij hebben vergaderd.'

'Ik was gearresteerd, eerlijk gezegd. Per abuis.'

Dat verraste Pearl. Toen werd hij achterdochtig. Toen nam hij een slok van zijn koffie.

'Ze maken geen vergissingen.'

Pete vertelde wat er was gebeurd. De inval. De man met het jachtgeweer op Debbies veranda. De puinhoop die de DEA ervan had gemaakt. Het meisje voor wie hij was gekomen. Dat hij verrot was geslagen. Met Pinkerton naar dat café was gegaan.

'Hij vroeg me hem te helpen jou te pakken te krijgen...'

'Dat zal best.'

'... maar ik heb gezegd dat hij op moest flikkeren.'

'Het zou niet uitmaken als je had gezegd dat je zou proberen ons in te rekenen.'

'Weet ik.'

Pearl nam nog een slok koffie en staarde over het weiland naar de overblijfselen van de trailer. Een afwezige uitdrukking trok als wolken voor de zon over zijn gezicht, terwijl hij aan het een of ander terugdacht.

'Waar denk je aan?'

'Sarah kreeg een visioen dat ik die trailer moest laten afbranden. Pinkerton en Ruffin en de anderen kwamen niet terug. We hadden hem kunnen verkopen, dan hadden we wat geld gehad.' Hij keek in zijn koffie, sloot zijn ogen, zijn mond bewoog. Hij leek een kort gebed te zeggen. Hij knikte bij iets wat hij zichzelf vroeg, of misschien zei hij alleen maar amen. 'Maar ze had gelijk. Ze had gelijk.'

'Zitten ze nu in Alaska?'

Pearl ging met zijn gezicht naar hem toe zitten.

'Elke keer als ik jou zie, weet je weer iets meer van me. Hoe komt dat toch?'

'Ik ken meneer Cloninger.'

'Cloninger. Goeie vent. Voor een burger.'

'Waarom heb je Benjamin bij je?'

'Het is niet aan ons om te vragen waarom we uitverkoren zijn, maar slechts om die last te dragen.'

'Ik weet dat je me niet vertrouwt, maar dat kun je wel.'

Hij keek Pete vol in zijn gezicht. Het zijne was smerig, alsof hij net uit de grond was gekropen. Lijnen van vuil als een zwarte stralenkrans rond zijn ogen, van de keren dat hij ze had samengeknepen.

'Dat is niet iets wat ik ooit ga doen.'

'Oké.'

Hij gaf Pete met een knikje de lege mok en ging staan. Zijn fluitje weergalmde tegen de rotsen en over het weiland, en Benjamin ging rechtop zitten, met twee dikke kikkers in zijn handen. Hij liet ze vrij en kwam door het gras naar het huis toe lopen, veegde zijn handen af aan zijn broek.

'We zijn misschien een dag of twee bij Deerwater,' zei Pearl, terwijl hij zijn geweer over zijn schouder hees. 'Ik weet dat Benjamin het op prijs zou stellen als je kwam dammen. Daar heb ik het geduld gewoon niet voor.'

Pearl knikte naar de jongen, raakte zijn schouder aan en ze liepen samen naar het verwrongen en overwoekerde wrak van de Airstream. Pete vroeg zich af of Pearl terugdacht aan het moment dat zijn vrouw hem eropaf stuurde om brandstichting te plegen op zijn eigen bezit. Ging Pearl met een jerrycan benzine naar binnen, deed hij de raampjes open en gutste de brandstof in kleine regenboogjes tegen de ruit. Liep hij achterwaarts de deur uit, al schenkend. Streek hij een keukenlucifer af aan zijn spijkerbroek, liet hij die op de grond vallen en schoten de vlammen haastig de trailer in, zodat het daarbinnen verlicht werd alsof Stacks zelf de schakelaar had omgezet, en danste het vuur in obscene, chemische kleuren terwijl de polyester gordijnen in groene en kerskleurige flitsen in de hens vlogen als de rook van een goochelaar.

* * *

Hoe werd ze opgepakt?

Een klant kwam aanrijden in een Plymouth en die leunde niet opzij om het raampje open te draaien. De regen was fijn en aanhoudend. Ze klom erin. Hij had een stekeltjeskapsel en was ontzettend nerveus.

Wil je een afspraakje, schatje?

Ja. Hij keek haar aan en zijn wenkbrauwen kreukelden. *Hoeveel?*

Tachtig. Dat had ze nog nooit gedaan, maar ze zou het extra geld in haar eigen zak steken, dacht ze. Pomeroy kon de tering krijgen. *Zie je dat parkeerterrein daar? Ga daar maar staan. Er staan daar mensen op de uitkijk, dus het is veilig.*

Hij slikte, zette de auto in z'n vrij, de motor sloeg af, en hij startte opnieuw en reed de weg op. Het viel haar op dat Pomeroy niemand op de hoek van de straat had staan, maar ze zei niet tegen de klant dat hij verder moest rijden. Ze wilde hem niet laten schrikken. Ze wilde die godverdomde zestig dollar hebben.

Hij parkeerde. *Wat krijg ik voor tachtig?* Hij zette de motor af.

Je komt klaar. In mijn kutje.

Hij zuchtte. *Oké,* zei hij, en hij reikte in zijn jas naar zijn portefeuille.

Het regent als de pest daarbuiten, zei ze, en ze knoopte haar jas open.

Wat had hij vast toen ze zich omdraaide?

Een .38 met een heel korte loop. Ze wilde iets zeggen, haar portier zwaaide open en ze werd zo hard de auto uit gerukt, dat ze het parkeerterrein op vloog.

Ze sloegen haar in de boeien en zetten haar vervolgens op een harde plastic achterbank van de politieauto, een kleine donkere kamer met bovenin een spastisch tl-paneeltje, en er zat nu een rechercheur in met zijn stoppelbaard en zure koffieadem en z'n revolver, en dat undercovergroentje dat op zijn flikker kreeg van zijn collega's – *Jezus, Cunningham, heb je dat arme kind nou echt onder schot genomen?* – en toen waren ze in de arrestatieruimte, haar paarse vingertoppen, een ruwe roze jumpsuit die bijna van haar schouders viel, van die papieren slippers...

Was ze verbaasd dat niemand kwaad was?

Ja. Ze verwachtte dat er iemand tegen haar zou gaan schreeuwen, het was de eerste keer dat de politie haar in hechtenis nam, maar ze dirigeerden haar gewoon van de ene ruimte naar de andere, van de ene cel de andere in, tot ze haar met zeven al even timide meisjes in een bestelbusje stopten en haar naar Pioneer House brachten.

Was ze zich ervan bewust waarvan ze werd beschuldigd?

Ja. Prostitutie.

Wilde ze op dat moment een verklaring afleggen?

Frustrerend genoeg niet. Er staat niets over in het dossier.

Gaf ze haar geboortedatum, geboorteplaats en de gegevens van haar familie op?

Nee. Ze wilde alleen haar naam zeggen. Rose Snow. Ze was een hoer. Begrepen ze dat? Ze mochten haar in de gevangenis stoppen. Wat kon haar het verrotten? Ze mochten haar zo voor haar kop schieten.

Wat.

Kon.

Haar.

Het.

Verrotten.

30

Ondanks het feit dat ze zeventig jaar lang waren blootgesteld aan het weer, aan sneeuw die tot aan de dakrand kwam en onophoudelijke motregen en wind die van zoveel bomen massa's dood hout en takken maakten, stonden veel woonhuizen en pubs in het spookstadje Deerwater na al die jaren nog steeds overeind, zij het dat ze niet veilig bewoonbaar waren. De mortel was bij alle blokhutten tussen de planken uit gevallen, waar de zomerwespen in de koelte hun nesten bouwden, en elk gebouw glansde in het zonlicht op met de onwerkelijke zilveren kleur van door de zon gebleekte dennen, al het blootliggende houtwerk in grijs fluweel gehuld. Maar de gebouwen stonden er nog, als een eerbetoon aan het degelijke, gehaaste vakmanschap van de mensen die ze gebouwd hadden.

Het stadje was in zijn korte historie twee keer platgebrand en beide keren ruwweg volgens dezelfde indeling weer opgebouwd, recht omhoog langs de nauwe buik van een ravijn. Er was een begraafplaats. Er was een galg. Een gevangenis ingegraven in de heuvel die nog met een roestig hangslot op slot zat.

Het houten hotel van twee verdiepingen was het stevigste en meest stabiele van alle vervallen bouwwerken, en het was hier dat Benjamin Pearl zat toe te kijken hoe een spin monter een tegenstribbelende blauwe bromvlieg inpakte, hem vaardig met zijde omzwachtelde en naar de hoek trok bij de andere, als in een kraamkamer. Dit was de voorraadkast van de spin.

'Jij bent aan de beurt, man,' zei Pete.

'Ik ben een jongen.'

'Kooswoordje. Vooruit.'

Benjamin keek naar het bord, pakte een zwarte damschijf op en bewoog die naar voren, waar hij Pete kon slaan.

'Weet je dat zeker?'

'Is het goed als we niet verder spelen?'

'Ik begon me net af te vragen of we de twaalf potjes zouden halen.'

'Maar blijf je wel nog even?'

'Ja hoor, tuurlijk.'

Ze zaten op de vloer. Een paar ijzeren bedframes met stromatrassen en gestreepte canvas tijken stonden kriskras in de hoek geduwd, en de spullen van de Pearls lagen uitgespreid over het grenenhout dat geblutst was en versleten door de laarzen van honderden mannen die allang dood waren. Een zaklantaarn en een bijbel lagen bij de opening van Pearls slaapzak. Inklapbare plastic bekers. De tandenborstels die Pete voor ze had gekocht. Een klein kampeergasstel en blikjes eten die hij had meegebracht stonden netjes opgestapeld tegen de muur. MINA, MINA, SJEKEL, HALVE MINA in de deur gekerfd.

'Waarom nemen jullie niet allebei een bed?' vroeg Pete.

'Er zitten allemaal duizendpoten in. Bij daglicht vind ik duizendpoten prima, maar ik hoef ze niet over me heen te hebben kruipen als ik lig te slapen.'

'Zit wat in.'

'Er zitten ook oorwurmen in, en die kruipen zo je hersens in.'

'Is dat zo.'

'Yep. Da's helemaal waar.'

'Ik heb tegen je vader gezegd dat ik 'm zou smeren als jullie met z'n tweeën jullie huis weer in wilden.'

Benjamin ging staan. De spin zat roerloos midden in zijn web. Benjamin raakte een van de draden aan, en de spin hield zich vast, maar toen Benjamin er nog eens aan plukte, haastte de spin zich naar de rand, langs de vensterbank, bij zijn eten.

'We gaan niet terug. We zijn verstoten, de wildernis in.'

'En waarom is dat precies?'

Pete glimlachte alsof hij maar plaagde, maar Ben keek naar de spin.

'Wat is er, Ben?'

Hij snifte.

'Ze waren allemaal net zoals in die tekenfilm. Toen wist ik 't.'

'Ik kan je niet volgen, knul.'

'Paula was de niezende, en Ruth was de malle en kon haar armen niet goed bewegen. En Jacob was net zoals die ene die de hele tijd lachte. En Rhea was chagrijnig. Net als Grumpie in die tekenfilm.'

'Die tekenfilm? Welke tekenfilm?'

Pete gleed over de vloer tot hij Bens gezicht kon zien. De jongen staarde door het melkige raam of naar het gespikkelde oppervlak ervan.

'Ethan was de dommel. Mama kon hem maar niet wakker krijgen, en hij was de kleinste.'

'Waren ze ziek?'

'Hij deed het om me te straffen.'

'Deed wat? Wat deed hij dan?'

'Papa komt eraan.'

Door het melkige, doorzichtige raam konden ze de gestalte van Pearl onderscheiden die haastig aan kwam lopen over de nog steeds uitgesleten hoofdstraat, overwoekerd door gras. Toen hij dichterbij kwam, konden ze zijn kaak zien bewegen, alsof hij in zichzelf praatte. Pete vroeg zich af of ze een groot deel van hun tijd gewoon bij elkaar in de buurt zaten te mompelen. Of ze elkaar überhaupt hoorden.

Pearl liep met twee treden tegelijk de trap van het hotel op, naar de eerste verdieping, en duwde zich door de deur met één scharnier, haastig, woedend.

'Overeind! We maken dat we hier wegkomen,' zei Pearl.

'Wat is er aan de hand?' vroeg Pete.

Jeremiah beende de kamer in, pakte zijn geweer van de plek waar die tegen de muur stond, en liep naar het raam waar Benjamin net doorheen had staan kijken. De jongen begon de spullen in te pakken. Pearl wreef over het glas, maar het koppige verzamelde stof leek in al die jaren voorgoed met het raam versmolten te zijn geraakt en het zicht erdoorheen was even vertekend en onduidelijk als door een glas bier. Met de kolf van zijn geweer tikte hij er met efficiënte plofjes een paar ruitjes uit. De jongen aarzelde, en dat voelde Pearl meteen.

'Ik zei inpakken, Ben.'

Het joch raapte hun bekers bij elkaar, propte wat losse kleren in hun plunjezakken en deed zijn jas en laarzen aan.

'Er komt iemand aan,' mompelde Pearl, terwijl hij het overwoekerde spookstadje af keek, zijn hoofd uit het raam stak om naar links en naar rechts te kijken. 'Dat krijg je, als ik jou vertel waar we zitten.'

'Het is vast niemand. Kids die hier bier komen drinken en mensen die komen kijken naar de oude...'

'Het was geen joch. Een of andere klootzak met een schietijzer. Heb je ons aangegeven bij je superieuren?'

'Jeremiah, volgens mij heb ik het afgelopen jaar nog geen twee woorden met een superieur gewisseld.'

Pearl keek het weiland tussen de spookachtige blokhutten en nerinkjes af, een weg die ooit wemelde van het kar-, hoef- en voetgangersverkeer. Waar kinderen tussen de karren door hadden gerend op weg naar school.

Pearl draaide zich met een ruk om.

'Is dit het? Is dit hoe je besluit er een eind aan te maken?'

Pete legde zijn gezicht voor Pearl bloot, liet elke eerlijke, naakte gedachte erdoorheen spelen en die door Pearl lezen.

'Denk je echt dat ik zoiets wil doen?'

Pearl slingerde zijn geweer over zijn schouder, zei tegen Benjamin dat hij moest opschieten, en sleepte een canvas tas vol met hun spullen de kamer uit en door de gang naar de trap. Pete liep achter hem aan. Hij moest met hem praten. Over de kinderen die ziek waren geweest. Over Ben, die dacht dat dat zijn schuld was...

Pete bleef op de overloop staan toen hij zich realiseerde wat Benjamin hem aan het vertellen was geweest.

Dat ze waren gestorven.

Dat de kinderen ziek waren geworden en dood waren gegaan. En Pearl had tegen de jongen gezegd dat het zijn schuld was.

Pearl begon de trap af te lopen.

'Jeremiah!'

Pearl negeerde hem.

'Wacht even!' riep Pete. 'Ze zijn dood, hè, of niet soms?'

Hij greep de leuning vast en alleen door het gewicht van zijn hand kwam de leuning van de muur en de stijlen schoten in een helix weg van de trap en vielen in stukken voor Pearl neer. Pearl bleef op de treden staan, ademde zwaar. Pete kon zijn gezicht en profil zien – de man wilde zich niet helemaal omdraaien –, zoals hij daar zwaar door zijn neus stond te ademen, als een stier. Zijn kaak bewoog vreemd en zijn baardharen schudden. Verder stond hij roerloos.

'Waarom heb je tegen Ben gezegd dat het zijn schuld was?'

Pearl smeet de canvas tas naar de voet van de trap, waar hij op de houten vloer plofte en een pluim krijtachtig stof deed opwaaien. Toen daalde hij zelf af, zijn voetstappen zwaar op de treden. Pete ging achter hem aan.

'Wat heb je gedaan, Jeremiah? Die kinderen...'

Pearl draaide zich met een ruk om en sloeg Pete met zijn vlakke hand in het gezicht. Door de klap sloeg hij achterover tegen de hoofdbaluster onder aan de trap. Pearl sloeg hem nog eens en Pete ging tegen de grond. Hij liep in krabbengang achteruit, terwijl Pearl eerst zijn vlakke hand en vervolgens zijn vuisten op hem liet neerdalen, felle sterren van de pijn, claxons van pijn, terwijl Pearl schreeuwde dat hij hen allemaal onder de grond zou stoppen om wat ze hadden gedaan, dat hij de wreker van de Heer was, dat niemand Zijn toorn bespaard zou blijven.

Toen trilde zijn gezicht als een kapotte motor die stilviel.

Petes hoofd gonsde, een pijnlijke kerkklok.

Toen had Pearl zijn overhemd in zijn vuist en hij brulde recht in zijn gezicht.

'Ik ben dynamiet, meneer Snow. En u, u bent een afgezant van Satan. U kunt niet zeggen dat u niet gewaarschuwd bent. U kunt niet zeggen dat niemand u heeft verteld wat u bent.'

Hij stompte Pete op zijn neus en op zijn hele gezicht en alles was wit en luidruchtig en wazig.

De jongen schreeuwde van boven.

'Papa! PAPA!'

Pete lag plat op zijn rug in het neerdwarrelende stof. Hij was even weggeweest, maar nu drukte hij zich op zijn ellebogen omhoog, maalde met een scheefgeslagen kaak. Zijn zicht een tikje schokkerig. Zijn gebit deed pijn. Zijn oor pulseerde als brandende kolen. Hij proefde bloed.

Pearl knielde neer in de deuropening, zijn geweer gericht op iets buiten, in Deerwater.

'Blijf staan waar je staat!' beval hij, zijn stem helder en duidelijk.

Pete draaide zich op zijn buik. Jezus. Wat gebeurde er nu.

Hij hees zich langs de muur overeind, en ging toen achter Pearl staan.

De moed zonk hem in de schoenen bij wat hij zag.

Wes.

Zijn broers reclasseringsambtenaar was midden op de onbeschutte weg tussen twee oude gebouwen stil blijven staan. Hij hield zijn hoofd scheef om beter te kunnen zien wie er tegen hem stond te schreeuwen, maar hij kon niemand onderscheiden in het beschaduwde interieur van het hotel. Pearl richtte zijn geweer op Wes.

'Oké, luister,' zei Pete kalm tegen Pearl.

'Hou je kop.'

'Nee, luister nou. Dat is de reclasseringsambtenaar van mijn broer.'

Pearl haalde zijn linkerhand van de voorarm, rukte Pete bij een riemlusje aan zijn broek naar voren en de voordeur door.

'Wegwezen jullie, allebei,' zei Pearl. 'Nu. Anders schiet ik hem dood. En jou erbij.'

Pete stond daar in het zonlicht en tussen de paardenvliegen. Hij schermde zijn ogen af.

'Wes!' riep Pete.

Wes gooide zijn handen in de lucht, vroeg woordeloos wat dit in godsnaam voorstelde. Pete jogde naar de plek waar hij stond, een meter of vijftig voor hem, terwijl hij ondertussen met zijn handen bleef zwaaien. Wes rekte zijn hals om door het raam boven hem te kijken. Pete wierp een vluchtige blik naar boven, en keek weer voor zich. Kut. De loop van Bens geweer kwam ook uit het raam.

'Haal Ben naar beneden!' schreeuwde Pete tegen Pearl terwijl hij op Wes af liep.

Wes reikte naar beneden en maakte zijn holster los.

'Jezus!' riep Pete. 'Laten we de boel nou niet laten escaleren, Wes.'

'Zeg nou maar gewoon tegen je broer dat-ie naar buiten komt,' antwoordde Wes.

'Mijn broer is hier niet, Wes,' zei Pete, toen hij dicht genoeg bij hem was om gewoon te praten. 'Dit zijn...'

'Een stelletje idioten die een wetshandhaver onder schot houden. Luke! Luke Snow, maak verdomme dat je naar buiten komt!'

Wes kwam naar voren, haalde zijn .38 uit zijn holster.

'Ik zei blijf staan waar je stáát!' schreeuwde Pearl, en door de felheid daarvan bleef Wes staan, maar maar net, en Pete ging recht voor hem staan, met zijn handen in de lucht.

'Alsjeblieft, Wes. Luister nou even.'

Wes rukte weer verder op. De dwaas.

'Wes! Stop!'

'Ik zou hem verdomme maar tegenhouden, Pete!' riep Pearl.

'Wes, alsjeblieft! Wacht nou even, godverdomme!'

Wes bleef ongeveer een meter voor Pete staan, die vluchtig over zijn schouder keek. Benjamin zat roerloos bij het raam. Pearl was naar buiten gelopen, en had een nieuwe positie ingenomen bij de hoek van het hotel, waar hij hen weer op de korrel nam. Pete stelde zich opnieuw tussen de twee mannen op.

'Ik jaag jullie allebei een kogel door jullie donder, klootzakken!' schreeuwde Pearl.

'Jeremiah, laat me nou gewoon even met hem praten!'

Pete deed een stap naar voren, net links van Wes. Dichtbij genoeg om hem aan te raken.

Toen Pete naar zijn schouder reikte, leunde Wes naar voren, richtte zijn pistool op Petes borst.

'Luister, ik zal je vertellen waar Luke is...'

Wes huiverde, ongelijkmatig, alsof hij moeite had met een danspasje, en liet zijn wapen zakken. Kraaien vlogen op van het dak van een oude schuur. Wes deed zijn hand naar achteren alsof hij over zijn rug wilde krabben en boerde toen een lange, rode tong op die Pete nog steeds niet als bloed herkende. Toen deed hij dat wel, net als het lange, zuigachtige vervagen toen de knal van het geweer wegstierf tussen de bomen, de wind tussen de bomen.

Hoorde zichzelf zeggen: *O kut, alles is goed alles is goed.*

Zag zichzelf naar voren stappen.

Wes richtte zijn pistool weer op Pete, zijn wijd opengesperde ogen glazig van schrik of pijn of misschien iets wat alleen de bijna-doden kennen. Toen werd 's mans hoofd naar achteren gerukt alsof het aan een touwtje zat. Een rode waterval stroomde achter zijn oor naar buiten. Hij tuimelde om.

Pete draaide zich met een ruk om. Om tegen Pearl te schreeuwen dat hij moest stoppen. Maar er was alleen de jongen achter het raam, boven, een spook van rook. Pete keek hulpeloos naar Wes. Door de open voordeur hoorde hij Ben van de trap naar beneden hollen. Hij bleef even in de deuropening staan om naar buiten te kijken, naar wat hij had gedaan, en zijn vader sleurde hem door de hal naar de achterdeur. Het volgende moment stormden ze halsoverkop naar een oud, kapot hek. Pearl rende, en de jongen achter hem aan.

Hoorde zichzelf naar hen schreeuwen.

Voelde dat hij niet achter ze aan ging en niet bleef waar hij was, maar in kringetjes rond bleef darren in zijn eigen zinloze, onophoudelijke getier.

Hoorde zichzelf aan hen vragen wat ze nou hadden gedaan, wat ze nou hadden gedaan. Waarom. Waarom hadden ze het hem niet laten afhandelen. Hij had het kunnen afhandelen.

Benjamin bleef staan toen hij Petes gesmoorde geschreeuw hoorde, en draaide zich om. Pearl had het hek bereikt en toen hij zag dat zijn zoon was achtergebleven, rende hij terug, pakte Ben bij zijn oor, leidde het huilende kind voor zich uit en blafte haast tegen hem totdat de jongen begon te rennen.

Alles viel stil, op het zachte ademhalen van de man op de grond na. Pete liep naar de plek waar hij met zijn gezicht naar boven lag, zijn ogen gedeeltelijk dicht als iemand die met samengeknepen ogen naar een menukaart keek. De voorkant van zijn geruite overhemd zat helemaal onder het bloed. Hij riep naar de Wes in dat lichaam, en hij inspecteerde hem om te kijken wat er nog gedaan kon worden. Een flink deel van 's mans schedel en hersens waren weg. Toch ademde hij. Natte, dunne ademtochten die de plotsheid en ongerijmdheid van zijn dood weerspiegelde, die hem nu bekroop.

Pete voelde een kil kolken in zijn maag en zijn ballen, en hij liep een paar meter van hem weg. Hij vermoedde dat er niets aan te doen viel, en bedacht toen dat hij de stukjes bot en hersenen misschien moest verzamelen, maar hij wist dat hij zichzelf daarmee alleen maar kwelde.

Hij verzamelde moed om naast die man te gaan zitten die hij als jongen had gekend, liep naar hem toe. Hij pakte zijn hand en zei tegen hem dat het oké was om verder te gaan en dat het hem speet en hij vroeg hem waarom hij zo'n stomme klootzak was geweest, of het dit waard was, natuurlijk was het dat niet.

Dat gebeurde in september. Het najaar doemde op en overal heerste het gevoel van gelukkige dingen die verdwenen.

Enige tijd later kwam het in Pete op dat Wes misschien wel dagenlang stervende kon zijn. Hij dacht aan president Lincoln, die een hele nacht ongevraagd was blijven doorademen, en die was veel ouder dan Wes toen hij werd neergeschoten. Hij dacht eraan dat Benjamin een moordenaar was geworden. Een jongen van die leeftijd.

Toen het donker was geworden, leek de man te stikken, maar hij wilde maar niet dood. Het was ondraaglijk om aan te horen, en uiteindelijk legde Pete zijn handpalm over de neus en mond van de stervende man, dacht: ik neem een deel van de last wel op mijn schouders, het is deels mijn schuld, misschien wel grotendeels. Maar toen de man ophield met ademhalen, bewoog er niets in het bos, en Pete was nog meer alleen. Dat was ook ondraaglijk. Maar er viel niets aan te doen.

31

Hij liet het lichaam van de man 's nachts achter. Hij maakte zich zorgen dat iemand de auto van de rechter bij het begin van het pad zou zien staan. In het donker liep hij over de oude weg naar Deerwater, waarover karren ooit ijsblokken, schepijs, lampolie en prostituees vervoerden. Hij peinsde zinloos of Wes de laatste moord was in dit stadje of dat er nog wel een paar onwaarschijnlijke sterfgevallen deze kant op zouden komen.

Een bleke halvemaan kwam langzaam boven de boomrand uit. Een spotlicht. Een nacht voor bandieten.

De volgende ochtend wachtte hij tot Neil de deuren van de Ten High opendeed. Neil slurpte van zijn koffie terwijl hij toekeek hoe Pete glazen bier zat te drinken.

'Wil je wat te eten?'

'Nee, bedankt.'

'Wat mankeert jou nou, verdomme?'

'Die vraag is veelomvattender dan ik nu waarschijnlijk kan beantwoorden.'

Neil keek hoe Petes handen over de bar gleden, alsof hij de staart van een oude Chevy bewonderde.

'Vind je het erg als ik de tv aanzet?'

'Nee.'

'Wil je daarmee ophouden?'

Pete klemde zijn handen om zijn biertje. Neil schudde zijn hoofd en zette de tv aan met een poolkeu die voor dat doel was ingekort en keek naar het ochtendjournaal, met een voet op het koelkastje en de andere op de loopplanken. Af en toe wierp hij een vluchtige blik op Pete.

De rechter kwam vlak voor twaalven binnen waggelen, wachtte tot zijn ogen zich aan de schemerige ruimte hadden aangepast, en liep toen regelrecht naar Pete.

'De politie is naar je op zoek.'

'Da's snel.'

'Wat is er gebeurd?' vroeg de rechter. 'Lazer op, Neil.'

Neil wierp de rechter een gekwetste blik toe, liep vervolgens achter de bar vandaan, haalde een bezem uit de kast en ging de stoep voor de deur vegen.

'Ze zijn bij me thuis geweest, Pete. Iedereen weet dat die auto van mij is.'

'Wie heeft hem gevonden?'

'Een paar spijbelende kids.' Hij wachtte tot Pete iets zei.

'Hij is degene die mijn huis in de fik heeft gestoken.'

'Jezus christus. Waar is Neil heen? Ik heb een borrel nodig.'

De rechter liep naar achter de bar, schonk een glas whisky voor zichzelf in, en toen nog een.

'Nou heb je een motief. Een gevalletje in-het-heetst-van-de-strijd. Een jury zou...'

'Ik heb hem niet vermoord. Ik was erbij, maar ik heb hem niet vermoord.'

'Luke?'

'Nee.'

'Wie dan?'

Pete leunde over de bar heen en vulde zijn glas bij onder de tap, slurpte het schuim eraf.

'Je moet iemand voor me vinden.'

Pete nam nog een paar grote slokken bier. Boerde. De rechter pakte het glas uit zijn hand en zette het opzij.

'Die agenten kunnen elk moment met je komen praten. Geen reet zeggen. Ik heb Jim Uhlen al gebeld. Als dit voor de rechter komt, moet je waarschijnlijk een betere advocaat hebben. Maar hij is al onderweg uit Kalispell.

Pete grijnsde somber.

'Graag gedaan, Pete.'

'Ik heb geen advocaat nodig.'

'Jawel, dat heb je wel, verdomme.'

'Er is een ATF-agent die je voor me moet vinden. Pinkerton heet-ie. Hij is degene die ik moet spreken.'

Trucks en busjes vol bewapende FBI-agenten, marshals en politieagenten vorderden Pearls huis en stelden een paar scherpschutters op op het klif. Ze lieten speurhonden zoeken. De ooit onaantastbare berg werd ingenomen zonder dat er een schot werd gelost om hem te verdedigen.

Pete vloog mee in een helikopter, wees naar beste vermogen de plekken aan waar ze gekampeerd hadden, maar de Yaak was vanuit de lucht bijna ondoordringbaar. Hij liet Pinkerton zien waar hij voedsel en kleren voor de Pearls had verstopt, en probeerde op hun topografische kaarten alle plekken te achterhalen waar hij met hen geweest was. Hij had een groot deel van het gebied met hen doorkruist, en Pete wist zeker dat hij de helft nog niet gezien had. Ze waren over de Purcells, Whitefish, Salish en het Cabinetgebergte getrokken. Ze waren het Glacier Park in geglipt, Canada misschien. Toen hij ze pas had ontmoet, hadden ze het zwaar en was de wildernis aan de winnende hand geweest, maar met een beetje hulp van Pete waren ze gezonder geworden. Hij verzekerde de FBI-agenten dat ze proviand bij zich hadden, medicijnen, meer dan genoeg kogels, en in de dichte bossen en met name de ongerepte, wegenloze gebieden van de Yaak waren ze praktisch onzichtbaar.

's Nachts zat hij op de veranda voor het huis, wenste half dat Pearl hem van ergens tussen de bomen zou neerschieten. Agenten die binnen rookten, praatten over hun kinderen, over football, de Sovjet-Unie. Werelden en werelden verwijderd van waar ze waren.

Hij voelde een vreemd maar oprecht verlangen om zijn verontschuldigingen aan iemand aan te bieden. Voor wat er gebeurd was. Wat hij allemaal verkeerd had gedaan.

Zijn leven.

De opzichters van Fish, Wildlife and Parks hadden in dit gebied de jurisdictie, maar die droegen ze over aan de FBI en de ATF. De politie van Tenmile ondervroeg Pete, maar voornamelijk, zo leek het, om een morbide soort nieuwsgierigheid te bevredigen. Zelfs een korte vergadering met zijn advocaat liep er alleen maar op uit dat Pete nogmaals zijn verhaal moest ophoesten, en de man zijn kaartje ophoestte. Voor zover iedereen wist, was Wes Pete naar Deerwater gevolgd, waar hij een confrontatie had laten escaleren met een gek uit de bergen die Pete langzaam was gaan vertrouwen en gewelddadig reageerde op het verschijnen van een gewapende gezagdrager. En afgezien van het feit dat het de jongen was die de schoten had gelost, was alles wat Pete zei waar.

Maar de reclassering was er nog steeds institutioneel van overtuigd dat Pete zijn broer verborgen hield, en op een winderige dag gingen de rechter en een man van de reclassering aan Petes tafeltje in het Sunrise Café zitten. De winterkou was vroeg en nietsontziend gekomen – geen sneeuw, alleen een eindeloos front van arctische lucht – en toen de rechter de deur van het café opendeed, sprongen mensen op van de kou alsof hij op een claxon had gehengst. Een gezin verkaste met hun broodjes warm vlees en gegrilde kaas naar warmer oorden, bij de keuken.

De man van Corrections stelde zich voor, maar Pete was te diep in zijn eigen gedachten verzonken en was diens naam meteen kwijt. Hij zei dat hoewel hij geloofde dat Pete in grote lijnen de waarheid sprak over wie hun collega had gedood, de goed gedocumenteerde opvattingen van agent Reynolds inzake de verblijfplaats van Luke Snow moeilijk te negeren vielen.

'Van de doden niets dan goeds,' zei Pete.

'Ik vraag je ook niet iets slechts te zeggen. Maar je kunt me beter wel vertellen waar je broer is. Wes was er zeker van dat je dat wist.'

Pete had Lukes adres in zijn portefeuille zitten toen hij zei dat hij geen flauw benul had waar zijn broer was. De man van de reclassering zette zijn cowboyhoed weer op, schoof achter het tafeltje vandaan en liep de deur uit. De rechter bleef, zei de man niet eens gedag en roerde stilletjes in zijn koffie.

'Wil je per se ook de gevangenis in draaien?'

Pete keek door de fractals van vorst op het grote raam naar het verlaten plein daarachter.

'Iedereen doet zoveel moeite om een losgeslagen type als Luke te vinden of een of andere gek in de bossen op te sporen,' zei Pete, 'maar niemand die me kan vertellen waar Rachel is.'

De rechter nam zijn afgetobde gezicht in zich op, maar hij kon Pete niet lang recht aankijken.

'Waar is zij verdomme, nu, op dit moment?'

Er viel niets te zeggen. De serveerster kwam en de rechter bestelde. Toen zijn eten werd gebracht, trok de rechter met zijn rode vingers een broodje open, smeerde boter in de stomende binnenkant ervan en propte het halve ding in zijn mond, kauwde met zijn ogen dicht. Hij dronk van zijn koffie en Pete luisterde terwijl hij sterke verhalen opdiste. Aan het eind van de middag liep de rechter naar de overkant van de straat om jurisprudentie te bestuderen.

September maakte plaats voor oktober. Nog geen sneeuw. Pinkerton kwam bij hem langs, klopte op de deur van Petes kantoor. Hij bleef in de deuropening staan, met zijn pet in de hand en een ontstemde uitdrukking op zijn gezicht, alsof hij iemand uit zijn huis kwam zetten.

'Heb je even tijd om een ritje te maken?' vroeg Pinkerton.

Pete vroeg wat er was gebeurd. Hij vroeg of ze Pearl hadden gevonden, de jongen. Pinkerton veegde met een vinger over de rand van zijn pet.

'Dat zul je zelf moeten komen bekijken.'

Ze reden zwijgend door Tenmile, vervolgens het stadje uit. Ze sloegen af, de weg naar Fourth of July Creek op. Toen ze Cloningers huis passeerden, keek Pete of hij hem of Katie zag, maar ze waren nergens op het perceel te bekennen en zaten ook niet samen schrijlings op een van Cloningers paarden, zoals Pete ze de laatste tijd had zien doen. Soms als ze door het stadje klepperden. Hij hoopte dat het goed met haar ging. Hij wist dat dat zo was. Dat was iets goeds.

Ze reden een bocht door en raakten bijna een pick-up die over het zandweggetje aan kwam denderen.

'Krijg de tering,' zei Pinkerton, en hij slingerde zijn raampje dicht terwijl ze door de stofwolk van de truck scheurden. 'Jullie kunnen voor geen meter rijden, hier.'

Hij scheurde bijna langs het huis van de Pearls, waar Pete hem op wees. Hij liet de banden slippen om vaart te minderen, en sloeg af.

'Bedankt.'

'Je ziet het gauw over het hoofd.'

Ze werden op de hobbelige oprit alle kanten op geslingerd en reden vervolgens tussen een wirwar aan omgezaagde jonge boompjes en door trucks platgewalste sneeuwbalspirea. Ze reden over het oneffen weiland, dat nu vol stond met ongemarkeerde politiewagens en een paar trailers met federale afkortingen erop.

'Ik zei zelf nog dat jullie de Pearls met rust moesten laten,' zei Pete, terwijl hij dat allemaal overzag. 'Als ik naar mijn eigen advies had geluisterd, zou dit allemaal niet gebeuren.'

'Jij hebt dit allemaal niet veroorzaakt.'

'Als er een maatschappelijk werker in je deuropening verschijnt, ren dan maar als de sodemieter de achterdeur uit.'

Pinkerton glimlachte niet, liet zijn ogen niet afdwalen van wat er voor hen lag.

Een ATF-agent zette een uzi-machinepistool in elkaar. Andere praatten in walkietalkies. Pinkerton escorteerde Pete verder naar achter het huis en het kippenhok. Een droge, koude wind waaide met toornig lawaai uit het noorden en tussen de bomen door, en dekzeilen die door stenen op de grond werden gehouden bolden op waar de wind eronder kwam, zodat ze werden opgeblazen tot blauwe pontons, als een soort industriële blazen leegliepen en weer omhoogkwamen. De stapel stenen achter het kippenhok was weggehaald bij de ingang van wat nu een kelder bleek te zijn die net links van het klif was uitgegraven in de berg. Lichten flitsten op in de kelder – flitslampjes, realiseerde Pete zich – en het volgende moment kwam er een man met een draagbaar achterwaarts naar buiten, en hij en de man aan het andere eind zetten de draagbaar naast de dekzeilen op de grond.

Pete begreep niet wat hij aanschouwde.

De agent met de camera kwam gebogen de kelder uit, en knielde al foto's makend neer. Pinkerton was naar de dekzeilen gelopen, maar Pete merkte dat hij dat niet kon. Pete zag de onderkant van het nylon sokje van een kind en zelfs vanaf verscheidene meters afstand dat het gestopt was en rond de enkel afgezakt, en hij voelde het gigantische verlangen dat iemand – niet hijzelf, maar iemand – het zou ophijsen. Hij kon er niet naartoe lopen voor iemand het had opgetrokken. In plaats daarvan legden de mannen een dekzeil over de draagbaar.

Pinkerton realiseerde zich dat Pete niet met hem mee was gekomen, dat hij op de heuvel zat uit te kijken over het weiland en alle voertuigen van de lokale en federale politie, en hij liep naar hem toe.

'Ik wist dat ze dood waren. Ben zei dat de baby maar niet wakker wilde worden en dat de anderen raar deden, als tekenfilmfiguren, zei hij...'

'Ze zijn geëxecuteerd, Pete.'

Pete draaide zich om.

'Dat is niet waar. Jeremiah zou nooit...'

'Stuk voor stuk.' Pinkerton gebaarde naar de dekzeilen. 'Ga zelf maar kijken. Door de slaap geschoten.'

'Flikker toch op. Ze waren zíék.'

'Wat voor ziekte dan?'

'Dat weet ik niet. Ze waren gewoon ziek. En ze zullen vast... ze zullen vast bang zijn geweest om naar een arts in het stadje te gaan. Vanwege die arrestatie. Ze...'

Pinkerton greep Pete bij zijn arm.

'Kom op. Kom kijken. Met je eigen ogen.'

Pete rukte zijn arm los, maar ging met Pinkerton mee om te kijken. Naar onmogelijk kleine polsbotjes en metalen ritsen en plastic haarspeldjes. Alles van katoen was vergaan, maar de polyester pyjamahemdjes, de nylon sokken en de knoopjes waren er nog allemaal.

Ze waren zo delicaat en klein.

'Ik heb je hier niet naartoe gebracht omdat ik morbide ben, Pete. Ik wilde dat je zag met wie je al die tijd te maken hebt gehad. Een man die zijn eigen vrouw en kinderen heeft gedood.'

'Ik moet hier weg.'

Pete stond op en begon de heuvel af te lopen.

'Als je iets voor me verzwijgt, dan is dit het moment. Zie je waartoe hij in staat is? Zie je het nou?'

Pete bleef lopen, tussen de auto's, busjes en trailers door, over de aangestampte aarde en vertrapte kruisbessen en toen tussen de elzen en lariksen door. Hij daalde over de grindweg de berg af, en kwam na een tijdje aan bij de modderige oever van een vijver achter het perceel van Cloninger. De hond kwam blaffend over Cloningers weiland aanlopen toen Pete naderde. Hij liet het dier zijn handpalmen zien en liep verder, terwijl het dier naast hem ging lopen en hem praktisch naar de achterdeur escorteerde. Cloningers kinderen waren tikkertje aan het spelen in de tuin. Katie liet zich uit de autobandschommel glijden en rende naar hem toe alsof het de normaalste zaak van de wereld was dat Pete de bossen uit kwam om haar op te zoeken. Misschien was ze door sprookjes gewend geraakt aan dit soort rare toestanden, of door haar moeder. Misschien was het de kindertijd wel eigen om niet overal vragen bij te stellen en bang voor te zijn, het was zo lang geleden, Pete wist het niet meer.

* * *

Staat er in de aantekeningen in haar dossier dat ze iemand van het personeel aanviel? Trokken ze haar privileges in? Staat er dat ze verscheidene weken kalmeringsmiddelen kreeg? Wordt erin aanbevolen dat ze wordt overgebracht naar het provinciale ziekenhuis in Lakewood om daar onderzocht te worden?

Ja. Maar volgens de wettelijke bepalingen in Washington moet een rechtbank een dergelijke overplaatsing binnen dertig dagen na een officieel verzoek gelasten, en het officiële verzoek raakte zoek of werd verkeerd verwerkt.

Dus ontwikkelde ze een vaste routine. Ze at haar maaltijden en ging naar haar afspraken en deed aan handwerken. Ze damde met de meisjes, zo veel meisjes. Huilerige meisjes, boze meisjes, elkaar wederzijds aanrandende meisjes, snijdende meisjes, stiekeme meisjes, ruziënde meisjes, knuffelende meisjes, meisjesachtige meisjes, vrouwelijke meisjes, krankzinnige meisjes. Zij probeerde het volwassen meisje te zijn. Het stabiele meisje. Het stille meisje dat deed wat er van haar verwacht werd. Ze praatte tijdens het kringgesprek, maar alleen in algemeenheden of verzonnen bijzonderheden. Wat een mensen ontmoet je daar. Hardcore perverselingen en zachtaardige zielen die je alles geven wat je wilt, zodat je je gaat afvragen hoe ze alles hebben overleefd. Zo gaat de wereld er op een dag uitzien, zegt ze. Een wereld van jagers en maar een paar renners. Nemers. Geen verzorgers.

En iedereen maar wyomen.

Ze ging op een veldbed zitten, en begon te janken. Daar schaamde ze zich helemaal niet voor of zo.

Dus toen werd ze overgedragen aan Butler?

Die maatschappelijk werker? Ja.

En toen ze Butler vertelde dat haar vrienden in het Golden Arms woonden, begonnen zijn ogen te glimmen, en ze kon zien dat hij het gevoel had iets bereikt te hebben door haar terug te brengen naar het appartement van haar pooier. Dat er in die ironie een waarheid over het leven schuilging, in het feit dat Butler terloops het appartement bekeek. In het feit dat hij vroeg waar Pomeroy was, maar niet echt naar het antwoord luisterde. In het feit dat hij zei dat hij over een week weer contact zou opnemen.

En waar had Pomeroy gezeten?

Weer in Californië.

Yo en Rose gingen hem afhalen van het busstation. Toen ze vroegen of er nog iets van hem in de bus lag – waarmee ze koffers bedoelden –, zei hij: 'Alleen dat', en hij wees naar een blond meisje dat zo lang was dat het een berisping aan het adres van Rose en Yo leek. Ze heette Brenda. Ze had bloeduitstortingen op haar benen en leek half gek, als je zo naar haar luisterde, terwijl ze babbelde van omijngod keel me maar meteen echt wel ze waren allemaal hartstikke knetter en ik zei van 't zal wel en zij werden hartstikke pissig maar ik smeerde 'm het waren net kannibalen daar in Sacramento weetjewel ieder voor zich het is maar goed dat Pomeroy er was. Weet je wel? En maar smakken op haar kauwgum.

Zij was ook een hoer. Ze hoopte dat de gasten waar ze daar bij zat niet achter haar aan kwamen. Zei dat ze niet zomaar meisjes opgaven, in Sacramento. Dat ze haar gezicht de vernieling in zouden helpen als ze haar vonden.

Echt? vroeg Rose. *Wat zouden ze dan doen?*

Me aan flarden snijden, echt wel, dat zouden ze doen. Zonder dollen. Zodat ik voor niemand niet kon werken.

Besloot Rose toen dat ze moest maken dat ze wegkwam?

Ja.

Ze zei tegen Yo dat ze ermee ging ophouden. Dat ze wegging uit het Golden Arms.

Dat vindt Pom nooit goed.

Ik praat wel met 'm.

Tuurlijk. Doe dat vooral.

Toen ze probeerde weg te gaan – haar spullen had gepakt in een groene rugzak die klaarlag op het bed, en zat te wachten tot Pomeroy thuiskwam, zodat ze het hem kon vertellen – kwam hij toen binnen, en zei hij: ***Trek je kleren uit?***

Ja.

En deed ze dat?

Ze had hem nog nooit zo snel zien bewegen: hij gaf haar met zijn vlakke hand een klap in haar gezicht, waardoor haar kaak een paar dagen vreemd in haar hoofd zat, en toen ze weer uit haar ogen kon kijken, had hij een draadhangertje op de kookplaat liggen.

Je hebt je kleren nog aan, zei hij op vlakke toon.

Ze keek hem alleen maar aan, vroeg zich af of hij dacht dat hij haar zo zou breken. Dacht hij dat ze zou blijven. Realiseerde hij zich wel hoe stom dit was. Dat hij het haar alleen maar uit haar hoofd hoefde te praten, dat hij het haar uit haar hoofd kon praten, als hij wilde. Dat hij gewoon kon zeggen dat ze een prachtige vrouw was, dat zoveel mannen haar wilden. Zelfs dat had haar misschien van gedachten doen veranderen.

Maar in plaats daarvan liep hij met een gloeiend hete kleerhanger op haar af, en ging zo vlak bij haar gezicht staan dat ze zijn warmte de hele tijd dat ze haar blouse openknoopte door haar gesloten oogleden heen kon voelen. Hij zei tegen haar dat ze het niet in haar hoofd moest halen meer te rekenen dan hij haar opdroeg en het verschil in haar eigen zak te steken. Zei tegen haar dat ze nergens heen ging.

Moest hij haar brandmerken?

Nèh. Ze zei bij zichzelf: zorg gewoon dat je dit doorstaat, en dan ga je weg.

Dus ze rende weg?

Dat wilde ze doen, maar toen gebeurde er iets en hoefde dat niet meer.

Wat dan?

Sacramento kwam achter Brenda aan.

Er stopte een busje voor de deur, en daar sprongen drie gasten uit. Rose wist niet eens wat ze zag, tot ze Brenda grepen, haar op haar bek sloegen en met verbijsterende expertise het busje in sleurden; de achterdeuren zwaaiden dicht en het scheurde de hoek om.

Wat deed ze toen, terwijl ze daar op straat stond?

Ze rende naar het Golden Arms, propte haar spullen in een vuilniszak en vertrok voor Pomeroy en Yo terug waren.

Waarom?

Ze wist ineens hoe ze het Pomeroy betaald moest zetten.
Hoe dan?
Sacramento.

32

Er kwam bericht over Rachel in een brief van het Department of Social and Health Services in Seattle die op zijn bureau had gelegen tussen een stapel pamfletten, nieuwsbrieven en officiële correspondentie die hij amper nog doorbladerde. Hij had een stapel post omgestoten en zijn aandacht was getrokken door het stempel van de DSHS van Seattle op de envelop, en toen hij zich realiseerde wat daar in zou kunnen zitten, scheurde hij hem open. De woorden die langs schoten drongen in horten en stoten tot hem door.

Beste meneer Snow... niet zeker, maar ik geloof dat we uw dochter hier hebben, een meisje dat Rose heet... Rose!... *beantwoordt aan haar beschrijving... in onze instelling in Bremerton... zou u graag met elkaar herenigen... neemt u vooral rechtstreeks contact met me op... Norman Butler, DSHS...*

De brief was in augustus verstuurd, een paar dagen na de inval. Pete begreep niet waarom die gast de moeite had genomen een brief te tikken, terwijl hij had kunnen bellen. Even was hij te woedend om hem nog een keer te lezen. Misschien had hij geprobeerd te bellen. Kut. Hij had waarschijnlijk gebeld en hem niet te pakken kunnen krijgen. Hij had een nummer in Missoula moeten achterlaten, van het hoofdkantoor.

Rose.

Dat meisje in Indianapolis had gezegd dat ze zich Rose noemde. Dit was haar.

Hij pakte de telefoon en draaide het nummer van Butler bij de DSHS van Seattle. Hij ging eindeloos over, en er nam niemand op. Hij hing op, probeerde het opnieuw. Hij bleef luisteren tot het overgaan van de telefoon door de speaker gekabbel van water werd. Hij greep zijn sleutels vast, en reed tien uur naar Seattle.

Het was diep in de nacht toen hij aankwam. Hij reed door het centrum, moest keren, verdwaalde vervolgens pas echt. Hij stopte voor een verkeerslicht, wreef over zijn slapen en zijn ogen.

Verscheidene huizenblokken verderop denderde iemand in een rolstoel van de geasfalteerde heuvel. Een waanbeeld van zijn trillende, door slaapgebrek geteisterde brein. Of niet. De stoel en de inzittende reden met een wijde bocht de straat door, alsmaar naar beneden, als een suïcidale ster, en kwamen recht op de auto van de rechter af. Het knipperende stoplicht lichtte de man amberkleurig uit toen hij zijn weg over de kruising vervolgde. Hij remde met vingerloze handschoenen en botste tegen de wieldop van Petes auto op, slipte langzij en kwam abrupt tot stilstand naast Petes raampje. Een schunnige verzameling van scheve tanden met spleetjes ertussen en opengesprongen lippen onder een door kanker aangevreten, dunbehaarde schedel. Pete tintelde van opkomende doodsangst. Was deze klootzak überhaupt echt. De man zette een behandschoende hand tegen Petes raampje en kreunde er een paar sentimenten uit.

Pete gaf een dot gas en reed door het zinloze rode licht. Het beeld van die gek deed er lang over om zijn geest te verlaten. Een geestverschijning, een slecht voorteken.

Hij nam een veerpont naar Bremerton. Het kantoor van de DSHS was gevestigd in een oud marmeren gebouw en maatschappelijk werkers stroomden in het ochtendverkeer naar binnen en het parkeerterrein stond algauw vol. Het begon te regenen, de zonneschijn verdreven door grijze platen stormwerk, onheilspellend gedonder.

Pete rende naar binnen. Cliënten, al gestrand op de bankjes bij de deur, keken toe hoe hij het water van zijn jas schudde. Het glas ratelde in de kozijnen door het gerommel buiten, als de schokken in een belegerde stad. Telefoons rinkelden zonder te worden opgenomen, zo leek het. Pete glipte langs de lege balie met zijn badge aan een koordje om zijn nek en beende over de afdeling, keek werkhokjes en naamplaatjes af, op zoek naar Butlers bureau. Hij vond het werkhokje en wachtte in een stoel er vlakbij tot de man zelf aan kwam lopen, roerend in een piepschuimen bekertje koffie. Een snor als kromme langhoorns, een sombere overdrijving van de uitdrukking die zijn wangen en kin vormden, zijn omwalde, neerslachtige ogen, alsof de man op de een of andere fundamentele manier aan het smelten was.

'Norman Butler?'

De man knikte.

'Ik ben Pete Snow. U hebt me een brief gestuurd over mijn dochter.'

Toen hij Pete de hand schudde, had zelfs zijn glimlach iets suffigs, alsof hij zich eraan overgaf, alsof iemand een hand geven en begroeten een formaliteit was die hij liever niet in acht zou nemen, maar het veel te veel moeite zou zijn om ze uit zijn menselijke routine te bannen.

Pete legde uit wie hij was. Butler luisterde met afgemeten knikjes, zijn hoofd omlaag gedoken alsof hij die terug zou kunnen schildpadden in zijn borstholte.

'Dus u hebt haar gezien?'

'Persoonlijk?'

'Ik bedoel of ze hier is.'

'Moeilijk te zeggen.'

Pete wachtte op nadere uitleg, die niet meteen volgde. De man ging achter zijn bureau zitten, bijna alsof de zaak daarmee was afgedaan.

'Hoor eens, ik kom net helemaal uit Montana rijden. Heb de hele nacht gewacht tot jullie kantoor openging. Ik wil erheen, waar ze ook is. Kunt u uitzoeken in welke instelling ze zit?'

'Wanneer zei u dat u mijn brief had ontvangen?'

'Gisteren. Maar u hebt hem in augustus verstuurd. Ik realiseerde me gisteren pas wat het was.'

Butler leunde achterover, waarbij zijn stoel kraakte als een stel knokkels.

'Nou, er valt onmogelijk te zeggen waar ze nu is.'

'Dat kunt u toch wel uitzoeken. Een dossier?'

'De brief,' zei Butler, en hij stak een grote handpalm naar voren, fraaie lange vingers. Pete gaf hem aan. Butler zat achter zijn bureau, deed een smalle lade open, viste daar een leesbril uit en deed er een hele tijd over om die op zijn neus te zetten. Hij begon te lezen, zette de bril af, maakte hem schoon, zette hem weer op en las verder.

'Ik heb u gevraagd te bellen.' Butler legde zijn vinger op die instructie in de brief, alsof hij wilde dat Pete die passage nog eens las.

'Weet ik. Heb ik gedaan. Er werd niet opgenomen.'

'Ik werk niet op maandag.'

'Aha.'

Ze keken elkaar aan. Pete werd bekropen door het besef dat er iets ernstig mis was met deze man.

'Ik heb u gevraagd te bellen, zodat ik kon voorkomen dat u hierheen kwam als ze er niet was...'

'Kunt u me gewoon vertellen of ze in uw instelling zit of niet?'

'We hebben meerdere instellingen, maar die zouden haar geen van alle zo lang vasthouden.'

'Nou, waar is ze dan?'

'Het zou kunnen dat ze voor de rechter moet verschijnen, en in dat geval zou ze in de jeugdinrichting zitten. Het is ook mogelijk dat ze naar een van de behandelcentra is gestuurd. Ik heb zoveel zaken te behandelen, ziet u.'

'Ja...'

'Of in een longstay-instelling.'

'Oké, maar...'

'Of misschien is ze overgedragen aan een volwassen voogd in de gemeenschap...'

'Norman,' zei Pete, en hij sloeg zijn hand voor zijn ogen.

'Ja?'

'Ik verwacht niet dat je uit je blote hoofd weet waar ze is.'

'Ik probeer u alleen maar te vertellen wat de mogelijkheden zijn, meneer Snow.'

'Is er een manier om uit te zoeken wat er daadwerkelijk is gebeurd?'

Norman zuchtte door zijn neus en ging staan. Pete liep achter hem aan een hoek om en langs een rij cubicles naar een deur die op slot zat. Hij liet verscheidene minuten lang verscheidene tientallen sleutels aan verscheidene met elkaar verbonden sleutelringen door zijn vingers glijden. Toen de deur openzwaaide, knipte hij het licht aan en stapte opzij. Een kaarttafeltje ging gebukt onder het gewicht van honderden manilla enveloppen tussen twee muren dossierkasten.

'Haar dossier zit ertussen,' zei Butler.

Pete trok zijn jas uit en legde hem op de vloer, er was geen andere plek voor in de smalle ruimte.

'Er staat koffie in de pauzekamer,' zei Butler.

Twee pagina's. Ze had als naam Rose Snow opgegeven. Het deed hem denken aan bloed, aan iemand die lag te sterven in de sneeuw. Ze was gearresteerd wegens prostitutie.

Prostitutie.

Hij las de rest van het document vluchtig door, afwezig alsof hij slaapwandelde, zonder tot zich door te laten dringen wat er beschreven werd.

Dat was de enige manier.

'Waarom moest ze naar die kliniek?' vroeg Pete.

Butler keek op naar Pete, pakte het dossier aan, las hem met zijn bril op door en gaf hem terug.

'Staat er niet bij.'

'Ik wéét dat het er niet bij staat, verdomme. Wie is die Yolanda Purvis aan wie je haar hebt overgedragen?'

'Purvis...' zei hij, kauwend op zijn pen. 'Waarom zegt die naam me wat?'

'Dat weet ik niet.'

'Er staat hier een adres, ik zal eens...'

'Laat eens zien.'

Pete gaf hem het dossier. Weer dat zijn leesbril uit zijn overhemd halen, lezen. Pete wilde hem een stomp in zijn gezicht geven, zo traag was hij.

'Ah, o ja,' zei Butler, en hij knikte in zichzelf alsof hij een deel van een kruiswoordraadsel had opgelost.

'Wat is er?'

'Het Golden Arms is een doorgangshuis voor jongvolwassenen. Een plek die we hebben ingericht voor zwerfkinderen, zodat ze een adres hebben, zodat ze werk kunnen krijgen, et cetera.'

Pete trok zijn jas aan.

'Ik zou er maar heen gaan,' suggereerde Butler.

Niemand deed open toen hij op de deur van het appartement klopte, dus wachtte Pete in de hal. Een behang met herhaalde rozen erop. Een brandblusser achter glas. De krachtige geur van iets ingeblikts en vleesachtigs dat stond te pruttelen op een kookplaatje.

Er kwam niemand langs, dus ging hij naar een café om de hoek. Hij bestelde een bouillonachtige vissoep vol rubberige zeevruchten die zijn maag deed borrelen. Hij keek door het wazige raam of hij haar zag.

Er werd weer niet opengedaan bij het appartement. Hij zocht naar tekenen van Rachel, alsof ze een aanwijzing zou hebben achtergelaten of haar naam om de een of andere reden op de muur had geschreven. Alsof ze een spoor van broodkruimels had achtergelaten. Sprookjes hadden inmiddels een verontrustende resonantie. Wolven en donkere bossen. Hij vroeg zich af of ze bang was, hoe bang.

Zijn borst klemde zich om zijn hart heen en wilde niet loslaten, en even dacht hij dat hij ter plekke zou flauwvallen in die lobby, terwijl zijn borstkas hem als een grote, knokige hand langzaam verstikte. Hij ging op de loper in de hal zitten die tot een kaal grijs was versleten en haalde diep adem. Zei dingen tegen zichzelf die hij tegen een cliënt zou zeggen. Dat dat angstige gevoel vanzelf zou overgaan. Dat het allemaal niet zo was als het leek. Niet zo erg.

Maar het was wel zo erg. Precies zo erg.

In de lobby dacht hij erover Beth te bellen.

Hij wilde niet met haar praten.

Hij wilde niet alleen zijn.

Hij draaide het nummer.

Ze nam op, en hij vertelde haar waar hij was.

'Ik sta voor haar huis te wachten tot ze opduikt.'

'Waar?'

Een stelletje kwam door de voordeur van het appartementengebouw en doorkruiste de lobby. Een vent met zwart haar tot zijn schouders en een klein, te dik, vagelijk Aziatisch meisje. Ze liepen samen de trap op. De enige mensen die hij had zien binnenkomen of naar buiten had zien gaan.

'Seattle.'

'Seattle.'

Ze was zachtjes gaan snikken.

'Is ze oké?'

Hij klopte met de hoorn tegen zijn voorhoofd.

'Is ze oké?'

'Ja. Het is een fijne plek. Ze woont met een paar mensen samen.'

'Wat voor mensen?'

'Dat weet ik nog niet.'

'Hoe heb je haar gevonden?'

Hij legde het uit. Gedeeltelijk. Niets over dat Rachel was gearresteerd.

'Ik heb elke avond voor haar gebeden, Pete. Hij heeft haar beschermd.'

Ze begon weer te huilen. Ze zwegen een paar minuten, terwijl hij luisterde hoe zij huilde. Hij had ook zin om te janken, maar hij was te druk bezig met de deur in de gaten houden. Wachten tot ze elk moment binnen kon komen lopen.

'Waarom ben je weggegaan, Pete?'

'Wanneer?'

'Toen je hier was, in Austin.'
'Ik... het was tijd om te gaan, Beth.'
'Je had met me mee naar de kerk moeten gaan.'
'Ik ga Rachel vinden. En dan neem ik haar mee naar huis.'
'Bij jou?'
'Ze mag bij mij in Tenmile komen wonen of in Missoula of waar ze maar wil.'
Zijn hoofd tolde, en hij moest in de telefooncel met zijn hoofd tussen zijn benen gaan zitten.
'Ik heb maar steeds het gevoel dat ik ga flauwvallen. Mijn handen tintelen.'
'Pete?'
'Ja.'
'Ik wil je over Jezus vertellen, Pete.'
Hij ademde langzaam en lang uit.
'Daar is het misgegaan met ons, Pete. We moeten het goedmaken met Jezus.'
'Oké, Beth.'
'Hou je hart open.'
'Wagenwijd, Beth.'
'Luister je?'
'Ja.'
Hij legde de hoorn boven op de telefoon. Hij concentreerde zich op zijn ademhaling.

Rachel kwam nooit opdagen. Dat weerhield hem er niet van het zich voor te stellen.
Ze komt binnen, en schudt een paraplu uit.
Ze komt trillend van de kou binnen.
Ze komt samen met iemand anders binnen.
Dan ziet ze Pete. Ze begint te huilen. Hij gaat naar haar toe.
Of ze rent weg. Hij haalt haar in, buiten. Ze huilt. Hij heeft haar.

De hele nacht zat hij daar. Mensen liepen in en uit, waren geen van allen haar.

Hij probeerde het appartement nog een keer, voor het geval ze via een achterdeur was binnengekomen. Hij schrok toen dat zwartharige joch dat hij met dat andere meisje in de lobby had gezien de deur opendeed. Van dichtbij was het duidelijk dat hij zijn haar had geverfd. Hij had het gezicht van een sceptische tekenfilmrat.

'Ik zoek Rachel Snow,' zei Pete.

Het joch was twintig, begin twintig.

'Sorry man, verkeerde flat.'

Hij begon de deur dicht te doen, maar Pete hield hem tegen.

'Rose. Ze noemt zich Rose.'

Het joch had geen T-shirt aan, en een paar lichte littekens lagen op een verder smetteloze torso. Pete kon horen dat het meisje binnen ergens mee bezig was, stromend water. Er waren kaarsen. Sigarettenrook.

'Mag ik binnenkomen?'

'Nee, man, je mag niet binnenkomen,' zei hij een tikje geamuseerd.

'Je kent haar. Kom op.'

Het joch keek omlaag en geverfd zwart haar viel voor zijn ogen.

'Ik weet dat ze hier woont.'

Het meisje vroeg van binnen wie hij was. Pete brulde half de flat in dat hij Rachels – Rose' – vader was. Of zij Yolanda was. Of zij degene was aan wie Rose was overgedragen toen ze uit de jeugdgevangenis kwam.

Het meisje kwam bij de deur en wierp een blik op Pete, en toen wisselden zij en die gast iets woordeloos' uit wat grensde aan een woordeloze ruzie. De gast gooide zijn handen in de lucht en trok zich terug, naar binnen. Yolanda nodigde Pete uit om binnen te komen.

'Dit is Pomeroy,' zei Yolanda. Pete ging op de rand van het bed zitten, omdat er geen andere plek was om te zitten behalve aan de tafel in de keuken, en Pomeroy bezette de enige stoel daaraan, zat te roken en zijn sigaret in een asbak tot een pulserend rood puntje te draaien.

'Je dochter is hier niet.'

'Weet je waar ze wel is?'

'Nope.'

Yolanda trok haar pyjamabroek uit en een spijkerbroek aan. Ze deed haar T-shirt uit, slingerde een beha om en knoopte zich in een blouse. Pete keek naar de vloer.

'Misschien dat je haar in het Klooster vindt, of ergens in de buurt van Pike's Place.'

Pete haalde een notitieblokje en een potlood uit zijn jas, en schreef dit op.

Pomeroy stak nog een sigaret op en meed Petes blik. Een panoplie aan flesjes, opmaakspiegeltjes, borstels, kammetjes en juwelen op Yolanda's bureau rinkelde toen ze naar hem toe liep.

'Hoelang is ze bij jullie tweeën geweest?'

Yolanda wierp een vluchtige blik richting Pomeroy, die de asbak zat te bestuderen.

'Sinds augustus, schat ik,' zei ze.

Pete ging staan en bedankte hen allebei. Vertelde in welk hotel hij zou logeren en vroeg of ze als ze Rachel zagen tegen haar wilden zeggen dat hij haar zocht. Haar te vertellen waar hij logeerde. Pomeroy drukte zijn sigaret uit.

'Tuurlijk, man,' zei hij. 'We zullen het tegen haar zeggen.'

Hij ging naar Pike Street en Pine, en liep heel Capitol Hill af. 's Avonds stond hij voor het Klooster en keek toe hoe de kids en homoseksuelen en dansers rondtrippelden en rookten en in kleine groepjes wegsjokten om drugs te gebruiken of drugs of drankjes te gaan halen. Kids die in Tenmile in de Dairy Queen zouden hebben gezeten om op oubollige staaltjes kattenkwaad te broeden, aan behabandjes trekken, zoenen met een neef of nicht. Zo jong waren ze, die kids. Sommigen leken hoogstens twaalf, sommigen hadden rolschaatsen aan. Af en toe gilde een meisje of brak er een knokpartij uit, een bebloede bovenlip, één keer een toeval, een ambulance, broeders doorweekt in de regen en het amberkleurige licht, het tafereel smeltend als een zandkasteel, roos-kleurige sneeuw.

Ze was hier.

Hij ging op een betonnen berm verderop in de straat zitten, vlak bij de plek waar jonge meisjes bij vreemde mannen in de auto stapten en een half uur later terugkwamen. Hij twijfelde aan wat hij zag toen Pomeroy en Yolanda arriveerden. Yolanda ging op een fietsenrek naast een gettoblaster zitten roken en kauwgum kauwen, terwijl de meisjes op het rek van plek wisselden als kraaien op een elektriciteitsdraad. Pomeroy die wegliep om met andere meisjes te praten, jonge meisjes die de scene leken af te tasten, praktisch schreeuwde om boven het verkeerslawaai uit gehoord te worden. Pete kon flarden verstaan van wat Pomeroy zei.

Als een hoer achttien wordt, kan ze bloed geven in plaats van een pijpbeurt.

Ik speel geen spelletjes. Je mag doen wat je wilt.

Tuurlijk, misschien kunnen we je later gebruiken. Kom om een uur of tien maar terug.

Yolanda glipte door het open portier een sedan in. Hij vroeg zich af waar de politie was. Welke stad deze schandalige toestanden zou toestaan. Toen stopte er een patrouilleauto en Pomeroy maakte een vriendelijk praatje met de agenten erin, leunde over de passagiersstoel heen, duwde zijn gitzwarte haar achter zijn oor. Alsof hij ze had gebeld om verdachte activiteiten te melden.

Pete koesterde twee tegenstrijdige gedachten: hij wilde dat Rachel verscheen, hij dankte God op zijn blote knieën dat ze dat niet deed.

Het dreigde de hele dag te gaan motregenen, maar dat deed het nauwelijks. Pomeroy verscheen op de betonnen berm naast Pete, waar hij van schrok.

'Gaan wij een probleem met elkaar krijgen?' vroeg Pomeroy.

'Ik heb er even over gedaan om me te realiseren wat je bent.'

Pomeroy schudde zijn hoofd.

'Monna moet weten of we een probleem hebben, man.'

'Ja, we hebben een probleem,' zei Pete. 'Ik ben een ramp die niet kan wachten om jou te treffen.'

Pomeroy keek hem met tot spleetjes geknepen ogen aan.

'Daar zou ik nog maar 's goed over nadenken. Als jij één vinger naar me uitsteekt, dan zijn die grote Afro-Amerikaanse gast en die andere daar zo snel hier, dat je rennend in je broek schijt.'

De twee, die recht tegenover aan de overkant van de straat stonden, namen hen met verhoogde aandacht op.

'En dan heb ik het nog niet eens over wat ik met je ga doen,' voegde Pomeroy daar aan toe. 'Aangenomen dat je dat pad op wilt.'

'Je weet waar Rachel is.'

'Ik ken helemaal geen fucking Rachel.'

'Rose. Je weet wie ik bedoel!'

'En het kan me geen fuck schelen. En als het me wel een fuck kon schelen, ziet het er dan naar uit dat ze hier is om een fuck om te geven? Ik zei toch: ze is weg.'

Pete keek om zich heen naar iets om te gebruiken, een steen, een stok. Hij dacht: *gebruik gewoon je blote handen. Steek je vingers in de weke delen van zijn gezicht, zijn schedel.* Hoeveel schade hij zou kunnen aanrichten voor iemand hem kon tegenhouden. Wat een ravage hij van dat ene gezicht kon maken.

Toen zei Pomeroy dat hij Pete een verhaal wilde vertellen.

Pete vroeg wat voor verhaal.

Pomeroy zei een waargebeurd verhaal.

'Wat voor verhaal?'

'Eerst moet je rustig worden.'

'Wat voor kutverhaal.'

Pomeroy grinnikte. *Kutverhaal.* Interessante woordkeus.

'Zo'n verhaal is 't niet.'

'Vertel.'

Rose en hij gaan ontbijten, een cafeetje hier niet ver vandaan. Geweldige pannenkoeken et cetera. Ze zitten te eten, en ondertussen zit een dame achter de bar de hele tijd naar hen te staren. Naar Pomeroy of naar Rose, dat weet-ie niet.

Maar als Rose naar de plee gaat, kijkt de vrouw haar na. Dus Pomeroy vraagt zich af of die vrouw familie van haar is, of er ellende van gaat komen. Net zoals hij zich dat nu bij Pete afvraagt.

Rose komt terug van de wc. Hij vraagt haar of ze die dame achter de bar kent. Of ze haar bekend voorkomt. Rose kijkt over haar schouder. Ze heeft geen idee. Pomeroy begint pissig te worden van de hele toestand. Hij heb geen tijd voor fucking mysteries.

Hij wil haar net gaan vragen wat ze verdomme moet, als die vrouw... ze schuift haar bord opzij, neemt een laatste slok koffie en komt naar hun tafeltje. Komt zomaar aanlopen, ook al staart Pomeroy haar woedend aan. Wat een ballen heb die bitch.

Punt is, ze huilt bijna. Haar ogen zijn waterig en haar gezicht is helemaal naar de tering, en ze slaat haar handen ervoor.

Rose zegt: *Wat is er, kan ik u helpen.*

De vrouw steekt een vinger op, dat ze haar even moeten geven.

Als ze zichzelf eindelijk weer onder controle heeft, zegt ze dat het haar spijt, maar dat Rose als twee druppels water lijkt op haar dochter op die leeftijd. Het meisje is overleden. Overreden door een auto bij een of ander ongeluk of zo. Rose is een liefje, zoals gewoonlijk. Ze zegt, *Tjeempie, wat erg.* Et cetera. Niet dat er veel te zeggen valt. Dan denkt Rose eraan te vragen hoe dat meisje heette.

De vrouw zegt Becky of zoiets dergelijks.

Becky, zegt Rose. *Mooie naam.*

Dan zegt de vrouw kun je me een plezier doen. Rose vraagt wat. *Mijn dochter, ik heb nooit afscheid van haar kunnen nemen. Zou je iets kleins voor me kunnen doen. Zou je gedag willen zwaaien. Als ik bij de deur ben, draai ik me om, en wil je me dan gedag zwaaien?*

Rose zegt natuurlijk. Ze staat zelfs op en geeft de vrouw een knuffel. Een dikke, lange knuffel. Die vrouw heb een tatoeage op haar vinger. Een soort ring. Dat valt Pomeroy op.

Dus die dame loopt naar de bar, vraagt de rekening, rekent af bij de kassa en kijkt dan naar hen. Rose glimlacht over haar schouder naar de vrouw en zwaait. Die bitch zwaait terug, en, hup, de deur uit, met haar handen voor het gezicht, en ze maakt dat verstikte geluid van iemand die op het punt staat in janken uit te barsten.

Pomeroy zegt tegen Rose: *Je bent te aardig.* Rose glimlacht, Rose haalt haar schouders op. Hij zegt: *Nee, ik meen het, ze verneuken je als je zo aardig bent.*

Dus als ze klaar zijn met eten, vragen ze de rekening, en als Pomeroy naar de kassa loopt, slaat de caissière iets van twee keer zoveel aan.

Pomeroy zegt: *Wow, we hebben alleen pannenkoeken, twee koffie en bacon gehad of zo. Zoveel was het niet.*

De caissière zegt: *Maar dat andere ontbijt. Welk ontbijt,* vraagt Pomeroy, en zodra hij het zegt, weet hij het. Opgelicht.

Pete speurde het ratachtige gezicht van het joch af naar sporen van leugens en bedrog, een diepere krijgslist in zijn ogen, zijn puberale snor.

'Ik ben haar vader.'

'Of je bent een of andere gozer die alleen fucking gratis wil ontbijten,' zei Pomeroy. 'Kan me geen reet schelen.'

'Ik ben haar váder!' brulde Pete. Hoeren, Pomeroys dommekrachten en klanten keken wat er misschien ging gebeuren.

'Doet er niet toe,' zei Pomeroy. 'Ik kan je hier niet hebben.'

Hij hopte van de berm af.

'Ze verbergt zich voor jou,' zei Pete. Pete schrok ervan hoe waar dat was. 'Dat is het. Wat heb je met haar gedaan?!'

Pomeroy liep het verkeer door alsof het hem niet kon raken. Wat het ook niet deed.

'Misschien verbergt ze zich wel voor jóú, klootzak,' riep Pomeroy hem midden op straat toe.

'Dat is een leugen! Dat is een fucking leugen!' Hij rende de straat op, maar het verkeer, dat zou hem wel raken, en auto's weken uit en claxons maakten hem aan het schrikken, zodat hij vlak bij de stoeprand stopte. Pomeroy liep door, zijn jongens hielden de wacht.

'Ik ram jullie allemaal in elkaar, teringlijers. Ik zal...'

Hij had het gevoel dat hij stikte. Alsof hij gewurgd werd.

Het idee alleen al dat ze zat te ontbijten. Iemand een knuffel gaf. Hij was niet aan het stikken, het lag gewoon aan dat verhaal, de levendigheid van de beelden van zijn dochter die dat in zijn hoofd plantte.

Volgens de kaart die Luke hem had gegeven, stond het huis van zijn broer op een halve dag rijden, in de bossen van Oregon, nergens dicht in de buurt, een eindje rijden over een zandweg waar op sommige plekken planken over modderige weggespoelde stukken lagen.

Er stond een blokhut, limoengroen van het mos, uitwaaierende varens eromheen, de grond zwart en rijk. Toen hij uit zijn auto stapte, kwam er een hond aanlopen, gevolgd door een gealarmeerde witharige ouwe knar die zijn bretels ophees.

'Is Luke Snow hier?' riep Pete. Hij knielde neer en de hond snuffelde achterdochtig aan hem.

'Ik ben hier alleen,' zei de man. 'Stap maar weer in je auto, en...'

'Het is oké, Theo,' zei Luke, die vanaf de zijkant van de hut de hoek om kwam. 'Het is mijn broer.'

Luke sloeg de oude man op zijn schouder, en toen hij bij Pete was, wierp hij zijn armen om hem heen en drukte hem stevig tegen zich aan.

Ze gingen naar binnen en Luke leidde hem rond in een blokhut die deels in aanbouw leek, en deels half gesloopt. De achtermuur was niet meer dan een dekzeil met daarachter een stapel houten balken en een pallet beton. Luke zei dat ze van plan waren een fundering te storten, maar dat het had geregend en ze nu wachtten tot alles gedroogd was, als dat al zou gebeuren. Achter het huis stonden een kas, een tractor en een halve hectare maïs.

'Je ziet er goed uit,' zei Pete.

Luke pakte Pete bij zijn arm.

'En jij ziet er klote uit.'

'Waarom zegt iedereen dat toch steeds?'

'Al die klootzaken zullen wel ogen in hun kop hebben of zo.'

Hij nam Pete mee de kas in en liet hem de tomaten, pepers en bloemen zien die daar groeiden. Kruiden. Een blakende wietplant waarom hij naar Pete knipoogde, terwijl hij een vluchtige blik wierp op Theo in de blokhut.

'Die ouwe knar ruikt niks. Niet dat hij wiet zou herkennen, als-ie die rook.'

'Dus je kunt ook rustig scheten laten, met hem erbij.'

'Nèh, bij elke verandering in luchtdruk krijgt-ie last van zijn zwakke knie.'

'Nou ja, je kunt niet alles hebben.'

'Maar evengoed. 't Is een luizenleventje hier.'

'Alleen jij en het knappe geriatrische type.'

'Is dat een Latijns grapje?'

'Hij is in de tachtig, bedoel ik.'

'Scheelt verdomd weinig.'

Ze grijnsden naast elkaar, naar de grond. Luke trok dode bladeren van de tomatenplant door met zijn hand langs de stam te gaan.

'Ik durf het bijna niet te vragen.'

'Wat te vragen?'

'Waarom je hier bent.'

Luke nam al het nieuws slechter op dan Pete had verwacht. Hij ging op een bed van mos zitten, liet zijn handen over zijn knieën bungelen en spuugde tussen zijn benen.

'Dit is mijn schuld, de fouten die ik heb gemaakt verspreiden zich nog steeds als kringen in het water. Er komt nog geen eind aan de schade die ik heb aangericht.'

Pete ging naast hem zitten. Pete zei tegen hem dat het niemands schuld was dat die ouwe dood was. En Wes, dat lag meer aan hemzelf en Pearl dan aan iets anders.

Hij merkte dat hij doorpraatte over Pearl, over die vreemde jongen van Pearl en hoe alles was gebeurd tot ze er voorstonden zoals ze er nu voorstonden. Dat de man zijn vrouw en kinderen had vermoord en of dat te verklaren viel.

Toen begon hij Luke te vertellen van Rachel. Neem nou zijn dochter, bijvoorbeeld, zei hij. Hoelang die al weg was, en nog niet naar huis was gekomen. Hoe vreemd het was dat mensen haar Rose noemden. Alsof ze een verzinsel was. Dat het deels allemaal haar eigen verkeerde keuze was. Dat elke ellende altijd meer dan één bron had. Dat er twee ouders nodig waren geweest om haar in de steek te laten. Dat was zijn punt. Niets was ooit de schuld van één iemand.

'Geen idee waar ze is?'

'Ze is in Seattle. Ergens. Er was daar een joch, een knul van een jaar of twintig. Een pooier.'

'Je wilt toch niet zeggen...'

'Jawel.'

'Nee.'

'Ik heb hem gesproken. Ze heeft bij hem gewoond. Met nog een ander meisje.'

'Nee. Niet Rachel. Ze is nog maar een kind.'

'De laatste keer dat jij haar zag, misschien. Nu...'

'Nee.'

'Een klein meisje lift niet van Texas naar Indiana naar Washington, Luke. Die overleeft niet... daar...'

De gedachte aan haar. Hij ging staan, liep wankelend naar de bomen en gaf over. Toen begon zijn gezicht te stromen. Tranen. Snot. Kwijl.

Toen hij terugkwam, was Luke een paar laarzen aan het strikken.

'Oké,' zei hij. 'We gaan die klootzak opzoeken.'

's Nachts wachten ze op een bankje aan de overkant van het Golden Arms. Hij dacht dat hij de aankomst van Pomeroy misschien gemist had – de voordeur van het Golden Arms ging achter iemand dicht. Hij hield het raam van het appartement in de gaten.

'Zie je dat bestelbusje?'

'Die Chevy?'

'Uh-huh.'

Ze zagen het een paar parkeerplaatsen bij de voordeur vandaan stationair draaien.

'Is al een paar keer een blokje om gereden,' zei Luke.

'Denk je dat hij 't is?'

'Laten we nog even wachten.'

De bestuurder zette de motor af, en even later sprongen er vier mannen uit. Geen van allen Pomeroy. De mannen ritsten hun jassen dicht, keken naar alle kanten en gingen vervolgens met z'n allen het Golden Arms in.

'Kom op,' zei Luke.

Ze jogden de straat over om het bestelbusje te inspecteren. Pete maakte tegen het raampje aan de bestuurderskant een kommetje van zijn handen, en keek naar binnen. Een blikje pruimtabak. Een paar lege bierblikjes. Een honkbalknuppel.

'Hier is-ie niet,' zei Luke vanaf de achterkant van het voertuig.

Ze liepen naar de overkant, om het raam van het appartement in de gaten te houden. De mannen kwamen het gebouw uit, en keken weer de hele straat af, stapten in het bestelbusje.

'Hoe hoog schat je de kans in dat ze dat stuk stront zoeken?' vroeg Pete.

'Kweenie. Is die gast ooit in Californië geweest?'

'Hoezo?'

Luke wees naar het wegrijdende voertuig.

'Nummerbord uit Californië.'

Ze gingen naar Pike Street en het Klooster, maar zagen daar voornamelijk de jonge hoertjes af en aan lopen. Ze liepen er samen naartoe, vroegen of ze Pomeroy gezien hadden en kregen ten antwoord slechts behoedzame onwetendheid.

Ze zagen het busje weer. Luke wees erop.

'Ik begin me af te vragen hoe groot de kans is,' zei Pete, 'dat dat busje én hier staat én bij het appartement van die eikel.'

'Nogal toevallig.'

'Ik denk dat iemand anders hem ook zoekt.'

'Laten we de auto halen.'

Ze parkeerden twee plekken achter het busje toen Pomeroy uit de Triangle Tavern kwam. Zelfs op dat moment, toen ze uit de auto sprongen, had Pete een vreemd knagend gevoel. Zelfs toen Luke het op een rennen zette om hem te tackelen, zelfs toen de mannen uit Californië – uit Sacramento, om precies te zijn – Pomeroy zagen en zelf ook uit de achterkant van hun busje klauterden om hem aan te vallen, en zelfs toen Pomeroy hen op zich af zag komen, zich omdraaide, en Luke en Pete ook op zich af zag rennen, zelfs op dat moment vol actie had Pete, merkwaardig genoeg, nog het gevoel dat dit allemaal maar onzin was, dat hij iets veel belangrijkers over het hoofd zag dan die Californiërs die Pomeroy nu met hun knuppels tegen de grond sloegen.

Hij bleef ineens stokstijf staan, en draaide zich om.

Ze stond aan de overkant. Het was niet zozeer gaan regenen als wel opwaarts misten, het voorbijsuizende verkeer zorgde voor een soort mist-op-straatniveau waarvan hij zich meteen zorgen maakte of ze het er koud in had. Hij stak zijn handen zelfs naar haar uit, het gebaar dat haar keihard deed wegsprinten, zoals het dat misschien ook bij een hertje zou doen. Hij rende een huizenblok lang aan de overkant van de straat achter haar aan, riep dat ze moest wachten, dat hij alleen maar wilde praten, smeekte en rende en werd er door de auto's van weerhouden over te steken. Hij schoot bij een stoplicht tussen het tot stilstand gekomen verkeer door, en gilde toen hij haar niet zag. Hij keek de etalages af en rende nog twee zijstraten langs, in volle sprint, en toen een avondlijke drom in van mensen die van hun werk kwamen, en de weg op als het trottoir verstopt raakte. Hij zag haar niet. Hij klauterde op de laadbak van een geparkeerde pick-up en ging het dak op. Naast hem toeterde een claxon zonder in zijn paniek tot hem door te dringen. Pas toen Luke zijn naam riep kwam hij enigszins bij zinnen, en sprong hij naar beneden en de auto in.

'Zag je haar?'

'Rachel?! Was je daarom...?'

'Rijden! Vooruit!'

Luke schakelde en Pete keek het trottoir af. Algauw kwamen ze vlak voor de snelweg tot stilstand. Rode remlichten wazig en glinsterend door de voorruit.

'Ruitenwissers! Ik zie niks!'

Luke klooide ermee, en Pete reikte over hem heen om ze zelf aan te zetten en bij de eerste wisbeweging zag hij zijn dochter naar de straathoek benen, terwijl ze af en toe een vluchtige blik over haar schouder wierp. Hij sprong de auto uit.

'Pete, wacht,' zei Luke, maar Pete ramde het portier dicht en ging achter haar aan.

Hij zou haar beet moeten grijpen. Haar besluipen en vastgrijpen.

Hij bukte achter de stationair draaiende auto's, deed behoorlijk wat van de inzittenden schrikken met zijn gesluip. Toen het stoplicht op groen sprong, moest hij van de weg af, en even verdoezelde het verkeerslawaai dat hij haar van achteren naderde. Haar haar hing in losse krullen, nat tegen de rug van haar dunne jack. Ze had een vochtig canvas rugzakje om. Lage sneakers. Geen sokken. Ze sloeg bij het zebrapad haar armen om zich heen, draaide zich toen volledig om en zag hem, wat zei hij wat zei hij wat dan ook, ze rende gewoon de weg op, de oprit naar de snelweg op, piepende autobanden, en hij ging halsoverkop achter haar aan. Ze klauterde het grassige talud op en hij gleed weg in de voetsporen die zij zo moeiteloos had gemaakt, hij klauwde met handen en voeten in de aarde, en toen hij de snelweg bereikte, was zij daarnaast aan het rennen en hij achter haar aan en ze keek achterom om te zien of hij eraan kwam en toen ze zag dat dat zo was, rende ze de snelweg op en over de middenberm tussen de auto's. Hij dacht dat ze doodgereden zou worden, terwijl nietsvermoedende vrachtwagens vlak langs haar suisden, maar hij kwam op gelijke hoogte en nog rende ze door, ze keek niet opzij en hij durfde de weg niet over te steken, naar haar toe, uit angst dat een auto een truck een bestelbusje dat zou doen, zou uitwijken voor een man, en zijn dochter aanrijden. Hij zwaaide naar het verkeer dat ze moesten stoppen, maar ze zagen alleen maar een of andere hysterische vent en misschien het meisje in de mist. Ze schoot naar de betonnen vangrail tussen de rijbanen naar het noorden en het zuiden, en ze bleef even staan om op adem te komen of te kijken of hij eraan kwam en hij stak zijn hand op alsof hij wilde zeggen: *Ik kom niet, ik geef het op, ik zal niet achter je aan komen, maar blijf daar nou even staan,* maar ze sprong over de vangrail en rende de weg weer op en zijn hart klopte in zijn keel en hij wist alleen maar dat ze het gered had omdat hij haar in een waas de vangrail aan de overkant van de snelweg over zag gaan.

In het motel maakten ze plannen om samen de stad uit te kammen. Pete in een soort verdoofde toestand, terwijl hij naar het nieuws zat te kijken, niet écht naar het nieuws zat te kijken. De volgende dag reden ze kriskras door Seattle, terwijl Luke koffie dronk, zei dat ze wel zou opduiken, dat wist hij zeker.

Alles bezien door de regen. Die zagen ze in linten van straatwater van viaducten vallen en uit de kapotte goten van verlaten appartementengebouwen. Ze zagen hem vallen op een populair plein in Belltown waar dakloze kids af en aan liepen, sjacherden of anderszins hun dagen verlummelden. Geen spoor van haar te bekennen. Alleen maar het lage zoemen van slapeloosheid achter de ogen. Alleen maar zorgen. Pete vroeg zich af of je daarin kon verdrinken, als in een onophoudelijke regen, een vloedgolf.

Een patrouilleauto kwam naast hen rijden. Luke greep het stuur vast terwijl de agent hen ondervroeg, ronduit vroeg of ze hier kwamen om wat dope of een kutje te scoren. Of een lul. Hij vroeg niet eens naar hun ID, droeg hun gewoon op om door te rijden.

Luke kreeg de zenuwen, giste eerst en wist vervolgens zeker dat die smeris zich de foto op zijn opsporingsbericht had herinnerd nadat hij had gezegd dat ze weg moesten wezen, dat er een oproep naar alle eenheden was uitgegaan om naar hem uit te kijken. Hij parkeerde achterwaarts om sneller weg te kunnen komen, er zeker van dat het zover zou komen. Toen ze langs de pier liepen, liep hij met opgetrokken schouders, zette zijn kraag op, trok zijn pet naar beneden, hartstikke bang.

Pete merkte dat allemaal niet op. Hij bleef maar denken aan Rachel die voor hem wegrende. Dat hij haar bijna een ongeluk had bezorgd.

'Ik kan hier niet blijven rondlopen,' zei Luke, terwijl hij zijn hoofd met een ruk omdraaide, alsof ze geschaduwd werden.

Pete kon dat tafereel niet uit zijn hoofd zetten – die trucks en auto's, haar frêle lijfje in het natte verkeer. Alles was doorweekt, glinsterend en hard. Behalve zij. Je was haar de dood in aan het jagen, zoals je achter haar aan rende. Je vermoordde haar zo'n beetje. Als je haar hier zou vinden, zou ze van de pier springen, doorzwemmen tot ze halverwege de Grote Oceaan was...

'Pete. Wacht.'

Pete bleef staan, maar niet omdat Luke dat had gezegd.

'Jezus, het wemelt van de smerissen, Pete.'

Dat was zo. Ze waren allemaal op weg naar het water, wurmden zich tussen de menigte langs de reling door, keken, wezen naar iets in het water. Iemand in het water.

Het was alsof hij dat met zijn gedachten had opgeroepen. Alsof ze hem gevoeld had.

'Ik moet hier weg,' zei Luke.

Pete rende naar de mensenmassa toe, wrong zich erdoorheen naar de reling en keek eroverheen. Tien, twaalf meter lager. Hij wist zeker dat zij het was, in het water, die met haar handen in haar zij en haar gezicht naar beneden dobberend in de groenzwarte golven en zachtjes tegen de grote, houten pilaren aan botste, maar ze was het niet, het meisje was te lang, te lang en zelfs in het donkere water zo blond en zo morsdood. Rachel was niet lang. Niet zo blond. Niet dood.

Luke stond bij de auto op hem te wachten.

'Pete, ik kan niet...'

'Ik ook niet,' zei Pete. 'Kom, dan breng ik je naar huis.'

Hij wilde ook naar huis gaan, maar was ineens weer in Belltown, bij het verlaten appartement. Het was pas dichtgespijkerd door de eigenaar of de gemeente en er was geen ingang meer. Hij liep eromheen tot hij de brandtrap ontdekte. Het metaal helde op plekken waar het slecht of helemaal niet meer aan het baksteen en de mortel van de muur vastzat, maar het hield zijn gewicht, en op de tweede verdieping duwde hij de met een hangslot afgesloten deur in. Een nauw gangetje vol afval. Een grijs licht viel naar binnen door mistige daglichten. Lekkagevlekken op de muren.

Na verscheidene kamers dacht hij het gevonden te hebben. Hoe wist hij dat. Er lagen een matras en een paar rolschaatsen, een notitieboekje, een tas met make-up en goedkope sieraden. In een plunjezak zaten rokjes en meisjesondergoed. Een sokkenpopaapje met een pakje sigaretten erin, een klein zakje met wietstof.

Hij sloeg het notitieboekje open. Hij nam aan dat het haar handschrift was, maar wist het niet zeker. Hoe laat dit meisje opstond en wat voor weer haar verwelkomde. Hoe moeilijk het was om überhaupt te schrijven. Haar oprechte voornemen haar gedachten hierin te noteren, maar dat als het eenmaal tijd was om te schrijven, ze niks te zeggen had of juist zoveel te zeggen dat ze niet wist waar ze beginnen moest en dat ze sowieso niet lang genoeg kon blijven zitten om het onder woorden te brengen.

Een aantekening over hoe ze weg was gegaan bij P + Y en dat ze daar later meer over zou moeten schrijven, dat ze het best vond om over treurige dingen te schrijven en zichzelf depri te maken.

Een lijst van dingen die ze moest doen. Ophouden met op haar nagels bijten. Werk zoeken. Minstens acht uur proberen te slapen. Vroeg opstaan. Geen ruzies.

Een onbegrijpelijke dankbaarheid zwelt in hem op. De vloer wordt onder zijn opgetrokken benen weggetrokken, maar hij is alleen maar licht in zijn hoofd. Je hebt de laatste tijd zoveel doorgemaakt. Meer dan te verdragen is. Je hebt een man zien sterven. Je bent erachter gekomen dat je dochter een prostituee was. En terwijl het zonlicht zwakker werd bij het naderen van de zoveelste regenstorm, word je ineens overmand door een vreemd soort rust die midden uit je borst lijkt te komen, een warme plek die je tot je lichte geamuseerdheid doet denken aan plassen in het zwembad, of aan in je bed plassen, of in je luier, en uiteindelijk natuurlijk aan in je moeders baarmoeder zitten. Zelfs de gedachte aan je vader en moeder die onder de grond begraven liggen verstoort de sereniteit niet die nu in de atmosfeer om je heen stroboscoopt.

Je ziet je dochter nu in haar geheel, vanuit een gezichtspunt dat zelfs het vaderschap je niet heeft gegeven, een nieuwe plek. Je weet niet wat haar pad wordt, het was ook niet de bedoeling dat je dat zou weten, door haar of door omstandigheden. Je wenst haar simpelweg het beste toe. Een stem in je binnenste zegt: zorg dat ze veilig is, warm, dat haar pad verlicht wordt, dat ze weinig angst kent en veel moed en vreugde.

Na een tijdje daagt het je dat dat een gebed is.

* * *

Hoe heeft ze Pomeroy erin geluisd?

Ze keek uit naar het bestelbusje, en toen het de hoek weer om kwam, rende ze ernaartoe. De bestuurder schrok en draaide zijn raampje omlaag, en ze zei tegen hem dat ze hem zou bellen vanuit de telefooncel op de hoek van Second en Pike. Als ze dat deed, zou dat zijn om ze te vertellen waar Pomeroy was.

Waarom rende ze weg voor haar vader?

Ze was verrast schaamde zich kon niet terug wilde liever dood dan dat hij haar zo zou zien wilde naar het zuiden. Alles was geregeld.

Geregeld met wie?

...

Vertrok ze meteen uit Seattle?

Ze ging eerst op bezoek bij Pomeroy.

Liet het Seattle General dat toe?

Nee, dus wachtte ze tot de verpleegsters werden afgelost, stal een grote plunjezak uit een van de kamers en zei tegen de nieuwe verpleegster dat ze Rose Pomeroy heette, dat ze net uit Spokane was komen rijden om haar broer te zien.

Pomeroys beide armen zaten in het gips en één been werd omhooggehouden, en de bovenste helft van zijn hoofd zat in het verband. Hij zag eruit als een paars aangelopen zuigeling, zo gezwollen was zijn gezicht. Ze trok een kruk bij en ging zitten. Hij bewoog niet toen ze tegen hem praatte. Ze ging vlak bij zijn oor zitten en zei dat hij haar niet zo had moeten behandelen. Dat hij haar niet had moeten laten vrezen voor haar leven.

Deed ze hem pijn?

Ze vond een plek op zijn arm waar het verband ophield, net boven zijn elleboog, en wilde in zijn vlees bijten, ze wilde knauwen tot ze bloed proefde.

Maar?

Maar in plaats daarvan kuste ze zijn pols. Een kleine rilling ging door hem heen.

Was het een goed gevoel, dat ze haar zachtaardigheid nog had?

Ja, dat was het. Heel erg.

En Brenda, wat is er van haar geworden?

Dat meisje dat Pomeroy had meegenomen uit Sacramento? De reden dat ze hem bijna hadden vermoord?

Ja.

De Sound. Ze hebben haar uit de Sound gehaald.

33

'S Avonds eten met Spoils en Shane en Yance en diverse vrouwen uit Butte, uit Wyoming, van de universiteit. Een kunstenares die rookt en uitgebreid vertelt over een ontmoeting met Bob Dylan zet Pete uiteindelijk klem tegen de muur en neukt met hem in de kleine uurtjes op de trap. Ze gaat naar boven om te douchen, terwijl zijn hoofd dreunt van de geleverde inspanningen. Hij tuimelt naar buiten, valt, en weet op de een of andere manier zijn evenwicht, het trottoir, de weg te vinden, bijna op de tast door het sneeuwige tableau van blauw en grijs, op de Higgins Street Bridge de Clark Fork River over. Het Wilma doemt aan de noordelijke oever op als een uitgehakte obelisk. Hij brult naar Mary, één, twee keer.

Hij ligt op een bed. Een meisje of misschien een vrouw aanwezig. Wurmt zich uit haar kleren, een satijnachtige stof, een storm van vonken als ze die over haar hoofd trekt. Zijn neus op de een of andere manier in haar wasachtige, stoppelige oksel.

'Wat doe jij nou, verdomme?'

'Huh?'

'Mijn lippen zijn hierzo.'

'Ik sla even over.'

'Wat?!'

'Grapje. Kom hier.'

Er wordt aan hem geschud.

Hij is in een andere kamer.

Hij pist in een kast.

Hij pist op iemands bed.

Hij pist in een fles in een auto, pist mis, pist op de vloer.

Hij wordt omringd door een hoop boze onbekenden.

Hij loopt onder een bovenlicht van vallende sterren langs de weg, de hemel vol streken, gekweld, witte groeven, zijn ogen kunnen zich niet losmaken van hun nalichtende sporen.

Op Halloween is hij terug in Tenmile, lokt de rechter naar een tafeltje of erachter vandaan, schuimt verkleed als kerstman de kroegen af. De rechter een treuzelaar in de zachte, fluwelen stoelen van de War Bonnet, met een hemelsblauwe globe vol sterkedrank als de glazen bol van een ziener in zijn hand. Hij heeft een wanordelijk air over zich, alsof hij het glas naar het eerste onwelgevallige doelwit kan smijten. Of naar helemaal geen doelwit.

Er doen verhalen de ronde over kippen die minder eieren leggen. Dingen die niet op hun plek liggen in blokhutten aan het meer. Onverklaarbare pieken in het elektriciteitsverbruik. Inbraken waarbij de dieven er alleen vandoor gaan met laarzen, munitie en landkaarten. Bij een woonhuis in Question Creek vindt een hond alsmaar keutels van een bever, een coyote, konijnen misschien. Dezelfde hond wordt dood aangetroffen bij een kom vol zoete, limoengroene antivries. Een sneeuwruimer stuit op een paar natte spreien en slaapzakken die te drogen zijn gehangen, stijf en bevroren in de kou. Een jager stuit op een brandende sintel en legt met zijn laars een haastig begraven kampvuur bloot. Hij bezweert later dat er een dradenkruis op hem gericht was. Hij loopt een meter of zeven achteruit en rent terug naar zijn auto.

Al die zaken worden aan Pearl toegeschreven. Er wordt aangenomen dat hij vlak bij Tenmile is, het stadje in glipt als dat nodig is. Honden en ruiters van het Department of Corrections worden erbij gehaald. Ze vinden een paar kilometer bij de snelweg vandaan een schuilplaats gemaakt van planken en plastic, en die bewaken ze, maar ze arresteren alleen maar een paar stropers die daar kamperen.

Nadat ze een arrestatiebevel krijgen voor de moord op Wes Reynolds, beginnen ze met helikopters en C-130's door de bossen waar ze denken dat Pearl zich verbergt te zoemen. De mensen die in de blokhutten wonen klagen.

Gestoorde Harold gaat met een op een servetje gekliederd idee naar Kalispell, en komt terug met vijftig T-shirts met de tekst JEREMIAH PEARL: KAMPIOEN VERSTOPPERTJE SPELEN 1981. De gasten van de ATF kopen zijn hele voorraad, en hij komt terug met nog vijftig T-shirts, en dan nog vijftig waarop een kwartje met een gat erin staat en de tekst RENNEN, JERRY, RENNEN!

Er verzamelt zich eerst een menigte bij Fourth of July Creek, en vervolgens een permanent kamp vol neonazi's, types van Christian Identity en uiteenlopende groepjes separatisten en sympathisanten. Er komen nieuwe protocollen voor het berijden van die weg. Er verschijnen klachten in de plaatselijke kranten over een bezetting door de federale overheid. Wat graffiti. Wat uitgedeelde folders. Wat media-aandacht van de kleinere zenders in Idaho en het oosten van Washington. Er verschijnt een strijdvaardige verslaggever uit New York die prompt weer verdwijnt als er een baksteen door zijn autoruit gaat. De motels en bedrijfjes die blokhutten verhuren doen goede zaken en het Sunrise neemt een vierde serveerster in dienst. Helikopters blijven de frisse avondlucht trotseren.

Dan begint de ellende.

Sneeuw valt in witte vlokken als de assige neerslag van een vuur ginder, in afzonderlijke spiralen en helixen op een wirwar aan voertuigen, MEbusjes en motorfietsen die onderweg zijn naar Fourth of July Creek. Een man die als een soort van nazi-intellectueel een turtleneck, pince-nez en een pistool draagt, hijst een Confederale vlag aan de vlaggenmast van zijn camper. Een cameraman van een televisiezender uit Spokane filmt hem een eindje verderop vanaf zijn eigen nieuwsbusje. En een politiekordon houdt een voornamelijk schreeuwend zooitje werkloze houthakkers en klusjesmannen tegen, gedenimde tieners , hun schedeldak geschoren en naakt in de neerdwarrelende sneeuw. Ze brullen. Boze vrouwen citeren bijbelteksten en juridische precedenten en jouwen de agenten uit, noemen hen zonder enige ironie vuile nazi's, met hun kistjes.

Een stuk of honderd zijn het er, die nu het gat naar de politielinie dichten. De agenten trekken zich terug naar een gebied hoger op de heuvel waar alle bomen zijn gekapt, een modderig, wortelrijk, omgeploegd litteken in de zachte aarde van de Yaak. Achter hen vormen verscheidene busjes en campers de bezetting van Fourth of July Creek door de federale overheid, de bron van al deze woedende verontwaardiging.

Verstrooid gescandeer en onophoudelijk gescheld gaan over in een haast aapachtige kakofonie van gejoel en hese kreten als een witte wolk zich vormt en tussen de kleine menigte doordringt die nog steeds door elkaar heen loopt, van achteren oprukt en zich van voren terugtrekt, terwijl de oproerkraaiers zich in twee uiteenwijkende groepen opdelen, uitwaaierend en stikkend en verwilderd, heen en weer stromen over de weg. Van dichtbij zwaaien de agenten met wapenstokken naar het restant van de woedende menigte dat, merkwaardig genoeg, doet denken aan een stelletje Hutterieten die een graanveld maaien. Een man stormt met zijn handen voor zijn oog uit de menigte, terwijl bloed uit zijn oor stroomt, botst tegen de geparkeerde auto's op en valt als een opwindpoppetje om. De wapenstokken blijven zwaaien tot er nog maar een paar verspreide plukjes onrust over zijn. Een vrouw flitst met een baby aan haar borst gedrukt voorbij. Een agent verschijnt, slaat met zijn wapenstok tussen de schouderbladen van een biker, waarna die met een droevige bons tegen de grond slaat. Een andere agent komt aangesneld om te helpen hem af te rossen.

De cameraman legt het vanaf zijn busje allemaal vast.

Er is een verijdelde bomaanslag in Libby – een patrouillerende agent houdt een lid van de Truppe Schweigen aan met een doos vol pijpbommen in de laadbak van zijn pick-up – en daarna een niet-verijdelde bomaanslag bij het federale gerechtsgebouw in Spokane.

Er zijn doodsbedreigingen en af en toe wordt Pete geëvacueerd uit zijn kantoor en moet hij buiten in de kou staan met rechter Dyson die moppert en klaagt terwijl de karige politiemacht van Tenmile het gebouw doorzoekt. Het wordt nogal belachelijk, op den duur.

Op een ochtend gooit een gek een staaf dynamiet het postkantoor in. De ruiten worden eruit geblazen en een postbesteller komt om het leven, en een andere man struikelt verbrand en bloedend naar buiten, naakt op het bovenstuk van zijn overall na, dat als een slabbetje van spijkerstof om zijn nek hangt. Hij stommelt naar de overkant van de straat, terwijl hij met zijn hand zijn ingewanden binnenhoudt. Hij bereikt het gazon net op het moment dat Pete zijn kantoor uit komt om te kijken wat er aan de hand is. Dan valt hij om, rokend, stervend aan zijn verwondingen op een dun laagje rijp en oude sneeuw.

Mensen duiken van alle kanten op, gaan naar de man toe. Een vrouw rent naar haar auto en komt terug met een quilt, en dan arriveert er een arts die zich een tijdje over 's mans verwondingen buigt, en vervolgens zijn hoofd afdekt met de deken. De schok is voelbaar. Mensen huilen. Het bakstenen postkantoor staat nog steeds een beetje in brand, maar maar een beetje, aangezien een lid van de vrijwillige brandweer het grootste deel van het vuur blust met een brandblusser uit de keuken van het Sunrise Café. Een patrouilleauto racet de straat door, vermoedelijk hard achter de terrorist aan. De burgemeester en de rechter overleggen op nog geen tien meter van de dode man met de hoofdcommissaris van politie. Baliemedewerkers en secretaresses houden hun jassen dicht, wachten tot hun verteld wordt wat ze moeten doen.

Pete steekt de straat over naar het Sunrise. Oude mannetjes staan buiten te roken, heimelijk verrukt dat er zoiets verschrikkelijks is voorgevallen. Zelfs zij dragen hun steentje bij, vergelijken het met de bankroof van 1905, plaatsen het voorval in de context van de geschiedenis van die plek, geven de eerste aanzetten het voor de eeuwigheid vast te leggen.

Pete gaat aan een tafeltje bij het raam zitten. Zijn vinger schuift gedachteloos een stuiver met daarin een hakenkruis over het tafelblad als de serveerster eindelijk een glas water komt brengen, de tafel dekt en een menukaart neerlegt. Ze ziet hoe de broeders het lichaam van de dode man in een ambulance laden.

'Ik heb gehoord dat-ie dood is.'

'Dat klopt, volgens mij.'

'Ik zou wel kunnen spugen, gewoon.'

'Ik durf te wedden dat je wel wat beters zou kunnen doen.'

Ze heeft een zwaar leven gehad – dat kun je zien aan hoe haar gezicht verouderd is, de fronsen erin geëtst –, maar Petes opmerking wordt beantwoord met een bedreigde glimlach. Hij heeft haar herkend, een diepe waarheid over haar, en het is prettig om gezien te worden en dat haar taaiheid wordt erkend.

'Ja, ik zou wel wat beters kunnen doen. Wat wil je hebben, schat?'

34

Pinkerton zat in een houten stoel voor Petes kantoor. Hij had zijn pet in zijn hand. Hij ging staan toen Pete binnenkwam.

'We hebben de jongen. Ik wil dat hij jou ziet als hij wakker wordt.'

Hij had midden op de snelweg gestaan. De vrachtwagenchauffeur stond keihard op de rem en de oplegger slipte parallel aan de cabine, maar het hele gevaarte wist op de weg te blijven en een paar meter voor Benjamin tot stilstand te komen. Hij had koorts. Hij leek niet in te zien dat hij bijna was verpletterd onder tonnen aan brandhout, rubber en metaal. De trucker gaf hem op zijn flikker, zag toen hoe ziek hij was en bracht hem naar het ziekenhuis in Libby.

De ATF vond een schuilplaats met een afdakje in een holte in een gigantische lariks. Een litteken van de bliksem dat groot genoeg was om erin te staan, niet ver van de snelweg. Een klein kookvuurtje was gedoofd. Er lagen een slaapzak, een zak gekookte rijst en een thermosfles vol smerig ruikende thee. Het geweer van de jongen stond ernaast.

De ATF zette een gebied af om op Pearl te wachten. Het sneeuwde en ze zagen de hele nacht schimmen die geen van allen de man bleken te zijn. Toen de ochtend aanbrak leek het bijna tastbaar duidelijk dat hij geschrokken was en niet terug zou komen. Ze lieten een briefje voor Pearl achter dat ze zijn zoon hadden meegenomen. Pinkerton zei dat hij er persoonlijk heen was gegaan, en dezelfde boodschap de bomen in had geschreeuwd.

Stil. Het was stil.

Een dikke hulpsheriff zat achterstevoren op een klapstoel een paperback van Billy Graham te lezen. Pinkerton liet de hulpsheriff zijn penning zien en ze gingen naar binnen. Benjamin lag in het ziekenhuisbed te slapen. Een infuus met een heldere vloeistof leidde naar zijn arm. Er zaten korstjes over zijn hele lijf, kleine sneetjes van het rennen door het struikgewas, over afgebrokkelde rotsen klauteren en slapen onder cederbomen. Zijn ogen bewogen onder zijn oogleden en keken door een spleetje toen ze plotseling gedeeltelijk opengingen. Hij mompelde hees. Pete raakte zijn haar aan, en de jongen hield zijn gezicht scheef, neigde naar die aanraking. Het levende tropisme van het hart. Zijn ogen hielden op met bewegen toen de droom was afgelopen of de beelden achter zijn oogleden vreedzaam werden.

De hulpsheriff riep Pinkerton naar de deur en hij sprak buiten met een paar andere agenten.

Pinkerton kwam weer binnen.

'Iemand heeft op ons hoofdkwartier in het centrum geschoten.'

'Iemand gewond geraakt?'

'Weet ik niet. Ik moet weg.'

'Dat is Pearl niet geweest.'

Pinkerton zette zijn pet op zijn hoofd.

'Maar ik wou dat hij het wel had gedaan,' zei hij.

Pete bleef urenlang bij Ben zitten. Met hout beladen opleggers op de snelweg die hun motorrem gebruikten waren het enige geluid dat de rust in de kamer verstoorde. Pete sliep ook, zijn kin op zijn borst rustend. Hij droomde ook. Een diamant die draaide op zijn voorhoofd. Een boom. Hij was een landschap. Hij vond dekking achter die bomen. Hij was de Yaak. Hij was Glacier. Hij was alle overweldigende valleien van het westen van Montana, terwijl wolkenschaduwen over hem heen scheerden. Onweersfronten braken op zijn neus. Hij was dunbevolkt. Hij was een stad. Hij wemelde van de snelwegen en lichtjes. Hij droomde dat hij een zus had, een prachtige meid, en in die droom beredeneerde hij dat dat meisje Rachel was en dat wat hij eigenlijk droomde een geest in zijn binnenste was, een broertje dat ze nooit had gehad, een zoon. Hij droomde dat we allemaal zo'n massa aan mensen bevatten en dat mensen simpelweg mogelijkheden zijn, voorbeelden, gevallen. Dat het hele leven een kwestie van te behandelen gevallen was. Dat de AGZ een soort priesterorde was.

De ogen van de jongen waren open.

Ze grijnsden naar elkaar.

'Hé, knul.'

'Pete,' zei Benjamin.

Pete ging rechtop zitten. De oogleden van de jongen zakten weer dicht en gingen toen deels open om naar hem te kijken.

'Hoe is dat nou, slapen in een echt bed?'

'Is papa hier?'

'Nu niet.'

'Hij kwam niet terug. Hij zei dat ik daar moest blijven, omdat ik ziek was. Maar ik werd bang dat er iets met hem gebeurd was. Is hij hier?'

'Er is niks met hem aan de hand. Kijk maar, het is nog donker buiten. Ga maar weer slapen.'

De jongen draaide zijn hoofd om en de sneeuw vlak achter het raam was honderden, duizenden dwarrelende witte lichtjes.

'Hij zei dat hij terug zou komen, Pete, maar hij kwam niet. Ik dacht dat ik dezelfde verkoudheid had als mama en Esther en Jacob en iedereen.'

'Je hebt alleen een beetje koorts. Longontsteking. Je moet rusten.'

De jongen haalde diep adem, en ging zitten.

'Ik voel me beter.'

Pete liep naar hem toe, schonk wat water uit een kan op het verrijdbare tafeltje en gaf het glas aan de jongen. Ben ging ermee op zijn schoot zitten, keek vaagjes naar een plek op de deken.

'Jullie waren een beetje op de vlucht, hè?'

Een verandering verdiepte de gezichtsuitdrukking van het kind, alsof wat er door zijn hoofd speelde op zichzelf moeilijk te denken was.

'Was je bang? Er waren helikopters en zo. Honden. Het is eng als...'

'Is die man dood?'

Pete zocht om zich heen naar iets anders om over te praten, maar kon niets vinden.

'Ja.'

'Papa was daarom kwaad op me. Maar die man ging jou neerschieten, Pete. Toch?'

'Je hebt me gered, Ben. Dat klopt.'

'Was hij slecht?'

'Ja.'

'Dus ik zal er niet door in de problemen komen?'

Pete keek over zijn schouder naar de agent die vlak buiten de kamer stond. De man likte aan zijn vinger en sloeg een pagina om. Pete vroeg zich af of hij het de jongen moest vertellen. Of hij moest uitleggen dat hij zijn vader de schuld had gegeven van de dood van de man.

'Niemand weet dat jij hem hebt neergeschoten.'

'Niet?'

'Nee. En we houden het ook geheim, oké?'

'Maar als hij slecht was, dan was het toch oké?'

'We houden het geheim, Benjamin. Doe jij wel eens aan pinkzweren?'

'Nee.'

Pete pakte de hand van de jongen, maakte er een vuist van, maakte de pink er vervolgens uit los en haakte die in de zijne.

'Zeg dat je zweert dat je het geheimhoudt. Dat je niet zult vertellen dat jij het hebt gedaan, wat ze ook zeggen.'

'Ik zweer dat ik het niet zal vertellen.'

Hij raakte met zijn hand het gezicht van de jongen aan. Zijn haar was langer geworden en er zaten klitten in, en Pete kwam er met zijn hand niet doorheen. Hij trok het joch aan zijn oor.

'Pete?'

'Ja?'

'Gaan ze me doodmaken?'

'Natuurlijk niet. Je ligt in een ziekenhuis. Ze verzorgen je.'

'Gaan ze pa doodmaken?'

'Nee. Ze zijn alleen maar bang dat hij iemand pijn gaat doen. Dat is alles. We gaan proberen te voorkomen dat dat gebeurt.'

'Hij heeft nog nooit iemand pijn gedaan.'

'Niet met opzet, dat weet ik.'

'Nee. Nooit. Hij heeft nooit iemand pijn gedaan.'

'Hij heeft jou wel een beetje pijn gedaan, of niet? Heeft niet al te best voor je gezorgd. En je broers en zussen...'

Ben leunde tegen kussens. Pete pakte het glas dat nog steeds tussen zijn benen zat en zette het op de tafel. Vervolgens ging hij op de rand van het bed zitten. Wat voor gedachten kolkten er door zijn hoofd.

'Dat heeft mama gedaan.'

'Wat heeft mama gedaan?'

De jongen keek Pete achterdochtig aan en trok een kussen tegen zijn borst. Hij trok het dekbed over zijn opgetrokken knieën. Hij zei dat hij dat niet meende, dat het zijn schuld was. Dat hij het vergif binnen had gehaald. Pete vroeg waar hij het over had, maar de jongen zei niets meer, en Pete wachtte een hele tijd, alsof wat hij uit de jongen wilde trekken in ijs ingevroren zat en het een kwestie van tijd zou zijn voor de kamertemperatuur zijn langzame werk deed.

Pete boog zich over zijn knieën en keek naar de vloertegels en de agent die buiten de kamer zat te lezen, en toen hij weer rechtop ging zitten, zei hij dat de jongen hem alsjeblieft moest vertellen wat er gebeurd was, gewoon hoe de dingen een voor een gegaan waren.

Eindelijk begon Benjamin te praten. Hij verroerde zich daar niet bij, behalve om af en toe te krabbelen aan de infuusnaald die aan zijn arm getapet zat.

Hij zei dat het kwam door de televisie, of door afbeeldingen. De jongen van Cloninger alleen in de zitkamer en Ben die even snel naar de wc gaat, en als hij daaruit komt, wordt hij opgezogen door de tv. De dwergen zingen van hi-ho, hi-ho en nu zit hij op het vloerkleed in de blauwe gloed van de tekenfilm. Hij kwijlt ervan, zo in vervoering raakt hij.

Dan grijpt zijn moeder hem bij zijn oor. Ze sleept hem de tuin in, jankend als een geschopte hond. Ze geeft hem een paar meppen en zet hem op het hek. Wat brandt zijn oor. Hij is te oud om erom te huilen, maar hij weet dat hij stout is geweest.

Zijn vader is in de schuur twee herten aan het uitbenen. Ben ziet dat hij de huid van het karkas aan het trekken is dat aan de dakspanten hangt. Hij kijkt nieuwsgierig naar zijn zoon die daar op het hek zit, fronst zijn wenkbrauwen en gaat weer aan de slag.

Vanaf het hek kan Ben ook de garage van de Cloningers in kijken, waar zijn moeder en zijn broers en zussen met de vriezer bezig zijn. Ruth en Esther stonden er met botermessen naast, het aangevroren ijs weg te bikken, kleine vlokjes wit die met hun zilverwerk opflitsten. Hij zit vol ijs en ze moeten ruimte maken voor het hertenvlees dat ze hier van Cloninger mogen bewaren. Zijn broer en zussen zijn met mamma hoorntjes schaafijs aan het maken, stoppen handenvol van het verse schaafsel in papieren trechters van Cloningers werkbank en geven er een smaakje aan met pakjes Kool-Aid uit de keuken van mevrouw Cloninger. Nee, Ben mag geen ijsje. Dat hoef je niet eens te vragen. Hij loopt mokkend terug naar het hek, hij is stout geweest, had niet naar afbeeldingen mogen kijken, hoe grappig of kleurrijk ze ook waren, hij had daar niet eens binnen mogen zijn.

Als het bedtijd is, zegt mama tegen hem dat hij iets heel ergs heeft gedaan. Dat hij hun zielen in gevaar heeft gebracht. Dat als je gif binnenlaat via je ogen, dat zich kan verspreiden naar je hart en dat van de mensen van wie je houdt. Dat het kwaad besmettelijk is. Dat alles wat je doet uitmaakt, en voor altijd uitmaakt.

Baby Ethan wordt het eerst ziek. Koorts, huilt, huilt dan niet meer.

Dan zijn al zijn broers en zussen ziek. Mama ook. Hoge, hoge koorts. Koude rillingen. Om het huis glippen alsof het een ziekenboeg is.

Niemand wil spelen.

Ze bidden. Smeren zalfjes met menthol, pasta's die zijn moeder stampt terwijl ze zelf koorts heeft. Zegt dat dit het misschien wel is, dat dit misschien wel is hoe Satan dan eindelijk verschijnt. Met vergif en gifstoffen. Wat zullen ze niet doen, die krachten waar ze tegen moeten vechten. Valstrikken, fiduciair geld, advocaten. En nu dit. Het hele gezin ziek maken.

Behalve Ben en papa. Die worden niet ziek.

'Door dat ijs?' dacht Pete hardop.

'Wat?' vroeg Benjamin.

'Het ijs, daar zat iets in.'

Benjamin schudde zijn hoofd.

'Nee, het kwam door de tekenfilm. De gelijkenissen!'

Pete keek naar de agent, die nog steeds helemaal opging in Billy Grahams boek.

'Oké, goed. Niet schreeuwen. Vertel maar gewoon verder.'

De jongen trok een stuk deken tegen zich aan, en Pete vroeg hem alsjeblieft verder te vertellen wat er gebeurd was. Dat het oké was. Dat alles oké was.

Dat duurt verscheidene dagen, die koorts, en papa zegt dat ze er misschien over moeten denken naar de dokter te gaan, maar de koorts wordt niet meer hoger. Misschien wel omdat een mens niet heter kan worden.

Mama zegt nog even, dan beginnen ze echt te genezen.

De Heer is sterk, in hen, zegt mama. *Hij zal ze niet laten sterven, niet nu.*

Mama zegt dat we moeten onthouden dat die lichamen waarin ze huizen maar iele dingen zijn, vergeleken met hun ziel.

Op een nacht worden ze niezend wakker. Paula, die kan maar niet ophouden, drie uur lang niet, het kleine meisje huilt tot ze gewoon flauwvalt, zo heet als een braadpan. Ze weten niet of ze haar wakker moeten maken of haar het respijt gunnen. Niet dat ze überhaupt helemaal bij is gekomen, zo hoog als haar koorts is.

Papa zegt dat hij nú een dokter gaat halen.

Mama dwingt hem te beloven dat niet te doen. Wil hij het makkelijk voor ze maken om hen gewoon af te maken, zo in het ziekenhuis. Een dokter gewoon binnen laten komen en hen vermoorden met een naald. Hen afmaken zoals een dierenarts met een oude hond zou doen.

Papa zegt dat hij niet gewoon maar gaat zitten toekijken hoe ze lijden.

Ze wuift dat weg, zegt dat ze zal bidden, dat ze een visioen zal krijgen, dat krijgt ze altijd.

Ze wordt zelf ook zo heet als een theeketel, maar ze neemt de baby mee de koele voorjaarsnacht in en ze bidt in een weiland onder de sterren. Bij dageraad zit ze nog steeds in dat weiland, in tongen te spreken in de mist, de baby tegen zich aan gedrukt.

Papa zegt dat Ben zijn karweitjes moet gaan doen. Hij gaat eieren halen. Hij veegt de veranda. Hij maakt de eieren klaar, omdat mama nog steeds in dat weiland zit. Hij kan niet erg goed koken. Er zitten stukjes schaal in.

Als hij hem zijn eieren brengt, zegt papa dat de baby al uren geen geluidjes meer maakt. Zegt dat ze hem niet bij haar in de buurt wil laten komen – *Als ik binnen een straal van dertig meter kom, zegt ze: 'Jeremiah Pearl, waag het niet nog een stap dichterbij te komen...' Alsof de Heer haar ogen in haar achterhoofd heeft gegeven.*

Wat moet hij anders, zegt hij.

Benjamin weet niet wat hij zeggen moet.

Ik wou...

Je wou wat.

Ik wou dat ik ook ziek was, papa.

Het is stil in huis. Jacob is iets aan het mompelen en Esther zegt dat hij zijn kop moet houden, hoewel het niet erg aardig is om dat te zeggen. Niemand komt eten, zelfs papa niet. Die loopt alleen maar te ijsberen op de veranda.

De vliegen krijgen alle eieren en Ben jaagt ze weg, en ze vliegen als een wolk op en strijken dan weer neer op de eieren en de appels die hij in stukjes heeft gesneden. De bromvliegen binnen als gif. Als gif dat je hier binnenlaat. Het komt door die afbeeldingen dat ze allemaal ziek zijn. Jij hebt ze in gevaar gebracht.

Mama komt dansend naar het huis toe. *Vreugde,* zegt ze, vreugde. *Het is allemaal vreugde. De glorie,* zegt ze, *je kunt Zijn glorie op alles zien, als verse sneeuw.*

Maar de kinderen, zegt Pearl. *Die liggen voor pampus. Dat is geen glorie, Sarah.*

Ze hoeven ze alleen maar met olie te zalven. Ze zegt dat God zei dat ze ze moesten zalven. Dat het stuk voor stuk koningen en koninginnen zijn. Ze zegt dat Benjamin olie moet gaan halen bij de Cloningers.

Hij kijkt papa aan.

Ze geeft hem plotseling een draai om zijn oren, zwakjes, ze heeft geen kracht in haar arm. Schreeuwt: *Opschieten, zei ik!*

Papa zwaait machteloos dat hij moet doen wat ze zegt.

Als hij terugkomt met een tupperwarebakje met olijfolie, kan Ruth niet meer goed lopen, niet eens meer een potlood vasthouden, die glijdt uit haar hand en ze begint te janken, ze wil iets zeggen en dat lukt niet en ze kan ook niet schrijven. Dus zalft mama haar het eerst, giet olie in haar haar en kust haar hoofd, en papa draagt haar naar bed, gaat bij haar zitten en bekommert zich om haar. Ze wil alleen maar iets zeggen.

Benjamin helpt mama de anderen te zalven. Baby Ethan bij wie alleen de oogjes opengaan, nog maar net. Mama draagt de kleine slaper naar Jacobs bed, ze laat niemand anders de baby hebben, en Benjamin draagt de olie.

Jacob is zichzelf niet. Hij kan maar niet ophouden met lachen. *De vreugde,* zegt mama, *jij hebt de glorie en de vreugde.* Hij lacht, en ze maken zijn hoofd nat met olie.

Esther weigert zich te laten zalven. Ze kromt haar rug als een kater, rent het huis door en kruipt achter het fornuis, dat koud is geworden omdat iedereen kookt van de koorts. Ze sist naar hen. Ze spuugt.

Ze is gewoon grumpie, zegt mama lachend, wiegt de baby op de vloer zodat haar jurk opkruipt en haar blote, rode benen te zien zijn, ze heeft haar benen nog nooit eerder laten zien, waarom zijn die zo rood. *Esther is gewoon grumpie.* Mama zegt, *de oudste draagt de zwaarste last, zie je.*

Jacob giechelt vanuit zijn bed.

Paula niest weer.

Ruth komt een glas water halen, maar ze kan het kopje niet vasthouden. Ze kan niet normaal lopen.

Het is die tékenfilm. De zeven dwergen. Ben zegt tegen mama: *Ethan is Dommel en Paula is Niezel en Ruth is Stoetel en Jacob is Giechel en Esther is Grumpie.* Hij zegt: *Dit is mijn schuld, God straft me.* Hij verandert ze in gelijkenissen van die tekenfilm, wat gelijkenissen van mensen zijn, het is nu allemaal binnenstebuiten, het is nu allemaal hels.

Ben weet dat hij dit op zijn geweten heeft.

Maar wat moet hij doen.

Papa wil de baby pakken, maar dat staat ze niet toe. Hij zegt dat baby Ethan niet meer leeft. Zijn open ogen zijn roerloos en zijn armpje blijft niet liggen waar mama hem neerlegt, glijdt steeds weg en zij stopt hem steeds terug.

Ze maken ruzie.

Ze krabt papa met haar vrije hand, als hij zijn armen naar hem uitsteekt.

Ze krijsen tegen elkaar en Ben drukt zijn handen tegen zijn oren, en gaat met zijn gezicht naar de muur staan.

Jacob lacht.

Ruth huilt. Ze roept om papa, en papa gaat weg.

Nu sist mama tegen hem: *Ben, kom hier*. Dat doet hij, en ze zegt tegen hem dat hij de accu uit de truck moet halen.

Hij zegt dat hij niet weet hoe dat moet.

Ze zegt dat hij dichterbij moet komen.

Hij is bang.

Kom op, verdomme, je staat in brand.

Hij zegt: *Mama, met mij niks aan de hand,* en zij zegt: *Kom hier, of ik doe je wat*. Hij glipt naar haar toe en ze slaat het vuur uit dat alleen zij ziet en ze zegt dat het nu wel goedkomt. Ze trekt zijn T-shirt recht. Geeft hem een kus op zijn wang. Haar gezicht is als een hete kool, alsof je te dicht langs het fornuis loopt.

Ze kijkt hem nu met samengeknepen ogen aan. *Waarom sta jij in brand?*

Papa heeft de sleutels van de truck. Als ze die zachtjes hoort rinkelen, zegt ze dat hij het niet moet doen, en zij kruipt op één arm naar hem toe, met de baby onder de andere, maar hij stapt gewoon om haar heen en holt naar de truck.

Hij start de motor, ratelt tussen de bomen door weg.

Mama leunt tegen het koude, zwarte fornuis. Ze legt de baby als een stuk brandhout naast zich neer, zit daar met haar handpalmen naar boven op haar schoot. Hoofd naar achteren gegooid. Uitgeput. Het is stil. Vredig.

Dan gaat ze op haar knieën zitten, hijst zich overeind, gaat op zwabberende benen staan. Ze haalt een geweer van de muur. De loop zwaait naar beneden, dreunt op de vloer alsof hij vijftig kilo weegt. Ze heeft er al haar kracht voor nodig om hem te dragen.

Ben kijkt door de niet-afgebouwde muren toe, tussen de houten balken door, hoe ze naar Esthers bed wankelt. Ze maant haar rechtop te gaan zitten. Esther rilt als ze samen op weg naar buiten gaan en mama stommelt naar achteren om een deken te pakken. Esther maalt met haar kaken op iets wat ze misschien gaat zeggen, maar dat doet ze niet. Ben roept haar naam. Mama kijkt zijn kant op, zegt: *Hou je kop, Benjamin Pearl. Hou verdomme gewoon je kop.*

Mama slaat de deken over haar heen en ze lopen samen naar buiten.

Ze legt uit dat ze al dood zijn en dat ze niet kan toestaan dat ze in handen vallen van... – ze gebaart naar de voet van de berg. *Hen*, zegt ze. Of hij dat begrijpt.

Hij zegt *Ik heb het gif binnengelaten.*

Ja, dat heb je inderdaad.

De eerste keer draait het geweer rond en landt ze erop als op een kruk. Jacob wordt bij zijn pols naar buiten geleid, loopt als een veulen van het afstapje. Jacobs blote voeten die op z'n plek op en neer gaan in het maanlicht. Een uil roept als mama hem heeft doodgeschoten. Als Ruth en Paula aan de beurt zijn, vouwen ze hun handen in elkaar. De gehaakte sprei over Esther gelegd. Kogels vallen uit mama's zakken en ze heeft moeite de grendel dicht te krijgen. Ze zegt dat Ben naast de anderen moet gaan zitten.

Ze zegt *Wacht 's eventjes. Nee. Jij bent niet uitverkoren. Ga naar binnen.*

Er klinkt nog één schot, en dan geen schoten meer.

Wat voor film er achter de ogen van de jongen werd afgedraaid, dat kon Pete niet raden. Maar zijn ogen schoten over het bed en langs de wanden alsof hij alles weer voor zich zag.

'Wat gebeurde er toen je vader terugkwam met de dokter?'

Het leek even te duren voor de jongen de vraag überhaupt hoorde.

'Hij had geen dokter meegenomen. Hij was teruggekeerd naar het huis nadat hij bij de snelweg was gestopt. Hoorde het geweer daar beneden helemaal. Was niet op tijd terug.' De ogen van de jongen waren strak gericht op een deel van de deken, die nacht, lang geleden. 'Hij liep erheen en keek. En toen kwam hij terug, en ging naast me op de grond zitten.'

'Wat zei hij?'

'Volgens mij zeiden we niets.'

'Ik vind het heel erg. Ik kan me niet eens voorstellen hoe angstig dat was.'

'Nèh. Ze deed wat God haar had opgedragen. Het was verkeerd van papa om naar de dokter te gaan. Ze had het in Gods handen gelegd en door hem en mij moest ze het doen. Daarom waren wij niet uitverkoren.'

'Nee.'

'Jawel. We waren niet uitverkoren.'

'Het ijs,' zei Pete.

'Wat?'

'Dat ijs uit de vriezer. Daar heb jij niet van gegeten. En je vader ook niet.'

Hij verliet het ziekenhuis in Libby en reed naar Pinkerton. Om het uit te leggen. Maar vanwege de schietpartij was het hoofdkwartier een chaos van patrouilleauto's met zwaailichten, ambulancebroeders en allerhande politiediensten die foto's en aantekeningen maakten of er alleen maar bij stonden te briesen. Een agent voor de commandopost keek Pete kwaad aan. Glas bespikkelde de grond en knarste onder voeten, en hij kon op de tegelvloer binnen nog net een lange, bruine bloedvlek onderscheiden.

'Dit is nu een plaats delict,' zei de agent. 'Je mag hier niet staan.'

Door een gat in het triplex kon Pete ATF-agenten briefings zien geven aan FBI-agenten. Iets met haar op de vloer waarvan Pete zich al wachtende pas realiseerde dat het een deel van iemands schedel moest zijn.

'Ik moet agent Pinkerton spreken.'

'Je moet maken dat je wegkomt.'

'Luister, ik heb informatie over Jeremiah Pearl.'

'Ga maar naar het politiebureau, dan nemen ze daar je verklaring op.' De agent duwde Pete van de stoeprand en nam zijn plek voor het gebouw weer in. Pete bleef rondhangen, maar toen deed het bericht de ronde dat de schutter zich verschanst had in een schuur, en iedereen vertrok en masse. Als Pinkerton met hen mee vertrok, zag Pete hem niet weggaan.

Hij ging terug naar het ziekenhuis, maar de bezoekuren zaten erop.

Hij doezelde weg in de lobby, ijsbeerde en rookte buiten, en de volgende ochtend was die agent met dat boek van Billy Graham weg. En Benjamin ook.

35

De belegering van de schuur kwam er nooit. Als de schutter daar al had gezeten, was hij net zo snel weggeglipt als zij hem in een hoek hadden gedreven. De mensen aan de bar bij de Ten High waren het erover eens dat Pearl ook nooit gepakt zou worden. Men nam aan dat hij de jongen had achtergelaten en hem zelf naar Canada was gesmeerd of ergens naar een onbereikbare plek in de Yaak, die eerder een soort regenwoud was, een jungle eigenlijk, en die zelfs de plaatselijke bevolking maar voor een deel kende. Hij was allang weg.

Dat die FBI'ers moesten vertrekken, was net zo duidelijk. Ze stonden voor een raadsel en er zou niets goeds uit voortkomen als ze hier bleven, zo als een bezettingsleger in het stadje ingekwartierd. Mensen uit de streek die werden aangehouden bij checkpoints. Je zou bijna willen dat je iets gedaan had om dat te verdienen. Vandaar dat dynamiet en die relletjes en nu die schietpartij bij hun hoofdkwartier. En wat er hierna ook nog meer zou volgen.

Pete deed er twee dagen over om uit te zoeken waar Benjamin Pearl naartoe was gebracht. Hij zat niet in de gevangenis van Tenmile, dus wie wist in wat voor vage, advocaatloze hechtenis hij zat. Pas toen Pete de motels afsjouwde, op zoek naar auto's met federale kentekenplaten, wist hij eindelijk uit te vissen waar de jongen was. Hij zag een televisie staan op de patio achter een van de tien blokhutten van het Sandman Motel. Toen hij aanklopte, deed een man met een borstholster en een dienstpistool open.

'Waar is Pinkerton?' vroeg hij.

'Wie ben jij, verdomme?'

'De maatschappelijk werker van die jongen.'

De agent verplaatste zijn kauwgum naar zijn andere wang, en ging verder met kauwen.

'Welke jongen?'

'Zeg maar tegen Pinkerton dat Pearl zijn kinderen niet heeft vermoord.' Pete wees over zijn schouder. 'Zie je die Monte Carlo? Daar zit ik te wachten.'

Een paar uur later parkeerde Pinkerton voor de deur, en liep vanuit zijn auto de motelkamer in. Pete zag hem het gordijn opzijtrekken en naar buiten kijken, en vervolgens alleen aan komen lopen, in zijn dunne windstopper voorovergebogen tegen de mist en de verse regenflarden.

'Jezus, het is ijskoud. Kun je de verwarming aanzetten?'

'Dit is nog niks,' zei Pete. 'Waar kom jij vandaan?'

'Virginia. Wat wil je?'

'Ben in een pleeggezin onderbrengen.'

Pinkerton plukte met zijn vinger aan de bekleding.

'Nieuwe auto?'

'Geleend. Aangezien jullie de mijne hebben. Jullie kunnen hem niet zomaar in een motel vasthouden. Het is nog maar een kind, verdomme.'

Pinkerton hield op met plukken. 'Pearl heeft die reclasseringsambtenaar niet doodgeschoten,' zei hij. 'Of wel?'

'Wel.'

'Forensisch bewijs, Pete. We hebben het geweer van dat joch.'

'Dan moeten ze op zeker moment geruild hebben...'

'Je weet best dat dat joch het heeft gedaan. Je was erbij.'

Petes huid tintelde. Vroeg zich af hoe ernstig de jongen in de problemen zat. 'Luister, die jongen probeerde mij te beschermen. Wes had een pistool op me gericht...'

'Als ik jou was, zou ik mijn kop maar houden. Je zult een advocaat nodig hebben voor we dit gesprek voeren.' Pinkerton blies in zijn handen. 'Start die klote-auto nou maar.'

Pete startte en draaide de verwarming op, die eerst koude en toen lauwe lucht de auto in blies.

'Misschien bekent Pearl dat hij een reclasseringsambtenaar heeft neergeschoten, als we hem pakken,' zei Pinkerton. 'Dan zal jouw... vérsie van de gebeurtenissen overeind blijven. Of, meer dan waarschijnlijk, hij komt om het leven. En ook dan blijft jouw versie overeind.' Pinkerton legde zijn handpalmen in een kommetje op de ventilatorgaten. 'Maar wat mij betreft is dat joch net zo gevaarlijk als zijn pa.'

'Hij is niet zo. Zijn...'

'Hij zit in die motelkamer zonder een woord te zeggen. Hij is getráínd, Pete.'

'Hij is doodsbang! Hij zit vast in een motel met een stelletje bewapende federale agenten. De enige volwassenen die hij vertrouwt zijn zijn vader en ik...'

'Degene die zijn moeder en zijn broers en zussen heeft vermoord, bedoel je? Díé vader?'

Pete gaf Pinkerton een stapeltje papieren uit zijn dashboardkastje aan.

'Pearl heeft zijn kinderen niet vermoord. Dat heeft zij gedaan. De moeder.'

Pinkerton las de eerste pagina, keek Pete aan.

'Lister...'

'Listeriose. Dat is een ziekte. Ze hebben het opgelopen door besmet ijsschaafsel uit de vriezer te eten. Waarschijnlijk door het hertenbloed, volgens de arts. Wat je daar voor je hebt, is een beschrijving van de symptomen.'

Pinkerton las.

'Het moest iets in dat ijs zijn geweest. Pearl en Benjamin waren de enigen die niet van dat ijsschaafsel hebben gegeten.' Hij keek toe hoe Pinkerton las. 'Je hoort wel vaker dat mensen ziek worden van hertenbloed. Maar bij listeriose krijg je allerlei akelige shit. Lees de volgende passage over hersenvliesontsteking maar eens.'

Pinkerton bladerde door.

'Jezus.'

Hij vertelde Pinkerton wat er was gebeurd. Dat Pearl een dokter was gaan halen en zij, koortsig en paranoïde, de kinderen mee naar buiten had genomen, ze een voor een had doodgeschoten, voor ze zelfmoord pleegde.

Pinkerton sloeg zijn handen voor zijn ogen.

'Jezus. Heeft het joch je dat verteld? Heeft hij gezien hoe zijn eigen moeder...'

'Hij heeft therapie nodig. Laten we hem uit die motelkamer halen en bij echte mensen onderbrengen.'

'Ik heb het ze gezegd.' Pinkerton smeet de papieren op het dashboard. Vervolgens sloeg hij er met zijn vuist op. 'Godverdomme! Ik heb ze gezegd dat Pearl niks voorstelde. We hadden er nooit een zaak van moeten maken...'

'Ga dan gewoon weg. Blaas de boel af.'

Pinkerton luisterde niet naar hem. Hij pakte de papieren weer op, las ze nog een keer.

'Jullie zijn aan de verliezende hand,' zei Pete. 'Jullie maken hier nu al meer vijanden dan vrienden. Laat je jongens zich terugtrekken.'

Pinkerton grinnikte somber.

'Wat?'

'Je praat alsof het aan mij ligt, Pete. Of aan wie dan ook.'

'Iemand die de touwtjes in handen heeft.'

'Dat is dan Jeremiah Pearl. En hij wil daarboven sterven. En om de een of andere reden lukt het ons niet hem zijn zin niet te geven.'

Ze keken toe hoe het regende.

'Kan hij de winter overleven, denk je?' vroeg Pinkerton. 'Jezus, ik wil de kerstdagen hier niet doorbrengen. Ik heb ook kinderen...'

'Mag ik die jongen nou meenemen of niet?'

Pete droeg Bens tassen naar de auto. De federale agenten hadden hem zakken speelgoed gegeven, ongeopende pakjes met raceautootjes en actiefiguurtjes erin.

Ze zaten even in de auto. Pete wist niet precies wat hij met hem aan moest. Of liever: hij wist precies wat hij met hem aan moest, wat hem voor het eerst een ongemakkelijk gevoel bezorgde. Omdat hij iets anders wilde doen. Hij wilde die kids maar steeds mee naar huis nemen. Een neiging om boete te doen voor Rachel.

'Gaan we naar papa?'

'Die is niet... Ik weet niet waar hij is.'

'O.'

'Hij is daar nog steeds, ergens. Mensen proberen hem te vinden. Proberen hem zover te krijgen dat hij zich overgeeft.'

'Dat doet-ie nooit.'

'Weet ik.'

'Maar waar gaan we dan naartoe?'

Pete pakte het stuur vast. Draaide zich om om de jongen aan te kijken, zijn jas kreunend tegen de leren bekleding. Hij wilde niet meer bij deze priesterorde horen.

'Als je kon kiezen, bij wie zou je dan liever wonen, bij de Cloningers of...'

Neem hem mee, dacht Pete. *Neem hem mee naar huis...*

'Of wat?'

... naar je kleine kloteappartementje boven de kroeg waar je je elke avond klem zuipt.

'Laat maar. Die andere optie wordt niks.'

De jongen trok zijn nieuwe tennisschoenen op, onder zijn ribfluwelen broek. Zijn te grote ski-jack verzwolg hem.

'Waarom lach je?'

'Je lijkt wel een schildpad in die jas.'

'Hij is lekker warm.'

'Vind je het oké om bij de Cloningers te logeren?'

'Zal papa weten dat ik daar ben?'

'Ik zal het tegen hem zeggen, als hij opduikt.'

'Kweenie.'

'Ik zal doen wat ik kan. Alles wat ik kan. Als ik hem bij je kan krijgen, zal ik dat doen.'

De jongen keek hem indringend aan.

'Beloof je dat, verdomme?'

'Ik beloof het verdomme.'

Hij keek voor zich uit. En profil zag het kind er ouder uit.

'Ben je er klaar voor?'

De jongen knikte. Op de een of andere manier was hij dat.

36

Hij ging langs bij de Cloningers. Benjamin en Katie hadden hun draai aardig gevonden, Katie wat beter. Benjamin wilde de huiskamer waar de televisie stond niet eens in gaan. Wilde niet met het speelgoed spelen. De vrouw des huizes liet hem sommen maken en in de bijbel lezen, en daarnaast ging hij urenlang naar buiten om naar de dieren te kijken en niet zozeer te spelen als wel het gespeel om hem heen te tolereren.

Ze liepen door de sneeuw op het weiland, terwijl de zon hamerde op hun tot spleetjes geknepen ogen. Het joch als een schildpad in zijn grote rode jas gedoken. Ze kwamen bij de kreek aan, waar water tuimelde onder het glanzende ijs. Ben ging aan de waterkant staan, zijn capuchon op, afwezig. Zijn adem in de lucht.

'Wat gaat er met me gebeuren, Pete?'

'Niets.'

'Hoe moet hij me nou vinden?'

'Dan moet hij eerst de bergen uit komen.'

'Waar gaan we dan heen? Waar moeten we wonen?'

'Dat weet ik niet.'

Hij propte zijn handen in zijn jas en nestelde zich er dieper in.

'Misschien... Ik zat te denken dat als je zou willen, we kunnen proberen dat je bij mij komt wonen,' zei Pete, maar Ben was al op weg terug naar het huis en als hij Petes aanbod al had gehoord, kon het hem niet schelen.

De winter kwam plotseling, de sneeuw viel dik en zwaar. De rechter belde Pete om die van zijn dak te komen scheppen, voordat het hele ding instortte. Was ervan overtuigd dat de Monte Carlo hem recht gaf op Petes arbeid. Pete had het heet, zonder jas, en in de volmaakte stilte van de dag vroeg hij zich af waar iedereen gebleven was. Toen kwam de rechter naar buiten en zei dat hij moest opschieten, dat hij naar Tenmile wilde om een borrel te halen.

Het enige dat resteerde van de aanwezigheid van de federale diensten was een kernbemanning van agenten die koffie dronken in het Sunrise en kranten lazen die ze vanuit het oosten lieten opsturen. Een of andere idioot die zichzelf een premiejager noemde kwam een babbeltje maken met de oude knarren achter de balie, en algauw stonden ze elkaar wederzijds te vleien.

Toen Pete ging zitten, vroeg de serveerster of de rechter met hem mee zou lunchen. Hij zei tegen haar dat ze voor de zekerheid maar twee koffie moest brengen, en toen ze dat gedaan had, roerde hij er melkpoeder doorheen en luisterde naar de leugens die de premiejager stond te vertellen. Pete at luisterend naar die badinage zijn lunch op, betaalde en vroeg aan de serveerster tegen de rechter te zeggen dat hij hem maar moest komen halen bij zijn appartement.

Hij was net gaan liggen toen de rechter bij hem aanklopte.

Maar het was de rechter niet. Een of andere verwilderde landloper staarde hem aan, gekleed in een te grote mijnwerkersoverall. Het gezicht van de man was rood en vlekkerig, vol levervlekken of zware uitslag van de kou, onder een truckerspetje.

'Jeremiah,' fluisterde Pete.

'Waar is Benjamin?'

'Kom binnen.'

'Mijn zoon, Pete.'

'Met hem is alles in orde. Hij is veilig.'

'Kom op, dan gaan we.'

'Ik ga nergens heen. Kom binnen en ga zitten.'

Pete zwaaide zijn deur wijd open en ging aan het kleine tafeltje midden in zijn studioappartement zitten.

Pearl stapte naar binnen, deed de deur dicht en bekeek de kamer. Deed de bezemkast open, de badkamer. Bestudeerde de straat door het raam, tegen de muur gedrukt. Vervolgens trok hij de jaloezieën dicht en ging zitten. Hij zag er totaal niet als Pearl uit. Zijn taaie, blote gezicht glom van het zweet. Op plekken waar het niet bijna rood opgloeide door wat een ruwe en haastige scheerbeurt met een oud scheermes en kreekwater moest zijn geweest, zaten stippen in het blauw van wapenmetaal. De overall was bedekt met een laagje wormstekig stof, en hij moest deze of bij de achterdeur vandaan of uit de laadbak van de pick-up van een mijnwerker hebben gegrist.

'Je gaat me naar mijn zoon brengen.'

Hij haalde een .38 uit zijn zak.

'Jeremiah, ik weet wat Sarah heeft gedaan.'

Pearls baardloze gezicht bood Pete toegang tot een verbijsterende klont aan verwarde gedachten. Woede. Gierende angst. Dan een broze overtuiging. Pearl sloot zijn ogen. Een hele tijd. Pete had het wapen kunnen pakken.

'Ze waren ziek en jij wilde hulp gaan halen. Zij dacht dat ze vergiftigd waren en ze...'

Pearls ogen schoten open.

'Ze waren ook vergiftigd,' siste hij. 'Hoe kunnen ze anders allemaal zo ziek worden...?'

De gedachte doofde als een kaars. Als een oude leugen. Ze zaten een hele tijd tegenover elkaar, alsof ze een kaartpotje speelden dat een vreemde wending had genomen en ze geen van tweeën de regels kenden. Toen richtte Pearl het pistool op Petes gezicht, terwijl hij zelf bijna verbaasd leek over die uitkomst.

'Breng me naar mijn zoon.'

Pete had gedacht dat hij op een moment als dit bang zou zijn, als het zich ooit voordeed. Maar dat was hij niet. Elke angst die er in hem nestelde lostte op zodra Pearl het wapen hief.

'Je nu naar hem toe brengen, in deze staat,' zei Pete, 'zou ingaan tegen alles wat me heilig is.'

'Ik maak je af.'

'Ik weet hoe het voelt, Jeremiah. Om een kind te verliezen. Ik ben vertrouwd met een deel van je pijn. Ik zou alles doen om Rachel weer thuis te krijgen. Dus ik begrijp je wel, maar ik ga je jongen niet onder schot aan je uitleveren.'

Pete ging langzaam staan, en werd niet doodgeschoten. En hij werd ook niet doodgeschoten toen hij de zware koffer en de doos tevoorschijn haalde en naar de tafel droeg. Pearl zat daar met zijn pistool in zijn handpalm en keek toe hoe Pete de koffer openmaakte, de projector opstelde en de film erin deed. Pete vertelde hem dat hij zijn schoonmoeder had gevraagd of hij deze mocht lenen. Pete keek niet naar Pearl toen hij de lichten uitdeed, en ook niet toen hij de projector aanzette. Een wit vierkant op de kale muur boven zijn bed, en dan de kinderen. Onscherp en zwaaiend. Met Sarah in een groene kano op een stenige oever. Kleine beentjes die over de rand van een kade bungelen. Pearl zelf die een bommetje maakt. Met een coke in zijn hand. Met een sigaret, nee, een krijtje dat hij gebruikt om de omtrek van de kinderen te tekenen op de roze muur van een steengroeve. Hun gezichten zo dichtbij, nu. Zelfs hun sproeten. Een kampvuur, een slang in een emmer, een reikende hand. Een motorfiets spuit weg, Sarah zwaait de rook weg van haar baby...

De film slaat tegen de projector. De ventilator. Het gloeiende witte vierkant op de muur.

Pete doet er nog een film in.

Een babyflesje. Zakken snoep. Een doop in een flitsende rivier.

Al die heerlijke malligheid opgetrokken uit licht, elk fijn momentje uit Pearls leven.

Het is donker als ze de hele doos hebben gehad. Pete zet de projector af en de ventilator stopt met draaien, laat hen achter in een nieuwe stilte. Pete doet de jaloezieën open om een beetje licht van de straat binnen te laten, de stiltes van de winter.

'Jij wist het niet zeker. Jullie ruzieden. Naarmate de kinderen zieker werden. Jij wilde ze naar het ziekenhuis brengen.'

Pearl draait zijn hoofd en kijkt uit het raam. Hij zegt haar naam.

Sarah.

Meer niet. Alleen haar naam.

'Toen je zag dat het kleine jongetje dood was, hield je op met redetwisten, en ging je een dokter halen.'

'Ik wilde, ik wilde...' Pearl drukt zijn vingertoppen tegen zijn borst en laat zijn hand dan in zijn schoot vallen. 'Ik kon al die zieke kinderen niet in de laadbak van de pick-up leggen. Ze waren niet... ze konden niet... Esther had zo'n stijve nek, dat ze haar hoofd niet kon bewegen en...'

Pearl haalt diep adem en een enkele snik valt uit hem, als een goudstaaf die op de tafel bonst. Hij haalt onregelmatig adem, alsof hij de lucht niet binnen kan houden.

'Je dacht niet dat ze dat zou doen, Jeremiah. Dat had je nooit gedacht. Hoe kon je dat ook?'

Pearl buigt voorover, fluisterend. Alsof de meningen die hij heeft geheimen zijn. Hij fluistert dat hij nog steeds van haar houdt, ongelooflijk toch, na wat ze gedaan heeft. Dat hij haar nog altijd mist. Zijn levensgezellin. Zijn ware liefde. Dat als ze nu zou komen binnenlopen, zelfs nu nog, hij bij haar zou gaan zitten en met haar opnieuw zou beginnen. Fluistert hoe zielig dat is. Wat slecht. Hij fluistert dat hij zijn kinderen mist, dat hij zijn kinderen natuurlijk mist. Zijn kinderen tekort is geschoten. Ze zo goed als zelf heeft vermoord. Dat hij ze niet verdient. Vanwege haar. Vanwege een liefde die gekte niet ziet.

'Mijn god,' zegt hij. Hij neemt zijn hoofd in zijn handen en kneedt erin als in een lichaamsvreemd ding, een of andere tumor die hij moet aftasten, die hij misschien wel met zijn blote handen kan verwijderen.

'Ik weet niet wat ik zou doen, als ik jou was...'

Pearl ziet er geschrokken uit, gealarmeerd dat hij hier is. Hij komt met een ruk overeind. Hij draait zich om in het appartement, terwijl hij zijn hoofd nog vasthoudt als iemand met een migraineaanval, iemand die gek wordt van de ingebeelde geluiden. Hij buigt voorover om over te geven, maar terwijl hij stuiptrekt, komt er niets uit. Hij blijft maar vergeefs kokhalzend dubbelklappen.

'Jeremiah, het is oké.'

Het is door verwoeste ogen, rood en met een geschroeide kring eromheen, alsof hij al die tijd in een witte zon heeft gestaard, dat Pearl hem eindelijk ziet. De man is doorgebrand, weggeschroeid, een litteken, en door dat alles net zo vertrouwd als wat het ook is dat Pete in elke spiegel ziet. Pearl is Snow is hijzelf is iedereen.

* * *

Toen hij ging kijken, snikte hij toen en vroeg hij haar waarom? En hield hij haar evengoed vast?

Of stormde hij de nacht in? Rukte hij zijn hemd aan flarden? Hoorde hij zijn eigen verstikte snikken en verdriet weerkaatsen tegen de holle bergwanden? Sloegen de boommarters en hazen op de vlucht van zijn geschreeuw?

Rende hij een omgevallen boomstam op en hurkte hij daar neer en hield hij zijn knieën vast alsof hij uit elkaar zou spatten als hij ze losliet?

Zocht hij zijn hart af en vroeg hij wat hij gedaan had? Vroeg hij zich af of het universum een wreedheid was?

En legde hij de kinderen alleen in de kelder, of hielp Benjamin hem?

Rolde hij de stenen erop, en hoelang deed hij daarover?

Waren ze dat zelfs nu nog aan het doen?

Hiervoor niet uitverkoren?

Hiervoor?

Hier?

37

Petes broer stond een eind verderop Jeremiah Pearl de tipi te laten zien waarin hij en de jongen zouden wonen. Pearl liep om het bouwsel heen, terwijl hij naar de bomen in de verte keek, het gebied eromheen. Aarzelend. Luke gebaarde dat hij de tent in moest gaan en hij glimlachte achter zich naar Pete en de jongen, en nam Pearl mee naar binnen.

'Mijn broer is best een aardige vent,' zei Pete.

Ben ging naast hem op de veranda achter het huis zitten. De lucht was zwaar van donkere wolken en het regende hier vaak, maar je kon aan dingen gewend raken.

'Kom je ons opzoeken?'

'Natuurlijk.'

'Wanneer?'

'Af en toe. Dan kom ik hierheen.'

Hij stak een grasspriet tussen zijn tanden.

'Papa ziet er raar uit.'

'Je went er wel aan.'

'Ik wil dat hij 'm weer laat staan.'

'Misschien doet hij dat wel. Denk je dat je het hier fijn zult vinden?'

'Kweenie.'

'Ik denk van wel.'

'Moet je gelijk weg?'

'Straks. Het is een heel eind rijden naar Montana.'

'Kunnen we een potje dammen?'
'Ik geloof dat het bord nog in de auto ligt.'
Het joch liep haastig om het huis heen. Pete was even alleen, de muis van zijn ene hand tegen zijn oog gedrukt. De andere muis, het andere oog. Pete haalde zijn handen weg en de grijze lucht rilde in zijn blikveld, een angstaanjagend pulseren van zijn bloed, zijn godenbloed. Hij draaide, en daar stond de jongen bij de achterdeur, springlevend, die zei dat het bord op tafel stond. Dat hij moest binnenkomen om te spelen.

EPILOOG

Peter reed twee keer langs het kamp voordat hij de auto zag, het groene dekzeil diep in de sneeuwbalspirea. Er kwam dit voorjaar een vroeg koufront opzetten, en toen hij van de hoofdweg boven hen af liep en door het struikgewas afdaalde naar de plek waar ze geparkeerd stonden, hoorden ze hem niet aankomen in de wind. Toen ze hem zagen, ging de man staan, en daarna de vrouw. Hun glimlachloze monden zagen eruit alsof die met een bot mes in een vlakke en ongecompliceerde alertheid gehakt waren. Hun jongen zat een paar meter verderop in het fijne zand bij het water, en een zwijgende zuigeling lag in een wandelwagen die op de plek waar een wieltje ontbrak recht werd gehouden door een steen. Een dekzeil was tussen de achterkant van de stationwagon en twee bomen gespannen. Een mager vuurtje in de vuurkuil brandde helder en oranje, een paar hengels tegen de boom wezen erop hoe ze aan eten kwamen.

'Howdy,' zei Pete.

'Howdy,' zeiden de man en vrouw tegelijk, en ze keken naar elkaar alsof ze nu al iets hadden gedaan wat ze niet van plan waren geweest, en alsof ze elkaar nu wel moesten blijven aankijken om de ander aan het plan of de mogelijke gevolgen te herinneren.

'Ik heet Pete. Laat ik er meteen bij zeggen dat ik geen politieagent of iets dergelijks ben, en dat jullie problemen bezorgen het laatste is dat ik wil.'

Ze keken elkaar opnieuw aan en toen zei de man: 'Oké.'

Pete haalde zijn badge tevoorschijn.

'Hier staat op dat ik van de Afdeling Gezinszaken van de staat Montana ben.'

Hierop sloeg de vrouw een hand voor haar mond. Toen Pete naar voren kwam, zette de man zijn handen in zijn zij. Pete liet hun beiden de badge zien en ze keken ernaar en knikten, waarbij de vrouw nog steeds haar mond bedekte. Het haar van de man en de jongen stond recht overeind, en toen hij dichterbij kwam, roken ze naar kerosine en forel. De vrouw haalde haar hand voor haar afgetobde, naar beneden hangende mond vandaan en wreef over haar ogen.

'We kregen dus een telefoontje dat hier beneden misschien wat mensen woonden.'

'Wat voor telefoontje?' vroeg de man.

'Gewoon van iemand die jullie hier beneden had gezien,' vertelde Pete hem.

'Wie was het?'

'Het was een anonieme melding. Ik krijg de informatie alleen maar door om de situatie te gaan bekijken.'

'Want we hebben niemand lastiggevallen,' zei de vrouw met een stem die kraakte van schaamte. Ze was inmiddels dicht bij haar man gaan staan en had haar arm om hem heen geslagen, en ze keek achterom naar de jongen die met een speelgoedvrachtwagentje bij het vuur zat te kijken wat er nu zou gebeuren.

'Jullie zullen ongetwijfeld niemand hebben lastiggevallen,' zei Pete. 'Zo te zien redden jullie je hier prima. Punt is alleen dat als er gebeld wordt, het betekent dat iemand zich zorgen maakt...'

'Waarom maken ze zich dan zorgen?'

De man leek oprecht verbaasd dat iemand deze situatie als vreemd zou beschouwen.

'Bezwaar als ik even rondkijk?' vroeg Pete.

'Ga je gang.'

Pete stapte over het kampvuurtje heen. De jongen hield hem in de gaten. De moeder ging naar hem toe, wat Pete als een goed teken opvatte. Beschermend. Hij hurkte neer. De jongen was niet gehavend, afgezien van een oude kras op zijn arm. Het was koel, maar hij had een vest, schoenen en sokken aan.

'Hoi,' zei Pete vriendelijk, en hij porde met een stokje in het vuur en gooide het vervolgens op de kooltjes.

Het joch ging zwijgend staan, liep naar zijn moeder en greep haar benen vast.

'Hoe oud?' vroeg hij aan de moeder.

'Deze hier is vier en de kleine anderhalf,' antwoordde ze. 'Moeten we ergens anders heen?'

Pete ging staan.

'Nee. Zoals ik al zei, ik ben geen politieagent. Kijk, ik weet niet precies wat erover in de wet staat dat jullie hier wonen, maar ík zeg niet tegen jullie dat jullie weg moeten.'

'Het punt is alleen dat als er iemand gebeld heeft, iemand anders de politie misschien wel gaat bellen.'

Pete had zich inmiddels een weg gebaand naar de wandelwagen en hij bukte om haar te bekijken, en de moeder liep er met de jongen naartoe. De blauwe ogen van het kindje waren op zichzelf al verbijsterend, prachtig als wat in de schepping dan ook. Een te grote sweater omhulde haar en er lag een dekentje over haar heen. Haar snot was helder. Geen infecties.

'Ze is prachtig,' zei Pete. 'Hoe heet ze?'

'Erin.'

Hij raakte haar neusje aan en ging naast de auto staan om in de achterbak te kijken. Papieren zakken met kleren. Speelkaarten. Een ukelele. Een doos cornflakes, hotdogbroodjes en een pot pindakaas.

Pete deed een paar stappen naar achteren om de auto te bekijken.

'Is dit een Buick Sport Wagon? Die hebben aardig wat onder de motorkap, hè?'

'Hij rijdt.'

De man had zijn handen in zijn spijkerbroek en stond naar zijn vrouw te kijken toen Pete zich naar hen omdraaide.

'Je vroeg naar de politie,' zei Pete tegen haar.

Haar knik hakte de lucht aan mootjes. Ze trilde. Hij probeerde vriendelijk te zuchten, nonchalant, alsof ze zich nergens zorgen over hoefde te maken, maar hij kon niet zien of dat hielp of niet.

'Ik weet niet of er niet iemand de politie zal bellen om hierheen te komen en jullie een bekeuring te geven of zo. Ik weet niet of dit stukje land van iemand is.'

De jongen wilde worden opgetild, en ze hees hem op haar heup en door hoe haar rok naar beneden werd gesjord, werden de bovenste botten van haar bekken zichtbaar. Ze was mooi, afgepeigerd en op haar hoede, als een huisdier dat binnenkwam uit de regen.

'En, waar komen jullie vandaan?' vroeg Pete.

'We hoeven je niks te vertellen, of wel soms?' zei de man. Pete draaide zich helemaal naar hem om en de man had een stok in zijn handen. Pete wierp er een vluchtige blik op, en de man gooide de stok weg.

'Natuurlijk niet. Ik kom alleen kijken of alles in orde is met jullie. Meer niet.'

'Alles is in orde.'

Pete klapte in zijn handen.

'Daar ziet het zeker naar uit. Ik zal jullie maar eens met rust laten.'

Hij schudde de man de hand, zwaaide naar elk van de kinderen, en toen naar de moeder. Hij bleef bij de motorkap van de auto staan.

'Wij maakten vroeger ritjes met de auto,' zei Pete. 'We komen uit Choteau – *middle of nowhere*, weet je wel – en dus was Great Falls zo'n beetje de grote stad, snap je? Je kunt je wel voorstellen wat ik van Minneapolis vond. Of Seattle. Er is niks mooier dan een kind zijn en naar nieuwe plekken gaan. En je kon zo lekker slapen in een rijdende auto... en als je dan thuiskwam of bij het hotel of de camping en je vader maakte je wakker en droeg je naar bed... Dat was gewoon geweldig, weet je?'

Ze had de hand van haar man vastgepakt.

'Hé,' zei Pete. 'Ik heb toevallig nog wat spullen in mijn auto liggen die ik naar kantoor wilde brengen – een paar dekens en jassen en luiers en zo. Kunnen jullie daar misschien wat van gebruiken? Anders liggen ze maar in mijn kantoor.'

De man keek niet op.

'Tom,' zei ze.

De man verplaatste zijn gewicht naar zijn andere been.

'Tom,' zei ze nog een keer.

De man bracht zijn vrije hand naar zijn slaap, alsof hij een moeilijke rekensom probeerde op te lossen. Pete en de vrouw en zoon van de man keken toe. Hij veegde met zijn mouw onder zijn neus en knikte.

'We kunnen misschien wel even kijken wat je hebt liggen,' zei hij.

* * *

Vindt hij haar ooit?

Ze wyoomt naar Californië. Daar zitten verhalen in, maar dat zijn haar verhalen.

Fijne verhalen? Akelige?

Van alles wat.

Maar het doet pijn dat ze zo lang weg is. Ze moet hem vergeven en terugkomen. Hij is zo alleen.

Het is moeilijk. Wyomen is zwaar voor iedereen.

Ik denk niet dat ik er nog tegen kan, gaat ze niet terug, belt ze niet op z'n minst? Haar ouders zijn goede mensen. Ze bedoelen het goed. Pete helpt iedereen. Hij is niet perfect, maar hij doet zijn best. Hij zou het goedmaken, de verloren tijd inhalen.

Tijd, ja. Dit soort dingen heeft tijd nodig.

Dus ze komt wel terug. Uiteindelijk.

Je moet vertrouwen hebben. Je kunt in het leven niet doen alsof er antwoord komt op elke...

DANKBETUIGINGEN

Veel dank aan mijn agente, Nicole Aragi, en aan mijn redacteur, Lee Boudreaux.

Diepste dank aan al mijn collega's en vertrouwelingen voor hun smaak en wijsheid, vooral aan Jon Marc Smith, Kevin Jones en Becca Wadlinger.

Dit boek heeft baat gehad van talloze lezers, maar ik zou graag de volgende mensen willen bedanken, die in het bijzonder genereus zijn geweest met hun scherpzinnigheid en hun aanmoedigingen: Michael Adams, Rebecca Calavan, Peter Carey, Jessica Hansen, Stephen Harrigan, Jim Magnuson, Patrick McGrath en Neil Winberg.

Dank aan de volgende organisaties, omdat ze me de tijd en middelen hebben verleend om dit werk te voltooien: het Michener Center for Writers, het PEN American Center, het Stadler Center aan Bucknell University en het Jentel Artist Residence Program.

Dit boek was niet mogelijk geweest zonder de aanhoudende steun van Melissa Stephenson. Je bent van ijzer of iets wat daar behoorlijk op lijkt.

Ook dank aan de volgende mensen en organisaties voor hun cruciale hulp in de voorbije jaren: Tom Grimes en de Texas State University, Glen en Janet Stephenson, Steve Sullivan, Jo en Dan Beck, Sue en Jim Polisch, Jesse Donaldson, de Interlocken Arts Academy, Mutt en Wieden+ Kennedy.

Ten slotte zou ik graag de maatschappelijk werkers in Texas en Montana bedanken, evenals de onderzoekers aan de scholen voor maatschappelijk werk en de University of Texas en de University of Montana. Bedankt voor jullie inzichten, maar bovenal voor de diensten die jullie verlenen aan de meest kwetsbaren onder ons.